CB124078

Subjacentes à profusão de personagens e seus ruidosos credos políticos, alheias aos assassinatos e explosões perpetrados por fanáticos separatistas e religiosos, as silenciosas simetrias da criação literária constituem o tema principal deste livro-chave de Orhan Pamuk, publicado originalmente em 2002.

Na década de 1990, após um longo exílio político na Alemanha, o poeta Ka retorna a Istambul para o enterro da mãe. Acometido por uma crise de esterilidade que ameaça liquidar sua vocação literária, ele se vê impelido a viajar até a antiga cidade de Kars, nos confins da Anatólia Oriental, castigada pelo rigor do inverno e famosa pelos intermitentes conflitos étnicos e religiosos. Acreditando que o amor é sua única esperança de recuperar a potência criativa, Ka se faz passar por um jornalista que investiga um surto de suicídios entre estudantes muçulmanas da escola local para aproximar-se de İpek, antiga colega de universidade e ex-mulher do candidato às eleições municipais pelo principal partido islâmico.

Inesperadamente, a chegada do protagonista a Kars ocasiona um surto criativo que coincide com um golpe deflagrado por militares radicais e pontua os momentos culminantes da narrativa. Para conquistar a confiança de İpek, o poeta acaba envolvendo-se na perigosa situação política da cidade, microcosmo da sociedade turca que mobiliza guerrilheiros curdos, militantes islâmicos, agentes secretos e informantes do Exército. As peripécias vividas ao longo de dezenove poemas e três dias de revolução, como o próprio Ka posteriormente descobre com espanto, imitam a secreta geometria dos flocos de neve que recobrem a cidade.

Desviando-se dos bairros populosos de Istambul, cenário privilegiado dos romances de Pamuk, *Neve* imerge nas raízes profundas da Turquia para investigar a mecânica brutal dos conflitos que dilaceram o Oriente Médio. Encenado como um irônico caleidoscópio de referências históricas e literárias, o livro explora os caminhos concorrentes da memória, da razão e da imaginação na travessia espiritual e artística de Ka. O poeta e sua luta espelham a trajetória do romancista, inserida criticamente na literatura de um país sempre dividido entre o secularismo europeu e as tradições otomanas e islâmicas ancestrais.

# NEVE

TRADUÇÃO
LUCIANO MACHADO

# NEVE

# ORHAN PAMUK

25 ANOS
COMPANHIA DAS LETRAS

*Para Rüya*

*Nosso interesse vai para a perigosa fímbria das coisas.*
*O ladrão honesto, o assassino delicado,*
*O ateu supersticioso.*
ROBERT BROWNING, "Bishop Blougram's Apology"

*A política numa obra literária é um tiro de pistola no meio de um concerto, uma coisa bruta, mas que não se pode ignorar. Logo vamos falar de coisas muito desagradáveis.*
STENDHAL, *A cartuxa de Parma*

*Está bem então: eliminem o povo, reprimam-no, reduzam-no ao silêncio. Porque o iluminismo europeu é mais importante do que o povo.*
DOSTOIÉVSKI, apontamentos para *Os irmãos Karamazov*

*O ocidental em mim estava desagregado.*
JOSEPH CONRAD, *Sob os olhos ocidentais*

# 1. O SILÊNCIO DA NEVE

## A VIAGEM PARA KARS

O silêncio da neve, pensou o homem que estava sentado logo atrás do motorista do ônibus. Se aquilo fosse o começo de um poema, poderia chamar o que sentia em seu íntimo de o silêncio da neve.

Pegara o ônibus de Erzurum para Kars, com apenas alguns segundos de folga. Mal chegara à estação rodoviária num ônibus vindo de Istambul — depois de dois dias de viagem, sob tempestade e neve — e começara a andar para cima e para baixo nos corredores úmidos e sujos arrastando a mala e procurando a sua conexão, quando alguém lhe disse que o ônibus para Kars partiria imediatamente.

Ele conseguiu encontrar o ônibus, um velho Magirus, mas o motorista acabara de fechar o bagageiro e, como estava "com pressa", recusou-se a abri-lo novamente. Assim, nosso viajante foi obrigado a entrar no ônibus com a bagagem. A grande mala vermelho-escura Bally estava agora enfiada entre suas pernas. Ele estava sentado perto da janela e trajava um grosso casaco cor de carvão que comprara na Kaufhof, em Frankfurt, cinco anos antes. É bom deixar claro, desde já, que aquele casaco macio e delicado seria motivo de vergonha e inquietação para ele nos dias que passaria em Kars, ao mesmo tempo que lhe proporcionaria uma sensação de segurança.

Assim que o ônibus partiu, nosso viajante grudou os olhos na janela; esperando talvez ver alguma coisa nova, esquadrinhava as lojinhas, as padarias ordinárias e os cafés arruinados que se alinhavam nas ruas dos subúrbios de Erzurum. E, enquanto isso, começou a nevar. Era uma neve mais densa e pesada que a que vira cair entre Istambul e Erzurum. Se não estivesse tão cansado e tivesse prestado atenção aos flocos de neve que revoluteavam no céu como plumas, teria percebido que avançava diretamente para uma nevasca; teria visto desde o começo que estava embarcando numa viagem que iria mudar sua vida para sempre e teria voltado atrás.

Mas esse pensamento nem sequer lhe passou pela cabeça. Quando caiu a noite, ele se abandonou à luz que tardava no alto do céu; nos flocos de neve que redemoinhavam ao vento ainda com mais fúria, ele não via o anúncio de uma nevasca iminente mas antes uma promessa, um sinal indicando o caminho de volta à felicidade e à pureza que conhecera em criança. Nosso viajante passara os anos de felicidade e infância em Istambul; voltara uma semana antes, pela primeira vez em doze anos, para os funerais de sua mãe e, tendo lá permanecido durante quatro dias, resolvera fazer essa viagem a Kars. Anos mais tarde ele ainda haveria de rememorar a extraordinária beleza da neve naquela noite; a felicidade que ela lhe proporcionou fora, de longe, muito maior que qualquer outra que experimentara em Istambul. Era um poeta e, como ele próprio escrevera — num de seus primeiros poemas, ainda desconhecido dos turcos —, neva apenas uma vez em nossos sonhos.

Enquanto olhava a neve cair do lado de fora da janela, lenta e silenciosamente como num sonho, o viajante mergulhou num devaneio havia muito esperado e desejado; purificado pelas lembranças inocentes da infância, ele se rendeu ao otimismo e ousou acreditar estar à vontade neste mundo. Logo depois ele sentiu mais uma coisa que não sentia fazia muito tempo e adormeceu em seu banco.

Vamos aproveitar essa calmaria para sussurrar alguns dados biográficos. Embora tivesse passado os últimos doze anos em exílio político na Alemanha, nosso viajante nunca se envolvera muito com política. Sua verdadeira paixão, seu único pensamento, era a poesia. Tinha quarenta e dois anos, era solteiro, nunca tinha se casado. Ele era alto para um turco, embora não fosse fácil perceber isso vendo-o encolhido em seu banco; tinha cabelos castanhos e um rosto pálido, que ficara ainda mais pálido durante a viagem. Era tímido e gostava de ficar sozinho. Se pudesse imaginar o que iria acontecer tão logo adormecesse — com o balanço do ônibus sua cabeça iria descair primeiro sobre o ombro do homem ao seu lado, depois em seu peito —, ele se sentiria muito envergonhado. Pois o viajante que estamos vendo recostado no passageiro ao seu lado é um homem honesto e bem-intencionado, cheio de melancolia, como aqueles personagens de Tchekhov tão cheios de virtudes, que não conseguem nada na vida. Teremos muito a dizer sobre melancolia mais adiante. Mas como, ao que parece, ele não vai ficar dormindo por muito mais tempo nessa posição incômoda, por agora basta dizer que o nome do viajante é Kerim Alakuşoğlu, que ele não gosta desse nome e prefere ser chamado de Ka (suas iniciais) e que assim eu farei neste livro. Ainda nos tempos de escola, nosso herói insistia em assinar como *Ka* em suas tarefas e provas; ele assinou *Ka* nos formulários de inscrição da universidade e aproveitava todas as oportunidades para defender seu direito de continuar a fazê-lo, ainda que isso implicasse conflito com professores e funcionários públicos. Sua mãe, sua família e seus amigos o chamavam de Ka e, tendo também publicado uma coletânea de poesias sob esse nome, gozava de uma pequena fama enigmática como Ka, tanto na Turquia como nos círculos turcos da Alemanha.

Isso é tudo o que posso adiantar por enquanto. Como o motorista do ônibus desejou aos passageiros uma boa viagem quando partimos da estação rodoviária de Erzurum, permitam-me acrescentar apenas estas palavras: "Que sua estrada esteja aberta, meu caro Ka". Mas não quero enganá-los. Sou um velho amigo de Ka e começo esta história sabendo tudo o que vai acontecer com ele em Kars.

Depois de deixar Horasan, o ônibus rumou para o norte, indo diretamente para Kars. Enquanto subia pela pista tortuosa, o motorista teve de pisar com força no freio para evitar chocar-se contra um cavalo que surgira do nada, puxando uma carroça, numa das curvas fechadas, e Ka acordou. O medo já havia criado um forte sentimento de solidariedade entre os passageiros, e não demorou muito para Ka sentir-se um deles. Embora estivesse sentado bem atrás do motorista, Ka logo estava agindo exatamente como os passageiros atrás dele: toda vez que o ônibus diminuía a velocidade para fazer uma curva ou evitar cair num precipício, ele se levantava para ver melhor; quando o passageiro diligente que se dispusera a ajudar o motorista limpando a condensação do para-brisa deixava de limpar uma área do vidro, Ka a apontava com o indicador (colaboração que passava despercebida), e quando a nevasca ficou tão forte que os limpadores já não conseguiam impedir que a neve se acumulasse sobre o para-brisa, Ka juntou-se ao motorista para tentar adivinhar o caminho.

Era impossível ler as placas rodoviárias, que estavam cobertas de neve. Quando a tempestade de neve começou a mostrar sua fúria, o motorista desligou o farol alto e diminuiu as luzes dentro do ônibus, na esperança de fazer a estrada surgir da penumbra. Os passageiros caíram num silêncio apreensivo, olhos fitos na cena lá fora: a neve cobrindo as ruas das aldeias pobres, as casas periclitantes de um só pavimento, parcamente iluminadas, as estradas para aldeias mais distantes, já fechadas, e as ravinas que mal se podiam ver para além das luzes dos postes. Quando falavam, era num murmúrio.

Assim, foi quase cochichando que o passageiro ao lado de Ka, o homem em cujo ombro Ka adormecera pouco antes, perguntou-lhe por que estava indo para Kars. Era fácil perceber que Ka não era do lugar.

"Sou jornalista", respondeu Ka baixinho. O que era mentira. "Estou interessado nas eleições municipais — e também nas jovens que se suicidaram." Isso era verdade.

"Quando o prefeito de Kars foi assassinado, todos os jornais de Istambul deram a notícia", respondeu o vizinho de Ka. "E tem sido a mesma coisa com as mulheres que estão se matando." Ka não saberia dizer se o tom de voz do homem deixava transparecer orgulho ou vergonha. Três dias depois, parado na neve que cobria a avenida Halitpaşa, com lágrimas nos olhos, Ka veria novamente aquele aldeão delgado.

Durante a conversa sem rumo certo que se seguiu pelo resto da viagem de ônibus, Ka ficou sabendo que o homem acabara de levar a mãe para Erzurum porque o hospital de Kars não era muito bom, que revendia animais de granja nas aldeias próximas de Kars, que enfrentara muitas dificuldades mas não se tornara um rebelde, e que — por motivos misteriosos que não revelou a Ka — lamentava não a própria sorte mas a de seu país e estava feliz em ver que um homem culto, um cavalheiro como Ka se dera ao trabalho de viajar de Istambul para se inteirar dos problemas da cidade. Havia uma tal nobreza na simplicidade de sua fala e no orgulho que exibia, que Ka sentiu respeito por ele.

A própria presença dele inspirava calma. Nem uma vez nos doze anos de Alemanha, Ka sentira tanta paz interior; fazia muito tempo que tivera o prazer fugaz de experimentar empatia com alguém mais fraco que ele. Ele se lembrou de ter tentado ver o mundo pelos olhos de um homem capaz de sentir amor, simpatia e ternura. Ao fazer a mesma coisa naquele momento, já não sentia tanto medo da nevasca incessante. Sabia que não estavam destinados a cair num abismo. O ônibus iria se atrasar, mas chegaria ao destino.

Quando, às dez horas da noite, três horas depois do previsto, o ônibus começou a avançar lentamente pelas ruas cobertas de neve de Kars, Ka não reconheceu a cidade de modo algum. Ele nem ao menos viu a estação ferroviária, aonde ele chegara vinte anos antes numa maria-fumaça, nem tampouco qualquer sinal do hotel para o qual o motorista o levara naquele dia (depois de percorrer toda a cidade): o Hotel República, "um telefone em cada quarto". Era como se tudo tivesse sido apagado, estivesse perdido sob a neve. Ele teve um vislumbre dos velhos tempos nas charretes ali e acolá, esperando em garagens, mas a cidade parecia muito mais pobre e mais triste que aquela de que ele se lembrava. Pelas janelas geladas do ônibus, Ka viu os mesmos prédios de apartamentos de concreto que tinham se multiplicado por toda a Turquia nos últimos dez anos, os mesmos painéis de Plexiglas; viu também faixas com slogans da campanha eleitoral penduradas em todas as ruas.

Ele desceu do ônibus. Quando seu pé afundou no macio tapete de neve, uma lufada de ar frio cortante entrou-lhe pelas pernas da calça. Ele reservara um quarto no Hotel Palácio de Neve. Quando procurou o motorista para lhe perguntar onde ficava o hotel, viu duas ou três fisionomias que lhe pareceram familiares entre os passageiros que esperavam a bagagem, mas, com a neve caindo tão densa e rapidamente, ele não conseguiu descobrir quem eram.

Ka os viu novamente no Café Campos Verdejantes, para onde foi depois de deixar a bagagem no hotel: um homem cansado e preocupado, mas ainda bonito e atraente, com uma mulher gorda porém vivaz que parecia ser sua companheira de toda a vida. Ka os vira representar em Istambul na década de 70, quando eles eram os expoentes do teatro revolucionário. O nome do homem era Sunay Zaim. Enquanto contemplava o casal, deixou a cabeça divagar e finalmente chegou à conclusão de que a mulher lhe lembrava uma colega do primário. Havia outros homens na mesa deles, todos com aquela palidez mortal que revela uma vida passada no palco; o que uma pequena companhia de teatro estaria fazendo naquela cidade esquecida, ele se perguntou, numa nevoenta noite de fevereiro? Antes de sair do restaurante, que vinte anos antes estivera cheio de funcionários públicos de alto escalão, em paletó e gravata, Ka pensou ter visto um dos heróis da esquerda militante sentado a outra mesa. Mas era como se um manto de neve tivesse recoberto suas lembranças daquele homem, do mesmo modo como fizera com o restaurante e com a própria cidade combalida e ofegante.

As ruas estavam vazias por causa da neve, ou aquelas calçadas geladas viviam sempre desertas? Enquanto andava, ia observando atentamente os anúncios que se viam nas paredes — cartazes da campanha eleitoral, anúncios de escolas e restaurantes e os novos cartazes com que as autoridades municipais esperavam conter a onda de suicídios: OS SERES HUMANOS SÃO OBRAS-PRIMAS DE DEUS, E O SUICÍDIO É UMA BLASFÊMIA. Pelas vidraças cobertas de gelo de uma casa de chá meio vazia, Ka avistou um grupo de homens amontoados ao redor de um aparelho de tevê. Ele se alegrou um pouco ao ver ainda de pé aquelas velhas casas de pedra em estilo russo, que tinham feito de Kars um lugar tão especial em sua lembrança.

O Hotel Palácio de Neve era um desses elegantes edifícios em estilo báltico. Tinha dois andares, com janelas compridas e estreitas, que davam para um pátio, e uma arcada voltada para a rua. A arcada tinha cento e dez anos e era alta o bastante para dar passagem, com facilidade, a charretes puxadas por cavalos; Ka sentiu um arrepio de excitação ao passar por baixo dela, mas estava cansado demais para se perguntar por quê. Digamos apenas que tinha algo a ver com uma das razões que o levaram a Kars.

Três dias antes, Ka visitara a redação do *Republicano* em Istambul, para ver um amigo de juventude. E aquele amigo,

Taner, lhe falara das eleições municipais que se aproximavam e também do extraordinário número de jovens mulheres que — como na cidade de Batman — sucumbira à onda de suicídios. Taner chegou a dizer que se Ka quisesse escrever sobre esse assunto e ver qual era realmente a situação da Turquia depois de sua ausência de doze anos, devia pensar em ir a Kars; como não havia ninguém disponível para essa tarefa, ele podia lhe conseguir uma credencial de jornalista; e além do mais, disse ele, Ka poderia estar interessado em saber que sua ex-colega de escola İpek residia agora em Kars. Embora separada do marido, Muhtar, ela continuava na cidade e estava morando com o pai e a irmã no Hotel Palácio de Neve. Enquanto ouvia as palavras de Taner, que escrevia comentários políticos para o *Republicano*, Ka se lembrava de quanto İpek era bonita.

Cavit, o recepcionista, estava no saguão do hotel com pé-direito muito alto, assistindo à televisão. Ele entregou a chave a Ka, que subiu ao segundo andar, encaminhando-se para o quarto 203; tendo fechado a porta atrás de si, sentiu-se mais calmo. Depois de cuidadosa análise, concluiu que, apesar dos temores que o assaltaram durante a viagem, nem seu coração nem sua cabeça estavam perturbados ante a possibilidade de İpek se encontrar no hotel. Depois de uma vida em que toda experiência amorosa trazia a marca da vergonha e do sofrimento, a perspectiva de apaixonar-se deixava Ka tomado de um medo intenso, quase instintivo.

No meio da noite, antes de ir dormir, Ka atravessou o quarto de pijama, abriu as cortinas e observou os flocos grossos e pesados de neve que caíam sem cessar.

# 2. NOSSA CIDADE É UM LUGAR TRANQUILO

## OS BAIRROS DA PERIFERIA

Escondendo, como de costume, a sujeira, a lama e a escuridão, a neve continuaria a falar de pureza a Ka mas, depois do seu primeiro dia em Kars, já não lhe prometia inocência. A neve ali era tediosa, irritante, assustadora. Nevara a noite inteira. Continuou a nevar durante toda a manhã enquanto Ka percorria as ruas bancando o repórter intrépido — entrando nos cafés cheios de curdos desempregados, entrevistando eleitores, tomando notas — e ainda estava nevando mais tarde, quando ele subiu as ruas íngremes e geladas para entrevistar o ex-prefeito, o subprefeito e as famílias das moças que tinham se matado. Mas aquilo não o levava mais de volta às ruas cobertas de neve da sua infância; não o fazia mais pensar — como quando era criança ao olhar pelas janelas das sólidas casas de Nişantaş — que estava contemplando a paisagem de um conto de fadas; ele não tinha mais voltado a um lugar onde podia desfrutar a vida de classe média de que sentia tanta falta que chegava a visitá-la em sonhos. Em vez disso, a neve lhe falava de desespero e de aflição.

Naquela manhã bem cedo, antes que a cidade acordasse, e antes de se deixar vencer pela neve, ele fez uma rápida caminhada, passando pela favela logo abaixo do Atatürk Boulevard, e tomou o rumo da região mais pobre de Kars, um bairro chamado Kalealtı. As cenas que ele contemplou enquanto andava a passos rápidos sob os galhos cobertos de gelo dos plátanos silvestres e dos oleandros — os velhos edifícios russos decadentes, com chaminés apontando de cada janela, a centenária igreja armênia sobranceando os depósitos de madeira e os geradores de eletricidade, o bando de cães latindo para cada transeunte de uma ponte de pedra de quinhentos anos enquanto a neve caía nas águas semicongeladas do rio que corria lá embaixo, as finas fitas de fumaça elevando-se dos minúsculos barracos de Kalealtı que quedavam sem vida sob o manto de neve — fizeram-no sentir uma tal melancolia que lhe vieram lágrimas aos olhos. Havia duas crianças na margem oposta, uma menina e um menino que tinham saído cedinho para comprar pão e lá se iam, ora balançando os pães quentes para a frente e para trás, ora apertando-os contra o peito, parecendo tão felizes que Ka não pôde deixar de sorrir. Não era a pobreza ou o desamparo que o perturbavam, mas o que ele haveria de ver inúmeras vezes durante os dias seguintes — as vitrines vazias das lojas de artigos fotográficos, as vidraças cobertas de gelo das casas de chá apinhadas de gente onde os desempregados da cidade passavam o tempo jogando cartas, e as praças vazias cobertas de neve. Aquelas visões lhe falavam de uma estranha e densa solidão. Era como se ele estivesse num lugar de que o mundo inteiro se esquecera, era como se nevasse no fim do mundo.

A boa sorte acompanhou Ka durante toda a manhã, e quando, ao perguntar, as pessoas ficavam sabendo quem ele era, todas queriam apertar-lhe a mão; elas o tratavam como a um famoso jornalista de Istambul — do subprefeito ao homem mais humilde, todos abriam suas portas e conversavam com ele. Foi apresentado à cidade por Serdar bei, o editor da *Gazeta da Cidade Fronteiriça* (tiragem de trezentos e vinte exemplares), que por vezes mandava notícias locais para o *Republicano* de Istambul (as quais em geral não eram publicadas). Tinham recomendado a Ka que fizesse uma visita ao "nosso correspondente local" antes de mais nada, logo que deixasse o hotel pela manhã. Assim que encontrou o velho jornalista escondido em seu escritório, percebeu que o homem sabia tudo o que havia para se saber em Kars. Foi Serdar bei quem primeiro lhe fez a pergunta que ele ouviria centenas de vezes durante sua estada de três dias.

"Bem-vindo à nossa cidade fronteiriça. Mas o que o senhor veio fazer aqui?"

Ka explicou que viera cobrir as eleições municipais e talvez escrever sobre o suicídio das jovens.

"Da mesma forma como aconteceu em Batman, essas histórias de suicídio foram exageradas", respondeu o jornalista. "Vamos, vou apresentá-lo a Kasım bei, o subchefe de polícia. Por via das dúvidas, eles devem saber que você chegou."

Que todos os recém-chegados, mesmo os jornalistas, devessem visitar a polícia, era um costume provinciano que remontava à década de 40. Como era um exilado político recém-chegado ao país depois de muitos anos de ausência e porque — embora ninguém tivesse tocado no assunto — sentira a presença dos guerrilheiros separatistas curdos (PKK) na cidade, Ka não fez objeção.

Eles saíram para a nevasca, atravessando um mercado de frutas e passando pelas lojas de autopeças e ferragens da avenida Kâzım Karabekir, pelas casas de chá onde homens desempregados, deprimidos, olhavam a televisão e a neve caindo, e por lojas de laticínios que exibiam grandes queijos amarelos redondos; levaram quinze minutos para cruzar a cidade em diagonal.

No caminho, Serdar bei parou para mostrar a Ka o lugar onde o ex-prefeito fora assassinado. Conforme um boato, ele fora morto por causa de uma simples disputa municipal: a demolição de uma sacada ilegal. Pegaram o agressor três dias depois, na aldeia para onde tinha fugido; quando o encontraram escondido num celeiro, ele ainda estava com a arma. Mas houvera tanta fofoca durante os três dias de sua captura que ninguém queria acreditar que ele era o verdadeiro culpado: a simplicidade de sua motivação desapontava.

O quartel da polícia de Kars ocupava um comprido edifício de três andares na avenida Faikbey, onde as velhas construções de pedra, outrora pertencentes a russos e armênios abastados, agora, em sua maioria, sediavam órgãos do governo. Enquanto esperavam pelo subchefe de polícia, Serdar bei chamou a atenção para os altos tetos ornamentados e explicou que entre 1877 e 1918, durante a ocupação russa da cidade, aquela mansão com quarenta quartos fora a princípio a residência de um rico armênio, e depois, um hospital russo.

Kasım bei, o subchefe de polícia, veio com sua barriga de cerveja recebê-los no corredor e os conduziu à sua sala. Ka logo percebeu que estavam diante de um homem que não lia jornais nacionais como o *Republicano*, pois os considerava de esquerda. Notou também que ele não ficou especialmente impressionado ao ver Serdar bei elogiar alguém simplesmente por ser poeta, mas que o temia e respeitava pelo fato de ser proprietário do principal jornal local. Depois que Serdar bei terminou de falar, o subchefe de polícia voltou-se para Ka.

"Você quer proteção?"

"Como?"

"Estou sugerindo apenas um policial à paisana. Para que você fique tranquilo."

"Será que preciso mesmo disso?", perguntou Ka no tom inquieto de um homem cujo médico tivesse acabado de recomendar que passasse a usar uma bengala.

"Nossa cidade é um lugar tranquilo. Pegamos todos os terroristas que estavam semeando a discórdia entre nós. Mas ainda assim eu recomendo que se faça isso, por via das dúvidas."

"Se Kars é um lugar tranquilo, eu não preciso de proteção", disse Ka. No íntimo ele esperava que o subchefe de polícia lhe garantisse novamente que Kars era um lugar tranquilo, mas Kasım bei não repetiu a afirmação.

Eles rumaram em direção norte, para Kalealtı e Bayrampaşa, os bairros mais pobres. Ali os barracos eram feitos de pedra, tijolos e alumínio corrugado dos lados. Sob a neve que continuava a cair, foram andando de casa em casa: Serdar bei batia numa porta e, se uma mulher atendia, ele perguntava se podia falar com o homem da casa; quando Serdar bei o reconhecia, falava-lhe, num tom que inspirava confiança, que seu amigo, jornalista famoso, viajara de Istambul a Kars para escrever sobre as eleições e também para descobrir algo mais sobre a cidade — para escrever, por exemplo, sobre o porquê de tantas mulheres estarem se suicidando —, e se aqueles cidadãos pudessem dividir com ele suas preocupações, estariam fazendo uma boa coisa para Kars. Uns poucos se mostraram muito amistosos, talvez porque pensassem que Ka e Serdar bei eram candidatos e estavam lhes trazendo latas de óleo de girassol, caixas de sabão ou pacotes de biscoitos e de macarrão. Se eles resolviam convidar os dois homens para entrar por curiosidade ou simples hospitalidade, a primeira coisa que diziam a Ka era que não tivesse medo dos cães. Alguns abriam suas portas temerosos, imaginando, depois de tantos anos de intimidação por parte da polícia, que se tratava de mais uma batida, e mesmo depois de perceberem que aqueles homens não eram do governo, mantinham-se em silêncio. Quanto às famílias das jovens que se tinham suicidado (em pouco tempo, Ka ouvira falar de seis casos), todas insistiam que suas filhas não tinham dado previamente nenhum motivo para preocupação, deixando-os a todos horrorizados e consternados com o acontecido.

Eles se sentavam em velhos sofás e cadeiras tortas nas minúsculas salas geladas com pisos de terra cobertos por carpetes feitos à máquina, e toda vez que passavam de uma casa a outra, o número de moradias parecia ter se multiplicado. Toda vez que eles saíam de uma casa, tinham de abrir caminho por entre crianças que chutavam de um lado para outro carros de plástico quebrados, bonecas de um braço só, ou garrafas e caixas de chá e remédio vazias. Quando se sentavam junto de fogareiros que só aqueciam se continuamente atiçados, de aquecedores que funcionavam à base de ligações elétricas clandestinas e de aparelhos de televisão silenciosos que ninguém nunca desligava, ouviam as aflições intermináveis de Kars.

Eles ouviam mães em lágrimas porque seus filhos estavam desempregados ou na cadeia, atendentes de casas de banho que trabalhavam em turnos de doze horas no *hamam*,* sem ganhar o bastante para sustentar uma família de oito pessoas, e homens desempregados que já não sabiam se podiam dar-se ao luxo de ir à casa de chá por causa do alto preço de uma xícara de chá. Aquelas pessoas não paravam de se queixar do nível de desemprego, de sua má sorte, da prefeitura e do governo, atribuindo todos os seus problemas à nação e ao Estado. À medida que foram passando de casa em casa, ouvindo aquelas histórias de privações, chegou um momento em que, apesar da luz branca que atravessava as janelas, Ka começou a sentir que tinham entrado num mundo de sombras. As salas eram tão escuras que mal podiam perceber as formas dos móveis, de modo que quando ele era obrigado a olhar para a neve lá fora, ela o cegava — era como se uma cortina de tule tivesse descido diante dos seus olhos, como se ele tivesse se recolhido ao silêncio da neve para fugir àquelas histórias de aflição e pobreza.

As histórias dos suicídios que ele ouviu naquele dia foram as piores; elas o perseguiriam pelo resto da vida. O mais chocante para Ka não eram os aspectos relacionados à pobreza e ao desamparo. Tampouco eram os constantes espancamentos a que as jovens eram submetidas, nem a insensibilidade dos pais, que nem ao menos as deixavam sair de casa, nem a vigilância implacável de maridos ciumentos. O que chocou e assustou Ka foi a forma como aquelas

* Ver Glossário, no final do volume.

meninas se matavam: de forma abrupta, sem nenhum ritual ou aviso, no meio de sua rotina diária.

Houve uma mocinha de dezesseis anos, por exemplo, que fora obrigada a noivar com um velho, dono de uma casa de chá; ela fizera a refeição da noite com sua mãe, seu pai, seus três irmãos e a avó paterna, como sempre fazia; depois que ela e suas irmãs tiraram a mesa, com as risadinhas e briguinhas de sempre, ela passou da cozinha, aonde fora para pegar a sobremesa, ao jardim, e de lá subiu pela janela até o quarto dos pais, onde se matou com um rifle de caça. A avó, que ouviu o tiro, correu e encontrou a garota que se supunha estar na cozinha jazendo morta no soalho do quarto dos pais numa poça de sangue; a velha senhora não conseguia nem entender como a menina conseguira passar da cozinha ao quarto, quanto mais por que ela se matara. Houve também outra mocinha de dezesseis anos que, depois das disputas de sempre com os irmãos sobre o que ver na televisão e de quem ficaria com o controle remoto, e depois que o pai viera acabar com a briga lhe dando duas fortes pancadas, foi direto ao seu quarto e, tendo encontrado um grande frasco de remédio veterinário, Mortalin, tomou-o de um trago, como se fosse uma garrafa de soda. Outra mocinha, que fizera um casamento feliz aos quinze anos de idade, dera à luz seis meses antes; então, aterrorizada com as surras que levava do marido deprimido e desempregado, trancou-se na cozinha depois da briga de todo dia. O marido desconfiou de sua intenção, mas ela já tinha preparado a corda e fixado um gancho no teto, e antes que ele tivesse tempo de arrombar a porta ela se enforcou.

O que assombrava Ka era a rapidez com que aquelas meninas mergulhavam da vida na morte. As providências que tinham tomado — os ganchos fixados no teto, os rifles carregados, os frascos de remédio levados da despensa para o quarto — traíam pensamentos suicidas alimentados por longo tempo.

A primeira suicida desse tipo tinha vindo da cidade de Batman, a cem quilômetros de Kars. No mundo todo, os homens se matam três ou quatro vezes mais que as mulheres; quem primeiro notou que em Batman o número de suicídios femininos era três vezes maior que o de masculinos e quatro vezes maior que a média mundial para mulheres foi um jovem funcionário do Departamento Nacional de Estatísticas de Ancara. Mas quando um amigo seu do *Republicano* publicou essa análise numa pequena nota, ninguém na Turquia tomou conhecimento. Muitos correspondentes de jornais franceses e alemães, porém, interessaram-se pelo assunto, e só depois que eles foram a Batman e publicaram os casos na imprensa europeia é que a imprensa turca começou a dar-lhe atenção: a essa altura, vários repórteres turcos visitaram a cidade.

Segundo os funcionários graduados do governo, o interesse da imprensa só serviu para fazer que mais meninas se matassem. O subprefeito de Kars, um homem com cara de esquilo e bigode cerrado, disse a Ka que os suicídios locais não tinham atingido o nível estatístico de Batman, e que "no momento" não fazia nenhuma objeção a que Ka conversasse com as famílias, mas pediu-lhe que evitasse usar demais a palavra *suicídio* ao falar com aquela gente e que tivesse o cuidado de não carregar nas tintas quando escrevesse sobre o assunto para o *Republicano*. Uma comissão de especialistas em suicídio — composta de psicólogos, policiais, juízes e funcionários do Departamento de Assuntos Religiosos — já se preparava para transferir-se de Batman para Kars; como primeira medida, o Departamento de Assuntos Religiosos cobriu a cidade com seus cartazes com os dizeres O SUICÍDIO

É UMA BLASFÊMIA, e o gabinete do governo ia distribuir um panfleto tendo por título esse slogan. Ainda assim, o subprefeito temia que essas medidas produzissem o resultado oposto ao esperado — não apenas porque as mocinhas, ouvindo que outras se suicidaram, teriam a ideia de imitá-las, mas também porque muitas poderiam fazer o mesmo, exasperadas pelos constantes sermões dos maridos, dos pais, dos pregadores e do Estado.

"O certo é que as moças foram levadas ao suicídio porque eram extremamente infelizes. Não temos dúvidas quanto a isso", disse o subprefeito a Ka. "Mas se a infelicidade é um motivo legítimo para o suicídio, metade das mulheres da Turquia iria se matar." Ele afirmou que as mulheres poderiam se aborrecer se tivessem de ouvir um coro de vozes masculinas advertindo: "Não se suicidem!". Foi por isso, disse ele a Ka com orgulho, que escrevera para Ancara pedindo que o comitê de propaganda contra o suicídio incluísse pelo menos uma mulher.

A ideia de que o suicídio pudesse se espalhar como uma praga fora ventilada pela primeira vez quando uma menina viajou de Batman para Kars só para se matar. Sua família recusou-se a deixar Ka e Serdar bei entrarem em sua casa, mas o tio materno da menina concordou em conversar com eles na rua. Fumando um cigarro, sentado sob os oleandros de um jardim coberto de neve no bairro Atatürk, ele contou a história da sobrinha. Ela se casara dois anos antes. Obrigada a cumprir as tarefas domésticas de manhã até a noite, ainda tinha de suportar as recriminações da sogra por não conseguir conceber um filho. Mas essas razões não bastariam para levá-la ao suicídio; era evidente que a ideia lhe viera das outras mulheres que se mataram em Batman. Sem sombra de dúvida a querida jovem que se fora parecia absolutamente feliz em sua visita à família ali em Kars, o que tornou tudo ainda mais chocante quando — na manhã em que ela deveria voltar para Batman — eles encontraram uma carta sobre a sua cama dizendo que tomara duas caixas de pílulas para dormir.

Um mês depois que a ideia do suicídio, por assim dizer, contagiou Kars, a prima dessa mocinha de dezesseis anos praticou o primeiro suicídio por imitação. Persuadidos pelo tio, e tendo conseguido de Ka a promessa de contar toda a história em sua reportagem, seus lacrimosos pais explicaram que a menina fora levada ao suicídio depois que seu professor a acusara de não ser virgem. Quando o boato se espalhou por toda a Kars, o noivo da jovem anulou o noivado, e os outros jovens pretendentes — que ainda vinham à sua casa para pedir a mão da linda jovem, apesar de ela estar noiva — também pararam de procurá-la. A essa altura, a avó materna da jovem tinha começado a dizer: "Pois muito bem, parece que você nunca vai conseguir um marido". Então, certa manhã, quando toda a família assistia a uma cena de casamento na televisão, e seu pai, que estava bêbado na ocasião, começou a chorar, a menina surrupiou as pílulas de dormir da mãe e, depois de tomá-las todas, foi para a cama (não apenas a ideia do suicídio mas também o método se mostrara contagioso). Quando a autópsia revelou que a jovem na verdade ainda era virgem, seu pai responsabilizou não apenas o professor por ter divulgado uma mentira, mas também a filha de seu parente por ter vindo de Batman para se matar. E assim, para afastar os boatos infundados sobre a castidade de sua filha e desmascarar o professor que espalhara a mentira nefasta, a família resolvera contar toda a história a Ka.

Ka achou estranhamente deprimente que as jovens suicidas tivessem de lutar para conseguir um momento de privacidade para se matarem. Mesmo depois de terem tomado suas pílulas, mesmo quando jaziam imóveis, morrendo, eram obrigadas a dividir seu quarto com outras pessoas. Ka crescera em Nişantaş lendo literatura ocidental, e em suas fantasias de suicídio ele sempre imaginara ser importante ter bastante tempo e espaço; no mínimo, você precisaria de uma sala onde pudesse ficar durante dias sem que ninguém batesse à porta. Em suas fantasias, o suicídio era uma cerimônia solene, com pílulas de dormir e uísque, um ato final, de livre-arbítrio, levado a cabo sozinho; na verdade, toda vez que ele se imaginara acabando com a própria vida, o que o assustara fora a indispensável solidão do ritual. Por essa razão, ele tinha de admitir, nunca tivera uma propensão séria para o suicídio.

O único suicídio que o levou de volta àquela solidão foi o da jovem que usava manto, que se matara quase seis semanas antes. Essa suicida era uma das famosas "moças de manto". Quando as autoridades proibiram o uso de mantos nas instituições de ensino de todo o país, muitas mulheres se recusaram a obedecer; as jovens rebeldes do Instituto de Educação de Kars foram impedidas de entrar primeiro nas salas de aula, depois no próprio campus, por um édito de Ancara. Entre as famílias que Ka conheceu, a da moça de manto era a mais próspera; o infortunado pai era dono de uma pequena mercearia. Oferecendo a Ka uma Coca-Cola do refrigerador da loja, ele contou que a filha discutira seus planos com a família e os amigos. Quanto à questão do manto, com certeza a mãe dela, que também usava, dera o exemplo — com a aprovação de toda a família —, mas a pressão efetiva veio das colegas de escola que fizeram uma campanha contra a proibição do uso do manto no Instituto. Com certeza foram elas que lhe puseram na cabeça que o manto era um símbolo do "islã político". E contrariando o desejo expresso dos pais de que tirasse o manto, a moça recusou, fazendo com que ela própria fosse retirada pela polícia, e em diversas ocasiões, dos corredores do Instituto de Educação. Quando viu algumas de suas amigas desistindo e descobrindo a cabeça, e outras substituindo os mantos por perucas, a moça começou a dizer ao pai e a suas amigas que a vida não tinha sentido e que não queria mais viver. Mas como àquela altura o Departamento de Assuntos Religiosos e os islamitas tinham se juntado para condenar o suicídio como um dos maiores pecados e por toda a cidade cartazes e folhetos proclamavam essa mesma verdade, ninguém esperava que uma moça tão piedosa tirasse a própria vida. Ao que parece, a moça, Teslime, passara sua última noite assistindo em silêncio a um programa de televisão chamado *Marianna*. Depois de fazer o chá e servi-lo aos pais, foi para o próprio quarto, preparou-se para suas orações lavando a boca, os pés e as mãos. Terminadas as abluções, ajoelhou-se no tapete de orações e entregou-se por algum tempo aos seus pensamentos, depois às preces, e em seguida amarrou o manto no suporte da lâmpada em que se enforcou.

# 3. DÊ SEU VOTO AO PARTIDO DE DEUS

## POBREZA E HISTÓRIA

Criado em Istambul em meio aos confortos de classe média de Nişantaş — pai advogado, mãe dona de casa, uma irmã muito amada, uma criada dedicada, salas mobiliadas, um rádio, cortinas —, Ka nada conhecia da pobreza; era algo que existia para além da casa, em outro mundo. Envolto numa escuridão perigosa e impenetrável, esse outro mundo assumia um caráter metafísico na imaginação infantil de Ka. Por isso talvez seja difícil entender que a sua súbita decisão de viajar para Kars tenha sido motivada, pelo menos em parte, por um desejo de voltar à infância.

De volta para Istambul depois de doze anos em Frankfurt, ao procurar os velhos amigos e revisitar as ruas, lojas e cinemas que frequentara na infância, não encontrou quase nada que pudesse reconhecer — quando não tinham sido demolidos, haviam perdido a alma. Quanto a Kars, embora estivesse vivendo no exterior por algum tempo, Ka ainda tinha noção de que se tratava de uma das cidades mais pobres e esquecidas da Turquia. Por essa razão, pode ter sido tomado pelo desejo de ir buscar mais longe a infância e a pureza: se o mundo que conhecera em Istambul já não podia ser encontrado, sua viagem a Kars podia ser vista como uma tentativa de sair um pouco dos limites de sua infância de classe média, para finalmente aventurar-se no outro mundo que ficava mais além. De fato, quando viu nas vitrines de Kars as coisas de que se lembrava da infância, coisas que já não existiam em Istambul — calçados esportivos de Gislaved, fogões Vesúvio e a primeira coisa que toda criança aprendia sobre Kars, aquelas caixas redondas do famoso queijo fabricado na cidade, dividido em seis fatias em forma de cunha—, ele se sentiu feliz a ponto de esquecer das jovens suicidas: Kars lhe deu aquela paz de espírito que ele um dia conhecera.

Por volta do meio-dia, depois que Serdar bei e ele se separaram, Ka se encontrou com os porta-vozes do Partido Igualitário do Povo e dos azerbaijanos, e depois dessas entrevistas saiu novamente para a saraivada de flocos de neve — como eram grandes! — a fim de fazer uma caminhada solitária pela cidade. Passando pelos cães que latiam na avenida Atatürk, dirigiu-se com triste determinação para os bairros mais pobres em meio a um silêncio só perturbado pelo latido de outros cães. Como a neve cobria as montanhas escarpadas, não mais visíveis à distância, e cobrisse também o castelo Seljuk e os barracos espalhados em meio às ruínas, tudo parecia ter sido varrido para um outro mundo, um mundo fora do tempo; quando lhe ocorreu que era a única pessoa a perceber isso, seus olhos se encheram de lágrimas. Ele passou por um parque em Yusuf Paşa, cheio de balanços e escorregadores quebrados; ali perto havia um terreno baldio onde um grupo de meninos jogava futebol. Os altos postes de luz do depósito de carvão lhes proporcionavam um mínimo de iluminação, e Ka parou algum tempo para observá-los. Ouvindo-os gritar, xingar e deslizar sobre a neve, e olhando para o céu branco e para o pálido brilho amarelo das lâmpadas dos postes, a solidão e o ar desolado do lugar o feriram com tal força que ele sentiu Deus dentro de si.

Era menos uma certeza que uma pálida imagem, como acontece quando se faz um esforço para lembrar de um determinado quadro depois de uma rápida passagem pelas galerias de um museu. Tenta-se evocar a pintura apenas para voltar a perdê-la em seguida. Não era a primeira vez que Ka tinha aquela sensação.

Ka crescera numa família republicana secular e não tivera nenhuma educação religiosa, além da que recebera na escola. Embora tivesse sido surpreendido por visões semelhantes em algumas ocasiões nos últimos anos, elas não haviam lhe causado nenhuma inquietação, nem inspirado nenhum impulso poético. No máximo, sentia-se feliz pelo fato de o mundo ser um lugar tão bonito de se contemplar.

Quando voltou para o quarto do hotel para se aquecer e descansar um pouco, passou algum tempo folheando prazerosamente as histórias de Kars que trouxera de Istambul, misturando o que lia às histórias que ouvira o dia todo e aos contos de fadas da infância, de que aqueles livros o faziam lembrar.

Vivia outrora em Kars uma grande e próspera classe média, que, embora tivesse se distanciado do mundo de Ka, estava ligada a todos os rituais de que ele se lembrava da infância; grandes bailes tiveram lugar naquelas mansões, festas que se prolongavam por dias. Kars era uma escala importante na rota comercial para a Geórgia, Tabriz e o Cáucaso. Situada na fronteira entre dois impérios agora extintos, o otomano e o russo, a cidade montanhosa gozara também da proteção de tropas regulares que cada potência enviara sucessivamente para lá com esse fim. Durante o período otomano, muitos povos diferentes se estabeleceram em Kars. Ali tinha havido uma grande comunidade armênia. Suas igrejas milenares ainda ostentavam todo o seu esplendor, embora a comunidade não mais existisse. Ao longo dos anos, muitos persas que fugiam, primeiro do exército mongol, depois do iraniano, fixaram-se em Kars; havia gregos cujas raízes remontavam aos períodos de Bizâncio e do Ponto; havia também georgianos, curdos e circassianos de diversas tribos. Alguns muçulmanos foram expulsos em 1878, quando o exército russo se apoderou do castelo de quinhentos anos da cidade, e em consequência disso as mansões do paxá, os *hamams* e os edifícios otomanos das encostas mais abaixo do castelo entraram em declínio. Kars ainda era próspera e multifacetada quando os arquitetos do czar se puseram a trabalhar ao longo da margem sul do rio Kars; logo construíram uma magnífica cidade nova, definida por cinco avenidas perfeitamente paralelas e por ruas que cruzavam essas avenidas em ângulos retos, coisa nunca vista no Oriente. O czar Alexandre vinha ali para caçar — e para encontrar-se secretamente com a amante. Para os russos,

Kars era uma passagem para o sul e para o Mediterrâneo, e, com vistas ao controle das rotas comerciais que passavam por ali, fizeram grandes investimentos em obras públicas. Foram esses aspectos que impressionaram Ka em sua estada na cidade vinte anos antes. As ruas e os amplos calçamentos de pedra, os plátanos e oleandros plantados depois da fundação da República Turca davam à cidade um ar melancólico, desconhecido em cidades otomanas, cujas casas de madeira haviam se incendiado durante os anos de luta nacionalista e de guerras tribais.

Depois de intermináveis guerras, rebeliões, massacres e atrocidades, a cidade foi ocupada pelos exércitos armênio e russo em diferentes épocas, e até mesmo, por breve período, pelo britânico. Durante pouco tempo, quando as forças russas e otomanas deixaram a cidade depois da Primeira Guerra Mundial, Kars se tornou um Estado independente — em outubro de 1920, o exército turco ficou sob o comando de Kâzım Karabekir, o general cuja estátua agora se via na praça da Estação. Essa nova geração de turcos tirou o máximo proveito do grande projeto iniciado pelos arquitetos do czar quarenta e três anos antes: a cultura que os russos trouxeram para Kars então se adequava perfeitamente ao intento de ocidentalização da República. Mas quando se tratou de renomear as cinco grandes avenidas russas, não se conseguiu pensar em um número suficiente de grandes nomes da história da cidade que não fossem soldados, então terminaram homenageando cinco grandes paxás.

Aqueles foram os tempos de ocidentalização da cidade, como Muzaffer bei, o ex-prefeito do Partido Popular, informava com orgulho e ódio ao mesmo tempo. Ele falou dos grandes bailes dos centros cívicos e das competições de patinação que se faziam sob as agora enferrujadas e arruinadas pontes de ferro batido que Ka atravessara na sua caminhada matinal. Quando uma companhia de teatro de Ancara veio apresentar *Édipo Rei*, a burguesia de Kars recebeu-a com entusiasmo, ainda que não tivessem se passado vinte anos desde a guerra com a Grécia. Os ricos anciãos em casacos com gola de pele saíam a passeio em trenós puxados por robustos cavalos húngaros enfeitados com rosas e borlas de prata. Nos Jardins Nacionais, organizavam-se bailes sob as acácias para angariar fundos para o time de futebol, e a gente de Kars ia dançar as danças da moda ao som de pianos, acordeons e clarinetas tocados ao ar livre. No verão, as moças podiam usar vestidos de manga curta e andar de bicicleta pela cidade sem ser incomodadas. Muitos estudantes do liceu que iam para a escola deslizando em seus patins expressavam seu fervor patriótico pelas informais gravatas-borboleta. Em sua juventude, Muzaffer bei fora um deles, e, quando já advogado, de volta à cidade, ansioso para concorrer a um cargo público, começou a usá-las novamente, seus colegas de partido o advertiram de que aquela moda o faria perder votos, de que seria tomado por um *poseur* da pior espécie, mas Muzaffer não lhes deu ouvidos.

Agora aqueles intermináveis invernos frios estavam perdidos, e a acreditar no que dizia Muzaffer bei, era como se isso explicasse o mergulho na penúria, na depressão e na ruína. Tendo descrito a beleza daqueles invernos — demorando-se especialmente nas faces empoadas dos atores seminus que tinham vindo de Ancara para apresentar peças gregas —, o ex-prefeito passou a contar que, no final dos anos 40, ele mesmo convidara um grupo jovem para apresentar uma peça revolucionária num centro cultural do município. "Essa obra fala do despertar de uma jovem que passou sua vida embrulhada num manto preto", disse ele. “No fim, ela o arranca e queima.” No final da década de 40, eles vasculharam toda a cidade para achar o manto que seria usado na peça; por fim tiveram de telefonar para Erzurum e pedir que mandassem um de lá. “Agora as ruas de Kars estão cheias de jovens mulheres com mantos de todo tipo”, acrescentou Muzaffer. “E como foram proibidas de entrar nas salas de aula por ostentarem esse símbolo do islã político, elas começaram a se suicidar.”

Ka evitou fazer perguntas, agindo de igual maneira pelo resto de sua estada em Kars toda vez que alguém mencionava a ascensão do islã político ou a questão do manto. Ele evitou também perguntar por que — se era verdade que no final da década de 40 não havia um único manto para cabeça em Kars — um grupo de jovens entusiastas sentira necessidade de apresentar uma peça revolucionária estimulando as jovens a não cobrirem a cabeça. Em suas longas caminhadas pela cidade naquele dia, Ka prestara pouca atenção aos mantos que vira e não procurou distinguir os que tinham uma conotação política dos demais; tendo voltado ao país havia apenas uma semana, ainda não desenvolvera a secular habilidade de detectar a motivação política ao ver na rua uma mulher coberta com um manto, uma vez que, verdade seja dita, depois da infância ele não tivera muitas oportunidades de observar mulheres com manto. Nos círculos ocidentalizados da alta classe média da Istambul de sua juventude, uma mulher com manto era com certeza uma pessoa vinda dos arredores da cidade — dos vinhedos de Kartal, por exemplo — para vender uvas. Podia ser também a mulher do leiteiro ou alguma outra pessoa de classe baixa.

A certa altura, eu também haveria de ouvir muitas histórias sobre os antigos proprietários do Hotel Palácio de Neve, onde Ka estava hospedado. Um deles foi um professor universitário de tendências ocidentais que o czar exilara para Kars (uma opção melhor que a Sibéria); outro era um armênio negociante de gado; em seguida, o edifício tinha abrigado um orfanato grego. O primeiro proprietário equipara a construção de cento e dez anos com o sistema de aquecimento típico de tantas casas de Kars à época: uma estufa por trás das paredes, de modo a irradiar calor para quatro quartos à sua volta. Foi apenas quando Kars se tornou parte da República Turca que o prédio ganhou seu primeiro proprietário turco e se converteu em hotel, mas, incapaz de entender como funcionava o sistema de aquecimento russo, o último dono instalou uma grande estufa de cobre ao lado da porta que dava acesso ao pátio. Só muito tempo depois ele se capacitou da excelência do aquecimento central.

Ka estava deitado na cama de casaco, perdido em devaneios, quando bateram à porta; levantou-se de um salto para atender: era Cavit, o recepcionista do hotel, que passava os dias ao lado da estufa assistindo à televisão. Viera dizer a Ka algo de que tinha se esquecido quando este entrou.

"Esqueci de dizer que Serdar bei, o dono da *Gazeta da Cidade Fronteiriça*, quer ver o senhor imediatamente."

Tendo descido as escadas, Ka estava prestes a sair do saguão quando estacou, como que paralisado: naquele exato momento, pela porta atrás do balcão de recepção, surgiu İpek. Ele se esquecera do quanto ela era bonita em seus tempos de universidade, e agora, com a lembrança subitamente reavivada, sentiu-se um tanto nervoso em sua presença. Era exatamente isso — ela era bonita a esse ponto. Primeiro trocaram um aperto de mão à maneira da burguesia ocidentalizada de Istambul, mas, depois de um instante de hesitação, inclinaram a cabeça para a frente, abraçaram-se, sem deixar que seus corpos se tocassem, e beijaram-se nas faces.

"Eu sabia que você viria", disse İpek, dando um passo atrás. Ka ficou surpreso em ouvi-la falar de forma tão desenvolta. "Taner ligou para me contar." Ela fitou-o diretamente nos olhos ao dizer isso.

"Vim para cobrir as eleições municipais e o caso do suicídio das garotas."

"Por quanto tempo você vai ficar?", perguntou İpek. "Agora estou muito ocupada, trabalhando com meu pai, mas há um lugar chamado Confeitaria Vida Nova, ao lado do Hotel Ásia. Vamos nos encontrar lá à uma e meia. Então poderemos pôr a conversa em dia."

Se eles tivessem topado um com o outro em Istambul — digamos, em algum lugar em Beyoğlu —, teriam tido uma conversa normal: era por estar ocorrendo em Kars que ele se sentia tão estranho. Ka não sabia ao certo que parcela daquela agitação poderia ser atribuída à beleza de İpek. Depois de andar por algum tempo na neve, surpreendeu-se pensando: "Estou tão feliz por ter comprado este casaco!".

A caminho da redação do jornal, seu coração lhe revelou uma ou duas coisas que sua cabeça se recusou a aceitar: primeiro, voltando de Frankfurt para Istambul pela primeira vez em doze anos, seu propósito era não apenas assistir aos funerais da mãe mas também encontrar uma jovem turca com quem se casar; segundo, foi por esperar secretamente que essa jovem fosse İpek que Ka empreendera a viagem de Istambul para Kars.

Se um amigo íntimo tivesse sugerido essa segunda possibilidade, Ka nunca o perdoaria; essa verdade iria fazê-lo sentir-se culpado e envergonhado pelo resto da vida. Como vocês podem ver, Ka era um daqueles moralistas que acreditam que a maior felicidade advém de não se fazer nada tendo em vista a própria felicidade. E, acima de tudo, pensava que não era adequado para um homem instruído, ocidentalizado e intelectualizado como ele, pôr-se em campo à procura de um casamento com alguém que mal conhecia. Apesar disso, ele estava muito contente quando chegou à *Gazeta da Cidade Fronteiriça*. Isso porque seu primeiro encontro com İpek — a coisa com que vinha sonhando desde que tinha entrado no ônibus em Istambul — fora muito melhor do que poderia ter imaginado.

A *Gazeta da Cidade Fronteiriça* ficava na avenida Faikbey, uma rua abaixo do hotel de Ka, e sua redação e gráfica ocupavam um espaço apenas um pouco maior que o pequeno quarto de hotel em que ele estava hospedado. Era um estabelecimento de duas salas com divisão de madeira, na qual se viam pendurados retratos de Atatürk, calendários, modelos de cartões de visita e de convites de casamento (um serviço gráfico adicional), e fotografias do dono com importantes funcionários do governo e outros turcos famosos que tinham visitado Kars. Havia também um exemplar emoldurado do primeiro número do jornal, publicado quarenta anos antes. Ao fundo ouvia-se o som tranquilizador do vaivém do pedal da impressora. Esta tinha cento e dez anos e fora fabricada em Leipzig, pela Empresa Baumann, para seus primeiros proprietários, gente de Hamburgo. Depois de usá-la por um quarto de século, eles a venderam para um jornal de Istambul (isso foi em 1910, durante o período de liberdade de imprensa que se seguiu à instituição da segunda monarquia constitucional). Em 1955 — quando a máquina estava para ser vendida como ferro-velho — o saudoso pai de Serdar bei comprou-a e despachou-a para Kars.

Ka encontrou o filho de vinte e dois anos de Serdar bei umedecendo o dedo com saliva, prestes a colocar uma folha em branco na máquina com a mão direita, enquanto removia habilmente a folha impressa com a esquerda — a cesta coletora se quebrara durante uma briga com o irmão mais novo, onze anos antes. Mesmo fazendo aquela manobra complicada, ele conseguiu acenar para Ka. O segundo filho de Serdar bei estava sentado a uma mesa preta retinta, cujo tampo era dividido em inúmeros compartimentos pequenos e rodeado por fileiras de letras de chumbo, matrizes e chapas. O filho mais velho parecia-se com o pai, mas, quando Ka olhou para o mais novo, viu a figura da mãe, gorda, baixinha, de rosto redondo e olhos oblíquos. Imprimindo manualmente anúncios do número que devia sair dentro de três dias, o rapaz mostrava a paciência metódica de um calígrafo que tivesse renunciado ao mundo para se dedicar à sua arte.

"Agora você está vendo em que condições difíceis nós, da imprensa da Anatólia Oriental, temos de trabalhar", disse Serdar bei.

Naquele mesmo instante, houve um apagão. Enquanto a impressora parava com um chiado e a oficina mergulhava numa escuridão encantada, Ka sentiu-se tocado pela beleza da brancura da neve que caía lá fora.

"Quantos exemplares você imprimiu?", perguntou Serdar bei. Acendendo uma vela, ele fez Ka sentar-se numa cadeira na sala da frente.

"Fiz cento e sessenta, pai."

"Quando a luz voltar, complete trezentos e quarenta. Com a vinda da companhia de teatro, nossas vendas devem aumentar."

A *Gazeta da Cidade Fronteiriça* era vendida apenas em um ponto, bem em frente ao Teatro Nacional, no lado oposto da rua, e esse ponto vendia em média vinte exemplares de cada edição; incluindo-se as assinaturas, a circulação do jornal era de trezentos e vinte, fato que inspirava não pouco orgulho em Serdar bei. Destes, duzentos e quarenta iam para as repartições do governo e estabelecimentos comerciais; muitas vezes Serdar bei era obrigado a noticiar suas realizações. Os outros oitenta iam para "pessoas de bem, importantes e influentes", que tinham se mudado para Istambul mas ainda mantinham laços com a cidade.

Quando a eletricidade voltou, Ka notou na fronte de Serdar bei uma veia saltada, que traía sua irritação.

"Depois que você nos deixou, andou se encontrando com as pessoas erradas, e essas pessoas lhe disseram coisas erradas sobre esta nossa cidade fronteiriça", disse Serdar bei.

"Como você sabe onde eu estive?", perguntou Ka.

"Naturalmente, a polícia estava seguindo você", disse o jornalista. "E por razões profissionais, nós ouvimos a comunicação entre os policiais neste radiotransistor. Noventa por cento das notícias que publicamos vêm do palácio do governo e do quartel da polícia de Kars. Toda a força policial está inteirada de que você andou perguntando a todo mundo por que Kars é tão atrasada e pobre e por que tantas jovens estão se suicidando."

Ka ouvira muitas explicações sobre por que Kars caíra em tal penúria. O comércio com a União Soviética tinha acabado durante a Guerra Fria, diziam uns. Os postos alfandegários da fronteira fecharam. Os guerrilheiros comunistas que infestaram a cidade durante a década de 70 fizeram o dinheiro ir embora. Os ricos retiraram todo o capital que conseguiram e mudaram-se para Istambul e Ancara.

A nação voltara as costas para Kars, e Deus também. E não devemos esquecer as intermináveis disputas entre a Turquia e a vizinha Armênia...

"Resolvi lhe contar a verdadeira história", disse Serdar bei.

Com uma lucidez e um otimismo que não sentia havia anos, Ka viu imediatamente que a questão essencial ali era a vergonha. Fora também para ele, durante os anos que passara na Alemanha, mas ele a escondera de si mesmo. Somente agora, ao ter encontrado a esperança de felicidade, é que se sentiu forte para admitir a verdade.

"Nos velhos tempos todos eram irmãos", disse Serdar bei. Ele falava como se estivesse revelando um segredo. "Mas nos últimos anos todo mundo começou a dizer, sou azerbaijano, sou um curdo, sou terekemiano. Claro que aqui temos povos de todas as nações. Os terekemianos, que também chamamos de karakalpaks, são os irmãos dos azerbaijanos. Quanto aos curdos, que preferimos considerar como uma tribo, nos velhos tempos eles nem ao menos sabiam que *eram* curdos. E assim foi durante todo o período otomano: nenhum dos povos que decidiram ficar saiu por aí batendo no peito e gritando 'Nós somos otomanos!'. Os turcomenos, os lazes da cidadezinha de Posof, os alemães que foram expulsos para cá pelo czar — todos estavam aqui, mas nenhum sentia orgulho de se proclamar diferente. Foram os comunistas e sua rádio de Tiflis que incitaram o orgulho tribal, e fizeram isso porque queriam dividir e destruir a Turquia. Agora todo mundo está mais orgulhoso... e mais pobre."

Quando teve certeza de que seus argumentos encontraram eco em Ka, Serdar bei mudou de assunto.

"Quanto aos islamitas, eles vão em grupo de porta em porta, visitando as casas, e dão panelas, frigideiras, essas máquinas de espremer laranja, caixas de sabão, triguilho e detergente às mulheres. Concentram-se nos bairros pobres, procurando conquistar-lhes a simpatia: trazem agulhas curvas e costuram fios dourados nos ombros das crianças para protegê-las do mal. Eles dizem: 'Dê seu voto ao Partido da Prosperidade, o partido de Deus; nós caímos nessa miséria porque nos desviamos do caminho do Senhor'. Os homens falam com os homens, as mulheres, com as mulheres. Eles conquistam a confiança dos desempregados revoltados e humilhados; conversam com suas mulheres, que não sabem de onde virá a próxima refeição, e lhes dão esperança; prometendo mais presentes, conseguem em troca a promessa de votos. Não estamos falando apenas dos que estão nos estratos mais baixos. Mesmo pessoas com empregos — e até comerciantes — os respeitam, porque esses islamitas são mais trabalhadores, mais honestos e mais modestos que quaisquer outros."

O proprietário da *Gazeta da Cidade Fronteiriça* acrescentou que o prefeito recém-assassinado era desprezado por todos. Não porque, ao chegar à conclusão de que os cavalos e carroças eram ultrapassados demais para a cidade, tivesse tentado proibi-los. (Sem nenhum resultado, como se viu depois, pois quando ele morreu o plano foi abandonado.) Não, insistiu Serdar bei, o povo de Kars odiava o prefeito porque ele aceitava subornos e não tinha pulso. Mas os partidos republicanos de direita e de esquerda não conseguiram tirar vantagem desse ódio; divididos como estavam por rixas violentas, disputas étnicas e outras rivalidades destrutivas, fracassaram em apresentar um candidato único em condição de vencer. "O único candidato em quem o povo confia é o que está concorrendo pelo Partido de Deus", disse Serdar bei. "E esse candidato é Muhtar bei, o ex-marido de İpek Hanım, cujo pai, Turgut bei, é dono do hotel em que você está hospedado. Muhtar não é lá muito brilhante mas é curdo, e os curdos representam quarenta por cento de nossa população. O novo prefeito será do Partido de Deus."

Lá fora a neve estava caindo densa e pesada como nunca; apenas de olhá-la, Ka já se sentia solitário. Ele também temia que o mundo ocidentalizado que conhecera na infância estivesse chegando ao fim. Quando estava em Istambul, voltara às ruas da sua infância, procurando os velhos edifícios elegantes onde seus amigos tinham morado, edifícios cuja construção remontava ao início do século XX, mas descobriu que muitos foram destruídos. As árvores tinham mirrado ou sido derrubadas; os cinemas, fechados dez anos antes, ainda estavam lá, rodeados de escuras e estreitas lojas de vestuário. Não era apenas o mundo da sua infância que estava morrendo — era o seu sonho de um dia voltar a morar na Turquia. Se a Turquia fosse dominada por um governo islâmico fundamentalista, ele pensava agora, nem mesmo sua irmã poderia sair de casa com a cabeça descoberta.

O luminoso de neon da *Gazeta da Cidade Fronteiriça* criara um pequeno halo de luz na escuridão lá fora; os flocos de neve gigantes ondulando lentamente através da luminescência eram a essência mesma dos contos de fadas, e observando-os cair sem cessar, Ka se viu com İpek em Frankfurt: eles estavam na mesma Kaufhof em que ele comprara o casaco cinza-carvão que agora envolvia seu corpo; estavam fazendo compras juntos no primeiro andar, na seção de sapatos femininos...

"Isso é obra do movimento islâmico internacional, que quer transformar a Turquia num novo Irã", disse Serdar bei.

"Acontece o mesmo com as jovens suicidas?", perguntou Ka voltando-se.

"Agora estamos reunindo denúncias de pessoas que dizem

achar uma vergonha essas moças terem sido tão iludidas, mas como não queremos aumentar a pressão sobre outras jovens, correndo o risco de levá-las ao suicídio, ainda não publicamos nenhuma de suas declarações. Elas dizem que Azul, o infame terrorista muçulmano, está em nossa cidade para aconselhar as jovens que cobrem a cabeça — e as suicidas também."

"Os muçulmanos não são contra o suicídio?"

Serdar bei não respondeu a essa pergunta. A impressora parou e fez-se silêncio na sala. Ka voltou o olhar para a miraculosa neve. Saber que logo iria ver İpek o estava deixando nervoso. Os problemas de Kars eram uma distração bem-vinda, mas tudo o que desejava naquele momento era pensar em İpek e se preparar para o encontro na confeitaria; faltavam dez minutos.

Com a pompa e solenidade mais condizentes com um presente feito à mão, Serdar bei ofereceu a Ka uma cópia da primeira página que seu enorme filho mais velho acabara de imprimir. Os olhos de Ka, acostumados a procurar o próprio nome em jornais literários, logo o localizaram no canto:

KA, NOSSO FAMOSO POETA, CHEGA A KARS

KA, o célebre poeta cuja fama se espalha pela Turquia, veio visitar a nossa cidade fronteiriça. Ele conquistou a admiração de todo o país com duas coletâneas intituladas *Cinzas e tangerinas* e *Os jornais vespertinos*. Nosso jovem poeta, que também ganhou o Prêmio Behcet Necatigil, veio à nossa cidade para cobrir as eleições municipais para o *Republicano*. Durante muitos anos, KA estudou poesia ocidental em Frankfurt.

"Meu nome está escrito errado", disse Ka. "O A devia estar em caixa-baixa", continuou, lamentando ter de dizer isso. "Mas parece muito bom", acrescentou, como se a pedir desculpas por seus maus modos.

"Meu caro, foi por não sabermos ao certo o seu nome que tentamos entrar em contato com o senhor", disse Serdar bei. "Filho, olhe aqui, você imprimiu errado o nome de nosso poeta." Mas enquanto recriminava o rapaz não havia surpresa em sua voz. Ka desconfiou não ter sido ele o primeiro a notar que seu nome fora impresso errado. "Corrija isso agora mesmo."

"Não é preciso", disse Ka. No mesmo instante viu o próprio nome impresso corretamente no último parágrafo que acabara de ser composto em tipos de chumbo.

> NOITE DE TRIUNFO PARA A TRUPE DE SUNAY ZAIM
> NO TEATRO NACIONAL
>
> A Companhia de Teatro Sunay Zaim, conhecida em toda a Turquia por suas homenagens teatrais a Atatürk, à República e ao iluminismo, apresentou um espetáculo para uma plateia extasiada e entusiástica no Teatro Nacional ontem à noite. O espetáculo, que se prolongou até o meio da noite e contou com a presença do subprefeito, do candidato ao governo municipal e dos cidadãos mais importantes de Kars, foi interrompido várias vezes por estrondosas palmas e aplausos. O povo de Kars, que havia muito ansiava por um evento artístico dessa dimensão, pôde assistir não apenas do auditório superlotado, mas também de suas casas. A Televisão Fronteiriça de Kars trabalhou incansavelmente para organizar essa primeira transmissão ao vivo em sua história de dois anos, para que toda a Kars pudesse assistir ao esplêndido espetáculo. Embora ainda não disponha de equipamento para transmissão ao vivo, a Televisão Fronteiriça de

Kars conseguiu estender um cabo de seus estúdios, na avenida Halitpaşa, ao longo de duas ruas, até a câmera que se colocou no Teatro Nacional. Era tal o espírito de boa vontade presente entre os cidadãos de Kars que alguns moradores tiveram a gentileza de deslocar o cabo para suas casas, para evitar que a neve o danificasse. (Por exemplo, nosso dentista, Fadıl bei, e sua família permitiram que se passasse o cabo pela janela que dá para a sacada da frente e o estendessem pelos jardins dos fundos da casa.) O povo de Kars agora espera ter novas oportunidades de desfrutar de programas de grande sucesso desse tipo.

O diretor da Televisão Fronteiriça de Kars também anunciou que estando em curso a primeira transmissão ao vivo da cidade, todos os estabelecimentos industriais e comerciais de Kars tiveram a gentileza de contribuir para a divulgação.

O programa, que foi visto por toda a população de nossa cidade, incluía vinhetas republicanas, as mais belas cenas das mais importantes obras de arte do iluminismo ocidental, esquetes teatrais criticando os comerciais que visam solapar nossa cultura, as aventuras de Vural, o famoso goleiro, e poemas em honra de Atatürk e da nação. Ka, o famoso poeta, que está visitando nossa cidade, recitou seu último poema, "Neve". O ponto máximo do evento foi a apresentação da peça *Minha pátria ou meu lenço*, a obra-prima iluminista dos primeiros anos da república, numa nova versão intitulada *Minha pátria ou meu manto para a cabeça.*

"Não tenho nenhum poema chamado 'Neve' e não vou ao teatro esta noite. Seu jornal vai dar a impressão de ter errado."

"Não tenha tanta certeza. Tem gente que nos despreza por escrevermos as notícias antes que elas aconteçam. Eles nos temem não por sermos jornalistas, mas porque conseguimos prever o futuro; você precisa ver como ficam espantados quando as coisas acontecem exatamente como as relatamos. E muitas coisas só acontecem porque as relatamos antes. Isso é que é jornalismo moderno. Sei que você não vai se opor a que sejamos modernos — você não vai querer nos desgostar —, e é por isso que tenho certeza de que vai escrever um poema chamado 'Neve' e virá ao teatro para o ler."

Examinando o resto do jornal — anúncios de vários comícios, notícias sobre uma vacina de Erzurum que estava sendo aplicada nos liceus da cidade, um artigo entusiasmado contando que todos os moradores de Kars iriam ter um prazo suplementar de dois meses para pagar suas contas de água — Ka notou uma notícia que não tinha visto antes.

> TODAS AS ESTRADAS PARA KARS ESTÃO FECHADAS
>
> A neve que está caindo há dois dias cortou todas as nossas ligações com o mundo exterior. A estrada de Ardahan foi fechada esta manhã, e a estrada para Sarıkamış ficou intransitável à tarde. Devido ao excesso de neve e de gelo na área atingida, o fechamento das estradas obrigou um ônibus da Empresa Yılmaz a voltar para Kars.
>
> O serviço meteorológico informou que o ar frio vindo diretamente da Sibéria e a nevasca decorrente vão continuar por mais três dias. Assim, nesse período, a cidade de Kars vai ter de se portar como nos invernos de antigamente, virando-se com seus próprios recursos. Isso vai nos dar uma oportunidade de pôr nossa casa em ordem.

Quando Ka estava se levantando para ir embora, Serdar bei ergueu-se de um salto e segurou a porta como para certificar-se de que suas últimas palavras seriam ouvidas.

"Quanto a Turgut bei e suas filhas, quem sabe o que vão lhe contar?", disse ele. "São pessoas instruídas que hoje à noite estão recebendo muitos amigos, como é o meu caso, mas não se esqueça: o ex-marido de İpek, Muhtar bei, é o candidato a prefeito do Partido de Deus. O pai dela, Turgut bei, é ex-comunista. Sua irmã, que veio completar seus estudos aqui, segundo dizem é a líder das moças que usam mantos. Imagine a situação! Não há uma só pessoa em Kars que tenha a menor ideia de por que resolveram vir para cá durante o período mais difícil de nossa cidade, quatro anos atrás."

Ka sentiu um aperto no coração quando ouviu essas notícias perturbadoras, mas não deixou transparecer nenhuma emoção.

# 4. É VERDADE QUE VOCÊ VEIO AQUI PARA COBRIR AS ELEIÇÕES MUNICIPAIS E OS SUICÍDIOS?

## KA SE ENCONTRA COM İPEK NA CONFEITARIA VIDA NOVA

Por que, apesar das más notícias que acabara de receber, havia um leve sorriso no rosto de Ka enquanto andava na neve, indo da avenida Faikbey para a Confeitaria Vida Nova? Alguém estava tocando "Roberta", de Pepino di Capri, uma canção pop melodramática da década de 60, e aquilo o fez sentir-se como o melancólico herói de um romance de Turgueniev saindo para se encontrar com uma mulher com quem sonhara durante anos. Para falar a verdade, Ka amava Turgueniev e seus romances elegantes, e, como o escritor russo, estava cansado dos intermináveis problemas do seu país e chegou a desprezar o seu atraso, só para acabar se surpreendendo a olhar para trás com amor e saudade depois de mudar-se para a Europa. Ka não sonhava com a imagem de İpek, mas trazia na cabeça a visão de uma mulher muito parecida com ela. Talvez İpek tivesse entrado em seus pensamentos de tempos em tempos, mas só começou a pensar nela depois de ter ouvido falar de seu divórcio; na verdade, era justamente por *não* ter sonhado com ela o bastante que agora estava tão interessado em avivar seus sentimentos com música e romantismo *à la* Turgueniev.

Mas tão logo entrou na confeitaria e reuniu-se a ela em sua mesa, todos aqueles pensamentos românticos desapareceram, porque İpek parecia ainda mais bonita naquele momento do que no hotel, mais ainda do que nos tempos de universidade. A verdadeira dimensão de sua beleza — lábios levemente maquiados, tez pálida, olhos brilhantes, olhar franco, afetuoso — perturbava Ka. Houve um momento em que ela pareceu tão espontânea que ele temeu não conseguir sustentar sua atitude estudada. (Esse era seu maior medo, depois do de escrever poemas ruins.)

"Vindo para cá, vi operários arrastando um cabo de transmissão desde a Televisão Fronteiriça de Kars até o Teatro Nacional. Eles o estendiam como um varal", disse ele, na esperança de quebrar o embaraçoso silêncio. Não querendo, porém, parecer criticar as deficiências da vida da província, teve o cuidado de não sorrir.

Sustentar a conversa exigiu certo esforço, mas os dois empenharam-se na tarefa com admirável determinação. A neve era uma coisa que podiam discutir com facilidade. Quando eles esgotaram esse assunto, passaram a falar da pobreza de Kars. Em seguida, do casaco de Ka. Depois ambos confessaram ter achado que o outro não tinha mudado nada, e que nenhum dos dois tinha conseguido parar de fumar. O assunto seguinte foi o dos amigos distantes: Ka acabara de ver muitos deles em Istambul. Mas foi a descoberta de que suas mães agora estavam mortas e enterradas no Cemitério Feriköy, em Istambul, que os levou à maior proximidade que ambos desejavam. E então, quando descobriram pertencer ao mesmo signo astrológico, a revelação — ilusória ou não — produziu um *frisson* que os aproximou ainda mais.

Então, já relaxados, conseguiram conversar (por um breve tempo) sobre suas mães e (mais demoradamente) sobre a demolição da velha estação de trem de Kars. Logo voltaram a atenção para a confeitaria onde se encontravam — fora uma igreja ortodoxa até 1967, quando a porta foi removida e levada para o museu. O mesmo museu tinha uma seção em memória do Massacre Armênio (naturalmente, disse ela, alguns turistas vinham esperando ver remanescentes do massacre turco dos armênios, e era sempre um choque descobrir que nesse museu a história era contada de forma diferente). O assunto seguinte foi o único garçom da confeitaria, meio surdo, um tanto parecido com um fantasma. Depois o preço do café, o qual, ao que parecia, já não era vendido nas casas de chá da cidade por ser muito caro para a clientela desempregada. Em seguida, passaram a discutir as opiniões políticas do jornalista que acompanhara Ka em sua volta pela cidade, as dos vários jornais locais (todos apoiavam o exército e o atual governo) e a edição do dia seguinte da *Gazeta da Cidade Fronteiriça*, que Ka agora sacava do bolso.

Enquanto observava İpek examinar a primeira página, Ka sentiu-se dominar pelo medo de que, como seus velhos amigos de Istambul, ela estivesse tão envolvida nos problemas internos e nas mesquinhas intrigas políticas da Turquia que nem ao menos consideraria a possibilidade de viver na Alemanha. Ele contemplou por longo tempo as pequenas mãos de İpek e seu rosto gracioso — sua beleza ainda o perturbava.

"Baseado em que artigo você foi condenado, e qual a duração da pena?"

Ka contou a ela. Os pequenos jornais políticos do final da década de 70 se permitiram uma liberdade de expressão muito maior do que o código penal autorizava. Todos que foram julgados e considerados culpados de insulto ao Estado tendiam a sentir-se orgulhosos disso. Mas ninguém foi parar na prisão, pois a polícia não fez nenhum esforço sério para procurar os editores, escritores ou tradutores em seus domicílios, constantemente alterados. Mas depois do golpe militar de 1980, as autoridades começaram pouco a pouco a localizar todo mundo que se esquivara da prisão simplesmente mudando de endereço, e foi a essa altura que Ka, que fora processado por um artigo de jornal, impresso de afogadilho, que nem ao menos escrevera, fugiu para a Alemanha.

"Foi difícil para você na Alemanha?", perguntou İpek.

"O que me salvou foi não ter aprendido alemão", disse Ka. "Meu corpo recusava a língua, assim pude preservar minha pureza e minha alma."

De repente receou estar fazendo papel de bobo, mas em sua alegria de ter İpek como ouvinte, ele se dispôs a contar uma história que nunca contara a ninguém: a do silêncio enterrado em seu íntimo, o silêncio que não lhe permitira escrever nem ao menos um poema nos últimos quatro anos.

"Aluguei um pequeno apartamento, próximo à estação de trem, com vista para os telhados de Frankfurt. À noite, quando rememorava o dia, descobria que minhas lembranças estavam envoltas numa espécie de silêncio. A princípio, desse silêncio nascia um poema. Com o passar do tempo, conquistei certo reconhecimento na Turquia como poeta, e agora começo a receber convites para fazer leituras públicas de poemas. Os convites vêm de imigrantes turcos, de prefeituras municipais, bibliotecas e escolas de terceiro grau que pretendem atrair o público turco, e também de turcos desejosos de apresentar a seus filhos um poeta que escreve em turco."

Então, quando convidado, Ka pegava um daqueles impecáveis e pontuais trens alemães que tanto admirava; pelo vidro embaciado da janela contemplava as delicadas torres de igreja elevando-se sobre aldeias longínquas. Perscrutava as florestas de faias, procurando a escuridão que escondiam em seu seio. Via as crianças robustas voltando da escola com suas mochilas, e o mesmo silêncio descia sobre ele — como não entendia a língua do país, sentia-se tão seguro e à vontade como se estivesse na própria casa, e era então que escrevia seus poemas.

Nos dias em que não estava viajando, saía de casa às oito da manhã, caminhava ao longo da Kaiserstrasse, ia à biblioteca municipal, na avenida Zeil, e lia livros. "Havia livros em inglês o bastante para ler por dez vidas." Lá ele lia magníficos romances do século XIX, poesia romântica inglesa, livros de história da engenharia e assuntos correlatos, catálogos de museus — lia o que bem queria, e lia tudo com o prazer de uma criança consciente de que a morte se encontra distante demais para ser imaginada. Enquanto estava na biblioteca virando as páginas, parando de vez em quando para examinar as ilustrações de velhas enciclopédias, relendo os romances de Turgueniev de ponta a ponta, conseguia isolar-se do zumbido surdo da cidade; era envolvido pelo silêncio, da mesma forma que o era nos trens. Mesmo depois do anoitecer, quando voltava por outro caminho, passando em frente ao Museu Judaico e caminhando ao longo do rio Meno, mesmo nos fins de semana, quando andava de uma ponta à outra da cidade, o silêncio ainda o envolvia.

"Quatro anos atrás esses silêncios dominavam toda a minha vida. Eu precisava de barulho — só quando eu eliminava o barulho conseguia escrever poesia", disse Ka. "Mas agora eu vivia em completo silêncio. Não falava com nenhum alemão, e minhas relações com os turcos tampouco eram boas — eles me evitavam, considerando-me meio louco, um intelectual decadente. Eu não estava me encontrando com ninguém, não falava com ninguém, nem escrevia poemas."

"Mas o jornal diz que você vai ler seu último poema hoje à noite."

"Se não tenho um último poema, como posso lê-lo?"

Havia apenas outros dois fregueses na confeitaria. Estavam sentados a uma mesa do outro lado do salão, num canto próximo à janela. Um deles era um jovem baixinho; seu companheiro, velho, magro e cansado, estava tentando, pacientemente, explicar-lhe alguma coisa. Atrás deles, para além do vidro espelhado das janelas, caíam grandes flocos de neve na escuridão; o luminoso de neon da confeitaria tingia os flocos de rosa. Recortados contra esse cenário, os dois homens mergulhados numa intensa conversação no canto mais afastado da confeitaria pareciam personagens de um filme granulado preto e branco.

"Minha irmã Kadife estava na universidade em Istambul, mas não passou nas provas finais do primeiro ano", disse İpek. "Ela conseguiu transferir-se para o Instituto de

Educação aqui de Kars. O homem magro atrás de mim, lá no fundo, é o doutor Yılmaz, diretor do Instituto. Quando minha mãe morreu num acidente de carro, meu pai, que adora minha irmã e não queria ficar sozinho, resolveu mudar-se para cá e trazê-la para morar com meu marido e comigo. Mas logo que meu pai mudou para cá — três anos atrás — Muhtar e eu nos separamos. Por isso, agora nós três moramos juntos. Nós e alguns parentes somos donos do hotel, um lugar cheio de fantasmas e almas penadas. Nós ocupamos três quartos."

Durante os anos em que pertenceram à esquerda no movimento estudantil, Ka e İpek nada tiveram um com o outro. Quando, aos dezessete anos, entrou pela primeira vez nos corredores de pé-direito alto do departamento de literatura, Ka não notou İpek logo — havia muitas outras moças bonitas —, e quando eles se conheceram no ano seguinte, ela já estava casada com Muhtar. Muhtar era um poeta amigo de Ka que pertencia ao mesmo grupo político; como İpek, ele era de Kars.

"Muhtar passou a dirigir a loja do pai, distribuidora exclusiva dos produtos Arçelik e Aygaz", disse İpek, "e, logo que nos instalamos aqui, tentei ficar grávida. Como nada acontecia, ele começou a me levar a médicos em Erzurum e Istambul; quando se tornou claro que mesmo assim eu não engravidava, nós nos separamos. Mas, em vez de se casar novamente, Muhtar se entregou à religião."

"Por que de repente tanta gente está se voltando para a religião?", perguntou Ka.

İpek não respondeu, e por algum tempo eles fitaram a televisão em preto e branco no console da parede.

"Por que todo mundo na cidade está se suicidando?", perguntou Ka.

"Não é todo mundo que está se suicidando, são só moças e mulheres", disse İpek. "Os homens se dedicam à religião, e as mulheres se matam."

"Por quê?"

İpek lançou-lhe um olhar como a dizer que ele não conseguiria nada pressionando-a para ter respostas rápidas; ele ficou com a sensação de ter se excedido. Por alguns instantes, os dois ficaram em silêncio.

"Tenho que conversar com Muhtar como parte do trabalho de cobertura das eleições municipais", disse Ka.

İpek levantou-se imediatamente, foi até a caixa registradora e fez um telefonema. "Ele vai estar na sede do partido até as cinco", disse ela ao voltar. "Então, vai esperar você."

Caiu outro silêncio entre eles, e Ka começou a entrar em pânico. Se as estradas não estivessem fechadas, ele teria pulado no primeiro ônibus que saísse de Kars. Sentiu uma súbita pontada de desespero por essa cidade decadente e por seu povo desamparado. Num gesto mecânico, voltou a cabeça para olhar pela janela. Por longo tempo, ele e İpek ficaram contemplando a neve distraidamente, como se tivessem todo o tempo do universo e não se preocupassem com o mundo. Ka sentia-se impotente.

"É verdade que você veio aqui para cobrir as eleições municipais e os suicídios?", perguntou İpek finalmente.

"Não", disse Ka. "Fiquei sabendo em Istambul que você e Muhtar tinham se separado. Vim aqui para me casar com você."

İpek riu como se Ka tivesse contado uma piada muito boa, mas logo seu rosto corou vivamente. Durante o longo silêncio que se seguiu ele olhou nos olhos de İpek e percebeu que ela lia dentro dele. Quer dizer então que você nem se deu um tempo para me conhecer, seus olhos diziam a ele. Você não pôde nem dispor de alguns minutos para flertar comigo. Você está tão impaciente que não pôde esconder suas intenções. Não tente fingir que veio aqui porque sempre me amou e não conseguia me esquecer. Você veio aqui porque soube que estou divorciada, lembrou-se de como eu era bonita e achou que eu era mais acessível agora que vim parar em Kars.

Àquela altura Ka estava tão envergonhado pelo seu desejo de felicidade, e tão resolvido a se punir por sua insolência, que imaginou İpek proferindo a mais cruel das verdades: o que nos liga é o fato de que ambos diminuímos nossas expectativas em relação à vida. Mas, quando ela falou, disse algo muito diferente do que ele imaginara.

"Eu sempre soube que você daria um bom poeta", disse ela. "Eu queria cumprimentá-lo pelo seu trabalho."

As paredes da confeitaria, como as de todas as casas de chá, restaurantes e saguões de hotel da cidade, eram decoradas com fotografias de montanhas — não as belas montanhas de Kars, mas as montanhas da Suíça. Empilhados nas vitrines do balcão, havia tabuleiros de chocolate e de roscas doces cujas superfícies e coberturas untuosas brilhavam à luz fraca. O velho garçom que acabara de lhes servir o chá agora estava sentado junto à caixa registradora, de frente para a mesa de Ka e İpek, mas de costas para os outros fregueses e assistindo todo contente a um filme na televisão da parede, depois de aumentar o volume para conseguir ouvir. Ka, ansioso para evitar os olhos de İpek, concentrou toda a sua atenção na televisão. Uma atriz turca, loira, de biquíni, corria na areia, perseguida por um homem de bigode farto. Naquele instante, o homenzinho que estava sentado na mesa escura no fundo da confeitaria pôs-se de pé e, apontando um revólver para o diretor do Instituto de Educação, murmurou algumas coisas que Ka não conseguiu ouvir. Quando o diretor respondeu, o revólver disparou — mas Ka só entendeu o que se passava depois. O revólver quase não fez barulho nenhum; quando viu o corpo do diretor sacudir-se violentamente e cair da cadeira, Ka percebeu que o homem levara um tiro no peito.

Vendo o horror estampado no rosto de Ka, İpek se voltou para ver o que acontecera.

Ka olhou para o lugar onde o garçom se encontrava um minuto antes, mas ele não estava mais lá. O homenzinho, ainda no mesmo lugar, continuava apontando a arma para o diretor, que jazia imóvel no chão. O diretor ainda estava tentando dizer-lhe alguma coisa, mas com a televisão num volume tão alto era impossível entender o que ele dizia. O homenzinho enfiou mais três balas no corpo da vítima, dirigiu-se à porta atrás de si e desapareceu. Ka não vira seu rosto.

"Vamos embora", disse İpek. "A gente não deve ficar aqui."

"Socorro!", disse Ka numa voz aguda e fraca. Em seguida acrescentou: "Vamos chamar a polícia". Mas ele não conseguia mover um músculo. Instantes depois ele estava correndo atrás de İpek. Quando passaram a toda pelas portas duplas da confeitaria e desceram à rua pelas escadas, não viram ninguém.

Chegando à calçada cheia de neve, começaram a andar bem depressa. Ninguém nos viu sair, disse Ka consigo mesmo, e isso lhe trouxe certo alívio, porque agora ele se sentia como se fosse o assassino. Isso era o que conseguira — como merecia — por ter pedido İpek em casamento de forma tão abrupta. Só de lembrar, encolheu-se de vergonha. Não conseguiria olhar ninguém nos olhos.

Os temores de Ka não se tinham dissipado quando eles chegaram à esquina da avenida Kâzım Karabekir, embora os disparos lhes tivessem dado um segredo para compartilhar, e ele estivesse contente por ter essa intimidade silenciosa com ela. Mas à luz que brilhava nos engradados de laranjas e de maçãs em frente à galeria Halıl Paşa e àquela da lâmpada nua refletida no espelho da barbearia ao lado, Ka ficou assustado de ver lágrimas nos olhos de İpek.

"O diretor do Instituto de Educação estava barrando a entrada de moças de cabeça coberta nas salas de aula", explicou İpek. "Foi por isso que o pobre homem foi morto."

"Vamos contar à polícia", disse Ka, ainda que se lembrasse de que em outros tempos, quando ele era do movimento estudantil, isso teria sido impensável.

"Não é preciso; eles vão descobrir de qualquer forma. Provavelmente já estão sabendo. O diretório do Partido da Prosperidade fica no primeiro andar daquela galeria." İpek apontou para a entrada do mercado. "Conte a Muhtar o que você viu, para que ele não se surpreenda quando o MİT o prender. E tem mais uma coisa que preciso lhe dizer: Muhtar quer casar comigo novamente, portanto, cuidado com o que diz."

# 5. NÃO ESTOU TOMANDO MUITO TEMPO DO SENHOR?

## A PRIMEIRA E ÚLTIMA CONVERSA ENTRE O ASSASSINO E SUA VÍTIMA

Quando, diante de Ka e de İpek, o homenzinho da Confeitaria Vida Nova atirou na cabeça e no peito do diretor do Instituto de Educação, este levava consigo um gravador escondido. O aparelho — um Grundig importado — fora preso ao seu peito com fita adesiva pelos zelosos agentes da seção local do MİT. O diretor recebera inúmeras ameaças depois de proibir o ingresso de jovens de manto nas salas de aula. Quando os agentes de segurança civis que acompanhavam as atividades dos fundamentalistas confirmaram que essas ameaças eram sérias, a seção local entendeu que era tempo de dar alguma proteção à potencial vítima. Mas o diretor não quis saber de ter um agente seguindo-o a passos pesados feito os de um urso. Embora se considerasse membro do campo político secular, acreditava no destino, como qualquer homem religioso. Ele preferia gravar as ameaças de morte, para que mais tarde os culpados fossem presos. O diretor entrou na Confeitaria Vida Nova num impulso, para comer um daqueles croissants de nozes de que tanto gostava. Quando viu o desconhecido se aproximar, ligou o gravador, como já se tornara um hábito em tais circunstâncias. O aparelho foi atingido por duas balas — o que não foi suficiente para salvar-lhe a vida —, mas as fitas ficaram intactas. Anos depois, consegui uma transcrição com a viúva do diretor, cujas lágrimas ainda não tinham secado, e com sua filha, que então se tornara uma modelo famosa.

— Olá, senhor. O senhor me reconhece?

— Não, acho que não.

— Foi o que imaginei que ia dizer, senhor. Porque não nos conhecemos. Tentei encontrar o senhor na noite passada e novamente hoje de manhã. Ontem a polícia me expulsou da porta da escola. Esta manhã consegui entrar, mas a sua secretária não me deixou chegar ao senhor. Eu queria pegá-lo antes que o senhor entrasse na sala de aula. Foi então que o senhor me viu. Agora está se lembrando de mim, senhor?

— Não, não estou.

— O senhor quer dizer que não se lembra de mim ou que não se lembra de ter me visto?

— Por que queria se encontrar comigo?

— Para ser franco, eu queria falar com o senhor durante horas, e até mesmo dias, sobre tudo que há sob o sol. O senhor é um homem eminente, esclarecido e instruído. Infelizmente, eu não consegui continuar meus estudos. Mas há um assunto que conheço de cor e salteado, e era sobre ele que eu queria discutir com o senhor. Desculpe-me. Não estou tomando muito tempo do senhor?

— De modo algum.

— Desculpe-me, senhor, não se importa que eu me sente? Temos muito chão pela frente.

— Por favor, esteja à vontade.

(*O ruído de alguém puxando uma cadeira*)

— Vejo que o senhor está comendo um doce com nozes. Temos muitas nogueiras em Tokat. O senhor já foi a Tokat?

— Sinto dizer que não.

— Lamento tanto ouvir isso, senhor. Se algum dia o senhor for lá, deve ir à minha casa. Passei a vida inteira em Tokat, todos os meus trinta e seis anos. Tokat é muito bonita. A Turquia também é muito bonita. Mas é uma pena que conheçamos tão pouco o nosso país, que o amor dos nossos não esteja em nosso coração. Em vez disso, nós admiramos aqueles que desrespeitam nosso país e traem o seu povo. Espero que não se importe que eu lhe faça uma pergunta, senhor. O senhor não é ateu, é?

— Não, não sou.

— O senhor é muçulmano?

— Sim. Louvado seja Deus, eu sou.

— O senhor está sorrindo. Gostaria de lhe pedir que leve minha pergunta a sério e a responda da melhor forma. Porque eu viajei de Tokat até aqui na pior fase do inverno para ouvir a sua resposta.

— Como o senhor ouviu falar de mim em Tokat?

— Não há nada nos jornais de Istambul, meu senhor, sobre sua decisão de proibir o acesso às salas de aula das jovens que cobrem a cabeça, como prescreve sua religião e o sagrado Corão. Todos esses jornais se preocupam com escândalos envolvendo modelos. Mas na bela Tokat temos uma rádio muçulmana chamada Bandeira, que nos mantém informados sobre as injustiças perpetradas contra os fiéis em cada canto de nosso país.

— Eu nunca cometeria uma injustiça contra um crente. Eu também temo a Deus.

— Levei dois dias para chegar aqui, senhor, dois dias em estradas fustigadas pela neve e pela tempestade. Quando eu estava sentado no ônibus só pensei no senhor, e pode acreditar, eu sabia o tempo todo que o senhor iria me dizer que tem temor a Deus. E esta é a pergunta que pensei em fazer ao senhor em seguida. Com o devido respeito, professor Nuri Yılmaz, se o senhor tem temor a Deus, se acredita que o sagrado Corão é a palavra de Deus, vamos ouvir sua opinião sobre o belo trigésimo primeiro verso do capítulo intitulado Luz Celestial.

— Sim, é verdade. Esse verso afirma de forma muito clara que as mulheres devem cobrir a cabeça e mesmo as faces.

— Parabéns, senhor! É uma bela resposta correta. E agora, com sua permissão, senhor, gostaria de perguntar outra coisa. Como o senhor pode conciliar o mandamento de Deus com sua decisão de impedir a entrada de moças cobertas nas salas de aula?

— Nós vivemos num Estado secular. Foi o Estado secular que proibiu a entrada dessas moças tanto nas salas de aula como nas escolas.

— Desculpe-me, senhor. Posso lhe fazer uma pergunta? Pode uma lei imposta pelo Estado anular a lei de Deus?

— Essa é uma pergunta muito boa. Mas num Estado secular essas coisas são separadas.

— Mais uma boa resposta correta, senhor. Posso beijar a sua mão? Por favor, senhor, não tenha medo. Dê-me sua mão. Dê-me sua mão e veja com quanto carinho eu a beijo. Oh, Deus seja louvado. Obrigado. Agora o senhor sabe o grande respeito que lhe tenho. Posso fazer mais uma pergunta, senhor?

— Por favor. Vá em frente.

— Minha pergunta é esta, senhor. A palavra secular significa ateu?

— Não.

— Nesse caso, como o senhor pode explicar o porquê de o Estado estar expulsando tantas moças das salas de aula em nome do secularismo, quando elas estão apenas obedecendo às leis da sua religião?

— Francamente, meu filho. Discutir isso não vai levar você a lugar nenhum. Essas coisas se discutem dia e noite na televisão de Istambul, e aonde isso nos leva? As moças continuam recusando-se a tirar os mantos da cabeça e o Estado continua proibindo-as de entrar nas salas de aula.

— Nesse caso, senhor, posso lhe fazer mais uma pergunta? Desculpe-me, mas quando penso nessas nossas jovens que trabalham duro — às quais se negou instrução, que são tão bem-educadas, tão trabalhadoras e que já curvaram a cabeça só Deus sabe a quantos decretos —, a pergunta que não posso deixar de fazer é: como se pode conciliar tudo isso com o que nossa Constituição diz sobre a liberdade de educação e de religião? Por favor, diga-me. Sua consciência não lhe pesa?

— Se essas jovens fossem tão obedientes como você diz que são, elas teriam tirado o manto. Qual o seu nome, meu filho? Onde você mora? Em que você trabalha?

— Eu trabalho na Casa de Chá Irmãos Felizes, que fica ao lado da famosa *hamam* A Mariposa de Tokat. Sou encarregado dos fogões e dos bules. Meu nome não interessa. Ouço a rádio Bandeira o dia inteiro. De vez em quando, fico chocado com alguma coisa que ouço, com uma injustiça feita a um crente. E porque vivo numa democracia e sou um homem livre que pode fazer o que bem entende, às vezes tomo um ônibus e viajo até o outro lado da Turquia para pegar o culpado, onde quer que esteja, e ajustar contas com ele. Então, por favor, senhor, responda à minha pergunta. O que é mais importante, um decreto de Ancara ou a lei de Deus?

— Esta discussão não leva a lugar nenhum, meu filho. Em que hotel você está hospedado?

— O quê, o senhor está pensando em me entregar à polícia? Não tenha medo de mim, senhor. Não pertenço a nenhuma organização religiosa. Eu desprezo o terrorismo. Eu acredito no amor de Deus e na livre troca de ideias. É por isso que nunca termino uma troca de ideias agredindo ninguém, ainda que tenha o sangue quente. Só quero que o senhor responda a essa pergunta. Então, por favor, me desculpe, senhor, mas quando o senhor pensa na forma cruel como tratou aquelas pobres meninas na porta de seu instituto — quando o senhor lembra que essas meninas estavam apenas obedecendo à palavra de Deus tal como está expressa claramente nos capítulos Clãs Confederados e Luz Celestial do sagrado Corão — sua consciência não lhe pesa nem um pouco?

— Meu filho, o Corão diz também que os ladrões devem ter suas mãos cortadas, mas o Estado não faz isso. Por que você não se opõe a isso?

— É uma excelente resposta, senhor. Deixe-me beijar-lhe a mão.

Mas como o senhor pode comparar a mão de um ladrão com a honra de nossas mulheres? Segundo as estatísticas divulgadas pelo professor muçulmano negro americano Marvin King, a incidência de estupros nos países islâmicos em que as mulheres se cobrem é muito baixa, praticamente inexistente, e nem se ouve falar de assédio. Isso porque uma mulher que se cobre está marcando uma posição. Pela sua maneira de vestir, ela diz: Não me moleste. Então, por favor, senhor, posso lhe fazer uma pergunta? Será que desejamos mesmo empurrar nossas mulheres cobertas para a margem da sociedade, negando-lhes o direito à educação? Se continuarmos a admirar as mulheres que descobrem a cabeça (e também quase todo o resto), não corremos o risco de degradá-las na esteira da revolução sexual? E se conseguirmos degradar nossas mulheres, não estamos correndo o risco também — perdoe-me o termo — de nos tornarmos gigolôs?

— Terminei de comer meu doce, filho. Preciso ir embora.

— Continue sentado, senhor. Continue sentado, e aí não vou ter de usar isto. Está vendo o que é isto, senhor?

— Sim. É um revólver.

— Está certo, senhor. Espero que não se incomode. Eu vim de muito longe para encontrar o senhor. Não sou idiota. Ocorreu-me que o senhor iria se recusar a me ouvir. Foi por isso que tomei minhas precauções.

— Qual é o seu nome, filho?

— Vahit Süzme. Salim Fęsmekân. Francamente, senhor, que diferença faz? Eu sou o defensor anônimo dos heróis anônimos que sofreram inúmeras injustiças quando buscavam manter suas crenças religiosas numa sociedade presa do materialismo secular. Não sou membro de nenhuma organização. Eu respeito os direitos humanos e sou contra o uso da violência. É por isso que estou guardando a arma no bolso. É por isso que só espero do senhor que responda à minha pergunta.

— Ótimo.

— Então vamos voltar ao começo, senhor. Vamos lembrar o que o senhor fez com aquelas moças cuja criação exigiu anos de carinhosa dedicação. Que eram as meninas dos olhos de seus pais. Que eram muito, mas muito inteligentes. Que estudavam com muito afinco. Que estavam entre as primeiras de suas classes. Quando veio a ordem de

Ancara, o senhor tratou de negar a existência delas. Se uma delas escrevia o nome na lista de presença, o senhor o apagava — só porque ela cobria a cabeça com um manto. Se sete moças estavam sentadas com o professor, o senhor agia como se a que estava de cabeça coberta não existisse, e pedia seis xícaras de chá. O senhor sabe o que fez com essas jovens? O senhor as fez chorar. Mas a coisa não parou por aí. Logo veio outra ordem de Ancara, e depois disso o senhor as proibiu de entrar nas salas de aula. O senhor as relegou aos corredores, depois as expulsou dos corredores e as pôs no meio da rua. E então, quando um grupo dessas heroínas se juntou às portas da escola para se fazer ouvir, o senhor pegou o telefone e chamou a polícia.

— Não fomos nós que chamamos a polícia.

— Sei que o senhor está com medo da arma em meu bolso. Mas por favor, senhor, não minta. Sua consciência não doeu quando foi dormir, no dia em que mandou agarrar à força e prender aquelas jovens? Essa é a minha pergunta.

— Claro, mas a verdadeira questão é saber quanto sofrimento causamos às mulheres do povo quando transformamos os mantos em símbolos e usamos as mulheres como fantoches no jogo político.

— Como pode chamá-lo de jogo, senhor? Quando essa jovem que teve de escolher entre sua honra e sua educação — que pena! — caiu em depressão e se matou... tratava-se de um jogo?

— Você está muito agitado, meu rapaz. Mas nunca lhe ocorreu que pode haver potências estrangeiras por trás disso tudo? Você não vê como talvez tenham politizado a questão do manto para tornar a Turquia uma nação fraca e dividida?

— Se o senhor deixasse as jovens voltarem à escola, não haveria mais a questão do manto.

— Você acha mesmo que a decisão é minha? Essas ordens vêm de Ancara. Minha esposa usa o manto na cabeça.

— Pare de me bajular. Responda à pergunta que lhe fiz.

— Que pergunta?

— Sua consciência lhe pesa?

— Meu filho, eu também sou pai. Claro que sinto por essas jovens.

— Ouça. Sei muito bem me controlar. Mas quando perco a paciência, acabou. Quando eu estava na prisão, espanquei um homem só porque ele se esqueceu de cobrir a boca quando bocejou. Ah, sim, eu transformei todos eles em homens lá dentro. Eu curei os maus hábitos de todos os homens daquele pavilhão da prisão. Consegui até fazê-los orar. Por isso pare de se esquivar. Quero ouvir uma resposta a minha pergunta. O que acabei de dizer?

— O que você acabou de dizer, filho? Abaixe a arma.

— Não lhe perguntei se tinha uma filha, mas se o senhor lamenta.

— Desculpe-me, filho. O que você perguntou?

— Não precisa me bajular só porque está com medo do revólver. Basta lembrar-se do que lhe perguntei.

(*Silêncio*)

— O que você me perguntou?

— Eu lhe perguntei se sua consciência não lhe pesa, infiel!

— Claro que me pesa.

— Então por que persiste? Será porque não tem vergonha?

— Meu filho, sou um professor. Tenho idade para ser seu pai. Está escrito no Corão que você deve apontar armas para os mais velhos e insultá-los?

— Não ouse pronunciar o nome do Corão, está ouvindo? E pare de olhar por cima do meu ombro como se pedisse socorro. Se gritar por socorro, não vou hesitar. Eu atiro, entendeu?

— Sim, entendi.

— Então responda a esta pergunta: O que o país ganha se as mulheres descobrem a cabeça? Dê-me uma única boa razão. Diga alguma coisa em que o senhor acredite de todo o coração. Diga, por exemplo, que com isso os europeus vão começar a tratá-las como seres humanos. Assim finalmente eu vou entender quais são os seus motivos e não vou atirar no senhor. Vou deixá-lo ir embora.

— Meu caro menino. Eu tenho uma filha. Ela não usa manto. Não interfiro em sua decisão, assim como não interfiro na decisão de minha mulher de usá-lo.

— Por que sua filha resolveu descobrir-se — ela quer virar estrela de cinema?

— Ela nunca disse nada que se aproxime disso. Está em Ancara estudando relações públicas. Mas me apoiou muito quando começaram a me atacar por causa dessa questão do manto. Sempre que fico perturbado com as coisas que o povo diz, sempre que sou caluniado ou ameaçado, sempre que tenho de enfrentar o ódio de meus inimigos — ou de pessoas como você, que têm todo o direito de estar com raiva —, ela me liga de Ancara e...

— E diz: Aguente firme, papai. Vou ser uma estrela de cinema.

— Não, filho, ela não diz isso. Diz: Querido pai, se eu tivesse de ir a uma classe cheia de jovens de cabeça coberta, não ousaria ir descoberta. Eu usaria um manto, mesmo que não quisesse.

— O que aconteceria então se ela não quisesse se cobrir, que mal adviria?

— Francamente, não saberia lhe dizer. Você me pediu para dar um motivo.

— Então me dê, seu bruto sem-vergonha. Você quer dizer que era isso que estava pensando quando deixou a polícia espancar essas jovens piedosas que cobriram a cabeça em obediência a Deus? Está tentando me dizer que você as levou ao suicídio somente para contentar sua filha?

— Há muitas mulheres na Turquia que pensam como minha filha.

— Considerando-se que noventa por cento das mulheres deste país usam manto na cabeça, é difícil saber em nome de quem essas estrelas de cinema pensam que estão falando. Você deve ter orgulho de ver sua filha se expondo, seu tirano sem-vergonha, mas ponha isto na cabeça. Posso não ser um professor, mas sei muito mais sobre esse assunto que você.

— Meu bom homem, por favor, não aponte essa arma para mim. Você está muito agitado. Se essa arma dispara, você vai se arrepender.

— Por que haveria de me arrepender? Por que teria viajado dois dias sob essa neve miserável senão para eliminar um infiel? Como determina o sagrado Corão, é meu dever matar qualquer tirano que trate crentes com crueldade. Mas porque estou com pena de você, vou lhe dar uma última chance. Dê-me apenas uma razão pela qual sua consciência não lhe pesa quando você manda as mulheres se descobrirem, e juro que não vou atirar em você.

— Quando uma mulher tira o manto da cabeça, ela passa a ocupar um lugar mais confortável na sociedade e ganha mais respeito.

— Isso deve ser o que sua filha estrela de cinema pensa, mas a verdade é exatamente o contrário disso. Os mantos protegem as mulheres de assédio, estupro e degradação. É o manto que dá às mulheres respeito e um lugar mais satisfatório na sociedade. Ouvimos isso de muitas mulheres que decidiram cobrir-se já bem tarde em suas vidas. Mulheres como a ex-dançarina da dança do ventre Melahat Şandra. O manto salva as mulheres dos instintos animalescos dos homens da rua. Ele as poupa do tormento da disputa com as outras mulheres em matéria de beleza. Elas não têm de viver como objetos sexuais, elas não têm de usar maquiagem o dia inteiro. Como já observou o professor muçulmano negro americano Marvin King, se a famosa estrela de cinema Elizabeth Taylor tivesse passado os últimos vinte anos protegida pelo manto, ela não teria de sofrer tanto por estar gorda. Ela não teria acabado num hospital psiquiátrico. Ela teria sido um pouco mais feliz. Desculpe-me, senhor. Posso lhe fazer uma pergunta? Por que está rindo, senhor? O senhor pensa que estou querendo fazer gracinha? (*Silêncio*) Vá em frente e me responda, ateu sem-vergonha. Por que está rindo?

— Meu querido filho, por favor, acredite. Não estou rindo! E se eu ri, foi de nervoso.

— Não, não foi isso. Você estava rindo com muita convicção!

— Por favor, acredite em mim. Eu só sinto compaixão por todas as pessoas deste país — como você, como as moças que se cobrem com mantos — que estão sofrendo por esse motivo.

— Puxar meu saco não vai lhe adiantar nada. Não estou sofrendo nem um pouco. Mas você vai sofrer agora por ter rido das jovens que se suicidaram. Agora que riu delas, não há a menor chance de que você demonstre remorso. Então, deixe-me dizer em que pé estão as coisas agora. Faz algum tempo que os Combatentes da Liberdade pela Justiça Islâmica condenaram você à morte. Eles o sentenciaram em Tokat, cinco dias atrás, e me mandaram aqui para executar a sentença. Se você não tivesse rido, eu teria abrandado e perdoado você. Pegue essa folha de papel. Vamos ouvi-lo ler sua sentença de morte. (*Silêncio*) Pare de chorar feito uma mulher. Leia isso com voz firme. E vamos logo, seu estúpido sem-vergonha. Se você não se apressar, vou atirar.

— "Eu, professor Nuri Yılmaz, sou ateu." Meu querido filho, eu não sou ateu!

— Continue a ler.

— Meu filho, você não vai atirar em mim enquanto leio isto, vai?

— Se você não continuar lendo, vou atirar em você.

— "Confesso ser um títere num plano secreto para despojar os muçulmanos da República Turca secular de sua religião e de sua honra, para transformá-los em escravos do Ocidente. Quanto às jovens que se recusaram a se descobrir, porque eram piedosas e atentas ao que está escrito no Corão, eu lhes infligi tanto sofrimento que uma jovem não conseguiu suportar e se suicidou..." Meu caro filho, com a sua permissão gostaria de fazer uma objeção quanto a isso. Agradeceria muito se você pudesse transmitir isso ao comitê que o enviou. Essa moça não se enforcou porque foi impedida de entrar na sala de aula. Também não foi por causa da pressão do pai. O MİT já nos informou que ela estava sofrendo uma desilusão amorosa.

— Não foi isso que ela disse no bilhete que deixou.

— Por favor, desculpe-me, meu filho, mas acho que você deve saber — por favor, abaixe essa arma — que, mesmo antes de se casar, essa jovem sem instrução foi ingênua o bastante para entregar-se a um policial vinte e cinco anos mais velho que ela. E — o que é tremendamente lamentável — foi depois que ele lhe disse que era casado e não tinha intenção de se casar com ela...

— Cale a boca, desgraçado. Isso é o que a prostituta da sua filha faria.

— Não faça isso, meu filho, não faça isso. Se você atirar em mim, só vai arruinar o seu futuro.

— Diga que está arrependido.

— Estou arrependido, filho. Não atire.

— Abra a boca. Quero enfiar o revólver dentro. Agora ponha o dedo em cima do meu e puxe o gatilho. Você vai continuar sendo um infiel, mas pelo menos terá morrido com honra. (*Silêncio*)

— Meu filho, veja a que ponto cheguei. Na minha idade, estou chorando. Estou pedindo a você. Tenha piedade de mim. Tenha pena de você mesmo. Você ainda é muito jovem. E vai virar um assassino.

— Então puxe o gatilho você mesmo. Veja como o suicídio é doloroso.

— Meu filho, eu sou muçulmano. Sou contra o suicídio.

— Abra a boca. (*Silêncio*) Pare de chorar assim. Nunca lhe passou pela cabeça que um dia você teria de pagar pelo que fez? Pare de chorar ou atiro.

(*A voz do velho garçom ao longe*)

— Quer que traga chá a esta mesa, senhor?

— Não, obrigado. Já vou sair.

— Não olhe para o garçom. Continue lendo a sentença de morte.

— Meu filho, por favor, me perdoe.

— Eu disse pra você ler.

— "Estou envergonhado de todas as coisas que fiz. Sei que mereço morrer e na esperança de que Deus Onipotente vai me perdoar..."

— Continue lendo.

— Meu querido filho. Deixe este velho chorar por alguns instantes. Deixe-me pensar em minha mulher e em minha filha pela última vez.

— Pense nas moças cuja vida você destruiu. Uma teve um colapso nervoso, quatro foram expulsas a pontapés da escola no terceiro ano. Uma se suicidou. As que ficaram trêmulas na porta de sua escola tiveram febre e adoeceram. A vida delas foi arruinada.

— Sinto muitíssimo, meu caro, caro filho. Mas de que adiantará me matar e se tornar um assassino? Pense nisso.

— Certo. Vou pensar. (*Silêncio*) Pensei um pouco sobre isso, senhor. E ouça a que conclusão cheguei.

— Qual?

— Vaguei pelas ruas miseráveis de Kars durante dois dias, sem chegar a lugar nenhum. Então concluí que era o destino, e comprei minha passagem de volta para Tokat. Eu estava tomando minha última xícara de chá quando...

— Meu filho, se você acha que pode me matar e fugir no último ônibus que parte de Kars, vou lhe avisar. As estradas estão fechadas por causa da neve. O ônibus das seis horas foi cancelado. Não vá se arrepender depois.

— Justo quando eu ia retornar, Deus o fez entrar na Confeitaria Vida Nova. E se Deus não vai perdoar você, por que eu perdoaria? Diga suas últimas palavras. Diga "Deus é grande".

— Sente-se, filho. Estou avisando... nosso Estado vai pegar vocês todos... e enforcá-los.

— Diga "Deus é grande".

— Acalme-se, meu filho. Pare. Sente-se. Pense um pouco mais sobre isso. Não puxe o gatilho. Pare. (*Som de um tiro. Som de cadeira sendo derrubada*) Não faça isso, meu filho! (*Mais dois tiros. Silêncio. Um gemido. O som de uma televisão. Mais um tiro. Silêncio*)

# 6. ELE BEIJOU MINHA MÃO

## AMOR, RELIGIÃO E POESIA: A TRISTE HISTÓRIA DE MUHTAR

Depois que İpek o deixou na entrada da galeria Halıl Paşa e voltou para o hotel, Ka esperou antes de subir as escadas para o diretório local do Partido da Prosperidade, que ficava no primeiro andar. Passou algum tempo em meio aos aprendizes, desempregados e aos pobres desocupados que vagavam pelos corredores do térreo. Mentalmente, continuava a ver o diretor do Instituto de Educação caído no chão agonizante; atormentado pelo remorso e pelo sentimento de culpa, disse a si mesmo que deveria estar ligando para algumas das pessoas a quem fora apresentado esta manhã: o subchefe de polícia, talvez, ou alguém em Istambul, ou para a redação do *Republicano*, ou para algum outro conhecido seu. Mas ainda que o prédio estivesse cheio de casas de chá e barbearias, ele não conseguiu achar um só lugar com telefone.

Continuando a procurar, ele entrou num estabelecimento em cuja porta se lia ASSOCIAÇÃO DOS AMIGOS DOS ANIMAIS. Lá havia um telefone, mas estava sendo usado. E àquela altura ele já não sabia ao certo se queria mesmo fazer a ligação. Passando pela porta entreaberta do escritório, chegou a um salão cujas paredes eram decoradas com pinturas de galos; no meio do salão havia uma pequena rinha. De repente, Ka entendeu que estava apaixonado por İpek. E percebendo que aquele amor iria determinar o curso do resto da sua vida, sentiu-se dominar pelo medo.

Entre os ricos amigos dos animais que gostavam de briga de galos, havia um homem que haveria de se lembrar muito bem de quando Ka entrou no salão naquele dia, sentou-se num dos bancos vazios da arquibancada e pareceu perder-se em seus pensamentos. Ele tomou chá e leu as regras do esporte, afixadas em letras grandes na parede:

*É proibido tocar em qualquer galo sem a permissão do dono.*

*O galo que cair 3 vezes seguidas, sem atacar o rival, perde a luta.*

*Os donos têm 3 minutos para tratar um esporão ferido e 1 minuto para consertar uma unha quebrada.*

*Caso um galo caia no chão e seu rival pise em seu pescoço, o galo caído será levantado, e a luta continuará.*

*Caso falte luz, tem-se um prazo de quinze minutos de espera. Se nesse período a luz não voltar, a briga será cancelada.*

Quando saiu da Associação dos Amigos dos Animais, às duas e vinte, Ka estava tentando imaginar como poderia convencer İpek a fugir de Kars com ele. Agora as luzes estavam apagadas na sede do Partido do Povo, do velho advogado Muzaffer bei, que, Ka agora reparou, ficava apenas três portas adiante do Partido da Prosperidade de Muhtar — separados pela Casa de Chá dos Amigos e pela Alfaiataria Verde. Tinham acontecido tantas coisas com Ka desde sua visita ao advogado naquela manhã que, no momento mesmo em que entrava na sede do Partido da Prosperidade, ele mal conseguia acreditar que estava de volta ao mesmo lugar.

Fazia doze anos que Ka não via Muhtar. Depois de abraçá-lo e beijá-lo em ambas as faces, notou que agora o outro estava barrigudo, os cabelos ralos e grisalhos, mas isso era mais ou menos o que ele esperava. Mesmo em seus tempos de universidade, Muhtar não tinha nada de especial. Agora, como naquela época, pendia do canto de sua boca um daqueles cigarros que ele fumava sem parar.

"Mataram o diretor do Instituto de Educação", disse Ka.

"Ele não morreu; acabaram de falar no rádio", disse Muhtar. "Como você sabe disso?"

"Ele estava na confeitaria de onde İpek ligou para você", disse Ka. "Na Confeitaria Vida Nova." Ele contou a Muhtar o que tinham visto.

"Vocês chamaram a polícia?", perguntou Muhtar. "O que vocês fizeram depois?"

Ka lhe disse que İpek voltara para o hotel, e ele fora procurá-lo imediatamente.

"Só faltam cinco dias para a eleição, e todo mundo sabe que vamos ganhar, por isso o Estado está urdindo uma carapuça para enfiar em nossa cabeça. Está pronto para dizer qualquer coisa para nos derrubar", disse Muhtar. "Em toda a Turquia, nosso apoio às jovens que usam o manto é a expressão máxima da nossa visão política. Agora alguém tentou assassinar o desgraçado que impediu a entrada dessas moças no Instituto de Educação, e um homem que estava na cena do crime vem direto à sede de nosso partido, sem nem ao menos parar para chamar a polícia." Muhtar fez uma pausa para se recompor e acrescentou, com alguma delicadeza: "Agradeceria se você ligasse para a polícia agora mesmo. Por favor, conte-lhes tudo". Ele passou o fone a Ka, com o gesto orgulhoso de alguém que oferece uma bebida a um convidado. Quando Ka o pegou, Muhtar procurou o número do telefone e discou.

"Conheço o subchefe de polícia. Seu nome é Kasım bei", disse Ka.

"De onde você o conhece?", perguntou Muhtar num tom desconfiado que irritou Ka.

"Ele foi a primeira pessoa que Serdar bei, o dono do jornal, me levou para visitar esta manhã", disse Ka, mas antes que pudesse continuar, a moça da mesa telefônica completara a ligação para o subchefe de polícia. Ka contou-lhe exatamente o que vira na Confeitaria Vida Nova. Muhtar inclinou-se para ele e, com um gesto desajeitado, que ao mesmo tempo lembrava um flerte, colou o ouvido ao de Ka e tentou ouvir. Para que o outro pudesse ouvir melhor, Ka levantou o fone e colocou-o mais perto do ouvido dele. Agora estavam tão próximos que cada um sentia a respiração do outro no rosto. Embora Ka não tivesse a mínima ideia de por que Muhtar queria ouvir sua conversa com o subchefe de polícia, o instinto lhe dizia para continuar. Ele explicou que não vira o rosto do agressor, mas descreveu-o como sendo de baixa estatura, e teve o cuidado de repetir essas informações.

"O senhor poderia vir para cá imediatamente para que possamos ouvir seu depoimento?", disse o chefe de polícia num tom amistoso.

"Estou na sede do Partido da Prosperidade", disse Ka. "Logo estarei aí."

Houve um silêncio do outro lado da linha.

"Aguarde um instante", disse o chefe da polícia.

Ka e Muhtar ouviram-no cobrir o fone e cochichar para os colegas.

"Espero que não se incomode, mas vamos mandar uma radiopatrulha para buscá-lo", disse o chefe da polícia. "Essa neve não para. Em poucos minutos uma radiopatrulha irá pegá-lo aí na sede do partido."

"Foi bom dizer a eles que está aqui", disse Muhtar quando Ka desligou. "De qualquer modo, já sabiam. Eles têm olheiros por toda parte. E não quero que tenham uma impressão errada das coisas potencialmente suspeitas que acabei de lhe dizer."

Ka foi invadido por uma onda de raiva que o remeteu a seus primeiros passos políticos, na escola, em sua época burguesa em Nişantaş. O jogo consistia em fazer as pessoas denunciarem umas às outras, principalmente seus inimigos políticos, como informantes da polícia. Foi o medo dos carros da polícia e o medo de ser pego numa situação em que fosse obrigado a delatar — informando à polícia que casas deveriam sofrer diligência — que afastou Ka da política de uma vez por todas. Lá estava Muhtar agora disputando as eleições pelo partido fundamentalista islâmico, algo que ele teria achado indigno dez anos antes, e lá estava Ka ainda se desculpando por aquilo e por tantas coisas mais.

O telefone tocou. Muhtar reassumiu a pose respeitável e se pôs a regatear com alguém da Televisão Fronteiriça de

Kars o preço de um comercial da loja de sua família, a ser veiculado na transmissão ao vivo daquela noite.

Depois que ele desligou o telefone, os dois homens ficaram em silêncio, como duas crianças constrangidas, sem saber o que dizer um ao outro — e enquanto estavam nisso, Ka imaginou-se conversando com ele sobre todas as coisas que lhes tinham acontecido durante os doze anos transcorridos desde seu último encontro. Primeiro imaginou cada um contando o que lhe passava pela cabeça: Agora que ambos fomos forçados ao exílio, sem ter conseguido realizar nada nem ter tido êxito em coisa alguma, nem mesmo em encontrar a felicidade, podemos pelo menos concordar que a vida foi dura! E tampouco basta ser poeta... e é por isso que a política lança tal sombra sobre nossas vidas. Mas mesmo se tivesse dito isso, nenhum dos dois teria a coragem de acrescentar o que não podiam admitir nem para si mesmos: é por termos falhado em encontrar a felicidade na poesia que agora sentimos nostalgia da sombra da política.

Mais do que nunca Ka desprezava Muhtar. Mas então lembrou a si mesmo que Muhtar devia estar sentindo uma ponta de felicidade por estar na iminência de uma vitória eleitoral, assim como ele, Ka, também tivera o seu quinhão, conquistando certa fama como poeta — o que era melhor do que fama nenhuma. Mas como nenhum dos dois jamais iria admitir a felicidade advinda dessas coisas, não podiam abordar o grande assunto, a amarga verdade que se erguia entre eles: o fato de terem se habituado ao fracasso e à cruel injustiça da vida. Ka temia que o desejo de ambos por İpek fosse uma forma de escapar desse estado de espírito derrotista.

"Ouvi dizer que você vai ler seu último poema no espetáculo desta noite", disse Muhtar, com um sorriso que mal se percebia.

Por alguns instantes, Ka fitou raivosamente os belos olhos castanhos daquele homem que fora marido de İpek. Ele não conseguiu notar nem mesmo a sombra de um sorriso neles.

"Você encontrou Fahir quando estava em Istambul?", perguntou Muhtar, dessa vez com algo mais parecido com um sorriso.

E então Ka conseguiu sorrir com ele, e não sem naturalidade: o homem mencionado por Muhtar era alguém por quem ele tinha certo respeito. Fahir era de sua época, e havia vinte anos vinha defendendo a poesia modernista ocidental. Estudara no liceu francês Saint Joseph; uma vez por ano ele metia a mão na herança de sua louca mas rica avó — que se dizia ter nascido num palácio — e partia para Paris, onde enchia a mala de coletâneas de poemas dos livreiros de Saint-Germain. De volta a Istambul, ele publicava traduções turcas desses livros, suas próprias poesias e as de outros poetas turcos modernos em revistas que ele próprio editava e em coleções de poesia de editoras que ele vivia fundando e levando à falência. Mas, embora todos o respeitassem por esse esforço, a poesia do próprio Fahir — que dava a impressão de ser escrita sob a influência dos poemas que ele traduzira para um "turco puro" afetado — era em geral considerada, no melhor dos casos, sem inspiração e, no pior, incompreensível.

Ka disse a Muhtar que não conseguira se encontrar com Fahir em Istambul.

"Houve um tempo em que eu desejava que Fahir gostasse da minha poesia", disse Muhtar. "Infelizmente, ele desprezava poetas como eu, interessados não por poesia pura, mas pelo folclore e pelas belezas de nosso país. Passaram-se os anos, os militares tomaram o poder e fomos todos para a prisão; como todo mundo, quando fui solto andei à deriva feito um idiota. As pessoas que um dia tentei imitar tinham mudado, aquelas cuja aprovação eu desejava tinham sumido, e nenhum dos meus sonhos se realizou, nem na poesia nem na vida. Em vez de continuar minha agitação frenética e sem dinheiro em Istambul, preferi voltar para Kars e assumir a loja de meu pai, que outrora me causava tanta vergonha, mas mesmo com todas essas mudanças eu não me sentia feliz. Não conseguia levar as pessoas daqui a sério, e quando as via eu tinha a mesma atitude de Fahir diante de meus poemas: torcia o nariz. A cidade de Kars e seus habitantes... era como se não fossem reais. Todos queriam morrer ou ir embora. Mas eu já não tinha para onde ir. Era como se eu tivesse sido apagado da história, banido da civilização. O mundo civilizado parecia bem longe, e eu não conseguia imitá-lo. E Deus nem ao menos me deu um filho que pudesse realizar tudo o que não realizei, que me libertasse de minha aflição tornando-me o indivíduo ocidentalizado, moderno e seguro de si que sempre sonhei ser."

Sempre impressionava Ka a forma como Muhtar vez por outra conseguia rir de si mesmo; seu tênue sorriso parecia irradiar-se de dentro.

"À noite eu costumava beber e, para evitar discutir com minha bela İpek, chegava tarde em casa. Certa vez, já bem tarde, numa dessas noites de Kars em que tudo, mesmo os pássaros do céu, parece ter congelado, eu fui o último freguês a sair do Café Campos Verdejantes. Eu estava andando em direção à avenida do Exército, onde İpek e eu morávamos, a menos de dez minutos de caminhada, mas muito longe pelos padrões de Kars. O *raki* me subira à cabeça, e eu não tinha andado mais de dois quarteirões quando me perdi. Não havia vivalma nas ruas. Kars parecia uma cidade abandonada, como sempre acontece nessas noites frias; nem quando bati numa porta tive resposta, fosse porque se tratava de uma dessas casas armênias desabitadas havia oitenta anos, fosse porque seus moradores estavam debaixo de muitos cobertores e, como animais hibernando, não desejavam deixar o calor de suas tocas.

"Agradava-me, de certo modo, ver toda a cidade parecendo abandonada e deserta. Logo uma doce sonolência começou a se espalhar pelo meu corpo, por causa da bebida e do frio. Resolvi deixar esta vida, então avancei mais três ou cinco passos e me deitei na calçada gelada sob uma árvore, para esperar que o sono e a morte se apossassem de mim. Num estupor ébrio, pode-se suportar esse tipo de frio por quatro ou cinco minutos antes de morrer congelado. Enquanto a branda sonolência se espalhava por minhas veias, vi diante de mim o filho que nunca tive. Que alegria foi ver aquele filho, um rapaz, já crescido, de gravata, seus modos diferentes de nossos burocratas engravatados — não, esse meu filho era um verdadeiro europeu. Bem na hora em que estava prestes a me dizer alguma coisa, ele parou e beijou a mão de um ancião. Esse ancião irradiava luz em todas as direções. No mesmo instante, um raio de luz irrompeu no lugar em que eu jazia, entrou-me nos olhos, atravessou o meu corpo e me acordou.

"Sentindo vergonha e esperança em igual medida, pus-me de pé. Olhei e vi na minha frente uma luz que saía de uma porta, enquanto as pessoas saíam e entravam. A voz dentro de mim mandou que eu entrasse junto com elas. Os recém-chegados me aceitaram em seu grupo e me levaram para dentro da casinha iluminada e aquecida. Em nada se pareciam com a gente desesperada e oprimida que povoava a cidade de Kars; eram pessoas felizes e, ainda mais surpreendente, eram todas de Kars; eu até conhecia algumas delas. Percebi então que se tratava da residência temporária secreta de sua excelência Saadettin efêndi, o sheik curdo sobre o qual eu ouvira tantos boatos. Haviam me dito que ele tinha muitos discípulos entre os funcionários públicos e também entre os ricos, que seu número aumentava a cada dia e que, a convite destes, descera de sua aldeia nas montanhas para realizar seus rituais para os pobres, desempregados e desamparados da cidade; sabendo, porém, que a polícia nunca haveria de permitir tal manifestação antirrepublicana, eu não dera muita atenção a esses boatos.

"Agora lá estava eu, subindo a escadaria do sheik, degrau por degrau, as lágrimas escorrendo-me dos olhos. Estava acontecendo uma coisa que por muito tempo temi secretamente e que em meus anos de ateísmo teria denunciado como fraqueza e atraso: eu estava voltando para o islã. Essas caricaturas que a gente vê de sheiks em suas vestes longas, barbas arredondadas... a verdade é que eu as achava assustadoras; por isso, mesmo subindo as escadas de livre e espontânea vontade, comecei a chorar. O sheik foi gentil. Ele me perguntou por que estava chorando. Naturalmente que eu não ia dizer estou chorando porque caí num antro de sheiks reacionários e seus discípulos. De qualquer modo, estava também profundamente envergonhado por causa dos vapores de *raki* que saíam de minha boca como fumaça de uma chaminé. Eu disse que tinha perdido minha chave. Isso deve ter me ocorrido porque de fato eu tinha deixado minha chave cair no lugar onde me deitara para morrer. Minha declaração fez com que os sicofantas dos seus seguidores começassem uma discussão sobre os possíveis sentidos metafóricos de *chave*, mas o sheik logo mandou que todos fossem procurar a chave de verdade. Quando ficamos sozinhos, ele sorriu amavelmente. Percebi então que era o velho bondoso do meu sonho e relaxei.

"Eu sentia tal reverência por aquele homem venerável, com aquela expressão de santidade, que beijei sua mão. Então ele fez uma coisa que me espantou muito: ele beijou minha mão também. Fui tomado por uma sensação de paz que havia muitos anos não sentia. Entendi imediatamente que podia conversar com ele sobre qualquer coisa, contar-lhe tudo da minha vida, e ele me traria de volta para o caminho em que sempre havia acreditado, no âmago do meu ser, mesmo quando ateu: o caminho para o Deus Onipotente. Eu não cabia em mim de contente à mera expectativa dessa salvação. Nesse meio-tempo, eles acharam minha chave.

"Fui para casa e dormi, e de manhã lembrei-me do que acontecera e senti vergonha. Minhas lembranças eram vagas, até porque eu preferia não me lembrar de nada daquilo. Prometi a mim mesmo nunca mais voltar à residência do sheik. Mas eu me preocupava com o que podia acontecer se cruzasse com um dos discípulos que me tinham visto lá. Então, certa noite, novamente a caminho de casa, vindo do Café Campos Verdejantes, meus pés me levaram outra vez para lá. Apesar de minhas crises noturnas de vergonha, isso tornava a se repetir, noite após noite. O sheik fazia-me sentar ao seu lado; enquanto ouvia minhas mágoas, enchia-me o coração com o amor de Deus. Eu ficava chorando, e isso me trazia a paz. Durante o dia, eu tratava de esconder os segredos da residência do sheik levando comigo o *Republicano*, o jornal mais secular da Turquia, e fazendo discursos contra os pregadores religiosos, inimigos da República, que estavam tomando o país de assalto; eu perguntava por que a Associação do Pensamento de Atatürk não estava mais se reunindo.

"Minha vida dupla continuou até a noite em que İpek me perguntou se eu tinha outra mulher. Debulhei-me em lágrimas e contei-lhe tudo. Ela também chorou. 'Agora que você abraçou a religião, vai envolver minha cabeça com um manto?' Prometi-lhe que nunca iria lhe pedir isso. E temendo que ela pensasse ser minha mudança devida a razões econômicas, apressei-me em lhe dizer que tudo estava indo bem na loja e que apesar dos constantes apagões os novos fogões Arçelik estavam vendendo bem. Eu disse tudo isso para tranquilizá-la. Para dizer a verdade, eu estava feliz por agora poder orar em casa e comprei um manual de orações na livraria. Minha nova vida estendia-se diante de mim.

"Depois que me recompus, certa noite me veio uma inspiração repentina e escrevi um importante poema. Nele, contei toda a crise: minha vergonha, o amor de Deus que crescia dentro de mim, a paz, a primeira vez que subi as escadas do sheik, e até os sentidos reais e metafóricos de minha chave. Como poema, era impecável. Juro que era tão bom quanto aqueles poemas elegantes ocidentais que Fahir traduzia para o turco. Enviei a ele uma cópia pelo correio imediatamente. Esperei seis meses, mas o poema nunca foi publicado na *A tinta de Aquiles,* sua revista à época. Mas então eu escrevera mais três poemas. A cada dois meses, eu os enviava a ele. Esperei com impaciência durante um ano, mas ele não publicou nem ao menos um.

"Minha única infelicidade naquela época nada tinha a ver com o fato de continuar sem um filho, nem com a resistência de İpek aos ensinamentos do islã, e tampouco com o escárnio de meus velhos amigos esquerdistas seculares que souberam de minha guinada para a religião. Tanta gente estava se voltando para a religião com o mesmo entusiasmo, que eles mal tinham tempo de prestar atenção em mim. Não, a coisa mais inquietante era o fato de que os poemas que enviara para Istambul não estavam sendo publicados. No início de cada mês, com a edição de cada novo número de *A tinta de Aquiles*, as coisas se aquietavam. Toda vez eu me consolava dizendo para mim mesmo que finalmente, naquele mês, eles iriam publicar um poema. As verdades que havia naqueles poemas mereciam ombrear com as verdades da poesia ocidental. Em minha opinião, a única pessoa na Turquia capaz de fazer com que isso acontecesse era Fahir.

"A injustiça dessa contínua indiferença começou a me irritar e a envenenar a alegria que encontrei no islã. Chegou ao ponto em que eu ficava pensando em Fahir mesmo quando estava orando na mesquita; mais uma vez, eu estava infeliz. Certa noite resolvi revelar minha dor ao sheik, mas ele nada sabia de poesia modernista, de René Char, a frase interrompida, Mallarmé, Joubert, o silêncio de uma linha em branco.

"Isso abalou minha confiança no sheik. Afinal de contas, já fazia algum tempo que ele não me oferecia nada de novo, apenas '*Mantenha seu coração limpo, e o amor de Deus livrará você da opressão*' e oito ou dez frases desse tipo. Não quero tirar os seus méritos, pois ele não é um simplório; só que seus conhecimentos são muito limitados. Foi nesse ponto que algum demônio interno — meio utilitarista, meio racionalista, remanescente de meus tempos de ateu — começou a me espicaçar. Pessoas como eu só encontram a paz quando estão lutando por uma causa num partido político com gente que pensa da mesma forma. Foi por isso que ingressei no Partido da Prosperidade; sabia que isso iria me propiciar uma vida espiritual mais profunda e mais significativa que a que eu encontrara com os homens na casa do sheik. Afinal de contas, trata-se de um partido religioso, um partido que valoriza o lado espiritual. Minha experiência como membro do partido na época em que eu era marxista me preparou bem."

“Em que sentido?”, perguntou Ka.

As luzes se apagaram. Houve um longo silêncio.

“Acabou a luz”, disse Muhtar finalmente, em tom de mistério.

Ka não respondeu; deixou-se ficar na escuridão, completamente imóvel.

# 7. MILITANTE ISLAMITA É SÓ UM NOME QUE OS OCIDENTAIS E OS PROFANOS DÃO A NÓS

## NA SEDE DO PARTIDO, NA DELEGACIA DE POLÍCIA E NOVAMENTE NAS RUAS

Causava certa sensação de fantasmagoria ficar ali em total silêncio, mas Ka preferia aquilo a estar numa sala bem iluminada e conversando com Muhtar como velhos amigos. Agora tudo o que tinham em comum era İpek, e embora uma parte de Ka ansiasse para falar sobre ela, a outra tinha a mesma ânsia de esconder seus sentimentos. Ele temia também que Muhtar contasse mais histórias, revelando ser ainda mais estúpido, caso em que Ka se veria obrigado a se perguntar por que İpek ficara casada com aquele homem durante tantos anos. Ele não tinha nenhuma vontade de descobri-la indigna de sua veneração.

Assim sendo, ele relaxou quando Muhtar, perdendo a paciência com sua própria história, mudou de assunto e passou a falar de seus amigos da esquerda e exilados políticos que tinham fugido para a Alemanha. Ka sorriu e contou-lhe o que ouvira dizer de Tufan, o amigo de cabelo encaracolado de Malátia, que em certa época escrevera sobre temas relacionados ao Terceiro Mundo para vários jornais: ao que parecia, ele enlouquecera. A última vez que Ka o viu fora na estação central de Stuttgart; tinha na mão um cabo comprido, com um pano molhado amarrado na ponta, e se movia depressa para a frente e para trás, esfregando o chão, assobiando enquanto trabalhava. Então Muhtar perguntou sobre Mahmut, o homem que, não tendo papas na língua, costumava criar tantos problemas. Ka contou que Mahmut se juntara ao grupo fundamentalista de Hayrullah efêndi, e que se entregava às disputas internas com a mesma fúria argumentativa que mostrara quando esquerdista, com a ressalva de que agora a disputa era para decidir quem tinha poder sobre que mesquita. Quanto ao amável Süleyman, Ka sorriu ao contar que ele estava vivendo dos donativos de uma instituição de caridade da igreja que acolhera tantos exilados políticos do Terceiro Mundo, mas que, tendo se cansado da vida na cidadezinha de Traunstein, voltara para a Turquia, mesmo sabendo muito bem que o poriam na cadeia tão logo chegasse.

Ka falou sobre Hikmet, que morrera em circunstâncias misteriosas quando trabalhava como motorista em Berlim; de Fadıl, que se casara com a velha viúva de um oficial nazista e agora administrava um pequeno hotel com ela; e de

Tarik, o teórico, que fizera fortuna trabalhando com a máfia turca em Hamburgo. Quanto a Sadık, que, junto com Muhtar, Ka, Taner e İpek, em certa época dobrava os jornais recém-saídos da impressora, agora chefiava uma gangue que introduzia imigrantes ilegais na Alemanha, fazendo-os entrar pelos Alpes. Muharrem, famoso por seu mau humor, agora vivia uma alegre vida underground com sua família no metrô de Berlim, numa daquelas estações-fantasma abandonadas na época da Guerra Fria e do Muro. Quando o trem passava em velocidade entre as estações Kreuzberg e Alexanderplatz, os socialistas turcos aposentados a bordo ficavam em posição de sentido, repetindo a mesma saudação dos velhos bandidos de Istambul sempre que passavam por Arnavutköy fitando as águas turbulentas onde um lendário gângster fora empurrado da ribanceira e perecera. Ainda que não se conhecessem, os exilados políticos em posição de sentido no vagão lançavam olhares furtivos à volta, para ver se algum dos outros passageiros também estava prestando homenagem ao lendário herói de sua causa secreta. Foi num daqueles vagões do metrô que Ka se encontrou com Ruhi, que outrora se mostrara tão crítico com seus amigos esquerdistas por sua recusa em aderir à psicologia; Ka ficou sabendo que Ruhi agora trabalhava como cobaia para medir o impacto de uma campanha publicitária para um novo tipo de pizza de pastrami de cordeiro destinada aos trabalhadores turcos de menor poder aquisitivo.

De todos os exilados políticos que Ka encontrou na Alemanha, o mais feliz era Ferhat, que entrara no PKK e agora estava atacando as várias agências da Companhia Aérea Turca com grande fervor revolucionário; ele também fora visto na CNN, jogando coquetéis Molotov em consulados turcos; ao que parecia, ele agora estava estudando curdo e sonhando em futuramente escrever poemas nessa língua. Quanto aos outros dos quais Muhtar procurou se informar, num estranho tom de preocupação, Ka havia muito os esquecera; só podia imaginar que tivessem seguido o caminho de tantos outros, que entraram em grupos menores, trabalhavam para os serviços secretos ou para algum segmento do mercado negro, ou então sumiram ou entraram na clandestinidade. Alguns, sem dúvida, terminaram indo parar no fundo do canal, tendo sido mortos de algum modo violento.

Seu velho amigo agora tinha acendido um fósforo, e Ka pôde ver a mobília fantasmagórica da sede do partido, e assim que enxergou a mesinha de centro e o aquecedor a gás, levantou-se e foi até janela, onde fixou a atenção na neve que caía.

Os flocos que passavam por ele eram imensos e rápidos. Ka descobria uma serena elegância em sua abundância lenta e branca, que ficava ainda mais luminosa quando uma luz azulada de uma parte desconhecida da cidade brilhava através deles. Sua cabeça voltou às noites nevoentas de sua infância, quando as tempestades causavam apagões, e por toda a casa de Ka se ouviam sussurros assustados — Deus proteja os pobres! — e seu coração de criança batia mais depressa e ele se sentia feliz por ter uma família. Olhou com tristeza para um cavalo que, puxando uma carroça, pelejava contra a neve: na escuridão, só conseguia enxergar a cabeça da criatura sobrecarregada, balançando de um lado para o outro.

"Muhtar, você ainda vai visitar seu sheik?"

"Você se refere à sua excelência Saadettin efêndi?", perguntou Muhtar. "Sim, de vez em quando. Por que você pergunta?"

"O que esse homem tem a lhe oferecer?"

"Um pouco de compreensão e, ainda que isso não dure muito, um pouco de solidariedade. Ele é bem informado."

Em seu tom de voz Ka percebeu não serenidade, mas desilusão. "Eu vivo uma vida muito solitária na Alemanha", disse Ka, insistindo obstinadamente na conversa. "Quando olho os telhados de Frankfurt no meio da noite, sinto que o mundo e minha vida não são destituídos de sentido. Ouço sons dentro de mim."

"Que tipo de sons?"

"Devem ter a ver com o medo de ficar velho e de morrer", disse Ka meio sem jeito. "Se eu fosse um autor e Ka um personagem de livro, eu diria: 'A neve faz Ka lembrar-se de Deus!'. Mas não estou bem certo de que isso corresponderia exatamente à verdade. O que me aproxima de Deus é o silêncio da neve."

"A direita religiosa, os muçulmanos conservadores deste país" — agora Muhtar falava depressa, como se desejando deixar-se levar por uma falsa esperança —, "depois de meu tempo de esquerdista ateu, essa gente chegou como um grande alívio. Você precisa conhecê-los. Tenho certeza de que você também ia gostar deles."

"Você acha mesmo isso?"

"Bem, antes de mais nada, esses homens religiosos são modestos, gentis e compreensivos. Ao contrário dos turcos ocidentalizados, não desprezam instintivamente as pessoas comuns; eles são compassivos e também se sentem discriminados. Se o conhecessem, iriam gostar de você. Não haveria palavras ásperas."

Como sabia Ka desde o começo, naquela parte do mundo a fé em Deus não era coisa que se alcançasse engendrando pensamentos sublimes e estendendo a própria capacidade criativa ao seu limite máximo; tampouco era uma coisa que se podia alcançar sozinho; acima de tudo significava juntar-se a uma mesquita, fazer parte de uma comunidade. Apesar disso, Ka estava desapontado em ver que Muhtar falava tanto sobre seu grupo, sem mencionar Deus ou sua própria fé uma só vez. Ele desprezou Muhtar por isso. Mas enquanto pressionava a testa contra a janela, disse uma coisa totalmente diferente.

"Muhtar, se eu começasse a acreditar em Deus, você ficaria decepcionado, e acho que iria me desprezar."

"Por quê?"

"A ideia de um indivíduo ocidentalizado solitário cuja fé em Deus é particular é muito ameaçadora para você. Para você, é muito mais fácil confiar num ateu que pertence a uma comunidade que num homem solitário que acredita em Deus. Para você, um homem solitário é muito mais desprezível e pecador que um descrente."

"Eu sou um homem solitário", disse Muhtar.

O fato de que ele pudesse dizer aquelas palavras com tanta sinceridade e convicção encheu Ka de rancor e piedade. Parecia-lhe que a escuridão dera aos dois certa confiança ébria. "Sei que não vou me tornar um, mas digamos que eu me tornasse o tipo de crente que ora cinco vezes por dia. Por que isso haveria de perturbar você? Talvez porque você só pode abraçar sua religião e sua comunidade se secularistas ateus como eu estiverem cuidando dos negócios e dos assuntos de governo. Um homem não pode orar para satisfazer o próprio coração nesse país, a menos que possa contar com a eficiência do ateu que é especialista no lidar com o Ocidente e com os outros aspectos dos negócios mundanos."

"Mas você não é um desses homens de negócios ateus. Posso levá-lo para conhecer sua excelência o sheik quando você quiser."

"Acho que nossos amigos policiais chegaram!", disse Ka.

Através da janela cheia de gelo eles viram dois policiais à paisana lutando para sair da radiopatrulha estacionada logo ali embaixo, na entrada da galeria.

"Agora vou lhe pedir um favor", disse Muhtar. "Num instante aqueles homens vão subir as escadas e nos levar para a delegacia. Eles não vão prendê-lo, apenas tomar seu depoimento e liberar você. Você pode voltar para o seu hotel, e à noite Turgut bei vai convidá-lo para jantar, e você sentará à sua mesa. Naturalmente suas dedicadas filhas também estarão lá. Então, eu gostaria que você dissesse o seguinte a İpek, está me ouvindo? Diga a İpek que quero casar de novo com ela! Eu errei em pedir-lhe que se cobrisse em obediência à lei islâmica. Diga-lhe que agi como um marido provinciano ciumento e que estou envergonhado e arrependido da pressão que fiz sobre ela quando estávamos casados!"

"Você já disse essas coisas a ela?"

"Disse, mas não adiantou nada. Talvez ela não tenha acreditado em mim porque sou o chefe local do Partido da Prosperidade. Mas você é outro tipo de homem; você veio de Istambul, e até mesmo da Alemanha. Se você lhe disser, ela vai acreditar."

"Sendo você o chefe local do Partido da Prosperidade, não vai lhe causar problemas políticos o fato de sua mulher não se cobrir?"

"Com a permissão de Deus, vou ganhar a eleição dentro de quatro dias e me tornar prefeito", disse Muhtar. "Mas é muito mais importante para mim que você diga a İpek o quanto estou arrependido; com certeza vou ficar detrás das grades. Irmão, você pode fazer isso por mim?"

Ka teve um momento de indecisão, então disse: "Sim, farei".

Muhtar abraçou Ka e beijou-o em ambas as faces. Ka sentiu um misto de piedade e repugnância; ele se desprezava por não ser puro e sincero como Muhtar.

"E eu agradeceria muito se você levasse este poema para Istambul e entregasse em mãos a Fahir", disse Muhtar. "É aquele de que acabei de falar, seu título é 'A escadaria'."

Ka estava colocando o poema no bolso quando três policiais à paisana entraram na sala escura. Dois deles traziam enormes lanternas. Eram capazes e eficientes, e ficou claro pelo seu comportamento que sabiam exatamente o que Ka estava fazendo ali com Muhtar. Para Ka, era evidente que eles eram do MİT. Não obstante, eles insistiram em ver o documento de identidade de Ka e em perguntar sobre suas atividades. Ka disse mais uma vez que viera para cobrir as eleições municipais e fazer uma matéria sobre as moças suicidas para o *Republicano*.

"É porque gente como você anda escrevendo sobre elas em Istambul que as moças daqui começaram a se suicidar", disse um dos policiais.

"Não, não é", disse Ka, inflexível.

"Que explicação você dá, então?"

"Elas se suicidam porque são infelizes."

"Nós também somos infelizes e não nos matamos."

Enquanto essa conversa continuava, eles varriam a sede do partido com suas lanternas, abriam armários, tiravam gavetas, esvaziavam-nas em cima de mesas e folheavam arquivos. Viraram a mesa de Muhtar de cabeça para baixo para procurar armas e puxaram um dos pesados arquivos para vasculhar atrás dele. Deram a Ka um tratamento bem melhor que a Muhtar.

"Depois que você viu o diretor do Instituto ser baleado, por que veio diretamente para cá, em vez de ir direto à polícia?"

"Eu tinha marcado um encontro aqui."

"Por quê?"

"Fomos colegas de universidade", disse Muhtar, em tom de desculpa. "E a filha do dono do Hotel Palácio de Neve, onde ele está hospedado, é minha mulher. Pouco antes da ocorrência, eles ligaram para mim e marcaram uma conversa. Como os telefones aqui da sede do partido estão grampeados, não vai ser difícil verificar isso."

"Que história é essa de que grampeamos seus telefones?"

"Desculpe-me", disse Muhtar, sem sombra de aborrecimento. "Eu não tenho certeza — estava só supondo. Talvez eu esteja errado."

Ka sentiu uma ponta de respeito por Muhtar, que procurava ganhar a simpatia do policial que o tratava grosseiramente, aguentava seus repuxões com tranquilidade e, como o restante de Kars, não se importava com os apagões nem com as estradas terrivelmente enlameadas.

Tendo vasculhado cada canto da sede do partido, revirado cada gaveta e esvaziado cada pasta do arquivo, os policiais amarraram uns poucos achados com um barbante, anotando o que tinham encontrado para o relatório oficial, e jogaram o pacote num saco. Então levaram Ka e Muhtar para o carro de patrulha. Quando os dois se sentaram lado a lado no banco de trás, como duas crianças caladas e culpadas, Ka viu a submissão voltar às enormes mãos brancas que descansavam como dois velhos cachorros gordos nos joelhos de Muhtar.

Enquanto o carro da polícia avançava pelas ruas escuras cobertas de neve, os dois lançavam um olhar angustiado às fracas luzes alaranjadas que brilhavam através das cortinas entreabertas das velhas mansões armênias, aos velhos que carregavam sacolas de plástico andando penosamente nas calçadas cobertas de gelo, às velhas casas escuras e vazias, solitárias como fantasmas. No painel em frente ao Teatro Nacional um cartaz anunciava o espetáculo da noite. Os operários ainda estavam nas ruas instalando o cabo para a transmissão ao vivo. As multidões que vagueavam em volta da estação rodoviária pareciam ainda mais impacientes com as estradas até então fechadas.

Os flocos de neve agora pareciam grandes como aquelas *boules de neige* com que Ka brincara quando criança. Enquanto o carro da polícia rodava lentamente na neve, ele sentiu como se estivesse num conto de fadas. Como o motorista dirigia com muito cuidado, mesmo aquela curta viagem levou seis ou sete minutos, mas durante todo o percurso ele trocou apenas um olhar com Muhtar. Ka tinha certeza, pelo olhar angustiado de resignação do amigo, de que quando eles chegassem à central de polícia Muhtar ia ser espancado, ao passo que ele próprio seria poupado.

Ele viu mais alguma coisa no olhar que seu amigo lhe deu, e que o acompanharia por muitos anos: Muhtar achava que merecia a surra que estava prestes a levar. Mesmo tendo certeza de que ganharia a eleição dentro de quatro dias, havia alguma coisa tão inquietante em sua calma que o fazia parecer arrependido pelo que ainda não tinha acontecido; era quase como se ele estivesse pensando, eu mereço essa surra não por ter insistido em me estabelecer nesta cidade abandonada por Deus, mas por ter sucumbido uma vez mais ao desejo de poder; não vou deixar que eles abalem o meu ânimo, mas mesmo assim odeio a mim mesmo por saber tudo isso, e então me sinto inferior a você. Por favor, quando me olhar nos olhos, não reflita a minha vergonha, devolvendo-a a mim.

Embora os policiais à paisana não tivessem separado Ka de Muhtar depois de estacionar o carro no pátio interno da delegacia, havia uma notável diferença no tratamento dispensado aos dois homens. Ka era um famoso jornalista de Istambul que poderia, se escrevesse alguma coisa crítica, causar-lhes um bocado de problemas, por isso eles o tratavam como uma testemunha que estava lá para ajudar as autoridades na investigação. Mas no que se referia a Muhtar, era como se dissessem "Não! Você novamente?". E quando se voltavam para Ka era como se lhe dissessem "O que um homem como você está fazendo com um homem como ele?". Simploriamente, Ka imaginava que foram as respostas conciliadoras de Muhtar que os fizeram pensar ser ele, por um lado, estúpido (você acha mesmo que nós íamos deixar vocês assumirem o controle do país?) e, por outro, confuso (se ao menos você pudesse pôr um pouco de ordem em sua vida). Só muito depois Ka haveria de fazer a dolorosa descoberta de que a polícia estava seguindo uma linha totalmente diferente.

Esperando que ele pudesse identificar o homenzinho que atirara no diretor do Instituto de Educação, eles levaram Ka a uma sala contígua para examinar um arquivo de cerca de cem fotografias em preto e branco. Lá estavam todos os islamitas políticos de Kars e dos arredores que tinham sido detidos pelo menos uma vez pela polícia. Quase todos eram jovens curdos das aldeias ou então desempregados, mas havia também fotografias de frente e de perfil de ambulantes, alunos de escolas secundárias religiosas ou de universidades, professores e turcos sunitas. Enquanto Ka examinava foto após foto de jovens tristes olhando angustiados para a câmera fotográfica da polícia, pensou ter reconhecido dois adolescentes que vira em sua caminhada pela cidade naquela manhã, mas não encontrou ninguém que se parecesse com o homem baixinho e, ao que lhe parecia, mais velho que cometera o assassinato.

Ka voltou e encontrou Muhtar derreado no mesmo banco, mas seu nariz sangrava e um olho tinha uma mancha vermelha. Muhtar fez um ou dois gestos que traíam a vergonha que sentia e cobriu o rosto com um lenço. No silêncio, Ka imaginou ter Muhtar encontrado a redenção no espancamento que sofrera; aquilo devia tê-lo libertado da culpa e da agonia espiritual que sentia diante da miséria e estupidez de seu país. Dali a dois dias, pouco antes de receber a mais triste notícia de sua vida — e estando reduzido ao mesmo estado de Muhtar —, Ka teria motivos para relembrar aquela sua louca fantasia.

Momentos depois, eles levaram Ka novamente à sala ao lado para colher seu depoimento. Sentado diante de um jovem policial que usava a mesma velha máquina Remington que ele se lembrava de ter visto seu pai, advogado, usar quando trazia serviço para casa, Ka descreveu o assassinato do diretor do Instituto de Educação, e enquanto falava lhe ocorreu que eles lhe mostraram Muhtar para assustá-lo.

Ka foi liberado pouco depois, mas o rosto de Muhtar permaneceu diante dos seus olhos por algum tempo. Nos velhos tempos, a polícia provinciana não se mostrava tão disposta a espancar conservadores religiosos. Mas Muhtar não era de um dos partidos de centro-direita; ele defendia o islã radical. Mais uma vez Ka se perguntou se aquela posição tinha alguma coisa a ver com a personalidade de Muhtar. Ele andou pela neve por muito, muito tempo. No fim da avenida do Exército, sentou-se numa mureta e fumou um cigarro, enquanto olhava um grupo de crianças deslizando e escorregando numa rua transversal, à luz da lâmpada do poste. A pobreza e a violência que ele vira naquele dia o cansaram, mas se sentia estimulado pela esperança de que, com o amor de İpek, conseguiria começar uma nova vida.

Mais tarde, continuando a andar na neve, encontrou-se na calçada oposta à da Confeitaria Vida Nova. A vitrine estava quebrada e a luz azul-marinho em cima do carro da polícia estacionado à sua frente rutilava. Ela lançava um brilho quase espiritual sobre os empregados da loja e sobre as crianças aglomeradas em volta do carro, dando a impressão de infundir na neve que caía uma paciência divina. Quando Ka se juntou à multidão, a polícia ainda estava interrogando o velho garçom.

Alguém bateu timidamente no ombro de Ka. "Você é Ka, o poeta, não é?" Era um adolescente com grandes olhos verdes, um rosto infantil e aspecto afável. "Meu nome é Necip. Eu sei que você veio para Kars para cobrir as eleições e escrever sobre as jovens suicidas para o *Republicano*, e que já se encontrou com muitos grupos. Mas há uma pessoa mais importante em Kars com quem você devia conversar."

"Quem?"

"Podemos nos afastar um pouco?"

Ka gostou do ar de mistério do adolescente. Eles se deslocaram para a frente do Buffet Moderno, "mundialmente famoso por seus *sharbats* e seus *saleps*".

"Recebi instruções de só dizer o nome da pessoa que você precisa conhecer, se antes concordar em se encontrar com ela."

"Como posso concordar em encontrar alguém sem primeiro saber de quem se trata?"

"Tem razão", disse Necip. "Mas essa pessoa está escondida. Não posso lhe dizer de quem ela se esconde, a menos que você concorde em ir falar com ela."

"Está bem, concordo", disse Ka. E fazendo uma pose vinda diretamente de um gibi de aventuras, acrescentou: "Espero que não seja uma armadilha".

“Se você não é capaz de confiar nas pessoas, nunca vai conseguir chegar a lugar nenhum na vida”, disse Necip, assumindo também uma pose de revista em quadrinhos.

“Eu confio em você”, disse Ka. “Quem é essa pessoa que preciso encontrar?”

“Depois que souber seu nome, você vai se encontrar com ele. Mas você também precisa guardar segredo sobre o lugar onde ele está escondido. Então, pense mais um pouco. Devo dizer quem é ele?”

“Sim”, disse Ka. “Você tem de confiar em mim também.”

“O nome dessa pessoa é Azul”, disse Necip num tom cheio de reverência. Ele pareceu desapontado quando Ka não mostrou nenhuma reação. “Nunca ouviu falar sobre ele quando você estava na Alemanha? Na Turquia ele é famoso.”

“Eu sei”, disse Ka num tom tranquilizador. “Estou disposto a conhecê-lo.”

“Mas eu não sei onde ele está”, disse Necip. “E mais: eu mesmo nunca o vi em toda a minha vida.”

Por um instante eles trocaram um sorriso meio incerto.

“Outra pessoa vai levá-lo até Azul. Minha tarefa é ajudá-lo a entrar em contato com essa pessoa.”

Eles foram andando juntos pela avenida Pequeno Kâzımbey, por entre cartazes e bandeirolas da campanha eleitoral. Havia algo no corpo magro de Necip e em seus modos nervosos e infantis que fazia Ka lembrar-se de si mesmo quando tinha a idade dele, por isso ele se tomou de simpatias pelo rapaz. Por um instante ele se pegou tentando imaginar que aspecto teria o mundo visto através daqueles olhos verdes.

“O que você ouviu falar de Azul na Alemanha?”, perguntou Necip.

"Li nos jornais turcos que ele era um militante islamita", disse Ka. "Li outras coisas sórdidas sobre ele também."

Necip apressou-se em interrompê-lo. "Militante islamita é só um nome que os ocidentais e os secularistas dão a nós, muçulmanos, que estamos dispostos a lutar por nossa religião", disse ele. "Você é um secularista, mas por favor não se deixe enganar pelas mentiras sobre Azul publicadas na imprensa secular. Ele não matou ninguém, nem mesmo na Bósnia, para onde foi para defender seus irmãos muçulmanos, e tampouco em Grozny, onde uma bomba russa o deixou mutilado."

Quando chegaram a uma esquina, ele deteve Ka.

"Está vendo aquela loja do outro lado da rua, a Livraria Comunicação? Ela pertence aos Seguidores, mas todos os islamitas de Kars a usam como lugar de reunião. A polícia sabe disso, como todo mundo. Alguns dos balconistas espionam para eles. Sou aluno da escola secundária religiosa. Não me é permitido ir lá. Se eu for, serei castigado, mas tenho de informar as pessoas lá de dentro que você está aqui. Dentro de três minutos você vai ver um jovem alto e barbudo com um solidéu vermelho vir até a porta. Siga-o. Quando tiverem passado por duas travessas, se não houver policiais à paisana por perto, ele vai se aproximar de você e conduzi-lo ao lugar aonde tem de ir. Está entendendo? Que Deus o ajude."

Com isso, Necip sumiu numa nuvem de flocos de neve. O coração de Ka o acompanhou.

# 8. O SUICÍDIO É UM PECADO TERRÍVEL

## AZUL E RÜSTEM

Ka parou na calçada do lado oposto ao da Livraria Comunicação. Agora a neve caía mais depressa, e àquela altura ele estava cansado de esperar e sacudir a neve da cabeça, do casaco, dos sapatos. Estava prestes a voltar para o hotel quando olhou para o outro lado da rua e, à fraca luz do poste, viu um jovem alto e barbudo na frente da livraria. Quando se deu conta de que a neve tornara branco o solidéu vermelho do rapaz, seu coração disparou, e ele correu atrás do jovem.

Depois de percorrerem toda a avenida Kâzim Karabekir — a qual o candidato a prefeito do Partido da Pátria, seguindo a nova moda lançada em Istambul, prometera transformar em calçadão — eles entraram na avenida Faikbey e então pegaram a segunda à direita na praça da Estação. A estátua do general Kâzim Karabekir, que Ka se lembrava de ter visto no meio da praça, agora estava soterrada sob a neve e parecia um gigantesco cone de sorvete. Mesmo no escuro, Ka conseguiu ver que o jovem barbudo entrara na estação ferroviária. Ele apressou-se a segui-lo. Como não encontrou ninguém no hall de entrada, imaginou que seu guia tinha ido para a plataforma, e também foi para lá; no fim da plataforma ele mal pôde discernir alguém movendo-se lá adiante na escuridão. Ka então seguiu pelos trilhos. No exato momento em que Ka imaginava que, se ele fosse morto a tiros ali, seu corpo só haveria de ser descoberto na primavera, viu-se cara a cara com o jovem barbudo.

"Ninguém está nos seguindo", disse ele, "contudo, você ainda pode mudar de ideia. Mas, se você resolver continuar, terá de manter a boca fechada de agora em diante. Não pode dizer a ninguém como chegou aqui. O castigo para a traição é a morte."

Essa ameaça não intimidou Ka, mesmo porque, pronunciada com voz aguda, soava quase engraçado. Eles continuaram andando ao longo dos trilhos, passaram pelo silo, depois entraram na rua da Caldeira, logo adiante do quartel militar, onde o jovem barbudo apontou para um prédio de apartamentos e indicou-lhe a campainha que devia tocar.

"Não seja grosseiro com o Mestre", disse ele. "Não o interrompa, e quando tiver terminado não se demore: levante-se e vá embora."

Assim Ka descobriu que os admiradores de Azul o chamavam de Mestre. Mas aquilo era praticamente a única coisa que Ka sabia sobre Azul — afora o fato de ele ser um militante islamita de certa notoriedade. Ele se lembrou de ter visto nos jornais turcos que de vez em quando lia na Alemanha que Azul se envolvera num assassinato anos antes. Todavia, muitos militantes islâmicos matavam, e nenhum deles ficara famoso. A notoriedade de Azul se devia ao fato de ter sido responsabilizado pela morte de uma personalidade do mundo televisivo, o efeminado e exibicionista Güner Bener, em cujo programa de perguntas e respostas, transmitido por uma pequena emissora, os candidatos disputavam prêmios em dinheiro. Bener usava roupas espalhafatosas e gostava de fazer observações obscenas e contar piadas sobre as pessoas "ignorantes". Certo dia, durante uma transmissão ao vivo, o sardento mestre do sarcasmo estava ridicularizando um de seus mais pobres e desajeitados concorrentes quando deixou escapar uma observação inconveniente sobre o profeta Maomé.

Muito possivelmente aquilo só foi notado por uns poucos crentes que cochilavam em frente aos seus aparelhos de televisão, que certamente esqueceram a pilhéria logo depois de ouvi-la, mas Azul enviou uma carta a todos os jornais de Istambul ameaçando matar o apresentador, a menos que ele apresentasse desculpas formais no programa seguinte e prometesse não mais repetir aquele gracejo. Os jornais de Istambul recebem ameaças desse tipo o tempo todo, e não devem ter dado atenção àquela. Mas tão engajado estava o canal de televisão em sua linha de provocação secularista que, também para provar quão radicais eram aqueles militantes islâmicos, seus diretores convidaram Azul a ir ao programa. Ele aproveitou a oportunidade para fazer ameaças ainda mais terríveis, e fez tal sensação como o "islamita de olhar feroz manejador de cimitarras" que foi convidado a repetir a performance em outros canais.

Por aquela época, o promotor público expediu uma ordem de prisão contra ele, por ter feito uma ameaça pública de morte, e então Azul marcou essa sua estreia na notoriedade entrando na clandestinidade. Nesse meio-tempo Güner Bener, que agora também era alvo de muita atenção por seu papel naquela história, apareceu em seu programa diário ao vivo para desafiar seus pretensos assassinos, proclamando com uma veemência inesperada que "não tinha medo de pervertidos antirrepublicanos que odiavam Atatürk"; no dia seguinte, no quarto de hotel em Esmirna onde ele ficava quando ia fazer o programa, encontraram-no estrangulado com a mesma gravata berrante, estampada com figuras de bolas de praia, que usara durante a transmissão.

Azul tinha um álibi — estava participando de uma reunião de apoio às jovens que cobriam a cabeça —, mas continuou escondido para evitar a imprensa, que àquela altura já informara a todo o país sobre o ocorrido e sobre o papel de Azul na história toda. Parte da imprensa islâmica se mostrou tão crítica quanto os secularistas; ela acusou Azul de "manchar de sangue" as mãos do islã político, de fazer o jogo da imprensa secularista, de desfrutar da fama de forma pouco condizente com um muçulmano, de estar a soldo da CIA. Isso explicaria por que Azul caíra na clandestinidade e assim se manteve durante muito tempo. Foi nessa época que começou a circular um boato nos círculos islâmicos de que ele teria ido para a Bósnia combater os sérvios e de que fora ferido quando lutava heroicamente contra os russos em Grozny, mas muitos diziam serem falsas aquelas histórias.

(Quem quiser conhecer a versão do próprio Azul para esses fatos, pode consultar sua curta autobiografia intitulada "Minha Execução", que figura na quinta página do capítulo 35, "Ka com Azul em sua cela", com o subtítulo NÃO SOU AGENTE DE NINGUÉM, embora eu não esteja certo da exatidão das afirmações de Azul.)

Temos de convir que se contaram muitas mentiras sobre Azul. O fato é que muitas delas alimentaram seu mito, e com certeza se poderia dizer que Azul se comprazia daquela notoriedade envolta em mistério. Houve quem dissesse também que, calando-se, Azul concordava tacitamente com as farpas atiradas por alguns círculos islâmicos que atraíra com as declarações que fizera anteriormente; alguns chegaram a dizer que um muçulmano que aparecia tanto na mídia burguesa secularista e sionista só tivera o que bem merecera. Na verdade, como nossa história vai mostrar, Azul gostava mesmo era de falar na mídia.

Quanto às suas razões para estar em Kars, como acontece tantas vezes com os boatos em lugares pequenos, as histórias se espalhavam depressa, mas não levavam a nada. Alguns diziam que ele viera para dar suporte às operações locais da organização islâmica curda, agora que o governo tinha fechado o centro de operações nacionais sediado em Diyarbakır. Dizia-se que Azul fora mandado para Kars a fim de "salvaguardar informações sigilosas da organização". Outros afastavam essa hipótese, visto que a organização em questão não tinha membros em Kars, à exceção de um ou dois lunáticos desvairados. Havia quem dissesse que Azul viera restabelecer as relações entre os curdos revolucionários marxistas e os curdos islamitas — havia um crescente conflito entre eles nas cidades do Leste. Segundo essa versão, sua missão seria a de instar para que todos procurassem atuar como militantes disciplinados. A tensão entre os curdos revolucionários-marxistas e os curdos islamitas começara com discussões violentas, troca de insultos, espancamentos, brigas de rua, e em muitas cidades a coisa descambara para agressões com facas e cutelos. Nos últimos meses os guerrilheiros andaram trocando tiros e matando uns aos outros, fazendo reféns e interrogando-os sob tortura (com ambos os lados usando métodos conhecidos como derramar plástico derretido na pele do prisioneiro ou comprimir-lhe os testículos), e falou-se também da ocorrência de estrangulamentos. Comentava-se a formação de um grupo secreto de mediadores para os quais aquela guerra "só aproveitava ao Estado", e por isso desejavam acabar com aquilo. Dizia-se que esse grupo enviara Azul para examinar a situação das regiões afetadas pelo conflito. Segundo seus inimigos, porém, o passado negro de Azul e sua relativa juventude o desqualificavam para tão importante missão. Havia outros boatos, espalhados pelos jovens sectários do islamismo, de que ele viera para Kars para "dar um jeito em" Hakan Özge, o jovem espalhafatoso e efeminado apresentador e *disc jockey* da Televisão Fronteiriça de Kars, que andara emitindo piadinhas maliciosas e insinuações veladas contra o glorioso islã, e que agora fazia constantes referências a Deus e à hora da oração em seu programa. Ainda outros imaginavam que Azul era um mensageiro de um grupo terrorista islâmico internacional. Dizia-se até que as unidades de inteligência e de segurança de Kars tiveram notícias de uma rede apoiada pelos sauditas, com planos para aterrorizar milhares de mulheres — vindas aos montes da antiga União Soviética para trabalhar como prostitutas —, assassinando algumas delas. Azul nada fizera para desmentir esses boatos, assim como nada fizera para desmentir os boatos sobre as jovens suicidas de cabeça coberta ou o boato de que viera para observar a eleição municipal. O fato de não responder ao que diziam dele e sua recusa em sair da clandestinidade davam-lhe um ar de mistério que lhe valia a simpatia e admiração dos alunos da escola secundária religiosa e dos jovens em geral. Ele não estava se escondendo apenas da polícia; ficava longe das ruas como uma forma de manter sua lenda, e para esse fim convinha-lhe deixar que as pessoas ficassem se perguntando se ele estava ou não em sua cidade.

Ka tocou a campainha que o jovem de solidéu lhe indicara, e imediatamente decidiu que o homenzinho que lhe deu as boas-vindas no apartamento fora o autor dos disparos contra o diretor do Instituto de Educação na Confeitaria Vida Nova, uma hora e meia antes. O coração de Ka começou a bater mais rápido.

"Espero que não leve a mal", disse o homem, erguendo os braços para sugerir que o visitante fizesse o mesmo. "Nos dois últimos anos tentaram matar o chefe três vezes, por isso vou revistar você."

Ka levantou os braços para ser revistado, e aquilo o fez lembrar seu tempo de universidade. Enquanto as mãos do homenzinho deslizavam com cuidado em sua camisa, Ka receou que ele notasse o quanto seu coração batia depressa. Terminada a revista, porém, ficou mais calmo e seu coração voltou ao ritmo normal. Não, na verdade aquele não era o assassino do diretor. Aquele amável homem de meia-idade, que se parecia antes com Edward G. Robinson, não parecia resoluto nem forte o bastante para atirar em ninguém.

Ka ouviu os soluços de um bebê e o doce murmúrio da mãe tentando acalmá-lo.

"Devo tirar os sapatos?", perguntou enquanto os tirava, sem esperar a resposta.

"Aqui nós somos convidados", disse uma segunda voz. "Não queremos incomodar os donos da casa."

Ka se deu conta de repente de que havia mais alguém na pequena entrada. Embora logo percebesse tratar-se de Azul, ainda lhe restou alguma dúvida; talvez ele estivesse esperando por um encontro mais bem encenado. Ele seguiu Azul a uma sala parcamente mobiliada, onde havia uma televisão preto e branco ligada. Lá, uma criancinha com o punho na boca fitava com olhos alegres e profundamente sérios a mãe, que trocava sua roupa sussurrando-lhe docemente em língua curda. Seus olhos primeiro fitaram Azul, depois Ka, quando eles entraram na sala. Como em todas as velhas casas russas, não havia corredor. Os dois homens passaram a uma segunda sala.

A cabeça de Ka estava em Azul. Ele viu uma cama tão bem-arrumada que passaria por uma inspeção militar e um pijama listrado impecavelmente dobrado ao lado do travesseiro; na cama havia um cinzeiro em que se lia ELÉTRICA ERSIN, e na parede um calendário com paisagens de Veneza; havia uma ampla janela, as venezianas abertas, que dava para as luzes melancólicas da cidade coberta de neve. Azul fechou a janela e voltou-se para encarar Ka.

Seus olhos eram azul-escuros — quase violáceos —, uma cor que quase não se vê num turco. Cabelos castanhos, sem barba, muito mais jovem do que Ka imaginara; tinha nariz aquilino e uma pele surpreendentemente pálida. Ele era extraordinariamente bonito, mas sua distinção provinha da autoconfiança. Em suas maneiras, em sua expressão e aparência não havia nada do fundamentalista provinciano, truculento e barbudo que a imprensa secularista descrevia com uma arma na mão e um rosário de contas na outra.

"Por favor, não tire o casaco enquanto a sala não esquentar... É um belo casaco. Onde você o comprou?"

"Em Frankfurt."

"Frankfurt... Frankfurt", murmurou Azul levantando os olhos para o teto e perdendo-se em seus pensamentos. Então ele explicou que "algum tempo atrás" ele fora enquadrado no artigo 163 por promover o estabelecimento de um Estado baseado em princípios religiosos e por isso fugiu para a Alemanha.

Houve um silêncio. Ka sabia que devia aproveitar a oportunidade para estabelecer relações amistosas com Azul naquela ocasião, quando então deu um branco em sua cabeça e começou a entrar em pânico. Ele percebeu que Azul estava falando para se acalmar.

"Quando eu estava na Alemanha, em qualquer associação muçulmana que estivesse visitando, em qualquer cidade — fosse Frankfurt ou Colônia, em algum lugar a meio caminho entre a catedral e a estação, ou num dos bairros ricos de Hamburgo — por onde quer que estivesse andando, sempre havia um alemão que se destacava da multidão como um objeto de fascinação para mim. O importante não era o que eu pensava dele, mas o que eu imaginava que ele estava pensando de mim; tentava ver a mim mesmo pelos olhos dele e imaginar o que ele devia estar pensando sobre minha aparência, minhas roupas, a maneira como eu andava, minha história, de onde eu estava vindo e para onde estava indo, quem eu era. Aquilo fazia que eu me sentisse muito mal, mas se tornou um hábito; fiquei acostumado a me sentir degradado, e entendi como meus irmãos se sentiam... Na maioria das vezes, não são os europeus que nos depreciam. O que acontece quando olhamos para eles é que nós nos depreciamos. Quando nós empreendemos a peregrinação, não é apenas para fugir da tirania em nossa terra, mas também para atingir as profundezas de nossa alma. Chega o dia em que se tem de voltar para salvar aqueles que não tiveram a coragem de partir. Por que você voltou?"

Ka continuou em silêncio. A sala malconservada, com paredes sem pintura e reboco cheio de rachaduras, não inspirava confidências, tampouco a luz da lâmpada nua que pendia do teto, ferindo seus olhos.

"Não quero aborrecê-lo com perguntas", disse Azul. "Quando o saudoso mulá Kasım Ensari recebia visitas em seu acampamento tribal às margens do rio Tigre, a primeira coisa que dizia era: "Estou muito contente em recebê-lo, senhor. Agora o senhor poderia me dizer para quem está espionando?"."

"Eu estou espionando para o *Republicano*", disse Ka.

"Até aí eu sei. Mas ainda tenho de perguntar por que eles estão interessados em Kars a ponto de se darem ao trabalho de enviar alguém até aqui."

"Eu me ofereci para fazer isso. Ouvi falar também que meu velho amigo Muhtar e sua esposa estavam morando aqui."

"Mas eles se separaram... não lhe disseram?", corrigiu Azul, olhando-o nos olhos.

"Sim", disse Ka ruborizando-se. Pensando em tudo o que Azul devia estar percebendo naquele mesmo instante, Ka o odiou.

"Espancaram Muhtar na delegacia?"

"Sim, espancaram."

"Ele merece ser espancado?", perguntou Azul, num tom estranho, quase aliciante.

"Não, claro que não", respondeu Ka, furioso.

"E por que eles não bateram em você? Você está satisfeito consigo mesmo?"

"Não tenho ideia de por que não me bateram."

"Claro que sabe por quê: porque você pertence à burguesia de Istambul. Qualquer um pode dizer, só de ver sua pele e sua postura. Ele deve ter amigos bem situados — foi isso que eles disseram uns para os outros, não há a menor dúvida. Quanto a Muhtar, basta um olhar para ver que não tem amigos influentes, não tem nenhuma importância. Na verdade, a principal razão pela qual Muhtar entrou na política foi o desejo de elevar-se acima dessa gente da forma como você pode fazer. Mas mesmo que ganhe a eleição, para assumir o cargo ele ainda vai ter de provar ser o tipo de pessoa capaz de suportar uma surra do Estado. É por isso que certamente ele está contente de ter sido surrado."

Azul não estava sorrindo nem um pouco; sua expressão era até triste.

"Ninguém pode se sentir feliz com uma surra", disse Ka, sentindo-se vulgar e superficial em comparação a Azul.

O rosto de Azul dizia: Vamos tratar do assunto pelo qual estamos aqui. "Você andou visitando as famílias das jovens que se suicidaram", disse ele. "Por que você quis conversar com elas?"

"Para colher material para um artigo."

"Para jornais do Ocidente?"

"Sim, para jornais do Ocidente", disse Ka com certo orgulho, apesar de não ter nenhum contato com a imprensa alemã. "E também da Turquia, o *Republicano*", acrescentou ele embaraçado.

"A imprensa turca só se interessa pelos problemas de seu país quando a imprensa ocidental se interessa antes", disse Azul. "Do contrário, é desagradável discutir pobreza e suicídio; eles falam dessas coisas como se estivessem acontecendo numa terra fora do mundo civilizado. O que significa que você também vai ser obrigado a publicar seu artigo na Europa. É por isso que eu quis me encontrar com você: você não deve escrever sobre as jovens suicidas, seja para um jornal turco, seja para um europeu! O suicídio é um pecado terrível. É uma doença que piora à medida que você lhe dá atenção, principalmente no caso mais recente. Se você escrever que se tratava de uma jovem muçulmana tomando uma posição sobre o manto na cabeça, isso vai ser mais letal para você do que veneno."

"Mas é verdade", disse Ka. "Antes de se suicidar, a jovem fez suas abluções rituais e disse suas preces. Acho que as moças que cobrem a cabeça a respeitam muito por ela ter feito isso."

"Jovens que se suicidam nem ao menos são muçulmanas!", disse Azul. "E é errado dizer que elas estão marcando posição em relação aos mantos. Se você publicar mentiras como essas, só vai conseguir espalhar mais boatos — sobre disputas entre as moças que cobrem a cabeça, sobre as infelizes que lançaram mão de perucas, sobre como elas foram destruídas pela pressão da polícia, dos pais e das mães. Foi para isso que você veio aqui? Para estimular outras pobres moças a se suicidarem? Essas jovens que pelo amor a Deus se veem divididas entre a escola e a família se sentem tão angustiadas e tão sozinhas que não veem outra saída senão imitar o mártir suicida."

"O subprefeito disse que os suicídios de Kars foram superestimados."

"Por que você se encontrou com o subprefeito?"

"Pela mesma razão que me fez ir à polícia: para que eles não se sentissem obrigados a me seguir o dia inteiro."

"Quando eles souberam que as moças expulsas da escola por cobrir a cabeça estavam se suicidando, ficaram muito satisfeitos!", disse Azul.

"Vou escrever as coisas tal como as vejo", disse Ka.

"Essa insinuação se dirige não exatamente contra o Estado e o subprefeito, é dirigida contra mim também. Quando você sugere que nem o governante secular nem os militantes islâmicos querem que se escreva sobre as jovens suicidas, está tentando me provocar."

"Sim, estou."

"Aquela jovem não se matou porque foi expulsa da escola, ela se matou por causa de uma desilusão amorosa. Mas se você escrever que uma jovem que usa manto se matou — pecando contra Deus — por causa de uma desilusão amorosa, os rapazes da escola religiosa vão ficar furiosos. Kars é um lugar pequeno."

"Eu estava querendo discutir tudo isso com as próprias jovens."

"Ótimo", disse Azul. "Por que você não pergunta a essas jovens se elas vão gostar que você escreva na imprensa alemã sobre suas irmãs que, tendo defendido o direito de cobrir a cabeça, foram tão arrasadas pelas consequências que partiram deste mundo em estado de pecado?"

"Vou ter o maior prazer em lhes perguntar!", respondeu Ka, obstinadamente, ainda que começasse a sentir medo.

"Tenho outro motivo para querer ter você aqui", disse Azul. "Você acaba de testemunhar o assassinato do diretor do Instituto de Educação. Ele é consequência direta da raiva de nossos crentes contra a crueldade que o Estado exerceu sobre nossas jovens que usam o manto. Mas claro que a coisa toda é uma intriga do Estado. Primeiro eles usaram o pobre diretor para fazer cumprir as cruéis medidas, depois incitaram algum louco a matá-lo para pôr a culpa nos muçulmanos."

"Você está assumindo a responsabilidade ou condenando o ocorrido?", perguntou Ka de modo áspero, como se realmente fosse um jornalista.

"Não vim para Kars por motivos políticos", disse Azul. "Vim, talvez, para acabar com essa onda de suicídios." De repente ele pôs as mãos nos ombros de Ka, puxou-o para perto de si e beijou-o em ambas as faces. "Você é um dervixe dos tempos modernos. Você se afastou do mundo para se dedicar à poesia. Você nunca devia ser um fantoche daqueles que querem difamar muçulmanos inocentes. Como resolvi confiar em você, você resolveu confiar em mim — e você atravessou toda essa neve para vir me encontrar. Agora, para lhe mostrar minha gratidão, gostaria de lhe contar uma história com uma moral." Mais uma vez ele fitava Ka nos olhos. "Posso lhe contar a história?"

"Conte-me a história."

"Há muito, muito tempo atrás houve um guerreiro incansável, corajoso como ninguém, que vivia no Irã. Todos os que o conheciam o amavam. Eles o chamavam Rüstem, e assim também o chamaremos. Certo dia, quando caçava, ele se perdeu na floresta, e à noite, enquanto dormia, perdeu o cavalo. Enquanto procurava Raksh, seu cavalo, Rüstem foi parar em Turan, que era uma terra inimiga. Mas como sua fama o precedeu, eles o trataram bem. O xá de Turan acolheu-o como hóspede e organizou uma festa em sua homenagem. Depois da festa a filha do xá procurou Rüstem em seu quarto para declarar seu amor por ele. Ela lhe disse que queria ter um filho seu. Ela o seduziu com sua beleza e com suas belas palavras, e logo os dois estavam fazendo amor.

"Na manhã seguinte, Rüstem voltou para seu país, mas deixou uma lembrança — um pequeno bracelete — para o filho que ia nascer. Quando a criança nasceu, chamaram-no Suhrab, então assim também vamos chamá-lo. Anos depois, sua mãe lhe contou que seu pai era ninguém menos que o lendário Rüstem. 'Eu vou para o Irã', disse o rapaz, 'para depor o perverso xá Keykavus e colocar meu pai no lugar dele... e então vou voltar para Turan e fazer exatamente a mesma coisa com o perverso xá Efrasiyab, e quando tiver feito isso, assumo o lugar dele. E então meu pai Rüstem e eu reinaremos com justiça sobre o Irã e Turan — em outras palavras, todo o universo!'

"Assim falou o puro e generoso Suhrab, mal sabendo que seus inimigos eram muito mais espertos e astutos que ele. Porque Efrasiyab, o xá de Turan, dava seu apoio na guerra contra o Irã, mas ao mesmo tempo colocou espiões no exército para garantir que Suhrab não iria reconhecer o pai.

"Depois de muitas trapaças, astúcias, cruéis reviravoltas do destino e coincidências, tramadas todas elas, ao que ele sabia, pelo Sublime Todo-Poderoso, chegou o dia em que Suhrab e seu pai Rüstem se viram face a face no campo de batalha, cada um com um exército atrás de si. Nenhum dos dois conhecia o rosto do outro, mas pouco importa: ambos estavam com armadura — e nem é preciso dizer que não se reconheceram. Rüstem, naturalmente, desejava continuar anônimo dentro de sua armadura: do contrário, aquele herói à sua frente poderia investir com toda a sua fúria e sua força especialmente contra ele, Rüstem. Quanto a Suhrab, seu coração infantil só lhe permitia uma visão, a de seu pai no trono do Irã, portanto ele nunca parava para se perguntar quem era seu adversário. E assim aconteceu que esses dois grandes e generosos guerreiros, que eram pai e filho, à frente de seus respectivos exércitos e observados por eles, avançaram e sacaram as espadas."

Azul fez uma pausa. Antes de olhar Ka nos olhos, acrescentou numa voz infantil: "Embora eu tenha lido essa história centenas de vezes, sempre sinto um arrepio ao chegar nessa parte, e meu coração dispara. Não sei por que, mas por alguma razão me identifico com Suhrab quando ele se prepara para matar o pai. Quem poderia querer matar o próprio pai? Que alma poderia suportar a dor desse crime, o peso desse pecado? Especialmente meu próprio Suhrab com seu coração inocente! A única esperança é a de que a essa altura Suhrab mate seu adversário sem saber quem ele é".

"Enquanto esses pensamentos perpassam minha cabeça, os dois guerreiros começam a lutar, e num combate que dura horas nenhum dos dois consegue derrotar o outro. Molhados de suor e exaustos, eles embainham suas espadas. Quando chegamos ao anoitecer do primeiro dia, estou tão preocupado pelo pai como pelo filho, e quando continuo a história, é como se eu a estivesse lendo pela primeira vez. Ouso sonhar que o pai e o filho não serão capazes de matar um ao outro e encontrarão alguma forma de contornar aquela terrível situação.

"No segundo dia, os dois exércitos se alinham mais uma vez, e novamente pai e filho, protegidos por suas armaduras, travam um combate implacável. Depois de uma longa luta, a sorte sorri para Suhrab — mas podemos chamar isso de sorte? — e ele derruba Rüstem do cavalo e o imobiliza no chão. Ele saca da espada e, quando está prestes a cortar o pescoço do pai, falam para ele: 'No Irã um herói não costuma cortar a cabeça de um inimigo na primeira ocasião. Não o mate; seria cruel demais'. Então Suhrab não mata o pai.

"Quando leio essa parte fico muito confuso. Sinto muito amor por Suhrab. Qual o sentido desse destino que Deus traçou para esse pai e esse filho? Quanto ao terceiro dia de luta, um dia que esperei com tanta ansiedade — contra todas as minhas expectativas, ele acaba num instante. Rüstem derruba Suhrab do cavalo e, saltando para a frente, enfia a espada nele e o mata. A rapidez desse ato é terrível, chocante. Quando vê o bracelete e se dá conta de que matou o filho, Rüstem se ajoelha, toma nos braços o corpo do filho e chora.

"Nesse ponto da história eu sempre choro também, não exatamente porque partilho o sofrimento de Rüstem, mas porque agora entendo o significado da morte de Suhrab. É o amor de Suhrab pelo pai que o mata. Mas então eu vou além do infantil e generoso amor de Suhrab pelo querido pai; o que sinto mais intensamente agora é a muito mais profunda e nobre angústia do pai que luta para honrar ambos, o filho e os preceitos a que deve obediência. Minhas simpatias, que estiveram o tempo todo com o rebelde e individualista Suhrab, agora vão para Rüstem, o pai forte, responsável e digno."

Azul parou por um momento. Ka sentiu inveja de sua capacidade de contar essa história — ou, na verdade, qualquer história — com tanta convicção.

"Mas eu não lhe contei essa bela história para lhe dizer o que ela significa para mim ou o que tem a ver com minha vida; eu contei para chamar a atenção para o fato de que foi esquecida", disse Azul. "Essa história milenar está no *Chah-name* de Firdusi. Há muito tempo, milhões de pessoas a conheciam de cor — de Tabriz a Istambul, da Bósnia a Trebizonda — e quando a recordavam, encontravam um sentido para suas vidas. A história lhes fala da mesma forma como o assassinato cometido por Édipo contra o pai e a obsessão de Macbeth com o poder e com a morte falam à gente de todo o mundo ocidental. Mas agora que estamos sob o fascínio do Ocidente, esquecemos nossas próprias histórias. Eles tiraram todas as velhas histórias dos livros escolares. Hoje em dia, você não encontra um único livreiro que tenha o *Chah-name* em toda a Istambul! Como você explica isso?"

Ambos ficaram calados.

"Deixe-me tentar adivinhar o que você está pensando", disse Azul. "Essa história é tão bela que um homem pode matar por ela? É isso que você está pensando, não é?"

"Não sei", disse Ka.

"Então pense sobre isso", disse Azul, e saiu da sala.

# 9. VOCÊ É ATEU?

## UM DESCRENTE QUE NÃO QUER SE MATAR

Quando Azul saiu da sala, Ka não soube ao certo o que fazer. A princípio pensou que Azul iria voltar para o interrogar sobre seus "pensamentos", mas logo começou a perceber que não entendera bem aquele homem. Em suas atitudes, em seus modos insinuantes, Azul estava lhe passando uma mensagem. Ou seria uma ameaça?

Em qualquer dos casos, Ka não experimentava a sensação de perigo, mas antes a de ser um estranho àquele ambiente. A sala em que ele vira a mãe e o bebê agora estava vazia. Vazia também estava a entrada do apartamento. Quando ele fechou a porta da frente atrás de si, teve de se controlar para não descer as escadas correndo.

Quando levantou os olhos para o céu, a primeira impressão de Ka foi a de que os flocos de neve tinham parado de se mover. Quando ele os observou pairando no alto do céu, pareceu-lhe que o próprio tempo havia parado. Pareceu-lhe também que tinha havido uma grande mudança e que se passara muito tempo enquanto ele estava lá dentro. Mas o encontro de Ka com Azul durara apenas vinte minutos.

Ele andou ao longo dos trilhos do trem, passou pelo silo coberto de neve que assomava no alto como uma grande nuvem branca, e logo se encontrou novamente dentro da estação. Enquanto atravessava o edifício vazio e sujo, viu um cachorro aproximar-se balançando amistosamente a cauda encaracolada. Era um cachorro preto com uma mancha redonda na testa. Quando olhou do outro lado do saguão da estação, Ka viu três jovens que tentavam atrair o cão com pãezinhos de gergelim. Um deles era Necip; ele se afastou dos amigos e correu em direção a Ka.

"Não deixe de forma alguma meus colegas saberem que eu tinha conhecimento de que você ia passar por aqui", disse ele. "Meu melhor amigo, Fazıl, tem uma pergunta muito importante a lhe fazer. Se você lhe der um pouco do seu tempo, ele vai ficar muito contente."

"Está bem", disse Ka, e andou em direção ao banco onde os outros rapazes estavam sentados.

Um cartaz na parede atrás deles lembrava aos viajantes quão importantes eram as ferrovias para Atatürk; outro procurava despertar medo no coração de toda jovem que pensasse em suicídio. Os rapazes se puseram de pé para apertar a mão de Ka, mas então se deixaram vencer pela timidez.

"Antes que Fazıl faça a pergunta, Mesut gostaria de lhe contar uma história que ouviu", disse Necip.

"Não, eu acho que não sei contar", disse Mesut, mal contendo a própria agitação. "Por favor, você poderia contá-la por mim?"

Enquanto Necip contava a história, Ka olhava o cachorro preto brincando na estação suja, mergulhada na semiescuridão.

"A história se passa numa escola secundária religiosa em Istambul, ou pelo menos foi isso que me disseram", começou Necip. "Um típico lugar improvisado num subúrbio da periferia da cidade. O diretor dessa escola tinha uma reunião com uma autoridade municipal num daqueles novos arranha-céus de Istambul que vemos na televisão. Ele entrou no enorme elevador e começou a subir. Havia um outro homem no elevador, um homem alto, mais novo que ele; o homem mostrou ao diretor um livro que levava na mão, e como algumas páginas ainda estavam por abrir, sacou uma faca com cabo de madrepérola enquanto recitava alguns versos. Quando o elevador parou no décimo nono andar, o diretor saiu.

"Nos dias seguintes, ele começou a se sentir muito estranho. Tornou-se obcecado pela morte, não tinha vontade de fazer nada e não conseguia parar de pensar no homem do elevador. O diretor da escola era um homem piedoso, então ele foi procurar alguns dervixes cerrahi, esperando encontrar algum consolo e orientação. Ele ficou lá até de manhã, desabafando, contando todas as suas angústias, e depois de ter feito isso, o famoso sheik fez o seguinte diagnóstico:

"'Ao que parece, você perdeu a fé em Deus', disse ele. 'E o que é pior, você nem ao menos se deu conta disso. Como se não bastasse, você até se orgulha de não saber disso! Você contraiu essa enfermidade do homem do elevador. Ele transformou você num ateu.' O diretor levantou-se às lágrimas, para negar o que o ilustre sheik dissera, mas ainda havia pureza e honestidade numa parte de seu coração, e essa parte lhe garantia que o sheik estava dizendo a verdade.

"Infectado pelo vírus do ateísmo, o diretor começou a fazer uma pressão desmedida sobre seus pequenos e encantadores alunos, tentou ficar a sós com suas mães e roubou de outro professor a quem ele invejava. E, o que é pior, sentia orgulho de ter cometido esses pecados. Ele reuniu toda a escola para acusá-los de ter uma fé cega, disse-lhes que suas tradições não tinham sentido nenhum e lhes perguntou por que não podiam ser livres como ele era. Não conseguia fazer uma frase sem enchê-la de palavras francesas e gastou o dinheiro roubado com os últimos lançamentos da moda europeia. Aonde quer que fosse, fazia questão de mostrar às pessoas o quanto ele as desprezava por serem 'atrasadas'.

"Não demorou muito, e a escola caiu na anarquia. Um grupo de alunos violentou uma bela colega, outro grupo espancou um velho professor de Corão, e toda a escola estava à beira da revolta. O diretor ia para casa às lágrimas, pensando em suicídio, mas como não tinha coragem para tanto, alimentava a esperança de que alguém o matasse. Para fazer que isso acontecesse, ele — Deus nos defenda — imprecou contra sua excelência, o profeta Maomé, diante de seu aluno mais devoto. Mas já sabendo àquela altura que ele tinha enlouquecido, seus alunos não encostaram a mão nele. Ele saiu às ruas proclamando — Deus nos defenda — que Deus não existia, que as mesquitas deviam ser transformadas em discotecas, e que nós só ficaríamos ricos como o povo do Ocidente se nos convertêssemos ao cristianismo.

Mas quando os jovens islamitas quiseram matá-lo, ele fraquejou em sua decisão e se escondeu deles.

"Desesperado e incapaz de encontrar uma forma de satisfazer seu desejo de morrer, o diretor voltou ao mesmo arranha-céu fatal de Istambul e, entrando no mesmo elevador, se viu novamente cara a cara com o homem alto que o levara ao ateísmo. O homem sorriu dando a entender que sabia toda a história do diretor, e então apresentou o livro como o fizera da primeira vez — a cura do ateísmo também devia ser procurada ali. Quando o diretor estendeu a mão trêmula, o homem sacou a faca com cabo de madrepérola, como se fosse abrir as páginas do livro, mas, com o elevador ainda em movimento, enfiou a faca no coração do diretor."

Quando Necip terminou a história, Ka se deu conta de que já a ouvira antes, contada por turcos islamitas na Alemanha. Na versão de Necip, não se identificava o misterioso livro do fim da história, mas naquele momento Mesut mencionou um ou dois escritores judeus conhecidos como agentes de ateísmo, e também vários colunistas que lideraram a campanha da mídia contra o islã político — um deles haveria de ser assassinado três anos depois.

"O diretor não é o único a se sentir angustiado — há muitos ateus em nosso meio. Eles foram corrompidos pelo diabo e agora andam entre nós, procurando ansiosamente a paz e a felicidade", disse Mesut. "Você concorda com esse ponto de vista?"

"Não sei."

"O que você quer dizer com 'não sei'?", perguntou Mesut, um pouco aborrecido. "Você também não é ateu?"

"Não sei", disse Ka.

"Então me responda uma coisa: você não acredita que Deus Onipotente criou o universo e todas as coisas que nele existem, até mesmo a neve que cai do céu em rodamoinhos?"

"A neve me lembra Deus", disse Ka.

"Sim, mas você acredita que Deus criou a neve?", insistiu Mesut.

Houve um silêncio. Ka olhou o cão preto passar correndo pela porta na direção da plataforma para brincar na neve sob o fraco halo da luz de neon.

"Você não está me respondendo", disse Mesut. "Se uma pessoa conhece e ama a Deus, nunca duvida da Sua existência. Parece-me que você não está me dando uma resposta porque é muito tímido para admitir que é ateu. Mas nós já sabemos disso. É por isso que eu queria lhe fazer uma pergunta em nome de meu amigo Fazıl. Você sente a mesma angústia terrível do pobre ateu dessa história? Você quer se matar?"

"Independentemente de quão infeliz eu esteja, ainda acho o suicídio pavoroso."

"Mas por quê?", perguntou Fazıl. "É porque é contra a lei? Mas quando o Estado fala sobre a inviolabilidade da vida humana, faz a maior confusão. Por que você tem medo de se suicidar? Explique isso."

"Por favor, não leve a mal a insistência de meu amigo", disse Necip. "Fazıl está lhe fazendo essa pergunta por um motivo — um motivo muito especial."

"O que eu queria perguntar", disse Fazıl, "é o seguinte: Você não está tão perturbado e infeliz que deseja suicidar-se?"

"Não", disse Ka. Ele estava começando a ficar incomodado.

"Por favor, não tente esconder nada de nós", disse Mesut. "Não vamos fazer nada de mau a você só porque é ateu."

Houve um silêncio carregado de tensão. Ka se pôs de pé. Querendo evitar que eles vissem como se sentia, começou a se afastar.

"Aonde você está indo? Por favor, não vá", disse Fazıl. Ka estacou, mas não disse nada.

"Talvez quem deva falar seja eu", disse Necip. "Nós três estamos apaixonados por jovens que arriscaram tudo por causa de sua fé. A imprensa secular as chama de *moças cobertas*. Para nós, elas são apenas moças muçulmanas, e o que elas fazem para defender sua fé é o que todas as moças muçulmanas deviam fazer."

"E os homens também", disse Fazıl.

"Claro", disse Necip. "Estou apaixonado por Hicran. Mesut está apaixonado por Hande. Fazıl estava apaixonado por Teslime, mas agora ela está morta. Ou ela se suicidou. Mas não conseguimos acreditar que uma jovem muçulmana pronta a sacrificar-se por sua fé seja capaz de se suicidar."

"Talvez ela não conseguisse mais suportar o seu sofrimento", disse Ka. "Afinal de contas, ela fora expulsa da escola, e sua família pressionava-a para que tirasse o manto."

"Nenhum grau de sofrimento pode justificar o pecado de um crente", disse Necip, agitado. "Mesmo quando a gente esquece ou perde as preces matinais, ficamos tão preocupados com nossa situação de pecado que mal conseguimos dormir à noite. Quanto mais isso acontece, mais corremos de volta para a mesquita. Quando a fé de uma pessoa é tão forte, ela tudo fará para evitar cometer esse pecado — até submeter-se a uma vida de torturas."

"Nós sabemos que você procurou a família de Teslime", disse Fazıl. "Eles acham que ela se suicidou?"

"Acham, sim. Ela assistiu a *Marianna* na televisão com os pais, banhou-se e disse as suas orações."

"Teslime nunca via novelas", disse Fazıl em voz baixa.

"Você a conhecia bem?", perguntou Ka.

"Eu não a conhecia pessoalmente; de fato, nós nunca

nos falamos", disse Fazıl, meio sem jeito. "Eu a vi uma vez, de longe, e ela estava muito bem coberta. Mas sendo ela minha alma gêmea, eu a conhecia muito bem. Quando você ama uma pessoa mais do que todas as outras, você sabe tudo o que há para saber sobre ela. A Teslime que eu conhecia nunca se suicidou."

"Talvez você não a tenha conhecido muito bem."

"E talvez os ocidentais o tenham mandado para cá para encobrir o assassinato de Teslime", disse Mesut insolentemente.

"Não, não, nós confiamos em você", disse Necip. "Nossos líderes dizem que você é uma pessoa solitária, um poeta. É por confiarmos em você que queremos conversar sobre uma coisa que está nos deixando muito infelizes. Fazıl gostaria de pedir desculpas pelo que Mesut acabou de dizer."

"Peço desculpas", disse Fazıl. Seu rosto estava vermelho feito um pimentão. Lágrimas começavam a aflorar em seus olhos.

Mesut permaneceu em silêncio, enquanto se restabelecia a paz.

"Fazıl e eu somos irmãos de sangue", disse Necip. "Na maior parte do tempo, pensamos as mesmas coisas; lemos o pensamento um do outro. Ao contrário de mim, Fazıl não se interessa por política. Agora gostaríamos de saber se você pode nos fazer um favor. O problema é que ambos podemos aceitar o fato de que Teslime possa ter sido levada ao pecado do suicídio por causa das pressões dos pais e do Estado. É muito doloroso; Fazıl não consegue parar de pensar que a jovem a quem amava cometeu o pecado do suicídio. Mas se, em seu íntimo, Teslime era ateia como o homem da história, se ela era uma daquelas almas desventuradas que nem ao menos sabem ser ateias, ou se suicidou por ser ateia, para Fazıl isso é uma catástrofe: significa que ele estava apaixonado por uma ateia."

"Você é a única pessoa que pode aplacar essa terrível suspeita que está nos torturando. Você é a única pessoa que pode dar algum consolo a Fazıl. Você entende o que nós estamos pensando?"

"Você é ateu?", perguntou Fazıl com olhos súplices. "E se você é ateu, você deseja se matar?"

"Mesmo nos dias em que tenho mais certeza de que sou ateu, não sinto vontade de me suicidar", disse Ka.

"Obrigado por dar uma resposta direta a nossa pergunta", disse Fazıl, parecendo estar mais calmo. "Seu coração é cheio de bondade, mas você tem medo de acreditar em Deus."

Vendo que Mesut ainda lhe lançava olhares furiosos, Ka estava ansioso para afastar-se dele. Seus pensamentos agora estavam longe, bem longe. Ele sentiu um desejo nascendo dentro de si, e um sonho ligado a esse desejo, mas ao mesmo tempo não conseguia entregar-se ao sonho por causa das coisas que aconteciam à sua volta. Mais tarde, quando pudesse refletir com cuidado, ele iria entender que aquele sonho nascera de seu desejo por İpek e também de seu medo de morrer e de sua incapacidade de acreditar em Deus. E no último instante, Mesut acrescentou outra coisa.

"Por favor não nos entenda mal", disse Necip. "Não temos nada contra alguém se tornar ateu. Sempre há lugar para ateus nas sociedades muçulmanas."

"Salvo pelo fato de que os cemitérios têm de ser separados", disse Mesut. "Jazer nos mesmos cemitérios que os ateus traria inquietação às almas dos crentes. Quando as pessoas passam a vida escondendo sua falta de fé, trazem desassossego não apenas para o mundo dos vivos, mas também para os cemitérios. Não é somente o tormento de ter de ficar ao lado dos ateus até o Dia do Juízo; o mais horrível seria levantar-se no Dia do Juízo para dar de cara com um infeliz ateu... Senhor Poeta, Ka bei, você não escondeu o fato de que já foi ateu. Talvez você ainda seja. Então, diga-nos: Quem faz a neve cair do céu? Qual é o segredo da neve?"

Por um instante todos olharam para fora para ver a neve caindo nos trilhos vazios.

O que estou fazendo neste mundo?, perguntou-se Ka. Quão deploráveis parecem esses flocos de neve desta perspectiva, quão deplorável é minha vida. Um homem vive sua vida e então desaparece e não sobra nada. Ka sentiu como se metade de sua alma tivesse acabado de abandoná-lo, mas a outra metade ainda permanecia; ainda havia amor em si. Como um floco de neve, ele haveria de cair quando chegasse a hora. Ele iria se devotar de corpo e alma ao melancólico curso pelo qual sua vida enveredara. Seu pai ficava com certo perfume depois de barbear-se, e agora aquele perfume voltava para ele. Pensou em sua mãe preparando o café da manhã, os pés doloridos dentro dos chinelos no piso frio da cozinha; ele teve a visão de uma escova de cabelo; lembrou-se da mãe dando-lhe um xarope cor-de-rosa doce quando ele acordava tossindo no meio da noite, sentiu a colher em sua boca, e enquanto se entregava a todas as outras pequenas coisas que fazem uma vida e percebia como se uniam em um todo, ele viu um floco de neve...

Foi assim que Ka ouviu o chamado do fundo de si: o chamado que ele ouvia nos momentos de inspiração, o único som que podia fazê-lo feliz, o som de sua musa. Pela primeira vez em quatro anos, um poema vinha até ele. Embora ainda precisasse ouvir as palavras, ele sabia que já estava escrito; mesmo aguardando em seu lugar escondido, o poema irradiava a força e a beleza do destino. O coração de Ka se encheu de alegria. Ele disse aos três jovens que precisava deixá-los e afastou-se rapidamente pela neve, pensando sem cessar no poema que iria escrever quando chegasse ao hotel.

# 10. O QUE FAZ A BELEZA DESTE POEMA?

## NEVE E FELICIDADE

Ka arrancou o casaco fora logo que chegou ao quarto, abriu o caderno verde que trouxera de Frankfurt e escreveu o poema como lhe veio, palavra por palavra. Era como copiar um poema que outra pessoa lhe sussurrasse ao ouvido, mas ainda assim dava toda a atenção às palavras da página. Como nunca tinha escrito um poema daquela forma, num ímpeto de inspiração, de uma só vez, um canto de sua cabeça duvidava da sua qualidade. Mas à medida que os versos se seguiam, um após o outro, parecia-lhe que era perfeito em todos os aspectos, o que fez seu coração feliz bater mais rápido. E assim continuou escrevendo quase sem interrupção, deixando espaços apenas aqui e ali para as palavras que não tinha ouvido direito, até ter escrito trinta e quatro versos.

O poema se compunha de muitos dos pensamentos repentinos que lhe ocorreram havia poucos instantes: a neve que caía, cemitérios, o cão preto correndo alegremente pela estação, algumas recordações de infância, e a imagem que o chamara de volta ao hotel: İpek. Como ficava feliz só em lembrar o seu rosto — e como ficava apavorado também! Ele intitulou o poema "Neve".

Muito depois, quando pensou na forma como escrevera o poema, Ka teve a visão de um floco de neve. Esse floco de neve, pensou, era o resumo de sua vida, e ele agora via o poema que havia revelado o sentido de sua vida no centro dela. Mas — assim como o próprio poema resiste a uma explicação fácil — é difícil dizer quanto de sua vida ele decidiu naquele momento, e quanto foi determinado pelas simetrias ocultas que este livro procura desvelar.

Antes de terminar, Ka foi em silêncio até a janela e olhou a paisagem lá fora: os grandes flocos de neve flutuando graciosamente no ar. Teve a sensação de que, simplesmente contemplando a neve cair, seria capaz de levar o poema ao fim a que estava predestinado.

Bateram à porta. No mesmo instante em que a abria, os dois últimos versos lhe vieram, mas então ele os perdeu — eles haveriam de ficar perdidos durante sua permanência em Kars.

Era İpek. "Trouxe uma carta para você", disse ela entregando-a para Ka.

Ka pegou a carta, jogou-a num canto sem nem ao menos olhar. "Estou tão feliz", disse ele.

Ele sempre pensara que só pessoas vulgares diziam coisas

como "Estou tão feliz", mas quando o disse naquele momento, não sentiu a menor vergonha.

"Entre", disse ele a İpek. "Você está muito bonita."

İpek entrou tranquilamente, à vontade, como se conhecesse os quartos do hotel tão bem como a sua casa. O tempo que passaram separados pareceu a Ka apenas ter aumentado a intimidade entre eles.

"Não sei dizer como aconteceu", disse Ka, "mas é possível que este poema tenha vindo para mim graças a você."

"O estado do diretor do Instituto de Educação piorou", disse İpek.

"É uma boa notícia, considerando-se que já o julgávamos morto."

"A polícia está ampliando a sua área de buscas. Eles já deram uma batida nos alojamentos de estudantes da universidade, e agora estão nos hotéis. Eles vieram aqui, olharam nossos livros e perguntaram por cada um de nossos hóspedes."

"O que você disse sobre mim? Você lhes disse que vamos nos casar?"

"Você é um encanto, mas minha cabeça agora está em outras coisas. Acabamos de ouvir que pegaram Muhtar e o espancaram. Mas parece que depois o liberaram."

"Muhtar me pediu que lhe desse um recado: está disposto a qualquer coisa para se casar com você novamente. Pede mil desculpas por ter tentado obrigá-la a cobrir a cabeça."

"Muhtar já me disse isso, ele diz isso todo dia", disse İpek. "O que você fez depois que a polícia liberou você?"

"Andei pela cidade", disse Ka. Ele teve um momento de indecisão.

"Vamos, conte-me."

"Levaram-me até Azul. Disseram-me que não contasse a ninguém."

"Então você não devia fazer isso", disse İpek. "E você não deve dizer nada a Azul sobre nós nem sobre meu pai."

"Você o conheceu?"

"Durante um certo tempo Muhtar esteve encantado com Azul, então ele veio algumas vezes à nossa casa. Mas quando Muhtar entendeu que queria uma forma de islamismo mais moderada e mais democrática, Azul se afastou."

"Ele disse que veio para cá por causa das jovens suicidas."

"Você deve temer por ter ouvido isso, e não conte a mais ninguém", disse İpek. "É muito provável que o esconderijo de Azul esteja sob escuta da polícia."

"Então por que não o prendem?"

"Eles o farão quando lhes parecer conveniente."

"Por que você e eu simplesmente não vamos embora desta cidade agora mesmo?", disse Ka.

Ka notou ascender dentro de si aquele sentimento que experimentava sempre desde criança e quando jovem em momentos de extraordinária felicidade: a antecipação de uma angústia e de um desespero por vir.

Em pânico, procurou pôr fim àquele momento feliz: assim esperava poder diminuir a infelicidade que estava certo de que iria se abater sobre ele depois. A maneira mais segura de se acalmar, pensou, era simplesmente aceitar o inevitável: que o amor que sentia por İpek — a fonte de sua ansiedade — seria sua perdição; que qualquer intimidade que pudesse desfrutar com ela iria dissolvê-lo como o sal dissolve o gelo; que não merecia aquela felicidade, mas apenas a desgraça e a difamação que se seguiriam. Preparou-se para isso.

Mas não foi o que aconteceu. Em vez disso, İpek o envolveu em seus braços. Primeiro se abraçaram, depois o abraço amistoso tornou-se apaixonado; começaram a se beijar e logo estavam deitados lado a lado na cama. Seu pessimismo nada podia contra a excitação sexual. Logo se deixou dominar por um desejo intenso; em breve, sonhava ele, estariam tirando as roupas um do outro e fazendo amor por horas e horas.

Mas İpek se levantou. "Acho você muito atraente, e eu também quero fazer amor, mas faz três anos que não fico com ninguém e não estou preparada", disse ela.

Há quatro anos não faço amor com ninguém, Ka disse para si mesmo. E teve certeza de que İpek podia ler aquelas palavras em seu rosto.

"E mesmo que estivesse", disse İpek, "eu nunca poderia fazer amor tendo meu pai tão perto, na mesma casa."

"Seu pai precisa estar fora do hotel para você ficar nua na cama comigo?", perguntou Ka.

"Sim. E ele raramente sai do hotel. Não gosta muito das ruas geladas de Kars."

"Está bem, então, não vamos fazer amor agora, mas vamos nos beijar mais um pouco", disse Ka.

"Está bem."

İpek inclinou-se para Ka, que estava sentado na beira da cama, e lhe deu um longo e sério beijo antes de permitir que ele se aproximasse.

"Deixe-me ler meu poema para você", disse quando teve certeza de que o beijo terminara. "Você não quer saber como ele é?"

"Primeiro leia essa carta. Um jovem entregou na porta."

Ka abriu a carta e leu-a em voz alta.

Ka, meu caro filho:

"Se você preferir que não o chame de filho, apresento-lhe minhas sinceras desculpas. Na noite passada eu o vi em sonhos. Nevava em meu sonho, e cada floco de neve que caía na terra brilhava com divino esplendor. Perguntei a mim mesmo se seria um sinal, e então esta tarde vi lá fora a mesma neve que vira em meu sonho caindo bem na frente da minha janela. Você passou pela minha humilde casa, na rua Baytarhane, número 18. Nosso querido amigo Muhtar, que Deus Onipotente acaba de submeter a uma severa prova, explicou-me o sentido que você vê nessa neve. Somos peregrinos na mesma estrada. Estou esperando pelo senhor.

Assinado:
Saadettin Cevher"

"O sheik Saadettin", disse İpek. "Procure-o imediatamente. Então você vai poder voltar e jantar com meu pai esta noite."

"Eu tenho de apresentar meus cumprimentos a cada lunático de Kars?"

"Eu lhe disse para tomar cuidado com Azul; não se apresse tanto em dispensá-lo, tomando-o por um lunático. O sheik também é hábil, e não é estúpido."

"Quero esquecer tudo sobre eles. Posso ler meu poema agora?"

"Vá em frente."

Ka sentou-se na mesinha e começou a ler numa voz agitada mas confiante, e então parou. "Vá até ali", disse ele a İpek. "Quero ver o seu rosto enquanto leio." Quando teve certeza de que podia vê-la com o canto dos olhos, recomeçou a ler o poema. "É bonito?", perguntou Ka a ela, momentos depois.

"Sim, é bonito!", disse İpek.

Ka leu mais alguns versos em voz alta e perguntou novamente: "É bonito?".

"Sim, é bonito", respondeu İpek.

Quando ele terminou de ler o poema, perguntou: "Então, o que faz a beleza deste poema?".

"Não sei", respondeu İpek. "Mas achei bonito."

"Muhtar algum dia leu um poema como esse para você?"

"Nunca", disse ela.

Ele começou a ler o poema em voz alta novamente, dessa vez com mais força, mas parou novamente nos mesmos versos para perguntar "É bonito?". Ele parou também em outros versos para dizer "É mesmo muito bonito, não é?".

"Sim, é muito bonito", respondia İpek.

Ka estava tão feliz que sentia (como havia sentido apenas uma vez antes, no começo de sua carreira, quando escreveu um poema para uma criança) como se uma estranha e bela luz o envolvesse, e vendo num raio dessa luz a imagem de İpek, sentiu-se ainda mais feliz. Tomando aquilo como um sinal de que as regras foram suspensas, começou a abraçar İpek de novo, mas então ela se afastou com suavidade.

"Escute. Vá imediatamente até o nosso querido sheik. Ele é considerado uma pessoa muito importante aqui, muito mais importante do que você imagina; muita gente nesta cidade vai visitá-lo, mesmo pessoas que se consideram seculares, muitos oficiais do exército. Dizem até que a esposa do governador vai lá, e muita gente rica, muitos soldados. Ele está do lado do Estado. Quando ele disse que as universitárias deviam descobrir a cabeça, o Partido da Prosperidade não deu um pio. Num lugar como Kars, quando um homem poderoso como esse lhe faz um convite, você não o recusa."

"Foi você quem mandou o pobre Muhtar visitá-lo?"

"Você está com medo de que o sheik descubra um lado devoto em você e o mande de volta ao aprisco a toque de caixa?"

"Estou muito feliz agora, não tenho necessidade de religião", disse Ka. "E, de qualquer forma, não foi isso que me fez voltar à Turquia. Só uma coisa poderia trazer-me de volta: seu amor... Nós vamos nos casar?"

İpek sentou-se na beira da cama. "Ora, vá", disse ela. Ela lhe deu um sorriso caloroso e sedutor. "Mas tenha cuidado. Não há ninguém melhor que ele para descobrir um ponto fraco em sua alma e, como um gênio, ele vai penetrar em seu íntimo."

"O que ele vai fazer comigo?"

"Ele vai falar com você, e de repente se jogará no chão. Vai tomar uma coisa qualquer que você disser e dirá o quanto é sábia; insistirá em que você é uma pessoa autêntica. A essa altura algumas pessoas chegam a pensar que ele as está ridicularizando. Mas esse é o talento especial de sua excelência. Ele o faz de forma tão convincente que você acaba acreditando na sua sinceridade quando ele disse que suas palavras são sábias e que, como você, acredita de todo o coração. Ele age como se houvesse algo de grande dentro de você. Depois de algum tempo, você também começa a ver essa beleza interior, e como nunca a percebeu, você pensa que deve ser a presença de Deus, e isso o faz feliz. Em outras palavras, o mundo se torna um belo lugar quando se está perto desse homem. E você vai amar o nosso estimado sheik porque ele lhe proporcionou essa felicidade. Durante todo esse tempo, outra voz fica sussurrando dentro de você que tudo não passa de um jogo do sheik e que você é um pobre idiota. Mas até onde posso imaginar, pelo que Muhtar me disse, a essa altura já não se tem a força para ser esse pobre idiota. Você está tão desgraçadamente infeliz que só quer que Deus o salve. Então, sua cabeça — que nada sabe dos desejos de sua alma — resiste um pouco, mas não o bastante; você toma então a estrada indicada pelo sheik, porque é a única estrada do mundo que o fará erguer-se sobre as próprias pernas. O maior talento do sheik efêndi é fazer o desgraçado que está à sua frente sentir-se especial. Para a maioria dos homens de Kars, é como se isso fosse um milagre, pois sabem muito bem que ninguém mais na Turquia pode ser mais desgraçado, pobre e fracassado do que eles. Então começa-se a acreditar primeiro no sheik, depois nos ensinamentos há muito esquecidos da sua fé islâmica. Ao contrário do que pensam na Alemanha e do que dizem os intelectuais secularistas, isso não é ruim. Você se torna igual a qualquer um, você pode se sentir fazendo parte do povo e, ainda que seja por um breve período de tempo, você consegue se livrar da infelicidade."

"Eu não estou infeliz", disse Ka.

"Na verdade, alguém tão infeliz não é de modo algum infeliz. Mesmo as pessoas mais angustiadas têm consolos e esperanças ocultas que acalentam secretamente. Não é como em Istambul; não existem descrentes zombeteiros. Aqui as coisas são mais simples."

"Eu vou lá agora, mas só porque você quer que eu vá. Onde fica a rua Baytarhane? Quanto tempo devo ficar lá?"

"Fique até encontrar algum consolo!", disse İpek. "E não tenha medo de acreditar." Ela ajudou Ka a vestir o casaco. "Seu conhecimento do islã está em dia?", perguntou ela. "Você se lembra das preces que aprendeu na escola primária? Você pode se confundir."

"Quando eu era criança, nossa criada costumava me levar à mesquita de Teşvikiye", disse Ka. "Ela ia à mesquita mais para se encontrar com as outras criadas que para rezar. Enquanto esperavam o começo das orações, elas se entregavam a longos mexericos, e eu ficava fazendo piruetas nos tapetes com as outras crianças. Na escola, eu decorava todas as orações para ficar bem com o professor — ele nos ajudava a decorar o *fatiha* nos batendo, puxando-nos os cabelos, apertando nossas cabeças contra o tampo de nossas carteiras onde o 'livro sagrado' estava aberto. Aprendi tudo o que eles ensinaram sobre o islã, mas esqueci. Agora é como se tudo o que sei sobre o Corão viesse de *Maomé, o mensageiro de Alá*, aquele filme com Anthony Quinn." Ka sorriu. "Estava passando há pouco tempo no canal turco na Alemanha — mas, sabe-se lá por quê, em versão alemã. Você vai estar aqui esta noite, não é?"

"Sim."

"Porque eu quero ler meu poema para você outra vez", disse Ka, enquanto punha o caderno no bolso. "Você não acha que ele é bonito?"

"Sim, é bonito mesmo."

"O que há de bonito nele?"

"Não sei, é bonito e pronto", disse İpek. Ela abriu a porta para sair.

Ka envolveu-a com os braços e beijou-a na boca.

# 11. NA EUROPA ELES TÊM UM DEUS DIFERENTE?

## KA COM O SHEIK EFÊNDI

Ka saiu do hotel a toda pressa; muitas pessoas me disseram depois que se lembravam de tê-lo visto correndo pela neve, sob uma longa fileira de bandeirolas de propaganda eleitoral, em direção à rua Baytarhane. Ele estava tão feliz que, exatamente como nos momentos mais alegres de sua infância, dois filmes estavam passando simultaneamente no cinema de sua imaginação. No primeiro, ele estava em algum lugar da Alemanha — mas não em sua casa em Frankfurt

— fazendo amor com İpek. O filme dava guinadas, e às vezes o lugar onde eles estavam fazendo amor era o quarto do hotel. Na segunda tela imaginária, ele via palavras e visões relacionadas aos dois últimos versos de seu poema "Neve".

Ele parou primeiro no Café Campos Verdejantes para se informar sobre como chegar à rua. Lá, inspirado pela fileira de garrafas na prateleira ao lado do retrato de Atatürk e das paisagens suíças, sentou-se a uma mesa e — com a determinação de um homem com muita pressa — pediu um *raki* duplo, uma porção de queijo branco e grãos-de-bico torrados. Segundo o anunciante da televisão, os preparativos para a primeira transmissão ao vivo de Kars estavam quase completos, apesar da intensa nevasca; seguiu-se um resumo das notícias locais e nacionais. Pelo visto, no interesse da paz e para evitar maiores problemas para o subprefeito, as autoridades tinham ligado para a emissora a fim de impedi-la de noticiar o atentado contra o diretor do Instituto de Educação. Enquanto ouvia aquilo, Ka engoliu o *raki* duplo como um copo de água.

Depois de enxugar um terceiro *raki*, ele se dirigiu à residência temporária do sheik; quatro minutos depois, a porta foi aberta pelo controle situado no piso superior. Enquanto subia a escadaria, degrau por degrau, lembrou-se de que ainda trazia no bolso do casaco o poema de Muhtar, "A escadaria". Tinha certeza de que tudo correria bem ali, mas ainda assim sentia aquele friozinho na espinha que uma criança sente a caminho do consultório médico, mesmo quando tem certeza de que não vai tomar uma injeção. Quando chegou ao alto da escada, arrependeu-se de ter vindo.

Ka não teve dúvida de que o sheik percebeu o medo em seu coração no momento em que apareceu. Mas havia algo no sheik que o impediu de se sentir envergonhado. Na parede do patamar da escada, havia um espelho numa moldura de nogueira entalhada. Foi nesse espelho que Ka viu, de relance, o sheik efêndi pela primeira vez. A própria casa estava tão abarrotada que a sala transpirava calor dos hálitos e dos corpos. Um instante depois, ele se viu beijando a mão do sheik, antes mesmo de ter tempo de dar ao menos uma olhada em volta ou ver quem mais estava na sala.

Havia umas vinte outras pessoas, que tinham vindo assistir à cerimônia simples que se fazia toda terça-feira, para ouvir conselhos do sheik e desabafar as mágoas. Uns cinco ou seis eram comerciantes, proprietários de casas de chá ou de laticínios, que aproveitavam qualquer oportunidade para estar com o sheik, pois isso os fazia felizes; havia também um jovem paraplégico, um gerente de empresa de ônibus estrábico, um homem idoso amigo do gerente, um vigia noturno da companhia de eletricidade, um homem que trabalhara como porteiro do hospital de Kars durante quarenta anos e mais alguns.

Vendo o embaraço no semblante de Ka, o sheik se curvou para beijar a sua mão. Havia algo quase pueril naquele gesto: era como se ele estivesse apresentando seus cumprimentos. E embora aquilo fosse exatamente o que Ka esperava que o sheik fizesse, o gesto não deixou de lhe causar espanto. Cientes de que todos os demais presentes os estavam observando, os dois homens começaram a conversar.

"Deus o abençoe por ter aceitado meu convite", disse o sheik. "Eu o vi em meu sonho. Estava nevando."

"Eu vi vossa excelência em meu sonho", disse Ka. "Vim aqui em busca da felicidade."

"Alegra-nos saber que foi em Kars que teve origem sua felicidade", disse o sheik.

"Este lugar, esta cidade, esta casa... elas me dão medo",

disse Ka, "porque todos vocês me parecem estranhos. Porque sempre evitei essas coisas. Nunca desejei beijar a mão de ninguém — ou deixar que alguém beijasse a minha."

"Parece que você fala de forma mais franca da beleza que há dentro de você com nosso irmão Muhtar", disse o sheik. "Diga-nos então, o que essa bendita nevada o faz lembrar?"

Na ponta do sofá em que o sheik estava sentado, logo à direita do canto da janela, agora Ka viu Muhtar. Havia alguns curativos em sua testa e em seu nariz. Para esconder as manchas roxas em volta dos olhos, ele usava grandes óculos escuros como os dos velhos que ficaram cegos por causa da varíola. Ele sorria para Ka, mas sua expressão estava longe de ser amistosa.

"A neve me fez lembrar Deus", disse Ka. "A neve me fez lembrar a beleza e o mistério da criação, a alegria essencial que é a vida."

Ele ficou em silêncio por um momento; todos os olhos na sala apinhada continuavam fixos nele. Vendo o sheik tão sereno como sempre, Ka se aborreceu.

"Por que me convocou para vir aqui?", perguntou ele.

"Por favor, não diga uma coisa dessas!", exclamou o sheik. "Depois que Muhtar bei nos contou o que você disse a ele, pareceu que você queria abrir seu coração para nós, falar conosco, encontrar um amigo."

"Está bem, então vamos conversar", disse Ka. "Antes de vir para cá, tomei três copos de *raki*."

"Mas por que você está com tanto medo de nós?", perguntou o sheik arregalando os olhos, como se estivesse surpreso; ele era apenas um amável homem gordo. Todos à sua volta tinham no rosto o mesmo sorriso franco. "Não quer nos dizer por que tem tanto medo de nós?"

"Eu vou lhe dizer, mas não quero que me leve a mal."

"Não vamos levar a mal", disse o sheik. "Por favor, venha para cá, sente ao meu lado. É muito importante saber por que está com medo de nós."

A expressão do sheik era meio séria, meio jocosa, pronta para fazer seus discípulos rirem de uma hora para outra. Ka gostou do jeito dele, e, logo que sentou ao seu lado, sentiu-se tentado a imitá-lo.

"Sempre desejei que este país prosperasse, se modernizasse... Eu desejei liberdade para seu povo", disse Ka. "Mas me parecia que nossa religião sempre estava contra tudo isso. Talvez eu esteja enganado. Peço desculpas. Talvez eu esteja confessando isso porque bebi demais."

"Por favor, não diga uma coisa dessas!"

"Cresci em Istambul, em Nişantaş, entre gente da sociedade. Eu queria ser como os europeus. Não conseguia ver como poderia conciliar essa minha nova identidade europeia com um Deus que exigia que as mulheres se cobrissem com mantos, então tratei de excluir a religião de minha vida. Mas quando fui para a Europa, entendi que lá poderia haver um Alá diferente do Alá dos reacionários barbados provincianos."

"Na Europa eles têm um Deus diferente?", perguntou o sheik em tom de brincadeira, dando um tapinha nas costas de Ka.

"Eu quero um Deus que não me peça para tirar os sapatos em sua presença e que não me obrigue a me pôr de joelhos para beijar a mão das pessoas. Eu quero um Deus que entenda minha necessidade de solidão."

"Só existe um Deus", disse o sheik. "Ele vê tudo e entende a todos — mesmo sua necessidade de solidão. Se você acreditasse nele, se você soubesse que ele entende sua necessidade de solidão, não ia se sentir tão sozinho."

"Isso é verdade, excelência", disse Ka, sentindo como se na verdade estivesse falando para todos os que estavam na sala. "É por ser solitário que não consigo acreditar em Deus. E como não posso acreditar em Deus, não posso livrar-me da solidão. Que devo fazer?"

Embora ele estivesse embriagado e inesperadamente satisfeito por estar falando com tanta coragem com um sheik de verdade, uma parte dele ainda sabia que estava entrando num terreno perigoso; por isso, quando o sheik ficou em silêncio, ele sentiu medo.

"Você quer mesmo que eu o oriente?", perguntou o sheik. "Nós somos essas pessoas que você acaba de mencionar: reacionários provincianos barbudos. Mesmo que raspemos a barba, não há cura para o provincianismo."

"Eu também sou provinciano, e quero me tornar ainda mais provinciano. Quero ser esquecido no mais remoto e desconhecido canto do mundo, sob um lençol de neve", disse Ka.

Ele beijou a mão do sheik novamente. Quando ele viu como lhe era fácil fazer aquilo, sentiu-se satisfeito consigo mesmo. Mas uma parte de sua cabeça ainda funcionava de forma diferente, à maneira ocidental, por isso ao mesmo tempo ele se desprezava.

"Espero que me perdoe, mas antes de vir aqui eu bebi", repetiu ele. "Eu me sentia culpado por ter-me recusado, durante toda a minha vida, a acreditar no mesmo Deus das pessoas não instruídas — as tias com a cabeça coberta com mantos, os tios com rosários de contas nas mãos. Havia muito orgulho na minha recusa em acreditar em Deus. Mas agora eu quero acreditar num Deus que faz essa bela neve cair do céu. Existe um Deus que concede toda a atenção à simetria oculta do mundo, um Deus que nos fará a todos mais civilizados e aperfeiçoados."

"Claro que existe, meu filho", disse o sheik.

"Mas esse Deus não está entre vocês. Ele está lá fora, na noite vazia, na escuridão, na neve que cai no coração dos proscritos."

"Se você quer encontrar Deus por seus próprios meios, vá em frente — vá para a escuridão, deleite-se com a neve, use-a para se encher com o amor de Deus. Não temos nenhum desejo de desviar você desse caminho. Mas não se esqueça de que homens arrogantes que se atribuem um grande valor terminam sozinhos. Deus não tem tempo para orgulho. Foi o orgulho que expulsou Satã do céu."

Mais uma vez, Ka sentiu-se dominar pelo medo de que tanto se envergonharia depois. Temia pelo que certamente iriam dizer dele quando fosse embora. Ele estava prestes a beijar a mão do sheik novamente, mas mudou de ideia. Tinha certeza de que todos à sua volta sabiam quão confuso, e quão bêbado, ele estava, e o desprezavam por isso. "Eu quero acreditar no Deus em que você acredita e ser como você, mas como em mim há um ocidental, minha cabeça está confusa."

"Se as suas intenções são tão sinceras, isso é um bom começo", disse o sheik. "A primeira coisa que você precisa aprender é a humildade."

"Como posso fazer isso?", perguntou Ka. Mais uma vez, ele sentia o diabo zombeteiro dentro de si.

"Depois da refeição da noite, todos os que querem falar comigo vêm me encontrar neste canto, nesse sofá em que você está sentado agora", disse o sheik. "Cada um aqui é um irmão."

E então Ka se deu conta de que a grande aglomeração de homens sentados nas cadeiras e nas almofadas em volta dele na verdade formava uma fila para sentar-se naquele canto do sofá. Imaginou que o que o sheik mais queria dele era o respeito àquela fila imaginária, então o melhor a fazer seria ir para o fim da fila e esperar pacientemente como um europeu; tendo isso em mente, ele se pôs de pé, beijou a mão do sheik mais uma vez e foi sentar-se numa almofada do outro lado da sala.

Sentado ao seu lado estava um homem baixo e amável, com molares cobertos de ouro, que trabalhava numa das casas de chá da avenida İnönü. Tão baixinho era o homem e tão aturdido estava Ka que se pegou perguntando-se se o homem viera ver o sheik para se curar do nanismo. Quando ele era criança em Nişantaş, havia um anão muito elegante que ia toda noite até os ciganos na praça para comprar um buquê de violetas e um único cravo. O homenzinho disse a Ka que o vira passando na frente de sua casa de chá mais cedo, naquele mesmo dia; lamentou o fato de Ka não ter entrado e ficaria feliz se desse um pulinho lá no dia seguinte. A essa altura o gerente da empresa de ônibus e seu amigo idoso entraram na conversa; baixinho, disse a Ka que passara maus momentos por causa de uma jovem — ele se entregara à bebida, tornando-se rebelde a ponto de não ter mais olhos para Deus — mas finalmente conseguira deixar tudo para trás. Antes que Ka pudesse perguntar "Você se casou com a jovem?", o gerente da empresa de ônibus acrescentou "Terminamos por perceber que a jovem não era boa para nós".

Então o sheik disse algumas palavras contra o suicídio. Os homens próximos a ele ouviram em silêncio, alguns acenando com a cabeça em sinal de assentimento, enquanto os três que estavam no canto continuaram aos cochichos.

"Houve mais alguns suicídios", disse o homenzinho, "mas o Estado resolveu não nos dizer, pela mesma razão que decide não nos dizer quando a temperatura está caindo — eles não querem nos assustar. Mas eis a verdadeira razão para essa onda de suicídios: é porque estão vendendo essas moças a velhos funcionários, homens a quem elas não amam."

O gerente da empresa de ônibus discordou. "Quando minha mulher me conheceu", disse ele, "também não me amava." Ele então falou que a onda de suicídios se devia a vários fatores: desemprego, preços altos, imoralidade e falta de fé, por exemplo. Como concordava com tudo o que ambos os homens diziam, Ka começou a se sentir hipócrita. Quando o mais velho começou a cabecear de sono, o gerente estrábico o acordou.

Houve um longo silêncio. Uma grande sensação de paz tomou conta de Ka. Eles estavam tão longe do centro do mundo que nem lhes era possível imaginar ir até lá. Enquanto se deixava fascinar pelos flocos de neve que pareciam pairar lá no céu, Ka começou a se perguntar se entrara num mundo sem gravidade.

Quando ninguém mais prestava atenção em Ka, veio-lhe outro poema. Ele estava com seu caderno e, como aconteceu com o primeiro poema, ele se entregou totalmente à voz que soava dentro de si, mas dessa vez escreveu todos os trinta e seis versos do poema de uma vez só. Como sua cabeça ainda estava enevoada por causa da bebida, ele não podia julgar se o poema tinha algum valor. Mas quando uma nova onda de inspiração o arrebatou, ele se pôs de pé e, depois de se desculpar com o sheik, saiu depressa da sala; quando se sentou nos degraus para ler o que escrevera, pôde perceber que aquele poema, como o primeiro, era perfeito.

O poema inspirava-se nos acontecimentos que Ka acabara de viver e testemunhar. Quatro versos mencionam uma conversa com um sheik sobre a existência de Deus; há também referências ao olhar envergonhado de Ka em seguida à sua menção do Deus do homem sem instrução, algumas propostas relativas à solidão, a simetria oculta do mundo e a criação da vida; há um homem com dentes de ouro, um estrábico e um anão gentil com um cravo na mão, todos ao seu lado, contando a história de suas vidas.

Perturbado com a beleza de suas próprias palavras, Ka não pôde deixar de se perguntar "O que significa tudo isso?". Parecia ser um poema que outra pessoa escrevera — era por isso, pensou ele, que conseguia ver sua beleza. Mas, ao mesmo tempo, achá-lo bonito era um verdadeiro choque, considerando o seu conteúdo, considerando sua própria vida. Como entender a beleza desse poema?

A luz da escadaria desligou automaticamente e ele ficou mergulhado na escuridão. Quando encontrou o botão e ligou novamente a luz, deu uma última olhada no caderno, e lhe ocorreu o título: "Simetria oculta". Mais tarde apontou a rapidez com que aquilo acontecera como uma prova de que aquele e todos os outros poemas que se seguiram não eram — assim como o próprio mundo — criação sua. Com isso em mente, ele iria movê-lo para a posição do primeiro poema, para o eixo da razão.

# 12. SE DEUS NÃO EXISTE, COMO VOCÊ EXPLICA TODO O SOFRIMENTO DOS POBRES?

## A TRISTE HISTÓRIA DE NECIP E HICRAN

Ao sair da casa de sua excelência, Ka tomou o caminho do hotel, e enquanto avançava penosamente na neve, seus pensamentos se voltaram para İpek. Não iria demorar para vê-la, pensou. Na avenida Halitpaşa, passou primeiro por um grupo de pessoas que faziam campanha pelo Partido do Povo, depois por um grande grupo de estudantes que voltava do curso pré-vestibular. Os estudantes conversavam sobre o que iriam ver na televisão aquela noite e como fora fácil enganar o professor de química; eles cutucavam uns aos outros tão impiedosamente quanto Ka e eu na idade deles.

Ka viu uma mãe e um pai levando pela mão o filho, que estava aos prantos. Acabavam de sair de um edifício onde tinham ido ao dentista com a criança. Pelas roupas que usavam percebia-se que o casal mal tinha meios para sobreviver, mas decidira que o querido filho não iria a um serviço público de saúde, consultariam um dentista particular, esperando que o tratamento fosse menos doloroso. Pela porta aberta de uma loja que vendia meias femininas, tecidos de algodão, lápis de cor, pilhas e fitas de áudio, ouviu mais uma vez a canção de Pepino di Capri, "Roberta", e se lembrou de tê-la ouvido no rádio quando era criança, numa ocasião em que seu tio fora passear com ele às margens do Bósforo.

Como seu coração começasse a planar alto, Ka teve a impressão de que um novo poema estava a caminho, entrou na primeira casa de chá que encontrou e, sentando-se à primeira mesa vazia, pegou o lápis e o caderno.

Depois de fitar com olhos marejados a página vazia por algum tempo, reconsiderou aquela impressão: na verdade, nenhum poema estava a caminho, mas aquilo não o desanimou nem um pouco. A casa de chá estava lotada de desempregados e estudantes, e, ao seu redor, as paredes se mostravam todas cobertas não apenas de paisagens suíças mas também com cartazes de teatro, cartuns de jornal, recortes variados, o edital de um concurso público e uma tabela dos jogos de futebol a serem disputados pela equipe de Kars naquele ano. O resultado das partidas já realizadas — na maioria das quais o time perdera — estava escrito em diferentes caligrafias; ao lado dos 6 a 1 para a equipe de Erzurum, alguém escreveu os versos que Ka incorporaria ao "Toda a humanidade e as estrelas", o poema que escreveria no dia seguinte, sentado a uma mesa da Casa de Chá Irmãos Felizes:

*Mesmo que sua mãe descesse do céu para pegá-lo nos braços,*
*Mesmo que seu pai malvado a deixasse ir sem uma surra ao menos por uma noite,*
*Ainda assim você ia continuar sem tostão, sua merda congelaria, sua alma murcharia, não há esperança!*
*Se você tem o azar de viver em Kars, melhor é dar descarga e descer vaso abaixo.*

Ele sorria contente enquanto copiava esses versos no caderno, quando Necip, que estava numa mesa do fundo, se juntou a ele. Por sua expressão, dava para perceber que estava espantado de ver Ka naquele lugar e parecendo tão satisfeito.

"Estou tão feliz por você estar aqui", disse Necip. "Você está escrevendo um poema? Queria pedir desculpas por meus amigos, principalmente pelo que o chamou de ateu. É a primeira vez na vida deles que se veem frente a frente com um não crente. Mas me parece que você não poderia ser de fato ateu, porque é uma pessoa muito boa." Ele disse mais algumas coisas que não conseguira dizer antes: ele e seus amigos tinham faltado à aula para assistir ao show no teatro naquela noite, mas iam se sentar bem no fundo, porque naturalmente não queriam ser vistos na televisão pelo diretor da escola. Necip estava feliz e orgulhoso por ter matado aula para ir encontrar os amigos no Teatro Nacional. Todos eles sabiam que Ka ia recitar um poema no teatro. Todo mundo em Kars escrevia poemas, mas Ka era a primeira pessoa que Necip conhecera a ter seus poemas publicados. Ele podia oferecer um chá a Ka?

Ka explicou que estava sem tempo.

"Nesse caso, só vou lhe fazer uma pergunta, uma última pergunta", disse Necip. "Não sou como meus amigos, não estou querendo desrespeitar você. Só estou com muita curiosidade."

"Sim."

Necip acendeu um cigarro com mãos trêmulas. "Se Deus não existe, isso significa que o céu também não existe. E isso significa que os pobres do mundo, esses milhões que vivem na pobreza e na opressão, nunca irão para o céu. E se é assim, então como você explica todo o sofrimento dos pobres? Para que estamos aqui, e por que temos de suportar tanto sofrimento, se é tudo em vão?"

"Deus existe. E o céu também."

"Não, você está dizendo isso só para me confortar, porque você sente pena de nós. Tão logo esteja de volta à Alemanha, vai começar a pensar que Deus não existe, como fez antes."

"Pela primeira vez em muitos anos, estou muito feliz", disse Ka. "Por que eu não posso acreditar nas mesmas coisas que você?"

"Porque você pertence à intelligentsia", disse Necip. "As pessoas da intelligentsia nunca acreditam em Deus. Elas acreditam naquilo em que os europeus acreditam, e se acham melhores do que as pessoas comuns."

"Eu posso pertencer à intelligentsia da Turquia", disse Ka. "Mas na Alemanha sou um zero à esquerda. Lá eu estava me acabando."

Os belos olhos de Necip voltaram-se para dentro, e era evidente para Ka que o jovem estava refletindo sobre seu caso, tentando se colocar em seu lugar. "Então por que você ficou irritado com seu país e fugiu para a Alemanha?", perguntou. Vendo o rosto de Ka murchar, ele disse: "Não se preocupe! De qualquer jeito, se eu fosse rico, teria tanta vergonha de minha situação que iria acreditar mais ainda em Deus."

"Um dia, se Deus quiser, todos seremos ricos", disse Ka.

"Não é tão simples como você diz — é isso que eu acho. Tampouco sou tão ingênuo assim, e não quero ser rico. O que eu quero é ser escritor. Estou escrevendo um romance de ficção científica. Ele pode ser publicado — num dos jornais de Kars, o *Lança* —, mas não quero ser publicado num jornal que vende setenta e cinco exemplares; quero ser publicado num jornal de Istambul, que vende milhares. Tenho um resumo do romance aqui comigo. Se eu o ler para você, você pode me dizer se acha que tem condição de ser publicado num jornal de Istambul?"

Ka consultou o relógio.

"É bem curto", disse Necip.

As luzes se apagaram, e toda a cidade mergulhou na escuridão. A única luz na casa de chá era a do aquecedor. Necip correu até o balcão e pegou uma vela. Acendeu-a, fixou-a num prato com algumas gotas de cera e o pôs sobre a mesa. Tirando algumas folhas de papel amassado do bolso, começou a ler numa voz hesitante, parando de vez em quando para engolir em seco, excitado.

> "No ano 3579 havia um planeta vermelho que ainda não tínhamos descoberto. Seu nome era Gazzali, seu povo era rico, e sua vida era muito mais fácil que as nossas atualmente, mas ao contrário do que os materialistas poderiam imaginar, suas vidas ricas e fáceis não proporcionavam nenhuma satisfação espiritual aos habitantes do planeta. Ao contrário, todos viviam angustiados com a questão do ser e do nada, do homem e o universo, de Deus e seu povo.
>
> "E então aconteceu que muitos gazzalianos viajaram para o mais remoto canto de seu planeta para fundar o Liceu Islâmico para o Estudo da Ciência e da Oração. Eles aceitavam apenas os alunos mais inteligentes e mais aplicados.

"Dois amigos íntimos frequentavam esse liceu. Inspirados em livros escritos mil e seiscentos anos antes, livros que esclareciam tão maravilhosamente a questão Oriente-Ocidente que poderiam ter sido escritos no dia anterior, eles se chamavam um ao outro Necip e Fazıl. Juntos liam e reliam *O Grande Oriente*, o mais perfeito livro de seu venerado mestre, e à noite se encontravam secretamente na cama de Fazıl, que era a de cima do beliche, onde, sob as cobertas, ficavam deitados lado a lado, olhando os flocos de neve azuis caírem no teto de vidro acima deles, desaparecendo como se fossem planetas. Então cochichavam ao ouvido um do outro sobre o sentido da vida e sobre as coisas que esperavam fazer quando ficassem mais velhos.

"Os maldosos tentavam em vão conspurcar aquela amizade pura com piadinhas maliciosas, inspiradas pela inveja. Mas um dia uma sombra caiu sobre eles. Aconteceu que os dois apaixonaram-se ao mesmo tempo pela mesma jovem, uma donzela chamada Hicran. Mesmo quando descobriram que o pai de Hicran era ateu, não conseguiram se curar de seu desesperado anelo; muito ao contrário, seu amor se tornou ainda mais intenso.

"E foi assim que ambos chegaram à conclusão de que não havia mais lugar em Gazzali para os dois; no fundo do coração sabiam que um deles teria de morrer. Mas então fizeram o seguinte pacto: depois de passar algum tempo no outro mundo, independentemente de quantos anos-luz distasse deste mundo, aquele que morresse deveria voltar a este mundo para visitar o amigo ainda vivo, e responder a suas perguntas mais urgentes — sobre a vida após a morte.

"Quanto à questão de quem mataria quem e de como se faria isso, eles não conseguiram chegar a uma decisão — principalmente porque ambos sabiam que a verdadeira felicidade só seria possível para aquele que sacrificasse a própria vida pela do outro. Então, por exemplo, se um deles — digamos que fosse Fazıl — dissesse 'vamos enfiar a mão em soquetes ao mesmo tempo para nos eletrocutarmos', Necip logo veria o que estava acontecendo: um esperto truque que Fazıl inventara para se sacrificar pelo amigo (com toda a certeza, Fazıl tomaria providências para que o soquete de Necip estivesse desconectado). Depois de muitos meses de hesitações, meses que lhes causaram muito sofrimento, o problema foi resolvido em questão de segundos: ao voltar de suas aulas noturnas, Necip encontrou seu querido amigo morto em sua cama, crivado de balas.

"No ano seguinte, Necip se casou com Hicran, e, na noite do casamento, contou-lhe o que se passara entre ele e seu amigo e que um dia Fazıl iria voltar do mundo dos espíritos. Hicran lhe contou que na verdade amara Fazıl; depois da sua morte ela chorara durante dias, chorara tanto que correra sangue dos seus olhos, e só se casara com Necip porque era amigo de Fazıl e havia entre eles uma certa semelhança. Decidiram não consumar o casamento e manter essa decisão até Fazıl voltar do outro mundo.

"Com o passar dos anos, porém, começaram a se desejar. Primeiro era uma atração espiritual, depois tornou-se física. Certa noite, durante uma inspeção interplanetária, quando apontavam seus fachos de luz para uma cidade da Terra conhecida pelo nome de Kars, eles não conseguiram mais se controlar — caíram um nos braços do outro, como loucos, e se amaram apaixonadamente. Vocês podem pensar que isso significa que tinham esquecido Fazıl, cuja lembrança por tanto tempo os atormentou como uma dor de dente. Mas não o tinham esquecido, e a vergonha em seus corações os alarmava à medida que crescia a cada dia.

"Certa noite os dois acordaram de repente, tendo ambos decidido ao mesmo tempo que aquele coquetel de medo e outras emoções iria acabar por destruí-los. No mesmo instante, a televisão no outro extremo da sala ligou sozinha, e lá, brilhando intensamente, a figura fantasmagórica de Fazıl tomou forma. Os tiros mortais em sua testa pareciam recentes, e de seu lábio inferior e de outras feridas ainda gotejava sangue.

"'Sou torturado pela dor', disse Fazıl. 'Não há um único canto do outro mundo que eu não tenha visto [Vou escrever sobre essas viagens detalhadamente inspirando-me nas *Vitórias de Meca,* de Gazzali e em Ibn Arabi, disse Necip.] Recebi os maiores elogios dos anjos de Deus e viajei para o que é considerado o plano mais alto do céu. Presenciei os terríveis castigos que são aplicados no inferno a ateus engravatados e a arrogantes colonialistas positivistas que fazem pouco das pessoas comuns e de sua fé — mas em toda parte a felicidade me escapava, porque meu espírito estava aqui, com vocês.'

"Marido e mulher ficaram siderados por uma admiração cheia de temor ao ouvir o triste fantasma.

"'O que me fez tão infeliz durante todos esses anos não foi imaginar que um dia eu os veria tão felizes juntos, como os vejo esta noite. Ao contrário, eu almejava pela felicidade de Necip, mais que pela minha própria. Por causa da profunda afeição que havia entre nós, fomos incapazes de encontrar uma forma de nos matarmos, fosse a nós mesmos ou um ao outro. Porque cada um de nós prezava mais a vida do outro que a própria, era como se ambos usássemos uma armadura que nos tornava imortais. Como isso me fazia feliz! Mas minha morte me mostrou que eu estava errado em acreditar nesse sentimento.'

"'Não!', exclamou Necip. 'Nunca dei mais valor à minha própria vida que à sua!'

"'Se isso fosse verdade, eu não teria morrido', disse o fantasma de Fazıl, 'e você nunca teria se casado com a bela Hicran. Eu morri porque você alimentava um desejo secreto — um desejo tão secreto que você escondia até de si mesmo —, o desejo de me ver morto.'

"Necip refutou veementemente essa acusação, mas o fantasma não quis ouvir.

"'Não foi apenas a suspeita de que você desejava a minha morte que me privou da paz no outro mundo', disse o fantasma. 'Mas foi o fato de você ter participado de meu assassinato, pois foi você quem traiçoeiramente atirou em minha cabeça, e aqui, e aqui, quando eu estava na cama dormindo. E eu tinha outro medo também — o medo de que você estivesse agindo como agente dos inimigos do sagrado Corão.' Àquela altura, Necip desistira de contestar as acusações e se mantinha calado.

"'Só há um modo de me libertar do sofrimento e me reconduzir ao céu, e só por esse mesmo modo você poderá livrar-se da suspeita desse crime abominável', disse o fantasma. 'Descubra meu assassino, seja lá quem for. Em sete anos e sete meses não encontraram um único suspeito. E quando você descobrir quem me matou ou desejou a minha morte, quero que o crime seja vingado. Olho por olho. Enquanto esse miserável continuar impune, não terão paz nesta vida, nem haverá paz para você nesse mundo passageiro que vocês insistem em chamar de verdadeiro mundo.'

"Nem Necip nem Hicran souberam o que responder; eles ficaram olhando atônitos, aos prantos, o fantasma desaparecer da tela."

"E então? O que aconteceu depois?", perguntou Ka.

"Ainda não decidi", disse Necip, "mas se eu escrever a história inteira, você acha que eu poderia vendê-la?" Quando ele viu que Ka hesitava, acrescentou: "Ouça, cada linha que escrevo vem do fundo do meu coração. Todas elas expressam minhas mais profundas convicções. O que essa história significa para você? O que sentiu quando a li para você?".

"Ela me tocou profundamente, porque me mostrou que você acredita, de todo o coração, que este mundo nada mais é que uma preparação para o outro mundo."

"Sim, eu acredito nisso", disse Necip, alvoroçado. "Mas isso não é o bastante. Deus quer que sejamos felizes neste mundo também. Mas isso é a coisa mais difícil."

Eles ficaram em silêncio, refletindo sobre a coisa mais difícil.

Depois de um instante voltou a luz, mas as pessoas da casa de chá continuaram tão caladas como estavam na escuridão. E a tela da televisão continuou escura; o proprietário começou a esmurrá-la.

"Já faz vinte minutos que estamos sentados juntos aqui", disse Necip. "Meus amigos devem estar morrendo de curiosidade."

"Quem são os seus amigos?", perguntou Ka. "Um deles é Fazıl? E esses são seus verdadeiros nomes?"

"Não, claro que não. Estou usando um nome de guerra, da mesma forma que o Necip da história. Você não é um policial; pare de me interrogar! Quanto a Fazıl, ele se recusa a vir a um lugar como este", disse Necip, assumindo ares misteriosos. "Fazıl é o mais religioso de nosso grupo, e é a pessoa em quem mais confio neste mundo. Mas ele receia que, se se envolver em política, termine fichado pela polícia e expulso da escola. Ele tem um tio na Alemanha que vai mandar buscá-lo, e nós gostamos um do outro tanto quanto os rapazes da história; portanto, se alguém me matasse, tenho certeza de que ele me vingaria. Na verdade, a coisa se passa exatamente como na história — somos tão ligados que, por mais distantes que estejamos um do outro, sabemos com certeza o que o outro está fazendo."

"Então o que Fazıl está fazendo agora?"

"Hummm", fez Necip, assumindo uma pose estranha. "Ele está no alojamento de estudantes, lendo."

"Quem é Hicran?"

"Esse nome também não é verdadeiro. Mas não é um nome que ela adotou, é um nome que nós lhe demos. Alguns de nós escrevemos o tempo todo poemas e cartas de amor para ela, mas não temos coragem de enviá-los. Se eu tivesse uma filha, queria que fosse tão bonita, tão inteligente e corajosa quanto ela. Ela é a líder das jovens que se recusam a se descobrir, e não tem medo de nada. Pensa por conta própria.

"Para falar a verdade, no começo ela era uma infiel — isso porque estava sob a influência do pai ateu. Era modelo em Istambul, ia à televisão, mostrava o traseiro e exibia as pernas. Veio para cá fazer um comercial de xampu para a televisão. No comercial, ela ia andando pela avenida Ahmet Muhtar, o Conquistador — a rua mais pobre e suja de Kars, mas também a mais bonita. Então, quando parou diante da câmera, devia sacudir como uma flâmula os magníficos cabelos castanhos que lhe desciam até a cintura e dizer 'Mesmo na sujeira da bela cidade de Kars, meus cabelos continuam limpos e brilhantes — graças a Blendax'. O comercial ia ser exibido por toda parte; o mundo inteiro iria rir de nós.

"Naquela altura, o caso do manto do Instituto de Educação tinha acabado de estourar, e duas moças viram Hicran na televisão e a reconheceram pelas fotografias das revistas de fofocas que falavam sobre seu comportamento com os rapazes ricos de Istambul. As moças a admiravam em segredo, então a convidaram para um chá. Hicran aceitou, embora para ela aquilo não passasse de uma grande brincadeira. Ela logo ficou muito entediada com as moças, e sabe o que ela lhes disse? 'Se a sua religião — não, ela não disse *nossa* religião, ela disse *a sua* — 'se a sua religião exige que vocês escondam seu cabelo, e o Estado proíbe o uso do manto na cabeça, por que vocês não fazem como fulana — aqui ela falou o nome de uma cantora de rock estrangeira — e raspam o cabelo e usam um brinco no nariz? Aí o mundo inteiro iria acordar e tomar conhecimento!'

"Nossas pobres meninas ficaram tão perplexas em ouvir tais afrontas que nem ao menos conseguiram deixar de rir com ela! Isso tornou Hicran ainda mais ousada, então ela disse: 'Esses mantos fazem vocês voltarem para a Idade Média. Por que vocês não os arrancam e mostram seus belos cabelos?'.

"E quando Hicran estava prestes a tirar o manto da garota mais tola, sua mão ficou paralisada. De repente, Hicran se jogou aos pés da garota tola — essa garota é irmã de um colega nosso, e ele é tão estúpido que até os retardados o chamam de retardado — e pediu-lhe perdão. Hicran voltou no dia seguinte, depois no outro e terminou por se juntar a elas, em vez de voltar para Istambul. Ela é uma das santas que vão ajudar a transformar o manto na bandeira das mulheres muçulmanas oprimidas da Anatólia — pode tomar nota!"

"Então por que você não disse nada sobre ela na história, exceto que ela era uma donzela?", perguntou Ka. "Por que Necip e Fazıl não pediram sua opinião antes de resolverem se matar por causa dela?"

Houve um silêncio carregado de tensão, durante o qual Necip levantou seus belos olhos, um dos quais, dentro de duas horas e três minutos, seria estourado por uma bala; ele olhou para a rua escura para ver a neve cair devagar, como um poema. Então sussurrou: "Olha ela lá. É ela!".

"Quem?"

"Hicran! Ela está ali na rua!"

# 13. NÃO VOU DISCUTIR MINHA FÉ COM UM ATEU

## UMA CAMINHADA NA NEVE COM KADIFE

Ela estava usando uma capa de chuva roxa, os olhos escondidos por trás de óculos escuros futuristas, e usava na cabeça um daqueles mantos comuns que Ka vira centenas de mulheres usando desde que ele era criança e que agora era o símbolo do islã político. Quando viu que a jovem que entrava na casa de chá vinha diretamente em sua direção, Ka se pôs de pé de um salto, como se o professor tivesse acabado de entrar na sala de aula.

"Sou Kadife, a irmã de İpek", disse a mulher, esboçando um sorriso. "Todos o estão esperando para o jantar. Meu pai me mandou avisá-lo."

"Como você sabia que eu estava aqui?", perguntou Ka.

"Em Kars todo mundo sempre sabe tudo o que está acontecendo", disse Kadife. Agora ela não estava de modo algum sorrindo. "Se estiver acontecendo em Kars, é claro."

Ka percebeu certa angústia em seu semblante, mas não tinha ideia de sua causa. Necip fez as apresentações: "Apresento-lhe meu amigo poeta e romancista", disse ele. Eles trocaram um rápido olhar mas não se apertaram as mãos. Ka viu naquilo um sinal de tensão. Muito depois, rememorando esses acontecimentos, ele iria concluir que a omissão era em respeito ao código islâmico. Necip ficou branco feito um lençol, olhando para Kadife como se estivesse diante de uma Hicran recém-chegada do espaço sideral, mas os modos de Kadife eram tão comuns que nenhum homem, na casa de chá apinhada de gente, se voltou para olhá-la. Além disso, ela não era tão bela quanto a irmã.

Mas andando pela neve com ela na avenida Atatürk, Ka se sentia muito feliz. Ela estava envolta num manto, e embora seu rosto fosse mais comum que o da irmã, era agradável e harmonioso. Quando ele olhou para ela diretamente nos olhos, castanhos como os de İpek, sentiu que podia lhe falar abertamente, o que a tornava atraente para ele; tanto que sentiu como se estivesse traindo sua irmã mais velha.

Primeiro, para surpresa de Ka, eles conversaram sobre meteorologia. Kadife sabia tudo sobre o assunto: desfiava os detalhes como um desses velhos que passam o dia inteiro ouvindo rádio. Ela lhe disse que a frente de baixa pressão vinda da Sibéria iria durar mais dois dias, que, se a nevasca continuasse, as estradas ficariam fechadas por outros dois dias, que caíra cento e sessenta centímetros em Sarıkamış e que os habitantes de Kars não acreditavam mais em boletins meteorológicos. Na verdade, disse ela, todos estavam comentando o fato de que o Estado, para não alarmar a população, normalmente noticiava temperaturas cinco ou seis graus acima da real (ninguém tinha dito isso a Ka). Ela contou que, quando crianças, em Istambul, ela e İpek sempre torciam para que a neve continuasse. A visão da neve fazia-a pensar como a vida é curta e bela, e que, apesar de todos os desentendimentos, as pessoas tinham muito em comum. Comparado com a eternidade e a grandeza da criação, o mundo em que viviam era muito limitado. Era por isso que a neve reunia as pessoas. Era como se lançasse um véu sobre os ódios, a ganância e a violência, fazendo todos se sentirem mais próximos uns dos outros.

Eles ficaram em silêncio por algum tempo. Todas as lojas da rua Şehit Cengiz Topel estavam fechadas, e eles não viram vivalma. Aquela caminhada na neve com Kadife provocou em Ka tanto ansiedade como alegria. Ele mantinha os olhos fixos nas luzes da vitrine de uma loja no final da rua, como se temesse voltar-se para olhar o rosto de Kadife e terminar se apaixonando por ela. Será que estava mesmo apaixonado pela irmã mais velha? Seu desejo de se apaixonar perdidamente tinha a sua lógica — até aí ele sabia. Quando chegaram ao fim da rua, ele parou para olhar um aviso na janela da Cervejaria da Alegria, escrito num pedaço de papel de carta:

> Devido ao espetáculo teatral desta noite, o ilustre Zihni Sevük, candidato pelo Partido do Povo Livre, adiou a reunião desta noite.

Através da vidraça da pequena e estreita Cervejaria da Alegria, ele avistava Sunay Zaim, sentado à cabeceira de uma mesa, com toda a sua trupe; apenas vinte minutos antes de começar o espetáculo, estavam todos bebendo sofregamente.

Quando examinava atentamente os anúncios da campanha eleitoral na vidraça da cervejaria, seus olhos demoraram-se num cartaz amarelo em que se lia: "SERES HUMANOS SÃO OBRAS-PRIMAS DE DEUS E O SUICÍDIO É UMA BLASFÊMIA", e isso foi a deixa para Ka perguntar a Kadife o que achava do suicídio de Teslime.

"Tenho certeza de que você já sabe o bastante para transformar Teslime numa história muito interessante para seus amigos na Alemanha — para não falar da imprensa de Istambul", disse ela, ligeiramente aborrecida.

"Acabo de chegar a Kars", disse Ka. "Mesmo que venha a entender como as coisas funcionam aqui, estou começando a achar que nunca conseguirei explicar para ninguém de fora. Fico de coração apertado quando vejo a condição precária de vida dessas pessoas e seu sofrimento desnecessário."

"As únicas pessoas que se preocupam com sofrimento desnecessário são os ateus que nunca sofreram nada", disse Kadife. "Porque, afinal de contas, basta o menor incômodo para que os ateus entendam que não podem mais suportar a vida sem fé, e a próxima coisa que se fica sabendo é que eles voltaram ao aprisco."

"Mas o sofrimento de Teslime era tão grande que ela abandonou o rebanho e se suicidou", disse Ka, a quem a bebida tinha tornado rebelde.

"Bem, se Teslime realmente se matou, pode-se dizer que ela cometeu um terrível pecado. Se você for ao vigésimo nono verso da surata do glorioso Corão, vai ver que o suicídio é claramente proibido. Mas a ideia de que ela deve ter pecado e se suicidado não é nada comparada ao amor que sentimos por ela; ainda há um cantinho em nossos corações em que a lembramos com profundo amor e afeição."

"Então você quer dizer que mesmo que essa jovem infeliz tenha cometido uma afronta contra nossa fé, nós ainda a podemos amar", disse Ka, tentando adiantar-se a Kadife. "Já não acreditamos em Deus de todo o coração; já não precisamos disso, porque agora, como no Ocidente, submetemos nossa crença ao exame da razão e da lógica. É isso que você está querendo dizer?"

"O sagrado Corão é a palavra de Deus, e quando Deus dá uma ordem clara e precisa, não cabe a meros mortais questionar", disse Kadife. Ela parecia muito segura de si. "Mas nem por isso você deve supor que nossa religião não deixa margem à discussão. Digo-lhe apenas que não vou discutir minha fé com um ateu, e nem mesmo com um secularista. Desculpe-me."

"Você tem razão."

"Não sou uma dessas islamitas detestáveis que saem por aí tentando convencer secularistas de que o islã pode ser uma religião secular", acrescentou Kadife.

"Tem razão, novamente", disse Ka.

"É a segunda vez que você diz que tenho razão", disse Kadife com um sorriso, "mas eu não acho que você realmente pensa isso."

"Não; mais uma vez você tem razão", disse Ka, mas sem sorrir.

Por algum tempo eles andaram em silêncio. Será que ele iria se apaixonar por Kadife, e não por sua irmã? Ka sabia muito bem que nunca sentiria atração sexual por uma mulher coberta com um manto, mas não conseguia deixar de brincar com esse pensamento secreto.

Quando eles se juntaram à multidão da avenida Karadağ, Ka dirigiu a conversa para sua poesia, e então, numa manobra desajeitada, falou que Necip também era poeta e perguntou a ela se estava ciente de ter alguns admiradores na escola secundária religiosa que a veneravam sob o nome de Hicran.

"Que nome?"

Ka lhe contou algumas das outras histórias que ouvira sobre Hicran.

"Nenhuma dessas histórias é verdadeira", disse Kadife. "Eu não ouvi nenhum dos rapazes que conheço da escola secundária religiosa contá-las." Ela deu mais alguns passos e então disse: "Mas já ouvi a história do xampu antes". Ela sorriu. Na verdade, não fora ela mas um rico e muito odiado jornalista de Istambul quem tivera a ideia de sugerir que as moças que usam mantos raspassem a cabeça — e aquilo foi dito apenas para chamar a atenção da mídia do Ocidente e fazer as jovens parecerem importantes. "Só há uma coisa verdadeira nessas histórias. A primeira vez que fui me encontrar com as moças que usam mantos, eu fui para ridicularizá-las, mas também por curiosidade. Vamos colocar as coisas nestes termos: eu fui por uma curiosidade diabólica."

"E então, o que aconteceu?"

"Vim para Kars porque o Instituto de Educação me aceitou, e também porque minha irmã já estava aqui. Assim, afinal, essas moças eram minhas colegas, e se você continua sem acreditar em mim, vá visitá-las em suas casas quando elas o convidarem. Suas mães e seus pais as educaram para serem como são. O mesmo fez a instrução religiosa que receberam nos estabelecimentos do Estado. Então, de repente, depois de passarem a vida toda ouvindo que deviam cobrir a cabeça, ouviram a contraordem: 'O Estado quer que vocês tirem seus mantos'."

"Quanto a mim", continuou Kadife, "eu enverguei o manto um dia para marcar uma posição política. Fiz isso para me divertir, mas ao mesmo tempo aquilo era assustador. Talvez por lembrar que eu era filha de um homem que fora inimigo do Estado desde sempre. Tenho absoluta certeza de que pretendia usar o manto apenas por um dia; foi um daqueles gestos revolucionários de que a gente ri anos depois, quando relembra os bons velhos tempos em que fazia política. Mas o Estado, a polícia e a imprensa local me bateram tão pesado que eu já não podia considerar aquilo uma brincadeira — eu tinha me metido numa história e não conseguia mais sair. Eles nos prenderam sob a acusação de organizar uma manifestação ilegal. Mas quando nos soltaram no dia seguinte, se eu dissesse comigo mesma: 'Esqueça o manto; de qualquer forma, você nunca quis usá-lo mesmo', toda a cidade iria cuspir em meu rosto. Agora, percebo que Deus me submeteu a todo esse sofrimento para me ajudar a encontrar o caminho da verdade. Eu também já fui descrente como você. Não me olhe desse jeito; você me olha como se tivesse pena de mim."

"Não estou olhando você assim."

"Sim, está. Não acho que minha situação seja mais risível do que a sua. Tampouco me sinto superior a você — e quero que você saiba disso."

"O que seu pai diz disso tudo?"

"Até agora estamos levando. Mas do jeito que as coisas vão, não tenho certeza de quanto tempo ainda podemos aguentar — e isso nos assusta, porque nós gostamos muito um do outro. A princípio, meu pai tinha orgulho de mim; no dia em que fui à escola com a cabeça coberta, ele agiu como se eu tivesse descoberto uma nova forma de expressar minha revolta. Ele ficou comigo diante do velho espelho com moldura de metal de minha mãe, enquanto eu experimentava o manto, e, quando ainda estávamos na frente do espelho, ele me deu um beijo. Embora nunca falássemos muito sobre o caso, uma coisa estava clara: o que eu estava fazendo era válido não como uma defesa do islã, mas como um desafio ao Estado. Era como se ele dissesse 'Minha filha está agindo bem', mas no fundo ele estava tão assustado quanto eu.

"Percebi que ele estava assustado quando me jogaram na cadeia, e sabia que ele se sentia culpado. Ele insistiu que a polícia política não se preocupava comigo, mas ainda estava de olho nele. Nos velhos tempos, o MİT mantinha arquivos sobre esquerdistas e democratas, mas agora estava mais interessado nos islamitas; e assim, você pode imaginar por que ele via isso como a mesma velha arma sendo apontada agora para sua filha.

"E foi ainda mais difícil quando comecei a levar mais a sério a minha posição. Meu pai fazia todo o possível para me ajudar a cada passo, mas era muito difícil para ele. Você sabe como às vezes são as pessoas mais velhas — por mais que haja barulho na casa, por mais que o fogão crepite, por mais alto que a mulher se queixe, por mais que os gonzos da porta ranjam —, o que quer que lhes chegue aos ouvidos, elas não escutam. Bem, assim é meu pai quando se trata da questão do manto. Se uma dessas moças vem à minha casa, ele às vezes encarna o ateu mau-caráter, mas logo se põe a incitá-las a enfrentar o Estado. E como tratei de fazer com que essas moças amadurecessem o bastante para enfrentá-lo, estou fazendo reuniões em casa. Uma delas vai estar conosco esta noite; o nome dela é Hande.

"Depois que Teslime se suicidou, os pais de Hande fizeram pressão para que ela descobrisse a cabeça e ela o fez, mas não está nem um pouco satisfeita com a decisão. Meu pai diz que tudo isso lhe lembra seus velhos tempos de comunista. Há dois tipos de comunistas: os arrogantes, que entram na briga esperando transformar as pessoas em homens e fazer a nação progredir; e os inocentes, que se engajam por acreditarem na igualdade e na justiça. Os arrogantes são obcecados pelo poder; eles imaginam pensar por todo mundo; deles não pode sair nada de bom. Mas, e os inocentes? O único mal que fazem é a si mesmos. Mas é tudo o que sempre quiseram. Eles se sentem culpados pelo sofrimento dos pobres, e têm tal ânsia de partilhar esse sofrimento que desgraçam a própria vida deliberadamente.

"Meu pai era professor, mas aí eles lhe tiraram o emprego. Durante uma sessão de tortura arrancaram-lhe uma unha; depois de outra sessão, jogaram-no na prisão. Não obstante, ele fez o que pôde. Durante anos ele e minha mãe tiveram uma papelaria, tiravam xerox, chegaram até a traduzir romances franceses para o turco. Às vezes eles iam de porta em porta vendendo enciclopédias à prestação. Quando a pobreza beirava o insuportável, ele nos abraçava e se punha a chorar. Ele sempre teve muito medo de que acontecesse alguma coisa ruim conosco. E então, quando a polícia nos procurou depois que atiraram no diretor do Instituto de Educação, ele ficou muito assustado — embora tenha resmungado com eles também. Ouvi dizer que você foi se encontrar com Azul. Por favor, não diga isso ao meu pai."

"Não vou dizer", disse Ka. Ele parou para tirar a neve do casaco. "Não vamos por aqui... direto para o hotel?"

"Pode-se ir por aqui também. A neve não acaba, tampouco a lista de coisas que temos para conversar. Além disso, quero lhe mostrar a rua dos Açougues... O que Azul queria com você?"

"Nada."

"Ele falou alguma coisa sobre nós — meu pai ou minha irmã?"

Ka viu uma expressão de ansiedade no rosto de Kadife. "Não me lembro", disse ele.

"Todos têm medo dele. Nós também... Estes são os açougues mais famosos da cidade."

"Como seu pai passa os dias?", perguntou Ka. "Alguma vez ele sai de casa, do hotel?"

"É ele quem administra o hotel. Ele dá ordens à governanta, à faxineira, à lavadeira, aos ajudantes de garçom. Minha irmã e eu ajudamos. Mas meu pai quase nunca sai de casa. Qual é o seu signo?"

"Gêmeos", disse Ka. "Diz-se que os geminianos contam muitas mentiras, mas não estou tão certo disso."

"Você quer dizer que não está bem certo se os geminianos contam mentiras ou se *você* conta?"

"Se você acredita em astrologia, deve ser capaz de imaginar por que o dia de hoje é tão importante para mim."

"Sim, minha irmã me contou; hoje você escreveu um poema."

"Sua irmã lhe conta tudo?"

"Aqui nós temos duas diversões. Falamos sobre tudo o que nos acontece e vemos televisão. E até conversamos enquanto vemos televisão. E enquanto conversamos, vemos televisão também. Minha irmã é muito bonita, você não acha?"

"Sim, ela é muito bonita", disse Ka num tom reverente. "Mas você também é bonita", acrescentou ele delicadamente. "E agora você vai contar isso para ela também?"

"Não, não vou lhe contar. Vamos ter um segredo para partilhar. É a melhor maneira de iniciar uma amizade." E ela sacudiu a neve que se acumulara em sua comprida capa de chuva roxa.

# 14. COMO VOCÊ ESCREVE POEMAS?

## A CONVERSA DURANTE O JANTAR VERSOU SOBRE AMOR, MANTOS E SUICÍDIO

Eles viram uma multidão movendo-se confusamente na frente do Teatro Nacional; o espetáculo ia começar dentro de poucos minutos. A nevasca incessante parecia não ter assustado ninguém, ou talvez tivesse levado as pessoas a concluir que, com tanta coisa dando errado, elas deviam aproveitar aquela oportunidade para passar uma noite agradável. Muitos dos que se aglomeravam na calçada em frente ao velho edifício de cento e dez anos provinham das fileiras dos desempregados;

havia jovens que tinham vindo de casa e dos alojamentos de estudantes envergando camisa e gravata, meninos que saíram às escondidas de suas casas. Muitos trouxeram os filhos. Pela primeira vez desde que chegara a Kars, Ka viu um guarda-chuva preto aberto. Kadife sabia que Ka estava no programa e que deveria recitar um poema, mas quando ele disse que não pretendia participar e que de resto não tinha tempo para isso, ela não tentou fazê-lo mudar de ideia.

Ele sentiu que outro poema estava vindo. Parou de falar e correu para o hotel o mais depressa que pôde. Antes, pediu desculpas, dizendo que precisava dar uma corrida até o seu quarto para se refazer; mal abriu a porta, atirou longe o casaco, sentou-se à mesinha e começou a rabiscar furiosamente. Os principais temas do poema eram amizade e intimidade. Falava também de flocos de neve e estrelas, e de numerosos motivos que lembravam dias especialmente felizes.

Muitas observações de Kadife foram incorporadas diretamente ao poema, sem alterações. Enquanto um verso se seguia a outro, Ka examinava a página com o prazer e a excitação de um pintor olhando uma pintura aparecer em seu cavalete. Agora ele percebia que sua conversa com Kadife tinha uma lógica oculta; nesse poema, intitulado "As estrelas e seus amigos", ele desenvolveu a teoria de que toda pessoa tem uma estrela, cada estrela tem um amigo, e para cada pessoa que tem uma estrela há outra pessoa que a reflete, e cada um, como um confidente, leva esse reflexo no coração. Embora ele conseguisse ouvir a música do poema em sua cabeça e o exaltasse em sua perfeição, aqui e ali pulara uma ou outra palavra, que lhe havia escapado; faltavam também alguns versos. Mais tarde ele haveria de dizer que aquilo se devia à sua preocupação com İpek, ao fato de não ter jantado e de estar feliz como nunca.

Logo que terminou o poema, ele desceu depressa para o vestíbulo e entrou nas dependências reservadas aos proprietários. Sentado a uma mesa fartamente servida no meio de uma sala espaçosa, com pé-direito alto, rodeado por suas filhas, Kadife e İpek, estava Turgut bei. Havia também uma terceira jovem, sentada a um lado; cobria-lhe a cabeça um elegante manto roxo, e Ka logo concluiu que aquela devia ser Hande, a amiga de Kadife. Do outro lado da mesa, em frente a ela, estava Serdar bei, o jornalista; ele parecia bastante à vontade naquele grupo. Enquanto lançava um olhar a cada um dos pratos da mesa — que estranha e bela desordem — e observava a criada curda, Zahide, que se movia lépida e graciosa entre a sala e a cozinha, ele imaginou que Turgut bei e suas filhas costumavam passar longas noites àquela mesa.

"Estive pensando em você o dia inteiro, e o dia inteiro fiquei preocupado com você", disse Turgut bei. "Por que chegou tão tarde?" Ele se pôs de pé e se inclinou para abraçar Ka, de tal maneira que este pensou que o homem ia chorar. "Coisas terríveis podem acontecer a qualquer momento", disse ele, com ar trágico.

Ka se sentou no lugar que Turgut bei lhe indicara, à sua frente, na outra ponta da mesa; a criada lhe serviu uma tigela de sopa de lentilhas, que ele tomou com avidez. Os outros dois homens voltaram ao seu *raki*, dirigindo o olhar para a televisão bem atrás dele; quando Ka viu que todo mundo tinha feito o mesmo, fez uma coisa com que vinha sonhando fazia muito tempo: pôs-se a olhar o belo rosto de İpek.

Como mais tarde ele iria descrever seu êxtase infindável de forma muito vívida em suas anotações, sei exatamente o que sentiu naquele momento — como uma criança feliz, não conseguia manter os braços e as pernas quietos. Ka não poderia estar mais nervoso e impaciente se ele e İpek estivessem correndo para pegar o trem para Frankfurt. Olhou para a mesa de trabalho de Turgut bei — com pilhas de livros, jornais, recibos, livros de registro do hotel — e enquanto fitava o círculo projetado pela lâmpada embaixo do abajur, evocou a visão de outro círculo de luz, em sua própria mesa de trabalho, num escritório que ele iria partilhar com İpek, quando voltasse para viver feliz com ela em Frankfurt.

Naquele mesmo instante viu que os olhos de Kadife estavam pousados nele. Ao cruzar seu olhar, Ka pensou ter visto um lampejo de ciúme perpassar-lhe o rosto, que não era tão belo quanto o da irmã, mas ela procurou escondê-lo com um sorriso de cumplicidade.

Seus companheiros de jantar permaneciam hipnotizados pela televisão; mesmo no calor da conversa, eles continuavam a assistir com o rabo do olho. A transmissão ao vivo do Teatro Nacional tinha começado; o alto e magro mestre de cerimônias, zanzando de um lado para o outro do palco, era um dos atores que Ka vira quando desceu do ônibus na noite anterior. Não havia muito tempo que eles estavam assistindo quando Turgut bei pegou o controle remoto e mudou de canal. Por muito tempo ficaram olhando uma imagem indistinta, cheia de pontinhos brancos; eles não tinham ideia do que estavam vendo, mas parecia ser em preto e branco.

"Pai", disse İpek, "o que você está vendo?"

"É a neve", disse ele. "E isso pelo menos é uma descrição exata de nosso tempo aqui. Vale como se fossem notícias de verdade. De qualquer forma, você sabe que, se passo muito tempo num só canal, sinto-me roubado em minha dignidade."

"Então, pai, por que simplesmente não desliga a televisão? Há uma outra coisa que está se passando aqui que nos priva a todos de nossa dignidade."

"Bem, conte ao nosso convidado o que aconteceu", disse o pai, parecendo um pouco intimidado. "Fico incomodado pelo fato de ele não saber."

"Também me sinto assim", disse Hande. Havia raiva em seus belos olhos negros. Por um instante, todos ficaram em silêncio.

"Por que você não conta a história, Hande?", disse Kadife. "Não há nada de que se envergonhar."

"Não, não é verdade. Há muito de que se envergonhar, e é por isso que quero falar sobre ela", disse Hande. Seus grandes olhos brilharam com uma alegria estranha. Ela sorriu como recordando um momento feliz e disse: "Faz exatamente quarenta dias que nossa amiga Teslime se suicidou. De todas as moças de nosso grupo, Teslime era a mais dedicada à luta pela religião e pela palavra de Deus. Para ela, o manto não era apenas um símbolo do amor a Deus: ele também proclamava sua fé e defendia sua honra. Nenhuma de nós jamais poderia imaginar que ela iria se matar. Apesar da pressão que sofria na escola e em casa para que se descobrisse — seu pai e seus professores não lhe davam trégua —, Teslime resistia bravamente. Ela estava para ser expulsa da escola em seu terceiro ano de estudos, já perto de se formar. Então um dia seu pai foi procurado por gente da polícia; disseram-lhe que se ele não mandasse a filha para a escola sem o manto na cabeça, eles fechariam sua mercearia e o expulsariam de Kars.

"O pai a ameaçou de expulsar de casa, e quando essa tática falhou, ele começou a negociar o casamento dela com um policial de quarenta e cinco anos que perdera a mulher. As coisas tinham chegado a um ponto que o policial vinha à loja trazendo flores. Teslime ficou tão revoltada com aquele viúvo de olhos cinza, como ela própria nos contou, que estava pensando em descobrir a cabeça, se isso a pudesse livrar daquele casamento, mas ela simplesmente não conseguia tirar o manto.

"Algumas de nós concordaram que ela devia descobrir a cabeça para evitar se casar com o viúvo de olhos cinza, e algumas de nós dissemos: 'Por que você não ameaça seu pai com o suicídio?'. Eu fui uma das que mais a incitaram a isso. Eu não queria de modo algum que Teslime abandonasse o manto. Não sei quantas vezes disse a ela: 'Teslime, é muito melhor se matar do que descobrir a cabeça'. Mas eu dizia isso da boca para fora, era só uma maneira de falar. Nós acreditávamos no que os jornais diziam — que as jovens suicidas se mataram porque não tinham fé, porque eram escravas do materialismo, porque eram infelizes no amor; o que eu estava tentando fazer era dar um susto no pai de Teslime. Teslime era uma jovem piedosa, por isso achei que ela nunca pensaria seriamente em suicídio. Mas quando ouvimos que ela se enforcara, fui a primeira a acreditar. E, o que é pior, eu sabia que, se eu estivesse em seu lugar, teria feito a mesma coisa."

Hande começou a chorar. İpek foi para perto dela, deu-lhe um beijo e começou a agradá-la; Kadife juntou-se a elas. Vendo as moças abraçadas umas às outras, Turgut bei deixou de lado o controle remoto e logo também tentava consolar Hande. Dentro em pouco todos estavam contando piadas para fazê-la parar de chorar. Como se tentasse distrair uma criança chorona, Turgut bei apontou as girafas na tela; então, como uma criança incerta quanto a poder ceder, Hande olhou para a tela com os olhos cheios de lágrimas. Por longo tempo, as jovens se esqueceram de suas próprias vidas enquanto olhavam duas girafas movendo-se em câmera lenta numa terra distante, talvez no meio da África, num campo sombreado por denso arvoredo.

"Depois do suicídio de Teslime, Hande resolveu descobrir a cabeça e voltar para a escola; ela não queria mais trazer desgosto aos pais", explicou Kadife. "Eles tinham feito tantos sacrifícios, tinham se privado de tantas coisas para lhe proporcionar alguma formação; as coisas que a maioria dos pais faz para um filho único, eles fizeram para ela. Seus pais sempre acharam que um dia Hande poderá sustentá-los, porque ela é muito inteligente."

Ela estava falando baixinho, quase num sussurro, mas ainda alto o bastante para que Hande a ouvisse, e como todos os demais na sala, Hande estava ouvindo, mesmo com os olhos cheios de lágrimas fixos na tela da televisão.

"A princípio nós tentamos dissuadi-la de descobrir-se, mas quando nos demos conta de que era melhor descobrir a cabeça que suicidar-se, apoiamos sua decisão. Uma vez que uma garota aceita o manto como a palavra de Deus e o símbolo da fé, custa-lhe muito tirá-lo. Hande passava dias trancada dentro de casa tentando concentrar-se."

Como os demais na sala, àquela altura Ka estava se revirando de constrangimento, mas quando seu braço roçou o de İpek, uma onda de felicidade percorreu-lhe o corpo. Enquanto Turgut bei pulava de um canal para outro, Ka tentava encontrar mais felicidade roçando o braço contra o de İpek. Quando İpek fez o mesmo, ele esqueceu tudo sobre a história triste que acabara de ouvir.

Mais uma vez, a televisão estava sintonizada no Teatro Nacional. O homem alto e magro estava dizendo quanto se sentia orgulhoso por participar da primeira transmissão ao vivo de Kars e anunciou a programação da noite, prometendo fenomenais interpretações das melhores histórias do mundo, as confissões secretas de um goleiro turco famoso, revelações chocantes que cobririam de vergonha nossa história política, cenas inesquecíveis de Shakespeare e Victor Hugo, desventuras amorosas, as maiores e mais brilhantes estrelas do cinema e do teatro turcos, além de piadas, canções e surpresas sensacionais. Ka ouviu a descrição que faziam dele como "nosso maior poeta, que voltou ao país na surdina, depois de muitos anos". İpek pegou a mão de Ka por baixo da mesa.

"Eu entendo que você não queira tomar parte no programa", disse Turgut bei.

"Estou muito feliz aqui, senhor, muito feliz mesmo", disse Ka, encostando o braço contra o de İpek ainda com mais força.

"Pode acreditar que eu não gostaria de fazer nada para perturbar sua felicidade", disse Hande, deixando todos na sala nervosos, "mas vim aqui hoje à noite para conhecer você. Não li nenhum livro seu, mas para mim basta que você seja um poeta e tenha estado em lugares como a Alemanha. Você se importa se eu lhe perguntar se escreveu poemas ultimamente?"

"Muitos poemas me ocorreram desde que cheguei a Kars", disse Ka.

"Eu queria conhecer você porque pensei que poderia me dizer como fazer para me concentrar. Posso fazer uma pergunta? Como você escreve poemas? Não é se concentrando?"

Toda vez que ele fazia declamações para turcos na Alemanha, essa era a pergunta mais comum entre as mulheres do auditório, e toda vez que elas perguntavam, Ka recuava como se lhe tivessem feito uma pergunta pessoal. "Não tenho nenhuma ideia de como os poemas são escritos", disse ele. "Um bom poema sempre parece ter vindo de fora, de muito longe." Ele viu o olhar de Hande se encher de desconfiança, e acrescentou: "Por que você não me explica o que quer dizer quando diz a palavra *concentrar-se*?".

“Eu tento o dia inteiro, mas não consigo evocar a visão de mim mesma sem o manto na cabeça. Em vez disso, fico vendo todas as coisas que quero esquecer.”

“Por exemplo?”

“Quando eles notaram que muitas de nós estavam usando mantos na cabeça, mandaram uma mulher de Ancara para tentar nos convencer a tirá-los. Essa ‘agente de persuasão’ ficava na mesma sala horas a fio, conversando com cada uma de nós em particular. Ela perguntava coisas como ‘Seus pais batem em você? Quantos irmãos você tem? Quanto seu pai ganha por mês? Que tipo de roupa você usava antes de adotar o traje religioso? Você gosta de Atatürk? Que tipo de quadro vocês têm nas paredes de sua casa? Quantas vezes por semana você vai ao cinema? Em sua opinião, os homens e as mulheres são iguais? Deus é maior do que o Estado, ou o Estado é maior do que Deus? Quantos filhos você quer ter? Você sofreu maus-tratos em casa?’. Ela nos fazia centenas de perguntas como essas, e anotava todas as nossas respostas, preenchendo um longo formulário sobre cada uma de nós.

“Ela era uma mulher muito elegante — unhas pintadas, cabelos tingidos, cabeça descoberta, claro — e usava o tipo de roupa que a gente vê nas revistas, mas ao mesmo tempo ela era... como dizer?, simples. Ainda que algumas perguntas suas nos fizessem chorar, nós gostávamos dela. Nós até torcíamos para que as ruas sujas de Kars não lhe causassem muitos problemas. Depois comecei a vê-la em meus sonhos. A princípio eu não prestava muita atenção neles, mas agora, sempre que tento imaginar-me andando por entre a multidão com os cabelos flutuando à minha volta, vejo-me como a ‘agente de persuasão’. Nos olhos de minha mente sou tão elegante quanto ela, usando salto alto e vestidos ainda mais curtos que os dela, e os homens me olham com interesse. Acho isso agradável — e ao mesmo tempo muito vergonhoso."

"Hande, você não precisa falar de sua vergonha, a menos que queira", disse Kadife.

"Não, vou falar sobre ela. Ainda que eu sinta vergonha em meus sonhos, isso não significa que tenho vergonha *dos* meus sonhos. Mesmo que eu descubra a cabeça, não acho que vou me tornar o tipo de mulher que flerta com homens ou que só consegue pensar em sexo. Afinal de contas, quando eu tirar meu manto, não estarei fazendo isso de livre e espontânea vontade. Ainda assim, sei que as pessoas podem ser dominadas por desejos sexuais mesmo quando fazem alguma coisa sem convicção, e mesmo sem querer. Há uma coisa que todos os homens e mulheres têm em comum. Todos nós pecamos em nossos sonhos com pessoas que nem remotamente nos interessariam quando acordados. Não é verdade?"

"Agora basta, Hande", disse Kadife.

"Mas não é?"

"Não, não é", disse Kadife. Ela se voltou para Ka. "Dois anos antes de tudo isso acontecer, Hande estava noiva de um adolescente curdo muito bonito. Mas o pobre rapaz se meteu em política e o mataram..."

"Isso não tem nada a ver com minha relutância em descobrir a cabeça", disse Hande com raiva. "A verdadeira razão é que não consigo me concentrar, não consigo me imaginar sem um manto na cabeça.

"Sempre que tento me concentrar, ou me torno uma estranha má como a 'agente de persuasão', ou uma mulher que não consegue parar de pensar em sexo. Se eu conseguisse fechar os olhos só uma vez e imaginar-me passando de cabeça descoberta pelos portões da escola, andando no corredor e entrando em minha classe, eu encontraria forças para ir até o fim e então, se Deus quisesse, eu estaria livre. Eu teria tirado o manto de livre e espontânea vontade, e não porque a polícia me obrigou. Mas por enquanto eu simplesmente não consigo me concentrar, não consigo me obrigar a imaginar esse momento."

"Então pare de dar tanta importância a esse momento", disse Kadife. "Mesmo que você tropece aqui e ali, ainda será minha querida Hande."

"Não, não serei", disse Hande. "É isso o que mais me angustia desde que abandonei você e decidi descobrir a cabeça — saber que você me despreza." Ela se voltou para Ka. "Às vezes consigo imaginar uma jovem entrando na escola com os cabelos esvoaçando à sua volta, consigo vê-la andando pelo corredor e entrando em minha sala de aula favorita — oh, como sinto falta daquela sala!; consigo até imaginar o cheiro do corredor e a frieza e umidade do ar. Então eu olho pela vidraça que fica entre a sala e o corredor e vejo que a jovem não sou eu, mas outra pessoa, e começo a chorar."

Todos pensaram que Hande ia começar a chorar novamente.

"Não tenho tanto medo de me tornar outra pessoa", disse Hande. "O que me dá medo é pensar em nunca ser capaz de voltar a ser a pessoa que sou agora — e até esquecer quem é essa pessoa. É isso o que faz as pessoas se suicidarem." Ela se voltou para Ka. "Você já teve vontade de se suicidar?" Seu tom era de flerte.

"Não, mas depois de ouvir falar das mulheres de Kars, a gente não consegue deixar de se fazer perguntas difíceis."

"Se muitas jovens em nossa situação estão pensando em suicídio, pode-se dizer que isso tem a ver com o desejo de controlar nossos próprios corpos. É isso o que o suicídio oferece às jovens que foram seduzidas para ceder sua virgindade, e é o mesmo para as virgens que se casaram contra a vontade. Para essas jovens, o desejo de suicídio é um desejo de inocência e pureza. Você escreveu algum poema sobre suicídio?" Ela se voltou instintivamente para İpek. "Será que agora fui longe demais? Será que estou incomodando seu amigo? Está bem, então. Se ele não se importar de me dizer apenas de *onde* vieram esses poemas que lhe chegaram em *Kars*, prometo deixá-lo em paz."

"Quando sinto que me vem um poema, meu coração se enche de gratidão por aquele que o envia, porque me sinto muito feliz."

"Trata-se da mesma pessoa que sopra a alma em sua poesia? Quem é essa pessoa?"

"Não tenho bem certeza, mas acho que é Deus que me envia os poemas."

"Isso porque você não está bem certo da existência de Deus, ou simplesmente não sabe se é mesmo Deus que os envia?"

"É Deus quem me envia os poemas", disse Ka fervorosamente.

"Ele notou o avanço do islã político", disse Turgut bei. "Talvez eles o tenham ameaçado, obrigando-o assim a se tornar um crente."

"Não, é algo que vem de dentro", disse Ka. "Eu quero participar, ser como todo mundo."

"Desculpe-me. Você está com medo, e eu ainda o recrimino."

"Sim, claro que estou com medo", disse Ka levantando a voz. "Estou com muito medo."

Ka ergueu-se de um salto de repente, como se alguém estivesse apontando uma arma para ele — ou pelo menos assim pareceu a todos os que estavam à mesa. "Onde ele está?", gritou Turgut bei, como se também ele sentisse que havia alguém prestes a atirar neles.

"Eu não estou com medo", disse Hande. "Não ligo a mínima para o que acontece comigo."

Como todo mundo, ela estava olhando para Ka e tentando adivinhar onde estava o perigo. Anos depois, Serdar bei me contou que o rosto de Ka ficou cinza naquela hora, mas não havia nada em sua expressão que sugerisse medo ou vertigem; o que Serdar bei lembrava de ter visto em seu rosto era uma sublime alegria. A criada foi mais longe e me disse que uma luz entrou na sala, banhando todos os presentes com divino esplendor. Ao seu ver, ele alcançara a santidade. Alguém falou claramente "Um poema chegou" — anúncio que causou mais medo e assombro que a arma imaginária.

Segundo o relato mais comedido das anotações de Ka, a atmosfera tensa e expectante da sala lhe trouxe a lembrança de sessões espíritas a que nós assistíramos quando éramos crianças, um quarto de século antes, numa casa em uma das ruas afastadas e pobres de Nişantaş. Aquelas sessões eram organizadas por uma mulher gorda, mãe de um amigo nosso; ela ficara viúva ainda muito jovem; quase todos os seus convidados eram donas de casa infelizes, mas havia também um pianista com dedos paralisados, uma estrela de cinema neurótica de meia-idade (mas só porque a gente sempre pedia que viesse), sua irmã que não parava de bocejar, um oficial reformado que fazia a corte à estrela já meio passada, e também, quando nosso amigo conseguia nos fazer entrar de fininho, Ka e eu. Durante o inquieto período de espera, alguém dizia "Oh, espírito, se voltaste para nós, fala!", e depois de um longo silêncio ouvia-se um ruído quase imperceptível, o arrastar de uma cadeira, um gemido, e às vezes o som de um rápido chute na perna da mesa, quando então alguém anunciava em voz trêmula: "O espírito chegou". Mas quando se dirigiu à cozinha, Ka não parecia um homem que fizera contato com os mortos. Seu rosto estava radiante de alegria.

"Ele bebeu muito", disse Turgut bei, e então, voltando-se para İpek, que já ia correndo atrás de Ka: "Sim, vá ajudá-lo, filha".

Ka lançou-se numa cadeira perto da cozinha, pegou o caderno e a caneta. "Não consigo escrever com todos vocês à minha volta olhando para mim", disse ele.

"Vou levá-lo para outro lugar", disse İpek.

Precedido por İpek, Ka atravessou a cozinha, que recendia ao doce aroma da calda que Zahide derramava sobre o pudim de pão; eles atravessaram um quarto frio e entraram num outro mergulhado em penumbra.

"Você acha que consegue escrever aqui?", perguntou İpek acendendo a luz.

Olhando em volta, Ka viu uma peça em perfeita ordem, com camas arrumadas de forma impecável. Havia uma mesinha de centro e um criado-mudo sobre o qual as irmãs enfileiraram vários tubos de creme, batom, frasquinhos de água-de-colônia, livros, uma bolsinha com zíper e mais algumas substâncias guardadas em garrafas de álcool ou de óleo de cozinha. Uma velha caixa de chocolate suíço estava aberta sobre a mesa, cheia de escovas, canetas, amuletos contra mau-olhado, colares e pulseiras.

Ka sentou-se na cama, ao lado da vidraça da janela coberta de gelo. "Aqui eu consigo escrever", disse ele. "Mas não me deixe sozinho."

"Por que não?"

"Não sei", disse ele, acrescentando: "Estou preocupado".

Ele se pôs a trabalhar no poema, que começava com a descrição de outra caixa de chocolate, que seu tio lhe trouxera da Suíça quando Ka era criança. A caixa era decorada com as mesmas paisagens suíças que ele vira o dia inteiro nas casas de chá de Kars. De acordo com as anotações feitas por Ka tempos depois, quando retomou os poemas escritos em Kars para interpretá-los, classificá-los e organizá-los, a primeira coisa que surgiu da caixa de İpek foi um relógio de brinquedo; dois dias depois ele iria descobrir que İpek brincara com aquele relógio quando criança. E Ka usaria aquele relógio para voltar no tempo e dizer algumas coisas sobre a infância e mesmo sobre a vida...

"Não quero que você me deixe nunca", disse Ka a İpek. "Fiquei loucamente apaixonado por você."

"Mas você mal me conhece", disse İpek.

"Há dois tipos de homem", disse Ka em tom professoral. "O primeiro não se apaixona antes de ver como a jovem come um sanduíche, como ela penteia o cabelo, com que tipo de bobagem ela se preocupa, por que ela tem raiva do pai, o que as pessoas comentam sobre ela. O segundo tipo de homem — aquele em que me enquadro — só se apaixona por uma mulher quando não sabe quase nada sobre ela."

"Em outras palavras, você se apaixonou por mim porque não sabe nada sobre mim? Você acha mesmo que se pode chamar isso de amor?"

"Se você se entrega por inteiro, é assim que acontece", disse Ka.

"Quer dizer que quando você souber como eu como um sanduíche e o que uso no cabelo, deixará de me amar."

"Não, porque a essa altura a intimidade que se criou entre nós se aprofundará, transformando-se num desejo que envolverá nossos corpos, e estaremos ligados para sempre por nossas lembranças felizes."

"Não se levante; continue sentado na cama", disse İpek. "Não consigo beijar ninguém quando meu pai está sob o mesmo teto." Ela não se esquivou de seus primeiros beijos, mas depois o afastou. "Quando meu pai está em casa, não gosto disso."

Ka tentou beijá-la nos lábios mais uma vez, depois voltou a sentar-se na beira da cama. "Temos que nos casar e sair correndo deste lugar tão logo seja possível. Sabe quanto podemos ser felizes em Frankfurt?"

Houve um silêncio. Então: "Como você pode apaixonar-se por mim sem nem me conhecer?".

"Porque você é muito bonita... porque já vi em meus sonhos como seremos felizes juntos... porque consigo lhe dizer qualquer coisa sem a menor vergonha. Em meus sonhos não consigo nunca parar de nos imaginar fazendo amor."

"O que você fazia quando estava em Frankfurt?"

"Eu pensava um bocado sobre os poemas que não conseguia escrever... Eu me masturbava... A solidão é essencialmente uma questão de orgulho; você mergulha em seu próprio cheiro. É sempre assim com todos os verdadeiros poetas. Se alguém passa muito tempo se sentindo feliz, se torna banal. Da mesma forma, se você fica infeliz por muito tempo, perde sua capacidade poética... A felicidade e a poesia só podem coexistir por um prazo brevíssimo. Depois disso, ou a felicidade embota o poeta ou o poema é tão verdadeiro que destrói sua felicidade. Morro de medo da infelicidade que me espera em Frankfurt."

"Então fique em Istambul", disse İpek.

Ka olhou-a atentamente. "É em Istambul que você quer viver?", perguntou num sussurro. Seu maior desejo naquele momento era que İpek lhe pedisse alguma coisa.

İpek também percebeu isso. "Eu não quero nada", disse ela.

Ka sabia que a estava pressionando. Algo lhe dizia que ele não ficaria em Kars por muito tempo — que logo não conseguiria mais respirar ali —, por isso precisava pressionar, como se sua vida dependesse daquilo. Por alguns instantes eles ouviram fragmentos de uma conversa ao longe; então passou uma carroça puxada por um cavalo, e eles ficaram ouvindo o ruído das rodas avançar pela neve. De pé no vão da porta, devagar e meticulosamente, İpek tirava fios de cabelo da escova em sua mão.

"A vida aqui é tão pobre e tão sem esperança que as pessoas, mesmo pessoas como você, se esquecem de como se deseja alguma coisa", disse Ka. "Não podemos pensar em vida aqui, só em morte... Você vem comigo?" İpek não respondeu. "Se você for me dar uma resposta negativa, não me responda", disse Ka.

"Eu não sei", disse İpek, olhos fitos na escova. "Estão esperando por nós na outra sala."

"Há alguma intriga em curso por aqui, mas não tenho ideia do que se trata", disse Ka. "Por que você não me explica?"

As luzes se apagaram. Como İpek ficasse imóvel, Ka quis abraçá-la, mas estava tão preocupado com a ideia de voltar para Frankfurt sozinho que também não se mexeu.

"Você não vai conseguir escrever um poema nesta escuridão de breu", disse İpek. "Vamos."

"Qual a coisa que você mais deseja de mim? O que posso fazer para que você me ame?"

"Seja você mesmo", disse İpek. Ela se levantou e encaminhou-se para a porta.

Ka sentira-se tão feliz sentado na beirada da cama que precisou de um grande esforço para se levantar. Ele voltou a sentar-se no frio quarto ao lado da cozinha, e à luz bruxuleante da vela se lembrou do poema intitulado "A caixa de chocolate", que estava no seu caderno verde.

Quando se ergueu de novo, encontrou İpek bem à sua frente; ele se avançou para abraçá-la e mergulhar nos seus cabelos, mas seus pensamentos se interpuseram; era quase como se estes também estivessem cambaleando na escuridão.

Ali, afogueadas à luz da vela da cozinha, estavam İpek e Kadife. Com os braços ao redor do pescoço uma da outra, enlaçavam-se como amantes.

"Papai mandou procurar você", disse Kadife.

"Está tudo bem, querida."

"Ele não conseguiu escrever o poema?"

"Eu escrevi", disse Ka, emergindo da sombra. "Mas agora eu estava esperando poder ajudar vocês."

Ele entrou na cozinha; à luz da vela, não viu ninguém. Mais que depressa, encheu um copo de *raki* e tomou-o puro. Quando as lágrimas começaram a escorrer pelo seu rosto, ele emborcou um copo de água.

Quando saiu da cozinha, encontrou-se mergulhado numa escuridão ameaçadora. Então viu ao longe uma vela sobre a mesa de jantar e se encaminhou para lá. As pessoas que estavam ali sentadas voltaram-se para olhar Ka e a sombra gigantesca que ele projetava na parede.

"Você conseguiu escrever o poema?", perguntou Turgut bei. Antes de falar, ficou alguns instantes em silêncio, como se quisesse imprimir à pergunta um certo ar de troça.

"Sim."

"Parabéns." Ele empurrou um copo de *raki* para a mão de Ka e começou a enchê-lo. "É sobre o quê?"

"Sobre todos que entrevistei desde que cheguei aqui, todos com quem conversei. Concordo com todos. O medo que eu sentia em Frankfurt quando andava na rua, agora está dentro de mim."

"Eu o entendo perfeitamente", disse Hande com ar de quem sabia das coisas.

Ka sorriu agradecido. Não descubra sua cabeça, belezinha, ele teve vontade de dizer.

"Se, quando você fala que acredita em todos que ouviu aqui", disse Turgut bei, "está querendo me dizer que acreditava em Deus quando estava em companhia do sheik efêndi, então deixe-me esclarecer uma coisa. O sheik efêndi não fala em nome do Deus que veneramos em Kars!"

"Então, quem fala em nome de Deus aqui?", perguntou Hande.

Turgut bei não se irritou com ela. Embora fosse turrão e briguento, tinha o coração mole demais para ser um ateu implacável. Ka também percebeu que, por mais que Turgut bei sofresse com a infelicidade das filhas, sofria ainda mais com a possibilidade de desintegração dos próprios hábitos e do seu mundo. Não se tratava de uma preocupação política, mas da preocupação de um homem que, mais que qualquer outro, temia perder seu lugar à mesa, de um homem cujo único prazer era passar as noites com as filhas e seus convidados discutindo durante horas sobre política e sobre a existência ou não existência de Deus.

A energia voltou, e a sala ficou iluminada de repente. Àquela altura eles já estavam tão acostumados com as idas e vindas casuais da luz que ninguém mais se incomodava com os rituais de interrupção de energia elétrica que Ka lembrava da sua infância em Istambul — ninguém comemorava a volta da luz nem perguntava se a máquina de lavar roupas parara no meio de um ciclo; não havia nada daquela alegria que ele sentia outrora em dizer "Deixem que eu apago as velas"; em vez disso, todo mundo se comportou como se nada tivesse acontecido. Turgut bei ligou a televisão de novo e, controle remoto na mão, começou a trocar de canais. Ka sussurrou para as jovens que Kars era uma cidade extraordinariamente silenciosa.

"É porque temos medo de nossa própria voz", disse Hande.

"Isso", disse İpek, "é o silêncio da neve."

Dando-se por vencidos, ficaram olhando a tela da televisão que mudava o tempo todo. Quando segurou a mão de İpek por baixo da mesa, Ka pensou que se passasse os dias sem fazer nada e as noites de mãos dadas com İpek vendo televisão, viveria feliz até o fim da vida.

# 15. HÁ UMA COISA QUE TODOS QUEREMOS DA VIDA

## NO TEATRO NACIONAL

Exatamente sete minutos depois de ter chegado à conclusão de que ele e İpek poderiam viver felizes para sempre em Kars, Ka estava correndo na neve em direção ao Teatro Nacional, o coração aos pulos como se estivesse avançando sozinho numa zona de guerra. Tudo mudara durante aquele intervalo de sete minutos, com uma rapidez que tinha sua própria lógica.

Quando Turgut bei voltou a sintonizar a transmissão do Teatro Nacional, ficou claro para todos, pelo barulho do auditório, que alguma coisa extraordinária acabava de acontecer. Embora aquilo despertasse neles um desejo de excitação, um desejo de sair de sua rotina provinciana ainda que só por uma noite, também lhes inspirava o temor de que algo desse muito errado. Como a câmera mostrava apenas uma parte do salão, todos estavam muito curiosos em saber o que se passava. Enquanto viam os expectadores inquietos, batendo palmas e gritando, percebiam uma certa tensão entre as pessoas ilustres sentadas nas primeiras fileiras e os jovens sentados ao fundo.

No palco estava um goleiro, outrora muito conhecido nos lares de toda a Turquia, falando sobre uma trágica partida quinze anos antes, na qual os ingleses conseguiram fazer onze gols. Mal ele acabara de contar a triste história do primeiro gol, o apresentador do programa apareceu na tela; percebendo que eles estavam fazendo uma pausa para um comercial, como se faz na televisão nacional, o goleiro parou de falar. O apresentador agarrou o microfone e, depois de recitar rapidamente dois comerciais (a Mercearia Tadal, situada na avenida Fevzi Paşa, tinha orgulho de anunciar que finalmente chegara a carne temperada Kayseri, e o curso pré-vestibular Saber comunicava que abrira suas inscrições), ele lembrou ao público as maravilhas que ainda estavam por vir e, ao anunciar pela segunda vez o nome de Ka, lançou um olhar aflito à câmera.

"Perder a chance de ver nosso grande poeta, que veio de Frankfurt para visitar nossa cidade fronteiriça, é uma grande tristeza."

"Bem, aí está", disse Turgut bei imediatamente. "Se você não for agora, vai ser uma terrível afronta."

"Mas eles nem ao menos me perguntaram se eu gostaria de participar", disse Ka.

"É assim que se fazem as coisas por aqui", disse Turgut bei. "Se eles o tivessem convidado, você teria recusado. Mas agora você *irá*, porque você não quer dar a impressão de que os despreza."

"Nós vamos ver você daqui", disse Hande, com um entusiasmo que ninguém poderia ter previsto.

Nesse instante, a porta se abriu. Era o rapaz que estava na recepção aquela noite. "O diretor do Instituto de Educação acaba de morrer no hospital."

"Pobre idiota", disse Turgut bei, fixando em seguida os olhos em Ka. "Os islamitas se lançaram numa operação de limpeza. Eles estão de olho em cada um de nós. Se você quer salvar sua pele, aconselho-o a aumentar sua fé em Deus o mais rápido possível. Receio que dentro em pouco uma fé moderada já não será bastante para salvar a pele de um velho ateu."

"Acho que você tem razão", disse Ka. "E sendo assim, já decidi responder ao chamado que tem vindo do mais fundo de mim por toda a minha longa vida e abrir meu coração a Deus."

Todos perceberam seu tom sarcástico — sem levar muito a sério. Sabendo que ele estava muito bêbado, todos desconfiavam que aquelas tiradas podiam muito bem ter sido preparadas com antecedência.

Então Zahide entrou depressa na sala, com uma grande panela de alumínio que rebrilhava à luz da lâmpada. Sorrindo à mesa como uma mãe orgulhosa, ela disse: "Ainda sobrou uma porção de sopa, não vamos desperdiçá-la. Qual das moças vai querer?".

İpek estivera recomendando a Ka que não fosse ao Teatro Nacional, com medo do que pudesse acontecer lá, mas agora ela se voltara, junto com Kadife e Hande, para sorrir à criada curda.

Se İpek disser "Eu quero", pensou Ka, isso significa que vamos nos casar e iremos para Frankfurt. E se assim for, irei ao Teatro Nacional e lerei "Neve".

"Eu quero!", disse İpek, adiantando sua tigela sem muito entusiasmo.

Enquanto se atirava por entre os flocos de neve gigantes, Ka lembrava-se de que era um forasteiro em Kars, e por um instante teve certeza de que iria esquecer aquela cidade tão logo a deixasse — mas essa sensação não durou muito. Agora, de repente, ele recebia sinais do destino. Conseguia perceber que a vida encerrava uma secreta geometria sobre a qual sua mente racional não tinha nenhum poder, mas estando dominado por um desejo de sujeitar a própria razão e encontrar a felicidade, sentia também que — pelo menos naquele momento — seu desejo de felicidade não era forte o bastante.

Ele olhou para a frente, acompanhou com o olhar a fieira ondulante de bandeirolas da campanha eleitoral que se estendia até o Teatro Nacional: não havia vivalma sob elas, na ampla avenida coberta de neve. Enquanto olhava para os velhos e imponentes edifícios de ambos os lados, admirando-lhes as belas portas, os beirais harmônicos, os bonitos frisos e as majestosas fachadas, Ka sentiu a forte presença das pessoas (armênios que negociavam em Tiflis? Paxás otomanos que cobravam impostos dos laticínios?) que tinham levado uma vida feliz, tranquila e mesmo divertida ali. Agora que os armênios, russos, otomanos e os primeiros republicanos turcos que tinham feito da cidade um modesto centro de civilização tinham ido embora e ninguém viera substituí-los, as ruas estavam desertas. Diferentemente, porém, do que acontece com a maioria das cidades abandonadas, aquelas ruas vazias não inspiravam medo. Ka encantava-se com os galhos carregados de neve dos oleandros e dos plátanos, com os pingentes de gelo caindo dos lados dos postes de iluminação, com suas lâmpadas de um laranja-pálido, e com o brilho mortiço das lâmpadas de neon por trás das vitrines cobertas de gelo das lojas. A neve caía num silêncio mágico, quase sagrado, e afora seus passos quase silenciosos e a respiração ofegante, Ka não ouvia mais nada. Nem o latir de um cão. Ele chegara ao fim do mundo; ao que parecia, o mundo todo estava hipnotizado pela neve que caía. Enquanto olhava os flocos de neve caindo através do halo de luz, observou que alguns tombavam pesadamente em direção ao chão, enquanto outros revoluteavam e mergulhavam na escuridão.

De pé sob o beiral do Estúdio Fotográfico Palácio de Luz, ajudado pela luz vermelha do luminoso coberto de gelo, ele examinou um floco de neve que caíra na manga de seu casaco.

Houve uma rajada de vento. Alguma coisa se moveu; como a luz vermelha do luminoso do estúdio se apagasse, o oleandro do outro lado da rua pareceu também se apagar com ela. Ele olhou em direção ao Teatro Nacional e viu uma multidão ao redor da entrada; um pouco além, viu um micro-ônibus da polícia. Havia mais gente aglomerada na porta dos cafés do outro lado da rua.

No momento em que ele entrou no teatro, a gigantesca onda de barulho e agitação vinda do auditório o subjugou. O ar estava carregado de vapores alcoólicos, de fumaça de cigarro e da respiração das pessoas. Elas permaneciam de pé, ombro a ombro, nos corredores; num canto, uma banca vendia chá, refrigerantes e pãezinhos de gergelim. Das portas dos sanitários vinha um relento que lembrava o de um cadáver; Ka avistou um grupo de jovens que cochichavam. De um lado ele viu policiais em uniforme azul, e mais adiante passou por alguns à paisana, ouvindo seus rádios de polícia. Segurando a mão do pai, totalmente abstraída do barulho atrás de si, uma criança observava os grãos-de-bico torrados que deixara cair dentro da garrafa de refrigerante.

Alguém estava acenando vigorosamente do corredor lateral, mas Ka não tinha certeza se o aceno era para ele.

"Eu o reconheci lá de longe — só por causa de seu casaco!"

Quando Ka viu o rosto de Necip emergir da multidão, seu coração pulou de alegria. Eles se abraçaram calorosamente.

"Eu sabia que você ia vir", disse Necip. "Estou tão alegre em ver você. Você se importa se eu lhe fizer uma pergunta agora mesmo? Tenho duas coisas muito importantes na minha cabeça."

"Então você quer me perguntar uma ou duas coisas?"

"Você é muito inteligente, tão inteligente que sabe que a inteligência não é tudo", disse Necip. Ele levou Ka a um canto mais calmo. "Você disse a Hicran — Kadife — que eu estou apaixonado por ela e que ela é toda a minha vida?"

"Não, não disse."

"Você saiu da casa de chá com ela. Você não tocou em meu nome?"

"Eu disse que você é um aluno da escola secundária religiosa."

"E então? Ela disse alguma coisa?"

"Não, não disse."

Houve uma pausa.

"Eu sei a verdadeira razão por que você não falou em mim outra vez", disse Necip, fazendo um certo esforço. Ele engoliu em seco. "Kadife é quatro anos mais velha que eu, então provavelmente nem prestou atenção em mim. Talvez você tenha discutido assuntos particulares com ela. Talvez até assuntos políticos secretos. Não estou lhe pedindo que me conte nada, tanto num caso como no outro. Estou preocupado só com uma coisa, e essa coisa é extremamente importante para mim. Sua resposta vai influenciar o resto de minha vida. Ainda que Kadife nem ao menos tenha me notado — o que pode levar anos, e a essa altura ela poderá estar casada — sua resposta agora poderia me levar a passar o resto de minha vida amando-a ou então me fazer esquecê-la daqui para a frente. Então, por favor, me dê sua resposta agora, sem mais demora."

"Ainda estou esperando que você faça a pergunta", disse Ka, num tom um tanto formal.

"Vocês falaram sobre coisas superficiais? Coisas como as bobagens da televisão, fofoquinhas bobas ou sobre pequenas coisas que o dinheiro pode comprar? Entende o que quero dizer? Kadife é o tipo de pessoa séria que não tem tempo para superficialismos, ou eu me apaixonei por ela em vão?"

"Não, não falamos nada superficial", disse Ka.

Ele pôde notar que sua resposta foi arrasadora; no rosto do adolescente ele percebeu o esforço sobre-humano para recobrar as forças.

"Mas você achou que ela é uma pessoa extraordinária."

"Sim."

"Você se apaixonaria por ela? Afinal de contas, ela é muito bonita. Ela é bonita e independente — mais que qualquer outra mulher turca que eu tenha visto em minha vida."

"Se é de beleza que estamos falando", disse Ka, "a irmã dela é mais bonita ainda."

"Então do que estamos falando afinal?", perguntou Necip. "O que Deus, em sua sabedoria, pretende quando me faz pensar tanto em Kadife?"

Com um ar infantil que surpreendeu Ka, ele abriu os grandes olhos verdes, um dos quais iria ser estourado dentro de cinquenta e um minutos.

"Não sei", disse Ka.

"Sim, você sabe, só que não quer me dizer."

"Eu não sei."

"Oh, um escritor devia ser capaz de falar sobre tudo o que é importante", disse Necip teimosamente. "Se eu fosse um escritor, iria querer falar sobre todas as coisas sobre as quais as pessoas não falam. Você não pode me dizer tudo, só dessa vez?"

"Então pergunte."

"Há uma coisa que todos queremos da vida, não é?"

"É verdade."

"Então, você pode me dizer o que é?"

Ka sorriu e não disse nada.

"Para mim, é bem simples", disse Necip com orgulho. "Eu quero me casar com Kadife, viver em Istambul e me tornar o primeiro escritor islâmico de ficção científica. Eu sei que nenhuma dessas coisas é possível, mas mesmo assim as desejo. Se você não puder me dizer o que deseja, tudo bem, porque eu o entendo. No futuro serei como você. E meu instinto me diz o seguinte: quando você olha para mim, vê sua própria juventude, e é por isso que gosta de mim."

Um sorriso feliz e esperto começou a aflorar em seus lábios, causando certo desconforto em Ka. "Quer dizer que você seria como a pessoa que eu fui vinte anos atrás?", perguntou ele.

"Sim. Vai haver uma cena exatamente igual a esta no romance de ficção científica que um dia vou escrever. Desculpe-me, posso pôr a mão em sua testa?" Ka inclinou um pouco a cabeça para a frente. Com a facilidade de um gesto costumeiro, Necip pôs a palma da mão na testa de Ka.

"Agora vou lhe dizer o que você estava pensando vinte anos atrás."

"Era isso que você fazia com Fazıl?"

"Nós pensamos a mesma coisa ao mesmo tempo. Mas entre mim e você há uma diferença de tempo. Agora me ouça, por favor: num dia nevoento de inverno, quando você estudava no liceu, você estava imerso em seus pensamentos. Você ouvia Deus dentro de si, e estava tentando esquecê-lo. Você via que o mundo era um, mas achava que se pudesse fechar os olhos a essa visão, podia ser mais infeliz e também mais inteligente. E você tinha razão. Só as pessoas que são muito inteligentes e muito infelizes conseguem escrever bons poemas. Então, heroicamente, você se dispôs a suportar a dor da descrença, só para ser capaz de escrever bons poemas. Mas você não se deu conta de que, quando se perde aquela voz interior, termina-se totalmente só, num universo vazio."

"Certo. Você tem razão, eu estava pensando isso", disse Ka. "Então, diga-me, é isso que você está pensando agora?"

"Eu sabia que você ia me fazer essa pergunta", disse Necip um tanto incomodado. "Você não quer acreditar em Deus? Você quer, não quer?" A mão dele estava tão fria que fazia Ka tremer, mas agora Necip a afastou da testa de Ka. "Eu poderia lhe dizer muito mais sobre isso. Há uma voz dentro de mim que me diz: 'Não acredite em Deus'. Porque quando você faz tanto esforço para acreditar que algo existe, não pode deixar de ter uma pequena desconfiança, uma vozinha que pergunta 'E se essa coisa não existir?'. Você entende, não é? Exatamente nos momentos em que eu achava que minha fé em meu belo Deus me dava forças, às vezes eu me perguntava, da mesma forma que uma criança se pergunta o que aconteceria se seus pais morressem: 'Se Deus não existir, o que acontece, então?'. Nessas ocasiões surgia uma visão diante dos meus olhos: uma paisagem. Como eu sabia que a paisagem fora criada pelo amor de Deus, não sentia medo e olhava para ela com toda a atenção."

"Fale-me dessa paisagem."

"Você vai colocá-la num poema? Se for, não precisa mencionar meu nome. Eu só quero uma coisa em troca."

"Diga."

"Nos últimos seis meses, escrevi três cartas para Kadife. Não consegui pôr nenhuma delas no correio. Não porque eu tenha vergonha: eu não as enviei porque sabia que elas seriam abertas e lidas na agência do correio. Metade da população de Kars está trabalhando como agente da polícia secreta. Metade das pessoas aqui presentes também. Elas nos seguem por toda parte. Até nosso povo nos segue."

"Quem é *nosso* povo?"

"Todos os jovens islamitas de Kars. Eles vieram aqui para perturbar, porque sabiam que os militares e os secularistas iam transformar esta noite numa manifestação. Vão apresentar a velha peça de que tanto ouvimos falar; chama-se *Manto para a cabeça*. E dizem que vão usá-la para depreciar nossas jovens que o usam. Para falar a verdade, não aguento política, mas meus amigos têm razão de estar furiosos com isso. Eles desconfiam de mim, porque não sou tão inflamado quanto eles. Não posso lhe dar essas cartas. Quer dizer, não agora, com todo mundo olhando. Mas quero que as entregue a Kadife."

"Agora ninguém está olhando. Dê-me as cartas, depressa, depois me conte sobre a paisagem."

"As cartas estão aqui, mas não as tenho comigo. Temi que eles me revistassem à entrada. Meus amigos também poderiam me revistar. Se você passar por aquela porta perto do palco, vai ver um banheiro no fim do corredor. Vá me encontrar lá dentro de exatamente vinte minutos."

"E então você vai me falar da paisagem?"

"Um deles está vindo em nossa direção", disse Necip desviando o olhar. "Eu o conheço. Não olhe em sua direção, aja como se estivesse tendo uma conversa normal."

"Está bem."

"Todos em Kars querem muito saber por que você veio para cá. Eles acham que você está numa missão secreta do governo ou então foi enviado pelas potências ocidentais. Meus amigos me mandaram lhe perguntar se isso é verdade. Essas histórias são verdadeiras?"

"Não, não são."

"O que digo a eles, então? Por que você veio?"

"Eu não sei."

"Sabe, sim, mas mais uma vez está com vergonha demais para admitir." Houve um silêncio. "Você veio aqui porque estava muito infeliz", disse Necip.

"Como você sabe?"

"Pelos seus olhos; nunca vi ninguém parecer tão infeliz... Eu também não estou feliz agora, de modo algum, mas pelo menos sou jovem. A infelicidade me dá forças. Na minha idade, é melhor ser infeliz que feliz. As únicas pessoas felizes em Kars são os idiotas e os canalhas. Mas quando eu tiver a sua idade, quero ser capaz de encher minha vida de felicidade."

"Minha infelicidade me protege da vida", disse Ka. "Não se preocupe comigo."

"Ah, você não está com raiva de mim por causa do que eu disse, está? Tem uma coisa tão boa em seu rosto que sinto poder dizer qualquer coisa que me venha à cabeça, ainda que seja uma grande bobagem. Se eu dissesse coisas como essa aos meus amigos, eles iam zombar de mim sem dó."

"Até Fazıl?"

"Fazıl é diferente. Se fizerem algum mal a mim, Fazıl vai atrás deles, e ele sempre sabe o que estou pensando. Agora diga alguma coisa. Tem alguém nos observando."

"Quem está nos observando?", perguntou Ka. Ele olhou para a multidão que se acotovelava atrás das fileiras de cadeiras: um homem com a cabeça em forma de pera, dois jovens cheios de espinhas, adolescentes carrancudos cobertos de trapos; todos eles agora olhavam para o palco, e alguns cambaleavam feito bêbados.

"Parece que não fui o único a beber demais esta noite", murmurou Ka.

"Eles bebem porque estão infelizes", disse Necip. "Mas você ficou bêbado para resistir à felicidade oculta que crescia dentro de você."

Enquanto dizia isso, mergulhava de novo na multidão. Ka não sabia ao certo se o ouvira bem. Mas, apesar do barulho e da agitação à sua volta, sua cabeça estava serena; ele se sentia relaxado, como se estivesse ouvindo sua música favorita. Alguém acenava para ele, o que o fez voltar o olhar para uns poucos assentos vazios reservados para os artistas que iam se apresentar; alguém do grupo de teatro — um ajudante de palco polido, mas de aspecto grosseiro — mostrou-lhe onde devia sentar.

Anos depois, numa fita de vídeo que encontrei nos arquivos da Televisão Fronteiriça de Kars, pude ver o que Ka viu no palco. Era uma encenação de um conhecido comercial de banco, mas como fazia anos que Ka não via a televisão turca, não saberia dizer se eles estavam fazendo graça ou simplesmente imitando. Ainda assim, dava para ver que o homem que fora ao banco fazer um depósito era um dândi extravagante, a caricatura de um ocidental. Quando aquele número era apresentado em cidades ainda menores e mais remotas que Kars, em casas de chá não frequentadas por mulheres nem por funcionários do governo, a Companhia de Teatro Brechtiana e Bakhtiniana de Sunay Zaim apresentava-o de forma muito mais obscena, com o dândi do cartão de crédito sendo uma bicha-louca que fazia os espectadores caírem na gargalhada. No esquete seguinte, em que se via um homem de bigode vestido de mulher derramando xampu e condicionador nos próprios cabelos, Ka levou algum tempo para perceber que o ator era o próprio Sunay Zaim. Tal como fazia naquelas remotas casas de chá quando resolvia trazer algum alívio à sua plateia pobre e irada, exclusivamente masculina, com uma "catarse anticapitalista", ele brindou a plateia daquela noite com uma série de obscenidades, enquanto fingia enfiar o comprido tubo de xampu no traseiro. Mais tarde, a mulher de Sunay, Funda Eser, fez uma paródia de um comercial de uma linguiça muito apreciada. Segurando um rolo de linguiças na mão de um jeito absolutamente lúbrico, ela perguntou "É um cavalo ou um jumento?", e saiu correndo do palco antes de levar a coisa adiante.

Vural, o famoso goleiro dos anos 60, voltou ao palco para continuar o relato da vergonhosa partida de futebol de Istambul, quando os ingleses fizeram onze gols, dando também vários pormenores da partida e dos casos de amor que tivera com famosas estrelas de cinema naquela época. O que ele ofereceu ao público foi uma coleção de prazeres masoquistas, dando-lhes uma oportunidade para sorrir da desgraça do turco.

# 16. ONDE DEUS NÃO EXISTE

## NECIP DESCREVE SUA PAISAGEM E KA RECITA SEU POEMA

Vinte minutos depois, Ka passou pelo frio corredor e foi ao sanitário masculino, onde Necip estava entre os homens voltados para os mictórios. Eles ficaram por algum tempo no final da fila para os gabinetes fechados à sua frente, agindo como se não se conhecessem. Ka aproveitou a oportunidade para admirar os frisos do teto alto, guirlandas de rosas e folhas.

Quando chegou a vez deles, os dois entraram no mesmo gabinete. Ka notou que um velho desdentado os observava.

Depois de aferrolhar a porta por dentro, Necip disse: "Eles não nos viram". Deu um abraço rápido mas caloroso em Ka. Apoiando o pé numa pequena saliência da parede, ele ergueu o corpo, estendeu a mão e pegou vários envelopes que estavam em cima da caixa da descarga. De volta ao chão, soprou a poeira dos envelopes.

"Quando você entregar estas cartas a Kadife, quero que lhe diga só uma coisa", disse ele. "E pensei um bocado sobre isso. A partir do momento em que ela ler as cartas, não alimentarei a esperança de ter nada com Kadife pelo resto de minha vida. Quero que lhe diga isso. Deixe isso bem claro para ela, de modo que entenda exatamente o que quero dizer."

"Se ela deve saber que você a ama no mesmo instante em que descobre que não há nenhuma esperança nesse amor, por que lhe contar, afinal de contas?"

"Ao contrário de você, não tenho medo da vida nem de minhas paixões", disse Necip. Temendo ter perturbado Ka, ele acrescentou: "A única coisa que me interessa são estas cartas: não consigo viver sem estar apaixonado por alguém ou por alguma coisa bela. Agora eu tenho de buscar o amor e a felicidade em outro lugar. Mas primeiro tenho de tirar Kadife de minha cabeça". Ele entregou as cartas a Ka. "Posso lhe dizer a quem pretendo amar de todo o coração depois de Kadife?"

"Quem?", perguntou Ka, colocando as cartas no bolso.

"Deus."

"Fale-me da paisagem que você vê."

"Primeiro abra essa janela! O cheiro aqui não está nada bom."

Ka lutou com o ferrolho enferrujado até conseguir abrir a janela. Por um instante eles ficaram ali emudecidos, como se testemunhando um milagre, olhando a interminável torrente de flocos de neve deslizando na noite silenciosamente.

"Como é belo o universo!", sussurrou Necip.

"Em sua opinião, qual é a parte mais bela da vida?", perguntou Ka.

Houve um silêncio. "Toda ela!", disse Necip, como se estivesse revelando um segredo.

"Mas a vida não nos torna infelizes?"

"Nós é que fazemos isso. Não tem nada a ver com o universo nem com seu criador."

"Fale-me sobre a paisagem."

"Primeiro ponha a mão na minha testa e fale sobre o meu futuro", disse Necip. Ele arregalou os olhos, um dos quais iria ser destruído vinte e seis minutos depois, junto com o cérebro. "Quero ter uma vida longa e plena, e sei que vão me acontecer muitas coisas maravilhosas. Mas não sei o que estarei pensando daqui a vinte anos, e é isso que tenho curiosidade de saber."

Ka apertou a palma da mão direita na testa lisa de Necip. "Oh, meu Deus!" Num gracejo, ele afastou a mão, como se tivesse tocado em algo muito quente. "Tem um monte de coisas acontecendo aí dentro."

"Conte-me."

"Dentro de vinte anos — em outras palavras, quando você tiver trinta e sete anos — você finalmente terá entendido que o mal do mundo — isto é, a pobreza e a ignorância dos pobres e a esperteza e a dissipação dos ricos — e toda a vulgaridade do mundo, toda a violência, toda a brutalidade — isto é, todas as coisas que nos enchem de culpa e nos fazem pensar em suicídio — decorrem do fato de todo mundo pensar igual", disse Ka. "Portanto, da mesma forma que muitos neste lugar fizeram coisas idiotas e morreram a pretexto de salvar a decência, você descobrirá que na verdade se pode ser uma pessoa boa, ainda que dê a impressão de ser má e desavergonhada. Mas você saberá que isso pode ter terríveis consequências. Porque o que sinto sob minhas mãos trêmulas é..."

"O quê?"

"Você é muito brilhante, e mesmo na sua idade sabe do que estou falando. É por isso que quero que você me conte antes."

"Contar o quê?"

"Por que você se sente tão culpado pela miséria dos pobres. Sei que você sabe a razão, mas precisa falar."

"Você não está dizendo — Deus me defenda — que vou deixar de acreditar em Deus, não é?", disse Necip. "Se é isso o que você está dizendo, eu preferiria morrer."

"Não vai acontecer da noite para o dia, como aconteceu com o pobre homem do elevador. Vai acontecer tão lentamente que você talvez nem note. E como sua morte vai ser muito lenta, tendo estado nesse outro mundo por tanto tempo, vai ser igual ao bêbado que só se dá conta de que morreu depois de tomar *raki* além da conta."

"É assim que você é?"

Ka tirou a mão da testa de Necip. "Não, sou exatamente o contrário. Devo ter começado a acreditar em Deus anos atrás. Isso foi acontecendo lentamente, e só o notei quando cheguei a Kars. É por isso que estou tão feliz aqui e conseguindo escrever poemas novamente."

"Você parece mesmo muito feliz e muito sábio agora", disse Necip. "Por isso me pergunto se você pode responder a esta pergunta: será que um ser humano pode realmente conhecer o futuro? E mesmo que possa, pode encontrar a paz convencendo-se de que conhece o futuro? Isso é perfeito para meu primeiro romance de ficção científica."

"Algumas pessoas conhecem o futuro", disse Ka. "Sedar bei, por exemplo, o dono da *Gazeta da Cidade Fronteiriça* — ele publicou a história desta noite com muita antecedência." Ka tirou seu exemplar do jornal do bolso, e eles leram juntos: "O espetáculo foi pontuado de palmas e aplausos entusiásticos".

"Deve ser isso que eles chamam de felicidade", disse Necip. "Nós poderíamos ser os poetas de nossa própria vida se ao menos pudéssemos primeiro escrever o que haveremos de ser, depois desfrutar das maravilhas que escrevemos. O jornal diz que você vai ler seu poema mais recente. Que poema é esse?"

Alguém bateu na porta do banheiro. Ka pediu a Necip que lhe falasse rapidamente sobre "a paisagem".

"Vou lhe dizer agora", disse Necip, "mas você vai ter de prometer não contar a mais ninguém. Eles não gostam que eu tenha relações amistosas com você."

"Não vou contar a ninguém", disse Ka. "Conte-me o que você vê."

"Eu amo um bocado a Deus", disse Necip num tom inquieto. "Às vezes, quando me pergunto o que aconteceria se, Deus nos livre, Deus não existisse — às vezes, faço isso sem nem ao menos querer —, aparece uma terrível paisagem diante de meus olhos."

"Sim..."

"Eu vejo essa paisagem à noite, na escuridão, pela janela. Lá fora há duas muralhas brancas sem nenhuma abertura, altas como as de um castelo. Como dois castelos, de costas um para o outro! Existe apenas uma estreitíssima passagem entre eles que se estende na distância como uma estrada, e quando eu olho essa estrada sou dominado pelo medo. A estrada onde Deus não existe é cheia de neve e de lama como as de Kars, mas é toda roxa! Há algo no meio da estrada em que se lê pare!, mas ainda assim não consigo deixar de olhar para o fim da estrada, para o lugar onde o mundo acaba. Bem no fim desse mundo, vejo uma árvore, uma última árvore, mas é nua e sem folhas. Então, como estou olhando para ela, ela fica de um vermelho vivo e se incendeia. É nesse ponto que começo a me sentir muito culpado por querer tanto saber se Deus existe ou não. Então, com a mesma rapidez, a árvore volta a ficar preta. Digo a mim mesmo que é melhor não olhar novamente, mas não consigo me conter, olho novamente, e a árvore do fim do mundo começa a se inflamar e se torna rubra mais uma vez. Isso continua até de manhã."

"O que é que tem essa paisagem que o assusta tanto?"

"Não posso deixar de pensar que é o diabo me fazendo acreditar que uma paisagem como essa poderia existir neste mundo. Mas se consigo fazer alguma coisa surgir diante de meus olhos, a fonte deve ser minha própria imaginação. Porque se existisse mesmo um lugar como esse na terra, isso significaria que Deus — Deus nos livre — não existe. E como isso não pode ser verdade, a única explicação possível é que eu mesmo não acredito em Deus. E isso seria pior que a morte."

"Eu entendo", disse Ka.

"Procurei numa enciclopédia uma vez, e lá diz que a palavra *ateu* vem do grego *athos*. Mas *athos* não se refere a pessoas que não acreditam em Deus; refere-se a pessoas solitárias, pessoas que os deuses abandonaram. Isso prova que as pessoas nunca podem ser de fato ateias, porque, ainda que o quisessem, Deus nunca nos abandona aqui. Para se tornar ateu, então, primeiro você tem de se tornar um ocidental."

"Eu queria ser um ocidental *e* crente", disse Ka.

"Um homem pode ficar todas as noites rindo na casa de chá e jogando cartas com os amigos, pode se divertir tanto com os colegas que não haja um só instante em que não estejam às gargalhadas, pode passar todas as horas do dia batendo papo com seus amigos íntimos — mas se esse homem abandonou Deus, ainda assim ele vai ser o homem mais solitário do mundo."

"Deve servir de algum consolo ter um amor verdadeiro", disse Ka.

"Mas só se ela o amasse tanto quanto você a ama."

Bateram de novo na porta, e Necip abraçou Ka, beijou-o como uma criança em ambas as faces e saiu do banheiro. Ka deu uma olhada no homem que estava esperando, agora entrando apressado em outro banheiro, acendeu um cigarro e olhou a maravilhosa neve que continuava a cair lá fora. Ele pensou sobre a paisagem de Necip — ele se lembrava de sua descrição palavra por palavra, como se já se tratasse de um poema — e se ninguém chegasse de Porlock, ele tinha certeza de que logo estaria escrevendo esse poema em seu caderno.

O homem de Porlock! Em nossos últimos anos de escola, quando Ka e eu passávamos metade da noite conversando sobre literatura, esse era um de nossos assuntos preferidos. Qualquer pessoa que conheça um pouco de poesia inglesa haverá de se lembrar da nota no início do poema "Kubla Khan", de Coleridge. Ele explica que a obra é um "fragmento de um poema, surgido de uma visão durante um sonho"; o poeta adormecera depois de tomar remédio para uma doença (na verdade, ele tomara ópio para se divertir) e vira, no mais profundo do sono, frases do livro que estava lendo antes de perder a consciência, só que agora cada frase e cada objeto adquirira vida própria, numa magnífica paisagem de sonho, para se tornar um poema. Já pensou? Um magnífico poema que se criou a *si mesmo*, sem que o poeta tenha despendido nenhuma energia mental! E o mais espantoso é que quando Coleridge acordou, conseguiu se lembrar desse esplêndido poema, palavra por palavra. Ele pegou a pena, o tinteiro e algumas folhas de papel e começou a anotar cuidadosamente, verso após verso, como se lhe ditassem. Ele acabara de escrever a última linha do poema, tal como o conhecemos hoje, quando bateram na porta. Ele se levantou para atender, e era um homem de uma cidade vizinha, Porlock, que viera cobrar uma dívida. Depois de ter acertado as coisas com o homem, ele correu de volta à mesa, mas descobriu que esquecera o resto do poema, exceto por algumas palavras soltas e sua atmosfera geral.

Como ninguém chegou de Porlok para quebrar sua concentração, Ka continuava com o poema claro em sua cabeça quando foi chamado ao palco. Ele era mais alto que todos os demais ali. E também se destacava pelo casaco cinza trazido da Alemanha.

A plateia estivera muito ruidosa, mas agora as pessoas faziam silêncio. Algumas delas — os estudantes indisciplinados, os desempregados, os islamitas rebeldes — ficaram em silêncio porque agora já não sabiam ao certo se deviam rir ou protestar. Os altos funcionários das primeiras filas, os homens que tinham seguido Ka durante todo o dia, o subprefeito, o subchefe de polícia e os professores — todos eles sabiam que Ka era um poeta. O esguio apresentador parecia enervado com o silêncio, então fez a Ka uma daquelas perguntas batidas de programas culturais na televisão.

"Quer dizer então que o senhor é poeta", disse ele. "O senhor escreve poemas. É difícil escrever poemas?" Ao final dessa entrevista inepta — e toda vez que vejo a fita, torço para conseguir esquecê-la — o público continuava sem saber se Ka achava difícil escrever poemas, mas sabia muito bem que ele acabara de chegar da Alemanha.

"O que você acha de nossa bela Kars?"

Depois de hesitar um pouco, Ka disse: "Muito bonita, muito pobre e muito triste".

No fundo do salão, dois estudantes da escola secundária religiosa desandaram a rir. Alguém gritou: "Sua alma é que é pobre!". Encorajados por esse insulto, seis ou sete outros se levantaram e começaram a gritar. Alguns aparteavam Ka de forma impertinente — e vá saber o que os outros estavam dizendo! Muito depois dos acontecimentos em questão, durante a visita que eu próprio fiz a Kars, Turgut bei me disse que quando Hande ouviu Ka dizer isso na televisão, começou a chorar. "Na Alemanha, você representava a literatura turca", disse o apresentador, tentando seguir em frente.

"Por que ele não nos diz por que está aqui?", gritou alguém.

"Eu vim para cá porque estava desesperadamente infeliz", disse Ka. "Estou muito mais feliz aqui. Por favor, agora ouçam, vou ler meu poema."

Por alguns instantes, reinou a confusão. Então os gritos cessaram, e Ka começou a falar. Apenas anos depois, quando tive em mãos o videoteipe daquela noite, consegui assistir à comovente performance do meu amigo; era a primeira vez que eu o via ler um poema para um grande auditório. Ele andou um pouco, com todo o cuidado, como alguém que tivesse a cabeça cheia de ideias, mas não havia a menor pretensão em sua postura. Afora uma ou duas ocasiões em que fez uma pausa como se não soubesse ao certo o que viria em seguida, ele recitou o poema até o fim, sem nenhum problema.

Quando Necip percebeu que a descrição de Ka do "lugar onde Deus não existe" coincidia palavra por palavra com sua "paisagem", levantou-se da cadeira, mas ele não quebrou a concentração de Ka, que àquela altura descrevia o cair da neve. Houve um princípio de aplauso. Alguém do fundo levantou-se, gritou, e foi seguido por mais alguns. Era difícil saber se eles reagiam ao poema ou simplesmente estavam entediados.

À exceção de uma fugaz aparição um pouco mais tarde — sua silhueta contra um pano de fundo verde —, aquela foi a última imagem daquele que fora meu amigo por vinte e sete anos.

# 17. MINHA PÁTRIA OU MEU MANTO

## UMA PEÇA SOBRE UMA JOVEM QUE QUEIMA SEU MANTO

Depois que Ka terminou de ler seu poema, o apresentador fez uma mesura exagerada e, destacando cada palavra do título, anunciou o principal número do programa, *Minha pátria ou meu manto para cabeça.*

Das fileiras do meio e do fundo onde estavam sentados os rapazes da escola secundária religiosa, vieram alguns gritos de protesto, um ou dois assobios e muitas vaias; alguns funcionários sentados nas primeiras filas bateram palmas. O resto do salão apinhado esperou para ver o que iria acontecer em seguida, com uma curiosidade mesclada de pavor. Os leves esquetes que a trupe apresentara no começo da noite — as desavergonhadas paródias de Funda Eser de comerciais conhecidos, a despropositada dança do ventre, a impressão que ela dava, ao lado de Sunay Zaim, de ser uma velha primeira-ministra acompanhada de seu marido corrupto — surpreendentemente pouco incomodaram, tendo sido bem recebidos mesmo entre os funcionários das primeiras filas.

A maioria dos espectadores também iria apreciar o número seguinte, embora já estivessem fartos dos insultos e da interminável baderna provocada pelos estudantes da escola religiosa. Às vezes não se podia ouvir o que se dizia no palco. Mas aquela peça terrivelmente ultrapassada, primitiva, de vinte minutos, tinha uma estrutura dramática tão clara que mesmo um surdo-mudo não teria a menor dificuldade em acompanhá-la.

1. Uma mulher envolta num manto preto-azeviche vai andando na rua; ela fala consigo mesmo e pensa. Alguma coisa a perturba.
2. A mulher tira o manto e proclama sua independência. Agora ela está sem manto e feliz.
3. A família da mulher, seu noivo, seus parentes e vários muçulmanos barbudos opõem-se à sua independência e exigem que ela coloque o manto. Diante disso, num acesso de raiva, ela o queima.
4. Os fanáticos religiosos, barbudos e de rosário na mão, indignados com sua demonstração de independência, passam à agressão.
5. No momento em que eles a arrastam pelos cabelos para matá-la, os bravos soldados da República entram em cena e a salvam.

De meados da década de 30 até os primeiros anos da Segunda Guerra Mundial (quando era conhecida como *Minha pátria ou meu manto*), essa pequena peça era apresentada frequentemente em liceus e no salão de prefeituras de cidadezinhas por toda a Anatólia, e era muito popular entre funcionários públicos ansiosos por libertar as mulheres do manto e de outras formas de repressão religiosa. Mas depois da década de 50, quando o ardente patriotismo do período kemalista deu lugar a algo menos intenso, a peça foi esquecida. Quando, anos mais tarde, me encontrei num estúdio de som com Funda Eser, que interpretara a mulher naquela noite em Kars, ela me falou de seu grande orgulho de encarnar a mesma personagem que sua mãe interpretara no Liceu de Kütahya em 1948, e de seu pesar pelo fato de que os acontecimentos que se seguiram à sua apresentação negaram-lhe a possibilidade de experimentar a justa exultação que sua mãe sentira. Embora arruinada pelas drogas, pelo cansaço e pelo medo, e embora seu rosto tivesse assumido aquele ar mortiço tão comum em atores, insisti para que me contasse exatamente o que se passara naquela noite. Como conversei com muitas outras testemunhas, agora sou capaz de contar o acontecido detalhadamente.

A maioria dos habitantes de Kars que estavam no Teatro Nacional ficou chocada e perplexa com a primeira cena. Quando eles ouviram falar que o título da peça era *Minha pátria ou meu manto*, acharam que devia ser uma referência à política atual, mas afora um ou dois octogenários que se lembravam do original dos velhos tempos, ninguém esperava ver uma mulher de verdade no palco usando um manto. Quando viram, confundiram-no com o manto que se tornara o respeitado símbolo do islã político. Enquanto olhavam aquela misteriosa mulher coberta andando para cima e para baixo no palco, não ficou imediatamente claro para eles que a intenção era passar a ideia de que ela estava triste: muitos na plateia a viram como orgulhosa, quase arrogante. Mesmo os funcionários conhecidos por suas opiniões radicais a respeito das vestes religiosas sentiram respeito por aquela mulher. E então, quando um estudante mais atento da escola secundária religiosa, adivinhando quem estava sob o manto, caiu na gargalhada e vaiou, provocou grande mal-estar nas primeiras filas.

Na segunda cena, quando a mulher fez seu grande gesto de independência, lançando-se a uma pregação iluminista enquanto tirava o manto, a plateia a princípio ficou aterrorizada. Mesmo os secularistas mais ocidentalizados do salão ficaram assustados à visão de seus próprios sonhos tornando-se realidade. O medo que eles tinham dos militantes políticos islamitas era tão grande que havia muito tinham aceitado que sua cidade continuasse como sempre foi. Eu falei sonhos, mas nem dormindo podiam conceber o Estado obrigando as mulheres a tirar os mantos como o fizera nos primeiros anos da República; eles estavam preparados para conviver com aquela prática, "desde que os islamitas não usem de intimidação ou obriguem mulheres ocidentalizadas a usar mantos, como vimos no Irã".

"Mas a verdade sobre essa história é a seguinte: Todos aqueles kemalistas secularistas fervorosos das primeiras filas não eram kemalistas coisa nenhuma, eles eram covardes!" Foi isso que Turgut bei disse a Ka depois que tudo acabou. Não foram exatamente extremistas religiosos que se opuseram a que uma mulher descobrisse a cabeça. Todos os demais na sala temeram que aquele espetáculo enfurecesse os desempregados que assistiam à cena — para não falar da multidão de jovens que se agitava no salão. E então, quando um dos professores da primeira fila se levantou da cadeira para aplaudir Funda Eser no momento em que tirou o manto com elegância e determinação, um bando de jovens do fundo cobriu o pobre e infeliz professor de vaias. Note bem: segundo algumas testemunhas, o professor não estava tomando uma posição em favor da mulher moderna, mas antes sucumbindo a uma pasma admiração pelos braços roliços e pelo belo e lendário colo de Funda Eser.

De sua parte, os republicanos das primeiras filas também não estavam satisfeitos com a situação. Tendo esperado que de sob o manto surgisse uma jovem aldeã de óculos, pura, zelosa, expressão radiante, ficaram muito frustrados ao notar tratar-se da lasciva praticante da dança do ventre Funda Eser. Com isso se queria dizer que só putas e imbecis descobrem a cabeça? Nesse caso, era exatamente o que os islamitas vinham dizendo havia muito tempo. Vários que estavam sentados próximo ao subprefeito lembram de tê-lo ouvido gritar: "Isso está errado, está tudo errado!". Enquanto muitos outros juntavam-se ao coro — talvez para puxar o saco —, Funda Eser seguia em frente. Ainda assim, muitas pessoas das primeiras filas, embora inquietas, continuavam a assistir com silenciosa aprovação ao discurso iluminista daquela jovem republicana secularista em defesa das liberdades que todos desejavam desfrutar e, embora se ouvissem alguns protestos dos jovens da escola religiosa, ninguém se sentia intimidado por eles. Com certeza não o subprefeito, rodeado por outras autoridades que nada viam de atemorizante nas palhaçadas de uns poucos rapazes desmiolados da escola secundária religiosa. Na comitiva estava também Kasım bei, o corajoso subchefe de polícia, que em seu tempo tanto dificultara a vida do PKK curdo; grande número de oficiais do exército em trajes civis, acompanhados de suas mulheres; o diretor do departamento de cadastros, acompanhado da esposa, duas filhas, quatro filhos de terno e gravata e três sobrinhos; e o secretário municipal da Cultura, cuja principal tarefa era apreender fitas proibidas de música curda e enviá-las a Ancara.

Poderia ser dito que todas essas autoridades confiavam mesmo era nos policiais à paisana distribuídos por todo o salão, nos oficiais uniformizados enfileirados ao longo das paredes e nos soldados que, segundo lhes disseram, estavam de prontidão nos bastidores. A única coisa que os preocupava realmente era o fato de que o espetáculo estava sendo transmitido ao vivo pela televisão; embora a transmissão fosse apenas local, os dignitários não conseguiam livrar-se da sensação de que toda a Ancara — na verdade, toda a Turquia — os estava observando. As pessoas gradas das primeiras filas, como todos os que se encontravam atrás delas, quase não conseguiam esquecer que as cenas representadas diante de seus olhos apareciam ao mesmo tempo na televisão; só isso pode explicar por que as vulgaridades, as provocações políticas e as bobagens que eles testemunhavam pareciam à plateia mais elegantes e encantadoras do que na realidade eram. Alguns estavam tão preocupados em saber se as câmeras ainda estavam funcionando que ficavam virando a cabeça o tempo todo para se certificarem; como os do fundo que ficavam o tempo todo acenando para as câmeras, e outros que de vez em quando exclamavam "Oh, meu Deus, estão me vendo na televisão!", as pessoas da primeira fila achavam essa possibilidade tão desalentadora que mal conseguiam se mexer, ainda que estivessem no lugar mais isolado do salão. Quanto aos cidadãos que ficaram em casa, a primeira transmissão ao vivo não inspirava na maioria um desejo de ver a peça na tela; antes lhes despertava o desejo de estar no teatro, observando o trabalho da equipe de televisão.

Àquela altura Funda Eser, que já tinha tirado o manto, jogou-o, como roupa para lavar, numa bacia de cobre. Então ela o borrifou com gasolina — cuidadosamente, como se colocando algum produto de limpeza — e mergulhou a mão na bacia como se mexendo para lavar. Por uma estranha coincidência, eles tinham posto a gasolina numa garrafa vazia do sabão líquido Akif, uma marca muito apreciada pelas donas de casa de Kars à época, e foi por isso que todos da plateia — aliás, todos em Kars — entenderam que a jovem libertária mudara de ideia: vendo-a mergulhar as mãos na bacia, todos se descontraíram.

"É assim que se faz!", gritou alguém lá no fundo. "Esfregue bem para tirar toda essa sujeira!" Houve uma onda de gargalhadas, que incomodou algumas autoridades das primeiras filas; até aquela altura, todos no salão pensavam que estavam assistindo a uma mulher lavando roupas. "E onde é que está o Omo?", gritou alguém.

Era um dos rapazes da escola secundária religiosa: embora sua algazarra estivesse começando a aborrecer algumas pessoas, ninguém estava muito furioso. A maior parte da plateia, inclusive os dignitários das primeiras filas, apenas torcia para que aquela peça datada, provocadora, do teatro jacobino terminasse sem maiores problemas. Muitos com quem conversei anos depois, do funcionário mais graduado ao mais pobre estudante curdo, disseram-me que a maioria dos habitantes de Kars presentes ao Teatro Nacional tinha ido com o objetivo único de fugir de seu cotidiano por algumas horas e talvez se divertirem um pouco.

Funda Eser estava lavando sua roupa com o mesmo entusiasmo da feliz dona de casa dos comerciais; como todas as donas de casa felizes, ela não tinha a mínima pressa. Mas quando chegou a hora de tirar o manto negro da bacia, sacudi-lo para tirar as dobras e pô-lo no varal, ela o desfraldou como uma bandeira diante da plateia. Enquanto todos ainda se entreolhavam, tentando entender o que estava acontecendo, ela tirou um isqueiro do bolso e ateou fogo num dos cantos do manto. Por um instante, fez-se silêncio. Todos ouviram o som surdo da chama, quando o manto incendiado banhava todo o salão numa luz terrível.

Muitos levantaram-se de um salto, aterrorizados.

Ninguém esperava aquilo. Mesmo os secularistas mais empedernidos ficaram abalados. Quando a mulher jogou o manto em chamas no palco, para muitos a primeira preocupação foi com as instalações do teatro, que já tinha cento e dez anos; as cortinas de veludo imundas e remendadas, da época mais próspera da cidade, pareciam correr o maior risco de se incendiarem. Mas a maior fonte de preocupação foi, sem a menor dúvida, a percepção de que o problema estava apenas começando. Agora podia acontecer qualquer coisa.

De entre os jovens religiosos do fundo ergueu-se um tremendo fragor de vaias, insultos e assobios raivosos.

"Abaixo os inimigos da religião!", berrou um deles. "Abaixo os ateus! Abaixo os infiéis!"

As primeiras filas ainda estavam em estado de choque. Embora o professor corajoso se tivesse levantado novamente para gritar "Fiquem em silêncio e assistam ao espetáculo!", ninguém lhe deu a mínima atenção. Quando ficou claro que os gritos e o coro das vaias não iam parar e que as coisas estavam ficando fora de controle, uma onda de pânico se espalhou no salão. O doutor Nevzat, diretor da secretaria de Saúde, foi o primeiro a se dirigir à saída; ele foi seguido por seus filhos engravatados e de terno, sua filha, com suas duas tranças impecáveis, e sua mulher, em seus melhores trajes, um vestido de crepe com todas as cores de um pavão. Sadık bei, um dos ricos industriais de couro dos bons velhos tempos, que voltara para Kars para supervisionar um certo trabalho, e sua colega da escola primária, Sabit bei, agora filiada ao Partido do Povo, também se puseram de pé. Ka viu o medo no rosto de todos das primeiras filas, mas, sem saber o que fazer, continuou em sua cadeira: seu maior temor era o de que, na confusão, esquecesse o poema, que por enquanto só tinha na memória enquanto não o anotasse no caderno verde. Ao mesmo tempo, ele queria sair do teatro e ir ao encontro de İpek.

Naquele instante, Recai bei, gerente-geral da companhia telefônica, um *gentleman* respeitado em toda a Kars por sua erudição, abriu caminho para o palco cheio de fumaça. "Minha cara jovem!", exclamou ele. "Todos nós apreciamos sua homenagem aos ideais de Atatürk. Mas agora basta. Veja, o público está perturbado; corremos o risco de provocar um motim."

Agora o manto tinha parado de queimar e Funda Eser estava de pé, em meio à fumaça, recitando o mesmo monólogo que eu haveria de encontrar mais tarde numa publicação municipal de 1936 de *Minha pátria ou meu manto*, passagem da qual o autor afirmou ter muito orgulho. Quatro anos depois dos acontecimentos descritos neste livro, tive a oportunidade de conhecer o autor, àquela altura já com noventa e dois anos, mas ainda bastante vigoroso; durante nossa conversa, em que a maior parte de seu esforço concentrou-se em repreender seus netos (ou bisnetos) desobedientes que não paravam quietos, ele ainda assim encontrou forças para me dizer o quanto lamentava o fato de que, de todas as suas obras (inclusive *Atatürk vem aí, Atatürk para escolas secundárias* e *As lembranças que temos dele*), *Minha pátria ou meu manto* é que seria esquecida. Ignorando seu *revival* em Kars, ou na verdade os acontecimentos que ela deflagrou, ele contou que durante a década de 30 essa peça tivera o mesmo efeito extraordinário, tanto sobre as jovens do liceu como sobre os altos funcionários do governo — ela os comovera até as lágrimas, e era aplaudida de pé onde quer que fosse apresentada.

Mas agora ninguém conseguia ouvir nada em meio às vaias, insultos e assobios raivosos dos rapazes da escola secundária religiosa. Não obstante o silêncio carregado de culpa e de medo da frente da plateia, alguns conseguiam ouvir o que Funda Eser estava dizendo: que quando a jovem furiosa arrancou o manto da cabeça, ela não estava simplesmente marcando uma posição sobre o povo ou sobre os trajes nacionais, ela estava falando sobre nossa alma, porque o manto, o fez, o turbante e a cobertura para a cabeça eram símbolos da cegueira reacionária de nossa alma, da qual precisávamos nos libertar e correr a nos integrarmos às modernas nações do Ocidente. Isso provocou um insulto nas últimas filas, que a plateia ouviu com toda a clareza.

"Então por que não tirar toda a roupa e correr para a Europa completamente pelada?"

O comentário provocou gargalhadas mesmo nas primeiras filas e alguns aplausos de várias partes do auditório. Mas os das primeiras filas estavam realmente desconcertados e assustados. Como muitos outros, naquele instante Ka resolveu levantar-se. Àquela altura o barulho vinha de todas as bocas, e a gritaria continuava no fundo do salão; alguns que se tinham dirigido à porta agora olhavam por sobre os ombros. Funda Eser continuava a recitar o poema que quase ninguém conseguia ouvir.

# 18. NÃO ATIREM; AS ARMAS ESTÃO CARREGADAS!

## UMA REVOLUÇÃO NO PALCO

A partir dali as coisas se precipitaram. Apareceram no palco dois "fanáticos religiosos" de barba arredondada e barrete na cabeça. Esses atores traziam cordas e facas e não deixavam dúvidas de que estavam ali para punir Funda Eser por queimar o manto e desafiar a lei de Deus.

Quando eles detiveram Funda Eser, ela se contorceu de uma forma muito provocante, enquanto lutava para se libertar. Àquela altura ela já abandonara toda a pretensão de ser uma heroína iluminista; mudara para o papel que sempre achou mais fácil de interpretar, o de uma mulher prestes a ser violentada. Mas suas súplicas ensaiadas e humilhantes não surtiram o efeito desejado sobre os homens da plateia. Um dos fanáticos barbudos (muito mal maquiado, tendo interpretado o pai na cena anterior) deu um puxão em seus cabelos, jogando-a no chão; o outro encostou uma adaga em sua garganta, de um modo que lembrava um quadro renascentista do Sacrifício de Isaac; aquilo ilustrava à perfeição os medos de uma revolta religiosa reacionária que se sentia nos círculos ocidentalizados dos primeiros anos da República. Os funcionários graduados mais velhos das primeiras filas e os conservadores do fundo foram os primeiros a se alarmarem.

Por exatamente dezoito segundos, Funda Eser e os "fundamentalistas" mantiveram sua majestosa pose, sem moverem um músculo, embora muitas das pessoas com quem conversei tenham me garantido que o trio ficou imóvel por muito mais tempo. A multidão estava fora de controle. Não era apenas o insulto às mulheres cobertas que irritava os secundaristas, e tampouco a caricatura de fanáticos como patetas feios e imundos. Eles desconfiavam que toda aquela coisa tinha sido encenada propositadamente para provocá-los. Assim, toda vez que importunavam os atores, toda vez que eles jogavam meia laranja ou uma almofada no palco, ficavam um passo mais perto de uma armadilha preparada justamente para eles, e era a consciência de sua impotência que os enfurecia ainda mais.

Foi por isso que o membro mais politicamente astuto do grupo, um rapaz baixinho e de ombros largos chamado Abdurrahman Öz (na verdade, seu pai, que veio de Sivas para buscar o corpo dele três dias depois, deu outro nome), fez o que pôde para controlar e acalmar seus companheiros, mas sem resultado. Instigados pelo aplauso e pela gritaria vindos de várias partes do auditório, os furiosos secundaristas deram por certo que havia outros na multidão agitada que se sentiam como eles. E o que é mais importante, os jovens islamitas, fracos e desorganizados em comparação com seus pares dos arredores de Kars, encontraram a coragem para, pela primeira vez na vida, falar a uma só voz, e estavam satisfeitos em ver o quanto podiam assustar as autoridades e os oficiais do exército das primeiras filas. E eles se sentiam ainda mais estimulados sabendo que suas manifestações estavam sendo transmitidas para toda a cidade. Eles não estavam apenas gritando e batendo o pé, eles também se divertiam muito — isso é uma coisa que mais tarde todos esqueceram.

Depois de ter visto o vídeo muitas vezes, também posso afirmar que muitos cidadãos comuns chegavam a rir de vez em quando dos slogans e das imprecações dos estudantes, e se em outras ocasiões também batiam palmas e vaiavam junto com eles, era porque estavam um pouco entediados, embora ainda resolvidos a aproveitar ao máximo uma noite de espetáculo que se revelara muito confusa e tumultuada. Uma testemunha chegou a dizer mais tarde: "Se as pessoas da frente da plateia não tivessem reagido de forma exagerada àquele pequeno tumulto, teríamos sido poupados de tudo o que aconteceu em seguida". Outros insistiram: "Os ricos e o pessoal do primeiro escalão das primeiras filas que entraram em pânico durante aqueles dezoito segundos já sabiam o que ia acontecer; do contrário, eles não teriam reunido a família e tomado o caminho da porta". Segundo eles, "Ancara tinha planejado tudo com antecedência".

Temendo perder o poema que tinha na memória, Ka também saiu do auditório. No mesmo instante, um homem entrou no palco para salvar Funda Eser dos dois reacionários de barba arredondada: esse homem era Sunay Zaim. Ele estava com um uniforme do exército da década de 30 e com um chapéu de peles no estilo de Atatürk e dos heróis da Guerra da Independência. Quando avançou a passos largos pelo palco (ninguém imaginaria que ele claudicava um pouco), os dois "fundamentalistas" se assustaram e se jogaram a seus pés. O velho e bravo professor levantou-se mais uma vez e aplaudiu o heroísmo de Sunay com todas as suas forças. Outra voz isolada gritou: "Muito bem! Bravo!". De pé no meio do foco do projetor de luz, aos olhos de toda a Kars ele parecia uma impressionante criatura de outro planeta.

Todos notaram quão bonito e culto ele aparentava ser. Os longos e difíceis anos que passou rodando por toda a Anatólia podiam tê-lo deixado manco mas não menos atraente; ele ainda mantinha o seu ar sólido, resoluto e trágico, e sua aparência um tanto feminina que causava sensação entre os estudantes de esquerda quando ele interpretava Che Guevara, Robespierre e o revolucionário Enver Paxá. Em vez de levar aos lábios o indicador de sua mão calçada numa luva branca, ele o pousou elegantemente no queixo e disse: "Silêncio".

Não havia necessidade dessa palavra, que não estava no *script:* todos no auditório já estavam em silêncio. Os que se tinham levantado já estavam de volta aos seus assentos.

"Eles estão sofrendo!"

Provavelmente isso era apenas uma parte do que Sunay Zaim queria dizer, porque ninguém tinha a menor ideia de quem estaria sofrendo. Nos velhos tempos, isso seria uma referência ao povo ou à nação, mas a plateia não sabia ao certo se ele se referia a ela, a Funda Eser ou a toda a República. Não obstante, o sentimento evocado pelo comentário era palpável. Todo o auditório caiu num silêncio apreensivo.

"Ó respeitáveis e amados cidadãos da Turquia", disse

Sunay Zaim. "Os senhores tomaram o caminho do iluminismo, e ninguém pode afastá-los dessa grande e nobre jornada. Não temam. Os reacionários que querem voltar no tempo, aquelas bestas perversas, com suas mentes cheias de teia de aranha, nunca mais poderão arrastar-se para fora de suas tocas. Os que procuram interferir na República, na liberdade, no iluminismo, terão suas mãos esmagadas."

Todos no salão ouviram o insulto do jovem que estava a duas cadeiras de Necip. Mais uma vez, um profundo silêncio desceu sobre a multidão; havia reverência misturada ao pavor. Todos quedavam quietos feito velas, como se esperando ouvir uma ou duas doces ninharias, algumas pistas que os ajudassem a entender aquela noite quando voltassem para casa, talvez, quem sabe, com uma ou duas histórias para contar.

Naquele momento, um destacamento de soldados apareceu de ambos os lados do palco. Três outros destacamentos passaram pela entrada principal, avançaram pelo corredor para se juntarem ao primeiro. O povo de Kars, que não estava acostumado ao artifício moderno de espalhar atores por entre o público, primeiro se assustou, depois achou divertido.

Servindo de mensageiro, um menino de óculos entrou correndo no palco e, quando as pessoas viram de quem se tratava, caíram na gargalhada. Era Quatro-Olhos, o doce e esperto sobrinho do distribuidor do principal jornal da cidade; todos sabiam ser ele uma presença constante na loja, que ficava bem em frente ao Teatro Nacional. Quatro-Olhos correu até Sunay Zaim, que se inclinou para que o menino cochichasse em seu ouvido.

Todos de Kars perceberam que as notícias muito entristeceram Sunay Zaim.

"Acabamos de receber a notícia de que o diretor do Instituto de Educação faleceu", disse Sunay Zaim à plateia.

"Esse gesto baixo terá sido o último ataque contra a República e ao futuro secular da Turquia!"

Antes que o público tivesse tempo de assimilar a notícia, os soldados que estavam no palco engatilharam seus rifles, apontaram diretamente para a plateia e abriram fogo imediatamente; o barulho foi ensurdecedor.

Não estava claro se aquilo era mais um artifício dramático ou uma guarda de honra solicitada pela companhia para dar maior relevo à notícia. Muitos moradores de Kars — que nada sabiam das modernas convenções teatrais — pensaram tratar-se de mais um lance de teatro experimental.

Ergueu-se um troar retumbante quando uma forte vibração sacudiu o salão. Os que estavam assustados com o barulho das armas acharam que a vibração era causada pela agitação da plateia. No exato instante em que uns poucos começaram a se levantar, os "fundamentalistas" barbudos do palco abaixavam-se para se proteger.

"Ninguém se mexa!", disse Sunay Zaim.

Mais uma vez os soldados engatilharam as armas e apontaram para a multidão. No mesmo instante, o rapaz baixinho e destemido que estava a duas cadeiras de Necip levantou-se e gritou: "Malditos sejam os secularistas ateus! Malditos sejam os infiéis fascistas!".

Mais uma vez os soldados dispararam.

Quando os tiros ressoaram no ar, outra forte vibração fez tremer o salão.

Naquele instante, os que estavam nas últimas filas viram o rapaz que gritara o insulto cair na cadeira, tornar a levantar, agora com braços e pernas agitando-se convulsivamente. Entre os que se divertiam com as palhaçadas dos estudantes da escola secundária religiosa, tendo rido a noite inteira de tudo o que não conseguiam entender, muitos ainda viram naquilo mais uma palhaçada, e como os movimentos convulsos do estudante continuaram — violentos como os espasmos da morte —, riram um pouco mais.

Só na terceira saraivada algumas pessoas da plateia se deram conta de que os soldados estavam atirando de verdade; dava para saber, da mesma forma que se sabia nas noites em que soldados caçavam terroristas nas ruas, porque os tiros eram percebidos tanto pelos ouvidos como pelo abdômen. Ouvia-se um barulho estranho, vindo da enorme estufa boêmia, de fabricação alemã, que aquecia o salão havia quarenta e quatro anos; a chaminé tinha sido perfurada e agora estava lançando fumaça como uma chaleira borbulhante. Quando alguém das últimas filas levantou-se e dirigiu-se direto ao palco com sangue escorrendo da cabeça, sentiu-se um cheiro de pólvora. A plateia parecia prestes a entrar em pânico, mas ainda assim todos permaneciam sentados, em silêncio, imóveis como estátuas. Como num sonho ruim, todos se sentiam sozinhos. Mesmo assim, a professora de literatura Nuriye Hanım, que ia ao Teatro Nacional toda vez que visitava Ancara e tinha a maior admiração pelos efeitos teatrais, se pôs de pé pela primeira vez para aplaudir os atores. Naquele mesmo instante, Necip se levantou como um aluno agitado querendo chamar a atenção do professor.

Os soldados dispararam a quarta saraivada de tiros. Segundo o coronel inspetor enviado por Ancara para supervisionar a investigação, que passaria muitas semanas elaborando o meticuloso relatório debaixo do maior segredo, essa quarta saraivada matou duas pessoas. Ele afirmou que uma delas era Necip, acrescentando que uma bala atingira a testa e outra o olho. Tendo ouvido, porém, muitos boatos em contrário, não sei ao certo se foi então que Necip morreu. Os que estavam nas primeiras filas e nas filas do meio concordariam quanto ao seguinte: depois da terceira saraivada, Necip viu as balas voando no ar e, mesmo sabendo o que estava acontecendo, estava absolutamente enganado quanto à disposição dos soldados. Dois segundos antes de ser atingido, ele se levantara para falar as palavras que, embora ouvidas por muitos, não ficaram registradas na gravação.

"Parem! Não atirem; as armas estão carregadas!"

Suas palavras exprimiam o que todos no salão sabiam no fundo do coração, mas ainda não conseguiam fazer que a mente aceitasse. Dos cinco tiros da primeira saraivada, um atingiu as folhas de louro do estuque acima de um camarote de onde, um quarto de século antes, o último cônsul soviético de Kars assistia a filmes em companhia de seu cão. A bala se perdeu porque o soldado que atirara — um curdo de Siirt — não queria matar ninguém. Outro disparo feito com a mesma intenção, embora com menos habilidade, atingira o teto, lançando uma nuvem de cal e de pó de pintura de cento e dez anos sobre a aflita multidão lá embaixo. Outra bala passou por cima do suporte da câmera de televisão e atingiu o parapeito de madeira que separava a área dos espectadores de pé, de onde as garotas armênias pobres e românticas, que só podiam comprar os ingressos mais baratos, outrora assistiam a grupos de teatro, acrobatas e orquestras de câmara de Moscou. A quarta bala foi bem mais longe, fora do alcance da câmera; ela atravessou o encosto de uma cadeira e entrou no ombro de um negociante de peças para trator e equipamentos agrícolas chamado Muhittin bei, que estava sentado com sua mulher e sua cunhada viúva e, tendo visto a chuva de cal, levantou-se para ver se tinha caído alguma coisa do teto. A quinta bala atingiu um avô que estava sentado logo atrás dos estudantes islâmicos; ele viera de Trebizonda para visitar o neto, que estava prestando o serviço militar em Kars; depois de estilhaçar a lente esquerda de seus óculos, a bala entrou em seu cérebro; o velho, porém, que àquela altura felizmente estava dormindo, morreu em silêncio, sem saber o que lhe acontecera. Então a bala saiu pelo pescoço e, passando pelo encosto de sua cadeira, perfurou uma sacola pertencente a um vendedor de ovos e de pães curdo de doze anos de idade. O menino estava passando entre as cadeiras para dar o troco a um freguês, por isso estava sem a sacola no momento, e mais tarde a bala foi encontrada dentro de um de seus ovos cozidos.

Estou contando todos esses detalhes para explicar por que a maioria das pessoas da plateia ficou tão quieta quando os soldados abriram fogo. Quando as balas da segunda saraivada atingiram um estudante na têmpora, no pescoço e na parte mais alta do peito, logo acima do coração, muitos acharam que ele estava fazendo outra exibição, uma repetição de seu show de coragem momentos antes. Uma das duas balas restantes entrou no peito de um estudante da escola religiosa relativamente calmo que estava sentado no fundo (mais tarde se soube que sua prima fora a primeira das jovens suicidas); a última foi parar dois metros acima da cabine de projeção, atingindo o mostrador do relógio que, tendo parado sessenta anos antes, agora estava coberto de poeira e de teias de aranha. Segundo o coronel que dirigiu a investigação, o fato de uma das balas da segunda saraivada ter atingido o relógio era uma prova de que um dos atiradores escolhido na hora do poente para aquela tarefa violara o juramento que fizera com a mão sobre o Corão: sem dúvida ele errara o alvo para evitar matar alguém. Quanto ao impetuoso estudante islâmico morto na terceira saraivada, o coronel registrou, entre parênteses, a grande atenção dispensada ao processo que a família abriu contra o Estado, no qual se alegava que ele não era apenas um estudante, mas também um empregado trabalhador e dedicado da seção do MİT de Kars; mas no final o coronel achou que não havia motivos suficientes para uma indenização. Das duas últimas balas da mesma saraivada, uma atingiu Reza bei, que construíra o chafariz no distrito de Kaleiçi e era muito amado por todos os conservadores e islamitas da cidade; a outra atingiu o criado que ele usava como bengala.

Assim, não é nada fácil explicar, no final das contas, por que tanta gente da plateia pôde continuar quieta, olhando aqueles dois amigos de infância gemendo e morrendo no chão enquanto os soldados no palco engatilhavam seus rifles pela quarta vez. Anos depois, o dono de um laticínio, que não me autorizou a revelar seu nome, explicou o motivo nestes termos: "Os que estávamos sentados atrás sabíamos que tinha acontecido algo terrível. Mas temíamos que, se nos levantássemos da cadeira para ver melhor, seríamos dominados pelo terror, por isso nos deixamos ficar ali sentados sem dar um pio".

Nem mesmo o coronel foi capaz de determinar onde todas as balas da quarta saraivada tinham ido parar. Uma feriu um jovem vendedor que viera de Ancara para vender artigos para jogos de salão e enciclopédias à prestação (ele perderia muito sangue e viria a morrer no hospital duas horas depois). Outra bala abriu um enorme buraco na face inferior da parede de um camarote particular onde, na primeira década do século XX, Kirkor Çizmeciyan, um próspero industrial de couro, se acomodara com sua família, vestido da cabeça aos pés com roupas de pele. Segundo uma dessas histórias malucas, a bala que atingiu um dos olhos verdes de Necip e a outra que atingiu sua ampla testa lisa não o mataram instantaneamente; algumas testemunhas oculares afirmaram que por um instante o adolescente olhou para o palco e exclamou "Eu estou vendo!".

Quando os gritos e gemidos cessaram, quase todos — inclusive os que se precipitavam para a porta — tinham se jogado no chão. Até o cameraman fora obrigado a se lançar contra a parede do fundo: sua câmera, que girara em movimento panorâmico a noite inteira, agora estava parada. A única coisa que os telespectadores viam era a multidão no palco e as pessoas importantes das primeiras filas em completo silêncio. Mesmo assim, muitos cidadãos de Kars ouviram gritos, guinchos e disparos bastantes para perceber que estava acontecendo uma coisa muito estranha no Teatro Nacional. Quanto aos que já se tinham cansado da peça por volta da meia-noite e começaram a cochilar na frente da televisão, nos últimos dezoito segundos do tiroteio também estavam de olhos grudados na tela — e em Sunay Zaim. "Ó heroicos soldados, vocês cumpriram o seu dever", disse ele. Então, com um gesto elegante, voltou-se para Funda Eser, ainda deitada no chão, e fez uma mesura exagerada. Tomando a mão de seu salvador, a mulher se levantou.

Um funcionário aposentado da primeira fila levantou-se e aplaudiu. Uns poucos sentados perto dele o acompanharam. Houve aplausos esparsos no fundo do salão, de pessoas que certamente costumavam aplaudir qualquer coisa — ou quem sabe elas estavam com medo. O resto da plateia estava num silêncio glacial. Como alguém que tivesse acordado depois de uma longa bebedeira, alguns pareciam até relaxados e se permitiam sorrisos mal esboçados. Era como se eles tivessem decidido que os cadáveres diante de seus olhos pertencessem ao mundo de sonhos do palco; muitos dos que se tinham abaixado para se proteger agora estavam de cabeça levantada, mas então abaixaram novamente ao som da voz de Sunay.

"Isto não é uma peça, é o começo de uma revolução", disse ele em tom de censura. "Estamos dispostos a ir até a última consequência para proteger a nossa pátria. Tenham confiança no grande e nobre exército turco! Soldados, levem-nos."

Dois soldados escoltaram os dois "fundamentalistas" de barba arredondada. Quando outros soldados engatilharam suas armas e desceram para o auditório, um desconhecido precipitou-se no palco. Estava claro, pela velocidade com que chegara e pela linguagem corporal desajeitada, que ele não era nem soldado nem ator. Mesmo assim chamou a atenção de todo mundo. Muitos tiveram a esperança de que fosse revelar que tudo aquilo tinha sido uma grande brincadeira.

"Longa vida à República!", gritou ele. "Longa vida ao exército! Longa vida ao povo turco! Longa vida a Atatürk!" Devagar, bem devagar, as cortinas começaram a se fechar. Ele avançou dois passos, e o mesmo fez Sunay Zaim; as cortinas se fecharam atrás deles. O desconhecido levava uma arma fabricada em Kırıkkale; ele estava usando trajes civis e botas militares. "Ao diabo com esses fundamentalistas!", exclamou ele, enquanto descia as escadas em direção à plateia. Dois outros desconhecidos, também armados, surgiram para acompanhá-lo. Mas os três não se dirigiram para o fundo do salão (onde os soldados estavam prendendo os rapazes da escola secundária religiosa); sem prestar a mínima atenção à plateia aterrorizada, puseram-se a gritar slogans enquanto corriam para a saída e desapareciam na noite.

Os três homens estavam animadíssimos. Só no último minuto, depois de longas discussões e negociações, ficara acertado que eles também poderiam participar da performance que daria início à "pequena revolução de Kars". Eles se encontraram com Sunay Zaim na noite de sua chegada, e este resistira à sua proposta o dia inteiro, temendo que o envolvimento de suspeitos aventureiros armados pudesse comprometer a integridade artística de sua peça; mas no final Sunay não pôde resistir ao argumento de que iria precisar de um homem entendido em armamentos para controlar qualquer infeliz da plateia pouco inclinado a apreciar as nuances da "arte moderna". Mais tarde se disse que ele sentira grande remorso por essa decisão nas horas seguintes, e grandes ataques de raiva diante do derramamento de sangue causado por aquele bando em trajes de mendigo; mas, como sempre acontece, essa história toda não passa de boato.

Quando fui a Kars anos depois, fiz uma visita ao que restara do Teatro Nacional. Metade do edifício fora demolida; a outra metade fora transformada num depósito dos produtos Arçelik. O proprietário, Muhtar bei, me serviu de guia; e me parece que foi para esquivar-se de minhas perguntas sobre a noite do espetáculo e o terror que se seguiu que ele me contou que Kars testemunhara uma interminável série de massacres e assassinatos que remontavam à época dos armênios. Se eu quisesse dar alguma alegria ao povo de Kars, o melhor que tinha a fazer era, de volta a Istambul, ignorar as manchas do passado da cidade e escrever sobre o ar puro e sobre a generosidade de seus habitantes. Quando estávamos no embolorado e escuro auditório transformado em armazém, rodeado por formas fantasmagóricas de geladeiras, fogões e máquinas de lavar, ele apontou o último vestígio daquele último espetáculo: o enorme buraco aberto pela bala que atingira a parede externa do camarote particular de Kirkor Çizmeciyan.

# 19. COMO ERA BELA A NEVE QUE CAÍA

## A NOITE DA REVOLUÇÃO

O líder do turbulento trio que invadiu o auditório brandindo pistolas e rifles contra o público que se abaixava, para logo depois sumir na noite, era um escritor e ex-comunista cujo codinome era Z Demirkol. Durante a década de 70 ele pertencera a várias organizações comunistas pró-soviéticas e, embora trabalhasse como jornalista e poeta, era mais conhecido como guarda-costas. Ele era um homem muito corpulento. Fugira para a Alemanha depois do golpe militar de 1980; depois da queda do Muro de Berlim, ele recebeu um indulto especial e voltou para a Turquia para ajudar a defender o Estado secular e a República contra as guerrilhas separatistas curdas e os fundamentalistas islâmicos. Os dois homens que o acompanhavam tinham sido outrora militantes nacionalistas, ex-camaradas do próprio Z Demirkol nas batalhas noturnas de Istambul durante os anos de 1979 e 1980, mas agora tinham deixado tudo para trás, entusiasmados com o aventureirismo e com sua missão de proteger o Estado. Alguns cínicos afirmaram que, de qualquer modo, os membros da trinca já atuavam como agentes do Estado desde o princípio. Quando desceram precipitadamente do palco e saíram do Teatro Nacional, ninguém prestou muita atenção neles; apenas se supôs que participavam da peça.

Quando Z Demirkol viu a quantidade de neve que havia no chão, começou a pular como uma criança; disparando dois tiros no ar, ele gritou "Longa vida ao povo turco! Longa vida à República!". A multidão aglomerada na entrada afastou-se para os lados. Uns poucos ficaram olhando para os homens e sorrindo assustados; alguns pareciam embaraçados, como se estivessem prestes a pedir desculpas por não ficar por mais tempo. Z Demirkol e seus amigos subiram correndo a avenida Atatürk, ainda gritando slogans e chamando uns aos outros feito bêbados. Alguns idosos que avançavam penosamente pela neve e alguns pais que levavam suas famílias para casa, depois de alguns instantes de indecisão, resolveram aplaudi-los.

A alegre trinca alcançou Ka na esquina da avenida Pequeno Kasım bei. Os três perceberam que ele os tinha visto; ele recuara para debaixo dos oleandros, como para deixar um carro passar.

"Senhor Poeta!", exclamou Z Demirkol. "Temos de matá-los antes que eles nos matem, entendeu?"

Ka ainda não pudera anotar o poema a que mais tarde ele daria o título de "O lugar onde Deus não existe", e foi naquele momento que o esqueceu.

Z Demirkol e seus amigos seguiram em frente pela avenida Atatürk. Não desejando acompanhá-los, Ka dobrou à direita na avenida Karadağ, dando-se conta de que o poema sumira sem deixar o menor vestígio.

Ele sentia o mesmo tipo de culpa e vergonha que sentia quando jovem, ao sair de reuniões políticas. Aquelas reuniões políticas o perturbavam não apenas porque ele era um rapaz de classe média alta, mas também porque as discussões eram cheias de atitudes infantis e exageros. Na esperança de encontrar uma forma de recuperar o poema, resolveu continuar andando em vez de ir direto para o hotel.

Algumas pessoas assustadas com o que tinham acabado de ver na televisão estavam nas janelas. É difícil dizer o quanto Ka estava inteirado dos horrores do teatro. As saraivadas tinham começado antes de ele sair, mas é possível que também ele achasse que faziam parte do espetáculo, assim como a súbita aparição de Z Demirkol e de seus amigos.

Sua cabeça estava concentrada no poema esquecido. Mas, sentindo que estava vindo outro poema, ele o deixou no fundo da cabeça para dar-lhe tempo de amadurecer.

Ele ouviu dois tiros ao longe, amortecidos pela neve.

Como era bela a neve que caía! E como eram grandes os flocos de neve, e tão resolutos. Era como se eles soubessem que seu silencioso cortejo iria continuar até o fim dos tempos. Na larga avenida, a neve chegava aos joelhos, parecendo subir um aclive, para desaparecer na escuridão da noite. E como era branca e misteriosa! Não havia vivalma no edifício armênio de três andares onde agora funcionava a Câmara Municipal. Os pingentes de gelo de um dos oleandros desciam até a altura do lençol de neve que cobria um carro invisível; a neve e o gelo tinham se fundido, formando uma cortina de tule. Ka passou por uma casa armênia de um andar, com janelas fechadas com tábuas. Enquanto ouvia os próprios passos e a respiração ofegante, sentia o chamado da vida e da felicidade como se fosse pela primeira vez, embora também se sentisse forte o bastante para lhe dar as costas.

No lado da rua fronteiro à residência oficial do governo, o pequeno parque com a estátua de Atatürk estava deserto. Ka não via o menor sinal de vida na própria residência, que datava do período russo e ainda era o mais alto edifício da cidade. Setenta anos antes, depois da Primeira Guerra Mundial, quando os exércitos otomano e da Rússia Imperial se retiraram e os turcos de Kars criaram um Estado independente, aquele edifício passou a sediar o centro administrativo e a assembleia. Exatamente em frente, do outro lado da rua ficava o velho edifício armênio que fora atacado pelo exército inglês porque era o palácio da presidência desse mesmo Estado efêmero. O edifício agora sediava a prefeitura, sendo portanto bem guardado, por isso Ka evitou aproximar-se, dobrando novamente à direita e voltando para o parque. Mais adiante, na rua, em frente a outro velho edifício armênio tão silencioso e belo quanto os demais, um tanque passava por um terreno baldio contíguo, devagar e silencioso como num sonho. Um pouco mais à frente havia um caminhão do exército estacionado perto da escola secundária religiosa. Nele quase não havia neve, por isso Ka deduziu que acabara de chegar. Ouviu-se um disparo. Ka voltou sobre os próprios passos. O posto de guarda em frente à residência do governador estava cheio de policiais tentando aquecer-se, mas com as janelas lá de cima cobertas de gelo, ninguém via Ka avançando pela avenida do Exército. Agora ele sabia que, se conseguisse permanecer em silêncio até chegar ao quarto do hotel, conseguiria preservar não apenas o novo poema que tinha na cabeça, mas também a lembrança que aflorara junto com ele.

A meio caminho da rua em declive, ele ouviu um barulho vindo da calçada oposta e começou a andar mais devagar. Duas pessoas estavam tentando arrombar a porta do posto telefônico. Os faróis de um carro iluminaram a neve, e então Ka ouviu o agradável ruído de correntes antiderrapantes. Quando um carro preto da polícia, sem identificação, parou na frente do posto telefônico, Ka viu dois homens no banco da frente; lembrou-se de ter visto um deles no teatro poucos minutos antes, no exato momento em que pensou em ir embora; agora aquele homem permanecia sentado, enquanto seu companheiro, com boina de lã e armado, saía do carro.

Seguiu-se uma discussão entre o grupo que se encontrava na porta do posto telefônico. Eles estavam sob a lâmpada do poste e Ka ouvia suas vozes, por isso logo percebeu tratar-se de Z Demirkol e seus amigos.

"Que história é essa de não ter chave?", dizia um deles. "Você não é o gerente do posto telefônico? Eles não mandaram você para cortar as linhas? Como você pode ter esquecido a chave?"

"Não podemos cortar os telefones deste posto. Temos de ir para a central nova, na avenida da Estação", disse o gerente, Recai bei.

"Isto é uma revolução e temos de entrar neste posto", disse Z Demirkol. "Se resolvermos ir ao outro posto mais tarde, nós o faremos, está entendendo? Agora, onde está a chave?"

"Meu filho, daqui a dois dias esta neve vai acabar, as estradas se abrirão, e quando se abrirem o Estado vai nos chamar a todos para prestar contas."

"Quer dizer que você está com medo do Estado? Então, ouça: nós somos o Estado de que você tem medo!", berrou Z Demirkol. "Você vai abrir a porta para nós ou não?"

"Não posso abrir essa porta para vocês sem uma ordem por escrito."

"É o que vamos ver", disse Z Demirkol. Ele sacou a arma e deu dois tiros no ar. "Peguem esse homem e o encostem na parede", disse ele. "Se ele nos criar mais algum problema, vamos executá-lo."

Ninguém levou a ameaça a sério, mas os dois auxiliares de Demirkol obedientemente pegaram Recai bei e o encostaram na parede. Como não queriam danificar nenhuma janela, empurraram-no levemente para a direita. Como a neve estava muito macia naquele canto, o gerente tropeçou e caiu. Os homens pediram desculpas e ajudaram-no a levantar, tiraram-lhe a gravata e com ela amarraram-lhe os braços atrás das costas. Enquanto o faziam, anunciavam que aquilo era uma operação de limpeza e que todos os inimigos da pátria na manhã seguinte teriam sido varridos das ruas de Kars.

Quando Z Demirkol deu a ordem, eles engatilharam os rifles e, como um pelotão de fuzilamento, enfileiraram-se diante de Recai bei. No mesmo instante ouviram-se disparos ao longe. (Estes vinham do jardim do alojamento da escola secundária religiosa, onde os soldados atiravam para cima para assustar os estudantes.) Todos ficaram em silêncio e esperaram. Pela primeira vez durante todo o dia, a neve estava diminuindo. O silêncio era extraordinariamente belo... e mesmo fascinante. Depois de alguns instantes, um dos homens disse que o velho (que nada tinha de velho) tinha direito a um último cigarro. Eles colocaram um cigarro na boca de Recai bei e o acenderam; talvez um pouco mais impacientes enquanto o gerente estava fumando, eles começaram a chutar a porta do posto telefônico, martelando-a também com a coronha dos rifles.

"Não suporto ver vocês destruindo a propriedade do Estado", disse o gerente, ainda encostado na parede. "Desamarrem minhas mãos que eu os deixo entrar."

Quando os homens entraram, Ka seguiu o seu caminho. Ele continuou a ouvir os estranhos disparos, mas agora não lhes dava mais atenção do que ao latido dos cães. Toda a sua mente estava concentrada na beleza da noite silenciosa. Por algum tempo, ele se demorou diante de uma velha casa armênia vazia. Então ele parou numa igreja armênia para prestar-lhe reverência; as árvores de seu jardim estavam cheias de pingentes gotejantes e tinham uma aparência fantasmagórica. As lâmpadas amarelas dos postes banhavam a cidade numa luminosidade tão malsã que ela parecia ser parte de um pesadelo. Sem saber por quê, Ka se sentiu culpado. Ainda assim, ele se sentia muitíssimo grato por estar presente naquela região silenciosa e remota que agora o cumulava de poemas.

Um pouco mais adiante, ele viu uma mulher à janela, chamando o filho para dentro de casa; o menino respondeu que só ia ver o que estava acontecendo. Ka passou entre eles. Na esquina da avenida Faikbey, ele viu dois homens mais ou menos da sua idade saindo depressa da oficina de um sapateiro; um era bastante corpulento, o outro pequeno e esguio como uma criança. Duas vezes por semana, nos últimos doze anos, aqueles dois amantes diziam às respectivas esposas que iam para a casa de chá, e então se encontravam secretamente naquela oficina que cheirava a cola; ouvindo, porém, na televisão do vizinho de cima, que tinha sido decretado um toque de recolher, a dupla entrou em pânico. Ka chegou à avenida Faikbey; duas ruas adiante, do lado fronteiro ao de uma loja pela qual passara em seu passeio matinal — Ka parara no balcão de trutas, dentro da loja, bem perto da porta —, ele viu um tanque de guerra. Da mesma forma que a rua, o tanque parecia banhado num silêncio mágico; estava tão silencioso que Ka o supôs vazio. Mas a porta se abriu, e dela surgiu uma cabeça que o mandou ir para casa imediatamente. Ka perguntou à cabeça se podia lhe ensinar o caminho do Hotel Palácio de Neve, mas antes que o soldado respondesse Ka viu, do outro lado da rua, a redação da *Gazeta da Cidade Fronteiriça* mergulhada em sombras, e sabia que dali podia achar o seu caminho.

As luzes do saguão do hotel tinham um brilho intenso; entrar naquele ambiente aquecido era como chegar em casa. Muitos hóspedes estavam de pijama, fumando cigarro, assistindo à televisão do saguão, e era evidente por sua expressão que acontecera algo extraordinário, mas, como uma criança ansiosa para evitar um assunto desagradável, Ka fez questão de ignorar o que ocorria. Depois de passar os olhos rapidamente pela cena, entrou lépido e fagueiro na ala de residência de Turgut bei. Todo o grupo ainda estava à mesa e assistindo à televisão. Quando Turgut bei viu Ka, levantou-se de um salto, recriminando-o por chegar tão tarde e lhe dizendo da grande preocupação que tinha causado a todos. Ele disse mais alguma coisas, mas àquela altura o olhar de Ka já encontrara o de İpek.

"Você leu o seu poema lindamente", disse İpek. "Fiquei muito orgulhosa."

Ka percebeu imediatamente que haveria de se lembrar

daquele momento até a morte. Sentiu tal alegria que, mesmo importunado pelas perguntas aborrecidas das outras jovens e pelas impertinências de Turgut bei, teve de fazer um esforço para conter as lágrimas.

"Parece que o exército está tramando alguma coisa", disse Turgut bei. A julgar pelo seu tom de voz, ele estava de péssimo humor, sem saber se aquilo era bom ou ruim.

A mesa estava na maior desordem. Alguém tinha esmagado um cigarro numa casca de laranja — provavelmente tinha sido İpek. Ka lembrou-se de ter visto a tia Munire, uma jovem parenta distante de seu pai, fazer a mesma coisa quando ele era criança, e embora ela nunca se esquecesse de dizer *madame* quando se dirigia à mãe de Ka, todos a desprezavam por seus maus modos.

"Eles acabaram de anunciar o toque de recolher", disse Turgut bei. "Conte-nos o que aconteceu no teatro."

"Não me interesso por política", disse Ka.

Embora todos na sala, e principalmente İpek, tenham percebido que era outra voz que falava dentro dele, Ka sentiu ter dito aquilo.

Tudo o que queria fazer naquele momento era sentar-se calmamente e contemplar İpek, mas ele sabia que aquilo estava fora de cogitação; a casa, tomada de agitação revolucionária, o incomodava. Não eram exatamente as lembranças ruins dos golpes militares de sua infância; era o fato de que todos falavam ao mesmo tempo. Hande tinha adormecido num canto. Kadife voltou-se novamente para a tela da televisão que Ka se recusava a olhar, e Turgut bei parecia a um só tempo satisfeito e preocupado com o fato de estar vivendo tempos interessantes.

Por um instante Ka ficou sentado ao lado de İpek e segurou-lhe a mão; ele lhe pediu que subisse ao seu quarto, mas ela não concordou. Quando se tornou muito doloroso manter distância dela, ele subiu para o quarto sozinho e, com todo o cuidado, pendurou o casaco no gancho atrás da porta. Havia no quarto um cheiro de madeira que lhe era bastante familiar. Ao acender a pequena lâmpada à cabeceira da cama, sentiu-se dominar por uma onda de sono; mal conseguia manter os olhos abertos; sentia-se flutuar como se todo o quarto, todo o hotel, flutuassem junto com ele. É por isso que o novo poema, que ele anotou rapidamente, verso por verso, à medida que lhe chegava, descreve a cama, o hotel onde ele estava e a cidade de Kars coberta de neve como uma única e divina unidade.

O título que ele deu ao poema foi "A noite da revolução". Ele começava com suas lembranças de infância de outros golpes, quando toda a família acordava e se sentava ao pé do rádio, ouvindo marchas militares; continuava com a descrição das refeições em família nos dias festivos. Foi isso que o fez concluir não ser aquele poema sobre um golpe militar, motivando-o a situá-lo na parte do floco de neve reservada ao tema da Memória. Uma das ideias mais importantes do poema era a capacidade do poeta de fechar uma parte de sua mente, ainda que o mundo estivesse em completo alvoroço. Se isso significava que um poeta não estava mais ligado ao presente que um fantasma, esse era o preço que ele tinha de pagar por sua arte! Depois de terminar o poema, Ka acendeu um cigarro e foi à janela.

# 20. UM GRANDE DIA PARA NOSSA NAÇÃO!

## ENQUANTO KA DORMIA E QUANDO ACORDOU NA MANHÃ SEGUINTE

Ka dormiu como uma pedra durante exatamente dez horas e vinte minutos. Em um de seus sonhos ele contemplava a neve caindo. Pouco antes, podia-se ver, pelo vão da cortina entreaberta, que a neve voltara a cair nas ruas brancas lá embaixo, parecendo excepcionalmente macia no ponto em que a lâmpada iluminava o pilar de sinalização cor-de-rosa que indicava o Hotel Palácio de Neve; foi talvez pelo fato de a neve estranha e milagrosamente macia absorver o som dos disparos em toda a Kars que naquela noite Ka conseguiu dormir tão bem.

Apenas duas ruas adiante, um tanque e dois caminhões do exército atacaram o alojamento dos estudantes da escola secundária religiosa. Houve um enfrentamento — não diante da entrada principal, fechada com uma porta de ferro em que ainda hoje se pode apreciar o fino trabalho artesanal armênio, mas próximo à porta de madeira que dá acesso aos quartos coletivos e ao alojamento dos alunos mais velhos; para assustar os rapazes, os soldados aglomerados no jardim coberto de neve atiraram contra o céu noturno. Todos os militantes islâmicos calejados do corpo discente tinham comparecido ao Teatro Nacional, e como tinham sido presos imediatamente, os únicos rapazes que estavam no alojamento eram inexperientes ou não se interessavam por política; mas as cenas da televisão os deixaram afoitos, e então — bloqueando a porta com mesas e carteiras e gritando slogans como "Deus é grande!" — eles se prepararam para resistir. Alguns dos mais loucos, tendo roubado facas e garfos da cozinha, resolveram atirá-los contra os soldados pela janela do banheiro e começaram a zanzar com a única arma de fogo de que dispunham; então a escaramuça terminou em tiroteio, e um belo menino esguio — cujo rosto era pura inocência — caiu morto, com uma bala na testa.

Quase toda a cidade ainda estava acordada, os olhos colados não nas janelas e nas ruas, mas na tela dos aparelhos de televisão. A transmissão ao vivo continuara, mesmo depois de Sunay Zaim ter anunciado que aquilo não era uma peça de teatro, mas uma "revolução"; enquanto os soldados estavam recolhendo os baderneiros e carregando os mortos e feridos, apareceu no palco um homem conhecido por toda a Kars. Era Ummam bei, o subprefeito; num tom formal e pouco à vontade que, não obstante, inspirava confiança, ele expressou, talvez pela primeira vez, uma certa impaciência com aquela transmissão ao vivo, e anunciou o toque de recolher em toda a Kars, até o meio-dia do dia seguinte. Quando ele saiu do palco, não apareceu mais ninguém, e durante os vinte minutos seguintes a única coisa que os moradores de Kars viram em suas telas foram as cortinas do Teatro Nacional; a transmissão foi interrompida, depois do que reapareceram as mesmas velhas cortinas nas telas. Algum tempo depois, o povo de Kars veria as cortinas abrindo-se novamente, bem devagar, quando todo o programa começou a ser transmitido novamente, desde o começo.

Sentada diante de seus televisores, esforçando-se para entender o que estava acontecendo, a maioria começou a temer o pior. Os que estavam muito cansados ou meio bêbados se pegaram rememorando os velhos tempos de perturbação da ordem pública; outros temiam a volta das mortes, desaparecimentos, e o império das trevas. Os que não se interessavam por política viram na reapresentação do programa uma oportunidade de tentar entender o que acontecera naquela noite — da mesma forma que eu próprio faria, muitos anos depois — e por isso voltaram a se concentrar na televisão.

Enquanto o povo de Kars assistia à imitação de Funda Eser da ex-primeira-ministra cedendo lacrimosamente a todos os desejos espúrios de sua clientela americana, e depois, enquanto ela encerrava sua paródia de um comercial famoso com uma desbragada dança do ventre, uma equipe de segurança treinada especialmente fazia uma batida na sede local do Partido da Liberdade do Povo na Galeria Halıl Paşa, prendendo o zelador curdo (a única pessoa que estava lá àquela hora), vasculhando armários e gavetas de arquivos, confiscando cada folha de papel que encontrava. A mesma unidade policial foi recolhendo, um a um, os membros da executiva do partido — cujos nomes e endereços eles já conheciam de uma batida anterior — e, acusando-os de subversão e de nacionalismo curdo, levou-os para a prisão.

Aqueles não eram os únicos nacionalistas curdos de Kars. Os três cadáveres descobertos na estrada para Digor, logo ao amanhecer, num táxi Murat incendiado, ainda não coberto pela neve, eram — segundo comunicados oficiais — guerrilheiros nacionalistas curdos. A polícia afirmava que havia meses os três jovens vinham tentando entrar clandestinamente na cidade. Assustados, porém, com os acontecimentos da noite anterior, resolveram entrar num táxi e fugir para as montanhas. Quando eles viram que as estradas estavam bloqueadas, perderam a esperança; numa briga que se seguiu, um deles detonou uma bomba, matando os três. Mais tarde, a mãe de um rapaz, faxineira de um hospital, entrou com uma ação contra o Estado declarando que agentes armados não identificados tinham tocado a campainha e levado seu filho, e o irmão mais velho do taxista fez o mesmo, declarando que seu irmão não era nacionalista e nem mesmo curdo. Essas ações, porém, foram ignoradas.

A essa altura, todos em Kars já se tinham dado conta de que estava havendo um golpe — se não se tratasse de um golpe, bastava olhar os dois tanques que vagavam pela cidade como pesados fantasmas sombrios para ter certeza de que *alguma coisa* muito estranha estava acontecendo —, mas como também estavam assistindo ao espetáculo na tela de suas televisões e como a neve continuava a cair interminavelmente (suas janelas pareciam o cenário de um velho conto de fadas), os tanques não inspiravam nenhum medo. Os únicos que se mostravam ansiosos eram os ativistas políticos.

Considere-se, por exemplo, Sadullah bei. Jornalista muito estimado pelos curdos de Kars e folclorista respeitado, calejado que era em muitos golpes militares, quando ouviu falar do toque de recolher começou a se preparar para os dias de prisão que com certeza teria pela frente. Depois de arrumar a valise com o indispensável — o pijama azul sem o qual não conseguiria dormir, o remédio para a próstata, as pílulas para dormir, o gorro e as meias de lã, a fotografia de sua filha em Istambul (sorrindo com o filhinho no colo) e as laboriosas anotações que fizera para um livro sobre nênias curdas —, sentou-se com sua mulher diante de um copo de chá, enquanto assistiam à segunda dança do ventre de Funda Eser. Quando a campainha tocou muito depois, no meio da noite, ele se despediu da mulher, pegou a valise e dirigiu-se à porta; como não viu ninguém, saiu para a rua — onde, à luz cor de enxofre dos postes de iluminação, deixou que sua cabeça voltasse aos gloriosos invernos de sua infância, quando ele patinava no leito congelado do rio Kars, e as ruas silenciosas se cobriam com aquela mesma neve tão bonita. E enquanto se deixou ficar ali, alguém disparou duas balas, uma em sua cabeça, outra em seu peito, matando-o imediatamente.

Meses depois, quando quase toda a neve se fundira, descobriram-se os despojos de muitas outras pessoas mortas de modo semelhante naquela noite, mas — da mesma forma que a imprensa de Kars por ocasião do golpe — não quero perturbar meus leitores mais que o necessário, por isso não vou entrar em detalhes. Quanto aos boatos de que os autores foram Z Demirkol e seus companheiros, só posso dizer que — pelo menos no que diz respeito ao que aconteceu nas primeiras horas da noite — essas afirmações são falsas. Estes, embora com algum atraso, conseguiram cortar as linhas telefônicas e garantir a transmissão da Televisão Fronteiriça de Kars em apoio à revolução; no final da noite, eles canalizaram toda a sua energia para o que àquela altura tinha se tornado uma obsessão: encontrar "um cantor de músicas folclóricas de voz potente para celebrar os heróis das terras da fronteira". Afinal de contas, aquilo só chegaria a ser uma verdadeira revolução quando todas as emissoras de rádio e de televisão da cidade estivessem transmitindo músicas populares comemorativas.

Depois de procurar nos quartéis, nos hospitais, nas escolas técnicas de ciências e nas casas de chá, eles finalmente encontraram um cantor entre os bombeiros que estavam de plantão no quartel da corporação; o bombeiro teve certeza de que iriam prendê-lo ou crivá-lo de balas, mas eles o levaram para o estúdio de televisão.

Quando Ka acordou na manhã seguinte, o que ouviu foi a voz sonora do bombeiro que vinha da televisão, atravessava as paredes, estuques e as cortinas entreabertas. Através das mesmas cortinas vinha também um raio de luz fortíssima, maravilhosamente estranha, emitida pela neve. Ele dormira muito bem, tendo acordado relaxado, mas ainda não tinha levantado da cama quando sentiu o aguilhão da culpa, tão forte que abalou toda a sua força e segurança. Procurou se recompor fingindo ser apenas um hóspede de hotel comum, numa outra cidade e em outro banheiro; depois de lavar o rosto, barbear-se e vestir-se, pegou a chave pelo pesado chaveiro de cobre e desceu para o saguão.

Quando viu o cantor na tela e os outros hóspedes conversando aos sussurros enquanto assistiam, Ka se deu conta do silêncio que agora dominava a cidade; seus pensamentos voltaram à noite anterior, e só então ele começou a juntar todas as coisas que sua mente afastara até aquele momento. Ele deu um sorriso frio ao rapaz da recepção; como um viajante incomodado e aborrecido com as violentas disputas políticas da cidade e resolvido a ir embora tão logo pudesse, foi direto ao salão contíguo e pediu o café da manhã. A um canto, um enorme bule de chá fumegava em cima de um samovar; ele viu na mesa um prato de queijo de Kars cortado em fatias muito finas e uma tigela de azeitonas já um tanto murchas e sem brilho.

Ka sentou-se a uma mesa perto da janela. Pelas aberturas da cortina de tule ele lançou um olhar à cena coberta de neve, em toda a sua beleza. A placidez da rua vazia transportou Ka para os toques de recolher de sua infância e juventude. Os dias de recenseamento do eleitorado, os dias dedicados à caça aos inimigos do Estado, os dias de golpes militares, que faziam todo mundo reunir-se em volta de seus rádios e televisores — ele se lembrava de todos, um por um. Enquanto os outros hóspedes ouviam pelo rádio as marchas marciais, os novos boletins sobre a lei marcial, o toque de recolher e a lista de proibições, tudo o que Ka desejava era sair e flanar nas ruas vazias. Quando criança, ele desfrutava aqueles dias de lei marcial como se fossem feriados, quando suas tias, seus tios e vizinhos se mantinham unidos por uma preocupação comum. Talvez para esconder o fato de que se sentiam mais felizes e mais seguras durante os golpes militares, as famílias de classe média e alta da infância de Ka em Istambul costumavam ridicularizar discretamente as ações estúpidas que sempre acompanhavam todos esses golpes — a caiação das pedras do calçamento da cidade, para que toda ela ficasse com aspecto de quartel, ou os soldados e policiais grosseiros que detinham quem tivesse barba ou cabelos longos. Os ricos de Istambul tinham um medo terrível de soldados, mas também sabiam das privações que eles passavam — a férrea disciplina e os baixos soldos — e por isso os desprezavam.

A rua lá fora dava a impressão de ter sido abandonada havia séculos, por isso quando Ka avistou um caminhão do exército entrando nela, essa visão o levou de volta à infância; como o menino que um dia fora, ele se deixou ficar como paralisado.

Um homem que parecia ser negociante de gado entrou na sala, aproximou-se de Ka, abraçou-o e beijou-o em ambas as faces.

"Parabéns! Este é um grande dia para nossa nação!"

Ka se lembrou de como os adultos costumavam congratular-se depois de golpes militares, da mesma forma como se congratulavam por ocasião dos velhos dias santos. Ele retribuiu a saudação, murmurando umas poucas palavras.

A porta da cozinha se abriu e Ka sentiu todo o seu sangue subir à cabeça: İpek entrava na sala. Seus olhares se cruzaram, e por um instante Ka ficou sem saber o que fazer. Resolveu ficar de pé, mas no mesmo instante İpek sorriu para ele e voltou-se para o homem que acabara de sentar. Ela trazia uma bandeja com uma xícara e um prato.

Agora ela colocava a xícara e o prato na mesa do homem, fazendo as vezes de garçonete.

Ka ficou desalentado. Odiou a si mesmo por não ter cumprimentado İpek como devia ter feito, mas ali se passava alguma coisa da qual, ele bem o sabia, não poderia se furtar. Tudo o que ele fizera no dia anterior fora errado. Ka se odiou por ter proposto casamento a uma mulher que ele mal conhecia; odiou-se por beijá-la (por melhor que tivesse sido), por perder o controle e por tomar sua mão à mesa do jantar; e, pior que tudo, ele se odiava por se comportar como um turco qualquer e embebedar-se e, sem a menor vergonha, deixar transparecer para todos que tinha atração sexual por ela. Ka não sabia o que dizer; sua única esperança era que İpek continuasse bancando a garçonete.

O homem que parecia um negociante de gado gritou "Chá!", com voz áspera. İpek voltou-se mansamente para o samovar, levando a bandeja vazia. Depois de servir o chá ao homem, aproximou-se da mesa de Ka; ele sentiu o pulsar do próprio coração até no nariz.

"E então, o que é que há?", disse İpek com um sorriso. "Você dormiu bem?"

Essa referência à noite anterior, à felicidade da véspera, incomodou Ka. "Parece que essa neve não vai parar nunca", disse ele, hesitante.

Eles se fitaram em silêncio. Ka sabia que nada tinha a dizer; o que quer que dissesse agora soaria falso. Então, fitando seus grandes olhos castanhos ligeiramente esquivos, deixou transparecer, sem uma palavra, que não podia senão ficar em silêncio. İpek percebeu que agora o estado de espírito de Ka era bem outro, muito diferente do dia anterior; e de fato ele se tornara uma pessoa muito diferente. Ka estava certo de que İpek pressentia nele um humor sombrio, e o aceitava. Aquilo, pensou ele, o ligaria a ela por toda a vida.

"A neve vai continuar por algum tempo", disse ela cautelosamente.

"Não tem pão", disse Ka.

"Oh, desculpe-me", disse ela, e se dirigiu imediatamente à mesa junto ao samovar, largou a bandeja e começou a cortar o pão em fatias.

Ka pedira pão porque não conseguia suportar a tensão. Agora, contemplando as costas de İpek, se pôs um tanto pensativo. "Na verdade, eu mesmo poderia ter cortado o pão."

İpek estava com um pulôver branco, uma saia marrom comprida e um grosso cinto que, pelo que Ka lembrava, estivera em moda na década de 70; desde então ele nunca mais vira aquele tipo de cinto. Sua cintura era fina, os quadris perfeitos. Sua altura combinava perfeitamente com a dele. Ele gostava até de seus tornozelos, e se deu conta de que, se voltasse para a Alemanha sem ela, amargaria pelo resto da vida a dolorosa lembrança de como fora feliz ali, segurando as suas mãos, trocando beijos meio sérios meio de brincadeira e dizendo gracejos.

Vendo que o braço que cortava o pão parava, Ka desviou os olhos antes que ela se voltasse. "Quer que eu ponha queijo e azeitonas em seu prato?", perguntou ela. Seu tom era formal, como Ka percebeu, porque ela queria lembrá-lo de que estavam sendo observados.

"Sim, por favor", respondeu Ka, ao mesmo tempo que relanceava os olhos pela sala. Quando seus olhares se cruzaram novamente, a expressão de İpek não deixava dúvidas de que ela sabia que Ka a observara durante todo o tempo em que estivera de costas. Ka ficou assustado em perceber a familiaridade de İpek com as sutilezas das relações homem-mulher, esse tipo de diplomacia para o qual ele sempre se sentiu meio sem tato. E ele já temia que ela pudesse ser sua única chance de felicidade.

"O pão chegou num caminhão do exército alguns minutos atrás", disse İpek, sorrindo para Ka de uma forma que lhe fez doer o coração. "Estou cuidando da cozinha; Zahide Hanım não pôde vir esta manhã por causa do toque de recolher... Fiquei preocupada quando vi os soldados."

Isso porque os soldados podiam ter vindo buscar Kadife ou Hande. Ou mesmo seu pai.

"Eles mandaram faxineiros de hospital para limpar o sangue do Teatro Nacional", sussurrou İpek. Ela se sentou à mesa. "Fizeram batidas nos alojamentos de estudantes da universidade, da escola secundária religiosa e na sede do partido." Durante essas batidas houve mais mortes, disse ela. Centenas tinham sido presos, embora alguns tivessem sido liberados logo de manhã. Ela lhe contou tudo isso naquele tom que as pessoas reservam para as situações de crise política. Aquilo o fez recuar vinte anos; Ka se lembrou de que ele e seus amigos ficavam na cantina da universidade trocando informações sobre tortura e espancamentos aos sussurros que traíam não apenas raiva e pesar, mas também, estranhamente, um certo orgulho. Em ocasiões como aquela ele se sentia muito culpado; tudo o que queria era esquecer a Turquia e tudo o que a ela se referisse, e ir para casa ler livros.

Agora, para ajudar İpek a encerrar o assunto, ele se viu tentado a dizer algo do tipo: "Isso é terrível, absolutamente terrível!", mas embora as palavras já estivessem prontas a sair, ele as reprimiu, sabendo que iria parecer pretensioso, por mais que se esforçasse para evitar; em vez disso, deixou-se ficar ali sentado, comendo, encabulado, o pão com queijo.

Enquanto ele comia, İpek continuou a sussurrar — eles colocaram os cadáveres dos rapazes da escola secundária nos caminhões do exército e mandaram-nos para as aldeias curdas, para serem identificados por seus parentes, mas os caminhões ficaram presos na neve; as autoridades concederam uma anistia de um dia para todos os que entregassem suas armas; suspendeu-se o ensino do Corão, assim como toda e qualquer atividade política — e enquanto ela lhe contava todas essas coisas, ele lhe contemplava os braços, olhava em seus olhos, admirava a bela cor de seu pescoço longo, a forma como seus cabelos castanhos afloravam sua nuca. Amava-a? Tentou imaginar-se junto com ela em Frankfurt, andando na Kaiserstrasse, voltando para casa depois de uma noite no cinema. Mas sua alma se deixava dominar por pensamentos sombrios. A única coisa que ele conseguia ver era que aquela mulher cortara o pão em fatias grossas, tal como se fazia nas casas mais pobres, e, pior ainda, que arrumara as fatias grossas numa pirâmide, do modo como se faz em restaurantes de segunda categoria.

"Por favor, fale-me de outra coisa agora", disse ele em tom cauteloso.

İpek estava lhe contando sobre um homem que, tendo sido denunciado, fora preso duas casas mais adiante, quando fugia pelos quintais, mas então ela lhe lançou um olhar cheio de compreensão. Ka viu o medo em seus olhos.

"Eu estava muito feliz ontem, você sabe. Pela primeira vez em anos eu estava escrevendo poemas", explicou ele. "Mas não suporto ouvir essas histórias agora."

"O poema que você escreveu ontem é muito bonito", disse İpek.

"Posso lhe pedir que me faça um favor, antes que este desespero tome conta de mim?"

"Diga-me o que devo fazer."

"Vou para o meu quarto agora", disse Ka. "Daqui a pouco você sobe e toma minha cabeça entre as suas mãos? Só por um instante — só isso."

Mesmo antes de terminar de falar, teve certeza, pela expressão de medo no olhar de İpek, que ela não ia atender, por isso levantou-se para sair. Ela era uma provinciana, uma estranha para ele, e ele lhe pedira uma coisa que nenhum estranho poderia entender. Ele podia se poupar ao olhar de incompreensão daquela mulher; ele devia ter juízo bastante para deixar de fazer aquele pedido idiota. Enquanto corria escada acima, culpava-se duramente por ter se convencido de que a amava. Jogando-se na cama, ficou cismando sobre o quanto fora tolo primeiro em viajar de Istambul para Kars, depois, mesmo em voltar da Alemanha para a Turquia. Ele pensou em sua mãe, que tanto desejara para ele uma vida normal e tanto fizera para afastá-lo da poesia e da literatura; o que ela diria se soubesse que sua felicidade dependia de uma mulher de Kars que ajudava no trabalho da cozinha e cortava pão em fatias grossas? O que diria seu pai ao saber que Ka se ajoelhara diante de um sheik de aldeia e falara com lágrimas nos olhos sobre sua fé em Deus? Lá fora, a neve começara a cair novamente; os flocos de neve que ele via de sua janela eram grandes e melancólicos.

Ele ouviu baterem, precipitou-se para a porta, o coração subitamente cheio de esperança. Era İpek, mas com uma expressão muito diferente: um caminhão do exército acabara de chegar com dois homens, um deles um soldado, procurando Ka. Ela lhes dissera que ele estava no hotel e que o avisaria de que eles o esperavam.

"Está bem", disse Ka.

"Se você quiser, posso lhe dar os dois minutos de massagem que queria", disse İpek.

Ka puxou-a para dentro, fechou a porta, beijou-a uma vez e fê-la sentar-se à cabeceira da cama. Ele se deitou e pousou a cabeça em seu colo. Eles ficaram assim por um tempo, calados, olhando pela janela os corvos que andavam sobre a neve no telhado do edifício de cento e dez anos onde agora funcionava o quartel central da polícia.

"Está ótimo, já é o bastante, muito obrigado", disse Ka. Depois de tirar com cuidado o casaco cinza do gancho atrás da porta, ele saiu do quarto. Enquanto descia as escadas, aspirava o cheiro do casaco para lembrar-se de Frankfurt; por alguns minutos ele conseguiu ver a cidade com toda a nitidez, e desejou estar lá. No dia em que comprara o casaco na Kaufhof, fora ajudado por um homem que ele veria novamente dois dias depois, quando veio pegar o casaco, que precisou ser encurtado. Seu nome era Hans Hansen. Deve ter sido pelo fato de o nome soar tão alemão e de ele ser tão loiro que Ka também se lembrou de ter pensado nele quando acordou no meio da noite.

# 21. MAS EU NÃO RECONHEÇO NENHUM DELES

## KA NAS FRIAS SALAS DO TERROR

Os homens enviados para buscar Ka chegaram num daqueles velhos caminhões do exército — que raramente se veem hoje, mesmo na Turquia. Um jovem policial à paisana, de nariz adunco e pele clara, encontrou-se com ele no saguão e o fez sentar-se no meio do banco da frente, tomando para si o espaço perto da porta, como para bloquear uma possível fuga de Ka. Mas seus modos eram bastante polidos; ele chamava Ka de *senhor*, e isso, pensou Ka, significava que afinal de contas ele não era um policial, mas talvez um agente do MİT, talvez com ordens para não lhe fazer mal.

Eles avançaram devagar pelas ruas brancas e vazias da cidade. O painel do caminhão do exército era cheio de mostradores com ponteiros, mas nenhum deles estava funcionando; como a cabine era muito alta, Ka conseguia ver dentro de algumas casas cujas cortinas estavam abertas. Havia televisores por toda parte, e em quase toda a Kars os moradores tinham fechado as cortinas, voltando-se para si mesmos. Era como se eles estivessem atravessando uma cidade completamente diferente; enquanto os limpadores de para-brisa continuavam seu monótono vaivém, parecia a Ka que as ruas de sonho, as velhas casas em estilo báltico e os belos oleandros cobertos de neve tinham enfeitiçado até o motorista e seu companheiro de nariz adunco.

Eles pararam na frente do quartel central da polícia. Como tinham passado muito frio no caminhão, trataram de entrar logo. O quartel estava muito mais cheio e movimentado que no dia anterior e, ainda que já esperasse por isso, Ka se sentiu incomodado. Aquela desordem cheia de agitação era bem típica de muitas repartições turcas. Ela fazia Ka pensar em corredores de palácios de justiça, portões de estádios de futebol, estações rodoviárias. Mas havia também um cheiro de iodo e de hospital, terror e morte. Em algum lugar bem próximo de onde ele se encontrava, alguém estava sendo torturado; ele se sentia culpado só em pensar nisso. Sentiu-se dominar pelo medo.

Enquanto subia as escadas que subira com Muhtar no dia anterior, o instinto lhe recomendava que procurasse dar a impressão de manter o sangue-frio. Passando por portas abertas, ele ouvia o rápido tap-tap-tap de velhas máquinas de escrever. Por toda parte homens gritavam no walkie-

-talkie ou pediam chá aos berros. Em bancos, diante de portas fechadas, ele viu fileiras de jovens esperando a vez de serem interrogados; estavam algemados uns aos outros, e era evidente que tinham sido maltratados; seus rostos estavam cobertos de hematomas. Ka evitou olhá-los nos olhos.

Eles o levaram para uma sala muito parecida com aquela em que ficara com Muhtar, e lá o informaram de que apesar de ter afirmado não ter visto o rosto do homem que matara o diretor do Instituto de Educação, não podendo, portanto, identificar o agressor pelas fotografias que lhe tinham sido mostradas no dia anterior, agora esperavam que ele pudesse reconhecer o criminoso entre os estudantes da escola secundária religiosa nas celas do subsolo. Daí Ka deduziu que o MİT assumira o controle da polícia em seguida à "revolução", e que as relações entre os dois grupos estavam tensas.

Um agente da inteligência de rosto redondo perguntou a Ka onde ele estivera por volta das quatro horas da tarde anterior.

Por um momento o rosto de Ka perdeu a cor. "Disseram-me que também seria uma boa ideia fazer uma visita a sua excelência o sheik Saadettin...", principiou ele, mas o agente o interrompeu.

"Não, antes disso!", disse ele.

Como Ka permaneceu em silêncio, o agente de rosto redondo lembrou-o do encontro com Azul. Ele o fez de forma a sugerir que já sabia tudo sobre o encontro e até lamentava incomodar Ka com aquela história. Ka esforçou-se para ver naquilo uma prova de boas intenções. Um oficial da polícia comum o teria acusado de tentar escamotear o encontro e se comprazeria em humilhá-lo, jactando-se de que a polícia sabe de tudo.

Num tom quase de desculpas, o agente explicou que Azul era um terrorista perigoso e um terrível conspirador; era um inimigo confesso da República, a soldo do Irã. Era certo que assassinara um apresentador de televisão, por isso havia uma ordem de prisão contra ele. Ele percorrera toda a Turquia, organizando os fundamentalistas. "Quem acertou o encontro de vocês?"

"Um rapaz da escola secundária religiosa — não sei o nome dele", disse Ka.

"Por favor, veja se pode identificá-lo agora", disse o agente. "Olhe bem para eles. Você vai olhar para dentro das celas, através de um visor. Não precisa ter medo. Eles não o reconhecerão."

Eles conduziram Ka por uma larga escadaria que levava ao porão. Cerca de cem anos atrás, quando no belo edifício funcionava um hospital armênio, o porão servia como armazém para lenha e alojamento para os serventes. Muito depois, na década de 40, quando o edifício passou a funcionar como liceu do Estado, derrubaram-se as paredes internas, e o espaço foi transformado numa cantina self-service. Muitos jovens de Kars que se tornariam marxistas e inimigos do Ocidente na década de 60 engoliram ali suas primeiras cápsulas de óleo de fígado de bacalhau; eles as empurravam goela abaixo com iogurte feito de leite em pó enviado pelo UNICEF, bebida de cheiro insuportável que lhes embrulhava o estômago. Parte daquele espaçoso porão fora transformada em quatro celas que davam para um corredor.

Um policial cujos movimentos traíam uma longa prática, colocou com todo o cuidado um quepe do exército na cabeça de Ka. O agente do MİT de nariz adunco que o pegara no hotel lançou-lhe um olhar significativo e disse: "Esse pessoal tem o maior medo de quepes do exército".

Quando eles se aproximaram das duas celas da direita, o policial abriu os dois visores e berrou: "Atenção! Comandante!". Ka olhou pelo visor, não maior que a sua mão.

Ka viu cinco pessoas na cela, que tinha o tamanho de uma cama grande. Talvez houvesse mais; era difícil saber porque eles estavam amontoados uns sobre os outros, apoiados na parede imunda do fundo, e ainda que não tivessem feito o serviço militar, sabiam como ficar em posição de sentido, embora de forma desajeitada, de olhos fechados. (Ka teve a impressão de que alguns estavam com os olhos semicerrados, olhando para ele.) Passara-se menos de um dia desde o começo da "revolução", mas suas cabeças já estavam raspadas, faces e olhos inchados por causa das pancadas. As celas estavam mais bem iluminadas que o corredor, mas aos olhos de Ka todos os rapazes se pareciam. Sua cabeça começou a girar quando se sentiu dominar pela dor e pela vergonha. Ficou aliviado quando não viu Necip entre eles.

Como Ka não identificou nenhum dos rapazes da segunda e da terceira celas, o agente de nariz adunco do MİT falou: "Não há nada a temer. Afinal de contas, quando as estradas estiverem livres, você vai embora".

"Mas eu não reconheço nenhum deles", disse Ka, em tom de leve teimosia.

Depois disso ele reconheceu alguns; lembrava-se muito bem de um rapaz que ele vira importunando Funda Eser com apartes descabidos e de outro que gritava slogans. Se agora ele denunciasse aqueles rapazes, estaria demonstrando sua disposição de colaborar com a polícia; assim, se ele visse Necip depois, seria mais fácil fingir que não o conhecia. (De resto, o delito daqueles rapazes não era muito grave.)

Mas ele não denunciou ninguém. Um jovem com as faces e os olhos ensanguentados olhou para Ka e implorou: "Comandante, por favor, não conte a nossas mães".

Ao que parecia, aqueles rapazes tinham sido espancados no calor das primeiras horas do golpe: a polícia não usara nenhum instrumento, apenas botas e punhos. Ka olhou a quarta cela e mais uma vez não viu ninguém que se parecesse com o assassino do diretor do Instituto de Educação. Quando ele se certificou de que Necip não estava entre aqueles rapazes apavorados, começou a relaxar.

Quando eles subiram as escadas, ficou bem evidente quanto o agente de rosto redondo e seus superiores estavam ansiosos para encontrar o assassino do diretor de modo a poder apresentá-lo como o primeiro feito da "revolução"; Ka desconfiou que pretendiam enforcar o criminoso imediatamente. Agora na sala havia um major reformado. Apesar do toque de recolher, ele conseguira de alguma forma chegar ao quartel central da polícia para pedir que seu neto fosse libertado da prisão. O major pediu que não torturassem o rapaz, que não tinha nenhuma queixa contra o Estado e fora mandado para a escola secundária religiosa apenas porque sua mãe, muito pobre, acreditara na mentira de que todos os estudantes recebiam casacos de lã e ternos; na verdade, os membros da família eram ferrenhos defensores de Atatürk...

O homem de rosto redondo interrompeu o major no meio da frase. "Meu caro senhor, ninguém aqui sofre maus-tratos", disse ele. Ele chamou Ka a um canto. Havia uma possibilidade, disse ele, de que o assassino e os homens de Azul (Ka teve a impressão de que se pensava que o criminoso fosse um deles) pudesse estar entre os que tinham sido presos na escola de veterinária.

Assim, Ka terminou voltando ao caminhão do exército com o agente de nariz adunco que o pegara no hotel. A caminho, enquanto admirava a beleza das ruas desertas e fumava um cigarro, sentiu-se satisfeito por ter saído do quartel central da polícia. Secretamente, sentia-se aliviado com o golpe militar e com o fato de o país não estar à mercê dos islamitas. Mas de todo coração jurava a si mesmo recusar-se a cooperar tanto com a polícia *como* com o exército. Naquele mesmo instante, sentiu um novo poema surgindo em sua mente; o poema era tão poderoso, tão estranhamente estimulante que Ka se pegou voltando-se para o agente de nariz adunco e perguntando: "Podemos parar numa casa de chá no caminho?".

Era impossível dar alguns passos naquela cidade sem passar por uma casa de chá cheia de desempregados; embora a maioria dos estabelecimentos estivesse fechada naquela manhã, uma casa de chá da rua do Canal estava conseguindo funcionar sem chamar a atenção do jipe do exército estacionado ali perto. Lá dentro, um jovem aprendiz esperava o fim do toque de recolher, e três outros estavam sentados em outra mesa. Todos se agitaram quando viram um homem com quepe do exército e um oficial à paisana entrarem pela porta.

Ato contínuo, o homem de nariz adunco sacou uma arma do casaco e, com um profissionalismo que Ka não pôde deixar de admirar, enfileirou os jovens de cara para a enorme paisagem suíça fixada à parede; com a mesma eficiência, revistou-os e examinou suas carteiras de identidade. Ka não tinha dúvidas de que tudo ia dar certo, então sentou-se a uma mesa próxima à estufa apagada e, sem nenhuma dificuldade, escreveu o poema que tinha em mente.

Mais tarde iria intitular o poema "Ruas de sonho". Embora se inicie nas ruas nevadas de Kars, o poema de trinta e seis versos também contém inúmeras referências às ruas da velha Istambul, à cidade-fantasma armênia de Ani e às terríveis cidades desertas que Ka vira em seus sonhos.

Quando Ka terminou de escrever o poema, olhou para a televisão em preto e branco e constatou que o cantor de músicas folclóricas se fora; em lugar dele, agora se viam as primeiras cenas do drama do Teatro Nacional. O goleiro Vural começara a recontar os amores passados e os gols que sofrera; pelas contas de Ka, só vinte minutos depois ele poderia se ver lendo seu poema. Tratava-se do poema que se apagara de sua mente antes que tivesse a oportunidade de escrevê-lo: ele estava resolvido a passá-lo para o papel.

Mais quatro pessoas entraram na casa de chá, pela porta dos fundos; o agente do MİT de nariz adunco sacou a arma e colocou-os contra a parede. O dono da casa de chá, que era curdo, tentou explicar ao agente, a quem ele chamava de "meu comandante", que na verdade aqueles homens não violaram o toque de recolher, pois tinham vindo do pátio interno, passando pelo jardim, mas o agente resolveu verificar a veracidade daquelas alegações. Afinal de contas, um deles estava sem carteira de identidade e tremia de medo. O agente anunciou que iria acompanhar o homem a sua casa, tomando o mesmo caminho por onde ele viera, e chamou o motorista para vigiar os jovens ainda alinhados contra a parede.

Enfiando o caderno de poesia no bolso, Ka seguiu os dois homens pela porta dos fundos, chegando ao pátio coberto de neve; passaram por um muro baixo, por três degraus cobertos de gelo e, ao som dos latidos de um cão acorrentado, desceram ao porão de um edifício de concreto em petição de miséria, semelhante à maioria dos edifícios de Kars. O porão exalava um forte cheiro de lama e de lençóis sujos. O homem que ia na frente passou por uma caldeira fumegante, chegando a uma área cheia de caixas e engradados de legumes; ali, numa cama surrada, dormia uma mulher de pele clara, extraordinariamente bela; Ka não conseguiu deixar de voltar-se para olhar. Então o homem sem carteira de identidade mostrou o passaporte ao agente do MİT; a caldeira fazia tamanho barulho que Ka não conseguia ouvir o que eles diziam; forçando a vista na penumbra, porém, viu que o homem agora apresentava um segundo passaporte.

O casal era georgiano e tinha vindo para a Turquia para conseguir trabalho e ganhar um pouco de dinheiro. Os jovens desempregados cujas carteiras de identidade tinham sido checadas pelo agente do MİT na casa de chá haviam se queixado muito daqueles georgianos. A mulher estava tuberculosa, mas ainda trabalhava como prostituta; seus clientes eram os donos de laticínios e comerciantes de couro que vinham negociar na cidade. Seu marido, como tantos outros georgianos, estava disposto a trabalhar por meio salário, tirando o pão da boca dos cidadãos turcos, cuja oportunidade de emprego já era muito reduzida. O casal era tão miserável que não podia nem pagar uma pensão; em vez disso, pagava cinco dólares por mês ao servente do departamento de água para deixá-los morar na sala da caldeira. Dizia-se que eles estavam economizando para comprar uma casa quando voltassem ao seu país, depois do que nunca mais voltariam a trabalhar. As caixas estavam cheias de produtos de couro que eles tinham comprado a baixo preço, pensando em vendê-los quando voltassem a Tiflis. Eles já tinham sido deportados duas vezes mas conseguiram voltar para a sala da caldeira. Tendo sido pegos, agora cabia ao exército fazer o que a corrupta polícia municipal não fizera: livrar a cidade daqueles parasitas.

Voltaram à casa de chá, onde o dono estava todo contente servindo os fregueses e ouvindo a conversa dos jovens e fracos desempregados que, respondendo a um pequeno estímulo do agente do MİT, se puseram a falar, embora um tanto hesitantes, sobre o que esperavam do golpe militar.

Misturadas às suas queixas contra políticos corruptos havia um bocado de boatos que bem podiam funcionar como denúncias: o abate ilegal de animais, as negociatas que se faziam nos depósitos de mercadorias pertencentes ao Estado, os empreiteiros desonestos que traziam armênios clandestinos em caminhões de carne, alojavam-nos em barracões, faziam-nos trabalhar o dia inteiro sem lhes pagar nada. Os jovens desempregados pareciam não entender que os militares intervieram contra o nacionalismo curdo e para impedir que os "fanáticos religiosos" ganhassem as eleições municipais. Em vez disso, pareciam pensar que os acontecimentos da noite anterior marcavam o começo de uma nova era, na qual a imoralidade e o desemprego já não seriam tolerados; era como se o exército tivesse dado o golpe expressamente para lhes arranjar empregos.

De volta ao caminhão do exército, Ka observou o agente do MİT de nariz adunco sacar do bolso o passaporte da georgiana; ao perceber que a intenção do agente era olhar a fotografia da mulher, Ka se sentiu estranhamente embaraçado.

No momento em que entraram na escola de veterinária, Ka se deu conta de como as coisas tinham sido relativamente brandas no quartel central da polícia. Enquanto avançava pelos corredores do edifício gélido, ele percebia que naquele lugar ninguém se preocupava nem um pouco com o sofrimento dos outros. Para lá tinham sido levados os nacionalistas curdos que eles tinham arrebanhado, além dos terroristas de esquerda que assumiam com orgulho a responsabilidade pela detonação de bombas, para não falar em todos os que estavam fichados no MİT como simpatizantes e colaboradores dessa gente. A polícia, os soldados e os promotores públicos viam com maus olhos quaisquer participantes de eventos organizados por esses grupos; o mesmo acontecia com quem quer que colaborasse com os guerrilheiros curdos que desciam das montanhas para se infiltrarem na cidade. Para gente desse tipo o tratamento era implacável, e os métodos de interrogatório eram muito mais duros que os usados contra os suspeitos de ligação com o islã político.

Um policial alto e forte tomou-o pelo braço e o conduziu afetuosamente pelo corredor, como se Ka fosse um senhor de idade com dificuldade para andar; juntos eles visitaram três salas de aula onde aconteciam coisas terríveis. Neste ponto vou seguir o exemplo de Ka: assim como ele decidiu não registrá-las em seu caderno de anotações, também não vou me demorar nesse tópico.

Depois de olhar por três ou quatro segundos os suspeitos da primeira sala, o primeiro pensamento de Ka foi sobre a brevidade da jornada do homem do nascimento à morte. Bastava um olhar sobre os suspeitos que acabavam de ser interrogados para evocar os caros sonhos com distantes civilizações e terras que ele nunca visitara. Assim Ka ficou convencido, sem sombra de dúvida, de que ele e todos os que se encontravam na sala aproximavam-se rapidamente do fim do tempo que lhes cabia; logo suas velas iriam se consumir. Em seu caderno de anotações, Ka chamaria aquele lugar de sala amarela.

Na segunda sala de aula, ele teve uma percepção de menor alcance. Lembrou-se de ter visto aqueles homens numa casa de chá pela qual passara no dia anterior em suas andanças pela cidade; os olhares vazios traíam o sentimento de culpa. Eles estavam à deriva em algum longínquo mundo de sonho, ou assim parecia a Ka.

Passaram então à terceira sala, onde, na sombria tristeza que dominava sua alma, Ka sentiu a presença de um poder onisciente cuja recusa a revelar tudo o que sabia fazia da vida na terra um tormento. Os olhos de Ka estavam abertos, mas ele não conseguia ver o que tinha à sua frente; a única coisa que conseguia enxergar era a cor dentro de sua cabeça. Como a cor era próxima do vermelho, ele chamou o lugar de sala vermelha. Ali os pensamentos que tivera nas duas primeiras salas — que a vida era breve, que a humanidade era presa de sentimentos de culpa — voltaram a persegui-lo, mas apesar do terrível cenário à sua frente, conseguiu manter a calma.

Quando eles saíram da faculdade de veterinária, Ka estava ciente de que os agentes acreditavam cada vez menos nele e começavam a se perguntar que motivos teria para, mais uma vez, não reconhecer ninguém. Mas ele estava tão aliviado por não ter visto Necip que quando o agente do MİT sugeriu que examinassem os cadáveres, Ka concordou imediatamente.

No necrotério, situado no subsolo do hospital público, mostraram-lhe primeiro os cadáveres mais suspeitos. Lá estava o militante islamita que cantava slogans, crivado pelas três balas da segunda saraivada dos soldados, mas Ka não o tinha visto antes. Ele se aproximou do cadáver cautelosamente, e lhe pareceu que o jovem morto lhe fazia um cumprimento triste e respeitoso. O corpo que jazia numa segunda placa de mármore parecia tremer de frio: era o cadáver do avozinho. Eles o mostraram a Ka porque ainda não sabiam que aquele homem viera de Trebizonda para ver o neto que fazia o serviço militar em Kars, e porque sua pequena estatura indicava que podia ser o assassino do diretor do Instituto. Ao se aproximar do terceiro cadáver, Ka já se alegrava com a ideia de rever İpek. O cadáver tinha um olho destroçado. Por um instante pareceu que todos os cadáveres da sala seguiam esse padrão. Então, quando ele ficou mais próximo do rosto branco do jovem morto, alguma coisa se destroçou dentro dele também.

Era Necip, os lábios ainda projetados para a frente como se fosse fazer mais uma pergunta. Ka sentiu o frio e o silêncio do hospital. O mesmo rosto infantil, as mesmas espinhas que ele vira antes, o mesmo nariz aquilino, o mesmo casaco encardido do uniforme escolar. Por um instante Ka pensou que ia chorar, e isso o encheu de medo. O medo o distraiu por tempo bastante para conter as lágrimas. Ali, no meio da testa em que ele pusera a palma da mão ainda ontem, havia o buraco de bala. Mas o que mais assustava em Necip não era o buraco da bala, nem a tez pálida e levemente arroxeada, mas a gélida rigidez com que jazia na placa de mármore. Ka se sentiu profundamente grato; sentiu-se muito feliz por estar vivo. Isso o distanciou de Necip. Inclinou-se para a frente, separou as mãos que mantinha cruzadas às costas, colocou-as nos ombros de Necip e beijou-o em ambas as faces. As faces estavam frias mas ainda não tinham enrijecido. O olho verde remanescente ainda estava entreaberto, olhando diretamente para Ka. Ka endireitou o corpo e disse ao agente que se tratava de um amigo que o parara na rua no dia anterior para lhe falar de seu trabalho de escritor de ficção científica e mais tarde o levara até Azul. Ele o beijou, explicou Ka, porque aquele adolescente tinha um coração puro.

# 22. O HOMEM CERTO PARA O PAPEL DE ATATÜRK

## AS CARREIRAS MILITAR E TEATRAL DE SUNAY ZAIM

Depois que Ka identificou o cadáver de Necip no necrotério do hospital público, um oficial elaborou um relatório às pressas, assinou-o e o encaminhou às instâncias superiores. Então Ka e o agente do MİT voltaram para o caminhão do exército e partiram. Um bando de cachorros medrosos os acompanhava; além destes, os únicos sinais de vida eram as bandeirolas de propaganda eleitoral e os cartazes contra o suicídio. Enquanto seguiam caminho, a mente de Ka registrava crianças inquietas e pais ansiosos puxando as cortinas fechadas para dar uma olhada no caminhão que passava, mas ele olhava através deles. Ele só pensava em Necip, só via o rosto e o corpo enrijecido de Necip. Imaginava İpek consolando-o quando voltasse ao hotel, mas, depois que o caminhão passou pelo centro da cidade deserto, continuou avançando pela avenida Atatürk e parou pouco depois de um edifício russo de noventa anos, a duas ruas de distância do Teatro Nacional.

Era uma das belas mansões térreas, em estado precário, que Ka ficara tão feliz em ver em sua primeira noite em Kars. Depois que a cidade passara ao domínio dos turcos, integrando-se à República, a mansão caíra nas mãos de um certo Maruf bei, conhecido negociante que vendia madeira e couro para a União Soviética. Durante quarenta e três anos ele e sua família viveram magnificamente ali, deslocando-se em carruagens e trenós puxados a cavalos, tendo todas as suas necessidades atendidas por cozinheiros e criados. Depois da Segunda Guerra Mundial, no início da Guerra Fria, o governo deteve os comerciantes que sabidamente negociavam com a União Soviética, acusou-os de espionagem e jogou-os na prisão, da qual certamente nunca mais iriam sair.

E assim, durante os vinte anos seguintes, a mansão de Maruf bei ficou vazia, primeiro por falta de dono, depois por causa de uma disputa sobre quem detinha os direitos de propriedade. Em meados da década de 70, um grupo marxista dissidente, armado de cacetes, tomou o edifício, transformando-o em seu QG. Lá eles planejaram muitos assassinatos políticos (inclusive o de Muzaffer bei, o juiz e ex-prefeito, que sobreviveu ao atentado mas ficou ferido); depois do golpe militar de 1980, o edifício ficou vazio por algum tempo, após o que o imaginoso negociante de eletrodomésticos que tinha uma loja ao lado transformou metade da mansão num depósito; por sua vez, um alfaiate empreendedor e visionário — que voltara para sua cidade natal três anos antes com um sonho impossível, tendo ganhado dinheiro em Istambul e na Arábia — transformou a outra metade numa oficina de confecções que pagava aos empregados um salário de fome.

Quando Ka entrou na antiga oficina de confecções, viu máquinas de pregar botões, máquinas de costura grandes e obsoletas e enormes tesouras ainda pendentes de ganchos fixados à parede; vistos contra o fundo alaranjado do velho papel de parede com motivos florais, eles pareciam estranhos instrumentos de tortura.

Sunay Zaim ainda estava com o casaco rasgado, o pulôver e as botas militares que usava dois dias antes, quando Ka o viu pela primeira vez; ele andava de um lado para outro no salão, com um cigarro sem filtro entre os dedos. Quando viu Ka, seu rosto se iluminou como se tivesse visto um velho e querido amigo, e apressou-se em cruzar a sala para abraçá-lo e beijá-lo em ambas as faces. Ka não se surpreenderia se ele dissesse: "Parabéns pelo golpe militar!", tal como o fizera o negociante de gado no hotel; alguma coisa naquela efusão excessiva deixou Ka com um pé atrás. Ele via suas relações com Sunay de uma forma positiva: eles eram apenas dois homens de Istambul que, tendo sido jogados numa cidade remota e empobrecida, encontraram uma forma de trabalhar juntos sob condições adversas. Mas estava mais do que ciente da responsabilidade de Sunay na criação daquelas condições adversas.

"Não se passa um dia sem que a águia da negra depressão sobrevoe a minha alma", disse Sunay, instilando nas próprias palavras um misterioso orgulho. "Mas preciso me recompor. Portanto, trate de se controlar você também. Tudo está bem quando termina bem."

À luz branca que entrava pelas grandes janelas, Ka examinou a sala espaçosa. A grande estufa e os frisos nos cantos do teto alto rendiam testemunho do passado glorioso; agora o lugar estava cheio de homens com walkie-talkies, e havia dois guardas corpulentos acompanhando cada movimento de Ka. Na mesa junto à porta que dava para o corredor havia um mapa, um revólver, uma máquina de escrever e uma pilha de dossiês; Ka deduziu que ali era o centro de operações da revolução e que, entre os presentes, Sunay era o homem mais poderoso.

"Houve certos períodos na década de 80 que foram os piores", disse Sunay enquanto andava de um lado para outro. "Chegávamos a alguma aldeia infeliz, abandonada, no fim do mundo — ainda sem saber se iríamos achar um lugar para encenar as nossas peças ou mesmo um quarto de hotel para descansar nossas cabeças fatigadas — e eu ia procurar um velho amigo e descobria que ele se fora da aldeia havia muito tempo, e era nessas ocasiões que a depressão — a aflição — tomava conta de mim. Para mantê-la sob controle, eu saía pelas ruas da cidade, batendo nas portas dos médicos, advogados e professores à procura de alguém, em algum lugar, que tivesse interesse em ouvir as notícias que tínhamos trazido da arte moderna e da cultura contemporânea. Quando eu não encontrava ninguém no único endereço que tinha anotado, quando a polícia nos informava que afinal de contas não nos permitiriam apresentar o espetáculo, ou quando — e isso era sempre minha última esperança — levava minha humilde solicitação ao prefeito e descobria que também ele não queria nos acolher, eu começava a temer ser tragado pelas trevas. Em momentos como aqueles, a águia em meu peito ganhava vida; ela estendia as asas e, expondo-me ao risco de me sufocar, levantava voo.

"Não importava o lugar onde nos apresentávamos — podíamos estar na mais ordinária casa de chá do mundo; podíamos estar numa estação de trem, graças a um chefe de estação que ficara de olho numa de nossas atrizes; podíamos estar num quartel de bombeiros ou numa sala de aula vazia da escola primária local ou numa humilde choça ou restaurante; podíamos estar nos apresentando à janela de uma barbearia, nas escadas de uma galeria comercial, num celeiro ou na calçada — mas fosse lá onde estivéssemos, eu me recusava a me deixar vencer pela depressão."

A porta que dava para o corredor se abriu e Funda Eser veio juntar-se a eles; Sunay mudou de *eu* para *nós*. Ka não viu nenhum artificialismo naquela mudança para o plural, uma vez que o casal era muito unido. Atravessando a sala, Funda Eser deslocava sua grande massa corporal com muita graça; depois de trocar um rápido aperto de mão com Ka, ela sussurrou alguma coisa no ouvido do marido e, parecendo muito preocupada, saiu da sala.

"Sim, aqueles foram os piores anos", disse Sunay. "A agitação social e a combinação das imbecilidades de Istambul e Ancara tiveram pesadas consequências, e nossa ruína está bem documentada na imprensa. Aproveitei a grande oportunidade que só se oferece aos que são bafejados pelo gênio — sim, eu aproveitei — e no dia exato em que eu ia usar minha arte para interferir no curso da história, de repente me puxaram o tapete e me vi arrastado na mais suja lama. Embora isso não tenha sido bastante para me destruir, a minha velha amiga depressão voltou a atormentar minha alma. Mas por mais que eu me afundasse na lama, por mais que eu visse sujeira, desgraça, pobreza e ignorância à minha volta, nunca perdi a fé nos princípios que me norteavam, nunca duvidei que tinha alcançado o topo... Por que você está tão assustado?"

Apareceu na porta um médico de jaleco branco e mochila na mão. Com ar apressado que parecia um tanto fingido, tirou da mochila um medidor de pressão arterial, pô-lo no braço de Sunay e, enquanto o fazia, Sunay fitava a luz branca que entrava pelas janelas com uma expressão tão trágica que Ka imaginou estar ele ainda rememorando a época em que tinha caído em desgraça no começo da década de 80. De sua parte, Ka se lembrava de Sunay mais pelos papéis que este desempenhara na década de 70; foram aqueles papéis que o tornaram famoso.

A década de 70 foi a idade de ouro do teatro de esquerda, e se Sunay conseguiu se distinguir nesse restrito meio teatral, não foi apenas por seus méritos de ator consumado e batalhador capaz de desempenhar os papéis mais difíceis. Não, o que o público mais admirava era sua capacidade de liderança. O jovem público turco entusiasmava-se com suas interpretações de líderes poderosos como Napoleão, Lênin, Robespierre, de revolucionários jacobinos como Enver Paxá, assim como de heróis populares locais com os quais podia se identificar. Quando ele erguia sua voz imperiosa para falar contra a opressão; quando, depois de uma cena em que sofria nas mãos de um tirano, ele levantava a cabeça orgulhosamente e gritava "Chegará o dia em que vamos ajustar as contas!"; quando, no pior dia de todos (o dia em que ele sabia, todos sabiam, que sua prisão era iminente), ele rangeu os dentes e, desejando sorte aos amigos, disse-

-lhes que, independentemente do sofrimento que o esperava, ele mantinha a convicção de que eles queriam e iriam trazer felicidade para o povo pelo exercício da violência implacável — era em momentos como esses que os estudantes do liceu e os estudantes universitários progressistas que se encontravam na plateia costumavam responder, com lágrimas nos olhos, com um estrondoso aplauso. Causava especial comoção sua determinação, nos últimos atos dessas peças, quando o poder passava às suas mãos e chegava a hora de punir os perversos opressores — e aqui muitos críticos viam a influência da educação militar. Sunay estudara na Academia Militar de Kuleli. Ele fora expulso no último ano por ter fugido para Istambul num barco a remo para apresentar-se em vários teatros de Beyoğlu e também por organizar uma apresentação clandestina de uma peça chamada *Antes do degelo*.

Quando os militares tomaram o poder em 1980, todas as peças de esquerda foram proibidas; não muito depois se decidiu encomendar um grande filme para a televisão sobre Atatürk, para comemorar o centésimo aniversário de seu nascimento. No passado, ninguém acreditava que um turco teria condições de representar aquele herói nacional loiro, de olhos azuis, de aspecto ocidental; a opinião geral era que grandes filmes internacionais exigiam grandes astros internacionais como Laurence Olivier, Curt Jurgens ou Charlton Heston. Mas naquela ocasião o *Hürriyet*, o maior jornal da Turquia, saiu em campo para defender a tese de que dessa vez o papel devia ser interpretado por um turco. Ele chegou a imprimir cédulas em suas páginas para que os leitores as recortassem e as enviassem com suas sugestões. Sunay estava entre os apontados por esse júri popular. Na verdade, sendo ainda bem reconhecido por seu excelente trabalho no período democrático, ele era o franco favorito desde o primeiro dia. Afinal de contas, fazia anos que ele interpretava jacobinos. As plateias turcas não tinham dúvida de que Sunay, com toda a sua elegância, nobreza de porte e capacidade de inspirar confiança, daria um excelente Atatürk.

O primeiro erro de Sunay foi levar a sério o voto do público. Ele foi direto aos jornais e redes de televisão, fazendo grandes pronunciamentos para quem quisesse ouvir. Fez-se fotografar à vontade em casa, ao lado de Funda Eser. Pôs-se a falar abertamente sobre sua vida pessoal, sobre o seu dia a dia, seus pontos de vista políticos, reconstruindo a si mesmo à imagem de Atatürk: ele se esforçava para mostrar que, como Atatürk, ele era secularista. Ressaltava também o fato de que gostavam dos mesmos passatempos e prazeres (o *raki*, a dança, o trajar bem e as boas maneiras). Ele se pôs a posar com volumes da obra clássica de Atatürk, *Discursos*, afirmando estar relendo sua obra de cabo a rabo. (Quando um colunista desmancha-prazeres, que entrou na briga logo no início, ridicularizou-o por ler não a versão original dos *Discursos*, mas uma versão resumida em turco simplificado, Sunay pegou a versão original da biblioteca e se fez fotografar com ela também, mas de nada adiantou o seu empenho em publicar a foto no jornal do tal colunista.) Sem se deixar intimidar, Sunay continuou a comparecer aos grandes *vernissages*, concertos e importantes partidas de futebol, e aonde quer que fosse respondia às perguntas de todo e qualquer repórter de terceira categoria sobre Atatürk e a arte, Atatürk e a música, Atatürk e o esporte turco. Com uma ânsia de agradar pouco adequada a um jacobino, ele chegou a dar entrevistas a jornais religiosos hostis ao Ocidente. Foi numa dessas entrevistas que ele disse, em resposta a uma pergunta (não sem razão) provocativa, "Talvez um dia, quando o público julgar conveniente, eu possa representar o profeta Maomé".

Foi com esse comentário infeliz que os problemas começaram. Os pequenos periódicos islamitas ficaram em polvorosa. Que Deus nos livre, escreveram eles, nenhum mortal comum podia pretender interpretar o Grande Profeta. O enxame de jornalistas furiosos que começou com acusações de "ele faltou com o respeito para com o Profeta", logo passou a acusá-lo de "agir com a intenção de desacreditar o Profeta". Quando até mesmo o exército se mostrou relutante em fazer calar os militantes islamitas, coube ao próprio Sunay debelar o incêndio. Na esperança de aplacar o medo deles, passou a levar consigo um exemplar do Corão e a declarar aos islamitas conservadores o quanto amava aquele livro que era, em muitos aspectos, bastante moderno. Mas a única coisa que conseguiu com isso foi criar uma oportunidade para os jornalistas kemalistas que abominavam o seu orgulho por ter sido "o escolhido pelo povo" para o papel de Atatürk: nunca, escreveram eles, Atatürk tentou agradar aos fanáticos religiosos. Os jornais que apoiavam o golpe militar publicavam e tornavam a publicar a foto de Sunay numa pose espiritual com um exemplar do Corão, com a legenda "O homem certo para o papel de Atatürk".

A imprensa islâmica dava o troco, divulgando fotografias de Sunay bebendo *raki*, com legendas do tipo "Ele bebe *raki*, como Atatürk!" e "O homem certo para fazer o papel do Grande Profeta?". Esse tipo de guerra entre a imprensa islâmica e a imprensa secular se repetia aproximadamente a cada dois meses, mas agora o objeto da disputa era Sunay.

Durante uma semana, não se podia abrir o jornal sem ver Sunay. Uma foto o mostrava tomando cerveja sofregamente num comercial que ele fizera alguns anos antes, outras o exibiam levando uma surra num filme que fizera na juventude, levantando o punho desafiadoramente diante de uma bandeira com uma foice e um martelo ou vendo sua esposa beijar galãs em várias peças.

Havia páginas e páginas de insinuações: de que sua mulher era lésbica, de que ele continuava o mesmo comunista de sempre e de que ele e Funda Eser tinham feito dublagens para filmes pornográficos ilegais. E, dependendo do cachê, Atatürk não era o único papel que ele se dispunha a interpretar. Afinal de contas, fora o financiamento da Alemanha Oriental que lhe permitira encenar Brecht e, depois do golpe, Sunay insultara o Estado "dizendo a mulheres de uma associação suíça que a tortura era prática comum na Turquia".

Finalmente, um oficial de alta patente convocou Sunay ao quartel-general para informá-lo, em termos sumários, de que todo o exército achava que ele devia desistir de sua candidatura. Aquele não era o mesmo oficial benévolo que convocara a Ancara vários jornalistas arrogantes de Istambul para recriminá-los por criticar a ingerência do exército na política, e logo depois ofereceu-lhes chocolate, mas um oficial menos jovial do mesmo departamento de relações públicas. Ele não amoleceu nem um pouco ao ver Sunay trêmulo de medo e arrependimento; em vez disso, ridicularizou-o por apresentar seus próprios pontos de vista políticos na qualidade de "homem escolhido para ser Atatürk" e mencionou a breve visita feita por Sunay alguns dias antes à cidade natal do herói, no curso da qual ele desempenhou o papel do "estadista do povo". (Aclamado por multidões em carreata e por uma massa de trabalhadores da indústria do fumo e de desempregados, Sunay subiu na estátua de Atatürk na praça principal da cidade, fazendo os aplausos redobrarem ao apertar a mão de Atatürk; quando um repórter de uma revista popular lhe perguntou se pensava em deixar o palco para entrar na política, Sunay respondeu: "Se o povo o desejar".) O gabinete do primeiro-ministro anunciou que o filme sobre Atatürk fora adiado indefinidamente.

Sunay era experiente o bastante para engolir essa derrota; sua perdição se deu com o que se seguiu. Durante sua campanha pelo papel de Atatürk, que durou um mês, ele aparecera tanto na televisão que as pessoas terminaram por associar sua voz à de Atatürk, e por isso ninguém mais lhe oferecia trabalhos de dublagem. Os anunciantes da televisão, outrora tão satisfeitos em tê-lo no papel de um pai sensato com um jeito especial para comprar apenas os melhores e mais saudáveis produtos, passaram a ignorá-lo; eles imaginavam que os espectadores achariam estranho ver um Atatürk fracassado empunhando uma brocha e segurando uma lata de tinta ou explicando por que estava tão satisfeito com seu banco. Mas pior mesmo era a gente que acredita em tudo o que lê nos jornais, porque agora acreditava piamente que Sunay era inimigo tanto de Atatürk como da religião: alguns acreditavam até que ele não se importava que sua mulher beijasse outros homens. Ou, quando não acreditavam, comentavam muito que não há fumaça sem fogo.

A principal consequência desses reveses foi a redução do número de pessoas que iam assistir aos espetáculos da dupla. Muita gente parava Sunay na rua para dizer: "Não esperava isso de você!". Um jovem estudante secundarista da escola religiosa, convencido de que Sunay blasfemara contra o Profeta (e ansioso por aparecer nos jornais), invadiu o teatro de faca na mão e cuspiu no rosto de várias pessoas. Tudo isso aconteceu no espaço de cinco dias; então, Sunay e Funda desapareceram.

Os boatos se tornaram ainda mais extravagantes. Segundo uns, eles se tinham integrado ao Berliner Ensemble, fundado por Bertolt Brecht, a pretexto de ensinar teatro, embora na verdade estivessem aprendendo a atuar como terroristas. Segundo outros, o Ministério da Cultura da França lhes dera uma subvenção e refúgio no Hospital Psiquiátrico francês de Şişli. Na verdade, eles tinham fugido para a casa da mãe de Funda Eser, também artista, no litoral do Mar Negro.

Um ano depois, eles finalmente arrumaram emprego como diretores de eventos num hotel barato de Antália. Eles passavam as manhãs jogando voleibol na areia com merceeiros alemães e empregados de escritório holandeses; à tarde eles se caracterizavam como os personagens de teatro de sombras Karagöz e Hacivat e divertiam as crianças num alemão estropiado; à noite eles subiam ao palco travestidos de sultão e de odalisca que dançava a dança do ventre. Assim teve início a carreira de Funda Eser como dançarina da dança do ventre, que ela continuaria a desenvolver em suas temporadas pelas províncias nos dez anos seguintes. Durante três meses Sunay conseguiu atuar como palhaço, até que um barbeiro suíço se intrometeu, interrompendo o número com piadas sobre turcos com seus haréns e barretes, intromissão que continuou na manhã seguinte, na praia, onde ele começou a flertar com Funda. Sunay o espancou diante de uma multidão de turistas chocados e aterrorizados.

Ao que parece, depois disso os dois trabalharam como apresentadores, dançarinos e "atores" em casamentos e salões de baile em toda a região de Antália. Mesmo quando interpretava cantores baratos, ilusionistas comedores de fogo e comediantes de terceira classe, Sunay fazia breves discursos sobre Atatürk, sobre a República e a instituição do casamento. Funda Eser dançava a dança do ventre, e então o casal, agora assumindo um ar austero e disciplinado, encenava algo como o assassinato de Banquo, interrompendo o espetáculo ao cabo de oito ou dez minutos para receber a ovação da plateia. Naquelas noites é que se plantaram as sementes do que mais tarde seria o grupo de teatro itinerante que percorreria toda a Anatólia.

Enquanto mediam sua pressão, um dos guarda-costas de Sunay lhe trouxe um walkie-talkie; depois de dar algumas ordens usando o aparelho e de ler uma mensagem trazida por um ajudante, seu rosto se crispou de revolta. "Estão todos delatando uns aos outros", disse ele. Ele acrescentou que à época em que fazia turnês pela Anatólia, chegara à conclusão de que todos os homens do país estavam paralisados pela depressão.

"Eles ficam dias inteiros nessas casas de chá; dia após dia eles vão para lá e ficam sem fazer nada", disse ele. "Você vê centenas dessas criaturas sem emprego, infelizes, inertes em todas as cidades; no país como um todo deve haver centenas de milhares deles, se não milhões. Eles já não sabem como se manter limpos, já não têm vontade de abotoar seus casacos manchados, têm tão pouca energia que mal conseguem mover os braços e as pernas, sua capacidade de concentração anda tão baixa que não conseguem acompanhar uma história até o fim e chegaram até a esquecer como se ri de uma piada, esses meus pobres irmãos." A grande maioria era infeliz demais para conseguir dormir; eles ficavam felizes em saber que os cigarros que fumavam os matavam aos poucos; eles começavam uma frase e deixavam-na morrer quando se lembravam da inutilidade de continuar; eles viam televisão, não porque gostassem dos programas, mas porque não suportavam ouvir as conversas depressivas dos companheiros, e a televisão ajudava a silenciá-las; o que queriam mesmo era morrer, mas não se julgavam dignos do suicídio. Por ocasião das eleições, votavam nos partidos mais ordinários e nos piores candidatos, os mais repugnantes, por um desejo de autopunição; pelo mesmo motivo, insistia Sunay, eles preferiam os generais golpistas que propunham francamente a necessidade de punição aos políticos que viviam falando em esperança.

Funda Eser, que voltara ao salão, acrescentou existirem também muitas mulheres infelizes que se desgastavam tendo um monte de filhos, tecendo tapetes, trabalhando como operárias nas fábricas de tabaco ou cuidando de doentes por salários de fome, enquanto seus maridos estavam sabe Deus onde. Eram essas mulheres que gritavam e reclamavam com os filhos o dia todo que tocavam a vida adiante; se elas desaparecessem, seria o fim da linha para os milhões de homens sem alegria, sem emprego nem objetivo que agora se veem em toda a Anatólia. Eles parecem todos iguais, com suas camisas sujas e barbas por fazer; sem as mulheres para cuidar deles, terminariam como os mendigos que morrem de frio nas esquinas durante as ondas de frio, como os bêbados que saem trôpegos dos bares e caem em bueiros destampados, ou como o vovô gagá a quem se pede que vá comprar pão, e que vai, de pijama e sandálias, e se perde no caminho. Esses homens são legião, "como a gente viu nesta desgraçada cidade de Kars"; embora devessem a vida a suas mulheres, o amor que sentiam por elas lhes dava tanta vergonha que eles as torturavam.

"Dei dez anos à Anatólia porque eu queria ajudar meus infelizes amigos a sair do sofrimento e do desespero", disse Sunay. Não havia autocomiseração em seu tom de voz. "Eles nos acusaram de comunistas, pervertidos, espiões a soldo do Ocidente e testemunhas de Jeová; disseram que eu era cafetão e que minha mulher era prostituta; vezes sem conta nos jogaram na cadeia, nos espancaram e torturaram. Eles tentaram nos violentar, nos apedrejaram. Mas aprenderam a gostar de minhas peças e da alegria que minha companhia de teatro lhes proporcionava. Sendo assim, agora que tenho em mãos a maior oportunidade de minha vida, não posso fraquejar."

Dois homens entraram no salão; como da outra vez, um deles passou um walkie-talkie a Sunay. O aparelho estava no viva-voz e Ka ouvia gente falando; cercaram um barraco do bairro da represa, alguém que estava dentro abriu fogo contra eles, então entraram e encontraram um dos guerrilheiros curdos e uma família. Na mesma frequência, um soldado dava ordens; os subordinados dirigiam-se a ele como "meu comandante". Pouco depois, o mesmo soldado dirigiu-se a Sunay, primeiro para lhe contar seus planos, depois para pedir sua opinião, agora parecendo mais um velho colega de escola que o líder de uma revolução.

"Aqui em Kars tem um sujeito baixinho que é oficial de brigada", disse Sunay ao notar o interesse de Ka. "À época da Guerra Fria, o comando militar tinha suas melhores forças concentradas no interior, em Sarıkamış, em antecipação a uma incursão soviética. Quando muito, o pessoal daqui serviria para executar manobras diversionistas durante o primeiro ataque. Naquela época, eles estavam aqui principalmente para guardar a fronteira com a Armênia."

Então Sunay lhe contou que na primeira noite, depois que ele e Ka chegaram no mesmo ônibus procedente de Erzurum, ele foi ao Café Campos Verdejantes e topou com o coronel Osman Nuri Çolak, que era seu amigo havia uns trinta anos. O homem era um velho colega da Academia Militar de Kuleli. Naquela época, ele era a única pessoa em Kuleli que sabia quem era Pirandello e era capaz de desfiar a lista das peças de Sartre.

"Ao contrário de mim, ele não podia se fazer expulsar por indisciplina nem podia abraçar a carreira militar de todo o coração. Foi por isso que nunca se tornou um general do estado-maior. (Havia quem dissesse à boca pequena que, de qualquer modo, ele era baixinho demais para ser general.) Ele é um homem raivoso, perturbado, mas acho que não por causa de problemas profissionais — é porque sua mulher o deixou e levou seus filhos embora. Está cansado de viver sozinho, entediado por não ter o que fazer aqui, cansado dos mexericos da província, embora, naturalmente, seja ele o responsável pela maioria dos mexericos. Os açougueiros sem alvará de funcionamento que autuamos depois de declarar a revolução, as histórias infames sobre os empréstimos do Banco Rural e os cursos sobre o Corão — ele foi o primeiro a me dar notícia dessas irregularidades; ele andava bebendo um pouco além da conta. Ficou radiante em me ver, mas queixou-se muito de solidão. E então, à guisa de desculpas mas também com uma ponta de vaidade, disse-me ser ele, naquela noite, o oficial de mais alta patente em Kars, por isso teria de acordar cedo na manhã seguinte. O comandante de sua brigada, cuja mulher sofria de reumatismo, fora com ela para Ancara em busca de tratamento médico, o subcomandante fora convocado para uma importante reunião em Sarıkamış, e o governador estava em Erzurum. Então era ele quem estava no comando! E como a neve ainda não parara, era claro pela experiência dos últimos anos que as estradas ficariam fechadas durante dias.

Logo vi que aquela era a oportunidade pela qual eu esperara durante toda a minha vida, por isso pedi mais um *raki* duplo para o meu amigo."

De acordo com o relatório apresentado pelo major-inspetor enviado de Ancara, o homem que Ka ouvira momentos antes no walkie-talkie era na verdade o coronel Osman Nuri Çolak (ou Braço Torto, como Sunay, seu velho amigo da escola militar, preferia chamá-lo); o major relatou também que a princípio o coronel entendeu aquela proposta de golpe militar como mera brincadeira, uma fantasia inspirada pelo álcool só para fazer graça, mas assim mesmo ele levou adiante o gracejo, acrescentando que a coisa podia ser feita com dois tanques. O fato de ter realmente executado o plano deveu-se mais ao seu desejo de não parecer falto de coragem diante da insistência de Sunay — e sua convicção de que, quando tudo terminasse, Ancara ficaria satisfeita com o resultado — que a qualquer rancor, ressentimento ou desejo de glória pessoal. (De acordo com o relatório do major, porém, ele infelizmente comprometera seus princípios ao entrar no bairro República e invadir a casa de um dentista partidário de Atatürk para resolver uma briga por causa de uma mulher.)

O coronel usara metade de um esquadrão para vasculhar casas e escolas, e quatro caminhões e dois tanques T-1 — estes tiveram de ser usados com muito cuidado por falta de peças sobressalentes —, mas foram os únicos equipamentos militares de que ele lançou mão. Se não levarmos em conta as "mortes inexplicadas" atribuídas a "equipes especiais" como Z Demirkol e seus amigos, a maior parte das ocorrências foi coisa típica de circunstâncias extraordinárias como aquelas. Em outras palavras, o grosso das ações foi executado por vários oficiais diligentes do MİT e da polícia — afinal de contas, eles tinham as fichas de toda a cidade e empregavam um décimo da população como informantes. Na verdade, esses mesmos oficiais ficaram tão entusiasmados com o boato sobre a manifestação que os secularistas estavam planejando fazer no Teatro Nacional que enviaram telegramas oficiais aos amigos que se encontravam fora da cidade, pedindo-lhes que voltassem para não perder a oportunidade de se divertirem.

Pelo que conseguia ouvir pelo walkie-talkie, Ka deduziu que a escaramuça no bairro da represa chegara a uma nova fase. Ao ouvir os três disparos, primeiro pela frequência do rádio, depois vindos pelo ar, abafados pela planície coberta de neve, Ka chegou à conclusão de que o som dos disparos se propagava melhor quando amplificado por um walkie-talkie.

"Não seja cruel", disse Sunay no walkie-talkie, "mas faça-os sentir a força da revolução e do Estado, e mostre-lhes quanto estamos decididos." Ele ergueu a mão esquerda e, apoiando o queixo entre o polegar e o indicador, assumiu uma pose de meditação profunda, um gesto tão inconfundível que lembrou a Ka uma cena de meados da década de 70 em que Sunay fizera a mesma pose ao pronunciar aquelas mesmas palavras num drama histórico. Mas ele não estava tão elegante como àquela época — estava pálido, parecendo cansado e extenuado.

Sunay pegou um binóculo militar de 1940 que estava sobre sua mesa, o casaco de feltro grosso mas esfarrapado que ele usara durante os dez anos de andanças pela Anatólia e, depois de colocar o chapéu de pele, tomou Ka pela mão e o levou para fora. O frio pegou Ka de surpresa; ele o fez pensar em como eram frágeis e insignificantes os sonhos e desejos dos homens, como eram inconsistentes as intrigas e políticas do dia a dia comparadas aos ventos frios de Kars. Notou que a perna esquerda de Sunay estava muito mais comprometida do que ele imaginava. Ao chegarem à calçada coberta de neve, ficou admirado com o vazio das ruas brancas e brilhantes, e quando lhe ocorreu que, em toda a cidade, eles deviam ser os únicos a andar pelas ruas, sentiu um vivo contentamento. Embora a bela cidade coberta de neve com suas velhas mansões vazias só pudesse fazer um homem apaixonar-se pela vida e sentir o desejo de amar, Ka estava sentindo muito mais que isso: ele também se comprazia naquela proximidade com o verdadeiro poder.

"Esta é a parte mais bonita de Kars", disse Sunay. "Esta é a terceira visita de minha companhia de teatro a Kars em dez anos, e é para cá que sempre venho quando anoitece, para sentar-me sob os choupos e os oleandros, ouvir o melancólico crocitar dos corvos e das pegas, contemplando o castelo, a ponte e o *hamam* de quatrocentos anos."

Agora os dois estavam na ponte sobre o rio Kars congelado. Sunay lançou um olhar aos barracos espalhados na colina que se erguia à margem esquerda e apontou um deles. Imediatamente abaixo dessa casa, logo acima da estrada, Ka viu um tanque e, um pouco mais adiante, um caminhão do exército.

"Nós estamos vendo vocês", disse Sunay no walkie--talkie, olhando pelo binóculo. Pouco tempo depois, eles ouviram dois disparos — primeiro pelo walkie-talkie, depois ressoando no vale pelo qual o rio corria. Seria aquilo uma espécie de saudação? Logo adiante, na entrada da ponte, dois guarda-costas os esperavam. Eles lançaram um olhar à favela miserável — uns cem anos depois que um canhão russo destruíra as casas de campo dos paxás otomanos, os pobres vieram para ali reclamar os seus direitos —

e contemplaram o parque na margem oposta, que outrora fora o coração da burguesia de Kars, e a cidade que se erguia para além dele.

"Foi Hegel quem primeiro observou que a história e o teatro são feitos do mesmo material", disse Sunay. "Lembre-se: assim como no teatro, a história escolhe aqueles que vão desempenhar os papéis principais. E assim como os atores testam sua coragem no palco, os poucos que a história escolhe fazem o mesmo no palco da história."

Todo o vale ressoava com explosões. Disso Ka deduziu que a metralhadora no alto do tanque estava sendo usada. O canhão do tanque também fizera alguns disparos, mas errara o alvo. As últimas explosões foram causadas por granadas de mão. Um cachorro preto latia. A porta do barraco se abriu e saíram duas pessoas com as mãos erguidas. Ka avistava línguas de fogo lambendo as vidraças quebradas. Durante todo esse tempo, o cachorro latia alegremente, correndo de um lado para o outro, a cauda abanando quando se aproximava das pessoas que se arrastavam no chão. Ka viu uma pessoa correndo ao longe e ouviu os soldados abrirem fogo. O homem que corria caiu no chão, e tudo ficou em silêncio. Muito depois alguém gritou, mas àquela altura a atenção de Sunay já estava em outra coisa.

Seguidos pelos guarda-costas, eles ignoraram a cena que se desenrolava lá fora e entraram novamente na oficina de confecções. No momento em que Ka olhou mais uma vez o delicado e antigo papel de parede da velha mansão, sentiu que não podia deter o novo poema que agora esperava por ele e por isso refugiou-se num canto.

O poema, ao qual ele daria o título de "Suicídio e Poder", contém ousadas referências a esse passeio com Sunay — descreve a excitação do poder, o sabor da amizade que ele travara com aquele homem e seu sentimento de culpa em relação às jovens suicidas. Mais tarde chegaria à conclusão de que naquele poema "vibrante e refletido", os acontecimentos que ele testemunhara em Kars tinham encontrado a sua mais poderosa e autêntica expressão.

# 23. DEUS É JUSTO O BASTANTE PARA SABER QUE A QUESTÃO É COMO VOCÊ VIVE A SUA VIDA

## NO QG, EM COMPANHIA DE SUNAY

Quando Sunay viu que Ka concluíra seu poema, levantou-se de sua mesa de trabalho atravancada e cruzou a sala manquejando para cumprimentá-lo. "O poema que você leu no teatro ontem era muito moderno também", disse ele. "Pena que o público de nosso país não seja refinado o bastante para entender a arte moderna. É por isso que meus espetáculos sempre incluem dança do ventre e as confissões do goleiro Vural. Eu dou ao povo o que ele quer, em seguida lhe dou uma dose pura de drama da vida real. Prefiro misturar a arte de alto e de baixo nível para o povo a ficar em Istambul fazendo comédias de bulevar patrocinadas por bancos. Agora, cá entre nós, me diga por que você não identificou nenhum dos islamitas suspeitos que lhe mostraram no quartel central da polícia e na escola de veterinária?"

"Porque eu não reconheci nenhum deles."

"Quando os soldados viram quanto você gostava do jovem que o levou até Azul, quiseram prendê-lo também. Eles já estavam desconfiados — você veio lá da Alemanha, a esta altura da revolução, e testemunhou o assassinato do diretor da escola. Queriam submetê-lo a um interrogatório — torturá-lo um pouco — só para ver no que ia dar. Eu é que os impedi. Respondo por você."

"Muito obrigado."

"Uma coisa que ninguém consegue entender é por que você beijou o rapaz que o levou até Azul."

"Eu não sei por quê", disse Ka. "Ele era muito honesto e sincero. Eu achava que ele ia viver cem anos."

"Você quer saber que tipo de jovem era esse Necip cuja morte você lamenta tanto? Deixe-me ler uma coisa para você."

Ele pegou um papel em que se lia o seguinte:

> Certo dia de março passado, o rapaz fugiu da escola e se juntou a um grupo que quebrou as vidraças da Cervejaria da Alegria para vender álcool durante o Ramadã. Por algum tempo, andou fazendo trabalhos avulsos na sede do Partido da Prosperidade, mas parou, fosse porque suas opiniões radicais causavam medo, fosse porque teve um colapso nervoso que assustou todo mundo (havia mais de um informante na sede do partido). Ele admirava Azul e andou lhe fazendo propos-

tas durante os dezoito meses de permanência deste na cidade. Escreveu uma história que a equipe do MİT considerou incompreensível e fê-la publicar num jornal religioso com tiragem de setenta e cinco exemplares. Em algumas ocasiões, um farmacêutico aposentado que escrevia artigos para o mesmo jornal beijou-o de forma muito estranha, por isso Necip e seu amigo Fazıl planejaram matar o homem (isso segundo a ficha deles — o original da carta justificando seu ato, que eles planejavam deixar na cena do crime, fora roubado dos arquivos). Por várias vezes o referido Necip foi visto andando na avenida Atatürk, rindo com seus amigos, e numa dessas ocasiões, no mês de outubro, ele fez um gesto grosseiro para um carro da polícia não identificado que acabara de passar por eles.

"O MİT está fazendo um trabalho sério aqui", disse Ka.

"A casa de sua excelência o sheik Saadettin está sob escuta, por isso eles sabem que a primeira coisa que você fez ao encontrá-lo foi beijar-lhe a mão. Eles sabem que você confessou a ele, em lágrimas, que acredita em Deus — e eles não conseguem entender por quê. Há muitos poetas de esquerda que entraram em pânico e mudaram de lado, julgando ser melhor encontrar a religião antes que essa gente tome o poder."

Ka sentiu-se corar. Quando ele viu que Sunay entendeu aquilo como um sinal de fraqueza, a vergonha aumentou ainda mais.

"Eu sei que as coisas que você viu esta manhã o perturbaram profundamente. A polícia trata nossos jovens de forma brutal; temos em nosso meio muitos animais que espancam rapazes só para se divertir. Mas por enquanto vamos deixar isso de lado."

Ele ofereceu um cigarro a Ka.

“Como você, passei anos de minha juventude vagando pelas ruas de Nişantaş e de Beyoğlu. Eu era louco por filmes ocidentais, via tantos quantos podia, lia tudo o que Sartre e Zola escreveram e acreditava que nosso futuro estava na Europa. Ver todo esse mundo desmoronar, ver nossas irmãs obrigadas a cobrir a cabeça, ver poemas proibidos por serem antirreligiosos, como já aconteceu no Irã — não acho que você está preparado para assistir a esse espetáculo de braços cruzados. Porque você pertence ao mesmo mundo que eu. Não há mais ninguém em Kars que tenha lido a poesia de T. S. Eliot.”

“Muhtar, o candidato do Partido da Prosperidade, leu Eliot”, disse Ka. “Ele se interessa muito por poesia.”

“Nós nem precisamos mais mantê-lo na prisão”, disse Sunay com um sorriso. “Ele assinou um documento desistindo de sua candidatura. Ele o entregou ao primeiro soldado que bateu à sua porta.”

Eles ouviram uma explosão. As vidraças vibraram nos caixilhos. Voltando-se em direção ao barulho, os dois olharam pelas janelas que davam para o rio Kars, mas só conseguiram ver choupos cobertos de neve e os beirais congelados do edifício fronteiro, indistinto e abandonado. Afora o guarda postado à porta, a rua estava deserta. Mesmo no meio da manhã, Kars estava mergulhada em tristeza.

“Um bom ator”, disse Sunay num tom ligeiramente teatral, “é um homem que representa o substrato, as forças inexploradas e inexplicadas que ficaram à deriva ao longo dos séculos; toma as lições que recolhe aqui e ali e as esconde bem fundo, dentro de si; seu autocontrole é impressionante; nunca desnuda o próprio coração; ninguém sabe quão poderoso ele é até subir ao palco. Ao longo de toda a sua vida, percorre estradas desconhecidas para representar nos teatros mais remotos, nas cidades mais esquecidas, e aonde quer que vá, procura uma voz que irá lhe conceder a verdadeira liberdade. Se ele tiver sorte e encontrar essa voz, deve abraçá-la sem temor e seguir o seu caminho até o fim."

"Dentro de um ou dois dias, quando a neve derreter e as estradas reabrirem, Ancara vai jogar duro com os responsáveis por essa carnificina", disse Ka. "Não porque abominem o derramamento de sangue; eles vão se enfurecer porque dessa vez os responsáveis não foram eles. O povo de Kars vai odiar você e essa estranha encenação que você armou. O que fará, então?"

"Você viu o médico. Meu coração está fraco e doente, e cheguei ao fim de meus dias. Eles podem fazer o que quiserem comigo. Eu não me importo", disse Sunay. "Escute uma coisa: andam dizendo que se pegarmos um peixe graúdo — digamos, o homem que atirou no diretor do Instituto de Educação —, se o enforcarmos imediatamente e transmitirmos o enforcamento ao vivo pela televisão, todos na cidade ficarão quietos feito velas."

"Eles já estão quietos feito velas", disse Ka.

"Ouvimos dizer que eles vão usar homens-bomba."

"Se vocês enforcarem alguém, a única coisa que conseguirão é aumentar o terror."

"Você está com medo da vergonha que vai sentir quando os europeus virem o que fizemos aqui? Você sabe quantos homens eles enforcaram para fundar esse Estado moderno que você tanto admira? Atatürk não tinha tempo para fantasistas estúpidos; desde o primeiro dia, ele pendurou gente como você em cordas."

"E ponha mais isso em sua cabeça", continuou Sunay. "Esses meninos da escola secundária religiosa que você viu hoje nas celas gravaram seu rosto na memória para sempre. Eles vão jogar bombas em qualquer pessoa e em qualquer coisa; pouco lhes importa, contanto que se façam ouvir. E além do mais, como você leu um poema durante o espetáculo, eles vão achar que você participou da conspiração. Ninguém que seja minimamente ocidentalizado pode respirar livremente neste país a menos que tenha um exército secular para o proteger, e ninguém necessita mais de proteção que intelectuais que se julgam melhores que os outros e desprezam o povo. Se não fosse o exército, os fanáticos estariam voltando suas facas enferrujadas contra todos eles, contra suas mulheres maquiadas, e fazendo picadinho deles. Mas o que fazem esses arrogantes em troca? Eles se apegam aos seus modos ocidentais e torcem o narizinho pretensioso aos soldados que lhes garantem a liberdade. Quando a gente seguir o mesmo caminho que o Irã, você acha mesmo que alguém vai se lembrar que um liberal de coração de mingau como você derramou algumas lágrimas pelos meninos da escola secundária religiosa? Quando esse dia chegar, eles matarão você só por ser um pouco ocidentalizado, por estar assustado e ter se esquecido das palavras árabes de uma simples oração, e até por usar uma gravata ou casaco como os seus. A propósito, onde você comprou esse belo casaco? Posso usá-lo na peça?"

"Claro."

"Só para evitar que esse belo casaco fique todo esburacado, vou lhe dar um guarda-costas. Daqui a pouco vou fazer um pronunciamento na televisão. O toque de recolher acaba ao meio-dia, portanto, não saia para as ruas."

"Não acredito que aqui em Kars haja um islamita tão perigoso que eu não possa sair às ruas."

"O que está feito, está feito", disse Sunay. "E, principalmente, eles sabem que a única maneira que têm de governar este país é nos aterrorizando. O tempo demonstra que nossos temores não eram infundados. Se não deixarmos o exército e o Estado lidar com esses fanáticos perigosos, terminaremos por voltar à Idade Média, caindo na anarquia, trilhando o malfadado caminho já trilhado por tantas nações tribais da Ásia e do Oriente Médio."

A postura perfeita, a voz imperiosa, os frequentes e demorados olhares dirigidos a um ponto imaginário bem acima da cabeça de seus ouvintes... Ka lembrava-se de ter visto Sunay fazendo as mesmas poses em cena vinte anos antes. Mas aquilo não o fazia rir. Ele sentia como se também fosse um ator na mesma peça antiga e ultrapassada.

"O que você quer de mim?", perguntou Ka. "Abra logo o jogo."

"Não fosse por mim, você ia passar maus bocados nesta cidade. Mesmo bajulando os islamitas, seu casaco se encheria de buracos. Sou o único amigo que você tem aqui; sou o único em Kars que pode proteger você. Sem minha amizade, você logo estaria tremendo numa das celas no porão do quartel, esperando a hora de ser torturado. Quanto aos seus amigos do *Republicano,* eles contam mesmo é com o exército, não com você. Veja a posição em que você se encontra."

"Eu vejo."

"Então diga para mim o que escondeu da polícia hoje de manhã. Conte-me a culpa que você guarda no fundo do coração."

"Eu acho que devo estar começando a acreditar em Deus aqui", disse Ka com um sorriso. "É algo que devo estar escondendo até de mim mesmo."

"Você está enganando a si mesmo! Mesmo que acreditasse em Deus, não haveria o menor sentido nessa fé solitária. Você teria de acreditar nele da mesma forma que os pobres acreditam; teria de se tornar um deles. E só comendo o que eles comem, vivendo onde eles vivem, rindo das mesmas piadas e enfurecendo-se quando eles se enfurecem você pode acreditar no Deus em que eles acreditam. Se você leva uma vida completamente diferente, não pode adorar o mesmo Deus que eles adoram. Deus é justo o bastante para saber que não é uma questão de razão ou de lógica, mas de como você vive sua vida. Mas não é isso que eu estava lhe perguntando. Daqui a meia hora vou à televisão fazer um pronunciamento ao povo de Kars. Quero dar a eles notícias boas. Vou dizer que pegamos o criminoso que atirou no diretor do Instituto de Educação. É muito provável que o mesmo homem tenha atirado no prefeito. Posso dizer que você identificou essa pessoa para nós hoje de manhã? Então você poderá ir à televisão e contar toda a história."

"Mas eu não identifiquei ninguém."

Com uma raiva que nada devia à teatralidade, Sunay pegou Ka pelo braço, tirou-o da sala e levou-o para um amplo corredor; introduziu-o, então, numa sala branca iluminada que dava para o pátio interno do edifício. Bastou-lhe um simples olhar para sentir repulsa pela sala: não pela sujeira, mas pela atmosfera sórdida. Havia meias penduradas numa corda estendida entre o ferrolho da janela e um prego na parede. Ka viu a um canto uma valise aberta contendo um secador de cabelo, um par de luvas, camisas e um sutiã enorme que devia servir em Funda Eser. A própria Funda Eser estava sentada numa cadeira ao lado da valise; a mesa à sua frente estava atulhada de papéis e cosméticos que ela afastara para poder colocar uma tigela. Ka se perguntou se aquilo era compota de fruta ou sopa. Ela lia e comia ao mesmo tempo.

"Nós estamos aqui em nome da arte moderna... Nós somos carne e unha", disse Sunay, apertando o braço de Ka ainda com mais força. Ka parecia não saber ao certo o que ele estava tentando dizer, e Sunay parecia não saber ao certo se aquilo era vida ou uma peça de teatro.

"O goleiro Vural desapareceu", disse Funda Eser. "Ele saiu esta manhã e não voltou."

"Ele desmaiou em algum lugar", disse Sunay.

"Mas onde?", tornou Funda. "Está tudo fechado. Ninguém pode sair à rua. Os soldados começaram uma busca. Temo que tenha sido sequestrado."

"Espero em Deus que ele *tenha* sido sequestrado", disse Sunay. "Se eles o esfolassem vivo e cortassem sua língua, seria melhor para nós todos."

Apesar de todos aqueles modos e linguagem rudes, havia algo tão divertido naqueles gracejos joviais, na profundidade de seu entendimento mútuo, que Ka não pôde deixar de sentir um certo respeito e mesmo uma ponta de inveja. Quando seu olhar cruzou com o de Funda Eser, instintivamente ele fez uma mesura tão exagerada que quase tocou no chão.

"A senhora foi uma verdadeira sensação na noite passada", disse ele, num tom afetado que não obstante tinha laivos de sincera admiração.

"Você não sabe o que está dizendo", disse ela com fingido embaraço. "Em nossa companhia, o que faz a obra-prima não são os atores, mas o público."

Ela se voltou para o marido. Os dois começaram a conversar, pulando de um assunto a outro como um rei e uma rainha fariam, acossados por muitas questões de Estado importantes. Ka ouviu com uma mistura de simpatia e admiração marido e mulher se impacientando com a discussão de qual seria o traje adequado para sua iminente aparição na televisão (Trajes civis? Uniforme militar? Smoking?);

discutiram em seguida o script do pronunciamento (escrito em parte por Funda Eser) e a declaração do dono do hotel onde eles se hospedaram por ocasião de suas visitas anteriores (preocupado com as constantes batidas que os soldados davam no hotel e ansioso por conquistar sua simpatia, ele denunciou formalmente dois jovens hóspedes que pareciam suspeitos); finalmente, eles sacaram um maço de cigarros em que alguém rabiscara a programação da tarde para a televisão local (quatro ou cinco reprises do evento no Teatro Nacional, três do pronunciamento de Sunay, canções folclóricas sobre feitos heroicos na região fronteiriça, um especial sobre as belezas de Kars e um filme turco chamado *Gulizar*). Eles a leram e aprovaram.

"E agora", disse Sunay, "o que vamos fazer com esse nosso poeta cujo intelecto pertence à Europa, cujo coração pertence aos militantes da escola secundária religiosa e cuja cabeça está na maior confusão?"

"Dá para perceber por sua fisionomia", disse Funda Eser com um sorriso manso, "que ele é um bom menino. Ele vai nos ajudar."

"Mas ele andou derramando lágrimas pelos islamitas."

"É porque ele está apaixonado", disse Funda Eser. "Nosso poeta se deixou levar pelas emoções nos dois últimos dias."

"Ah, nosso poeta está apaixonado?", disse Sunay Zaim, exagerando no gestual. "Só os poetas mais puros permitem que o amor tome conta de seu coração em tempos de revolução."

"Ele não é um poeta puro, mas um amante puro", disse Funda Eser.

Enquanto marido e mulher continuavam a encenação com sua técnica impecável, Ka se sentia ao mesmo tempo furioso e estupefato. Depois disso, eles voltaram para a oficina e tomaram chá juntos na grande mesa.

"Estou lhe dizendo isso para que você veja que nos ajudar é a coisa mais sensata a fazer", disse Sunay. "Kadife é amante de Azul. Não é a política que traz Azul a Kars, mas o amor. Eles não o prenderam porque queriam saber quais jovens islamitas colaboravam com ele. Agora estão arrependidos, porque na noite passada, pouco antes da batida no alojamento da escola secundária religiosa, ele desapareceu feito fumaça. Todos os jovens islamitas de Kars estão sob sua influência. Ele está em alguma parte da cidade, e com certeza vai querer se encontrar com você novamente. Você poderia ter dificuldade em nos alertar: minha sugestão é colocar um ou dois microfones em você e talvez um transmissor em seu casaco. Você teria a mesma proteção que o diretor do Instituto de Educação, e não precisaria se preocupar com sua segurança. Quando terminar o encontro e você for embora, poderemos ir prendê-lo." Pela expressão do rosto de Ka, Sunay teve certeza de que o outro não se entusiasmara com a proposta. "Não vou insistir", disse ele. "Você não parece, mas seu comportamento hoje mostra que é uma pessoa prudente. Naturalmente, é um homem que sabe cuidar de si mesmo, mas estou lhe dizendo que precisa ter muito cuidado com Kadife. Desconfiamos que ela conta a Azul tudo o que ouve, inclusive as conversas entre o pai e os convidados à mesa do jantar. Ela o faz em parte pela emoção de trair o pai, mas também pelos laços de amor que a prendem a Azul. Como você explica a força dessa paixão?"

"Você quer dizer por Kadife?", perguntou Ka.

"Não", disse Sunay, impaciente. "Quero dizer essa paixão por Azul. Por que todo mundo morre de amores por ele?

Por que seu nome se tornou um mito em toda a Anatólia? Você conversou com ele. Pode me explicar esse mistério?"

Funda Eser pegou um pente de plástico e estava passando nos cabelos descorados do marido com tanto cuidado que Ka, distraído, ficou em silêncio.

"Gostaria que você ouvisse o pronunciamento que vou fazer na televisão", disse Sunay. "Venha comigo no caminhão do exército, que no caminho eu deixo você no hotel."

O toque de recolher devia terminar dentro de quarenta e cinco minutos. Ka recusou a oferta delicadamente e pediu permissão para voltar para o hotel a pé. A permissão lhe foi dada.

Foi um alívio andar pelas calçadas amplas e vazias da avenida Atatürk — sentir o silêncio das ruas transversais cheias de neve, contemplar mais uma vez as belas casas russas e oleandros cobertos de neve —, mas ele logo percebeu que estava sendo seguido. Passou para o outro lado e pegou a avenida Halitpaşa, em seguida dobrou à esquerda na avenida Pequeno Kâzımbey. O detetive que o seguia soprava e bufava avançando na neve, procurando alcançá-lo. Atrás dele vinha correndo o mesmo cachorro preto amistoso com a mancha branca na testa que Ka vira na estação na noite anterior. Ka se escondeu no vão da porta de uma das oficinas do bairro Yusufpaşa, contando poder despistá-lo, mas encontrou-se imediatamente cara a cara com seu perseguidor.

"Você está me seguindo para me espionar ou para me proteger?"

"Só Deus sabe, senhor. Escolha a alternativa que lhe parecer melhor, que por mim está tudo bem."

Mas o homem parecia tão cansado e abatido que Ka duvidou que pudesse proteger até a si próprio. Parecia ter no mínimo sessenta e cinco anos, tinha o rosto vincado e cheio de rugas, voz fina e olhos baços — fitava Ka timidamente, com o olhar medroso da maioria das pessoas diante da polícia. Como todos os agentes à paisana da Turquia, usava sapatos da fábrica estatal Sümerbank, e quando Ka notou que as solas estavam começando a descolar, teve pena dele.

"Você é policial, não é? Se estiver com a carteira de identidade, vamos usá-la para abrir o Café Campos Verdejantes e ficar lá por um tempinho."

Eles não precisaram insistir nas batidas para que a porta se abrisse. Ka e o detetive, cujo nome era Saffet, ficaram tomando *raki* e dividindo tortas de queijo com o cachorro preto enquanto ouviam o pronunciamento de Sunay. Em nada se diferenciava dos pronunciamentos dos líderes dos golpes militares de quando Ka era criança. Na verdade, quando Sunay explicava que os militantes curdos e islamitas, "a soldo dos inimigos externos", e políticos degenerados dispostos a tudo para ganhar votos levaram Kars à beira da destruição, Ka já estava um pouco entediado.

Quando Ka estava bebendo seu segundo *raki*, o detetive, apontando respeitosamente para Sunay, fê-lo concentrar-se novamente na televisão. A fisionomia do detetive mudara de alguma maneira. Já não era a de um detetive de terceira categoria: tinha a aparência de um cidadão resignado, cansado de esperar que seu pedido fosse atendido. "Você conhece esse homem. E o que é melhor: ele o respeita", disse o detetive em tom de queixa. "Espero que você consiga me ajudar em meu humilde pedido. Se você o apresentasse a ele, poderia me livrar desta minha vida insuportável. Por favor, peça-lhe que me tire da investigação do veneno e me transfira para outra área."

Ante o olhar interrogativo de Ka, ele se levantou, passou o ferrolho na porta do café, sentou-se novamente para contar a história da "investigação do veneno". O infeliz detetive tinha dificuldade em se expressar, o *raki* subira à cabeça já perturbada de Ka, por isso lhe foi difícil acompanhar aquela história confusa.

A coisa começou no Bufê Moderno, um snack-bar no centro da cidade, não muito longe do centro de operações do exército e do serviço de inteligência. Muitos soldados iam lá comprar sanduíches e cigarros. A certa altura, porém, começou-se a desconfiar de que o *sharbat* de cravo-da-índia de lá continha veneno. A primeira vítima foi um oficial da infantaria de Istambul. Dois anos antes, na manhã de uma manobra muito temida e excepcionalmente penosa, esse oficial teve uma febre que fazia seu corpo tremer tanto que ele não conseguia nem ficar de pé. Levado à enfermaria, logo se constatou que fora envenenado; então, o oficial, achando que ia morrer, atribuiu o envenenamento ao *sharbat* picante que tomara no snack-bar na esquina da avenida Pequeno Kâzımbey com Kâzım Karabekir. Ele só tomara o *sharbat*, acrescentou furioso, para experimentar uma coisa nova.

A princípio pareceu tratar-se de um simples caso de envenenamento acidental por alimento, e o caso logo foi esquecido, mas a história voltou à baila novamente quando, não muito depois, dois outros oficiais com os mesmos sintomas foram levados à mesma enfermaria. Como o primeiro, eles tremiam tanto que mal conseguiam falar e não conseguiam ficar de pé por muito tempo. Ambos puseram a culpa no *sharbat* de cravo-da-índia servido quente que tinham tomado por mera curiosidade. Descobriu-se então que uma velha senhora curda estava preparando essa bebida em sua casa no bairro de Atatürk: todos gostavam muito, por isso seus netos resolveram vendê-lo em seu snack-bar. Essa informação foi dada num interrogatório feito no centro de operações do exército logo depois das denúncias. Mas quando amostras do *sharbat* da velha senhora, colhidas secretamente, foram submetidas a exame na escola de veterinária, não se encontrou nenhum vestígio de veneno.

A investigação foi encerrada quando o general comentou o caso com a esposa. Então ele descobriu, sobressaltado e consternado, que ela vinha bebendo várias xícaras de *sharbat* todos os dias, achando que seria bom para o reumatismo. Aliás, muitas esposas de oficiais e muitos oficiais andaram tomando grande quantidade da bebida — todos alegando motivos de saúde, quando na verdade o faziam por mero tédio. Investigações posteriores revelaram que a moda não se limitava aos oficiais e suas esposas — soldados de folga também frequentavam o bar, assim como as famílias que vinham visitá-los, em parte porque ele ficava numa área bem central, mas principalmente porque o *sharbat* era a única novidade em Kars.

Quando o general acrescentou esses novos dados à investigação, estava tão preocupado com os possíveis desdobramentos do caso que delegou o caso ao MİT e à inspetoria do exército. Quanto mais o exército ganhava terreno em seu selvagem conflito com os guerrilheiros curdos do PKK, mais baixo ficava o moral dos jovens curdos fracos, desesperados e desempregados que se tinham alinhado com estes; essa situação levara alguns jovens a alimentar estranhos e terríveis sonhos de vingança, como foi relatado por muitos detetives que passavam os dias cochilando nas casas de chá da cidade. Eles escutaram jovens tramando a explosão de bombas e sequestros, possíveis ataques contra a estátua de Atatürk, um plano para envenenar o reservatório de água da cidade e outro para explodir pontes. Foi por isso que os oficiais levaram tão a sério o medo provocado pelo *sharbat* de cravo-da-índia. Mas como o assunto era extremamente delicado, eles não conseguiram interrogar ou torturar os proprietários do snack-bar. Em vez disso, destacaram um detetive ligado ao gabinete do prefeito para atuar no Bufê Moderno, outro para a cozinha da velha senhora, que àquela altura estava felicíssima com o sucesso de seu negócio.

O detetive destacado para atuar no snack-bar submeteu a bebida da velha senhora a mais um exame, mas inspecionou também os copos, o tecido usado como isolante nos cabos tortos das conchas de estanho, a caixinha de moedas, os buracos abertos pela ferrugem e as mãos dos empregados, procurando vestígios de algum pó estranho. Uma semana depois, ele também apresentava todos os sintomas de envenenamento; tremia e tossia tanto que teve de largar o trabalho.

O detetive destacado para a cozinha da velha senhora, porém, foi muito mais sagaz. Toda noite ele se sentava e escrevia um relatório completo, listando não apenas as pessoas que tinham estado na cozinha naquele dia, mas também cada ingrediente comprado pela velha senhora (cenouras, maçãs, ameixas, amoras secas, flores de romãzeira, silvão e marshmallows). Seus relatórios logo revelaram a receita dessa bebida tão deliciosa e tão apreciada. O detetive, que andava bebendo cinco ou seis garrafas por dia, não sentia nenhum efeito negativo: na verdade, segundo ele a bebida era um verdadeiro tônico, um genuíno *sharbat* montanhês como o que é mencionado no famoso épico curdo *Mem u Zin*. Os peritos enviados de Ancara perderam a confiança nesse detetive, porque ele era curdo. Eles puderam deduzir de seus relatórios que o *sharbat* era venenoso para os turcos mas não para os curdos; não obstante, considerando que a posição oficial do Estado de que curdos e turcos se confundem, eles guardaram suas conclusões para si mesmos.

Àquela altura, um grupo de médicos enviado de Istambul criou uma clínica especial no Hospital de Previdência Social. Logo, porém, esta ficou superlotada de cidadãos de Kars perfeitamente saudáveis que buscavam apenas tratamento gratuito, para não falar dos chamados inválidos que se queixavam de males comuns como queda de cabelos, psoríase, hérnia e gagueira. Essa avalanche de gente comprometeu em muito a seriedade da investigação.

Assim, coube mais uma vez ao serviço de inteligência de Kars desvendar o mistério do *sharbat*, que minava aos poucos a força da cidade e já pusera em risco a vida de centenas de soldados; cabia ao MİT capturar os responsáveis, antes que ele abatesse o ânimo da cidade. Saffet era apenas um dos muitos zelosos agentes que trabalhavam no caso. Muitos receberam ordens de simplesmente seguir as pessoas que bebiam o *sharbat* preparado pela velha senhora com tanta alegria. Já não se tratava mais de investigar o caminho que o veneno fizera para espalhar-se pela cidade, mas de uma vã tentativa de distinguir as pessoas envenenadas com *sharbat* das não envenenadas. Para cumprir essa tarefa, os detetives estavam seguindo todos os soldados e policiais à paisana consumidores da bebida da velha senhora — às vezes até às suas casas.

Quando Ka ouviu dizer que essa missão árdua e cansativa tinha arruinado não apenas os sapatos do detetive mas também o seu estado de ânimo, ele prometeu tocar no assunto com Sunay, que ainda não chegara ao fim de seu pronunciamento na televisão.

O detetive ficou tão animado com a promessa que abraçou Ka, beijou-o em ambas as faces e abriu ele próprio a porta da casa de chá.

# 24. EU, KA

## O FLOCO DE NEVE HEXAGONAL

Seguido de perto pelo cachorro preto, Ka voltou a pé para o hotel, desfrutando a beleza vazia das ruas cobertas de neve. Ele escreveu rapidamente um bilhete para İpek — *Venha agora mesmo!* — e pediu a Cavit, o recepcionista, que o levasse imediatamente a ela. Então subiu para o seu quarto e se jogou na cama. Enquanto esperava, ficou pensando em sua mãe, mas logo seus pensamentos se voltaram para İpek, que ainda não chegara. Não demorou muito para ele sentir o aguilhão de uma dor tão forte que o fez achar ter sido uma loucura se apaixonar — ou ter vindo para Kars. Já fazia algum tempo que estava esperando, e ainda nem sinal dela.

Trinta e oito minutos depois que Ka chegou ao hotel, İpek entrou no quarto dele. "Tive que ir comprar carvão", disse ela. "Eu sabia que ia ter fila ao fim do toque de recolher, por isso saí pelo quintal dez para o meio-dia. E depois passei algum tempo andando no mercado. Se eu soubesse que você estava aqui, teria voltado direto."

İpek trouxe tanta vida ao quarto que a disposição de ânimo de Ka melhorou de tal maneira que ele receou fazer alguma coisa capaz de destruir aquele momento mágico. Contemplou os belos cabelos longos e brilhantes de İpek. As mãos dela nunca ficavam quietas. Num piscar de olhos sua mão esquerda ia dos cabelos ao nariz, ao cinto, à quina da porta, ao longo e belo pescoço, e logo voltava aos cabelos, passando imediatamente a apalpar o colar de jade. (Ela devia ter acabado de colocá-no no pescoço. Só então Ka o notou.)

"Estou terrivelmente apaixonado por você, e estou sofrendo", disse Ka.

"Não se preocupe. O amor que desabrocha tão rapidamente esvai-se com a mesma rapidez."

Ka envolveu-a num abraço e tentou beijá-la. İpek lhe devolveu o beijo — ela estava calma e ele, arrebatado. Ele sentiu as pequenas mãos de İpek em seus ombros, e a doçura de seu beijo deixou-o tonto. Pela desenvoltura dos movimentos do corpo dela, percebeu que ela estava pronta para fazer amor, então isso o deixou tão feliz que seus olhos, sua mente e sua memória abriram-se totalmente para aquele momento e para o mundo.

"Também quero fazer amor", disse İpek. Por um instante ela olhou para a frente, depois ergueu os olhos com rápida determinação e encontrou o olhar de Ka. "Mas, como já disse, isso não pode acontecer debaixo do nariz de meu pai."

"E quando seu pai sai de casa?"

"Ele nunca sai", disse İpek. "Preciso ir agora", acrescentou ela, começando a se afastar.

Ka ficou no vão da porta olhando İpek até ela desaparecer na escada, no final do corredor mal iluminado. Então fechou a porta, sentou-se à beira da cama, tirou o caderno do bolso e, abrindo uma página em branco, começou a escrever o poema a que daria o título de "Privações e dificuldades".

Depois de terminar o poema, Ka continuou sentado à beira da cama. Ele se deu conta, pela primeira vez desde sua chegada a Kars, que afora ficar no pé de İpek e escrever poemas, não tinha mais nada a fazer na cidade. Essa percepção o fez sentir-se despojado de alguma coisa e livre em igual medida. Tinha certeza de que, se pudesse convencer İpek a ir embora de Kars com ele, haveria de ser muito feliz com ela pelo resto da vida. Sabia que o momento de convencê-la estava se aproximando rapidamente, mas agora que já tinha um plano — sentiu-se grato pela neve.

Ele jogou o casaco de lado e saiu do hotel, sem que ninguém, à exceção de Saffet, percebesse. Em vez de tomar a direção da prefeitura, dobrou à esquerda na avenida da Independência Nacional e desceu a ladeira. Entrou na Farmácia da Sabedoria, comprou alguns comprimidos de vitamina C, dobrou à esquerda na avenida Faikbey, andando sempre em linha reta e parando de vez em quando para olhar pelas janelas dos restaurantes, entrando em seguida na avenida Kâzım Karabekir. As bandeirolas da campanha eleitoral que ele vira tremulando acima da avenida no dia anterior tinham sido retiradas, e todas as lojas estavam abertas. Numa papelaria que também vendia fitas cassete ouvia-

-se música a todo o volume. As calçadas estavam cheias de gente que saíra de casa apenas para marcar o fim do toque de recolher; as pessoas andavam até o mercado, subiam depois a colina, parando de vez em quando para tiritar de frio diante da vitrine de uma loja. Os que normalmente vinham de micro-ônibus de bairros afastados para ficar no centro da cidade cochilando nas casas de chá ou para dar uma passada no barbeiro não vieram aquele dia, e Ka ficou contente em ver tantas casas de chá e barbearias vazias. As crianças que estavam nas ruas fizeram-no esquecer o medo que havia dentro das casas. Ficou olhando as crianças andando de trenó nas pontes, jogando bolas de neve, brincando, brigando e xingando nos terrenos baldios, nas praças cobertas de neve, nos playgrounds das escolas e nos jardins em volta dos edifícios públicos. Apenas algumas usavam casacos; a maioria estava com os uniformes da escola, cachecóis e gorros. Elas estavam contentes com o golpe, porque não tiveram aula. Toda vez que o frio apertava, Ka ia ao encontro de Saffet na casa de chá mais próxima. Ia direto à mesa do detetive, tomava um copo de chá e tornava a sair.

Àquela altura já estava acostumado a ser seguido por Saffet, e já não tinha medo dele. Se eles quisessem realmente saber tudo o que ele fazia, usariam um homem que não se deixasse ver. A única função de um detetive agindo de forma ostensiva era servir de cortina de fumaça para esconder um colega invisível. Foi por isso que Ka entrou em pânico quando, a certa altura de sua caminhada, perdeu Saffet de vista e saiu à sua procura. Encontrou Saffet ofegante, com um saco plástico na mão, na esquina da avenida Faikbey — o lugar onde o tanque estava na noite anterior.

"As laranjas estavam muito baratas e não resisti", disse o detetive. Ele agradeceu a Ka por ter esperado, acrescentando que ele tinha mostrado suas boas intenções ao não tentar escapulir. "Por que você não me informa aonde vai daqui pra frente? Isso nos pouparia muito esforço."

Ka não sabia aonde estava indo. Mas depois de mais dois copos de *raki* em outra casa de chá vazia, ele se deu conta de que queria fazer outra visita a sua excelência o sheik Saadettin. Não havia muita chance de ver İpek nas próximas horas, e ele temia o tormento de se deixar ficar pensando nela, preferindo desnudar a alma para o sheik. Começaria por lhe falar do amor de Deus que tinha no coração, e então os dois poderiam ter uma conversa civilizada sobre os desígnios de Deus e o significado da vida. Mas aí se lembrou de que a residência do sheik estava sob escuta: quando a polícia ouvisse o que ele pretendia falar ia morrer de rir.

Mesmo assim, ao passar pela modesta residência de sua excelência na rua Baytarhane, Ka parou por um instante para olhar as janelas.

Mais adiante, em seu passeio, Ka notou que as portas da biblioteca municipal estavam abertas, então entrou e galgou a escadaria enlameada. No patamar havia um quadro de avisos em que alguém afixara com todo o cuidado os sete jornais da cidade. Como todos tinham sido impressos no dia anterior, a exemplo da *Gazeta da Cidade Fronteiriça*, não havia nenhuma referência à revolução, mas muita coisa sobre o esplêndido espetáculo do Teatro Nacional e sobre a nevasca interminável.

Embora as escolas da cidade estivessem fechadas, ele viu cinco ou seis estudantes na sala de leitura da biblioteca; havia também um punhado de funcionários públicos aposentados; como os estudantes, certamente eles também tinham vindo ali para escapar ao frio de suas casas. A um canto, entre dicionários de folhas amarfanhadas e enciclopédias infantis rasgadas, Ka encontrou vários volumes antigos de *A enciclopédia da vida*, que lhe tinham proporcionado tantas horas de prazer quando criança. No final de cada volume havia uma série de transparências coloridas que, ao serem folheadas, revelavam as partes internas de um carro, de um navio ou a anatomia de um homem. Ka foi direto ao quarto volume, esperando encontrar a série que mostrava o bebê aninhado como um pintinho num ovo no ventre aumentado de sua mãe, mas viu que as ilustrações tinham sido arrancadas; restavam apenas as margens das folhas, coladas no lado interno da contracapa.

À página 324 do mesmo volume, encontrou um verbete que leu com toda a atenção:

> NEVE. A forma sólida que a água assume quando cai, cruza ou se eleva pela atmosfera. Cada cristal de floco de neve forma seu próprio hexágono, cuja forma é única. Desde os tempos antigos, a humanidade se espantou e se admirou com os segredos da neve. Em 1555, Olaus Magnus, um sacerdote de Uppsala, Suécia, descobriu que cada floco de neve, como mostra o diagrama, tem seis ângulos...

Não saberia dizer quantas vezes Ka leu esse verbete e em que medida internalizou a ilustração do floco de neve durante sua permanência em Kars. Anos mais tarde, quando fui visitar sua família em Nişantaş, para passar longas horas conversando sobre Ka com seu lacrimoso e — como sempre — perturbado e desconfiado pai, perguntei se podia dar uma olhada na biblioteca do velho homem. Pelo que me lembrava, o que eu procurava não estaria no quarto de Ka, junto com todos os outros livros de sua infância e juventude, mas num canto escuro da sala de estar, nas prateleiras onde seu pai guardava as próprias coleções. Ali, entre as belas lombadas dos livros de direito do pai, a coleção de romances da década de 40 — alguns em turco, outros traduzidos — e a fila de catálogos telefônicos, encontrei os volumes lindamente encadernados de *A enciclopédia da vida*. A primeira coisa que fiz foi ir ao final do quarto volume para olhar a ilustração anatômica da mulher grávida. Em seguida dirigi minha atenção ao livro enquanto objeto. Eu ainda estava admirando seu perfeito estado quando vi, diante de meus olhos, a página 324. Foi quase como se o livro se tivesse aberto por vontade própria naquela página. Junto ao verbete sobre neve, encontrei um pedaço de papel mata-borrão de trinta e dois anos.

Depois de ter olhado a enciclopédia, Ka enfiou a mão no bolso e, como um estudante que se senta para fazer a lição de casa, sacou o caderno. Começou a escrever um poema, o décimo que lhe viera à mente desde que chegara a Kars. Nos primeiros versos, ele exaltava a singularidade dos flocos de neve, e em seguida falava de suas lembranças de infância daquela figura de mãe com o filho, que agora ele não encontrara no final do quarto volume da enciclopédia. Nos últimos versos do poema, traçou um diagrama que representava a si mesmo e seu lugar no mundo, seus medos particulares, os atributos que o distinguiam, sua singularidade. O título que deu ao poema foi "Eu, Ka".

Ka ainda estava escrevendo o poema quando notou que havia outra pessoa sentada à mesma mesa. Ao levantar os olhos da página, quase perdeu o fôlego: era Necip. Ele não sentiu nenhum terror nem espanto com aquela aparição; em vez disso, sentiu vergonha — ali estava alguém que não tinha morrido tão facilmente, e contudo Ka queria acreditar que ele estava morto.

"Necip", disse ele. Ele quis abraçar o jovem e beijá-lo.

"Eu sou Fazıl", disse o jovem. "Vi você na rua e o segui." Ele olhou para a mesa onde Saffet estava. "Responda depressa: é verdade que Necip morreu?"

"É verdade. Eu o vi com meus próprios olhos."

"Então por que me chamou de Necip? Você ainda não tem certeza, não é?"

"Não, não tenho."

Por um instante, o rosto de Fazıl se crispou, mas logo ele se recompôs.

"Ele quer que eu me vingue. É por isso que tenho certeza de que está morto. Mas quando a escola abrir, a única coisa que vou querer é estudar; não quero vingança; não quero me envolver com política."

"A vingança é uma coisa terrível."

"Mesmo assim, eu me vingaria se achasse que devia fazê-lo", disse Fazıl. "Disseram-me que você conversou com ele. Você entregou as cartas para Hicran... quer dizer, Kadife?"

"Entreguei." O olhar de Fazıl o incomodou. Devo corrigir isso?, perguntou-se Ka. Dizer *eu estava pensando* em entregar? Mas era tarde demais. Sem saber por quê, aquela mentira o fez sentir-se mais seguro. A dor estampada no rosto de Fazıl era difícil de suportar.

Fazıl cobriu o rosto com as mãos e chorou um pouco. Mas ele estava tão furioso que as lágrimas não saíam. "Se Necip morreu, de quem eu teria de me vingar?" Como Ka não disse nada, Fazıl olhou-o nos olhos. "Você sabe quem é", disse ele rispidamente.

"Eu soube que vocês pensavam a mesma coisa ao mesmo tempo", disse Ka. "Se você ainda consegue fazer isso, você sabe quem é."

"Mas o que ele pensa, a coisa que ele quer que eu pense,

é terrivelmente dolorosa para mim", disse Fazıl. Pela primeira vez, Ka viu nos olhos dele a mesma luz que vira nos de Necip. Era como estar diante de um fantasma.

"E em que ele está forçando você a pensar?"

"Em vingança", disse Fazıl chorando mais um pouco.

Ka teve certeza de que os pensamentos de Fazıl estavam em outra coisa que não em vingança. E o próprio Fazıl disse isso quando viu o detetive Saffet levantar-se de sua mesa e ir até eles.

"Por favor, posso ver sua carteira de identidade?", disse o detetive Saffet, lançando-lhe um olhar ameaçador.

"Minha carteira de estudante está no balcão da seção circulante."

Ka viu o medo tomar conta de Fazıl ao perceber que estava falando com um policial à paisana. Os três se dirigiram ao balcão da seção circulante. O detetive arrancou a carteira de estudante da mão da funcionária, e, vendo que Fazıl estudava na escola secundária religiosa, lançou um olhar a Ka como se dissesse *eu devia saber* e, como um velho tomando o brinquedo de uma criança, colocou a carteira de estudante no bolso.

"Se você quiser esta carteira de volta, tem de ir buscar no quartel da polícia."

"Com todo o respeito", disse Ka, "esse rapaz tem feito o maior esforço para evitar envolver-se em problemas, e ele acaba de ouvir que seu melhor amigo morreu. Você não pode lhe devolver a carteira de estudante agora?"

Depois de ter procurado conquistar as boas graças de Ka para que interviesse em seu favor, Saffet agora se mostrava irredutível.

Contando poder persuadir Saffet a lhe dar a carteira mais tarde, quando ninguém estivesse olhando, Ka marcou um encontro com Fazıl às cinco horas na Ponte de Ferro. Fazıl saiu da biblioteca imediatamente. Àquela altura, as outras pessoas que se encontravam na sala de leitura estavam muito apreensivas, achando que também lhes pediriam a carteira de identidade. Mas Saffet nem notou — foi direto à sua mesa, de onde voltou com um exemplar da década de 60 da revista *Life*, para ler sobre a triste princesa Soraia, que fora rejeitada por seu marido, o xá, por não ter sido capaz de lhe dar um filho, e para olhar a última fotografia de Adnan Menderes, o ex-primeiro-ministro, antes de ser enforcado.

Calculando então que não conseguiria que Saffet lhe entregasse a carteira de estudante de Fazıl, Ka também saiu da biblioteca. Quando ele voltou à maravilhosa rua branca e deu com bandos de alegres crianças jogando bolas de neve, esqueceu-se de todos os seus medos. Teve vontade de correr. Na praça do Governo ele viu uma triste fila de homens tiritando de frio segurando sacos de aniagem e pacotes embrulhados em jornal, amarrados com barbante. Aqueles cautelosos cidadãos de Kars tinham resolvido levar o golpe a sério e estavam entregando todas as armas de suas casas ao Estado. As autoridades não confiavam neles e se recusaram a deixá-los entrar na prefeitura, mas eles continuavam enfileirados como carneirinhos diante da entrada principal. Logo que se anunciou que todas as armas deviam ser entregues, a maioria dos habitantes de Kars saiu sob a nevasca, na calada da noite, para esconder suas armas na terra gelada, em lugares que ninguém poderia imaginar.

Enquanto andava na avenida Faikbey, Ka esbarrou em Kadife e sentiu o rosto se afoguear. Ele estava pensando em İpek, e como associava uma irmã à outra, naquele momento achou Kadife extraordinariamente bela. Ka teve de fazer um esforço para conter o impulso de abraçá-la.

"Preciso falar um instantinho com você", disse Kadife. "Mas tem um homem que o está seguindo, então não dá para falar nada enquanto ele estiver olhando. Você poderia voltar para o hotel e ir ao quarto 217 às duas horas? É o último quarto no fim do seu corredor."

"Você tem certeza de que lá poderemos falar abertamente?"

"Se você não contar a ninguém que conversamos" — e nesse ponto Kadife arregalou os olhos —, "nem mesmo a İpek, ninguém jamais vai saber." Ela lhe deu um aperto de mão vigoroso e formal. "Agora olhe para trás da forma mais natural possível e diga-me se estou sendo seguida por um ou mesmo dois detetives."

Ka balançou a cabeça, esboçando um sorriso. Ele estava surpreso com o próprio sangue-frio. Embora a ideia de encontrar-se com Kadife secretamente num quarto o confundisse, não teve dificuldade em tirar aquilo da cabeça.

Ele logo se deu conta de que não desejava rever İpek antes do encontro com Kadife, nem mesmo por acaso, então resolveu continuar o passeio para matar o tempo. Ninguém parecia queixar-se do golpe. Em vez disso, o estado de ânimo geral lembrava muito o dos golpes de Estado de sua infância: havia uma sensação de recomeço e de mudança do ramerrão do dia a dia. As mulheres pegaram suas bolsas e seus filhos e foram comprar frutas nas barracas e procurar alguma pechincha nas mercearias; os homens, com seus grossos bigodes, ficavam nas esquinas, fumando cigarros sem filtro, tagarelando e olhando a multidão passar; o mendigo que ele vira por duas vezes se fingindo de cego no dia anterior não estava mais em seu ponto sob os beirais de um edifício vazio entre as oficinas e o mercado. Os homens que estavam vendendo laranjas e maçãs em caminhonetes estacionadas bem no meio da rua já tinham ido embora. O trânsito, normalmente tranquilo, estava ainda mais tranquilo, mas era difícil dizer se por causa do golpe ou da neve. Havia mais policiais à paisana nas ruas (um deles estava fazendo as vezes de goleiro a pedido dos meninos que jogavam bola no final da avenida Halitpaşa). Vizinhos das oficinas, os dois hotéis que funcionavam como bordéis (o Hotel Pan e o Hotel Liberdade), assim como as rinhas de galo e os açougues sem alvará de funcionamento, estavam proibidos de continuar suas atividades malsãs "por tempo indefinido". Quanto às explosões que se ouviam, principalmente à noite, vindas dos bairros da periferia, o povo de Kars já estava acostumado a isso, portanto continuou a reinar a paz. Ka achou essa falta de interesse geral uma coisa libertadora. Foi por isso que entrou no snack-bar da esquina da avenida Pequeno Kâzımbey com a Kâzım Karabekir, pediu um *sharbat* de cravo-da-índia e tomou com todo o gosto.

# 25. ESTA É A ÚNICA VEZ QUE TEREMOS SIDO LIVRES EM KARS

## KA COM KADIFE NO QUARTO DO HOTEL

Dezesseis minutos depois, quando entrou no quarto 217, Ka estava tão preocupado com a possibilidade de ter sido visto que tentou brincar com Kadife a propósito do *sharbat* de cravo-da-índia, ainda com o gosto acre da bebida na boca.

"Durante algum tempo correram boatos de que curdos revoltados estavam envenenando esse *sharbat* para matar militares", disse Kadife. "Chegaram a dizer que mandaram agentes secretos para solucionar o mistério."

"Você acredita nesses boatos?", perguntou Ka.

"Quando gente de fora instruída e ocidentalizada vem a Kars e ouve essas teorias conspiratórias", disse Kadife, "logo procura refutá-las indo ao snack-bar e pedindo um *salep*, e aí os tontos terminam se envenenando, porque as histórias são verdadeiras. Alguns turcos são tão infelizes que não conhecem Deus."

"Por que então, depois de tanto tempo, o Estado não interveio?"

"Como todos os intelectuais ocidentalizados, você tem toda a confiança no Estado, sem nem ao menos se dar conta disso. O MİT sabe de tudo o que acontece em Kars e sabe também do *sharbat*, mas não o proíbe."

"Quer dizer então que o MİT sabe que estamos juntos neste quarto?"

"Não se preocupe, neste exato momento eles não sabem", disse Kadife com um sorriso. "Um dia eles vão descobrir, mas até lá estamos livres aqui. Esta é única vez que teremos sido livres em Kars. Trate de apreciar este momento e tire o casaco."

"Este casaco me protege do mal", disse Ka. Vendo medo no rosto de Kadife, acrescentou: "E aqui está frio".

O quarto em que eles estavam era a metade de uma peça que outrora servira de depósito. Uma janela estreita dava para o pátio interno, e só havia espaço para a cama de solteiro na qual eles estavam sentados, Ka meio inseguro numa extremidade, Kadife na outra. O quarto tinha aquele cheiro sufocante de poeira que se encontra em quartos de hotel não arejados. Kadife inclinou-se para a frente para tentar ligar o aquecedor, mas como ele não funcionou, ela desistiu. Quando viu que Ka se pusera de pé em um salto, tentou sorrir.

Por um instante pareceu a Ka que Kadife estava gostando muito daquele encontro. Depois de tantos anos de solidão, ele também estava contente de estar sozinho com uma jovem bonita num quarto, mas sentia que ela não estava com tempo para esses pensamentos amenos — o leve brilho nos olhos dela sugeriam algo mais sombrio e mais destrutivo.

"Não se preocupe: neste momento o único agente que o está seguindo é o infeliz com a sacola de laranjas. Daí você pode deduzir que o Estado não tem medo de você, apenas quer assustá-lo um pouquinho. Quem estava me seguindo?"

"Esqueci de olhar", disse Ka, embaraçado.

"O quê?", disse Kadife lançando-lhe um olhar venenoso. "Você está apaixonado, não é? Você está loucamente apaixonado." Mas ela logo se recompôs. "Desculpe-me, é que nós estamos muito assustados", disse ela, e novamente a expressão do rosto mudou abruptamente. "Você tem de fazer minha irmã feliz. Ela é uma pessoa muito boa."

"Você acha que ela vai corresponder ao meu amor?", perguntou Ka quase num sussurro.

"Claro que vai — não pode ser diferente; você é um homem encantador", disse Kadife. Quando ela viu como ele se espantara, acrescentou: "E além do mais você é geminiano como İpek". Então ela explicou que enquanto os homens de Gêmeos se dão melhor com mulheres de Virgem, a dupla personalidade dos geminianos, que os faz levianos e superficiais, tanto pode agradar como desagradar a uma mulher geminiana. "Mas vocês dois merecem ser felizes", acrescentou a título de consolo.

"Quando você conversou sobre mim com sua irmã, vocês tocaram na possibilidade de ela ir comigo para a Alemanha?"

"Ela acha você muito bonito", disse Kadife. "Mas não confia em você. A confiança requer tempo. Homens impacientes como você não se apaixonam por uma mulher, apossam-se dela."

"Foi isso que ela disse para você?", disse Ka, erguendo as sobrancelhas. "Tempo é um produto muito escasso nesta cidade."

Kadife consultou o relógio. "Primeiro queria agradecer a você por ter vindo. Eu o chamei para discutir uma coisa muito importante. Azul quer lhe passar uma mensagem."

"Se nos encontrarmos novamente, eles vão me seguir e prendê-lo imediatamente", disse Ka. "E aí vão torturar todos nós. Estiveram na casa dele. A polícia ouve tudo o que ele diz."

"Azul sabia que estava sob escuta", disse Kadife. "Ele lhe passou uma mensagem antes do golpe, e agora quer lhe passar outra, para que a transmita ao Ocidente. Tratava-se de marcar uma posição filosófica. Parem de meter o nariz nessa história de suicídio — era isso que Azul queria dizer a eles. Mas agora tudo mudou; há algo mais importante. Ele quer anular essa mensagem e lhe passar uma nova."

Quanto mais Kadife insistia, mais Ka hesitava. "Não é possível ir de um ponto a outro desta cidade sem ser visto por alguém", disse ele finalmente.

"Tem uma carroça puxada a cavalo. Duas vezes por dia ela para na porta da cozinha para entregar botijões de gás, carvão e garrafas de água. Depois ela sai fazendo entregas em toda a cidade. É coberta por uma lona para proteger os produtos da chuva e da neve. O homem da carroça é de confiança."

"E eu teria de me esconder sob a lona como um ladrão?"

"Eu mesma já fiz isso muitas vezes", disse Kadife. "É muito divertido atravessar a cidade sem que ninguém saiba. Se você concordar em ir encontrar-se com ele, prometo fazer o possível para ajudá-lo em relação a İpek. Quero que você se case com ela."

"Por quê?"

"O que uma mulher não seria capaz de fazer pela felicidade de sua irmã mais velha?"

Durante toda a sua vida, Ka nunca conhecera uma dupla de irmãos que não sentissem um profundo ódio um pelo outro: embora parecessem se dar bem, havia alguma coisa de opressivo em sua solidariedade, algo que indicava estarem apenas fingindo. Todavia não foi por isso que Ka duvidou da afirmação de Kadife, mas antes pela maneira forçada como ergueu a sobrancelha e entreabriu os lábios como uma criança prestes a chorar — ou antes como uma atriz de cinema turca simulando inocência. Não obstante, quando Kadife consultou novamente o relógio e disse que a carroça chegaria dentro de dezessete minutos e que se ele se dispusesse a acompanhá-la para encontrar-se com Azul ela lhe contaria tudo, Ka concordou sem hesitação. "Mas primeiro você precisa me dizer por que tem tanta confiança em mim."

"Você é um dervixe, é o que Azul diz. Ele acredita que Deus o dotou de uma eterna inocência."

"Está bem, então", disse Ka apressadamente. "İpek também tem conhecimento desse dom especial que recebi de Deus?"

"Por que teria? Essa é a opinião de Azul."

"Por favor, diga-me tudo o que İpek pensa de mim."

"Na verdade, eu já lhe disse tudo." Vendo que estava machucando o coração de Ka, Kadife pensou por alguns instantes, ou fingiu pensar — agora Ka estava agitado demais para perceber a diferença — e disse: "Ela acha você engraçado. Você acaba de chegar da Alemanha e tem muita coisa para lhe contar".

"O que tenho de fazer para convencê-la a confiar em mim?"

"Pode não acontecer no primeiro momento, mas dez minutos depois de conhecer um homem uma mulher tem uma ideia clara de quem ele é, ou pelo menos de quem ele pode ser para ela, e, em seu íntimo, já sabe se vai ou não se apaixonar por ele. Mas sua cabeça precisa de tempo para entender o que seu coração decidiu. Se você quer saber, não há quase nada que um homem possa fazer nessa situação, exceto dar tempo ao tempo. Se você a ama de verdade, tudo que tem a fazer é lhe dizer todas as coisas bonitas que sente por ela: por que você a ama, por que quer se casar com ela."

Ka não falou nada. Quando Kadife o viu olhando pela janela como uma criança desanimada, ela lhe disse que já imaginava Ka e İpek vivendo felizes em Frankfurt — e como sua irmã estava feliz em ir embora de Kars! Ela já podia até ver os dois sorrindo em alguma rua de Frankfurt, indo ao cinema à noite. "Diga-me apenas o nome de um cinema ao qual você iria se estivesse em Frankfurt", disse ela. "Qualquer nome."

"Filmforum Hochts", disse Ka.

"Eles não têm cinemas com nomes como Alhambra, Casa dos Sonhos ou Majestic na Alemanha?"

"Sim. O Eldorado!"

Enquanto observavam os flocos de neve redemoinhando sem direção acima do pátio interno, Kadife lhe falou sobre um papel que lhe ofereceram quando participava de um grupo de teatro da universidade; tratava-se de uma produção germano-turca, com a qual o primo de uma colega tinha alguma ligação. Eles queriam alguém que fizesse o papel de uma jovem que cobrisse a cabeça, mas ela recusou; agora Kadife esperava que İpek encontrasse a felicidade com Ka naquele mesmo mundo germano-turco, porque sua irmã estava fadada a ser feliz; o problema era que ela não sabia disso, e por isso até agora fora infeliz. O fato de não poder ter tido um filho também a atormentava, mas o que mais a angustiava era não entender por que — sendo tão bonita, refinada, ponderada e franca — se sentia tão infeliz. Às vezes ela chegava a se perguntar se sua infelicidade não se devia precisamente ao fato de ter tantas qualidades (aqui a voz de Kadife começou a falhar). Disse também que durante toda a sua infância e adolescência se espelhara na irmã, tentando ser tão boa e bonita quanto ela (aqui sua voz falhou novamente), mas, quando ela se comparava com İpek, sentia-se má e feia; a irmã sabia disso e tentara esconder a própria beleza, esperando facilitar as coisas para Kadife.

Àquela altura, ela estava aos prantos. Entre lágrimas e soluços, contou a Ka sobre a época em que fazia o curso secundário. ("Nessa época morávamos em Istambul, e não éramos tão pobres", disse Kadife, quando então Ka aproveitou a oportunidade para observar que agora também eles não eram tão pobres assim, mas Kadife prontamente fechou o parêntese, exclamando: "Mas nós moramos em Kars!".) De todo modo, certa manhã em que ela chegara atrasada para a primeira aula, Mesrure Hanım, a professora de biologia, perguntou: "Sua brilhante irmã também está atrasada?", acrescentando em seguida: "Por esta vez vou deixar passar, porque gosto muito de sua irmã". Mas, naturalmente, İpek não tinha se atrasado.

A carroça entrou no pátio. Era uma típica carroça antiga, com rosas vermelhas, margaridas brancas e folhas verdes pintadas nas laterais de madeira. O velho cavalo exausto, as narinas cobertas de gelo, escondia-se atrás de uma nuvem de respiração condensada. O carroceiro tinha ombros largos e era ligeiramente corcunda; uma fina camada de neve cobria-lhe o chapéu e o casaco. Quando Ka viu outra camada de neve sobre o encerado, seu coração disparou.

"Por favor, não tenha medo", disse Kadife. "Não vou matar você!"

Ka viu um revólver na mão de Kadife, mas parecia não notar que estava apontado para ele.

"Não estou tendo um ataque de nervos, se é o que você está pensando", disse Kadife. "Mas se tentar fazer alguma gracinha, pode acreditar, eu atiro em você... Nós não confiamos em jornalistas que vêm entrevistar Azul. Aliás, desconfiamos de todo mundo."

"Mas foi você quem me convidou", disse Ka.

"Tem razão, mas ainda que você não ache, o pessoal do MİT pode ter desconfiado que estávamos planejando essa visita e ter ficado na escuta. Fiquei desconfiada porque você não quis tirar seu querido casaco ainda há pouco. Agora tire-o e deixe-o em cima da cama... depressa!"

Ka fez o que ela ordenou.

Kadife passou suas mãos pequenas, que eram tão pequenas como as de sua irmã, por todo o casaco. Como não achou nada, disse: "Por favor, não interprete mal, mas agora você vai ter de tirar o paletó, a camisa e a camiseta. Essa gente coloca microfones nas costas e no peito das pessoas. Deve haver uma centena de pessoas circulando por Kars com esses microfones no corpo a qualquer hora do dia ou da noite."

Ka tirou o paletó e levantou a camisa e a camiseta, como uma criança mostrando a barriga para um médico.

Kadife o examinou. "Agora dê uma volta", disse ela. Houve um silêncio. "Bem, está ótimo. Desculpe-me pelo revólver... Mas quando uma pessoa está com um aparelho de escuta, não nos deixa revistar; não para quieta de jeito nenhum." Ela ainda empunhava o revólver. "Agora me escute", disse ela em tom ameaçador. "Você não deve dizer nada a Azul sobre a nossa conversa ou sobre nossa amizade." Ela parecia um médico recriminando um paciente depois de examiná-lo. "Você não deve mencionar İpek nem deixar transparecer que está apaixonado por ela. Azul não reage bem a esse tipo de sujeira. Se você insistir em falar sobre isso, e ele não acabar com você por causa disso, pode ter certeza de que eu o farei. Ele lê mentes melhor que um gênio; provavelmente vai tentar coagir você a dizer alguma coisa. Se ele o fizer, você tem de agir como se tivesse visto İpek uma ou duas vezes e só, entendeu?"

"Entendi."

"Trate de demonstrar respeito por Azul. Faça o que fizer, não tente se mostrar superior bancando o sofisticado que estudou no exterior. E se por acaso você deixar escapar esse tipo de bobagem, nem pense em sorrir. Não se esqueça: os europeus que você admira e imita tão servilmente não estão ligando a mínima para você... e eles morrem de medo de gente como Azul."

"Eu sei."

"Sou sua amiga, seja franco comigo", disse Kadife, assumindo uma pose de filme turco de segunda categoria.

"O carroceiro tirou o encerado", disse Ka olhando pela janela.

"Pode confiar no carroceiro. O filho dele morreu no ano passado num confronto com a polícia. Curta a viagem."

Kadife desceu as escadas primeiro. Quando ela chegou à cozinha, Ka viu a carroça entrando sob a arcada que separava o velho pátio russo da rua e também desceu, como combinado. Como não viu ninguém na cozinha, teve um momento de pânico, mas então viu o carroceiro de pé no vão da porta que dava para o pátio. Sem dizer uma palavra, ele se deitou ao lado de Kadife entre os botijões de gás vazios.

A viagem, que ele logo percebeu nunca haveria de esquecer, durou apenas oito minutos, mas para Ka pareceu muito mais longa. Enquanto se perguntava em que parte da cidade estava, ele ouvia as pessoas de Kars fazendo comentários sobre a carroça rangente que passava por eles e ouvia a calma respiração de Kadife, deitada em silêncio ao seu lado. Um bando de meninos se agarrou à traseira da carroça e se deixou arrastar por ela por algum tempo. Ele gostou do sorriso doce que Kadife lhe deu: ele o deixou tão feliz como aqueles meninos.

# 26. NÃO É A POBREZA QUE NOS APROXIMA TANTO DE DEUS

## MANIFESTO DE AZUL PARA O OCIDENTE

Enquanto as rodas da carroça avançavam pela neve embalando Ka como um bebê, os primeiros versos de um poema vieram-lhe à mente. Eles pararam com um rangido, e então se seguiu um silêncio, longo o bastante para que Ka recebesse mais alguns versos do poema. Então o carroceiro levantou o encerado e Ka viu que eles estavam num pátio vazio, coberto de neve, rodeado de oficinas de automóveis e de soldagem, onde havia um trator avariado. Havia um cachorro acorrentado num canto; quando ambos saíram de sob o encerado, o cachorro os saudou com alguns latidos.

Eles entraram por uma porta de nogueira. Quando passaram por uma segunda porta, Ka viu Azul fitando o pátio coberto de neve. Uma vez mais, Ka ficou impressionado com os reflexos avermelhados de seus cabelos castanhos, as sardas do rosto e os olhos de um azul profundo. Ao entrarem em mais uma sala de aspecto decadente (em que se viam o mesmo secador de cabelo do dia anterior, a mesma valise meio aberta e o mesmo cinzeiro de plástico com figuras otomanas nas bordas com o logotipo da elétrica ERSIN), Ka logo deduziu que Azul se mudara na noite anterior. Seu sorriso frio indicou a Ka que Azul já se adaptara à nova situação e estava satisfeito consigo mesmo por ter escapado das autoridades.

"Uma coisa é certa", disse Azul. "Você não pode escrever nada sobre as jovens suicidas agora."

"Por que não?"

"Porque os militares também não querem que se escreva nada sobre elas."

"Não sou o porta-voz dos militares", disse Ka com cautela.

"Sei disso."

Houve um longo momento de tensão, em que os dois ficaram se medindo.

"Ontem você me disse que estava decidido a escrever sobre as jovens suicidas para a imprensa do Ocidente", disse Azul.

Lembrando-se de sua pequena mentira, Ka se sentiu embaraçado.

"Que jornal do Ocidente você tinha em mente?", perguntou Azul. "Em que jornal da Alemanha você tem um contato?"

"No *Frankfurter Rundschau*, um jornal alemão liberal", disse Ka.

"Qual o nome da pessoa?"

"Hans Hansen", disse Ka passando a mão no casaco.

"Tenho um manifesto para Hans Hansen. Pretendo me pronunciar contra o golpe", disse Azul. "Não temos muito tempo. Quero que você comece a anotá-lo agora mesmo."

Ka abriu o caderno de poesia na última página e se pôs a tomar nota. Azul começou dizendo que pelo menos oitenta pessoas tinham sido mortas (o número real, incluindo os que foram mortos no teatro, era dezessete), que tinha havido batidas em muitas escolas e casas, e os tanques destruíram nove barracos (na verdade foram quatro); depois de afirmar que alguns estudantes foram torturados até a morte, mencionou confrontos na rua de que Ka não tinha ouvido mais ninguém falar. Falou rapidamente sobre o sofrimento dos curdos e exagerou um pouco o dos islamitas. Foi para criar um pretexto para o golpe, continuou ele, que o Estado tramou o assassinato do prefeito e do diretor do Instituto de Educação. O objetivo disso tudo, disse, era evitar que os islamitas ganhassem as eleições. A proibição de todos os partidos políticos e associações era uma prova disso.

Enquanto ele dava mais detalhes, Ka olhou Kadife diretamente nos olhos: ela bebia cada palavra de Azul. Nas margens daquelas páginas que mais tarde arrancaria do caderno de poesia, Ka fez vários desenhos e rabiscos que traíam sua obsessão por İpek: um colo delicado, uma cabeleira de mulher, uma casinha com uma chaminé soltando fumaça, desenhada com simplicidade pueril... Muitos anos antes, Ka me explicara que quando um bom poeta se depara com fatos penosos que sabe serem reais mas inimigos da poesia, não lhe resta senão refugiar-se nas margens; era essa retirada estratégica, dizia ele, que lhe permitia ouvir a música misteriosa que é a fonte de toda arte.

Ka apreciou algumas observações de Azul a ponto de anotá-las, palavra por palavra, em seu caderno.

> Ao contrário do que parecem pensar os ocidentais, não é a pobreza que nos aproxima tanto de Deus; é o fato de que ninguém é mais curioso que nós para descobrir por que estamos aqui na terra e o que nos acontecerá no outro mundo.

Em vez de explicar a origem dessa curiosidade e revelar por que estamos na terra, as palavras finais de Azul lançavam um desafio ao Ocidente:

> Irá o Ocidente — que dá mais importância à democracia, sua grande invenção, que à palavra de Deus — contrapor-se a esse golpe que destruiu a democracia em Kars? [Nesse ponto ele parou para fazer um gesto largo.] Ou seremos obrigados a concluir que a democracia, a liberdade e os direitos humanos não importam, que tudo o que o Ocidente deseja é que o resto do mundo o imite como macacos? Pode o Ocidente tolerar qualquer democracia estabelecida por inimigos que em nada se parecem com eles? Tenho uma coisa a dizer para todas as nações que o Ocidente deixou para trás: irmãos, vocês não estão sós.

Ele fez uma pausa. "Você tem certeza de que seu amigo do *Frankfurter Rundschau* vai publicar tudo isso?"

"Ele se sente ofendido quando as pessoas falam do Ocidente como de uma única pessoa, com um único ponto de vista", disse Ka, de modo cauteloso.

"Mas é isso mesmo", disse Azul, depois de outra pausa.

"Afinal de contas, existe apenas um Ocidente e apenas um ponto de vista ocidental. E o nosso ponto de vista é o oposto."

"Mas permanece o fato de que no Ocidente eles não vivem assim", disse Ka. "Não é como aqui: eles não querem que todo mundo pense igual. Todos, mesmo o merceeiro mais medíocre, se sentem obrigados a se gabarem de ter seus próprios pontos de vista. Se nós usarmos a expressão *os democratas do Ocidente* em vez de *o Ocidente*, você terá mais chance de tocar a consciência das pessoas."

"Ótimo, faça como achar melhor. É preciso fazer outras correções para conseguir que seja publicado?"

"Embora o texto tenha começado como uma notícia, foi ficando mais interessante, mais parecido com um manifesto", disse Ka. "Talvez eles queiram colocar seu nome nele... e talvez até alguns dados biográficos..."

"Esses eu já preparei", disse Azul. "Basta eles dizerem que eu sou um dos mais destacados islamitas da Turquia e talvez de todo o Oriente Médio."

"Hans Hansen não vai publicar o texto tal como está."

"Como?"

"Se o jornal social-democrata *Frankfurter Rundschau* publicasse o manifesto de um único islamita turco, ia parecer que eles estavam tomando partido", disse Ka.

"Entendo. Quando alguma coisa não serve aos interesses do senhor Hans Hansen, ele dá um jeito de descartar", disse Azul. "Que temos de fazer para convencê-lo?"

"Ainda que os democratas alemães se oponham ao golpe militar na Turquia — e tem de ser um golpe de verdade, não uma mera encenação —, vão se sentir incomodados de estar defendendo islamitas."

"Sim, essa gente morre de medo de nós."

Ka não saberia dizer se ele estava se vangloriando ou simplesmente sentindo-se incompreendido. "Bem", disse ele, "se você colocar no documento as assinaturas de um ex-comunista liberal e de um nacionalista curdo, não terá nenhum problema em publicá-lo no *Frankfurter Rundschau.*"

"Como assim?"

"Se você encontrasse mais duas pessoas nesta cidade dispostas a participar disso, poderíamos iniciar a elaboração de um pronunciamento conjunto imediatamente", disse Ka.

"Eu não sou homem de tomar vinho só para que os ocidentais gostem de mim", disse Azul. "Não vou sair por aí imitando-os só para que parem de ter medo de mim por tempo suficiente para entender o que estou fazendo. E não vou me rebaixar diante desse ocidental, esse tal de Hans Hansen, só para fazer que os ateus ímpios do mundo tenham pena de nós. E além do mais, quem é esse tal de Hans Hansen? Por que ele fica impondo tantas condições? Ele é judeu?"

Houve um silêncio. Sentindo a reprovação de Ka, Azul lhe lançou um olhar cheio de ódio. "Os judeus são o povo mais oprimido deste século", disse ele, à guisa de reparação. "Antes de mudar uma palavra de meu manifesto, quero saber mais sobre esse tal de Hans Hansen. Como você o conheceu?"

"Através de um amigo turco que me disse que o *Frankfurter Rundschau* ia publicar uma matéria sobre a Turquia, e o autor queria conversar com alguém que conhecesse o assunto a fundo."

"Então por que Hans Hansen não fez as perguntas ao seu amigo? Por que precisou falar com você também?"

"Esse meu amigo turco não conhecia o assunto como eu."

"Deixe-me adivinhar que assunto seria esse", disse Azul. "Tortura, brutalidade, péssimas condições carcerárias e várias outras coisas que nos fazem parecer ainda piores."

"Se não me engano, tratava-se de um ateu morto por estudantes secundaristas em Malátia", disse Ka.

"Não me lembro de ter ouvido falar dessa história", disse Azul. Ele observava Ka atentamente. "É lamentável que islamitas vão à televisão gabar-se de terem matado um pobre ateu, mas é igualmente horrível ver orientalistas procurarem difamar os islamitas multiplicando o número de mortos por dez ou quinze. Se o senhor Hans Hansen é um desses, é melhor esquecê-lo."

"Hans Hansen apenas me fez algumas perguntas sobre a União Europeia e a Turquia. Eu as respondi. Uma semana depois, ele me ligou, convidando-me a ir jantar em sua casa."

"Convidou por convidar — sem dar um motivo?"

"Sim."

"Isso é muito suspeito. O que você viu enquanto esteve na casa dele? Ele lhe apresentou a esposa?"

Ka olhou para Kadife, que estava sentada junto às cortinas totalmente fechadas, olhando-o intensamente.

"Hans Hansen tem uma família feliz e encantadora", disse Ka. "Certa noite, depois do fechamento do jornal, o senhor Hansen me pegou na *Bahnhof*. Cerca de meia hora depois, chegamos a uma bela casa, bem iluminada, no meio de um jardim. Eles foram muito gentis comigo. Comemos frango frito com batatas. A esposa dele primeiro cozinhou as batatas e depois as levou ao forno."

"Como era a esposa dele?"

Ka evocou a imagem de Hans Hansen, o vendedor da Kaufhof que tinha lhe vendido seu precioso casaco. "Hans Hansen é loiro, elegante, de ombros largos; sua mulher, Ingeborg, e seus filhos têm a mesma beleza loira."

"Você viu algum crucifixo na parede?"

"Não me lembro. Acho que não."

"Tinha um crucifixo, sim, mas provavelmente você não notou", disse Azul. "Ao contrário do que imaginam os nossos ateus que admiram a Europa, todos os intelectuais europeus dão muita importância a seus crucifixos. Mas quando nossos jovens voltam para a Turquia nunca falam disso, porque tudo o que querem é usar a supremacia tecnológica do Ocidente para provar a superioridade do ateísmo... Fale-me sobre o que você viu, sobre o que vocês conversaram."

"Embora trabalhe na seção internacional do *Frankfurter Rundschau,* Hans Hansen é apaixonado por literatura. Logo passamos a conversar sobre poesia. Falamos sobre poemas, países, histórias. Perdi a noção do tempo."

"Eles tiveram pena de você? Será que eles se interessaram por você apenas por ser um pobre turco, um exilado político solitário e desamparado, a espécie de turco joão-ninguém que os jovens alemães bêbados espancam só para se divertir?"

"Não sei. Não percebi nenhuma demonstração disso."

"Mesmo que eles tivessem dado mostras disso e lhe dito como tinham pena de você, é da natureza dos homens buscar a compaixão do outro. Existem milhares de intelectuais curdo-turcos na Alemanha que fizeram disso um meio de vida."

"A família de Hans Hansen — seus filhos — é gente boa. Eles são refinados, bondosos. É possível que fossem refinados demais para deixar transparecer como tinham pena de mim. Eu gostei muito deles. Mesmo que tivessem pena de mim, eu não ia lhes querer mal por isso."

"Em outras palavras, essa situação não feriu seu orgulho."

"É possível que tenha ferido o meu orgulho, mas de qualquer modo foi uma noite encantadora. As lâmpadas ao lado da mesa irradiavam uma luz alaranjada que achei muito agradável. As facas e garfos tinham uma forma diferente de todos os que eu conhecia, mas não o bastante para dificultar o uso. A televisão ficou ligada a noite inteira, e de vez em quando eles olhavam em sua direção, e isso também fez com que me sentisse em casa. Às vezes, quando notavam que eu estava tendo dificuldade em entender o seu alemão, passavam a falar inglês. Quando terminamos de comer, as crianças pediram ao pai que as ajudasse a fazer a lição de casa; os pais beijaram as crianças quando elas foram dormir. Terminada a refeição, eles fizeram com que me sentisse tão à vontade que me servi de uma segunda fatia de bolo e ninguém notou — e, se notaram, agiram como se aquilo fosse a coisa mais natural do mundo. Fiquei pensando sobre tudo isso por muito tempo."

"Que tipo de bolo era?", perguntou Kadife.

"Era uma torta vienense com figos e chocolate."

Houve um silêncio.

"Qual era a cor das cortinas?", perguntou Kadife. "Como eram as estampas?"

"Elas eram brancas ou creme", disse Ka. Ele fingiu se esforçar para evocar uma lembrança antiga. "Parece-me que tinham estampas de peixinhos, flores, luas e frutas de todas as cores."

"Em outras palavras, uma coisa bem infantil?"

"Na verdade, não. A atmosfera da casa era muito sóbria. Deixem-me dizer uma coisa: eles eram uma família feliz, mas isso não quer dizer que viviam sorrindo o tempo todo como fazemos aqui, mesmo quando não há motivo para sorrir. Talvez por isso eles fossem felizes. Para eles a vida era uma coisa séria, que devia ser encarada com responsabilidade. Não era uma luta desesperada ou uma dolorosa provação como aqui. Mas a seriedade de seus propósitos permeava todos os aspectos de suas vidas. Da mesma forma como as luas, os peixes e coisas assim ajudavam a elevar-lhes o ânimo."

"Qual era a cor da toalha de mesa?", perguntou Kadife.

"Não me lembro", disse Ka fingindo vasculhar a memória em busca de mais detalhes.

"E quantas vezes você foi lá?", perguntou Azul com certa impaciência.

"Aquela noite foi tão agradável que fiquei esperando por uma segunda visita. Mas Hans Hansen nunca mais me convidou."

O cachorro acorrentado no pátio agora latia mais alto. Ka viu melancolia no semblante de Kadife, enquanto Azul lhe lançava um olhar de raiva e desprezo.

"Muitas vezes achei que devia ligar para eles", continuou Ka obstinadamente. "Às vezes me perguntava se Hans Hansen não tinha telefonado numa hora em que eu não estava em casa, para me convidar a jantar novamente, e toda vez que acontecia isso era difícil controlar o impulso de sair da biblioteca e correr para casa. Eu queria tanto olhar de novo aquelas estantes, o belo espelho, as cadeiras — não me lembro de que cor eram, talvez amarelo-limão. Sonhava em me sentar novamente à mesa deles, vê-los cortar pão numa tábua e perguntarem 'É assim que você gosta?' voltando-se para mim. Como você sabe, os europeus não comem tanto pão como nós. Não havia nenhuma cruz nas paredes, apenas belas paisagens dos Alpes. Daria qualquer coisa para ver tudo aquilo novamente."

Ka então viu que Azul o estava olhando com franca repugnância.

"Três meses depois, um amigo trouxe notícias da Turquia", disse Ka. "Era sobre mais uma terrível onda de tortura, brutalidade e destruição, e usei isso como pretexto para ligar para Hans Hansen. Ele me ouviu com toda a atenção e se mostrou fino e amável como sempre. Apareceu uma pequena nota no jornal. Eu não me importava com a tortura e a morte que o jornal tinha noticiado. Queria apenas que Hans Hansen me convidasse. Mas nunca mais me convidou. De vez em quando, eu brincava com a ideia de lhe escrever uma carta para tentar descobrir o que eu fizera de errado, para lhe perguntar por que nunca mais me convidara à sua casa."

Ka se permitiu um sorriso, ainda que Azul se mostrasse cada vez mais tenso.

"Bem, agora você tem uma nova desculpa para procurá-lo", disse Azul em tom de desprezo.

"Mas se você quiser que seu manifesto seja publicado no jornal dele, vai ter de se adequar aos padrões alemães e preparar um documento conjunto", disse Ka.

"Quem é esse nacionalista curdo que vai me ajudar nesse documento conjunto, e onde vou encontrar um liberal ex-comunista?"

"Se receia que eles trabalhem para a polícia, pode sugerir os nomes você mesmo", disse Ka.

"Sem dúvida, um nacionalista curdo ateu tem mais importância para um jornalista ocidental que um nacionalista curdo islâmico. Há muitos jovens curdos em pé de guerra por causa do que aconteceu com os meninos da escola secundária religiosa. Um jovem estudante pode muito bem representar os curdos em nosso manifesto."

"Ótimo. Se você tratar de arranjar o jovem estudante", disse Ka, "posso garantir que o *Frankfurter Rundschau* vai aceitá-lo."

"Sim, claro", disse Azul com sarcasmo. "Você é nosso porta-voz no Ocidente."

Ka não mordeu a isca. "Quanto ao seu comunista que virou democrata, o homem ideal é Turgut bei."

"Meu pai?", perguntou Kadife, assustada.

Quando Ka confirmou, Kadife advertiu-o de que o pai nunca saía do hotel. Os três se puseram a falar ao mesmo tempo. Azul insistia em que, como todos os ex-comunistas, Turgut bei não era um verdadeiro democrata; muito provavelmente ele estava bastante satisfeito com o golpe porque este perseguia os islamitas, mas como não queria ficar mal com a esquerda, fingia repudiar o golpe.

"Meu pai não é o único a fingir!", disse Kadife.

Pelo tremor da voz de Kadife e o olhar raivoso de Azul, Ka teve certeza de que eles estavam à beira de uma discussão que já tinham tido muitas vezes antes, como tantos casais desgastados pelas brigas constantes, mal podendo conter-se diante de estranhos. Kadife exibia o olhar resoluto de uma mulher maltratada decidida a rebater, custasse o que custasse, e a expressão de Azul era uma mistura de orgulho e extraordinária ternura. Mas então, em questão de segundos, tudo mudou. O que ele via agora nos olhos de Azul era decisão.

"Como todos os ateus pedantes e intelectuais de esquerda que caem de amores pela Europa, seu pai é um impostor que despreza o povo."

Kadife pegou o cinzeiro da ELÉTRICA ERSIN e atirou-o em Azul. Ela deve ter errado de propósito. O cinzeiro atingiu uma foto de Veneza que estava pendurada na parede atrás dele antes de cair no chão sem fazer barulho.

"E além do mais", disse Azul, "seu pai gosta de fingir não saber que sua filha é amante de um islamita radical."

Kadife bateu de leve com as duas mãos no peito de Azul e debulhou-se em lágrimas. Azul a fez sentar-se na cadeira do canto. Estavam agindo de forma tão deliberada que Ka não pôde deixar de sentir que naquilo havia muito de teatro encenado expressamente para ele.

"Retire o que disse", falou Kadife.

"Retiro o que eu disse", disse Azul naquele tom que se usa para consolar uma criança em prantos. "E para lhe provar isso, estou disposto a ignorar as piadas infames que seu pai faz de manhã à noite e assinar um manifesto junto com ele. Mas como é bem possível que este representante de Hans Hansen que temos aqui" — ele parou e sorriu para Ka — "...como é possível que ele esteja tentando nos atrair para uma armadilha, eu não vou ao seu hotel. Está entendendo, querida?"

"Mas meu pai nunca sai do hotel", disse Kadife. Para consternação de Ka, ela estava falando como uma menininha mimada. "A pobreza de Kars estraga seu humor."

"Então você tem de convencer seu pai a sair dessa vez, Kadife", disse Ka num tom imperioso que nunca usara com ela antes. "A cidade não vai deprimi-lo agora, pois está toda coberta de neve." Ele a olhou diretamente nos olhos.

Dessa vez ela entendeu. "Está bem", disse ela. "Mas antes de ele sair do hotel, alguém tem de convencê-lo a pôr seu nome num documento junto com um islamita e um nacionalista curdo. Quem vai fazer isso?"

"Eu", disse Ka. "E você pode me ajudar."

"Onde eles vão se reunir?", perguntou Kadife. "E se essa bobagem terminar com a prisão de meu pai? E se ele tiver de passar o resto da vida na cadeia?"

"Não é nenhuma bobagem", disse Azul. "Se sair uma ou duas notas na imprensa europeia, Ancara vai tomar providências para fazê-los parar."

"Não se trata de plantar uma notícia na imprensa europeia, mas de ver seu nome no jornal, não é?", perguntou Kadife.

Quando Azul reagiu a essa pergunta com um sorriso tolerante, Ka sentiu certo respeito por ele. Só então compreendeu que os pequenos jornais islamitas de Istambul iriam pegar qualquer referência do *Frankfurter Rundschau*, exagerando-a orgulhosamente. Isso tornaria Azul famoso em toda a Turquia. Houve um longo silêncio. Kadife pegou um lenço e enxugou as lágrimas. Ka imaginou que, tão logo ele fosse embora, os amantes iriam discutir e fazer amor. Será que queriam que ele fosse embora? Passou um avião lá no alto. Todos levantaram os olhos para a parte superior da janela, olharam para o céu e ficaram escutando.

"Na verdade, os aviões nunca passam por estas bandas", disse Kadife.

"Está acontecendo alguma coisa muito estranha, uma coisa extraordinária", disse Azul, rindo-se da própria paranoia. Ele se ofendeu quando Ka também riu. "Dizem que mesmo que a temperatura esteja abaixo de vinte graus negativos, o governo nunca vai admitir que está tão frio." Ele lançou um olhar de desafio a Ka.

"Tudo que eu sempre quis foi uma vida normal", disse Kadife.

"Você jogou fora sua chance de vida normal", disse Azul. "Isso é que a faz uma pessoa tão excepcional."

"Mas eu não quero ser excepcional. Quero ser como todo mundo. Se não fosse pelo golpe, quem sabe? Eu podia até resolver ser como todo mundo e descobrir minha cabeça."

"Todas as mulheres aqui cobrem a cabeça", disse Azul.

"Não é verdade. A maioria das mulheres instruídas de meu meio não cobre a cabeça. Se é uma questão de ser uma pessoa comum e ajustada, com certeza me distanciei de minhas semelhantes quando cobri minha cabeça. Há um quê de arrogância nesse gesto que me desgosta."

"Então vá em frente e descubra a cabeça amanhã", disse Azul. "As pessoas vão ver nisso uma vitória dos militares."

"Todos sabem que, ao contrário de você, não vivo me perguntando o que as pessoas pensam do meu modo de viver", disse Kadife. Seu rosto estava afogueado de excitação.

Azul respondeu com outro sorriso manso, mas dessa vez Ka percebeu que aquele gesto lhe custou extremo esforço. E Azul viu que Ka o percebera, o que criava uma incômoda intimidade entre eles, fazendo que Ka sentisse como se estivesse invadindo a privacidade do casal. Ouvindo Kadife discutir com o amante, e percebendo as inflexões do desejo, parecia-lhe que ela estava lavando a roupa-suja de propósito — não apenas para acusar Azul, mas também para constranger Ka por tê-lo testemunhado. E — alguém poderia muito bem perguntar — por que ele escolheu aquele momento para se lembrar das cartas de amor de Necip para Kadife, que trazia no bolso desde a noite anterior?

"Quanto às jovens que foram maltratadas e expulsas da escola por cobrirem a cabeça, com toda a certeza não se falará delas nesses artigos." O tom de voz estava em plena sintonia com o olhar cheio de fúria. "Eles vão ignorar solenemente as mulheres cuja vida foi destruída. Em seu lugar teremos fotos de simplórios e prudentes islamitas provincianos que pretendem falar em seu nome. Sempre que se vê a foto de uma muçulmana, é porque o marido é um político e ela estava ao seu lado numa festa religiosa. Por esse motivo, me perturbaria mais aparecer nesses jornais do que não aparecer. Tenho pena dos homens que fazem tanto esforço para aparecer, enquanto nós sofremos tanto para proteger nossa privacidade. É por isso que acho importante que se fale das jovens que se suicidaram. De minha parte, acho que também tenho o direito de dizer uma ou duas coisas a Hans Hansen."

"Isso seria ótimo", disse Ka sem refletir. "Você poderia assinar em nome das feministas muçulmanas."

"Não quero representar ninguém", disse Kadife. "Se eu tiver de enfrentar os europeus, eu o farei em meu próprio nome, para contar-lhes minha história — toda a minha história, com todos os meus pecados e minhas fraquezas. Às vezes não encontramos alguém que nunca vimos antes, alguém que certamente nunca veremos novamente, e nos sentimos tentados a lhe contar tudo, a história de toda a nossa vida? Do modo como parecia que os heróis contavam suas histórias aos autores dos romances europeus que li quando menina. Eu não me importaria de contar minha história dessa maneira para quatro ou cinco europeus."

Ouviu-se uma explosão bem perto dali; toda a casa tremeu e as janelas vibraram. Um ou dois segundos depois, Azul e Ka se puseram de pé.

"Deixe-me dar uma olhada", disse Kadife finalmente, demonstrando mais sangue-frio que os dois homens.

Ka espiou timidamente entre as cortinas. "A carroça não está aí", disse ele.

"É perigoso para ele ficar muito tempo neste pátio", disse Azul. "Quando você for embora, saia pela entrada lateral."

Ka traduziu aquilo como *Por que não vai embora agora?*, mas continuou imóvel na cadeira e esperou, trocando olhares raivosos com Azul. Ka lembrou-se do medo que sentira na universidade toda vez que cruzava em corredores escuros com estudantes de tendência nacionalista radical armados, mas pelo menos naquela época o ambiente não estava carregado de tensão sexual.

"Às vezes fico um pouco paranoico", disse Azul. "Mas isso não significa que você não espiona para o Ocidente. Você pode não se considerar um espião e pode não querer ser, mas isso não muda a situação. Você é o estranho em nosso meio. Você plantou a dúvida nessa jovem amável e piedosa, e as estranhas coisas que andam acontecendo à volta dela são uma prova disso. E agora você expôs todas essas suas pretensiosas opiniões ocidentais, com certeza até rindo, lá no fundo, à nossa custa. Eu não me importo, e Kadife tampouco, mas ao nos impingir suas ideias ingênuas, ao discorrer sobre a busca da felicidade e da justiça no Ocidente, você anuviou nosso pensamento. Não estou com raiva de você porque, como todas as pessoas boas, você não sabe do mal que tem dentro de si. Mas como ouviu isso de mim, de agora em diante não pode mais alegar inocência."

# 27. SEJA FORTE, MINHA JOVEM; ESTÁ A CAMINHO AJUDA DE KARS

## KA INCITA TURGUT BEI A ASSINAR O MANIFESTO

Ka deixou a casa sem ser visto por ninguém no pátio das oficinas e seguiu direto para o mercado. Dirigiu-se à mesma lojinha de meias, artigos de papelaria e fitas cassete onde ouvira Pepino di Capri cantando "Roberta" na véspera. Tomou as cartas de Necip para Kadife e foi passando as páginas, uma a uma, para o rapaz pálido, de sobrancelhas grossas e escuras, o encarregado de fazer as cópias. Mas para isso Ka teve de abrir os envelopes. Tiradas as cópias, pôs os originais num novo envelope — do mesmo papel barato e desbotado das cartas — e, imitando o melhor que pôde a caligrafia de Necip, endereçou-o a Kadife Yıldız.

Sempre disposto a lutar por sua felicidade, contar qualquer mentira, fazer qualquer trapaça para realizar seu sonho, apressou-se em voltar para o hotel, cismando sobre uma imagem de İpek que evocara em sua mente. Estava nevando novamente, os mesmos enormes flocos de neve. Todos nas ruas exibiam os sinais de cansaço e tensão que teriam ao entardecer de um dia comum. Na esquina da rua Caminho do Palácio com a avenida Halitpaşa, uma carroça de carvão salpicada de lama, puxada por um cavalo extenuado, estava presa entre dois bancos de neve. Os limpadores do caminhão atrás dela mal conseguiam manter o para-brisa limpo. Ka olhava os passantes carregando seus sacos plásticos e imaginava-os correndo para a doce segurança do lar. Embora sentisse no ar uma melancolia que lembrava as cinzentas noites de inverno da sua infância, ele continuava determinado, firmemente decidido a começar uma nova vida.

Foi direto para o seu quarto. Escondeu as cópias das cartas de Necip no fundo da valise, antes mesmo de tirar e pendurar o casaco. Lavou as mãos com um cuidado exagerado. Então, sem saber por quê, escovou os dentes (coisa que ele costumava fazer à noite). Sentindo que um novo poema estava a caminho, passou um bom tempo olhando pela janela, aproveitando o calor que vinha do aquecedor. Em vez de poema, veio uma onda de recordações de infância: a bela manhã primaveril em que acompanhou sua mãe a Beyoğlu para comprar botões e um "homem sujo" os seguira; o dia em que seus pais viajaram para a Europa e o táxi que os levou de Nişantaş ao aeroporto desapareceu na esquina; as horas que passara dançando com uma jovem alta, de cabelos longos e olhos verdes, numa festa em Büyükada, e que resultaram numa tal rigidez em seu pescoço, durante dias, que ele mal conseguia mexê-lo (ele se apaixonara por ela mas não tinha ideia de como voltar a encontrá-la). Essas lembranças não tinham relação umas com as outras, exceto pelo denominador comum do amor; Ka sabia muito bem que a vida era uma sucessão sem sentido de incidentes aleatórios.

Desceu as escadas com a impaciência de um homem que acabasse de chegar a um lugar que planejava visitar havia anos. Com uma calma que o surpreendeu, bateu à porta branca que separava o saguão das dependências do proprietário. A criada curda atendeu, e sua expressão, meio conspiratória, meio respeitosa, parecia diretamente saída dos livros de Turgueniev. Ele entrou na peça onde jantaram na véspera e encontrou Turgut bei e İpek sentados, lado a lado, no comprido divã próximo à porta de trás, vendo televisão.

"Kadife, onde você estava? Já vai começar", disse Turgut bei.

A luz mortiça da neve que jorrava pelas janelas da casa russa conferia à sala espaçosa, com pé-direito alto, um aspecto muito diferente da noite anterior.

Quando pai e filha viram que era Ka que acabava de entrar, ficaram desconcertados por um instante, como um casal cuja privacidade tivesse acabado de ser invadida por um estranho. Mas, então, Ka ficou alegre ao ver um lampejo brilhar nos olhos de İpek. Ele tomou lugar numa cadeira voltada para ambos e para a televisão e se permitiu, uma vez mais, reparar em quanto İpek era muito mais bonita na realidade do que na sua memória. Isso fez seu medo aumentar, mas logo conseguiu se convencer de que eles estavam destinados a viver felizes para sempre.

"Todo dia, às quatro da tarde, minhas filhas e eu nos sentamos neste divã, para assistir a *Marianna*", disse Turgut bei. Havia na voz um certo constrangimento, mas também algo que parecia dizer: não devo satisfações a ninguém.

*Marianna* era uma novela mexicana transmitida cinco vezes por semana por um dos grandes canais de televisão de Istambul, para grande satisfação de todo o país. A heroína, que emprestava o nome à série, era uma garota pequena, esfuziante e encantadora, de grandes olhos verdes e pele clara o bastante para sugerir uma origem abastada. Não obstante, ela provinha de uma classe bem humilde. A inocente Marianna, de longos cabelos, ficara órfã ainda muito criança e passara a maior parte da vida pobre e solitária (raramente se passava um dia sem um novo revés) e, sempre que ela se apaixonava por alguém que não correspondia ao seu amor ou era vítima de algum mal-entendido ou de alguma calúnia, Turgut bei e as filhas se aconchegavam como gatos; as jovens encostavam a cabeça contra o peito e o ombro do pai, e os três derramavam algumas lágrimas.

Talvez pelo constrangimento de ser pego assistindo a uma novela boba, Turgut bei passou a discorrer com fluência sobre as razões subjacentes à pobreza crônica de Marianna e do México. Ele aplaudia Marianna por sua luta contra os capitalistas, e, ao começar o programa, chegara a dizer para a tela: "Seja forte, minha jovem; está a caminho ajuda de Kars". Quando ele disse isso, sua filha, com os olhos rasos d'água, esboçou um leve sorriso.

Os lábios de Ka também se abriram num sorriso, mas então ele surpreendeu o olhar de İpek e, notando que ela não gostava daquele sorriso, assumiu uma expressão mais séria.

Durante o primeiro intervalo comercial, Ka, confiante, abordou o assunto da declaração conjunta e logo despertou o interesse de Turgut bei. O velho ficou lisonjeado de ser levado tão a sério. Perguntou de quem fora a ideia e como o nome dele viera à baila.

Ka disse que fora uma decisão que ele tomara depois de consultar a imprensa liberal da Alemanha. Turgut bei perguntou sobre a tiragem do *Frankfurter Rundschau* e se Hans Hansen se considerava um humanista. A fim de preparar Turgut bei para Azul, Ka o descreveu como um perigoso fanático religioso, que entretanto findara por entender a importância da democracia. Mas Turgut bei parecia impassível — as pessoas aderiam a uma religião por serem pobres, disse ele, e prosseguiu lembrando Ka de que mesmo sem acreditar no que sua filha e as amigas estavam fazendo, ele as respeitava. Era no mesmo espírito que ele respeitava o nacionalista curdo, fosse lá quem fosse — fosse ele um jovem curdo vivendo em Kars, também seria um feroz nacionalista turco. Turgut bei disse tudo isso no mesmo tom jocoso com que ofereceu apoio a Marianna. "Não se deve dizer isso em público, mas sou contra golpes militares", declarou ele. Ka o tranquilizou, lembrando que, de qualquer modo, a declaração não ia ser publicada na Turquia, e acrescentou que o lugar mais seguro para o encontro era numa pequena sala no terraço do Hotel Ásia. Ele podia chegar lá passando pela porta dos fundos de uma loja vizinha, que dava para o mesmo pátio, sem que ninguém percebesse.

"Temos de mostrar ao mundo que existem verdadeiros democratas na Turquia", disse Turgut bei. Ele falava depressa porque a novela já ia recomeçar. Pouco antes de Marianna reaparecer, ele olhou o relógio e disse: "Onde está Kadife?".

Em silêncio, Ka ficou assistindo à novela com o pai e a filha.

A certa altura, Marianna subiu um lance de escadas com seu amante. Quando teve certeza de que ninguém os via, enlaçou-o. Eles não se beijaram, mas o que fizeram pareceu a Ka muito mais comovente: eles se abraçaram com todas as suas forças. Durante o longo silêncio que se seguiu, ocorreu a Ka que toda a cidade estava assistindo àquela mesma cena. Em toda a Kars, donas de casa recém-chegadas do mercado estavam assistindo, junto com seus maridos; moças da escola secundária assistiam com seus parentes mais velhos, já aposentados. Com todo mundo assistindo, pensou Ka, não eram apenas as ruas pobres de Kars que estavam vazias, mas as ruas do país inteiro. No mesmo instante, ele também se deu conta de que suas pretensões intelectuais, atividades políticas e esnobismos culturais o tinham levado a uma existência estéril que o afastava dos sentimentos que aquela novela agora lhe despertava — e, pior que tudo, por sua culpa. Ka tinha certeza de que, depois de fazerem amor, Azul e Kadife tinham se abraçado a um canto para assistir à novela também.

Quando Marianna se voltou para o amante e disse "Esperei por este dia durante toda a minha vida", Ka viu que não era coincidência o fato de ela estar ecoando os seus próprios pensamentos. Tentou capturar o olhar de İpek. Ela descansava a cabeça no peito do pai, e seus grandes olhos tristes e enamorados estavam colados à tela, perdidos nos desejos que a novela despertara.

"Mas ainda estou muito preocupado", disse o elegante e bem barbeado amante de Marianna. "Minha família não vai permitir nossa união."

"Desde que nos amemos, nada temos a temer", disse a gentil Marianna.

"Cuidado, menina, esse sujeito é seu pior inimigo!", gritou Turgut bei para a tela.

"Quero que você me ame sem medo", disse Marianna.

Olhando fundo nos olhos misteriosos de İpek, Ka conseguiu que ela prestasse atenção nele, mas ela logo desviou o olhar.

No intervalo comercial, İpek voltou-se para o pai e disse: "Paizinho, se você quer saber, acho perigoso o senhor ir ao Hotel Ásia".

"Não se preocupe", disse Turgut bei.

"O senhor vivia dizendo que andar nas ruas de Kars traz má sorte."

"Sim, mas se eu não participar desse encontro, será por uma questão de princípio, e não por medo", disse Turgut bei, voltando-se para Ka. "A questão é a seguinte: falando como o patriota democrata secularista e progressista que agora sou, a que devo dar prioridade, à filosofia das luzes ou à vontade do povo? Se acredito antes de mais nada no iluminismo europeu, sou obrigado a considerar os islamitas como inimigos e a apoiar o golpe militar. Se, porém, meu compromisso for com a vontade do povo — se, em outras palavras, eu tiver me tornado um autêntico democrata —, não tenho escolha senão ir em frente e assinar o manifesto. Qual das alternativas é certa?"

"Fique do lado dos oprimidos e vá assinar o manifesto", disse Ka.

"Não basta ser oprimido, é preciso estar com a razão. A maioria dos oprimidos está ridiculamente errada. Em que devo acreditar?"

"Ka não acredita em nada", disse İpek.

"Todo mundo acredita em alguma coisa", disse Turgut bei. "Por favor, diga o que você acha."

Ka fez o que pôde para convencer Turgut bei de que assinar o manifesto era a melhor forma de ajudar Kars a conquistar a democracia. Percebendo a possibilidade de İpek não querer ir para Frankfurt com ele, Ka começou a temer não conseguir convencer Turgut bei a sair do hotel. Exprimir certezas sem convicção tinha um efeito libertador. Enquanto tagarelava sobre o manifesto, democracia, direitos humanos e muitas outras coisas que não eram novidade para nenhum deles, viu brilhar nos olhos de İpek uma luz a indicar que ela não acreditava em nada do que ele estava dizendo. Mas não foi uma luz fingida nem moralista que ele viu: pelo contrário, era o brilho de uma provocação sexual. Seus olhos diziam: eu sei que você está despejando todas essas mentiras porque me deseja.

E então foi assim que, apenas minutos depois de descobrir a importância das sensibilidades melodramáticas, Ka pensou ter descoberto outra grande verdade que lhe escapara durante toda a sua vida: há mulheres que não resistem a um homem que só acredita no amor. Dominado pela excitação dessa nova descoberta, ele se entregou a um monólogo sobre direitos humanos, liberdade de pensamento, democracia e temas afins. Enquanto desfiava as bárbaras simplificações de tantos intelectuais ocidentais bem-intencionados, mas cínicos e um tanto confusos, e os chavões repetidos *ipsis litteris* por seus imitadores turcos, estremecia ao lembrar que logo estaria fazendo amor com İpek e olhava diretamente nos olhos dela para ver o reflexo de sua própria excitação.

"Você tem razão", disse Turgut bei, quando o intervalo comercial acabou. "Onde está Kadife?"

Quando a neve recomeçou, Turgut bei ficou nervoso — uma parte dele queria ir ao Hotel Ásia, a outra não queria. Como um velho melancólico perdido num mar de sonhos e de fantasmas, ele falava sobre as lembranças políticas que lhe ocorriam enquanto assistia à novela, sobre o medo de ser jogado novamente na prisão e sobre as responsabilidades de um homem. Ka percebia claramente que İpek estava aborrecida com ele por provocar tanta ansiedade no pai, mas que ela também admirava a rapidez com que ele convencera o velho a sair do hotel. Ka não se preocupava com os olhares de reprovação que ela lhe lançava, e quando, no final da novela, ela se voltou para o pai e disse "Não vá, se não quiser ir; o senhor já sofreu bastante para ajudar os outros, pai", ele não se sentiu ofendido.

Ka viu o rosto de İpek anuviar-se, mas agora um novo e jubiloso poema lhe vinha à cabeça. Na cadeira próxima à cozinha, onde apenas alguns instantes antes Zahide Hanım estava sentada com lágrimas a lhe escorrer pelas faces enquanto via *Marianna*, Ka se sentou radiante de otimismo e começou a escrever.

Só muito depois ele resolveu dar o título de "Vou ser feliz" ao poema, talvez para atormentar a si mesmo. Ka mal terminara de escrevê-lo, sem que faltasse nenhuma palavra, quando Kadifc entrou apressada na sala. Turgut bei levantou-se de um salto, abraçou-a, beijou-a, perguntou-lhe onde estava e por que suas mãos estavam tão frias. Uma única lágrima rolou-lhe pelo rosto. Kadife disse que fora ver Hande. Ela se demorou mais do que previra, e como não queria perder nada da novela, resolveu assistir na casa de Hande até o fim. "E como vai indo a nossa menina?", perguntou Turgut bei (referindo-se a Marianna). Não esperou, porém, pela resposta de Kadife e mudou de assunto. Uma grande nuvem de apreensão desceu sobre ele enquanto resumia o que Ka lhe dissera.

Kadife não se contentou em fingir estar ouvindo tudo aquilo pela primeira vez — quando viu Ka do outro lado da sala, fingiu estar surpresa. "Estou tão contente que você esteja aqui", exclamou ela, enquanto se apressava em cobrir os cabelos. Mas seu manto ainda não estava no lugar quando se sentou diante da televisão para aconselhar o pai. Kadife foi tão convincente fingindo surpresa ao vê-lo que, quando encorajou o pai a participar do encontro e assinar o manifesto conjunto, Ka achou que também aquilo era uma encenação. Como a intenção de Azul era elaborar um manifesto que a imprensa estrangeira se dispusesse a publicar, sua desconfiança devia ter fundamento. Mas pelo medo que viu no rosto de İpek, Ka teve certeza de que ali estava acontecendo outra coisa também.

"Deixe-me acompanhá-lo ao Hotel Ásia", disse Kadife.

"Não quero que você se meta em confusão por minha causa", disse Turgut bei, assumindo um ar heroico inspirado nas novelas a que eles assistiam e nos romances que liam outrora.

"Por favor, pai, se o senhor se envolver nessa história, poderá se expor a riscos desnecessários", disse İpek.

Enquanto falava com o pai, Ka considerava: parecia que — como todos os demais na sala — tudo o que ela dizia tinha um duplo significado. O mesmo se podia dizer do jogo que ela jogava com os olhos — ora lançando-lhe um olhar de reprovação, ora fitando-o intensamente: ele só podia supor que se tratava de mais uma forma de transmitir a mesma mensagem de duplo sentido. Só muito depois ele iria se dar conta de que — à exceção de Necip — todas as pessoas que conhecera em Kars falavam no mesmo código e, de forma tão harmoniosa, que pareciam um único coro. E então ele se perguntaria se o que os levava a isso era a pobreza, ou o medo e a solidão, ou ainda a própria simplicidade da vida deles. Mesmo ao dizer "Pai, por favor, não vá", İpek estava provocando Ka; da mesma maneira Kadife, Ka o percebia, ao falar do manifesto e dos laços que a ligavam ao pai, estava revelando os laços que a ligavam a Azul.

Foi com tudo isso em mente que Ka entrou no que mais tarde haveria de chamar "a conversa mais profundamente ambígua de toda a minha vida". Ka tinha a forte impressão de que se não conseguisse fazer que Turgut bei saísse do hotel naquele momento, ele nunca haveria de ter a chance de dormir com İpek, e como o desafio que via no olhar de İpek apenas confirmava essa ideia, disse a si mesmo que aquela era a última chance de felicidade de sua vida. Quando ele começou a falar, usou as mesmas palavras e ideias que tinham arruinado a sua vida. Mas enquanto tentava convencer Turgut bei a sair do hotel — porque era importante agir pelo bem comum, assumir a responsabilidade pela pobreza do país e participar de suas lutas, porque ele estava do lado dos que tinham uma missão civilizadora e portanto obrigado a lutar contra as forças obscurantistas ainda que o próprio gesto parecesse insignificante —, Ka chegou a acreditar um pouco no que estava dizendo. Ele se lembrou de como tinha se sentido quando era um jovem esquerdista, de sua decisão de não se integrar à burguesia turca, quando tudo o que queria era ficar sentado numa sala lendo grandes livros e ocupando a mente com grandes pensamentos. Assim, foi com o entusiasmo de um jovem de vinte e quatro anos que ele repetiu aqueles pensamentos e ideias que tanto perturbavam sua mãe — que tinha razão em desejar que ele nunca se tornasse poeta — e o condenaram ao exílio num buraco de rato em Frankfurt. Ao mesmo tempo, sabia muito bem o que a paixão de suas palavras dizia a İpek: veja quanto estou louco para fazer amor com você. Ele estava pensando que finalmente aquelas belas palavras da juventude que tinham arruinado a sua vida iriam servir para alguma coisa; graças a elas, ele iria fazer amor com o objeto de seus desejos, sabendo, ao mesmo tempo, que perdera a fé nelas; agora ele sabia que a maior felicidade na vida era enlaçar uma bela jovem inteligente e ficar sentado a um canto, escrevendo poesia.

Turgut bei anunciou que iria imediatamente para o Hotel Ásia. Ele foi trocar de roupa no quarto, acompanhado de Kadife.

Ka aproximou-se de İpek, que estava no mesmo lugar onde estivera assistindo à televisão com o pai. Era quase como se ela ainda estivesse recostada no velho. "Vou esperar por você no quarto", sussurrou Ka.

"Você me ama?", perguntou İpek.

"Eu a amo muito."

"É verdade?"

"É a pura verdade."

Por um instante, os dois ficaram calados. İpek voltou os olhos para a janela, e Ka fez o mesmo. Começara a nevar novamente. As lâmpadas dos postes de iluminação da frente do hotel estavam acesas, mas ainda não escurecera. Por isso, ainda que iluminassem a agitação dos flocos de neve gigantes, elas pareciam supérfluas.

"Vá para seu quarto", disse İpek. "Quando eles saírem, eu subo."

# 28. A DIFERENÇA ENTRE O AMOR E A AGONIA DA ESPERA

## KA COM İPEK NO QUARTO DO HOTEL

İpek não veio imediatamente, e a espera foi uma tortura, a pior que Ka conheceu em toda a sua vida. Foi aquela dor, aquela espera insuportável, agora ele se lembrava, que o fizeram ter medo de se apaixonar. Chegando ao quarto, jogou-se na cama, apenas para se levantar em seguida e dar uma arrumada em suas roupas. Lavou as mãos e sentiu o sangue fluir pelos braços, dedos, lábios. Penteou o cabelo com as mãos trêmulas e, então, vendo o próprio reflexo na vidraça, tornou a despenteá-los. Como tudo aquilo levou muito pouco tempo, concentrou sua atenção na cena que via através da janela.

Ele esperou ver Turgut bei saindo do hotel com Kadife. Talvez tivessem saído quando ele estava no banheiro. Mas se assim fosse, İpek já teria vindo. Talvez ela estivesse no quarto que ele vira na noite anterior, pintando o rosto e perfumando-se com ligeiras palmadinhas no pescoço. Que desperdício do pouco tempo em que ficariam juntos! Será que ela não entendia o quanto a amava? O que quer que ela estivesse fazendo não justificava a dor que ele sentia naquele instante. Ele iria lhe dizer isso quando ela viesse, mas será que viria mesmo? A cada instante que escoava, ficava mais convencido de que İpek mudara de ideia.

Ele viu uma charrete puxada por cavalos chegar ao hotel. Ajudados por Zahide Hanım e por Cavit, o recepcionista, Turgut bei e Kadife subiram na charrete e o toldo encerado se fechou sobre eles. Mas a charrete continuou parada, e Ka viu o lençol de neve sobre o toldo se tornar cada vez mais espesso. As luzes dos postes faziam cada novo floco de neve parecer maior que o anterior. É como se o tempo tivesse parado, pensou Ka. Aquilo o estava enlouquecendo. Naquele mesmo instante Zahide saiu correndo do hotel e passou alguma coisa para dentro da charrete. Quando o veículo se pôs em marcha, o coração de Ka disparou.

Mas İpek não vinha.

Qual era a diferença entre o amor e a agonia da espera? Como o amor, a agonia da espera começava nos músculos em algum ponto da região superior do abdômen, mas logo se espalhava pelo peito, pelas coxas, pela testa, dominando em seguida todo o corpo com uma força entorpecedora. Enquanto ouvia os sons de outras partes do hotel, ele tentava adivinhar o que İpek estaria fazendo. Viu uma mulher passando na rua, e embora ela não se parecesse nem um pouco com İpek, achou que devia ser ela. Como era bela a neve caindo do céu! Quando criança, os alunos foram mandados para o refeitório da escola para tomar vacina. Enquanto ele esperava apertando os braços em meio ao vapor das panelas e ao cheiro de iodo, sua barriga doeu tanto como naquele momento e ele teve vontade de morrer. Ele queria estar em casa, em seu quarto. Agora, gostaria de estar em seu pobre quarto em Frankfurt. Que grande erro fora vir para Kars! Até os poemas pararam de vir. Doía tanto que ele nem podia olhar a neve caindo na rua deserta. Não obstante, ele se sentia bem, de pé, junto à janela aquecida — aquilo era ainda melhor que morrer, e ele iria morrer de qualquer maneira se İpek não viesse logo.

As luzes se apagaram.

Aquilo fora um sinal, pensou Ka, enviado especialmente para ele. Talvez İpek não tivesse vindo porquc sabia que ia faltar luz. Ele olhou para a rua escura procurando um sinal de vida, algo que pudesse explicar a ausência de İpek. Ele avistou um caminhão — era um caminhão do exército? Não, era apenas sua mente lhe pregando peças. Da mesma maneira que com os passos que pensou ouvir nas escadas. Não estava vindo ninguém. Afastou-se da janela e deitou-se de costas na cama. A dor que começara na barriga agora tinha alcançado a sua alma: ele estava sozinho no mundo e não podia culpar senão a si mesmo. Sua vida dera em nada e ele iria morrer ali, morrer de dor e solidão. Dessa vez ele não iria nem encontrar forças para correr feito um rato para o buraco em Frankfurt.

O que mais o afligia e angustiava não era sua terrível infelicidade: era saber que, se tivesse agido com um pouco mais de inteligência, toda a sua vida teria sido muito mais feliz. O pior era saber que ninguém sequer notava seu medo, sua dor, sua solidão. Se İpek tivesse alguma noção disso, iria encontrá-lo imediatamente! Se a sua mãe o visse naquele estado... ela era a única pessoa no mundo que teria sentido por ele — ela passaria os dedos em seus cabelos e o consolaria.

O gelo das janelas dava um brilho alaranjado à luz dos postes e às casas vizinhas. Que a neve continue a cair, pensou ele, que caia sem parar durante dias e meses, que cubra a cidade de Kars tão completamente que ninguém mais consiga encontrá-la. Queria adormecer naquela cama e só acordar numa bela manhã de sol, ele sendo menino novamente, com sua mãe ao seu lado.

Bateram à porta. Àquela altura, disse Ka a si mesmo, só podia ser alguém da cozinha. Mas ele correu até a porta e, no momento em que abriu, sentiu a presença de İpek.

"Onde você estava?"

"Eu me atrasei?"

Mas foi como se Ka nem a tivesse ouvido. Ele já a abraçava com toda a força. Encostou a cabeça no pescoço dela, escondeu o rosto em seus cabelos e lá ficou sem mover um músculo. Sentiu uma tal alegria que a agonia da espera agora lhe parecia absurda. Não obstante, a agonia da espera o extenuara. Era por isso, pensou ele, que não podia sentir plenamente o prazer com a presença dela. E por isso pedira a İpek que explicasse o atraso: mesmo sabendo que não tinha o direito de fazer isso, continuava se queixando. Mas İpek insistia que viera tão logo seu pai saíra — sim, era verdade que tinha parado na cozinha para dar uma ou outra orientação a Zahide sobre o jantar, mas aquilo não devia ter tomado mais de um minuto. Assim, Ka se revelava o mais ardente e frágil dos dois: já de saída, no começo do relacionamento, deixara que İpek assumisse o controle. E mesmo que o medo de parecer fraco o tivesse levado a esconder a agonia em que ela o lançara, ainda tinha de lutar contra sentimentos de insegurança. Além disso, amar não significava partilhar tudo? Que era o amor senão o desejo de partilhar cada um dos pensamentos? Ele expôs essa linha de pensamento a İpek como se estivesse revelando um terrível segredo.

"Agora tire tudo isso da cabeça", disse İpek. "Eu vim aqui para fazer amor com você."

Eles se beijaram e, com uma suavidade que confortou Ka, caíram na cama. Para Ka, que não fazia amor havia quatro anos, aquilo parecia um milagre. Assim, mesmo quando se rendia aos prazeres da carne, sua mente, alerta, o lembrava de como aquele momento era belo. Da mesma maneira que em suas primeiras experiências sexuais, não era tanto o ato, mas a ideia de fazer amor, que o absorvia. Por um instante, aquilo o protegeu de uma excitação exagerada. Detalhes dos filmes pornográficos em que se viciara em Frankfurt passavam pela sua cabeça, criando uma aura poética que parecia além de toda lógica. Mas ele não estava buscando excitação nessas cenas pornográficas — ele estava celebrando o fato de que finalmente podia pôr em prática aquelas fantasias que lhe povoavam a mente. Assim, não era İpek que excitava Ka, mas uma imagem pornográfica, e o milagre era menos a presença dela que o fato de que podia imaginar sua fantasia ali na cama com ela. E só quando começou a lhe arrancar as roupas com uma falta de jeito quase selvagem é que ele começou a olhar para a verdadeira İpek. Seus seios eram enormes, a pele do seu colo e ombros era maravilhosamente macia, com um aroma estranho e exótico. Ele observava a luz da neve brincando no corpo dela. Vez por outra alguma coisa brilhava em seus olhos, enchendo-o de medo. Os olhos dela eram muito seguros de si: Ka temia que İpek não fosse tão frágil como gostaria que ela fosse. Foi por isso que puxou seu cabelo para lhe causar dor; e porque sentiu tanto prazer com a dor de İpek é que puxou seu cabelo mais uma vez, submetendo-a a outros atos também inspirados nos filmes pornográficos que ainda estavam passando em sua mente, e a tratou de forma tão brutal — embalado por uma música interior tão profunda quanto primitiva. Quando viu que ela gostava do tratamento rude que lhe dispensava, sua exultação deu lugar a uma afeição fraternal. Ele a enlaçou: já não queria apenas se salvar das aflições de Kars, queria salvar İpek também. Mas quando julgou que a reação dela foi proporcional ao seu ardor, ele se retraiu. Num canto de sua cabeça, ele conseguia controlar e coordenar aquelas acrobacias sexuais com surpreendente habilidade. Mas quando sua cabeça estava em algum lugar distante, ele podia agarrar a mulher com uma paixão que beirava a violência. Nesses momentos, desejava machucá-la.

De acordo com as anotações feitas por Ka sobre a relação sexual — notas que, sinto, devo compartilhar com meus leitores —, sua paixão finalmente se consumou, e os dois entregaram-se um ao outro com tal intensidade que se esqueceram do mundo. As mesmas anotações revelam também que İpek soltou um gemido triste quando tudo acabou. A paranoia inata de Ka voltou imediatamente quando ele se perguntou se aquele era o motivo por que lhe tinham dado um quarto no canto mais remoto do hotel. O prazer que tiveram causando dor um ao outro cedia lugar agora ao velho sentimento de solidão. Parecia-lhe que aquele quarto afastado naquele corredor afastado tinha se separado do hotel — voara para o mais distante canto daquela cidade deserta. E o silêncio daquela cidade deserta dava a impressão de que o mundo acabara, e estava nevando.

Ficaram por muito tempo deitados lado a lado na cama, contemplando a neve em silêncio. De vez em quando, Ka voltava a cabeça para olhar, nos olhos de İpek, a neve que caía.

# 29. NÃO PERDI APENAS VOCÊ

## EM FRANKFURT

Quatro anos depois da visita de Ka a Kars e quarenta e dois dias depois de sua morte, fui visitar o pequeno apartamento em Frankfurt no qual ele passara os oito últimos anos de sua vida. Era um nevoento, chuvoso e ventoso dia de fevereiro. Quando cheguei a Frankfurt no voo matinal procedente de Istambul, a cidade parecia ainda mais sombria que nos postais que Ka me enviara durante dezesseis anos. Exceto pelos carros pretos que passavam pelas ruas, pelos bondes que surgiam do nada como fantasmas para logo desaparecer, e pelas donas de casa de sombrinha em punho andando apressadas pelas calçadas, as ruas estavam desertas. Era meio-dia, mas perscrutando a névoa densa e escura eu conseguia apenas vislumbrar a luz mortiça e amarela das lâmpadas dos postes.

Não obstante, alegrou-me ver — nas ruas em volta da estação ferroviária central e nas calçadas ladeadas por restaurantes, agências de viagens, sorveterias e sex shops — sinais da energia imortal que mantém vivas todas as grandes metrópoles. Depois de me instalar em meu hotel e de telefonar para o jovem turco-alemão entusiasta de literatura que, a pedido meu, conseguira que eu fosse convidado a dar uma palestra no centro de cultura popular, fui ao café italiano da estação encontrar-me com Tarkut Ölçün. Em Istambul, a irmã de Ka me dera o número dele. Aquele homem fatigado e bem-intencionado, já na casa dos sessenta, fora a pessoa mais próxima de Ka em seus anos de Frankfurt. Durante a investigação, ele dera um depoimento à polícia sobre a morte de Ka; foi ele quem entrou em contato com a família de Ka em Istambul e ajudou a acertar o envio do corpo para a Turquia. Na ocasião, eu ainda tinha a esperança de encontrar o texto datilografado da coletânea de poesias em que, segundo o próprio Ka, ele estivera trabalhando desde que voltara de Kars, quatro anos antes, e que acabara de concluir. Assim, perguntei ao seu pai e à irmã o que tinha acontecido com seus pertences. Eles não tiveram coragem de fazer a viagem à Alemanha, então me pediram que recolhesse as coisas de Ka e desocupasse o apartamento.

Tarkut Ölçün chegara à Alemanha na primeira onda de imigração, no começo da década de 60. Durante anos, ele trabalhara como professor e assistente social para muitas instituições de caridade e associações turcas. Quando ele mostrou fotografias de seu filho e de sua filha nascidos na Alemanha, disse-me com orgulho que os dois tinham ido estudar na universidade. Embora Tarkut fosse uma figura de certo relevo na comunidade turca de Frankfurt, pude perceber em seu rosto a expressão de solidão e malogro tão comum nos imigrantes de primeira geração e nos exilados políticos.

A primeira coisa que Tarkut Ölçün me deu foi uma pequena valise que estava com Ka quando ele foi morto. A polícia o fez assinar um recibo antes de entregá-la a ele. Eu a abri imediatamente e comecei a vasculhá-la feito um desesperado. Nela encontrei o pijama que Ka comprara em Nişantaş dezoito anos antes, um pulôver verde, o barbeador, uma escova de dentes, um par de meias, uma cueca e várias revistas literárias que eu lhe enviara de Istambul. Não havia nem sinal de seu caderno verde de poesia.

Mais tarde, enquanto tomávamos nosso café olhando a estação apinhada de gente onde dois turcos idosos riam e conversavam enquanto limpavam o chão, Tarkut disse: "Orhan bei, seu amigo Ka bei era um homem solitário. Ninguém em Frankfurt, exceto eu, tinha muita noção do que ele estava fazendo". Mas ainda assim ele prometeu me contar tudo o que sabia.

Atravessamos a estação, passamos por um velho quartel do exército e pelos edifícios centenários das fábricas e chegamos ao edifício próximo da Goethestrasse, onde Ka passara os últimos oito anos de sua vida. O apartamento dava para uma pracinha com um playground, mas o proprietário não estava lá para abrir a porta da frente e nos conduzir ao apartamento de Ka. A pintura da velha porta estava descascando, e, enquanto ficamos lá esperando na neve úmida, reconheci muitas das coisas que Ka me descrevera em suas cartas e em seus raros telefonemas (propenso como era à paranoia, Ka suspeitava que alguém monitorava todos os seus telefonemas para a Turquia, por isso não gostava de usar o telefone). Olhei o parquinho malconservado e a mercearia do outro lado, e, enquanto meus olhos vagavam para além deles, olhando as vitrines escuras das lojas que vendiam bebidas alcoólicas e jornais, senti que estava contemplando minhas próprias lembranças. Os balanços e as gangorras do playground, assim como os bancos onde Ka passava as noites de verão tomando cerveja com o operário italiano e o iugoslavo que eram seus vizinhos, agora estavam cobertos por uma fina camada de neve.

Voltamos para a praça da estação, fazendo o mesmo caminho que Ka fazia toda manhã para ir à biblioteca municipal em seus últimos anos. Ele gostava de andar por entre a multidão apressada a caminho do trabalho. Seguimos seus passos até a estação, atravessamos uma galeria comercial subterrânea, voltamos à superfície novamente e, fazendo o trajeto do bonde, passamos pelos sex shops, lojas de suvenires, confeitarias e farmácias da Kaiserstrasse, até a altura da praça Hauptwache. Tarkut Ölçün viu muitos turcos e curdos conhecidos seus em casas de *döner*, de *kebab*, de frutas e verduras, e enquanto os saudava contou-me que quando aquelas mesmas pessoas viam Ka a caminho da biblioteca pública toda manhã, exatamente à mesma hora, exclamavam "Bom dia, professor!". Quando chegamos à praça Hauptwache, ele apontou uma grande loja no lado oposto — a Kaufhof. Eu lhe disse que fora ali que Ka tinha comprado o casaco que usou em Kars, mas não aceitei o convite para entrar na loja com ele.

O destino final de Ka, a biblioteca municipal de Frankfurt, era um edifício moderno e anônimo. Lá dentro se viam os tipos que normalmente encontramos nessas bibliotecas: donas de casa, velhos com tempo de sobra, desempregados, um ou dois turcos e árabes, estudantes rindo diante de seus cadernos, e a valorosa legião dos obesos, mancos, dementes e deficientes mentais. Um jovem que estava babando levantou a vista do seu livro ilustrado e me mostrou a língua. Meu guia não se interessava por livros, por isso o deixei no café do térreo e me dirigi às estantes de poesia inglesa. Ali examinei as fichas de empréstimo na parte interna da contracapa dos livros, procurando o nome de meu amigo; toda vez que eu abria um exemplar de Auden, Browning ou Coleridge e encontrava sua assinatura, derramava lágrimas por ele e pelos anos que ele passara naquela biblioteca.

Abreviei minha busca, que me enchera de tristeza, e voltei pelas mesmas avenidas com meu amistoso guia, sem dizer uma palavra. Dobramos à esquerda a certa altura da Kaiserstrasse, pouco antes de um lugar chamado World Sex Center, ou alguma coisa igualmente absurda, e andamos por uma rua até Münchnerstrasse, onde vi restaurantes e quitandas de turcos e um cabeleireiro vazio. Àquela altura eu já desconfiava do que me ia ser mostrado, então meu coração disparou, e quando meu olhar ia saltando dos alhos-porós frescos e laranjas expostos à porta das quitandas para um perneta que mendigava ali perto, e para o reflexo dos faróis nas janelas sufocantes do Hotel Éden, enxerguei, brilhando num esplendor róseo solitário no lusco-fusco, a letra K em neon.

“Foi aqui que encontraram o corpo de Ka”, disse Tarkut Ölçün.

Olhei desamparado para a calçada molhada. Dois meninos saíram correndo de uma quitanda, empurrando-se e esbarrando um no outro. Em sua correria, um deles pisou na área da calçada onde Ka ficou agonizante, com três balas no corpo. A luz vermelha dos faróis de um caminhão estacionado mais adiante refletia-se no asfalto. Ka ficou vários minutos contorcendo-se naquela calçada e morreu antes de a ambulância chegar.

Levantei a cabeça por um instante para encontrar o retalho de céu que ele vira enquanto agonizava: entre os velhos edifícios negros, as lâmpadas dos postes e os fios elétricos, se via uma nesga de céu. Ka deve ter sido baleado por volta da meia-noite. Tarkut Ölçün me disse que àquela hora devia haver uma ou outra prostituta fazendo trottoir. A rigor, a área dos prostíbulos era uma rua adiante, na Kaiserstrasse, mas nas noites movimentadas e nos fins de semana, ou durante as feiras comerciais, as mulheres se espalhavam também naquela rua. "Eles não encontraram nada", disse ele quando me viu olhando para a esquerda e para a direita em busca de uma pista. "E a polícia alemã é diferente de nossa polícia turca. Eles trabalham direito."

Mas quando comecei a fazer pequenas diligências entre os ocupantes das lojas das cercanias, o bom homem resolveu ajudar. As moças do cabeleireiro o reconheceram; depois de trocarem gentilezas, ele lhes perguntou se tinham visto alguma coisa, mas naturalmente elas não estavam no estabelecimento na hora do crime e nada sabiam do acontecido. "A única coisa que as famílias turcas ensinam a suas filhas aqui é a profissão de cabeleireira", disse-me ele quando saímos. "Existem centenas de cabeleireiras turcas em Frankfurt."

Os curdos da quitanda, ao contrário, estavam muito bem informados sobre o assassinato e as investigações que se seguiram. Isso talvez explique a má vontade com que nos receberam.

Com o mesmo pano sujo que tinha na mão quando entramos, o garçom da Casa do Kebab estava limpando as mesas de fórmica na meia-noite fatídica, quando ouviu os disparos. Ele esperou um pouco antes de sair, sendo assim a última pessoa que Ka tinha visto em sua vida.

Depois de deixar o restaurante de *kebab*, entramos depressa na primeira galeria e saímos no pátio dos fundos de um edifício escuro. Seguido de perto por mim, Tarkut bei desceu dois lances de escada, passou por uma porta e entrou num lugar horroroso, semelhante a um hangar, que outrora servira de depósito. Aquela área de submundo era tão ampla quanto a rua lá em cima. Agora ela funcionava como mesquita — entre cinquenta e sessenta fiéis estavam fazendo suas orações noturnas na área acarpetada do centro — e estava forrada de lojas tão escuras e sujas como as que a gente encontra em qualquer galeria subterrânea de Istambul. Vi uma joalheria com a vitrine às escuras e uma quitanda diminuta, que se poderia chamar de anã; a casa de carnes ao lado estava cheia de gente, mas o homem da mercearia, sentado em meio a rolos de linguiça, olhava ociosamente para o aparelho de televisão do café. A um canto se viam caixas de sucos de frutas turcos, macarrão turco, enlatados turcos e literatura religiosa, e notei que o café era ainda mais concorrido do que a mesquita. O ar estava pesado de fumaça de cigarro. Os homens que estavam às mesas pareciam cansados — a maioria com os olhos grudados no filme turco da televisão, mas de vez em quando alguém ia a passos arrastados até o chafariz improvisado; depois de encher um balde de plástico com água, fazia suas abluções antes de ir juntar-se aos fiéis.

"Às sextas-feiras e feriados, a gente vê duas mil pessoas aqui", disse-me Tarkut bei. "A multidão ocupa até as escadas e o pátio de trás." Fui à banca de livros e revistas e — sem nenhum motivo especial — comprei um exemplar da revista *Comunicação.*

Depois nos dirigimos à velha cervejaria à moda de Munique que ficava logo em cima. "Essa mesquita é dos Suleimanci", disse Tarkut Ölçün, apontando o chão em que pisávamos. "Eles são teocratas mas nada têm a ver com terrorismo; não são como os Guardiães da Nação ou os seguidores de Cemalettin. Eles tampouco querem levantar-se em armas contra o Estado turco." Incomodado, talvez, com a expressão de desconfiança que via em meu rosto e com a atenção com que eu lia a revista, como se procurando pistas, ele me contou tudo o que sabia sobre o assassinato de Ka e o que ele veio a saber mais tarde, da polícia e da imprensa.

Às onze e meia, exatamente quarenta e dois dias antes de minha visita, Ka voltara de Hamburgo, onde participara de uma noite de poesia. O sarau durara seis horas, mas, quando ele entrou na estação, não pegou a saída sul para ir ao seu apartamento na Goethestrasse. Em vez disso, pegou a saída norte para a Kaiserstrasse e passou os vinte e cinco minutos seguintes vagando entre turistas, bêbados, homens solitários e as prostitutas que esperavam clientes. Ele já tinha andado por cerca de meia hora quando dobrou à direita no World Sex Center; foi alvejado quando cruzava a Münchnerstrasse. Provavelmente estava a caminho da quitanda Antália para comprar algumas tangerinas para levar para casa. Aquela era a única loja de frutas ainda aberta àquela hora, e o vendedor lembrava-se de que Ka muitas vezes parava para comprar laranjas. Diante de sua afirmação de nada saber do assassinato de Ka, a polícia desconfiou dele a ponto de levá-lo para ser interrogado, mas soltou-o no dia seguinte, já que nada descobriram.

A polícia não conseguiu encontrar ninguém que tivesse visto o agressor de Ka. O garçom do restaurante de *kebab* ouviu os disparos, mas com a televisão ligada e o barulho dos fregueses, ele não soube nem dizer quantos tiros ouvira. E era impossível enxergar através das vidraças embaçadas da cervejaria que ficava acima da mesquita. Uma prostituta que estava fumando um cigarro numa rua mais abaixo disse ter visto um homem baixo, de pele morena, "parecendo turco", trajando um casaco preto, correr em direção à Kaiserstrasse por volta da meia-noite, mas não foi capaz de dar uma boa descrição à polícia. Um alemão que por acaso estava na sacada de seu apartamento quando Ka caiu no chão, chamou a ambulância, mas ele também não viu ninguém. A primeira bala entrou na parte posterior da cabeça de Ka e saiu pelo olho esquerdo. As outras duas atingiram vasos sanguíneos perto do coração e do fígado, perfurando a parte da frente e a de trás de seu casaco cor de carvão, que ficou encharcado de sangue.

"Ele foi alvejado pelas costas, portanto deve ter havido premeditação", concluiu o velho detetive encarregado do caso. O assassino talvez tenha até seguido Ka desde Hamburgo. A polícia considerava uma série de motivos diferentes, desde ciúme de natureza sexual até vingança política, tão frequente na comunidade turca. Ka não tinha tido nenhuma relação com o submundo das cercanias da estação. Quando a polícia mostrou sua foto às pessoas que trabalhavam nas imediações, umas se lembraram de tê-lo visto entrar algumas vezes nos sex shops, outras, nas pequenas cabines para assistir a filmes pornôs. Mas não havia nenhuma testemunha ocular, veraz ou não, e não havia pressão de instâncias superiores para que se achasse o assassino. Tampouco a imprensa pressionava, por isso a polícia terminou por encerrar as investigações.

Ao conversar com os conhecidos de Ka, o loquaz detetive às vezes parecia ter perdido de vista o objetivo da investigação e terminava por falar mais que todo mundo. Foi por esse policial gentil e loquaz, simpático aos turcos, que Tarkut Ölçün ficou sabendo das duas mulheres que entraram na vida de Ka oito anos antes de sua visita a Kars. Uma era alemã e a outra turca; anotei seus nomes em meu caderno, com todo o cuidado. Quatro anos depois de sua volta de Kars, Ka não tivera relações com nenhuma mulher.

Tarkut e eu tornamos a enfrentar a neve; enquanto voltávamos para a casa de Ka, ambos permanecemos calados. Dessa vez conseguimos encontrar o proprietário, um homem corpulento e afável, que parecia, porém, meio desgostoso. Ele nos deu acesso ao edifício, que era frio e cheirava a fuligem, e nos levou ao apartamento de cobertura que, disse-nos em tom de queixa, já ia ser alugado novamente: o que não levássemos de toda aquela tralha, ele ia jogar fora. Dito isso, nos deixou. Lágrimas me vieram aos olhos no momento em que entrei nos aposentos pequenos, escuros, de teto baixo, em que Ka passara seus últimos oito anos de vida. O cheiro forte me levou de volta à nossa infância: era o cheiro que eu associava à sua mochila escolar, ao seu quarto em sua casa e aos pulôveres que sua mãe tricotara. Acho que devia ser de um sabão de marca turca cujo nome nunca soube nem pensei em perguntar.

Em seus primeiros anos de Alemanha, Ka trabalhou como porteiro, carregador, pintor de paredes, além de dar aulas de inglês para turcos; quando foi oficialmente declarado exilado político e passou a receber o auxílio correspondente, afastou-se dos comunistas turcos dos centros de cultura popular, que até então lhe tinham conseguido trabalhos vantajosos. Seus companheiros de exílio o achavam muito arredio e muito burguês. Em seus últimos doze anos de vida, Ka complementava sua renda fazendo leituras públicas de poesia em bibliotecas municipais, fundações culturais e associações turcas. Só turcos compareciam, e o público raramente passava de vinte pessoas; ainda assim, quando ele conseguia fazer três num mês, ganhava quinhentos marcos extras que, somados à quantia que recebia como exilado, lhe permitiam viver confortavelmente. Mas agora estava claro que meses como esses tinham sido poucos e muito espaçados. As cadeiras de seu apartamento estavam quebradas, os cinzeiros rachados, e o fogão elétrico coberto de ferrugem. Sentindo-me ainda ofendido pela ameaça que o proprietário fez quando entramos, tive vontade de enfiar todos os pertences de Ka numa velha mala e em algumas bolsas de plástico e ir embora. Eu queria levar tudo: o travesseiro, ainda com o cheiro de seus cabelos, o cinto e a gravata que lembro tê-lo visto usar no curso secundário, os sapatos Bally que (segundo suas cartas) ele continuara a usar em casa como chinelos quando os dedos do pé furaram o couro, os copos sujos nos quais ele guardava a escova e a pasta de dentes, sua biblioteca de cerca de trezentos e cinquenta livros, a televisão, o aparelho de vídeo de que ele nunca me falara, a jaqueta puída, as camisas surradas e o pijama que ele trouxera da Turquia dezesseis anos antes. Mas quando eu olhei a mesa de trabalho e não encontrei o que mais desejava — aquilo que, só agora eu me dava conta, me fizera voar para Frankfurt para resgatar —, enchi-me de desânimo.

Em sua última carta de Frankfurt, Ka anunciara alegremente que após quatro anos de trabalho duro finalmente terminara um novo livro de poesia. O título era *Neve*. A maioria dos poemas baseava-se nas recordações de infância que lhe vieram em flashes durante sua estada em Kars, e ele havia anotado cuidadosamente aquelas inspirações num caderno verde. Numa carta anterior, escrita quase imediatamente depois de deixar Kars, Ka me disse ter descoberto que o livro tinha uma estrutura subjacente "profunda e misteriosa" — ele passara seus últimos quatro anos em Frankfurt preenchendo as lacunas daquele desenho oculto. Para aquela exaustiva tarefa, teve de se afastar do mundo, privando-se de seus prazeres como um dervixe. Em Kars ele se sentira como um médium, como se alguém estivesse sussurrando os poemas em seu ouvido; de volta a Frankfurt, a voz sussurrante se calara.

Não obstante, ele se esforçou para descobrir a lógica que — ele não tinha dúvidas — havia por trás daquelas visões e inspirações vivenciadas em Kars. Em sua última carta ele disse que, agora que a árdua tarefa estava terminada, ia tentar testar os poemas em leituras públicas em várias cidades da Alemanha. Afora a versão manuscrita do caderno verde, ele não tinha nenhuma outra cópia, segundo me disse, mas ia datilografar o manuscrito e tirar cópias, quando julgasse que tudo estava no devido lugar. Ele ia mandar uma cópia para mim e outra para seu editor de Istambul. Será que eu poderia fazer o favor de escrever algumas palavras para a quarta capa e enviá-las ao editor, nosso amigo comum Fahir?

O panorama que se via da escrivaninha de Ka — os telhados de Frankfurt cobertos de neve — começava a escurecer agora que caía a noite sobre a cidade. A escrivaninha de Ka era surpreendentemente bem-arrumada, considerando-se o seu ofício de poeta. À direita estavam os diários em que ele relatava sua visita a Kars e os poemas que lhe vieram naquela cidade; à esquerda, uma pilha de livros e revistas que ele estava lendo. Equidistantes do centro da mesa, havia uma luminária de bronze e um telefone.

Vasculhei as gavetas da escrivaninha em busca do caderno; revirei os livros, os diários e a coleção de recortes de jornais que não podem faltar na casa de um exilado; com um medo cada vez maior, procurei nos guarda-roupas, na cama, nos armários da cozinha e do banheiro, na geladeira, na cestinha de roupas sujas e em todos os cantos da casa onde se poderia esconder um caderno. Recusando-me a admitir que se perdera, procurei novamente nos mesmos lugares, enquanto Tarkut Ölçün fumava um cigarro e contemplava a neve caindo sobre Frankfurt. Se o caderno não estivesse na valise que levara consigo para Hamburgo, tinha de estar naquele apartamento. Ka sempre se recusara a fazer cópias de sua poesia antes que a última palavra estivesse no devido lugar, pois achava que dava azar. Mas ele me dissera que o livro estava pronto. Onde estava ele, então?

Duas horas depois, ainda me recusando a aceitar a perda do caderno verde em que Ka escrevera seus poemas de Kars, convenci-me de que estava ali, em algum lugar, bem debaixo do meu nariz, e que eu só não encontrara porque ficara nervoso demais. Quando o proprietário mais uma vez bateu na porta impaciente, tirei todos os cadernos de Ka das gavetas e joguei-os num saco plástico, junto com todas as anotações que encontrei. Recolhi as fitas pornôs empilhadas caoticamente em volta do aparelho de vídeo — prova de que ele nunca recebia visitas — e as joguei num saco plástico da Kaufhof. Como um homem que vai fazer uma longa viagem e quer levar consigo uma lembrança qualquer da vida que está deixando para trás, procurei na sala alguma coisa que me lembrasse o meu amigo. Mas não conseguia me decidir; antes que me desse conta, estava colocando na sacola o cinzeiro e os cigarros da escrivaninha, a faca que ele usava para abrir cartas, o relógio da mesa de cabeceira, o colete que ele usara sobre o pijama por vinte anos, e que ainda tinha o seu cheiro, uma fotografia sua e de sua irmã no cais de Dolmabahçe. Dominado por uma paixão de museólogo, e, vendo que aquela era minha última chance, fui recolhendo quase todo o resto: e quase tudo tinha o seu valor, das meias sujas aos lenços (nunca usados), das colheres da cozinha aos maços de cigarro vazios do cesto de lixo. Em nossos últimos encontros em Istambul, Ka perguntara-me sobre meus planos de escrever um novo romance, e eu lhe falei de *O museu da inocência*, sobre o qual não falara com ninguém.

Quando voltei ao quarto do hotel, depois de me despedir de meu guia, retomei o exame dos pertences de Ka. Àquela altura eu decidira agir friamente e deixar de lado as lembranças de meu amigo por aquela noite, antes que o desespero me destruísse. A primeira coisa que fiz foi dar uma olhada nas fitas pornôs. Não havia aparelho de vídeo em meu quarto, mas pelas anotações de Ka nas caixas das fitas, era evidente que ele tinha uma afeição especial por uma atriz americana chamada Melinda.

Em seguida li os cadernos em que Ka escrevera sobre os poemas que lhe vieram em Kars. Por que ele nunca mencionava o caso de amor, os terrores que ele testemunhara? Eu encontraria a resposta num arquivo que tirei de uma das gavetas de Ka: quando abri a pasta, quase quarenta cartas de amor caíram em meu colo; eram todas dirigidas a İpek, e nenhuma delas fora enviada. Todas começavam exatamente da mesma forma — *Minha querida, pensei muito se deveria escrever-lhe para dizer o seguinte* — mas, então, cada uma continuava com a descrição de uma experiência diferente em Kars, a cada vez acrescentando mais um detalhe doloroso sobre seu caso com İpek; havia também alguns flashes de seu dia a dia em Frankfurt (o cachorro manco que ele vira no parque Von Bethmann e as mesas de zinco que vira no Museu Judaico, visões angustiantes de que ele falara também nas cartas que me enviou). Ele não colocara em envelope nenhuma daquelas cartas de amor, e isso me revelou o grau de indecisão quanto a enviá-las, que não admitia nem o compromisso de um envelope.

*Basta uma palavra tua para que eu volte para ti*, ele escreveu numa das cartas, embora em outra ele afirme que nunca voltaria a Kars, *porque eu nunca permitiria que você me entendesse mal novamente*. Uma carta menciona um poema, não anexado, e outra nos faz imaginar uma carta anterior de İpek: *sinto muitíssimo que você tenha entendido mal a minha carta*. Naquela noite eu espalhei todos os pertences de Ka na cama e em todas as superfícies do quarto, examinando os objetos um a um, e assim posso dizer com certeza que Ka não recebeu nenhuma carta de İpek. Por que Ka fingiu responder a İpek, mesmo sabendo que, de sua parte, ele nunca lhe enviaria uma única carta?

Nesse ponto, talvez, chegamos ao coração de nossa história. Até que ponto podemos saber sobre o amor e a dor do coração de outra pessoa? Até que ponto podemos esperar entender aqueles que viveram uma angústia mais profunda, uma perda maior e desilusões mais esmagadoras que aquelas sofridas por nós próprios? Ainda que os ricos e poderosos do mundo se colocassem no lugar dos outros, o quanto poderiam eles entender de fato os milhões de miseráveis e sofredores à sua volta? E o mesmo acontece quando o romancista Orhan examina os cantos escuros da vida difícil e dolorosa de seu amigo poeta: o quanto ele pode ver de fato?

> Durante toda a minha vida me senti perdido e só como um animal ferido [escreveu Ka]. Talvez se eu não a tivesse abra-

çado com tal violência, não a teria irritado tanto, e talvez não tivesse destruído um trabalho de doze anos, terminando exatamente onde comecei. Mas cá estou eu, abandonado e definhando; trago comigo as cicatrizes de um sofrimento insuportável em cada centímetro de meu corpo. Às vezes eu acho que não perdi apenas você, mas tudo no mundo.

O simples fato de eu ler estas palavras me garante que eu as entendi?

Mais tarde, naquela mesma noite, um tanto embriagado pelos uísques que tinha pegado no frigobar, voltei à Kaiserstrasse para investigar Melinda.

Ela tinha grandes olhos cor de oliva, ligeiramente estrábicos. Tinha a pele clara, pernas longas, e os lábios, que um poeta da corte otomana teria comparado a cerejas, eram pequenos mas carnudos. Ela era muito conhecida. A seção de vídeo do World Sex Center ficava aberta vinte e quatro horas por dia, e levei apenas vinte minutos para encontrar seis filmes com o seu nome. Carreguei aquelas fitas para Istambul, e, depois que as vi, comecei a ter uma ideia dos sentimentos de Ka. Fosse qual fosse a espécie de homem diante do qual Melinda estivesse ajoelhada — ainda que fosse o sujeito mais grosseiro e feio do mundo —, ela sempre correspondia aos seus gemidos de êxtase da mesma maneira: com o rosto pálido suavizado por uma expressão de compaixão de que só as mães são capazes. Fosse qual fosse a roupa provocante que estivesse usando (travestida de mulher de negócios fogosa, de aeromoça dada a pândegas ou de dona de casa cansada do marido impotente), ela era sempre frágil e vulnerável quando nua. Mais tarde eu haveria de constatar em minha visita a Kars que havia alguma coisa de İpek nos seus modos, nos seus olhos grandes e no corpo curvilíneo.

Sei que corro o risco de ofender as pobres almas que insistem em ver os poetas sob uma aura de santidade ou metafísica quando digo que meu amigo passou os quatro últimos anos de sua vida mergulhado nesse entretenimento "adulto". Mas quando andei pelo World Sex Center procurando vídeos de Melinda, pareceu-me que Ka tinha apenas uma coisa em comum com aquelas hordas de homens infelizes, solitários como fantasmas. Era o hábito de reagir à própria culpa, refugiando-se nas trevas quando assistiam àqueles filmes. Nos cinemas das cercanias da rua 42, em Nova York, da Kaiserstrasse de Frankfurt e nas ruas afastadas de Beyoğlu, os homens solitários e perdidos e desarvorados que assistem aos seus filmes com um sentimento de vergonha e de asco de si mesmos, lutando para evitar os olhares dos outros nos intervalos — esses homens, desafiando todos os estereótipos nacionais e distinções antropológicas, na verdade parecem exatamente iguais. Saí do World Sex Center com minha sacola de plástico preta cheia de vídeos de Melinda e voltei para o hotel em meio aos flocos de neve gigantes, andando pelas ruas desertas.

Tomei mais dois uísques no precário bar do saguão, e, enquanto esperava que fizessem efeito, fiquei contemplando a neve que caía lá fora. Achei que se conseguisse ficar um pouco embriagado novamente ia descansar por um momento de Melinda e dos cadernos de Ka. Mas quando cheguei ao quarto, peguei um dos cadernos de Ka ao acaso, deitei-me na cama sem parar para me trocar, e comecei a ler. Na terceira (ou terá sido na quarta?) página encontrei este floco de neve.

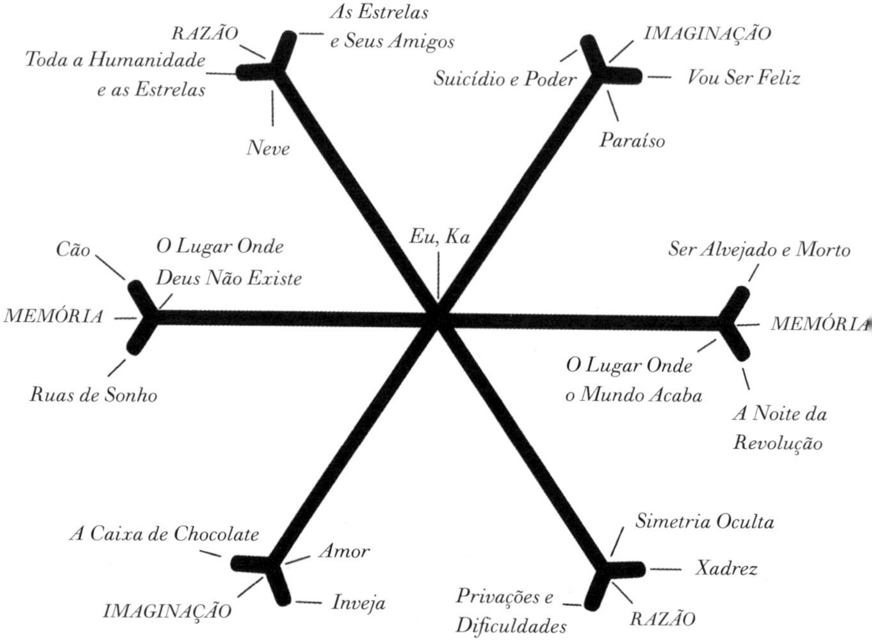

As Estrelas
e Seus Amigos
RAZÃO
Toda a Humanidade
e as Estrelas
Neve
IMAGINAÇÃO
Suicídio e Poder
Vou Ser Feliz
Paraíso
Eu, Ka
Cão
O Lugar Onde
Deus Não Existe
MEMÓRIA
Ruas de Sonho
Ser Alvejado e Morto
MEMÓRIA
O Lugar Onde
o Mundo Acaba
A Noite da
Revolução
A Caixa de Chocolate
Amor
IMAGINAÇÃO
Inveja
Simetria Oculta
Xadrez
Privações e
Dificuldades
RAZÃO

# 30. QUANDO PODEMOS NOS ENCONTRAR NOVAMENTE?

## UMA FELICIDADE EFÊMERA

Depois que Ka e İpek fizeram amor, ficaram na cama abraçados; por algum tempo, nenhum dos dois se mexeu. O mundo estava envolto em silêncio.

A felicidade de Ka era tão grande que o abraço parecia durar um tempo muito longo. Só isso pode explicar por que ele foi tomado de súbita impaciência e pulou da cama para ir olhar pela janela. Mais tarde, iria considerar aquele demorado momento de silêncio compartilhado como sua mais feliz recordação e se perguntaria por que interrompera tão bruscamente aquela felicidade inigualável, saindo dos braços de İpek. A resposta é que ele se deixou dominar pelo pânico. Era como se alguma coisa estivesse prestes a acontecer do outro lado da janela, na rua coberta de neve, e ele precisasse estar lá antes que acontecesse.

Mas não havia nada do outro lado da janela, exceto a neve que continuava a cair. A luz ainda não voltara, mas havia uma vela acesa no térreo, na janela coberta de gelo da cozinha, projetando uma luz alaranjada na espessa neve lá fora. Muito depois, ocorreu a Ka que ele interrompera o momento mais feliz de sua vida porque não suportava ser tão feliz. Mas no princípio, quando estava deitado na cama com os braços de İpek à sua volta, ele nem se dera conta do quanto estava feliz. Sentia-se em paz com o mundo, e essa sensação de paz parecia tão natural, que ele teve dificuldade em se lembrar de por que boa parte de sua vida até aquele ponto fora tão cheia de tristeza e agitação. A paz que ele sentia era como o silêncio que pressagiava um poema, mas nos momentos que antecediam a vinda de um poema ele via se desvelar o sentido da vida, uma visão que também o enchia de júbilo. Não havia esse momento de iluminação naquela alegre rememoração de İpek; havia apenas uma simples pureza infantil, como a de uma criança que tivesse a explicação do sentido do mundo na ponta da língua.

Um a um, ele foi recordando os dados sobre a neve que lera na biblioteca aquela tarde; ele fora se preparar para o caso de lhe surgir um poema sobre esse tema. Mas sua cabeça estava vazia de poesia. Embora seus poemas tivessem lhe ocorrido um a um, ele agora via que se encaixavam nitidamente, como o floco de neve de seis pontas da enciclopédia. Foi nesse instante que ele percebeu que todos os seus poemas faziam parte de um grande plano.

"O que você está fazendo aí?", perguntou İpek.

"Estou olhando a neve, querida."

Pareceu-lhe que de certa forma İpek sabia ser ele capaz de ver mais do que simples beleza na geometria dos flocos de neve, mas ao mesmo tempo ele sabia que podia não ser assim. Uma parte dele sabia que ela não estava muito feliz em ver sua atenção concentrada em outra coisa. Até então coubera a ele a iniciativa de procurá-la, e seu evidente desejo o fazia sentir-se incomodamente vulnerável, e agora Ka estava satisfeito em ver que o jogo tinha virado: então ele concluiu que fazer amor lhe valera uma pequena vantagem.

"Em que você está pensando?", perguntou İpek.

"Estou pensando em minha mãe", disse Ka, sem saber a princípio por que dissera aquilo, pois, embora sua mãe tivesse morrido havia pouco tempo, na verdade seus pensamentos estavam muito longe dela. Mais tarde, evocando aquele momento, ele explicaria aquilo dizendo "Minha mãe estava em minha mente durante toda a minha permanência em Kars".

"E que lembranças você está tendo de sua mãe?"

"Estou me lembrando de uma noite de inverno em que estávamos à janela, olhando a neve, e ela passou as mãos em meus cabelos."

"Você era feliz quando criança?"

"As pessoas não sabem quando são felizes, pelo menos não no momento em que o são. Anos depois eu me dei conta de que tinha sido uma criança feliz, mas a verdade é que não era. Por outro lado, eu não era infeliz do modo como fui nos anos que se seguiram. Simplesmente eu não me interessava pela felicidade a princípio."

"Quando você começou a se interessar?"

Ka teve vontade de dizer *nunca*, mas não disse, em parte porque não era verdade, em parte porque soaria muito agressivo. Mas ainda assim ele se sentiu tentado a dizer, nem que fosse para impressionar İpek, mas sua mente agora estava cheia de coisas mais graves que o desejo de impressionar.

"Houve um tempo em que me senti tão infeliz que mal conseguia me mexer, e foi então que comecei a pensar sobre a felicidade", disse Ka. Teria sido certo dizer aquilo? O silêncio o inquietou. Se lhe contasse quanto se sentira infeliz em Frankfurt, como poderia conseguir convencê-la a ir com ele? No momento em que um vento selvagem e nervoso dispersava os flocos de neve lá fora, o pânico que tirara Ka da cama voltou vingativo, e seu estômago começou a doer mais ferozmente do que doera com o amor e a agonia da espera. A felicidade que sentira apenas alguns instantes antes agora dava lugar a uma terrível certeza de que a iria perder. Em lugar de felicidade, as dúvidas se avolumavam. Ka queria perguntar a İpek: "Você vai comigo para Frankfurt?", mas agora ele já temia não receber a resposta desejada.

Voltou para a cama, apertou o corpo contra as costas de İpek e abraçou-a com toda a força. "Tinha uma loja no mercado", disse ele, "onde estavam tocando 'Roberta', de Pepino di Capri. Onde você acha que eles a encontraram?"

"Ainda há algumas famílias antigas em Kars", disse İpek. "Os pais terminam morrendo e os filhos vendem seus pertences e vão embora, e então se vê no mercado grande variedade de coisas que parecem deslocadas na cidade pobre que temos hoje. Tinha um comerciante de velharias que vinha toda primavera de Istambul, comprava tudo barato e levava embora. Mas agora até ele parou de vir."

Por um instante Ka pensou ter recuperado sua felicidade inigualável de poucos momentos antes. Mais uma vez, deixou-se dominar pelo medo de que ela estivesse perdida para sempre. Tudo o que tinha diante dos olhos lhe aumentava o pânico. Nunca convenceria İpek a ir para Frankfurt com ele, não havia dúvida quanto a isso.

"Então, querido, acho que tenho de me levantar."

Ainda que ela tivesse usado a palavra *querido*, beijando-o ternamente, Ka não conseguia ficar em paz.

"Quando podemos nos encontrar novamente?"

"Estou preocupada com meu pai. A polícia pode tê-lo seguido."

"Também estou preocupado com isso", disse Ka. "Mas primeiro quero saber quando poderemos nos ver novamente."

"Não virei ao seu quarto se meu pai estiver no hotel."

"Oh, agora tudo mudou", disse Ka. Mas enquanto observava a calma naturalidade com que İpek se vestia no escuro, ele receou que afinal de contas nada tivesse mudado. "Eu poderia mudar para outro hotel, não acha? Então poderíamos nos encontrar sem problemas", disse ele.

Houve um silêncio devastador. Ka sentiu-se dominar por uma onda de pânico e um ciúme irremediável. Ele se perguntou se İpek tinha outro amante. Parte dele ainda estava lúcida o bastante para se lembrar de que esse tipo de ciúme era comum nas preliminares de um caso de amor ainda não posto à prova, mas uma voz mais forte dentro dele disse-lhe que a abraçasse com toda a força e empregasse toda a sua energia para superar os obstáculos que ainda os separavam. Ele sabia que tinha pouco tempo, mas sabia também que se agisse depressa demais as coisas se complicariam ainda mais. Indeciso, ele permaneceu em silêncio.

# 31. NÃO SOMOS ESTÚPIDOS, SOMOS APENAS POBRES

## A REUNIÃO SECRETA NO HOTEL ÁSIA

Quando Zahide correu em direção à charrete puxada por cavalos que levaria Turgut bei e Kadife à reunião secreta no Hotel Ásia, estava faltando luz, por isso Ka, que olhava da janela, não conseguira ver o que a leal criada tinha nas mãos. Na verdade, era um velho par de luvas de lã.

Sem saber ao certo o que devia usar na reunião, Turgut bei pegou duas jaquetas de seus tempos de professor — uma preta e uma cinza — e as estendeu na cama, junto com o chapéu de feltro reservado para os feriados nacionais e as ocasiões em que recebia algum inspetor, e a gravata xadrez que não usava fazia anos, exceto quando queria divertir o neto de Zahide. Ele seria capaz de levar muito mais tempo examinando as outras peças de seu guarda-roupa e o conteúdo de suas gavetas, mas, vendo-o agir feito uma mocinha sonhadora que se perguntava o que o pai a deixaria usar no baile, Kadife interferiu para fazer a seleção final. Depois de lhe abotoar a camisa, ajudou-o a vestir a jaqueta e o casaco; em seguida, foi a vez das luvas brancas de pele de cachorro, que ela lutou para colocar nas mãos pequenas do pai.

Naquele momento Turgut bei lembrou-se das velhas luvas de lã. Insistindo teimosamente que eram aquelas as que queria usar, fez İpek e Kadife revirarem a casa, desesperadas, vasculhando cada guarda-roupa e cada arca de alto a baixo; quando finalmente as encontraram, viram que estavam cheias de buracos de traças, e deixaram-nas de lado. Mas uma vez escondido na charrete, Turgut bei insistiu novamente que não sairia de casa sem elas; anos antes, explicou ele, quando fora jogado na prisão por sua militância na esquerda, sua querida e saudosa esposa lhe trouxera aquelas luvas, feitas especialmente para ele. Kadife, que conhecia mais o pai do que ele próprio, entendeu o que estava acontecendo: se ele insistia em usar aquelas luvas como se fossem um talismã, é porque devia estar realmente muito assustado.

Depois que as luvas vieram e o carro se pôs a caminho, Kadife pediu ao pai que lhe falasse mais da época em que estivera preso; ela ouvia o que ele contava (que chorava quando recebia cartas da esposa, que aprendera francês sozinho e que, nas noites de inverno, usava aquelas mesmas luvas para dormir) atentamente, como se pela primeira vez, interrompendo-o de vez em quando para dizer “Que homem corajoso você é, pai!". E então ele fez o que costumava fazer ao ouvir das filhas aquelas palavras (que nos últimos tempos ele praticamente não ouvira): reprimindo as lágrimas, Turgut bei abraçou Kadife e, trêmulo, beijou-lhe as faces.

Quando o carro chegou ao Hotel Ásia, eles viram que ali não estava faltando luz.

Ao descerem do carro, Turgut bei disse: "Olhe todas essas lojas novas. Vamos ver o que há nas vitrines". Kadife sabia que ele estava fazendo hora por medo, por isso teve o cuidado de não apressá-lo. Turgut bei sugeriu que parassem para tomar um chá de tília — se um detetive os estivesse seguindo, disse ele, iriam despistá-lo —, assim se dirigiram à casa de chá, onde ficaram em silêncio olhando uma corrida na televisão. Quando já estavam saindo, Turgut bei avistou seu velho barbeiro, então deram meia-volta e entraram novamente, para não serem vistos a caminho da reunião.

"Você acha que já estamos atrasados? Você acha que eles ficarão ofendidos se não formos?" O barbeiro gordo na mesa ao lado parecia estar tentando ouvir o que diziam, por isso Turgut bei falava com Kadife aos sussurros. Ele tomou o seu braço, mas em vez de ir direto ao pátio dos fundos, entrou numa papelaria, onde comprou uma caneta azul-marinho. Quando finalmente chegaram ao pátio dos fundos da Elétrica e Encanamentos Ersin e se dirigiram à porta escura que era a entrada dos fundos do Hotel Ásia, Kadife viu o pai empalidecer.

Estava tudo absolutamente quieto na entrada dos fundos do hotel. Eles ficaram bem juntos; ninguém os seguia. Avançaram alguns passos, mas no escuro Kadife precisou tatear para encontrar as escadas que conduziam ao saguão. "Não solte meu braço", disse Turgut bei.

O saguão estava na penumbra e as janelas altas, fechadas com pesadas cortinas. Havia uma lâmpada fraca e suja na mesa da recepção, que mal iluminava o funcionário barbudo e despenteado sentado atrás dela. Na escuridão por trás da mesa eles enxergavam outras sombras que andavam pelo saguão, subiam e desciam as escadas. Tratava-se de policiais à paisana ou gente do mercado negro que negociava com gado, madeira, ou trabalhadores ilegais que atravessavam as fronteiras clandestinamente. Oitenta anos antes, aquele hotel fora muito apreciado pelos homens de negócio russos. Depois da revolução, a maior parte de sua clientela compunha-se de turcos de Istambul e agentes duplos ingleses a caminho da Armênia para fazer espionagem na União Soviética. Agora ele se encontrava cheio de mulheres vindas da Geórgia e da Ucrânia para trabalhar como prostitutas e contrabandistas. Em geral, quem alugava os quartos para essas mulheres eram homens das aldeias próximas de Kars: eles viviam juntos durante o dia, quase como marido e mulher, e depois que os homens voltavam para suas aldeias no último micro-ônibus do dia, as mulheres desciam para tomar café e conhaque na escuridão do bar.

Quando Turgut bei e Kadife galgavam as escadas de madeira, outrora forradas com tapete vermelho, viram-se diante de uma daquelas loiras já meio passadas. Turgut bei voltou-se para Kadife e sussurrou: "O Grande Hotel, onde o paxá Ismet se hospedou quando estava negociando o Tratado de Lausanne, era tão cosmopolita quanto este". Dito isso, ele tirou do bolso a caneta azul. "Vou fazer o mesmo que o paxá Ismet fez em Lausanne: vou assinar o manifesto com uma caneta nova." Por longo tempo, ele ficou imóvel: não estava claro para Kadife se ele estava remanchando ou ouvindo o barulho na escadaria. Quando eles finalmente chegaram ao quarto 307, Turgut bei falou: "A gente assina esse troço e vai embora".

Tinha tanta gente ali que a princípio Kadife pensou estarem no quarto errado. Ao ver Azul taciturno, postado junto à janela com mais dois militantes islamitas, ela atravessou o recinto conduzindo o pai e sentou ao lado deles. Uma lâmpada nua pendia do teto, e na mesa havia um lampião em forma de peixe, mas ainda assim a sala estava mal iluminada. O peixe era de baquelita: apoiado nas barbatanas da cauda, ele segurava a lâmpada na boca, e em um de seus olhos estava escondido um microfone da polícia.

Fazıl também estava presente. Ao ver Kadife, levantou-se de um salto, e quando os demais se levantaram para cumprimentar Turgut bei, ele permaneceu de pé. Parecia pasmo, como se alguém o tivesse enfeitiçado. Alguns na sala pensaram que ele ia falar, mas Kadife nem ao menos o viu. Seus olhos fitavam Azul e Turgut bei, que olhavam um para o outro, e a atmosfera estava tensa.

Azul chegou à conclusão de que o Ocidente levaria o manifesto mais a sério se o nacionalista curdo que o assinasse fosse ateu. Mas o adolescente pálido e magro que concordara relutantemente em assinar discordava de seus companheiros nacionalistas curdos quanto à redação do manifesto. Agora os três esperavam calados sua vez de falar. Visto que as associações de jovens revoltados, desesperados e desempregados, conhecidas por sua admiração pelos guerrilheiros curdos das montanhas, costumavam se reunir nas casas de membros, e visto que os diretores dessas associações muitas vezes eram presos, espancados e torturados depois das frequentes batidas que a polícia fazia durante as reuniões, era difícil encontrar aqueles jovens depois do golpe. Mas os três jovens curdos tinham um problema ainda mais premente: aos olhos dos guerreiros das montanhas, a mera presença deles naquela reunião pareceria suspeita. Eles deviam achar que aqueles jovens se sentiam à vontade demais nas salas aquecidas da cidade e que contemporizavam com a República Turca. Com efeito, a acusação de que as associações não estavam mandando sua cota de guerrilheiros para as montanhas desmoralizara um punhado de membros que ainda não tinham sido presos.

Estavam presentes também dois socialistas da velha-guarda, ambos na casa dos trinta anos. A possibilidade de um manifesto conjunto para a imprensa alemã lhes fora comunicada pelos jovens curdos, que procuraram os socialistas para se vangloriar um pouco e para consultá-los. A militância socialista lançara uma longa sombra sobre Kars, mas tinha se exaurido; nenhum socialista agora ousaria armar uma emboscada, matar um policial, ou começar uma campanha de cartas-bombas sem antes pedir apoio aos guerrilheiros curdos, e o resultado era uma epidemia de decrepitude prematura e depressão generalizada em suas outrora formidáveis fileiras. Agora lá estavam os velhos militantes que vieram para a reunião sem ter sido convidados, pois ouviram falar que ainda havia muitos marxistas na Europa. No fundo da sala, ao lado do socialista mais velho, que parecia aborrecido, estava um camarada de expressão franca e descontraída, parecendo muito animado, sabendo que iria dar os detalhes da reunião à agência local do MİT. Suas intenções não eram más: ele fazia isso para ajudar as associações a prevenir o assédio da polícia. Ele informaria o Estado sobre quaisquer atividades de que não gostasse — a maioria das quais, em retrospecto, de todo modo parecia desnecessária —, mas no fundo, no fundo ele estava orgulhoso de que ali houvesse rebeldes lutando pela causa, tão orgulhoso, na verdade, que seria capaz de se vangloriar dos tiros, dos sequestros, dos espancamentos, das bombas e dos assassinatos para quem quer que se dispusesse a ouvir.

A princípio ninguém falou, tão certos estavam de que a sala tinha escuta e de que vários informantes estavam presentes. E se falavam, era com um movimento de cabeça em direção à janela para indicar que ainda nevava ou para censurar alguém por apagar cigarros no assoalho. O silêncio continuou até que uma velha senhora curda, cuja presença não fora notada até o momento, levantou-se e narrou a história do desaparecimento de seu neto (eles vieram no meio da noite e o levaram embora). Mesmo sem ouvir direito a história do desaparecimento, Turgut bei sentiu-se incomodado. Ele ficou tão assustado ao ouvir falar de sequestro e assassinato de adolescentes curdos quanto furioso com a alegação de que eram inocentes. Tomando a mão do pai, Kadife tentou entender a expressão no rosto de Azul, de asco e desprezo. Azul sentia que tinha caído numa armadilha, mas temendo os comentários que se fariam se ele fosse embora, decidiu ficar, contra o que seu bom senso lhe aconselhava. E então aconteceu o seguinte: 1. O jovem islamita sentado perto de Fazıl, e cujo envolvimento na morte do diretor do Instituto de Educação ficaria provado meses mais tarde, começou a afirmar que o diretor fora assassinado por um agente do governo; 2. Os revolucionários presentes deram um longo informe sobre uma greve de fome iniciada por seus amigos na prisão; 3. Os três jovens da associação curda leram um comunicado ainda mais longo, no qual ameaçavam retirar suas assinaturas do manifesto conjunto, a menos que o *Frankfurter Rundschau* o publicasse, recolocando assim a cultura e a literatura curdas no lugar que lhe era de direito na história mundial.

Quando a velha senhora, que viera fazer uma petição em favor do adolescente sequestrado, perguntou onde estava o tal jornalista alemão, Kadife levantou-se para explicar: Ka estava mesmo em Kars, disse ela em tom firme, mas resolveu não participar da reunião para que não pairasse nenhuma dúvida sobre a imparcialidade do manifesto. Como os demais não estavam acostumados a ver uma mulher se pronunciar com tanta segurança numa reunião política, ela logo conquistou o respeito deles. Ao ouvir que Kadife iria fazer todo o possível para que sua história fosse publicada nos jornais alemães, a velha senhora abraçou-a aos prantos e lhe deu um pedaço de papel em que alguém escrevera o nome de seu neto.

O informante de esquerda bem-intencionado escolheu aquele momento para apresentar o primeiro rascunho do documento, que ele escrevera à mão num caderno; enquanto lia, procurava dar a impressão de impassibilidade.

Quase todos gostaram do título: "Comunicado ao povo da Europa sobre os acontecimentos de Kars". Ao lembrar-se de como se sentiu naquele momento, Fazıl mais tarde iria sorrir e dizer a Ka: "Aquela foi a primeira vez que me ocorreu que nossa pequena cidade um dia poderia ter um papel a desempenhar no cenário mundial". (Mais tarde Ka usaria aquelas mesmas palavras em seu poema "Toda a humanidade e as estrelas".)

Somente Azul se opôs terminantemente ao título. "Nós não estamos falando para a Europa", disse ele. "Estamos falando para toda a humanidade. Não se espantem, meus amigos, se o documento deixar de ser publicado — não apenas em Kars e Istambul, mas também em Frankfurt. Os europeus não são nossos amigos, mas sim nossos inimigos. E não por sermos *inimigos* deles, mas sim porque eles nos desprezam."

O esquerdista que estava com o primeiro esboço do documento interrompeu para esclarecer que não era toda a humanidade que os desprezava, só a burguesia europeia. Ele lembrou que os pobres e desempregados eram seus irmãos, mas ninguém se deixou convencer, exceto seu companheiro socialista.

"Ninguém na Europa é tão pobre como nós", disse um dos três jovens curdos.

"Meu filho, você já esteve na Europa?", perguntou Turgut bei.

"Ainda não tive essa oportunidade, mas o irmão de minha mãe trabalha na Alemanha."

Isso provocou alguns risos. Turgut bei ajeitou sua cadeira. "Embora a palavra signifique muito para mim, eu também nunca estive na Europa", disse ele. "Isso não é motivo para risos. Por favor, que as pessoas aqui presentes que estiveram na Europa levantem a mão."

Afora Azul, que passara muitos anos na Alemanha, ninguém levantou a mão.

"Mas todos sabemos o que a Europa significa", continuou Turgut bei. "A Europa é nosso futuro e o futuro de toda a humanidade. Então se esse cavalheiro", disse ele apontando para Azul, "acha que devemos dizer *toda a humanidade* em vez de *Europa,* podemos mudar o título como ele deseja."

"A Europa não é *meu* futuro", disse Azul com um sorriso. "Enquanto eu viver, nunca vou imitá-los nem me odiar por não ser como eles."

"Não são apenas os islamitas que se orgulham deste país, os republicanos também sentem o mesmo", disse Turgut bei. "Se dissermos *toda a humanidade* em vez de *Europa,* como vai ficar o título?"

"Comunicado a toda a humanidade sobre os acontecimentos de Kars", disse o homem que estava com o manifesto. "Seria muita ousadia."

Seguiu-se uma discussão em que se pensou em substituir *humanidade* por *Ocidente,* mas o homem sardento ao lado de Azul se opôs a isso também. O jovem curdo de voz fina então sugeriu o título mais modesto, *Um comunicado*, que recebeu a aprovação de todos.

Ao contrário do que todos esperavam, o rascunho era na verdade muito curto. E embora ninguém tenha discordado das linhas iniciais — no sentido de que se "encenara" um golpe no momento exato em que se tornou evidente a tendência de vitória dos candidatos curdos e islâmicos nas eleições que se aproximavam —, Turgut bei objetou que as pessoas do lugar eram conhecidas por mudar de opinião por mero capricho, votando no partido que defendia posições repudiadas por elas até o dia anterior, que por isso seria melhor não tirar nenhuma conclusão apressada sobre que político com certeza iria ganhar.

Em resposta, o informante militante de esquerda encarregado do rascunho disse: "Todo mundo sabe que esse golpe aconteceu antes das eleições para evitar que determinadas pessoas ganhassem".

"Não se esqueça de que estamos falando de uma trupe", disse Turgut bei. "Eles só tiveram sucesso porque as estradas estão bloqueadas. Tudo voltará ao normal em questão de dias."

"Se você não se opõe ao golpe, por que está aqui?", perguntou um rapaz de cara vermelha, sentado ao lado de Azul.

É difícil dizer se Turgut bei sequer ouviu esse comentário desrespeitoso. De qualquer modo, Kadife se pôs de pé no mesmo instante (ela era a única pessoa da sala a se levantar para falar, embora ninguém, e com certeza nem ela própria, notasse como aquilo era estranho). Com os olhos cheios de ódio, disse que seu pai, depois de passar anos na prisão por causa de suas convicções políticas, continuava um ferrenho opositor de todas as formas de opressão exercida pelo Estado.

Turgut bei tirou o paletó e a fez sentar-se, dizendo: "Vim a esta reunião porque quero provar aos europeus que também na Turquia existem pessoas que acreditam no bom senso e na democracia".

"Se um grande jornal alemão me desse duas linhas de espaço, essa não seria a primeira coisa que eu desejaria provar", disse o jovem de rosto vermelho em tom de desprezo, e teria dito mais, se Azul não o tivesse contido, tocando em seu braço.

Aquilo foi o bastante para fazer Turgut bei arrepender-se de ter ido à reunião. Ele dominou o seu desapontamento, convencendo-se de ter ido lá só de passagem, quando estava a caminho de outro lugar. Assumindo a expressão de alguém preocupado com questões muito distantes daquela sala, levantou-se e deu alguns passos em direção à porta, mas, então, notando a neve que se acumulava na avenida Karadağ, dirigiu-se à janela. Kadife tomou seu braço como a sugerir que seu pai não conseguiria dar mais um passo sem ajuda. Por um bom tempo, pai e filha deixaram-se ficar ali como crianças tristonhas tentando esquecer seus problemas, enquanto uma charrete avançava pela rua.

Um dos três rapazes da associação curda — o que tinha a voz aguda — não conteve a curiosidade e também se encaminhou para a janela. Os demais os observavam com um misto de respeito e apreensão. Enquanto se perguntavam se ia haver uma batida policial, a sala ficou tensa. As várias facções logo ficaram tão preocupadas que, num piscar de olhos, chegaram a um consenso quanto ao resto do manifesto.

O manifesto declarava que o golpe fora dado por um bando de aventureiros. Foi Azul quem o sugeriu, rejeitando uma definição mais genérica que poderia dar aos ocidentais a impressão de que o golpe militar assumira o controle de toda a

Turquia. Por fim, concordaram em defini-lo como "um golpe local, apoiado por Ancara". Faziam-se breves referências aos curdos mortos a tiros ou arrancados de seus lares, um a um, e assassinados e às torturas e intimidações sofridas pelos rapazes da escola secundária religiosa. "Um ataque indiscriminado contra o povo" foi corrigido para "um ataque ao povo, ao espírito e à religião". E eles mudaram a última linha, terminando por convocar não apenas o povo da Europa mas de todo o mundo a se unir num protesto contra a República Turca. Enquanto esse trecho era lido, Turgut bei olhou para Azul por um instante e notou um brilho de contentamento nos olhos dele. Mais uma vez, o velho lamentou ter vindo.

"Agora, se não houver outras objeções, vamos assinar o manifesto imediatamente", disse Azul. "Porque pode haver uma batida a qualquer momento."

Àquela altura o manifesto era uma confusão de palavras riscadas, setas e correções inscritas em círculos, mas isso não impediu ninguém de se precipitar para o meio da sala, acotovelando-se para assinar logo o documento e sair. Alguns já se dirigiam para a porta quando Kadife gritou: "Parem! Meu pai tem algo a dizer!".

Isso só aumentou o pânico. Azul ordenou ao jovem de rosto vermelho que vigiasse a porta. "Ninguém deve sair", disse ele. "Que Turgut bei apresente sua objeção."

"Não tenho nenhuma objeção", disse o velho. "Mas antes de apor meu nome ao manifesto, há alguma coisa que desejo daquele jovem ali." Ele apontou para o rapaz de rosto vermelho, que vigiava a porta naquele momento. "E não apenas dele, mas de todos aqui na sala. Vou fazer uma pergunta, e desejo uma resposta primeiro dele, depois dos demais, e se não a tiver, não assinarei o manifesto." Ele se voltou para Azul para avaliar a força de sua observação.

"Por favor, esteja à vontade, faça sua pergunta", disse Azul. "Se tivermos condições de responder, teremos todo o prazer em fazê-lo."

"Há pouco, riram de mim. Então, agora quero que me respondam o seguinte: se um grande jornal alemão desse a cada um de vocês duas linhas de espaço, o que vocês diriam ao Ocidente? Quero primeiro ouvir a resposta daquele rapaz."

O rapaz de rosto vermelho era forte e vigoroso, com opinião formada sobre tudo, mas a pergunta o pegou de surpresa. Segurando a maçaneta da porta ainda com mais força, olhou para Azul como a pedir ajuda.

"É só você dizer o que pensa que teria dito, assim todos podemos ir embora", disse Azul, com um sorriso forçado. "Se não fizer isso, a polícia pode chegar."

O jovem de rosto vermelho olhou para o teto como a procurar a resposta do exame que ainda ontem sabia.

Em vista desse silêncio, Azul disse: "Bem, então deixe-me responder primeiro. Não ligo a mínima para os seus patrões europeus. A única coisa que quero é sair de sua sombra. Mas a verdade é que todos vivemos sob uma sombra".

"Não tente ajudá-lo, deixe que ele fale o que lhe vai no coração", disse Turgut bei. "Você pode ficar por último." E sorriu para o jovem de rosto vermelho que, incapaz de responder, ainda se contorcia. "É uma decisão difícil. É uma coisa complicada. Não é o tipo de dilema que se pode resolver de uma hora para outra."

"Ele está procurando desculpas!", alguém gritou do fundo da sala. "Ele não quer assinar o manifesto!"

Todos se entregaram aos seus próprios pensamentos. Alguns se dirigiram à janela e observaram outra charrete oscilando para a frente e para trás enquanto avançava pela rua. Mais tarde, naquela mesma noite, ao descrever o "silêncio mágico" que caíra sobre a sala, Fazıl diria a Ka: "Era como se de repente todos nos tivéssemos tornado irmãos, como se estivéssemos mais próximos uns dos outros do que nunca antes".

Um avião passando distante, muito alto, no céu noturno quebrou o silêncio. Todos o ouviram. "É o segundo avião hoje", sussurrou Azul.

"Eu vou embora!", gritou alguém. Quem gritou foi um homem de rosto pálido, na casa dos trinta anos, trajando uma jaqueta clara, e até então não notado por ninguém. Era um dos três trabalhadores presentes na sala. Cozinheiro no Hospital da Previdência Social, viera com as famílias dos desaparecidos e não parava de olhar o relógio. Segundo se soube depois, seu irmão mais velho, ativista político, fora levado à força para a delegacia para ser interrogado e nunca mais tinha voltado. Disseram que o cozinheiro de rosto pálido queria conseguir um atestado de óbito para poder casar-se com a bela viúva de seu irmão. Ele entrara com o pedido um ano depois do desaparecimento do irmão, mas a polícia, o serviço secreto, a promotoria e a guarnição do exército não o quiseram ouvir; ele se juntara às famílias dos desaparecidos dois meses antes, não por desejo de vingança, mas simplesmente porque eram as únicas pessoas que se dispunham a ouvi-lo.

"Vocês vão me chamar de covarde pelas costas, mas os covardes são vocês. Esses seus europeus são os maiores covardes de todos. Podem escrever isso." Ele abriu a porta com um pontapé e foi embora.

Alguém então perguntou quem era aquele tal de "Hans Hansen bei". Kadife entrou em pânico, mas, para sua grande surpresa, Azul explicou delicadamente que era um jornalista alemão bem-intencionado que tinha profundo interesse pelos problemas da Turquia.

"Cuidado com os alemães cheios de boas intenções", exclamou alguém no fundo da sala.

"Meus amigos, não vamos nos encolher como meninos de escola esperando que o coleguinha fale primeiro", disse um outro.

"Eu estou no liceu", falou um dos rapazes da associação curda. "Antes de vir aqui eu já sabia o que ia dizer."

Sua voz estava muito calma, mas seu rosto ardia de ódio. "Sempre sonhei com o dia em que teria a chance de expor minhas ideias ao mundo — da mesma forma que os demais nesta sala. O que eu diria é muito simples. O que quero que se publique no jornal de Frankfurt é: Não somos estúpidos, somos apenas pobres! E temos o direito de insistir nesta distinção."

"Que palavras humildes!"

"O que você quer dizer com *nós*, meu filho?", perguntou um homem que estava no fundo. "Você quer dizer os turcos? Os curdos? Os circassianos? O povo de Kars? A quem exatamente você se refere?"

"O maior erro da humanidade", continuou o jovem curdo, "a maior ilusão dos últimos mil anos é a seguinte: confundir pobreza com estupidez."

"E o que ele quer dizer exatamente com estupidez? Ele devia explicar esses termos."

"Através da história, os líderes religiosos e outros ilustres homens de consciência sempre alertaram contra essa confusão vergonhosa. Eles nos lembram que, como todo mundo, os pobres têm coração, mente, humanidade e sabedoria. Quando Hans Hansen vê um homem pobre, sente piedade dele. Não necessariamente ele iria supor que o homem é um imbecil que jogou fora todas as suas chances ou um bêbado destituído de vontade."

"Não posso falar por Hans Hansen, mas é o que todos pensam quando veem um homem pobre."

"Por favor, ouçam o que tenho a dizer", disse o veemente jovem curdo. "Não quero me estender muito. As pessoas podem lastimar a sorte de um homem que passa por dificuldades, mas quando toda uma nação é pobre, o resto do mundo imagina que todo o seu povo deve ser desmiolado, preguiçoso, sujo, um bando de imbecis grosseiros. Em vez de inspirar piedade, esse povo provoca gargalhadas. Tudo é uma piada: sua cultura, seus costumes, seus usos. A certa altura, no resto do mundo, algumas pessoas podem começar a sentir vergonha por terem pensado assim, e quando olham em volta e veem imigrantes daquele país pobre limpando o chão e fazendo outros trabalhos mal remunerados, naturalmente começam a se preocupar com o que pode acontecer se um dia esses trabalhadores se levantarem contra elas. Então, para evitar que as coisas degringolem, começam a mostrar interesse pela cultura dos imigrantes e às vezes chegam a fingir que os consideram como iguais."

"Já é tempo de ele nos dizer de que nação está falando."

"Deixem-me acrescentar uma coisa", disse outro jovem curdo. "A humanidade já se recusa a rir daqueles que matam e oprimem. Foi isso o que aprendi do irmão de minha mãe quando ele voltou da Alemanha para Kars no verão passado. A humanidade já não tolera mais os países que matam e oprimem."

"Você está nos ameaçando em nome dos ocidentais?"

"Como eu estava dizendo", continuou o primeiro jovem curdo, "quando um ocidental encontra alguém de um país pobre, ele sente profundo desprezo. Ele imagina que a cabeça do pobre está cheia de todas as tolices que mergulharam seu país na pobreza e no desespero."

“E fazendo isso ele não estaria muito longe da verdade, não é?”

“Se você é como aquele poeta presunçoso e acha que somos todos estúpidos, levante-se e defenda suas opiniões. Aquele ateu vai terminar no inferno, mas pelo menos demonstrou alguma coragem. Ele foi à televisão e, num programa ao vivo, olhou nos olhos de todo o país e disse na nossa cara que somos todos estúpidos.”

“Desculpe-me, mas as pessoas num programa ao vivo não veem os telespectadores.”

“O cavalheiro não disse ‘viu’, disse ‘olhou’.”

“Amigos, por favor! Não vamos nos tornar um grupo de debates”, pediu o esquerdista que estava tomando notas. “E procurem também falar mais devagar.”

“Se ele não tem coragem de dizer de que nação está falando, recuso-me a ficar calado. Vamos deixar bem claro que é traição passar para um jornal alemão um texto que condena nossa nação.”

“Não sou traidor. Concordo com você”, disse o exaltado jovem curdo, pondo-se de pé. “É por isso que quero dizer a esse jornal alemão que, mesmo tendo a chance de ir para a Alemanha algum dia, ainda que me dessem um visto, eu não iria.”

“Eles nunca dariam um visto europeu a um pobre desempregado insignificante como você.”

“Esqueça o visto. Nosso próprio país não lhe daria um passaporte.”

“Você tem razão, não daria mesmo”, disse o exaltado mas humilde jovem. “Mas digamos que eu fosse, e o primeiro ocidental que eu encontrasse na rua se revelasse uma boa pessoa que não me desprezasse, ainda assim eu desconfiaria dele, pelo simples fato de ser um ocidental, e teria a impressão de que ele me menosprezava. Porque na Alemanha eles reconhecem um turco logo de cara. Não há como escapar da humilhação, exceto mostrando, na primeira oportunidade, que você pensa exatamente como eles. Mas isso é impossível, e tentar fazer isso é um grande golpe no amor-próprio."

"Você começou mal, meu filho, mas terminou muito bem", disse um velho jornalista azerbaijano. "Mas ainda acho que não devíamos dizer isso à imprensa alemã, porque isso nos cobrirá de ridículo." Ele fez uma pausa e então perguntou espertamente: "E de que nação você estava falando?".

Como o adolescente da associação curda sentou-se sem dizer mais nada, o filho do velho jornalista exclamou: "Ele está com medo!".

"Ele tem razão em ter medo. Ele não está a soldo do governo como você."

Nem o jornalista nem o filho se sentiram ofendidos. De tanto falarem ao mesmo tempo, de tanto zombar e importunar uns aos outros, criara-se uma atmosfera festiva e íntima. Mais tarde, ouvindo o relato de Fazıl sobre a ata, Ka observaria em seu caderno que esse tipo de reunião política podia se prolongar por horas, e os homens carrancudos, bigodudos e fumantes que participavam delas faziam isso justamente para curtir a turma, ainda que não se dessem conta de que estavam se divertindo.

"Nunca seremos europeus!", exclamou um orgulhoso jovem islamita. "Eles podem passar por cima de nós com seus tanques, podem nos crivar de balas e nos matar a todos, mas não podem mudar nossa alma."

"Você pode se apoderar de meu corpo, mas não de minha alma!", disse um jovem curdo. Ele exprimiu seu desprezo recitando o verso no estilo de um melodrama turco.

Todos riram. E para mostrar que não se importava, o rapaz também se pôs a rir.

"Agora vou dizer uma coisa", disse um dos jovens que estavam sentados perto de Azul. "Por mais que nossos amigos aqui procurem traçar uma linha de separação entre eles próprios e os infelizes que macaqueiam o estilo de vida ocidental, eu ainda percebo um certo tom de desculpa. É como se dissessem: 'Que pena que eu não seja um ocidental'." Ele se voltou para o homem de casaco de couro que tomava notas. "Por favor, meu caro senhor, ignore essas observações preliminares!" Ele falava como um tugue cortês. "Eis o que eu gostaria que você escrevesse: 'Tenho orgulho do meu lado não europeu. Tenho orgulho das coisas em mim que os europeus acham pueris, cruéis e primitivas. Se os europeus são bonitos, quero ser feio; se são inteligentes, prefiro ser estúpido; se eles são modernos, deixem-me continuar puro'."

A declaração não contou com a aprovação de ninguém. O riso que se seguiu manteve o novo espírito do encontro, em que tudo o que se dizia servia de pretexto para gracejos. Mas então alguém foi longe demais... "Mas você já é estúpido!" No mesmo instante o esquerdista mais velho e seu amigo de jaqueta preta tiveram um acesso de tosse, e felizmente ninguém soube ao certo quem fora o autor do insulto.

O adolescente de rosto vermelho que vigiava a porta se pôs a recitar um poema. "Europa, ó Europa,/ Fique quieta em seu canto,/ Quando estamos imersos em nossos sonhos/ não se aproveite para introduzir em nós o demônio." Fazıl não pôde ouvir bem a continuação por causa das tosses, dos insultos, dos risinhos, mas pôde contar em detalhes as objeções que se fizeram a ele. Rabiscados na mesma folha de papel em que anotara as várias declarações de duas linhas dirigidas à Europa, estavam estes fragmentos que terminaram por figurar em "Toda a humanidade e as estrelas", o poema que Ka escreveria pouco depois.

1. "Não tenhamos medo deles, não há nada o que temer!" Um dos militantes de esquerda da velha-guarda, agora beirando a meia-idade.
2. O velho jornalista azerbaijano que perguntava o tempo todo "A que nação você está se referindo?" disse: "Não vamos sacrificar nossa etnia turca nem abandonar nossa religião".
3. Um derrotista na multidão perguntou astutamente: "E o que terá acontecido com os milhões de armênios que outrora viviam por toda a Anatólia, inclusive em Kars?", no curso de um longo discurso sobre as cruzadas, o holocausto, o massacre dos peles-vermelhas pelos americanos, e dos muçulmanos argelinos pelos franceses. Mas o secretário-informante sentiu pena desse homem e não anotou seu nome.
4. "Ninguém em sã consciência desejaria traduzir um poema tão longo e idiota, e Hans Hansen nunca permitiria que fosse publicado em seu jornal." Essa frase foi de um dos três poetas da sala. Foi sua chance de lamentar o desafortunado isolamento dos poetas turcos no cenário internacional.

Ao terminar de recitar o poema que todos consideraram idiota e primitivo, o jovem de rosto vermelho estava encharcado de suor; ouviram-se uns poucos aplausos desdenhosos. A maioria parecia concordar que seria insensato mandar publicar o poema na Alemanha, pois seria motivo de riso. O jovem curdo cujo tio materno morava na Alemanha foi quem se exprimiu em termos mais francos quanto a essa questão.

"Quando eles escrevem poemas ou cantam canções no Ocidente, falam em nome de toda a humanidade. Eles são seres humanos — mas somos apenas muçulmanos. De nossa parte, quando escrevemos alguma coisa, trata-se apenas de poesia étnica."

"Minha mensagem é a seguinte: pode escrever", disse o homem de jaqueta preta. "Se os europeus tiverem razão e nosso único futuro e única esperança é ser mais parecidos com eles, é bobagem gastar tempo falando sobre o que faz que sejamos o que somos."

"Ah, de tudo o que foi dito até agora, isso é o que tem mais possibilidades de convencer os europeus de que somos uns idiotas."

"Por favor, diga de uma vez por todas que nação vai parecer idiota."

"E cá estamos nós agindo como se fôssemos muito mais espertos e dignos que os ocidentais, mas, senhores, digo-lhes que se a Alemanha abrisse um consulado em Kars hoje e começasse a distribuir vistos, numa semana a cidade ficaria deserta."

"Mentira. Afinal de contas, nosso amigo ali acabou de dizer que não iria, ainda que lhe dessem essa chance. Eu também não iria. Eu faria o que é digno: continuaria aqui."

"E não se enganem, senhores: muitos outros também ficariam. Todos os que se recusariam a partir levantem a mão para que possamos vê-los."

Uns poucos levantaram a mão solenemente. Vários jovens os viram mas ficaram indecisos. "E por que os que se dispusessem a partir seriam indignos?", perguntou o homem de jaqueta preta.

"É difícil explicar a quem ainda não entendeu", disse um sujeito em tom enigmático.

Fazıl notou que Kadife se voltara, e agora olhava pesarosa pela janela, e o coração dele começou a bater descompassado. Meu Deus, por favor, pensou ele, ajude-me a preservar minha pureza, proteja minha mente da confusão. Ocorreu-lhe que Kadife podia apreciar aquelas palavras.

Ele pensou em fazer disso sua citação para o jornal alemão, mas, com tanta gente falando, não havia a menor chance de ser ouvido.

A única pessoa que conseguiu se fazer ouvir foi o jovem curdo de voz aguda. Ele propôs contar ao jornal alemão sobre um sonho que tivera. Parando de vez em quando com um estremecimento, ele explicou que em seu sonho estava sozinho no Teatro Nacional assistindo a um filme. Era um filme ocidental, e todos falavam uma língua estrangeira, mas isso não o incomodava: ele entendia tudo o que diziam. E então, num piscar de olhos, ele entrou no próprio filme; viu então que não estava sentado no Teatro Nacional mas na sala de estar de uma família cristã. Ali, diante de seus olhos, estava uma mesa cheia de comida; ele queria muito encher a barriga, mas o medo de fazer alguma coisa errada o manteve à distância. O coração se acelerou: ali, diante dele, estava uma bela mulher loira, e no instante em que a viu ele se lembrou de que estava apaixonado por ela havia anos. A mulher era mais calorosa e mais gentil do que ele poderia imaginar. Ela o cumprimentou por suas roupas e por seus modos, beijou-lhe as faces e passou os dedos em seu cabelo. Ele se sentiu muito feliz. Antes que se desse conta, ela o fez sentar em seu colo e apontou para a comida na mesa. Só então ele percebeu que ainda era criança, disse o jovem curdo, olhos marejados de lágrimas. Era por ele ainda ser criança que ela o achou tão encantador.

O velho jornalista quebrou o silêncio. "Ninguém pode sonhar um sonho como esse", disse ele. "Esse menino curdo inventou tudo isso para nos ridicularizar diante dos alemães."

Para provar a autenticidade de seu sonho, o adolescente da associação curda deu um detalhe que antes omitira: desde que tivera aquele sonho, toda vez que acordava lembrava-se da mesma mulher loira. Ele a vira pela primeira vez havia cinco anos; ela estava saindo de um ônibus, em meio a um grupo de turistas que tinham vindo ver as igrejas armênias. Ela estava com um vestido azul listrado, que usava também nos sonhos dele.

Isso provocou mais risos. "Todos vimos mulheres europeias como essa", disse alguém, "e todos fomos tentados pelo diabo." Aquilo serviu de pretexto para algumas tiradas maliciosas, piadas de mau gosto e furiosas diatribes contras as mulheres ocidentais. Um jovem alto, esbelto e bonito, que se mantivera reservado até então, se pôs a contar a história de um ocidental e um muçulmano que se conheceram numa estação de trem. Infelizmente, o trem não chegou. No outro extremo da plataforma, eles viram uma bela francesa esperando o mesmo trem...

Todos os que algum dia frequentaram uma escola masculina ou fizeram o serviço militar viram naquilo uma história que traçava um paralelo entre o vigor sexual e a cultura nacional. Ela não continha palavras grosseiras: sua rudeza escondia-se sob um véu de insinuações. Mas num abrir e fechar de olhos a sala se viu dominada por um clima que faria Fazıl exclamar depois: "Meu coração pesava de vergonha!".

Turgut bei se pôs de pé. "Tudo bem, meu rapaz, basta", disse ele. "Traga-me esse documento para que eu o assine."

Ele sacou sua caneta nova e assinou. O barulho e a fumaça de cigarro o esgotaram, e Kadife teve de ajudá-lo a se manter de pé.

"Agora me deem um minuto de atenção", disse ela. "Vocês parecem não sentir vergonha, mas meu rosto está vermelho com o que acabei de ouvir. Eu cubro meu rosto com este manto para que vocês não vejam meus cabelos, e talvez vocês achem que isso me é penoso, mas..."

"Você não faz isso por nós!", disse alguém num sussurro respeitoso. "Você faz isso por Deus, para demonstrar a sua espiritualidade!"

"Eu também tenho algumas coisas a dizer ao jornal alemão. Por favor, anote." Ela tinha bastante de atriz para saber que seus ouvintes a odiavam e a admiravam em igual medida. "Uma jovem de Kars — não, não escreva isso; escreva: uma jovem muçulmana que vive em Kars — cobriu sua cabeça por motivos religiosos pessoais, mas também usa o manto como símbolo de sua fé. Certo dia essa jovem se toma de revolta e arranca o manto da cabeça. (Os ocidentais achariam isso ótimo. Se o fizéssemos, Hans Hansen com certeza gostaria de publicar nossas opiniões.) Ao tirar o manto, a jovem disse: 'Meu Deus, por favor, perdoe-me, porque eu tenho de estar só. Este mundo é tão asqueroso, e me sinto tão impotente e tão angustiada que seu...'"

"Kadife", sussurrou Fazıl. "Por favor, eu lhe peço, não descubra a cabeça. Veja que estamos todos presentes aqui, agora, inclusive eu e Necip. Isso seria a morte para nós, para todos nós."

Todos na sala pareciam perplexos com aquelas palavras. "Pare de falar bobagem", disse alguém, e então um outro comentou: "Claro que ela não deve descobrir a cabeça". Mas a maioria olhava para ela expectante, esperando que fizesse alguma coisa chocante e notável e ao mesmo tempo se perguntando quem encenara aquele melodrama e quem estava pregando peças em quem.

"As duas linhas que desejo mandar ao jornal alemão são as seguintes", disse Fazıl. O burburinho na sala aumentava. "Não falo só por mim, mas por meu amigo Necip, que foi tão cruelmente martirizado na noite da revolução: Kadife, nós a amamos muito. Se você descobrir a cabeça, eu me mato. Então, por favor, não faça isso."

Segundo alguns relatos, Fazıl não disse *nós a amamos* mas *eu a amo*, embora seja bem possível que essas testemunhas tenham adaptado suas lembranças para explicar o que Fazıl veio a fazer mais tarde.

"Ninguém nesta cidade deve falar em suicídio!", berrou Azul, e saiu precipitadamente do salão do hotel sem nem ao menos lançar um olhar a Kadife; com isso a reunião acabou imediatamente e, embora as pessoas não tivessem saído em boa ordem, a sala ficou vazia em questão de segundos.

# 32. DUAS ALMAS DENTRO DE MEU CORPO

## SOBRE O AMOR, A INSIGNIFICÂNCIA E O DESAPARECIMENTO DE AZUL

Quando faltavam quinze para as cinco, Ka saiu do Hotel Palácio de Neve. Turgut bei e Kadife ainda não tinham voltado da reunião no Hotel Ásia, e Ka ainda tinha um quarto de hora até seu encontro com Fazıl, mas ele estava feliz demais para ficar parado. Dobrou à esquerda na avenida Atatürk e andou até o rio Kars, diminuindo a marcha de quando em quando para olhar as vitrines das lojas, estúdios fotográficos e casas de chá cheias de homens vendo televisão. Quando chegou à ponte de Ferro, fumou dois Marlboros de enfiada. Com a cabeça cheia de imagens de uma vida feliz com İpek em Frankfurt, Ka não sentia frio. Do outro lado do rio se via o parque aonde famílias ricas de Kars costumavam ir para olhar os patinadores. Agora ele estava mergulhado numa escuridão angustiante.

Fazıl se atrasou para o encontro na ponte de Ferro, e quando surgiu das sombras, por um instante Ka o tomou por Necip. Os dois foram para a Casa de Chá Irmãos Felizes, onde Fazıl contou tudo o que conseguiu lembrar da reunião no Hotel Ásia. Quando chegou à parte em que ele declarou sentir que a história de sua pequena cidade se tornara parte da história do mundo, Ka o fez calar como normalmente se faz, quando se quer ouvir uma notícia importante que está sendo transmitida pelo rádio, interrompendo o interlocutor no meio de uma frase. Então ele começou a escrever o poema intitulado "Toda a humanidade e as estrelas".

Nas anotações que fez depois, Ka deixou registrado que o assunto do poema era uma cidade esquecida do mundo e alijada da história; os primeiros versos evocavam, em sequência, as cenas de abertura dos filmes hollywoodianos de que tanto gostara na infância. Enquanto os títulos iam passando, havia uma imagem distante da Terra girando devagar; à medida que a câmera se aproximava, a esfera ia aumentando, aumentando, até que, de repente, só se podia ver um país, e naturalmente — exatamente como nos filmes imaginários que Ka passava em sua cabeça desde a infância —, esse país era a Turquia; agora já se podiam ver as águas azuis do mar de Mármara, o Bósforo e o mar Negro; à medida que a câmera avançava, podia-se ver Istambul e a Nişantaş da infância de Ka, com os guardas de trânsito da avenida Teşvikiye, a rua Poetisa Niğar, árvores e telhados (como eram belos vistos do alto!); então vinha numa tomada lenta a roupa no varal, o cartaz com o anúncio de conservas Tamek, as calhas enferrujadas e as paredes laterais cobertas de piche antes da pausa diante da janela do quarto de Ka. Em seguida, um travelling através da janela mostrando salas abarrotadas de livros, móveis empoeirados e tapetes, até chegar a Ka numa escrivaninha de frente para a outra janela; movimentando-se por cima de seu ombro, a câmera mostrava uma folha de papel na escrivaninha e, seguindo a caneta-tinteiro, terminava por se deter nas últimas letras da mensagem que ele estava escrevendo, convidando-nos, assim, a ler:

ENDEREÇO NO DIA EM QUE ENTREI
NA HISTÓRIA DA POESIA: POETA KA,
RUA POETISA NIĞAR, 16/8,
NIŞANTAŞ, ISTAMBUL, TURQUIA

Como os leitores atilados já devem ter notado, esse endereço, que suponho vá figurar no próprio poema, situa-se no eixo da Razão, mas numa posição que sugere o poder da imaginação.

A principal preocupação de Fazıl estava bastante clara no final de sua história: agora ele se sentia bastante incomodado por ter ameaçado se matar caso Kadife descobrisse a cabeça. "Não é só porque se suicidar é o mesmo que perder a fé, é também porque eu não tinha a intenção de fazer isso. Por que eu disse aquilo se não tinha a intenção de fazer?" Fazıl declarou que logo depois daquele juramento, ele dissera: "Deus, me perdoe, nunca mais vou dizer isso!". Mas então, ao se ver olhos nos olhos com Kadife à porta, tremeu como varas verdes.

“Você acha que Kadife pensou que estou apaixonado por ela?”, perguntou ele a Ka.

“Você está mesmo apaixonado por Kadife?”

“Você já sabe a verdade; eu estava apaixonado por Teslime — que ela descanse em paz. Meu amigo Necip — possa ele descansar em paz — era quem estava apaixonado por Kadife. Sinto vergonha de estar apaixonado pela mesma moça, um dia depois da morte dele. E eu sei que só pode haver uma explicação. Isso também me dá medo. Diga-me por que tem certeza de que Necip morreu!”

“Eu olhei o lugar onde a bala lhe perfurou a testa, antes de segurá-lo pelos ombros e beijá-lo.”

“É possível que a alma de Necip agora esteja vivendo dentro de meu corpo”, disse Fazıl. “Ouça. Mantive distância da festa na noite passada; nem ao menos olhei pela televisão. Fui para a cama cedo e caí no sono imediatamente. Enquanto dormia senti que coisas terríveis aconteciam com Necip. Então os soldados invadiram nosso alojamento, e tive a confirmação de meus pressentimentos. Quando vi você na biblioteca, tive certeza de que Necip estava morto, porque sua alma estava em meu corpo desde o começo da manhã. Os soldados que invadiram o alojamento vazio passaram por mim sem me tocar, por isso passei a noite na rua Domingo, na casa de um amigo de meu pai do tempo do exército — ele é de Varto. Deitado em seu quarto de hóspedes, minha cabeça de repente começou a girar e então fui tomado por um sentimento profundo e intenso. Meu amigo estava ao meu lado novamente; ele estava dentro de mim. É exatamente como dizem nos livros antigos: a alma deixa o corpo seis horas depois da morte. Segundo Suyuti, nesse momento a alma é uma coisa instável feito mercúrio, e tem de ficar em Berzah até o Dia do Juízo Final. Mas, em vez disso, a alma de Necip resolveu entrar em meu corpo. Tenho certeza. Estou com muito medo também, porque o Corão não fala disso em lugar nenhum. Mas só isso pode explicar por que me apaixonei tão depressa por Kadife. Então, a ideia de me suicidar por causa dela tampouco era minha. Você acha que a alma de Necip entrou mesmo em meu corpo?"

"Se é isso o que você acha", disse Ka, prudentemente.

"Você é a única pessoa a quem eu contei. Necip lhe contou segredos que nunca contou a ninguém. Por favor, diga-me a verdade: Necip nunca me disse que a dúvida do ateísmo tinha calado no fundo de sua alma, mas pode tê-lo dito a você. Necip alguma vez lhe disse que ele — Deus nos defenda — duvidava da existência de Deus?"

"Não era o tipo de dúvida que você supõe; o que ele me disse era diferente. É como imaginar que seus pais vão morrer algum dia e comprazer-se com essa tristeza. Eram pensamentos que lhe vinham, sem que ele o desejasse, sobre o que aconteceria se seu amado Deus não existisse."

"Agora a mesma coisa está acontecendo comigo", disse Fazıl. "Não tenho mais dúvidas de que a alma de Necip pôs esses pensamentos em mim."

"Esse tipo de dúvida não é ateísmo."

"Mas agora já estou me igualando às jovens suicidas", disse Fazıl com tristeza. "Poucos minutos atrás, eu disse estar disposto a me suicidar. Não quero acreditar que meu querido falecido amigo era um ateu. Mas agora eu ouço a voz de um ateu dentro de mim, e isso me deixa apavorado. Não sei se lhe acontece o mesmo, mas você esteve na Europa; conheceu todos os intelectuais e todos aqueles viciados em álcool e em pílulas que vivem lá. Então, por favor, diga-me novamente, como é ser ateu?"

"Bem, com certeza eles não ficam fantasiando interminavelmente sobre suicídio."

"Eu não fantasio interminavelmente, mas às vezes penso sobre isso."

"Por quê?"

"Por causa de Kadife. Não consigo tirá-la de minha mente! Fecho os olhos e lá está ela, lucilando diante de mim. Quando estou estudando, vendo televisão, esperando o entardecer, tudo me lembra Kadife, mesmo que não tenha nada a ver com ela, o que é muito doloroso para mim. Isso começou a acontecer antes de Necip morrer. Para dizer a verdade, não era bem Teslime que eu amava. Sempre amei mesmo Kadife. Mas como meu amigo a amava, escondi meus sentimentos. E na verdade foi Necip quem os despertou, falando sem parar sobre Kadife. Quando os soldados invadiram nosso alojamento, eu sabia que eles já podiam tê-lo matado e, sim, esse pensamento me alegrou. E não foi apenas porque eu via uma chance de expressar meus sentimentos; foi porque pensei ser bem feito para ele, por ter provocado esse amor em mim. Agora Necip está morto, e eu estou livre, mas isso significa apenas que eu amo Kadife mais do que nunca. Estou pensando nela desde que acordei hoje de manhã; ela domina todos os meus pensamentos; não consigo pensar em mais nada e — santo Deus — não sei o que fazer!"

Fazıl cobriu o rosto com as mãos e começou a chorar. Ka acendeu um Marlboro, sentindo uma onda de indiferença. Ainda assim ele estendeu a mão para consolar o rapaz e, por um bom tempo, afagou sua cabeça.

Saffet, o detetive encarregado de segui-lo, estava sentado no outro lado do salão da casa de chá, com um olho neles e outro na televisão. Naquele instante se levantou e aproximou-se da mesa deles.

“Diga a esse rapaz que pare de chorar. Eu não levei a carteira de estudante dele para o quartel; ela ainda está comigo.” Como Fazıl não parava de chorar, ele tirou do bolso a carteira de estudante; Ka estendeu a mão e pegou-a. “Por que ele está chorando?”, perguntou Saffet, em parte por curiosidade profissional, em parte por um sentimento de solidariedade.

“Ele está apaixonado”, disse Ka. O detetive se descontraiu imediatamente. Ka ficou observando-o sair da casa de chá e desaparecer na escuridão da noite.

Mais tarde, Fazıl perguntou o que devia fazer para chamar a atenção de Kadife, acrescentando que todos em Kars sabiam que Ka estava apaixonado pela irmã de Kadife. A paixão de Fazıl parecia tão desesperada e impossível que Ka se perguntou se seu amor por İpek não estaria na mesma condição. Os soluços de Fazıl foram se abrandando, enquanto Ka repetia com tristeza o conselho que İpek lhe dera: “Seja você mesmo, só isso”.

“Isso não vai ser possível enquanto eu tiver duas almas dentro de meu corpo”, disse Fazıl. “Principalmente com a alma ateia de Necip assumindo o controle pouco a pouco. Durante anos e anos, achei que meus amigos e colegas estavam errados em se meter em política, e agora de repente quero me juntar aos islamitas e fazer alguma coisa para protestar contra esse golpe militar. Mas mesmo aí temo que minha motivação seja fazer que Kadife preste atenção em mim. Assusta-me não ter nada em minha cabeça além de Kadife. E não é só porque eu não a conheço. É porque isso prova que não passo mesmo de um ateu. Para mim só importam o amor e a felicidade.”

Quando Fazıl prorrompeu em soluços novamente, Ka pensou em lhe dizer que não devia ficar falando de sua paixão por Kadife em público; isso lhe traria sérios problemas se Azul viesse a saber. Se todos sabiam de sua própria relação com İpek, pensou Ka, logicamente todos sabiam também do relacionamento de Kadife com Azul. Assim sendo, o amor declarado de Fazıl era um franco desafio à hierarquia islâmica de Kars.

"Nós somos pobres e insignificantes", disse Fazıl, num estranho tom de fúria. "Nossas vidas desgraçadas não têm lugar na história humana. Um dia, todos nós que agora vivemos em Kars estaremos mortos, acabados. Ninguém se lembrará de nós; ninguém vai se preocupar com o que aconteceu conosco. Vamos passar o resto da vida discutindo sobre que tipo de manto as mulheres deviam usar na cabeça, e ninguém vai dar a mínima porque nos deixamos consumir por nossas disputas mesquinhas e idiotas. Quando vejo tanta gente à minha volta levando vidas tão estúpidas e desaparecendo sem deixar traços, fico com raiva porque, então, tenho consciência de que nada é mais importante na vida do que o amor. E quando penso isso, meus sentimentos por Kadife ficam mais insuportáveis — dói-me saber que meu único consolo seria passar o resto da vida com ela em meus braços."

"Sim", disse Ka implacavelmente. "É esse tipo de pensamento que a gente tem quando é ateu."

Fazıl começou a chorar novamente. Ka não conseguiu lembrar o que conversaram depois disso ou não quis registrar por escrito: suas anotações nada dizem sobre o final dessa conversa. Na tela da televisão, um bando de crianças americanas fazia palhaçadas para a câmera. Derrubavam cadeiras, quebravam aquários, e então de repente todos estavam chapinhando na água — tudo isso ao som de risos pré-gravados. Como todos os demais na casa de chá, Fazıl e Ka esqueceram seus problemas e ficaram rindo das palhaçadas das crianças americanas.

Quando Zahide entrou na casa de chá, Ka e Fazıl estavam olhando um caminhão avançar furtivamente pela floresta. Ela entregou a Ka um envelope amarelo pelo qual Fazıl não mostrou nenhum interesse. Ka o abriu e leu o bilhete que havia nele; era de İpek. Ela e Kadife propunham encontrá-lo em vinte minutos, na Confeitaria Vida Nova. Felizmente, Zahide ficara sabendo onde ele estava por Saffet, que se encontrava na Casa de Chá Irmãos Felizes.

Quando Zahide ia saindo, Fazıl disse: "O neto dela é da nossa turma. Ele é louco por apostas. Quando tem briga de galo ou de cachorro, ele sempre aposta".

Ka lhe entregou a carteira de estudante. "Eles querem que eu volte ao hotel para jantar", disse ele levantando-se.

"Você vai se encontrar com Kadife?", perguntou Fazıl em tom de desespero. A piedade e o enfado que ele viu no rosto de Ka fizeram-no corar de vergonha. Quando Ka saiu da casa de chá, Fazıl gritou: "Eu quero me matar! Se você a vir, diga-lhe que se ela descobrir a cabeça eu vou me matar! Não por ela descobrir a cabeça, mas sim pelo prazer de me matar em sua honra".

Como tinha tempo de sobra para ir à Confeitaria Vida Nova, Ka resolveu tomar as ruas secundárias. Seguindo pela rua do Canal, ele viu a casa de chá onde escrevera "Ruas de sonho" naquela manhã. Só quando entrou é que percebeu que não estava destinado a escrever seu próximo poema naquela casa de chá enfumaçada e meio vazia; o que ele queria era atravessar o salão e sair pela porta dos fundos. Cruzou o pátio coberto de neve, andou até o muro baixo que ele mal conseguia ver, agora que estava escuro, e desceu os três degraus que levavam ao porão, ouvindo os latidos do mesmo cachorro.

Uma fraca lâmpada iluminava o interior. Agora o odor de carvão e de roupas sujas misturava-se ao de *raki*. Ele via várias silhuetas aglomeradas em volta da estufa, que zumbia continuamente. Quando ele viu que era o agente do MİT de nariz adunco bebendo *raki* com a georgiana tuberculosa e o marido, não se surpreendeu nem um pouco. Eles tampouco pareceram surpresos com sua presença. Ka observou que a mulher estava usando um elegante chapéu vermelho. Ela lhe ofereceu ovos cozidos com pão sírio, e o marido lhe serviu um copo de *raki*. Enquanto Ka ainda descascava o ovo cozido, o agente do MİT lhe disse que aquela sala da caldeira não era só o lugar mais aquecido de Kars, era um verdadeiro paraíso.

O poema que Ka escreveu durante o silêncio que se seguiu, sem a menor dificuldade e sem que faltasse uma só palavra, foi o que ele haveria de intitular depois "Paraíso". O fato de tê-lo colocado exatamente no eixo da Imaginação do floco de neve, longe do centro, não significava que o paraíso era um futuro puramente onírico; para Ka, o paraíso era o lugar onde guardamos nossas lembranças. Lembrando esse poema depois, ele conseguiu evocar uma fieira de lembranças: as férias de verão de sua infância, os dias em que matara aula, as ocasiões em que ele e sua irmã foram para a cama dos pais, vários desenhos que ele fizera por essa época, e o dia em que teve um encontro com uma menina que conhecera numa festa na escola e ousou beijá-la.

Enquanto andava em direção à Confeitaria Vida Nova, seus pensamentos estavam em İpek. Ao chegar, as irmãs já estavam lá. İpek estava tão linda, e Ka sentiu tamanha felicidade ao vê-la, que lhe vieram lágrimas aos olhos — ainda que fosse possível que aquela reação se devesse ao *raki* que acabara de beber com o estômago vazio. Sentar-se à mesa com duas jovens encantadoras o fazia sentir-se não apenas feliz, mas também orgulhoso. Ele pensou naqueles lojistas turcos abatidos de Frankfurt que sorriam e acenavam para ele toda manhã e toda noite e se perguntou o que eles iriam pensar se o vissem ali agora com aquelas duas mulheres. Naquele dia ele não tinha nenhuma plateia; não havia mais ninguém na sala, exceto o velho garçom que estivera presente quando do assassinato do diretor do Instituto de Educação. Mas no instante mesmo em que se sentou na Confeitaria Vida Nova com İpek e Kadife, teve certeza de que sempre haveria de lembrar aquela cena: como uma fotografia tirada de fora da loja, ela o mostrava sentado à mesa com duas belas mulheres — pouco importava se uma delas escondia a cabeça com um manto.

Ao contrário de Ka, as duas mulheres não estavam nem um pouco calmas. Depois que Ka contou que Fazıl lhe dera um relato completo da reunião no Hotel Ásia, İpek foi direto ao assunto.

"Azul saiu da reunião furioso. E Kadife agora se arrepende do que disse lá. Mandamos Zahide ao seu esconderijo, mas ele não estava lá. Não conseguimos encontrá-lo em lugar nenhum." Quando ela começou a falar, foi no tom de uma irmã mais velha tentando ajudar a mais nova em situação difícil, mas logo ficou evidente que ela também estava aflita.

"E o que acontece se vocês o encontrarem?"

"Nós queremos ter certeza de que não o pegaram. E acima de tudo, queremos ter certeza de que ainda está vivo", disse İpek. Ela lançou um olhar a Kadife, que parecia prestes a debulhar-se em lágrimas. "Por favor, encontre-o e pergunte-lhe se tem alguma coisa a nos dizer. Diga-lhe que Kadife está disposta a fazer tudo o que ele pedir."

"Vocês conhecem Kars melhor do que eu."

"Está escuro, e somos mulheres", disse İpek. "A essa altura você já aprendeu a andar pela cidade. Vá ver o que consegue descobrir nas casas de chá Homem na Lua e Divina Luz, que são frequentadas pelos estudantes islamitas da escola secundária religiosa. Ambas estão cheias de policiais à paisana, que vivem aos mexericos. Se aconteceu algo de ruim a Azul, com certeza eles vão estar comentando."

Kadife pegara um lenço e estava assoando o nariz. Ka teve a impressão de que ela mal continha as lágrimas.

"Traga-nos notícias de Azul", disse İpek. "Se continuarmos aqui, nosso pai vai começar a se preocupar. Ele o espera para o jantar."

"Não se esqueça de verificar nas casas de chá da avenida Bayrampaşa!", disse Kadife, levantando-se da cadeira.

Sua voz estava quase fraquejando; Ka notou que as jovens estavam apavoradas e perdendo as esperanças muito depressa. Não queria deixá-las naquele estado, por isso as acompanhou até metade do caminho do Hotel Palácio de Neve. Ka temia perder İpek, e ao mesmo tempo ligava-se às duas jovens por um sentimento de cumplicidade, visto que faziam juntos algo que elas escondiam do pai. Enquanto andavam, ele imaginou um dia em que ele e İpek estariam morando em Frankfurt, receberiam a visita de Kadife e os três haveriam de perambular pelos cafés da avenida Berliner, parando de vez em quando para olhar a vitrine de uma loja.

Depois de refletir um pouco sobre a missão que elas lhe confiaram, ele começou a duvidar de que pudesse ter sucesso. Não teve nenhuma dificuldade em encontrar a Casa de Chá Homem na Lua, um lugar tão vulgar e desinteressante que Ka logo se esqueceu de por que estava ali. Ficou um bom tempo sentado sozinho assistindo à televisão. Havia uns poucos homens que pareciam jovens o bastante para ser estudantes, e embora ele tivesse tentado ganhar sua simpatia fazendo alguns comentários sobre o jogo de futebol que se via na tela, ninguém respondeu. O passo seguinte foi tirar do bolso o maço de cigarros, para poder oferecê-los a quem quer que se aproximasse; ele chegou até a colocar o isqueiro em cima da mesa. Quando percebeu que ninguém, nem mesmo o homem vesgo do balcão, ia falar com ele, dirigiu-se à Divina Luz, que ficava ao lado, onde encontrou um bando de jovens assistindo ao mesmo jogo de futebol em preto e branco. Se não tivesse se aproximado da parede para olhar os recortes de jornal e a tabela de todos os jogos do Karsspor da temporada, ele não teria se lembrado de que aquela era a casa de chá onde, ainda no dia anterior, ele e Necip tinham discutido a existência de Deus e o sentido da vida. Olhando mais uma vez a versalhada que alguém rabiscara no pôster do Karsspor, e vendo que outro poeta acrescentara mais alguns versos desde o dia anterior, ele pegou o caderno e começou a copiá-los:

*Então, é assim: nossa mãe não vai voltar do paraíso,*
*Nunca mais vamos sentir o seu abraço,*
*Porém não importa quantas surras ela leve de nosso pai,*
*Continuará aquecendo nossos corações e insuflando vida em nossas almas,*
*Porque esse é o destino,*
*E a merda em que vamos nos afundar fede tanto*
*Que faz a cidade de Kars parecer um paraíso.*

"Você está escrevendo um poema?", perguntou o menino do balcão.

"Muito bem", disse Ka. "Diga-me uma coisa: você sabe ler um escrito de cabeça para baixo?"

"Não, irmão, não sei ler nem na posição certa. Fugi da

escola, por isso não aprendi a decifrar o código. Mas agora isso é tudo coisa do passado."

"Quem escreveu o novo poema ali na parede?"

"Metade dos rapazes que costumavam vir aqui são poetas."

"Por que eles não estão aqui hoje?"

"Ontem os soldados levaram eles todos. Alguns agora estão na cadeia, e os outros estão escondidos. Se quiser, pergunte àqueles homens ali; eles são policiais à paisana, então devem saber."

O rapaz apontou para dois jovens que, no canto, discutiam exaltados sobre a partida de futebol, mas em vez de aproximar-se deles para perguntar sobre os poetas desaparecidos, Ka dirigiu-se à porta.

Ficou contente em ver que a neve começara a cair novamente. Tinha certeza de que não conseguiria descobrir pistas sobre o paradeiro de Azul nas casas de chá da avenida Bayrampaşa. Mergulhado como estava na turva melancolia que começava a descer sobre a cidade, ainda se sentia feliz. Uma longa procissão de imagens desfilou diante dos seus olhos enquanto ele esperava pelo próximo poema — um sonho acordado de feios edifícios de concreto nu, estacionamentos cobertos de neve, casas de chá, barbearias e mercearias, todos ocultos por trás de suas vitrines cobertas de gelo, pátios nos quais cães latiam em uníssono desde o tempo dos russos, lojas onde se vendiam peças de trator, equipamentos para carroças e queijo. Ele foi tomado pela certeza de que tudo o que via — as bandeirolas do Partido da Pátria, a janelinha escondida por trás de cortinas cerradas, a folha de papel pregada na vitrine coberta de gelo da Farmácia do Conhecimento anunciando que finalmente chegara a vacina japonesa contra a gripe, o cartaz amarelo contra o suicídio — cada um desses pequenos detalhes permaneceria com ele pelo resto da vida. Então, daquelas pequenas coisas brotou uma visão de uma força extraordinária: tão convicto estava ele de que "tudo na terra está interconectado e também eu estou inextricavelmente ligado a esse mundo belo e profundo", que não pôde deixar de concluir que outro poema estava a caminho, por isso entrou numa das casas de chá da avenida Atatürk. O poema, porém, não veio.

# 33. UM HOMEM SEM DEUS EM KARS

## O MEDO DE SER MORTO A TIROS

Apenas saiu da casa de chá para a calçada coberta de neve, Ka se viu frente a frente com Muhtar. Muhtar exibia o olhar ausente de um homem em pleno cumprimento de uma missão. Quando avistou Ka em meio ao enxame de enormes flocos de neve, pareceu não reconhecê-lo, e por um instante Ka se sentiu tentado a evitá-lo. Então os dois se lançaram nos braços um do outro como amigos que havia muito não se viam.

"Você deu o meu recado a İpek?"

"Sim."

"O que ela disse? Venha, vamos sentar naquela casa de chá e aí você me conta."

Apesar do golpe militar, do espancamento no quartel da polícia, da eleição suspensa, Muhtar não parecia nem um pouco abatido.

Uma vez sentados, ele disse: "Em sua opinião, por que eles não me prenderam? Porque quando a neve derreter, as estradas se abrirem e os soldados voltarem aos quartéis, eles vão marcar uma nova data para as eleições, é por isso! Não deixe de dizer isso a İpek!".

Ka lhe garantiu que iria transmitir o recado e então perguntou se ele tinha notícias de Azul.

"Quem o chamou a Kars fui eu. No começo ele sempre se hospedava em minha casa", disse Muhtar com orgulho. "Mas depois que a imprensa de Istambul começou a tachá-lo de terrorista, ele não quis colocar o partido numa situação difícil, por isso quando vem a Kars nunca me procura. Sou sempre o último a saber o que ele anda fazendo. O que İpek disse quando você lhe deu o meu recado?"

Ka disse a Muhtar que İpek não pareceu muito interessada em sua proposta de tornar a se casar com ela. Muhtar contou a Ka quanto sua ex-esposa era sensível, refinada e compreensiva; ele o fez como se lhe desse uma informação valiosa. Em seguida, lamentou tê-la tratado tão mal à época em que ele estava passando por um período difícil em sua vida.

"Quando você voltar para Istambul, tome os poemas que lhe dei e entregue-os pessoalmente a Fahir, está bem?", pediu ele em seguida.

Quando Ka deu sua palavra de que o faria, Muhtar alterou a expressão de seu rosto, assumindo o ar de um tio triste e bondoso. O embaraço de Ka já ia rapidamente cedendo lugar a um misto de piedade e repulsa, quando Muhtar tirou um papel do bolso.

"Se eu fosse você, não ficaria perambulando pelas ruas", disse Muhtar em tom cordial.

Ka pegou a edição do dia seguinte da *Gazeta da Cidade Fronteiriça*, mal saída da impressora. Ele examinou as manchetes — SUCESSO DA REVOLUÇÃO DA GENTE DO TEATRO; DIAS FELIZES EM KARS; ELEIÇÕES ADIADAS; CIDADÃOS APOIAM A REVOLUÇÃO — e voltou a atenção para o artigo de primeira página que Muhtar lhe apontou:

UM HOMEM SEM DEUS EM KARS. POR QUE TERIA O PRETENSO POETA KA RESOLVIDO VISITAR KARS NUM PERÍODO TÃO CONTURBADO?

*ONTEM APRESENTAMOS O PRETENSO POETA AO POVO DE KARS. HOJE FALAMOS DA DESCONFIANÇA QUE ELE DESPERTOU EM NOSSOS LEITORES*

Temos ouvido muitos boatos sobre o pretenso poeta que por pouco não estragou a alegre performance da trupe de Sunay Zaim ao subir ao palco em meio às homenagens a Atatürk e à República, roubando a alegria e a paz de espírito do público, bombardeando-lhe os ouvidos com um poema triste e sem sentido.

Embora o povo de Kars tenha vivido outrora em feliz harmonia, nos últimos tempos forças externas lançaram irmãos contra irmãos. Disputas entre islamitas, secularistas, curdos, turcos e azerbaijanos nos dividem por razões enganosas e despertam velhas acusações sobre o massacre dos armênios que há muito deviam estar sepultadas.

Nada mais natural, pois, que o povo de Kars se pergunte se essa figura suspeita que fugiu da Turquia muitos anos atrás e agora vive na Alemanha resolveu nos brindar com a sua presença por ser uma espécie de espião. Dá para acreditar que seu desejo de provocar um incidente em nossa escola secundária religiosa o levou a fazer a seguinte afirmação aos jovens que com ele conversavam dois dias atrás? "Sou ateu. Não acredito em Deus, mas isso não significa que eu me suicidaria, porque afinal de contas Deus — *Deus nos defenda* — não existe." É possível que tenham sido essas as suas palavras? E ao dizer "A tarefa do intelectual é falar contra a santidade", estaria ele negando a existência de Deus e — sendo assim — expressando o ponto de vista europeu sobre a liberdade de pensamento?

O fato de estar a soldo da Alemanha não significa que se tem o direito de tripudiar sobre nossas crenças! É por ter vergonha de ser turco que esconde seu verdadeiro nome sob esse falso nome estrangeiro de Ka?

Muitos leitores telefonaram a nossa redação para exprimir seu pesar quanto a essa decisão de inspiração ateia, que macaqueia a Europa, de espalhar a discórdia em nossa cidade nesta época tão conturbada. Eles manifestaram sua preocupação principalmente pela maneira como ele tem perambulado pelos bairros pobres, batendo à porta das habitações mais miseráveis para pregar a rebelião contra o Estado e, mesmo em nossa presença, tentar em vão menosprezar o grande Atatürk, pai de nossa República. A juventude de Kars sabe como lidar com blasfemos que negam Deus e o profeta Maomé (que sejam venerados)!

"Quando passei pela redação vinte minutos atrás, os dois filhos de Serdar estavam começando a imprimir esta edição", disse Muhtar. Longe de solidarizar-se com os temores do amigo, ele parecia contente, como se tivesse passado a falar de um assunto agradável.

Ka releu o artigo com mais atenção e se sentiu muito sozinho. Muito tempo antes, quando sonhou com um brilhante futuro literário, ele previu que as inovações modernistas que haveria de trazer para a poesia turca (o próprio conceito agora lhe parecia nacionalista demais) o iriam expor a duras críticas e ataques pessoais; ainda assim, ele imaginava que a notoriedade lhe conferiria um certo fascínio. Embora ele gozasse de uma modesta fama nos anos que se seguiram, e nunca tivesse sofrido duras críticas, doía-lhe ser chamado de "pretenso" poeta.

Depois de aconselhá-lo a não vagar pelas ruas como um alvo móvel, Muhtar deixou-o sozinho na casa de chá. Ka foi dominado pelo medo de ser morto a tiros a qualquer momento. Ele saiu da casa de chá e ficou vagando pela neve, imerso em seus pensamentos. Os flocos de neve gigantes que desciam do céu moviam-se com uma velocidade que parecia enfeitiçada.

Quando muito jovem, Ka acreditava piamente que não poderia haver mais alta honra que morrer por uma causa política intelectual ou por seus escritos. Quando chegou à casa dos trinta, viu muitos amigos e colegas serem torturados por causa de princípios tolos e até mesmo nocivos; houve também quem morresse tentando roubar bancos ou fazendo bombas que terminavam por explodir em suas mãos. Vendo a devastação produzida por suas elevadas ideias postas em prática, Ka decidiu se afastar delas. Finalmente, o fato de ter passado anos e anos exilado na Alemanha por convicções políticas em que já não acreditava terminara por romper o elo entre política e autoimolação.

Toda vez que ele pegava um jornal turco na Alemanha e lia que este ou aquele colunista tinha sido alvejado por razões políticas, "muito provavelmente por militantes islâmicos", sentia certo respeito pela vítima enquanto ser humano morto mas nenhuma admiração especial por ele enquanto escritor assassinado.

Na esquina das avenidas Halitpaşa e Kâzim Karabekir, ao ver um tubo saindo de um buraco no gelo de uma parede sem janela, Ka imaginou que se tratava do cano de uma arma apontada diretamente para ele e se imaginou morrendo na calçada coberta de neve. O que iriam dizer dele os jornais de Istambul? O mais provável é que a prefeitura e a polícia secreta local procurassem minimizar o aspecto político, e se a imprensa de Istambul não tomasse conhecimento de que ele era poeta, o episódio nem seria noticiado. Mesmo que seus amigos no mundo da poesia e do *Republicano* fizessem todo o possível para destacar o caráter político do episódio (e quem iria escrever esse artigo? Fahir? Orhan?), aquilo só serviria para diminuir sua importância literária. Da mesma forma, se alguém conseguisse publicar uma matéria que o mostrasse como um poeta importante, sua morte seria noticiada nas páginas de arte, onde ninguém leria sobre o caso. Se houvesse mesmo um jornalista alemão chamado Hans Hansen, e de fato Ka fosse seu amigo, o *Frankfurter Rundschau* publicaria uma matéria sobre seu assassinato, mas seria o único jornal ocidental a fazê-lo. Ka consolou-se um pouco imaginando que seus poemas seriam traduzidos para o alemão e publicados na revista *Akzent*, mas de todo modo estava perfeitamente claro para ele que se o artigo da *Gazeta da Cidade Fronteiriça* causasse a sua morte, a publicação das traduções nada significaria. Finalmente, o que mais o assustava era a ideia de morrer justamente quando tinha diante de si a perspectiva de viver feliz em Frankfurt com İpek.

Os muitos escritores assassinados nos últimos anos pelas balas islamitas desfilaram diante de seus olhos: primeiro o velho pregador que se tornou ateu e tentou apontar "contradições" no Corão (eles lhe alvejaram a cabeça, por trás); depois dele veio o colunista arrogante cuja paixão pelo positivismo o levou a se referir, em muitas de suas colunas, às jovens que usavam manto como "baratas" (eles o metralharam, e ao seu motorista, quando estavam a caminho do trabalho); em seguida foi a vez de um jornalista que procurava descobrir as relações entre o movimento islâmico turco e o Irã (quando ligou a ignição, ele e o carro foram pelos ares). Ainda que se lembrasse dessas vítimas com tristeza, ele sabia que elas tinhas sido ingênuas. Como de praxe, a imprensa de Istambul, assim como a ocidental, tinha pouco interesse nesses colunistas ardorosos e menos ainda em jornalistas capazes de levar tiros na cabeça pelas mesmas razões numa rua afastada de alguma remota cidade da Anatólia. Mas Ka reservara sua bílis para uma sociedade que tão facilmente esquecia seus escritores e poetas: por esse motivo ele achou que a coisa mais inteligente a fazer era se recolher a um canto e tentar encontrar um pouco de felicidade.

Ao chegar à redação da *Gazeta da Cidade Fronteiriça*, na avenida Faikbey, Ka levantou os olhos para ver a edição do dia seguinte presa com fita adesiva num canto da vidraça da qual se acabara de remover o gelo. Leu novamente o artigo que falava dele próprio e entrou. O mais velho dos dois atarefados filhos de Serdar bei estava amarrando uma pilha de jornais recém-impressos com um fio de náilon. Ka tirou o chapéu para que os dois o reconhecessem e limpou a neve dos ombros do casaco.

"Meu pai não está", disse o filho mais novo, vindo da outra sala com o pano que estava usando para polir a impressora. "Quer um pouco de chá?"

"Quem escreveu o artigo sobre mim na edição de amanhã?"

"Tem um artigo sobre você lá?", disse o filho mais novo erguendo as sobrancelhas.

"Tem, sim", disse o filho mais velho, dando-lhe um sorriso feliz e caloroso. Ele tinha os mesmos lábios grossos do irmão. "Meu pai escreveu toda a edição hoje."

"Se vocês distribuírem esse jornal amanhã de manhã...", principiou Ka, fazendo uma pausa para pensar, "...vai ser ruim para mim."

"Por quê?", perguntou o filho mais velho. Ele tinha uma expressão mansa e amável, e os olhos puros e inocentes.

Ka percebeu que se conversasse num tom amigável e fizesse perguntas simples, como se faz a crianças, poderia extrair muito deles. Os irmãos logo o informaram de que apenas três pessoas tinham comprado o jornal até aquele momento: Muhtar bei, um menino que fora mandado da sede do Partido da Pátria, e o professor de literatura aposentado Nuriye Hanım, que costumava dar uma passada lá toda noite. Normalmente eles teriam despachado exemplares para Istambul e Ancara, mas com as estradas bloqueadas a edição teria de esperar que a neve começasse a derreter. Os filhos iam distribuir o resto dos jornais na manhã seguinte, e se o pai o quisesse, claro que poderiam imprimir uma nova edição para o dia seguinte; seu pai, disseram eles a Ka, acabara de sair da redação dizendo-lhes que não o esperassem para o jantar. Ka disse a eles que não esperaria pelo chá; ele comprou um exemplar do jornal e mergulhou na noite assassina de Kars.

A tranquila inocência dos rapazes o acalmou um pouco. Enquanto andava por entre os flocos de neve que caíam devagar, ele começou a se sentir culpado — não teria sido uma bobagem ficar tão assustado? Mas em outro canto da mente tinha certeza de que sofreria o mesmo destino de outros escritores desafortunados que tinham morrido crivados de balas depois de enfrentar dilemas semelhantes e resolvido, por orgulho ou por coragem, não fazer nada, ou os muitos outros que, achando que qualquer encomenda vinda de um estranho só podia ser uma caixa de confeitos mandada por um fã, morreram abrindo sofregamente o pacote que continha uma bomba.

Houve o caso, por exemplo, de Nurettin, que admirava tudo o que era europeu, mas pouco se interessava por política até o dia em que um jornal islamita radical desencavou um texto que ele escrevera anos antes — um ensaio sobre arte e religião — e distorceu-o para acusá-lo de "insultar a nossa fé". Temendo parecer assustado, Nurettin sacudiu a poeira das velhas ideias e passou a defendê-las novamente; a imprensa secular, apoiada pelo exército, entusiasmou-se com seu belo discurso kemalista e aumentou sua importância para fazê-lo parecer um grande herói. Certa manhã, um dispositivo numa sacola de plástico amarrada ao pneu dianteiro de seu carro o explodiu em tantos pedaços que o cortejo fúnebre, imponente e faustoso, teve de acompanhar um caixão vazio.

Houve também versões provincianas, os médicos materialistas e os velhos jornalistas de esquerda dos jornais regionais que, quando diante de acusações semelhantes, reagiram com uma inflamada retórica antirreligiosa, só para não serem tachados de covardes. Alguns, quem sabe, alimentavam vãs esperanças de atrair a atenção do mundo "como Salman Rushdie", mas os únicos que os ouviam eram os raivosos jovens fanáticos de suas vizinhanças, e eles não tinham tempo para as fantásticas conspirações com bombas de seus colegas das cidades, nem mesmo para armas de fogo. Ka estava cansado de saber, pelas notinhas que examinava atentamente nas últimas páginas dos jornais turcos na biblioteca municipal de Frankfurt, que eles preferiam esfaquear os infiéis nos becos escuros ou estrangulá-los com as mãos.

Ka ainda estava tentando imaginar como poderia salvar a própria pele e seu orgulho se a *Gazeta da Cidade Fronteiriça* lhe desse uma chance de responder — Sou ateu, mas nunca insultei o Profeta? Não sou um crente mas nunca sonhei em desrespeitar a fé? —, quando de repente ouviu os passos de alguém às suas costas; sentiu um frio na espinha quando se voltou e viu que era o gerente da empresa de ônibus que ele conhecera no dia anterior, naquela mesma hora, na residência temporária de sua excelência o sheik Saadettin. Ocorreu-lhe que aquele homem podia testemunhar que ele não era ateu, mas logo aquele pensamento o incomodou.

Ele continuou arrastando os pés na avenida Atatürk, diminuindo a marcha ao passar pelas esquinas cobertas de gelo e parando de vez em quando para admirar os enormes flocos de neve, a interminável repetição de um milagre banal. Mais tarde ele iria rememorar as belas cenas que presenciara em suas andanças pela cidade coberta de neve (três crianças puxando um trenó numa rua estreita, as vitrines do estúdio fotográfico Palácio de Luz refletindo a luz verde do único semáforo de Kars), perguntando-se por que levava consigo, aonde quer que fosse, aqueles tristes cartões-postais da memória.

Ele viu um caminhão de patrulha do exército e dois soldados vigiando a porta da velha oficina que Sunay Zaim estava usando como base de operações. Ka disse aos soldados aglomerados na entrada, tentando evitar a neve, que queria conversar com Sunay, mas eles o trataram como a um pobre camponês chegado de uma aldeia distante para fazer um pedido ao chefe do Estado-maior. Ka esperava que Sunay pudesse impedir a circulação do jornal.

Se quisermos compreender a fúria que logo haveria de dominá-lo, é preciso entender a dor dessa rejeição. Seu primeiro pensamento foi voltar correndo pela neve e refugiar-se no hotel, mas antes mesmo de chegar à esquina, deu uma guinada para a esquerda e entrou no Café União. Lá se sentou a uma mesa entre a parede e a estufa e escreveu o poema a que mais tarde daria o título de "Ser morto a tiros".

Como depois explicou em suas anotações, esse poema era uma expressão de puro medo, por isso ele o colocou entre os eixos da Memória e da Imaginação, no floco de neve de seis pontas, ignorando humildemente o conteúdo de sua profecia.

Tão logo terminou o poema, Ka saiu do Café União. Eram sete e vinte quando ele chegou ao Hotel Palácio de Neve. Estirado na cama, ficou a contemplar os flocos de neve flutuando no halo de luz do poste e a letra K cor-de-rosa que pulsava do outro lado da rua, tentando controlar o pânico crescente pela imaginação de cenas felizes de sua vida com İpek em Frankfurt. Dez minutos depois, sentiu-se dominar pelo desejo de vê-la. Desceu ao térreo e encontrou toda a família reunida à mesa do jantar com o convidado daquela noite, e seu coração disparou ao ver os cabelos de İpek brilhando por trás de uma tigela de sopa que Zahide acabara de colocar diante dela. Quando İpek fez um sinal para que ele se sentasse ao seu lado, Ka sentiu orgulho, muito orgulho, pelo fato de todos à mesa saberem que os dois estavam apaixonados; então ele viu, do outro lado da mesa, Serdar bei, o proprietário da *Gazeta da Cidade Fronteiriça.*

Quando Serdar bei estendeu a mão, seu sorriso era tão amigável que Ka começou a duvidar do que lera, com seus próprios olhos, no jornal que trazia dobrado no bolso. Depois de se servir de sopa, estendeu a mão por baixo da mesa e pousou-a no colo de İpek; aproximou a cabeça da dela, aspirando seu perfume e deleitando-se com sua presença, e então sussurrou-lhe que sentia não ter notícias de Azul. Mal terminou de dizer isso, seu olhar cruzou com o de Kadife, que estava sentada ao lado de Serdar bei; ficou espantado e furioso ao perceber que İpek, num átimo, já tinha passado a mensagem à irmã.

Embora só conseguisse pensar em Serdar bei, conseguiu conter-se e dar atenção a Turgut bei, que se queixou de que a reunião no Hotel Ásia só servira como provocação, acrescentando que a polícia já estava a par de tudo. "Mas não me arrependo nem um pouco de ter participado desse acontecimento histórico", disse ele. "Fico contente de ter visto, com meus próprios olhos, quão baixo o nível de compreensão política caiu. E isso entre jovens e velhos. Compareci à reunião para protestar contra o golpe, mas agora acho que o exército tem razão em querer mantê-los longe da política — eles são a escória da sociedade, a gente mais desgraçada, mais desnorteada e mais desmiolada desta cidade. Ainda bem que o exército não ficou de parte, deixando nosso futuro à mercê desses saqueadores sem-vergonha. Vou repetir para você, Kadife: antes de se envolver na política nacional, reflita muito bem. E reflita também sobre aquela velha cantora maquiada que você viu girando a roda da fortuna", acrescentou ele enigmaticamente. "Há trinta e cinco anos, todos em Ancara sabiam ser ela amante de Fatin Rustu

Zorlu, ex-ministro das Relações Exteriores, que terminou sendo executado."

Quando Ka tirou o exemplar da *Gazeta da Cidade Fronteiriça* do bolso, já estava sentado à mesa havia vinte minutos, e mesmo com o barulho da televisão ao fundo, a sala parecia estar mergulhada em silêncio.

"Eu mesmo ia tocar no assunto", disse Serdar bei. "Mas não conseguia me resolver a fazê-lo, temendo que você entendesse mal."

"Serdar, Serdar, quem é que lhe deu a ordem desta vez?", disse Turgut bei quando viu a manchete. "Ka, você não está sendo justo com nosso convidado. Dê o jornal a ele, para que possa ler e ver o mal que fez."

"Primeiro, deixe-me esclarecer que não acredito em nenhuma palavra do que escrevi", disse Serdar bei, pegando o jornal de Ka. "Se você achar mesmo que acredito, vou ficar muito magoado. Por favor, entenda que não é nada pessoal e, por favor, Turgut bei, ajude-me a explicar por que um jornalista em Kars é obrigado a escrever coisas como essa, recebendo ordens de cima."

"Serdar está sempre sob ordens de jogar lama em alguém", explicou Turgut bei. "Vamos ouvir esse artigo."

"Não acredito numa só palavra", disse Serdar bei com orgulho. "Nossos leitores tampouco acreditarão. Por isso você não tem nada a temer."

Serdar bei leu o artigo num tom sarcástico, fazendo uma pausa de vez em quando para conseguir um efeito dramático. "Como você vê, não há nada a temer", disse ele com um sorriso.

"Você é ateu?", perguntou Turgut bei a Ka.

"A questão não é essa, pai", disse İpek, aborrecida. "Se esse jornal for distribuído, vão matá-lo a tiros na rua amanhã."

"Bobagem", disse Serdar bei. "Senhora, eu lhe garanto que não tem nada a temer. Os soldados prenderam todos os islamitas radicais e reacionários desta cidade." E, voltando-se para Ka: "Posso ver pelo seu olhar que não me levou a mal. Você sabe o quanto respeito seu trabalho e o quanto o estimo como ser humano. Por favor, não me faça a injustiça de julgar-me por padrões europeus que nada têm a ver com nossa realidade! Deixe-me dizer-lhe o que acontece com loucos que ficam vagando por esta cidade se fingindo de europeus — e Turgut bei sabe disso tanto quanto eu: três dias, três dias e eles estarão mortos. Alvejados, mortos, esquecidos".

Serdar bei continuou: "A imprensa da Anatólia Oriental está numa situação desesperada. Os cidadãos de Kars em geral não se dão ao trabalho de ler o jornal. Quase todos os nossos assinantes são órgãos do governo. E naturalmente que vamos publicar as notícias que os nossos assinantes desejam ler. Em todo o mundo — mesmo na América — os jornais adaptam as notícias ao gosto do freguês. Se os leitores só esperam mentiras, quem diabos iria vender jornais que dizem a verdade? Se a verdade pudesse aumentar a circulação de meu jornal, por que eu não escreveria a verdade? De qualquer forma, tampouco a polícia me permite publicar a verdade. Em Istambul e em Ancara temos cento e cinquenta leitores que têm alguma ligação com Kars. E para lhes agradar estamos sempre dizendo quão ricos e poderosos eles se tornaram; nós exageramos tudo, porque, senão, eles não renovam a assinatura. E sabe de uma coisa? Eles chegam a acreditar nas mentiras que publicamos sobre eles. Mas isso é outra história", completou com um riso.

"E quem o mandou publicar esse artigo? Vamos, conte-lhe", disse Turgut bei.

"Meu caro senhor! Você está cansado de saber que o

primeiro princípio do jornalismo ocidental é resguardar nossas fontes."

"Minhas filhas se afeiçoaram muito ao nosso convidado aqui", disse Turgut bei. "Se você distribuir esse jornal amanhã, elas nunca irão perdoá-lo. Se algum fundamentalista maluco o matar a tiros, você não se sentirá responsável?"

"Você está com tanto medo assim?", disse Serdar sorrindo e voltando-se para Ka. "Se você está com tanto medo, não saia às ruas amanhã."

"O que não deve ser visto é o jornal, e não Ka", disse Turgut bei. "Não distribua essa edição."

"Isso iria ofender nossos assinantes."

"Tudo bem, então", disse Turgut bei. "Quem já encomendou um exemplar, que o receba. Quanto aos outros, sugiro que tire o artigo difamatório e imprima uma nova edição."

İpek e Kadife concordaram que aquela era a melhor solução. "Estou emocionado em ver meu jornal levado tão a sério", disse Serdar bei. "Mas quem vai pagar as despesas da nova edição? É isso o que quero ouvir de vocês."

"Meu pai levará você e seus filhos para um jantar no Café Campos Verdejantes", disse İpek.

"Eu aceito se você também for", disse Serdar bei. "Mas vamos esperar que as estradas fiquem desimpedidas e a gente possa se ver livre desse bando de atores! Kadife pode ir também. Kadife Hanım, estou me perguntando se você pode me ajudar na substituição da matéria que vai ser eliminada do jornal. Se você fizer uma declaração sobre o golpe, o golpe do teatro, tenho certeza de que nossos leitores vão apreciar."

"Não, ela não pode. Está fora de questão", disse Turgut bei. "Você não conhece minha filha?"

"Kadife Hanım, pode me dizer se, ao seu ver, a taxa de suicídios vai diminuir em consequência do golpe do teatro? Tenho certeza de que nossos leitores iriam gostar de ouvir sua opinião sobre o assunto, principalmente porque sabem que você era contra o suicídio das jovens muçulmanas."

"Não sou mais contra os suicídios."

"Mas isso não a torna uma ateia?", perguntou Serdar bei. Embora ele esperasse que aquilo mudasse o rumo da conversa, estava sóbrio o bastante para ver que todos à mesa o encaravam, de forma que cedeu.

"Tudo bem, então, eu prometo. Não vou distribuir essa edição."

"Você vai imprimir uma nova edição?"

"Tão logo eu saia desta mesa, e antes de ir para casa."

"Aceite nossos agradecimentos, então", disse İpek.

Seguiu-se um longo e estranho silêncio. Ka o achou muito tranquilizador. Pela primeira vez em anos, ele se sentia parte de uma família; apesar dos sofrimentos e responsabilidades daquilo que se chama família, ele percebia agora que ela estava ancorada nas alegrias da firme determinação de permanecer juntos, sentimento que ele lamentava ter conhecido tão pouco em sua vida. Poderia ele encontrar uma felicidade duradoura com İpek? O que ele buscava não era felicidade — isso era muito claro para ele, depois do terceiro copo de *raki*; ele seria capaz de ir ainda mais longe e dizer que preferia ser infeliz. O importante mesmo era partilhar a desesperança, criar um pequeno ninho em que duas pessoas pudessem viver juntas, mantendo o resto do mundo à parte. Então pensou que ele e İpek poderiam criar um espaço como esse, simplesmente fazendo amor por meses e meses, interminavelmente. Estar sentado à mesa com aquelas duas jovens, sabendo que fizera amor com uma delas naquela mesma tarde, sentir a suavidade de sua tez, saber que quando fosse dormir naquela noite não estaria sozinho — embalado pela ventura sexual, ele se permitiu acreditar que o jornal não iria ser distribuído e recobrou novo ânimo.

Sua desmedida felicidade abrandava as arestas das histórias e boatos que então ouviu: faltava-lhes o tom agourento das más notícias. Era antes como ouvir os versos assustadores de um poema épico antigo. Uma das crianças que trabalhavam na cozinha contou a Zahide que um grande número de presos fora levado ao estádio de futebol. Com as traves cobertas de neve até a metade, a maioria fora deixada ao ar livre durante todo o dia, na esperança de que ficassem doentes ou até morressem; diziam também que alguns foram levados aos vestiários e crivados de balas para servir de exemplo aos outros.

Havia também relatos de testemunhas oculares, talvez exagerados, sobre o terror que Z Demirkol e seus amigos andaram espalhando na cidade durante todo o dia: eles invadiram a Associação Mesopotâmia, fundada por jovens nacionalistas curdos para promover "o folclore e a literatura", mas como na ocasião nenhum deles estava lá, pegaram o velho que preparava o chá no escritório — que não tinha nenhum interesse por política — e o espancaram brutalmente.

Houve também o caso de três homens — dois barbeiros e um desempregado — envolvidos num delito, seis meses antes, em que desconhecidos tinham derramado água de esgoto misturada com tinta na estátua de Atatürk que ficava na frente da Fábrica Atatürk; embora tenham sido submetidos à investigação, nunca foram para a cadeia; mas depois dos espancamentos que duraram a noite inteira, eles assumiram a responsabilidade por muitos outros atos anti--Atatürk na cidade (quebrar com um martelo o nariz da estátua de Atatürk situada no jardim da Escola de Comércio e Indústria, escrever obscenidades no pôster de Atatürk na parede do Café Grupo dos Quinze, conspirar para destruir, a machado, a estátua de Atatürk em frente à prefeitura).

Logo depois do golpe, eles mataram a tiros um dos dois rapazes curdos surpreendidos escrevendo slogans nos muros da avenida Halitpaşa; depois eles prenderam outro rapaz e espancaram-no até ele desmaiar. Houve também o caso do jovem desempregado que, levado à escola secundária religiosa para que apagasse as pichações das paredes, tentou fugir e foi metralhado nas pernas. Graças aos vários informantes, todos os que andaram falando mal dos soldados e dos atores e espalhando boatos sobre eles nas casas de chá da cidade tinham sido presos, mas — como sempre acontecia em períodos sanguinários como aquele — circulavam ainda muitos boatos e exageros: desde a história de jovens curdos que morreram quando bombas explodiram em suas mãos, passando pela das jovens de cabeça coberta que se mataram em protesto contra o golpe, até a do caminhão carregado de dinamite que foi interceptado quando se aproximava do posto policial de Inönü.

Embora Ka tivesse ficado atento quando mencionaram o caminhão carregado de explosivos — ele ouvira outra pessoa comentando esse ataque suicida antes —, ele nada mais fez aquela noite que desfrutar cada instante que passou sentado tranquilamente ao lado de İpek.

Muito tempo depois, quando Serdar bei levantou-se para ir embora e Turgut bei e as filhas puseram-se de pé para despedir-se dele antes de ir para seus quartos, Ka pensou em pedir a İpek que fosse ao seu quarto. Mas ele teve medo da sombra que uma eventual recusa pudesse lançar sobre sua felicidade, por isso saiu da sala sem dar a menor indicação daquilo que desejava.

# 34. KADIFE NUNCA IRÁ CONCORDAR COM ISSO

## O MEDIADOR

Ka ficou à janela fumando um cigarro. Tinha parado de nevar e finalmente, quando as pálidas lâmpadas dos postes lançaram seu brilho espectral no pátio vazio e coberto de neve, a tranquilidade da cena lhe trouxe paz. A paz que sentia, porém, tinha mais a ver com o amor que com a beleza da neve. Mas ele estava feliz também por reconhecer que sua paz se devia, em parte, ao fato de se sentir superior por se saber de Istambul e de Frankfurt.

Bateram à porta. Ka espantou-se ao ver que era İpek.

"Não consigo parar de pensar em você, não consigo dormir", disse ela, entrando no quarto.

Ka logo sentiu que eles iriam fazer amor até de manhã, ainda que Turgut bei estivesse sob o mesmo teto. Foi a mais sublime surpresa tomá-la nos braços sem antes sofrer a agonia da espera. Sua longa noite de amor levou Ka a um lugar para além dos limites da felicidade, ou pelo menos de seu conceito de felicidade; ele estava fora do tempo, fora do alcance de toda aflição; lamentava apenas ter levado a vida inteira para descobrir aquele paraíso. Sentia uma paz que nunca sentira antes. Esqueceu as fantasias sexuais guardadas no fundo da mente, as imagens pornográficas das revistas. Enquanto fazia amor com İpek, ouvia uma música dentro de si, uma música que nunca ouvira antes, nem sequer imaginara, e deixando-se levar por suas harmonias conseguia achar o seu caminho.

De tempos em tempos ele adormecia e sonhava com férias de verão banhadas numa luz celestial; ele corria livre, ele era imortal; seu avião estava prestes a cair do céu, mas ele comia uma maçã, uma maçã que nunca iria se acabar, uma maçã que duraria para sempre. Então acordava para o cálido aroma de maçã da pele de İpek. Guiado pela luminosidade da neve e pelo brilho pálido das lâmpadas dos postes, aproximava os olhos dos dela e tentava ver dentro deles; ao vê-la acordada e observando-o em silêncio, teve a sensação de que eles eram duas baleias aquecendo-se lado a lado na água rasa; só então percebeu que estavam de mãos dadas.

Num daqueles momentos em que acordavam e se perdiam nos olhos um do outro, İpek disse: "Vou falar com meu pai. Vou com você para a Alemanha".

Depois disso Ka passou um bom tempo sem voltar a dormir, vendo sua vida passar diante dele como um filme feliz.

Em algum ponto da cidade, houve uma explosão. Foi tão forte que fez estremecer a cama, o quarto e o hotel. Eles ouviram ao longe o som de uma metralhadora, abafado pela neve que ainda cobria Kars. Abraçaram-se e esperaram em silêncio.

Quando acordaram novamente, os tiros tinham cessado. Por duas vezes Ka se levantou do calor da cama e fumou um cigarro, com o ar entrando pela janela e esfriando seu corpo coberto de suor. Nenhum poema lhe veio à mente. Ele nunca se sentira tão feliz.

Ao ser acordado de manhã por uma batida na porta, İpek já não estava ao seu lado na cama. Ka não fazia ideia de que horas eram, nem do que ele e İpek conversaram, nem de quando os tiros tinham cessado.

Era Cavit, o recepcionista. Viera dizer a Ka que um oficial fora à recepção do hotel com um convite de Sunay Zaim: Ka deveria apresentar-se no quartel central da polícia imediatamente; o oficial estava no térreo, esperando para acompanhá-lo. Não obstante, Ka se barbeou sem a menor pressa.

As ruas desertas de Kars pareciam mais bonitas, mais encantadoras que na manhã do dia anterior. A certa altura da avenida Atatürk ele viu uma casa de janelas arrebentadas, uma porta danificada e a parede da frente crivada de balas.

Na oficina de confecções Sunay lhe contou que o estrago se deveu a um ataque suicida. "O coitado confundiu as casas, e em vez de vir aqui ele atacou um edifício bem mais acima", explicou ele. "O homem explodiu a si mesmo em tantos pedacinhos que nem ao menos chegamos a descobrir se morreu pelo islã ou pelo PKK."

Ka ficou espantado com a gravidade infantil de um ator

famoso levando-se tão a sério. Recém-barbeado, ele parecia limpo, de coração puro, cheio de energia.

"Nós capturamos Azul", disse ele olhando nos olhos de Ka.

Ka fez um enorme esforço para dissimular a alegria que sentia com a notícia.

Sua alegria, porém, não escapou à observação de Sunay. "Ele era um homem mau", disse Sunay. "Não há dúvida de que foi o mentor do assassinato do diretor do Instituto de Educação. Ele sai por aí dizendo ser contra o suicídio, enquanto se empenha em transformar adolescentes cabeças de vento em homens-bomba. O Departamento de Segurança não tem dúvida de que ele chegou aqui com bombas suficientes para mandar toda a cidade pelos ares! Na noite da revolução, ele conseguiu despistar os homens que encarregamos de segui-lo. Ninguém tinha a menor ideia de onde estava escondido. Naturalmente você está muito bem informado sobre a ridícula reunião de ontem à noite no Hotel Ásia."

Era como se os dois estivessem num palco, interpretando uma cena; Ka aquiesceu fingidamente, com um gesto de cabeça teatral.

"Meu objetivo na vida não é punir essas criaturas perversas, esses reacionários e terroristas de nosso meio", disse Sunay. "Na realidade, há uma peça que sempre sonhei encenar, e é por isso que estou aqui. Há um escritor inglês chamado Thomas Kyd. Dizem que Shakespeare roubou dele o *Hamlet*. Descobri outra injustiça, uma peça esquecida de Kyd intitulada *A tragédia espanhola*. Trata-se de luta sangrenta, uma tragédia que termina em suicídio e, como no *Hamlet*, há uma peça dentro da peça. Durante quinze anos Funda e eu esperamos uma oportunidade para encenar essa peça."

Quando Funda Eser entrou na sala exibindo uma longa piteira elegante, Ka a cumprimentou com uma mesura exagerada, que naturalmente lhe agradou. Sem que Ka os encorajasse, os dois se puseram a falar sobre *A tragédia espanhola*.

"Queremos que nossa peça agrade às pessoas, que as anime, que as exalte, e para isso simplifiquei a trama", disse Sunay. "Pretendemos apresentá-la hoje à noite ao público no Teatro Nacional, e ao mesmo tempo transmiti-la pela televisão, para que toda a cidade possa assistir."

"Eu também gostaria muito de assistir", disse Ka.

"Queremos que Kadife participe da peça. Funda fará o papel de sua inimiga figadal. Kadife entrará em cena usando um manto. Então, desafiando as convenções ridículas que deram origem à disputa, ela vai descobrir a cabeça diante de todos." Com um largo gesto teatral, Sunay tirou o manto imaginário da cabeça e simulou rasgá-lo.

"Isso vai causar ainda mais problemas!", disse Ka.

"Não se preocupe, agora não vai haver problema nenhum. Lembre-se de que agora o exército assumiu o controle."

"De todo modo, Kadife nunca irá concordar com isso", disse Ka.

"Kadife está apaixonada por Azul", disse Sunay. "Se Kadife descobrir a cabeça, posso mandar soltar Azul imediatamente. Eles podem fugir juntos para algum outro país e viver felizes para sempre."

O rosto de Funda Eser irradiava a ternura de uma tia bondosa de um belo melodrama turco vendo os dois amantes partindo em busca da felicidade na imensidão além do horizonte. Por um instante, Ka imaginou seu caso de amor com İpek inspirando-lhe o mesmo sorriso.

"Ainda tenho cá as minhas dúvidas de que Kadife vá concordar em descobrir a cabeça num programa de televisão ao vivo", disse Ka.

"Para nós, você é o único capaz de convencê-la a fazer

isso", disse Sunay. "Negociar conosco é negociar com as forças do mal. Ela sabe que você está preocupado com as jovens que usam manto. E que está apaixonado pela irmã dela."

"Não se trata apenas de Kadife, vocês terão de convencer Azul também. Mas é preciso falar com Kadife primeiro", disse Ka, ainda sentindo o impacto da brutal franqueza do último comentário de Sunay.

"Você pode fazer isso da forma que quiser", disse Sunay. "Eu lhe dou a autorização que julgar necessária e nosso caminhão militar. E tem permissão para negociar em meu nome."

Houve um momento de silêncio. Sunay percebeu a hesitação de Ka.

"Não quero me envolver", disse Ka.

"Por que não?"

"Bem, talvez porque eu esteja com medo. Estou me sentindo muito feliz agora. Não quero me tornar um alvo dos islamitas. Quando virem a cabeça de Kadife descoberta, os estudantes vão pensar que sou o ateu que tramou o espetáculo. E mesmo que consiga fugir para a Alemanha, eles conseguirão me localizar. Alguém vai me matar a tiros, quando estiver andando tarde da noite na rua."

"Eles vão me matar primeiro", disse Sunay com orgulho. "Mas admiro sua coragem de admitir que está com medo. Sou o maior de todos os covardes, pode acreditar. Os únicos que hão de sobreviver neste país são os covardes. Mas não existe um covarde no mundo que não sonhe com o dia em que se sinta capaz de grande coragem, você não acha?"

"Como já disse, estou me sentindo muito feliz agora. Não pretendo bancar o herói. Os sonhos heroicos são o consolo dos infelizes. Afinal de contas, quando pessoas como nós dizem que estão sendo heroicas, isso normalmente significa que estamos prestes a matar uns aos outros ou a matar a nós mesmos."

"Sim", insistiu Sunay. "Mas não há uma vozinha em algum ponto dentro de você lembrando-o de que essa felicidade não vai durar muito?"

"Por que você quer assustar nosso convidado?", disse Funda Eser.

"Nenhuma felicidade dura muito", disse Ka cautelosamente. "Mas não tenho nenhum desejo de fazer algo heroico que me faça ser assassinado só porque sei que futuramente voltarei a ser infeliz."

"Se você não se envolver, como diz, eles não vão esperar que volte para a Alemanha para matá-lo. Eles vão matá-lo aqui mesmo. Você viu o jornal de hoje?"

"Ele diz que vou morrer hoje?", perguntou Ka com um sorriso.

Sunay pegou a *Gazeta da Cidade Fronteiriça* e mostrou, na primeira página, o artigo que Ka lera na noite anterior.

"Um homem ateu em Kars!", leu Funda Eser em tom enfático.

"Isso é do primeiro clichê de ontem. Depois disso, Serdar bei resolveu corrigir as imprecisões desse artigo e imprimir uma nova edição."

"Mas ele terminou não conseguindo fazer isso. Esta é a edição que saiu esta manhã. Nunca acredite na promessa de um jornalista. Mas nós vamos proteger você. Como os fundamentalistas nada podem fazer contra os militares, vão querer descarregar a raiva atirando contra um espião ocidental."

"Foi você quem mandou Serdar escrever esse artigo?", perguntou Ka.

Erguendo as sobrancelhas e crispando os lábios, Sunay

lançou-lhe um olhar furioso, fingindo-se ferido em sua honra, mas nem por isso Ka deixou de ver naquilo o jogo enganador de um político.

"Se você concordar em me proteger até o fim, me disponho a atuar como mediador", disse Ka.

Sunay deu sua palavra e, ainda bancando o jacobino, abraçou Ka, parabenizou-o e garantiu-lhe que seus dois homens não sairiam de perto dele.

"Se necessário eles vão protegê-lo até de você mesmo!", exclamou ele com voz sonora.

A fim de acertar os detalhes da missão, eles se sentaram para beber um aromático chá matinal. Funda Eser era toda sorrisos, como se uma atriz famosa e brilhante acabasse de entrar na companhia. Ela falou por algum tempo sobre a força de *A tragédia espanhola*, mas a mente de Ka estava em outro lugar: ele contemplava a espantosa luz branca que atravessava as janelas altas da oficina de confecções.

Seu sonho acabou abruptamente quando, ao sair da oficina, encontrou os dois guardas corpulentos e armados, encarregados de protegê-lo. Ele torcera para que ao menos um deles fosse um oficial ou detetive à paisana com certo bom gosto no trajar. Certa vez um escritor foi à televisão dizer que os turcos eram bobos e que não acreditava no islã. Ka o viu, em certa ocasião, acompanhado de dois guarda-costas, encarregados pelo Estado de protegê-lo pelo resto de sua vida: eles eram muito educados e se vestiam com elegância. Eles insistiam naquela espécie de subserviência exagerada que Ka julgava merecida por escritores famosos da Oposição; eles não apenas carregavam a mala do homem, mas chegavam a abrir a porta para ele, seguravam-no pelo braço nas escadas para protegê-lo de algum fã ou inimigo que estivesse por ali.

Os soldados sentados ao lado de Ka no caminhão do

exército não podiam se comportar de modo mais diverso. Agiam mais como carcereiros que como protetores.

Quando Ka entrou no hotel, sentiu-se feliz como se sentira nas primeiras horas da manhã. Embora ansiasse por ver İpek, temia ter de lhe falar sobre sua missão; temia que ela a considerasse uma traição. Por mais insignificante que a missão parecesse no contexto geral, ele ainda assim temia que pudesse fazer diminuir o que sentiam um pelo outro. Seria muito melhor, pensou ele, se conseguisse dar um jeito de primeiro falar com Kadife a sós. Mas ele deu de cara com İpek no saguão.

"Você é ainda mais bonita do que eu me lembrava", disse ele a İpek, olhando-a embevecido. "Sunay Zaim convocou-me para uma reunião. Ele quer que eu seja seu mediador."

"Mediador em quê?"

"Eles pegaram Azul. Foi ontem à noite", disse Ka. "Por que essa expressão de medo? Não estamos em perigo. Claro que Kadife vai ficar transtornada. Mas acho que isso é um verdadeiro alívio, pode acreditar." Ele contou rapidamente o que Sunay lhe dissera: sobre o barulho que eles tinham ouvido durante a noite, os tiros, tudo. "Você saiu hoje de manhã e não me acordou. Não se preocupe, vou cuidar de tudo isso; todos vamos sair dessa história sem um arranhão. Vamos para Frankfurt e seremos felizes. Você já falou com seu pai?" Ele lhe contou que fora encarregado de tentar um acordo, e para isso Sunay lhe pediu que fosse conversar com Azul, mas antes teria de falar com Kadife. Ele viu na extrema preocupação do olhar de İpek um sinal de que temia por ele, Ka, e isso o alegrou.

"Vou dizer a Kadife que vá ao seu quarto daqui a alguns minutos", disse ela afastando-se.

Quando ele chegou ao quarto, viu que alguém arrumara a cama. O quarto onde ele passara a noite mais feliz de sua vida tinha mudado; a luminosidade da neve lá fora dera um novo aspecto à cama, à mesa e às cortinas claras — até o silêncio do quarto parecia diferente. Mas ainda pairava no ar — e ele podia aspirar — o perfume de sua noite de amor. Deitou-se na cama e, fitando o teto, pensou em todos os problemas que teria de enfrentar se não conseguisse convencer Kadife e Azul a cooperarem.

Kadife precipitou-se quarto adentro. "Conte-me tudo sobre a prisão de Azul", disse ela. "Eles o maltrataram?"

"Se o tivessem maltratado não deixariam que eu o visse", disse Ka. "Dentro de alguns minutos eles vêm me buscar. Eu só sei que o prenderam depois da reunião no hotel."

Kadife olhou pela janela a avenida coberta de neve. "Quer dizer então que agora você é quem está feliz, e eu infeliz. Como as coisas mudaram desde nosso encontro na sala que servia de depósito."

Ka rememorou o encontro do dia anterior no quarto 217, onde Kadife apontou um revólver para ele e o fez tirar a roupa, antes de irem ao encontro de Azul; a doce e distante lembrança ligava-os um ao outro.

"Mas isso não é tudo, Kadife", disse Ka. "Os comparsas de Sunay acreditam que Azul está envolvido no assassinato do diretor do Instituto de Educação. E, o que é pior, parece ter chegado a Kars o dossiê que o implica na morte do apresentador de televisão de Esmirna."

"Quem são esses comparsas?"

"Um bocado de gente do MİT de Kars, mais um ou dois soldados ligados a ele. Mas não pense que Sunay está totalmente nas mãos deles. Ele também tem ambições artísticas. Ele me pediu que lhe propusesse o seguinte: esta noite ele pretende apresentar uma peça no Teatro Nacional e quer que você participe. Não faça essa cara, ouça. O espetáculo também vai ser transmitido ao vivo, e mais uma vez toda a cidade assistirá.

Se você se dispuser a desempenhar o seu papel, e se Azul conseguir convencer os rapazes da escola secundária religiosa a virem assistir à peça em silêncio, educadamente e batendo palmas nas horas certas, Sunay liberta Azul. Então poderemos esquecer toda essa história, e todos sairemos dessa sem ao menos um arranhão. Eles me pediram que fizesse a intermediação."

"Que peça é essa?"

Ka lhe contou tudo o que sabia sobre Thomas Kyd, explicando também que Sunay mudara a peça, adaptando-a à situação atual. "Da mesma forma que, em sua longa peregrinação pela Anatólia, atualizavam Corneille, Shakespeare e Brecht, acrescentando danças do ventre e canções obscenas."

"Imagino que vá ser eu a pessoa a provocar a disputa sendo sequestrada ao vivo, na televisão."

"Não. Você é uma respeitável dama espanhola de cabeça coberta, mas aí você se cansa da luta sangrenta e, num acesso de raiva, arranca o manto e se torna uma heroína rebelde."

"Para ser a heroína rebelde na Turquia você não tira o manto, você o põe."

"É só uma peça, Kadife. E como é só uma peça, não vejo problema em tirar o manto."

"Agora sei o que eles querem de mim. Mas mesmo sendo só uma peça, mesmo sendo uma peça dentro de uma peça, de qualquer modo não vou descobrir a cabeça."

"Ouça, Kadife: daqui a dois dias a neve terá derretido, as estradas estarão desimpedidas e as pessoas que estão na cadeia serão entregues a homens implacáveis. Se isso acontecer, você nunca mais verá Azul. Já pensou bem sobre isso?"

"Meu receio é o de terminar aceitando, se pensar sobre o assunto."

"Você podia usar uma peruca sob o manto. Aí ninguém veria seus cabelos."

"Se eu quisesse usar uma peruca, teria feito isso há muito tempo, como muitas mulheres que conheço, e teria voltado à universidade."

"Não se trata aqui de ficar fora da universidade e tentar salvar a sua honra. Você vai fazer isso para salvar Azul."

"Bem, vamos ver se Azul vai querer que eu o salve descobrindo minha cabeça."

"Claro que vai", disse Ka. "Você não vai ferir a honra dele descobrindo a cabeça. Afinal de contas, ninguém sabe da relação de vocês."

Pelo olhar furioso que ela lhe lançou, Ka percebeu ter descoberto seu ponto fraco, mas então ela abriu um sorriso estranho que o encheu de medo. Um medo mesclado com ciúmes. Ele temia que Kadife fosse lhe dizer alguma coisa destrutiva relacionada a İpek.

"Não temos muito tempo, Kadife", disse ele, percebendo a estranha inflexão de medo na própria voz. "Sei que você é inteligente e sensível o bastante para enfrentar isso com toda a desenvoltura. Falo isso como alguém calejado por longos anos de exílio político. Ouça: a vida não é uma questão de princípios, mas de felicidade."

"Mas se não se tem princípios nem fé, não se pode ser feliz", disse Kadife.

"É verdade. Mas num país brutal como o nosso, onde a vida humana pouco vale, é tolice se deixar destruir por causa das próprias crenças. Crenças, grandes ideais... só quem vive nos países ricos pode se dar a esses luxos."

"Na verdade, é exatamente o contrário. Num país pobre, o único consolo que o povo pode ter é o de suas crenças."

Ka quis responder que as coisas em que o povo crê são

falsas. Em vez disso falou: "Mas você não é um desses pobres, Kadife. Você é de Istambul".

"É por isso que faço as coisas em que acredito. Eu não simulo nada. Se eu resolver descobrir a cabeça, descubro mesmo: não faço as coisas pela metade."

"Tudo bem, então. E o que me diz disto: digamos que eles abram mão da plateia no teatro. Se a única coisa a ser vista pelo povo de Kars for a transmissão pela televisão. Aí, quando chegar a parte em que você se enfurece, eles só mostram a sua mão tirando o manto. Eles podem cortar para outra mulher, parecida com você, e mostrar apenas seus cabelos soltos, mas de costas."

"Isso é ainda mais desonesto que usar uma peruca", disse Kadife. "E no final, quando o golpe acabar, todos vão pensar que descobri mesmo a cabeça."

"O que é mais importante, cumprir a lei de Deus ou se preocupar com o que os outros dizem? O importante, no caso, se fizermos como lhe falei, é que na verdade você não terá descoberto a cabeça. Se você se preocupa tanto com o que o povo pensa, isso também não é problema: quando essa loucura acabar, podemos providenciar para que todos sejam informados dessa alteração na última hora. Quando se souber que você se dispôs a fazer tudo isso para salvar Azul, os rapazes da escola religiosa vão admirá-la ainda mais do que já admiram."

"Nunca lhe passou pela cabeça", disse Kadife num tom de voz subitamente diferente, "que quando se procura, por todos os meios, convencer alguém de alguma coisa, termina-se por dizer coisas em que não se acredita?"

"Pode ser. Mas agora não se trata disso."

"Mas, fosse esse o caso, e você terminasse por convencer essa pessoa, não sentiria remorso por tê-la enganado? Quer dizer, por tê-la deixado numa espécie de limbo?"

"Não se trata de deixar você num limbo, Kadife. Trata-se de usar a cabeça e ver que não há outra saída. Os homens de Sunay são implacáveis. Se eles resolverem enforcar Azul, não hesitarão. Você não está disposta a deixar que façam isso, está?"

"Digamos que eu descobrisse a cabeça diante de todos. Isso seria admitir a derrota. E que garantia tenho de que eles libertariam Azul? Por que eu acreditaria em alguma promessa da parte do Estado turco?"

"Tem razão. Vou ter de discutir isso com eles."

"Com quem você vai conversar, e quando?"

"Primeiro vou me encontrar com Azul, depois volto a falar com Sunay."

Os dois ficaram em silêncio. Agora não havia dúvida de que Kadife estava propensa a aceitar a proposta. Mas Ka precisava ter certeza, então consultou o relógio de forma ostensiva.

"Azul está nas mãos do MİT ou do exército?"

"Não sei, mas com certeza isso não faz muita diferença."

"Se ele estiver nas mãos do exército, pode não ter sido torturado", disse Kadife. Ela fez uma pausa. "Queria que você lhe desse isto", disse ela entregando a Ka um isqueiro antigo revestido de madrepérola e um maço de Marlboro vermelho. "O isqueiro é de meu pai. Azul vai gostar de acender cigarros com ele."

Ka pegou os cigarros, mas não o isqueiro. "Se eu lhe der o isqueiro, Azul saberá que vim falar com você primeiro."

"E por que ele não deveria saber?"

"Porque aí ele vai saber que conversei com você e vai perguntar qual foi a sua decisão. Pensei em não contar a ele que me encontrei com você antes, nem que você se dispõe a descobrir a cabeça, por assim dizer, para salvá-lo."

"Isso porque você sabe que ele nunca aceitaria?"

"Não. Ele é um homem inteligente e racional, e certamente concordaria em que você fizesse alguma coisa como descobrir a cabeça, se isso o salvasse da forca; você sabe disso tanto quanto eu. O que ele nunca aceitaria é que eu tenha procurado você antes, em vez de ir diretamente a ele."

"Mas aqui não se trata apenas de política; é também algo pessoal, uma coisa entre mim e ele. Azul entenderia isso."

"Pode ser, Kadife, mas você sabe tanto quanto eu que ele quer ter a primeira palavra. Ele é turco, um militante islamita. Não posso ir até ele e dizer: 'Ouça, Kadife resolveu descobrir a cabeça para libertar você'. Azul tem de achar que a decisão é dele. Vou perguntar a ele o que acha das várias opções — se você deve usar uma peruca ou é melhor a montagem com os cabelos de outra mulher. É preciso que ele esteja convencido de que isso salvará sua honra e resolverá o problema. Pode acreditar, ele nunca vai se aventurar nessas zonas obscuras em que suas ideias intransigentes a respeito de honra não se podem conciliar com sua compreensão mais pragmática. Se você tiver de descobrir a cabeça, com certeza ele preferirá que você o faça abertamente, sem truques."

"Você tem ciúmes de Azul, você o odeia", disse Kadife. "Você nem ao menos o vê como um ser humano. Você é como todos os secularistas republicanos: quando vê alguém não ocidentalizado, relega-o à condição de um réprobo primitivo de baixa classe. Você diz a si mesmo que ele precisa de umas boas pancadas para se tornar um homem. Você gosta de me ver abaixar a cabeça diante do exército para salvar a pele de Azul? É imoral comprazer-se numa coisa dessas, mas você nem ao menos tenta escondê-lo." Seus olhos chamejavam de ódio. "De todo modo, se a decisão deve partir de Azul, e você é um turco esclarecido, por que não foi diretamente a ele depois da conversa com Sunay? Vou lhe dizer por quê: você queria me ver tomando a decisão de abaixar a cabeça. Isso o faria sentir-se superior a Azul, um homem que o assusta."

"Numa coisa você tem razão: ele me assusta mesmo. Mas tudo o mais que você disse é injusto, Kadife. Se eu falasse primeiro com Azul e depois viesse aqui com a decisão dele de que você descobrisse a cabeça, você tomaria isso por uma ordem e teria recusado."

"Você não é um mediador, você está colaborando com os tiranos."

"Meu único desejo é sair inteiro desta cidade. Você deve levar esse golpe mais a sério do que eu. Já fez mais do que o bastante para provar ao povo de Kars quão corajosa, inteligente e honrada você é. Depois que nos livrarmos disso, sua irmã e eu iremos para Frankfurt. Esperamos ser felizes lá. Eu a aconselharia a fazer o mesmo — fazer o que for preciso para encontrar a felicidade. Se você e Azul conseguirem sair daqui, poderão viver felizes como exilados políticos em uma cidade da Europa, e não tenho dúvida de que o pai de vocês haveria de querer acompanhá-la. Mas para isso você tem de confiar em mim."

Todo aquele discurso sobre felicidade fez com que uma grande lágrima rolasse no rosto de Kadife. Sorrindo de um modo estranho que assustou Ka, ela logo se apressou em enxugá-la com a palma da mão. "Você tem certeza de que minha irmã está disposta a deixar Kars?"

"Tenho", disse Ka, embora o tom de voz não demonstrasse tanta segurança.

"Não vou insistir para que você dê o isqueiro a Azul nem para que lhe diga que falou comigo antes", disse Kadife. Agora ela falava como uma princesa altiva, mas benevolente. “Mas antes de descobrir a cabeça diante de todo mundo preciso ter certeza absoluta de que ele vai ser solto. Não me basta a palavra de Sunay nem de um de seus capangas. Todos sabemos o que vale a palavra do Estado turco.”

“Você é uma mulher inteligente, Kadife. Ninguém em Kars merece ser feliz como você”, disse Ka. Ele ficou tentado a acrescentar: “À exceção de Necip”, mas logo o pensamento lhe fugiu. “Se você me der o isqueiro agora, posso levá-lo a Azul. Mas, por favor, procure confiar em mim.”

Kadife curvou-se para a frente para lhe dar o isqueiro, e eles se abraçaram com uma efusão que surpreendeu a ambos. Por um instante fugaz, Ka desfrutou o prazer de tocar o corpo de Kadife, muito mais leve e mais esguio que o de sua irmã, mas evitou beijá-la. Um instante depois, quando se ouviu uma forte batida na porta, ele não pôde deixar de pensar que tinha sido uma boa decisão.

Era İpek, que viera dizer-lhe que um caminhão do exército o esperava. Ela ficou a fitá-los com olhos mansos e perscrutadores, como a tentar descobrir o que se passara ali. Ka saiu do quarto sem beijá-la. No final do corredor, com uma sensação de vitória mesclada à de culpa, ele olhou para trás e viu as duas irmãs unidas num abraço silencioso.

# 35. NÃO SOU AGENTE DE NINGUÉM

## KA COM AZUL EM SUA CELA

A imagem de Kadife e İpek abraçando-se no corredor permaneceu na mente de Ka. Sentado ao lado do motorista no caminhão do exército, na esquina das avenidas Atatürk e Halitpaşa, esperando que o único semáforo da cidade lhes desse sinal verde, ele estava a uma altura que lhe permitia olhar pela janela sem pintura do primeiro andar de uma velha casa armênia. Alguém a abrira para ventilar um pouco e, quando um vento leve sacudiu as cortinas, Ka olhou para dentro e pôde perceber imediatamente que estava testemunhando uma reunião política secreta — na verdade, ele teve uma percepção tão clara do que estava se passando lá dentro que era como se fosse um médico examinando um raio X. E então, embora uma mulher pálida e assustada logo tivesse corrido a fechar as cortinas, ele pôde perceber com extraordinária clareza o que se passava na sala iluminada: dois calejados militantes curdos de Kars estavam falando com um aprendiz de funcionário de casas de chá cujo irmão mais velho fora morto na batida da noite anterior; o aprendiz, todo enfaixado e banhado de suor por estar perto da estufa, ouvia os militantes lhe dizerem como seria fácil entrar no quartel central da polícia na avenida Faikbey e explodir uma bomba.

Ka não imaginava, todavia, para onde estava indo. Em vez de levá-lo para o quartel central da polícia ou entrar na grande praça antiga dos primeiros anos da República onde ficava o quartel-general do MİT, o caminhão do exército passou direto pelo cruzamento com a avenida Faikbey e continuou avançando pela avenida Atatürk, terminando por entrar no complexo militar no centro da cidade. Na década de 60 planejava-se transformar o espaço num parque, mas depois do golpe militar no começo da década seguinte, construíram um muro em toda a sua volta, e logo começou a funcionar como uma guarnição, que compreendia alojamentos militares, um novo quartel-general, campos de treinamento e crianças entediadas andando de bicicleta entre choupos raquíticos. Segundo o *Nação Livre*, o jornal militarista, foi graças aos novos ocupantes que a casa na qual Pushkin se hospedara em sua visita a Kars, assim como os estábulos dos cossacos construídos pelo czar quarenta anos depois da visita do poeta, foram salvos da demolição.

A cela na qual eles mantinham Azul ficava logo adiante dos estábulos. O caminhão do exército deixou Ka em frente a um agradável edifício de pedra que ficava sob um oleandro; ele notou que seus galhos vergavam sob o peso da neve. Dentro havia dois homens afáveis que Ka, acertadamente, achou que fossem agentes do MİT; eles pegaram um rolo de ataduras e um gravador, mais que obsoleto considerando-se que se estava na década de 90. Depois de prenderem o gravador no peito de Ka com as ataduras, eles lhe mostraram como ligar e desligar. Ao falarem sobre o prisioneiro que estava no andar de baixo, era como se lamentassem que tivesse sido preso e quisessem ajudá-lo. Ao mesmo tempo, deixaram claro que Ka deveria obter a confissão do prisioneiro, principalmente quanto aos assassinatos de que fora autor ou mandante: não passou pela cabeça de Ka que eles pudessem ignorar o verdadeiro motivo que o levara ali.

À época do czar, quando a cavalaria russa usava o pequeno edifício de pedra como quartel-general, descia-se uma fria escadaria de pedra e chegava-se a uma grande sala sem janelas, onde soldados eram punidos por indisciplina. Depois da fundação da República Turca, a cela servira de depósito por algum tempo, e então, à época do terror atômico da Guerra Fria, fora transformada em perfeito abrigo antinuclear; ela se revelou muito mais limpa e confortável do que Ka imaginara.

A sala era bem aquecida por um aquecedor Arçelik (doado vários anos antes por Muhtar, o maior distribuidor da região, na tentativa de conquistar a simpatia dos militares), mas Azul, que estava na cama lendo um livro, ainda achou necessário cobrir-se com um cobertor limpo do exército. Ele se levantou ao ver Ka e colocou os sapatos, cujos cadarços tinham sido retirados; assumindo uma atitude formal, mas ao mesmo tempo tentando sorrir, ele apertou a mão de Ka e, com um ar decidido de alguém pronto para tratar de negócios, apontou uma mesa de fórmica encostada à parede. Depois de se sentarem em lados opostos da mesa, Ka viu um cinzeiro cheio de pontas de cigarro. Então, tirou o maço de Marlboro do bolso e passou-o a Azul, comentando que ele estava muito bem instalado. Azul lhe disse que não fora torturado, depois riscou um fósforo e acendeu o cigarro de Ka antes de acender o seu.

"Bem, diga-me uma coisa, para quem você está espionando hoje?"

"Parei de espionar", disse Ka. "Agora estou atuando como mediador."

"Isso é pior ainda. Os espiões traficam fragmentos de informação em geral inúteis, e quase sempre por dinheiro. Quanto aos mediadores... não passam de pretensos sabichões que pensam poder meter o bedelho nos assuntos particulares dos outros, a pretexto de serem "imparciais". Qual é o seu jogo aqui? O que você está tentando conseguir com tudo isso?"

"Sair desta cidade terrível são e salvo."

"Do jeito que as coisas vão, só uma pessoa nesta cidade tem condições de proteger um ateu vindo do Ocidente para nos espionar, e essa pessoa é Sunay."

Então Azul vira a primeira página da *Gazeta da Cidade Fronteiriça*. Como Ka odiava aquele sorriso que se esboçava sob o bigode de Azul! Como era possível aquele militante islamita que passara a vida criticando o implacável Estado turco, e que agora se encontrava numa cela envolvido na investigação de dois assassinatos diferentes, estar tão calmo e satisfeito? Agora mais que nunca ele conseguia entender por que Kadife estava tão louca por ele. Azul nunca lhe pareceu tão bonito.

"O que você veio mediar aqui?"

"Vim tentar negociar a sua libertação", disse Ka, e num tom bastante calmo expôs a proposta de Sunay. Ele não falou da possibilidade de Kadife usar uma peruca nem do truque de montagem no caso de uma transmissão ao vivo; ele reservou essas fichas para barganhar mais tarde, caso fosse necessário. Enquanto explicava a gravidade da situação e a pressão de certas facções impiedosas sobre Sunay para enforcar Azul na primeira oportunidade, sentia certa satisfação. Como, porém, essa alegria logo se fez acompanhar de certa culpa, ele acrescentou que Sunay era um grandessíssimo maluco e garantiu a Azul que tão logo a neve se fundisse tudo voltaria ao normal. Mais tarde, ele iria se perguntar se dissera aquilo para agradar aos agentes do MİT que estavam lá em cima.

"Tudo isso quer dizer que minha única chance de liberdade é tomar parte em mais uma maluquice de Sunay, por assim dizer", disse Azul.

"Sim, é isso mesmo."

"Bem, diga-lhe o seguinte: rejeito a proposta dele. E agradeço a você por ter se dado ao trabalho de vir até aqui."

Ka achou que Azul iria levantar-se, apertar a mão dele e levá-lo até a porta. Em vez disso, fez-se silêncio.

Tendo inclinado a cadeira, que ficou apoiada nas pernas de trás, Azul agora balançava alegremente para a frente e para trás. "Mas se sua tentativa de fazer a mediação não levar a nada, e você não conseguir escapar desta terrível cidade são e salvo, não haverá de ser por minha causa, mas por causa de seu ateísmo jactancioso e indiscreto. As pessoas deste país só se gabam de ateísmo quando têm o apoio do exército."

"Não sou do tipo que se orgulha de ser ateu."

"Que bom ouvir isso."

Os dois ficaram calados, fumando seus cigarros. Ka sentiu que não tinha escolha senão levantar-se e ir embora. Em vez disso, ele perguntou: "Você não está com medo de morrer?".

"Se isso for uma ameaça, a resposta é não, não estou com medo de morrer. Se você me pergunta como um amigo preocupado, a resposta é sim, estou com muito medo. Mas, independentemente do que eu faça agora, esses tiranos continuarão querendo me enforcar. Nada posso fazer para mudar essa situação."

Azul dirigiu a Ka um sorriso diabolicamente doce. O recado que Ka recebeu foi: "Escute, eu estou numa situação muito pior do que a sua, mas estou reagindo muito melhor do que você!".

A vergonha obrigou Ka a admitir para si mesmo que seu pânico derivava da doce e dolorosa esperança de felicidade que vinha acalentando desde que se apaixonara por İpek. Seria Azul imune a esse tipo de esperança? Vou contar até nove e então me levanto e vou embora, disse ele consigo mesmo. Um, dois... Quando chegou ao cinco, ele concluiu que, se não conseguisse dobrar Azul, nunca conseguiria voltar para a Alemanha com İpek.

Subitamente inspirado, ele começou a falar tudo o que lhe vinha à cabeça. Começou descrevendo um mediador desafortunado de um filme em preto e branco americano que vira quando criança; então ele lembrou a Azul que — quando as coisas voltassem ao normal — ele tinha certeza de que conseguiria fazer publicar o manifesto do Hotel Ásia na Alemanha; então ele observou que as pessoas que saem pela vida tomando decisões erradas por conta de paixões intelectuais inflexíveis terminam por se arrepender. Ele contou como exemplo a ocasião em que, num acesso de raiva, deixou um time de basquete para nunca mais voltar; ele resolveu passar o tempo que passaria nas quadras vagando ao longo do Bósforo, contemplando o mar durante horas e horas; e, tendo dito isso, não conseguiu deixar de dizer a Azul o quanto amava Istambul, e quão bela era a pequena cidade litorânea de Bebek num agradável anoitecer de primavera. Durante todo o tempo ele lutava para evitar que o olhar gélido de Azul o reduzisse ao silêncio. Era como a última visita antes de uma execução.

"Mesmo que cedêssemos a todas as suas exigências, eles nunca manteriam sua palavra", disse Azul. Ele apontou para os papéis e a caneta em cima da mesa. "Eles querem que eu escreva a história de minha vida, que eu conte todos os crimes que cometi. Se eu o fizer, e eles acharem que fui sincero, eles poderiam me perdoar, com base na lei sobre o arrependimento. Sempre tive pena dos idiotas que caem nesse tipo de mentira, para passar o resto da vida martirizando-se por terem traído a si mesmos. Mas como de qualquer jeito eu vou morrer, quero que os que vierem depois saibam de algumas coisas verdadeiras sobre mim." Na mesa havia várias folhas de papel já escritas, e ele pegou uma delas. Com a mesma expressão grave e um tanto ridícula que assumira ao dizer sua mensagem para Hans Hansen e para a imprensa alemã, ele começou a ler:

"MINHA EXECUÇÃO

No que tange à minha execução, gostaria de deixar claro que não me arrependo de nada do que fiz por motivos políticos em qualquer período da minha vida, inclusive hoje, quinta-feira, vinte de fevereiro. Meu pai é um funcionário aposentado do Departamento Regional do Tesouro de Istambul, e sou seu segundo filho. Durante a minha infância e nos primeiros anos de minha juventude, meu pai manteve ligações secretas com uma comunidade de dervixes cerrahi, e eu cresci nesse mundo humilde e silencioso. Em minha juventude rebelei-me contra ele tornando-me um esquerdista ateu, e, ao entrar na universidade, juntei-me a outros jovens militantes para atirar pedras nos marinheiros que saíam dos porta-aviões americanos. Por essa época me casei, mas aí nos separamos e consegui sobreviver à crise.

Durante muitos anos ninguém notou a minha existência. Eu era engenheiro eletrônico. Como odiava o Ocidente, admirei a revolução do Irã. Voltei ao islã. Quando o aiatolá Khomeini disse "A coisa mais importante atualmente não é orar ou jejuar, mas proteger a fé islâmica", eu acreditei nele. Inspirei-me na obra de Frantz Fanon sobre a violência, nas peregrinações que Seyyid Kutub fez em protesto contra a opressão, em suas ideias sobre a hégira, e em Ali Sheriyat.

Fugi para a Alemanha depois do golpe militar. Então voltei para a Turquia. Fui ferido quando lutava em Grozni contra os russos, ao lado dos chechenos, e em consequência do ferimento fiquei puxando da perna direita. Quando eu estava na Bósnia, durante o cerco sérvio, casei-me com uma jovem bósnia chamada Mezurka e trouxe-a comigo para Istambul. Devido aos meus compromissos políticos e à minha crença na hégira, dificilmente eu passava mais de duas semanas em alguma cidade, e minha segunda mulher e eu terminamos por nos separar.

Depois de cortar relações com os grupos islamitas que me mandaram para a Chechênia e a Bósnia, parti para conhecer os quatro cantos da Turquia. Embora acredite que às vezes é preciso matar os inimigos do islã, eu nunca matei ninguém, nem nunca ordenei a morte de ninguém. O homem que assassinou o ex-prefeito de Kars era um carroceiro curdo perturbado que estava furioso porque o prefeito estava ameaçando tirar das ruas todas as carroças puxadas por cavalos. Vim para Kars por causa das jovens que estavam se suicidando. O suicídio é o maior de todos os pecados. Deixo como legado os meus poemas e meu testamento, e gostaria que fossem publicados. Eles estão com Mezurka. É só o que tenho a dizer."

Seguiu-se um silêncio.

"Você não precisa morrer", disse Ka. "É por isso que estou aqui."

"Então deixe-me dizer outra coisa", disse Azul. Quando se certificou de que Ka lhe dava toda a atenção, ele acendeu outro cigarro. Será que ele sabia do gravador girando silenciosamente em seu peito, trabalhando discretamente como uma zelosa dona de casa?

"Quando eu vivia em Munique, frequentava muito um cinema. Depois da meia-noite eles faziam sessões duplas com ingressos mais baratos", disse Azul. "E você conhece aquele italiano que fez *A batalha de Argel*, sobre a dominação francesa na Argélia — um dia eles passaram seu último filme, *Queimada!*. Passa-se numa ilha do Caribe onde se cultiva cana-de-açúcar e é sobre as trapaças dos colonialistas e das revoluções que eles fomentaram. Primeiro eles encontraram um líder negro e o incitaram a rebelar-se contra os portugueses. Depois eles entraram em cena e tomaram o poder. Após essa primeira derrota, os negros sublevam-se novamente, dessa vez contra os ingleses, mas os ingleses os derrotam tocando fogo em toda a ilha. O líder das duas rebeliões é preso, e logo chega a manhã de sua execução. E quem o procuraria naquele momento senão o homem que o descobriu, o homem que o incitou à primeira rebelião e que conduziu o esmagamento da segunda para os ingleses? Antes que a gente possa se dar conta do que está acontecendo, Marlon Brando entra na barraca em que o negro está preso; ele corta as cordas e o liberta."

"Por quê?"

Azul levantou a cabeça com desdém. "O que você acha? Assim ele não seria enforcado, claro! Marlon sabia muito bem que se enforcassem aquele homem, ele se tornaria uma lenda, e a população da ilha iria usar o seu nome como uma bandeira da revolta durante anos e anos. Mas o líder negro, sabendo exatamente por que Marlon cortara as cordas, ignora aquela chance de libertar-se e recusa-se a fugir."

"E eles o enforcaram?", perguntou Ka.

"Sim, mas o filme não mostra o enforcamento", disse Azul. "Em vez disso, ele mostra o que aconteceu com Marlon Brando, o agente que, como você, tentou seduzir o condenado oferecendo-lhe a liberdade. Quando ele se preparava para deixar a ilha, um dos nativos o matou a facadas."

"Eu não sou um agente!", disse Ka, sem conseguir conter a irritação.

"Não se melindre tanto com a palavra *agente*: afinal de contas eu próprio me considero um agente do islã."

"Eu não sou agente de ninguém", insistiu Ka, ainda perturbado.

"Será que não colocaram alguma droga neste cigarro para me deixar atordoado e dobrar minha vontade? Ah, a melhor coisa que a América deu ao mundo foram esses Marlboros vermelhos. Eu seria capaz de fumar esses cigarros pelo resto de minha vida."

"Se você usar a cabeça, pode continuar fumando seus Marlboros por mais quarenta anos."

"É exatamente isso que quero dizer com a palavra *agente*", disse Azul. "A principal tarefa de um agente é fazer as pessoas mudarem de ideia."

"O que quero dizer é que é estúpido deixar-se matar por esses fascistas loucos e sanguinários. E tampouco espere tornar-se um símbolo da revolução; isso não vai acontecer. Quanto aos carneirinhos desta cidade, eles podem ter fortes convicções religiosas, mas no frigir dos ovos obedecem mesmo é às determinações do Estado. De todos aqueles sheiks que se insurgiram temendo um recuo da religião, de todos os militantes treinados no Irã, e mesmo de gente como Saidi Nursi, que gozou de grande fama — não restam nem os túmulos. Quanto a todos os líderes religiosos deste país, que sonham que um dia seus nomes se tornem emblemas da fé, os soldados enchem os aviões com seus corpos e os jogam no mar. Mas você sabe de tudo isso. Os cemitérios do Hezbollah, em Batman, que recebiam tantos peregrinos... certa noite foram todos demolidos. Onde estão esses cemitérios agora?"

"No coração do povo."

"Palavras sem sentido. Apenas vinte por cento da população vota nos islamitas. E num partido islamita moderado, por sinal."

"Se é tão moderado, por que eles entram em pânico e dão um golpe de Estado? Por favor, explique-me isso! Basta dessa sua mediação imparcial."

"Eu *sou* um mediador imparcial", disse Ka elevando a voz.

"Não, não é. Você é um agente do Ocidente. Você é um escravo dos cruéis europeus, e como todos os escravos de verdade você nem ao menos sabe que é. Você não passa de um típico europeuzinho de Nişantaş. Você não apenas foi educado para desprezar suas próprias tradições, mas também imagina viver num plano acima da gente comum. Para gente de sua laia, o caminho para uma boa vida moral não passa por Deus nem pela religião, nem por participar da vida das pessoas comuns — não, é só uma questão de macaquear o Ocidente. Talvez uma vez ou outra você faça uma ou outra crítica às tiranias impostas aos islamitas e curdos, mas no íntimo não se importa nem um pouco quando os militares tomam o poder."

"E se eu lhe fizesse a seguinte proposta: Kadife podia usar uma peruca sob o manto, e assim, quando ela descobrisse a cabeça, ninguém veria seu cabelo de verdade."

"Você não me fará tomar vinho!", disse Azul. Ele também levantou a voz. "Recuso-me a ser um europeu, e não vou imitá-los feito macaco. Vou viver minha própria história, e não ser senão quem eu sou. Eu acredito que é possível ser feliz sem macaquear os europeus nem se tornar escravo deles. Há uma coisa que está sempre na boca dos admiradores da Europa quando querem denegrir o nosso povo: para ser um verdadeiro ocidental, a pessoa deve primeiro tornar-se um *indivíduo*, e aí eles completam dizendo que na Turquia não há indivíduos! Bem, é assim que agora encaro minha execução. Estou enfrentando os ocidentais como um indivíduo, e é por ser um indivíduo que me recuso a imitá-los."

"Sunay acredita tanto na força da peça que posso fazer o seguinte para você. O Teatro Nacional vai estar vazio. A câmera de televisão mostrará primeiro Kadife tirando o manto. Então podemos fazer um truque de edição e mostrar os cabelos de outra pessoa."

"Acho muito suspeito ver você fazer tantos malabarismos para me salvar."

"Eu estou muito feliz agora", disse Ka, e, ao dizer isso,

sentiu-se culpado como se estivesse mentindo. "Nunca fui tão feliz em toda a minha vida. Quero preservar essa felicidade."

"E o que é que o faz tão feliz?"

Ka não lhe deu a resposta que mais tarde lhe pareceu ser a mais sensata: "Porque estou escrevendo poemas novamente". Tampouco ele disse: "Porque acredito em Deus". Em vez disso, ele deixou escapar: "Porque estou apaixonado!". E acrescentou: "E vou levar meu amor comigo para Frankfurt". Por um instante ele ficou contente em poder falar tão abertamente sobre seu amor com uma pessoa praticamente estranha.

"E quem é esse seu amor?"

"A irmã de Kadife, İpek."

Ka percebeu a perplexidade de Azul, lamentou sua explosão de alegria e se calou.

Azul acendeu outro Marlboro. "Quando um homem se sente tão feliz que deseja confessar sua felicidade a alguém prestes a ser executado, é uma dádiva de Deus. Suponhamos que eu aceite suas propostas de ir embora da cidade para salvar sua felicidade. Suponhamos que Kadife dê um jeito de participar da peça usando algum truque que salve sua honra, dando também à irmã a esperança de ser feliz. Que garantia tenho eu de que essa gente vai cumprir a palavra e me libertar?"

"Eu sabia que você ia perguntar isso!", exclamou Ka. Ele fez uma pausa, levou o dedo aos lábios e, com um gesto, pediu que Azul ficasse calado e olhasse. Ele desabotoou a jaqueta e desligou de forma ostensiva o gravador que estava em seu peito. "Vou responder por você e eles podem libertá-lo antes", disse ele. "Kadife só entra em cena depois de ter a confirmação de que você foi solto e voltou para o esconderijo. Mas para conseguir que Kadife concorde, você tem de escrever uma carta dizendo que concordou com o plano — preciso entregar a carta a ela pessoalmente." Ele ia concebendo aquilo tudo à medida que falava. "E se você me disser como deve ser libertado e onde eles devem deixá-lo", sussurrou ele, "eu consigo que eles façam como você deseja. E aí você vai poder ficar escondido até as estradas se abrirem novamente. Pode confiar em mim. Você tem a minha palavra."

Azul entregou a Ka uma folha de papel. "Escreva aí que você, Ka, é ao mesmo tempo mediador e avalista de minha libertação e de minha saída, são e salvo, de Kars, em troca da participação de Kadife numa peça em que ela vai tirar o manto, sem que isso atinja a sua honra. Se você não cumprir o prometido, se tudo não passar de uma armadilha, que punição deve receber o mediador?"

"O que fizerem com você, farão comigo também!", disse Ka.

"O.k., escreva isso então."

Ka deu a Azul uma folha de papel. "Quero que você escreva que concordou com meu plano, que me autoriza a expô-lo a Kadife, e que cabe a ela a decisão final. Se Kadife concordar, ela deve declarar isso por escrito e assinar, com o pressuposto de que só deve descobrir a cabeça quando você estiver livre, nas condições desejadas. Escreva tudo isso. Mas quanto à hora e ao lugar em que você deve ser libertado, é melhor que eu fique de fora. É melhor você escolher alguém de sua confiança. Eu sugeriria Fazıl, irmão de sangue de Necip, o rapaz que morreu."

"É o rapaz que andou escrevendo cartas de amor para Kadife?"

"Quem fez isso foi Necip, o rapaz que morreu. Ele era uma pessoa muito especial, uma dádiva de Deus", disse Ka. "Mas Fazıl é tão bondoso quanto ele."

"Se você o diz, eu acredito", disse Azul, voltando-se para a folha de papel e começando a escrever.

Azul terminou primeiro. Quando Ka acabou de escrever sua própria declaração, percebeu um risinho de desprezo no rosto de Azul, mas não se incomodou. As coisas estavam andando, todos os obstáculos tinham sido removidos, ele e İpek agora estavam livres para deixar a cidade, e ele mal conseguia conter a alegria. Eles trocaram as folhas de papel em silêncio. Quando Azul dobrou a declaração de Ka e colocou-a no bolso sem se dar ao trabalho de lê-la, Ka seguiu-lhe o exemplo; e então, tendo o cuidado para que Azul visse o que ele estava fazendo, ligou o gravador novamente.

Houve um silêncio. Ka repetiu a última coisa que tinha dito antes de desligar o gravador. "Eu sabia que você ia perguntar isso", disse ele. "Mas a menos que possa haver uma certa confiança de ambos os lados, não será possível fazer nenhum acordo. Você vai ter de confiar que o Estado cumprirá a palavra."

Eles se olharam nos olhos e sorriram. Depois, ele haveria de rememorar aquele momento muitas vezes, e a cada vez sentiria mais remorso; a felicidade o impedira de ver a fúria no olhar de Azul; ao relembrar a cena, Ka sempre pensava que se tivesse notado a fúria do outro, nunca teria feito a pergunta:

"Será que Kadife vai concordar com o plano?"

"Vai, sim", sussurrou Azul, os olhos brilhando de fúria.

Houve outro pequeno silêncio.

"Como você quer fazer um acordo comigo que me salve a vida, você poderia me contar um pouco mais sobre sua grande felicidade."

"Nunca amei ninguém assim em toda a minha vida", disse Ka. Suas palavras soaram ingênuas e meio canhestras, mas mesmo assim ele as tinha dito. "Para mim, só existe uma chance de felicidade, e essa chance é İpek."

"E como você define a felicidade?"

"Felicidade é encontrar um outro mundo onde se possa viver, um mundo onde seja possível esquecer toda essa pobreza e tirania. Felicidade é tomar alguém nos braços e saber que está enlaçando o mundo inteiro." Ele ia dizer mais alguma coisa, mas Azul levantou-se de um salto.

Naquele instante o poema a que mais tarde Ka daria o título de "Xadrez" começou a surgir em sua mente. Ele lançou um rápido olhar a Azul e então, deixando-o parado onde estava, tirou o caderno do bolso e começou a escrever. Enquanto ele rabiscava os versos do poema, que era sobre felicidade e poder, sabedoria e ganância, Azul olhava por sobre o ombro dele, curioso de saber o que estava acontecendo. Ka sentia que Azul o estava observando, e essa imagem também foi incorporada ao poema. Foi como se a mão que estava escrevendo pertencesse a outra pessoa. Ka sabia que Azul não poderia perceber isso, o que não o impediu de desejar que o outro soubesse que sua mão era guiada por uma força maior. Mas não foi isso o que aconteceu: Azul sentou-se à beira da cama, e ficou fumando melancolicamente, como o fazem os condenados em todo o mundo.

Num impulso que mais tarde ele passou muito tempo tentando (em vão) entender, Ka se pegou abrindo novamente o coração para Azul.

"Antes de vir para cá, fazia anos que eu não escrevia um poema", disse ele. "Mas desde que cheguei a Kars, todas as estradas que levam à poesia tornaram a se abrir. Atribuo isso ao amor a Deus que senti aqui."

"Não quero destruir suas ilusões, mas seu amor a Deus é inspirado em romances ocidentais", disse Azul. "Num lugar como este, se você venera a Deus como um europeu, fatalmente cai no ridículo. Então, você nem ao menos pode acreditar que acredita. Você não pertence a este país; você não é mais turco. Primeiro procure ser como todo mundo. Depois procure acreditar em Deus."

Ka sentia o ódio de Azul. Ele pegou algumas folhas de papel da mesa e, dizendo que precisava encontrar Sunay e Kadife imediatamente, bateu na porta da cela. Quando ela se abriu, ele se voltou para Azul e lhe perguntou se tinha alguma mensagem especial para Kadife.

Azul sorriu. "Tenha cuidado", disse ele. "Não deixe ninguém matar você."

# 36. O SENHOR NÃO VAI MORRER DE VERDADE, VAI?

## BARGANHA EM QUE A VIDA RIVALIZA COM O TEATRO, E A ARTE, COM A RETÓRICA

Já no pavimento superior, enquanto os agentes do MİT lhe tiravam as faixas com que tinham prendido o gravador ao peito, Ka tentava agradar imitando seu ar de eficiência desdenhosa e ridicularizando Azul. Isso pode explicar por que ele não estava preocupado com a agressividade de Azul lá embaixo.

Ele mandou o motorista do caminhão do exército de volta ao hotel, com ordens para esperar. Ladeado por guardas militares, ele atravessou a guarnição de ponta a ponta.

O alojamento dos oficiais dava para um grande pátio coberto de neve onde bandos de meninos, entre os choupos, atiravam bolas de neve uns nos outros. Uma menina de casaco de lã vermelho e branco, que lembrou a Ka um que ele usava no terceiro ano primário, estava à parte, esperando; um pouco mais adiante, duas coleguinhas suas faziam um boneco de neve. O ar estava cristalino. A forte tempestade cessara, e começava a esquentar um pouco.

De volta ao hotel, ele foi imediatamente ver İpek. Ela estava na cozinha, usando uma bata, do tipo que as meninas de todos os liceus da Turquia usavam outrora, e sobre ela um avental. Enquanto a olhava com os olhos cheios de alegria, morria de vontade de abraçá-la, mas havia outras pessoas na sala, por isso ele se conteve e contou o que se passara naquela manhã. As coisas estão indo bem, disse ele, não apenas para eles, mas também para Kadife. Falou que embora o jornal tivesse sido distribuído sem a correção, ele já não temia ser morto a tiros. Havia muito mais a dizer, mas então Zahide entrou na cozinha para fazer um pedido em favor dos dois soldados que vigiavam a porta; ela perguntou a İpek se podia convidá-los a entrar e oferecer-lhes um pouco de chá. Nos poucos instantes que ficaram a sós, İpek propôs que continuassem a conversa lá em cima.

Em seu quarto, Ka pendurou o casaco e se pôs a fitar o teto enquanto esperava İpek. Com tanta coisa a discutir, Ka sabia que logo ela estaria ali, sem se fazer de rogada, mas não demorou muito e ele se viu presa de um negro pessimismo. Primeiro imaginou que İpek se atrasara porque cruzara com o pai; depois começou a temer que, por causa da confusão toda, ela não queria estar com ele. A velha dor voltou, irradiando-se de seu estômago como um veneno. Se aquilo era o que os outros chamavam de dor de amor, não pressagiava nenhuma felicidade. Ele percebia que, quanto mais se aprofundava o seu amor por İpek, mais rápido aqueles pavores sombrios se apossavam dele. Mas será que ele estava certo em supor que aqueles acessos, aquelas terríveis fantasias de ilusão e sofrimento, tinham alguma coisa a ver com o que os outros chamam de amor? Ele parecia ser o único a descrever a experiência como angústia e frustração; incapaz até de se imaginar gabando-se, como todos o faziam, a respeito do amor, ele só podia supor que seus sentimentos eram anormais, e era isso o que mais o incomodava. Mesmo quando presa de hipóteses paranoides (İpek não viria; İpek na verdade não queria vir; eles três — Kadife, Turgut bei e İpek — estavam tendo uma reunião secreta, considerando-o um inimigo e planejando livrar-se dele), uma parte dele sabia que essas fantasias eram patológicas; assim, por exemplo, quando seu estômago começava a doer com as terríveis visões de İpek apaixonada por outro homem, outra região de seu cérebro repetia que estas não passavam de um sintoma de sua doença. Às vezes, para aliviar a dor e apagar as cenas nocivas que invadiam seus pensamentos (na pior delas, İpek recusava-se até a ver Ka, quanto mais ir com ele para Frankfurt), ele procurava, só com a força de vontade, refugiar-se na razão, a única parte de sua mente que o amor não conseguira abalar. Claro que ela me ama, repetia para si mesmo; se não amasse, por que parecia tão enlevada? Concentrado nesses pensamentos, suas ansiedades desapareciam, mas logo uma outra preocupação vinha rapidamente desfazer sua precária paz interior.

Ele ouviu passos no corredor. Não podia ser İpek, disse ele para si mesmo: era alguma outra pessoa vindo lhe dizer que İpek não viria. E então, quando abriu a porta e a viu, sentiu alegria e hostilidade ao mesmo tempo. Ele havia esperado por doze longos minutos. Seu consolo foi ver que İpek se arrumara e passara batom.

"Falei com meu pai e avisei que vou para a Alemanha", disse ela.

Ka ainda estava tão dominado pelas sombrias imagens de sua cabeça que sua primeira reação foi de desapontamento; ele não podia dar toda a sua atenção a İpek. O fato de não ter conseguido demonstrar nenhum prazer com a notícia deixou İpek com algumas dúvidas — ou, mais precisamente, com uma desilusão que a fez pensar em recuar. Ela sabia que Ka estava loucamente apaixonado e dependente dela como uma criança de cinco anos infeliz, que não pode ficar afastada da mãe. Sabia também que ele queria levá-la para a Alemanha não apenas para partilhar com ela as alegrias de seu lar em Frankfurt. Sua maior esperança era a de que, quando estivessem bem longe de todos aqueles olhares de Kars, ele a possuísse de forma absoluta.

"Querido, você está preocupado com alguma coisa?"

Nos anos que se seguiram, quando sofria os tormentos do amor, Ka haveria de lembrar-se mil vezes com que doçura e delicadeza İpek fizera aquela pergunta. Ele lhe falou dos terríveis pensamentos que ficaram lhe passando pela cabeça. Narrou-os um a um: a terrível sensação de desamparo, as piores cenas de terror que vira desfilar diante dos olhos.

"Se os sofrimentos do amor lhe causam tanto medo, não posso deixar de imaginar que você já teve uma mulher que o feriu profundamente."

"Já sofri um pouco na minha vida, mas agora já estou apavorado em imaginar quanto você pode me fazer sofrer."

"Não vou fazê-lo sofrer de modo algum", disse İpek. "Estou apaixonada por você. Vou para a Alemanha com você. Tudo vai dar certo."

İpek o abraçou com todas as suas forças, e eles fizeram amor com tal facilidade que Ka mal conseguia acreditar. Agora ele não sentiu nenhuma necessidade de tratá-la com rudeza: ao contrário, sentiu prazer no abraço forte mas terno, exultando com a brancura de sua pele delicada, mas ambos tinham a mesma percepção de que não estavam se amando com a mesma intensidade da noite anterior.

Os pensamentos de Ka estavam nos planos de mediação. Ele raciocinava que, se por uma vez na vida ele conseguira ser feliz, e se, usando a cabeça, conseguisse não apenas sair de Kars são e salvo mas também acompanhado de seu amor, essa felicidade duraria para sempre. Ele ficou pensando nisso por algum tempo, sorriu, olhou pela janela e, para sua grande surpresa, sentiu a chegada de um novo poema. Ele o escreveu bem depressa, da forma como lhe vinha à cabeça, enquanto İpek o olhava com amorosa admiração. Mais tarde ele haveria de recitar aquele poema, intitulado "Amor", em seis apresentações na Alemanha. Os que o ouviram me disseram que, embora tematizasse a conhecida tensão entre paz e isolamento, ou segurança e medo, e relações especiais com uma mulher (se bem que apenas um ouvinte pensou em lhe perguntar depois quem era aquela mulher), o poema na verdade brotava da parte mais sombria e incompreensível de Ka. As anotações feitas por ele posteriormente eram lembranças mais explícitas de İpek, falavam da falta que ela lhe fazia e demoravam-se em pequenos detalhes sobre sua maneira de vestir e seus movimentos. (A forte impressão que İpek me causou quando a conheci talvez se deva ao fato de eu ter lido e relido tantas vezes essas anotações.)

İpek vestiu-se rapidamente e se foi; ela tinha de se despedir da irmã. Mas um instante depois Kadife estava à sua porta. Vendo seus olhos mais abertos do que nunca, e sua evidente ansiedade, Ka garantiu-lhe que nada tinha a temer, e muito menos que alguém pusesse a mão em Azul. Então lhe disse que pudera ver a dimensão da coragem de Azul pela dificuldade que tivera em convencê-lo a fazer o acordo.

Então uma mentira que ele esboçara antes lhe veio à mente, já com todos os detalhes. Ele começou dizendo que a parte mais difícil fora convencer Azul de que Kadife concordaria com o plano. Ele disse que Azul temia muito que Kadife se ofendesse, e que só podia concordar depois de discutir o assunto com ela; nesse ponto Kadife ergueu uma sobrancelha, então Ka recuou um pouco, dando à sua mentira um aspecto mais convincente ao dizer que duvidava da sinceridade de Azul ao dizer essas palavras. Então, não apenas para reforçar sua mentira mas também para ajudar Kadife a salvar as aparências, ele acrescentou que a relutância de Azul (em outras palavras, o respeito que tinha para com os sentimentos de uma mulher) era uma coisa positiva — principalmente para ele.

Ka alegrava-se em inventar doces mentiras para aquela gente infeliz que se deixava envolver pelas disputas políticas estúpidas daquela cidade estúpida, cidade que tão tarde lhe ensinara que a única coisa importante na vida era a felicidade. Mas uma parte dele sabia ser preciso inventá-las porque Kadife era muito mais corajosa que ele, muito mais disposta a fazer sacrifícios, e quando sentiu quanto de infelicidade a jovem tinha pela frente, ele se entristeceu. Foi por isso que, antes de encerrar sua história, contou mais uma pequena mentira inócua: a de que Azul, quando ele, Ka, estava indo embora, pediu-lhe num sussurro que desse lembranças a Kadife.

Ka então começou a expor o plano, e quando terminou perguntou o que ela tinha achado.

“Eu vou descobrir minha cabeça, mas a forma como o farei quem decide sou eu”, disse Kadife.

Ka tentou convencê-la de que Azul não se importaria se ela usasse uma peruca ou alguma coisa do tipo, mas parou ao ver que aquilo a enfurecera. Ficou combinado então o seguinte: primeiro eles libertariam Azul, que então se esconderia em algum lugar onde se sentisse seguro; só então Kadife descobriria a cabeça (da forma como bem entendesse). Kadife poderia descrever por escrito o plano e assiná-lo imediatamente? Ka lhe passou a declaração que lhe fora dada por Azul, esperando que ela usasse como modelo para a sua. Mas vendo a emoção que Kadife sentia à mera visão da caligrafia de Azul, Ka foi tomado de uma onda de afeição por ela. Enquanto lia, Kadife fazia o possível para impedir que Ka também lesse, e a certa altura ela chegou a cheirar o papel.

Notando certa hesitação, Ka lhe disse que iria usar a declaração para convencer Sunay e seus comparsas de que deviam libertar Azul. Com certeza o exército estava furioso com Kadife, e certamente a história do manto não a deixara bem com o pessoal da alta-roda, mas todos em Kars respeitavam sua coragem e sua honestidade. Ka lhe passou outra folha de papel e, enquanto ela escrevia, observou-a por alguns instantes. Ele pensou na Kadife com quem conversara sobre signos astrológicos enquanto andavam pela rua dos Açougues em sua primeira manhã em Kars; a Kadife que tinha agora à sua frente parecia ter envelhecido.

Enquanto punha a declaração no bolso, ele disse que, supondo que Sunay concordasse, a próxima tarefa seria achar um esconderijo para Azul, depois que fosse libertado. Kadife estaria disposta a encontrar um esconderijo para Azul?

Ela assentiu com um grave gesto de cabeça.

"Não se preocupe", disse Ka. "No final todos seremos felizes."

"Nem sempre fazer tudo certo garante a felicidade", disse Kadife.

"Fazer tudo certo é fazer o que nos traz felicidade", disse Ka. Ele imaginou um dia não muito distante em que Kadife iria a Frankfurt e testemunharia a felicidade conquistada por ele e sua irmã mais velha. İpek levaria Kadife à Kaufhof e lhe compraria uma elegante capa de chuva; os três iriam juntos ao cinema; na saída, parariam num restaurante da Kaiserstrasse para tomar cerveja com salsicha.

Eles vestiram os casacos, e Kadife desceu as escadas com Ka, indo com ele até o caminhão do exército que os esperava no pátio. Os dois guarda-costas sentaram-se no banco de trás. Ka se perguntou se havia razão para temer ser atacado ao andar sozinho pelas ruas. Do banco da frente de um caminhão do exército, as ruas de Kars não pareciam nem um pouco assustadoras. Ele via mulheres com sacolas de compras a caminho do mercado, crianças atirando bolas de neve, um homem e uma mulher idosos agarrando-se um ao outro para não escorregar no gelo, e se imaginou com İpek num cinema em Frankfurt, de mãos dadas.

Sunay estava com o coronel Osman Nuri Çolak, o outro responsável pelo golpe. O que Ka lhes contou estava banhado no otimismo gerado por seus felizes devaneios. Ele disse que tudo estava acertado: Kadife tomaria parte no espetáculo e descobriria a cabeça no momento combinado, e Azul estava ansioso para satisfazer essa condição para a sua soltura. Ele percebeu um tranquilo entendimento entre os dois homens, do tipo que só se encontra entre pessoas que passaram a juventude lendo os mesmos livros. Num tom cauteloso mas confiante, Ka explicou quão delicado fora o trabalho de mediação. "Primeiro tive de lisonjear Kadife, depois tive de lisonjear Azul", disse ele presenteando Sunay com as declarações dos dois. Enquanto Sunay as lia, Ka percebeu que o ator andara bebendo, embora ainda não fosse meio-dia. Ele se aproximou mais um pouco de Sunay e teve certeza de que bebera mesmo.

"Esse sujeito quer que nós o soltemos antes que Kadife vá ao palco descobrir a cabeça", disse Sunay. "Esse aí é esperto. Não é nenhum tonto."

"E Kadife quer a mesma coisa", disse Ka. "Eu realmente fiz o possível, mas esse acordo foi o melhor que consegui fazer."

"Nós representamos o Estado. Por que iríamos acreditar em qualquer dos dois?", disse o coronel Osman Nuri Çolak.

"Eles não acreditam no Estado mais que acreditamos neles", disse Ka. "Se não aceitarmos certas garantias recíprocas, não iremos a lugar nenhum."

"Ele poderia ser enforcado para servir de exemplo e então, quando as autoridades descobrissem o que um ator bêbado e um coronel decrépito fizeram em nome de um golpe militar, poderiam usar isso para nos destruir. Azul não pensou em nada disso?", perguntou o coronel.

"Ele é muito convincente quando finge não ter medo de morrer. Não saberia dizer o que lhe vai na cabeça, mas ele parece achar que enforcá-lo faria dele um santo, um ícone."

"O.k., digamos que primeiro a gente liberte Azul", disse Sunay. "Como podemos ter certeza de que Kadife cumprirá a promessa de participar da peça?"

"Se você considerar que Turgut bei enfrentou provações ainda maiores para preservar sua honra, e que Kadife é filha dele, não resta dúvida de que podemos confiar que ela cumpra a palavra — muito mais do que poderíamos confiar em Azul. Contudo, se você disser agora que Azul com certeza vai ser libertado, é possível que ela mesma não saiba se deve ou não subir ao palco esta noite. Ela é dada a decisões inesperadas."

"O que você sugere?"

"Eu sei que vocês deram esse golpe não apenas por motivos políticos, mas também por uma questão de beleza e em nome da arte", disse Ka. "Basta considerar a carreira de Sunay bei para ver que todo o seu envolvimento político foi motivado pela arte. Se o que se quer agora é ver isso como uma questão política trivial, não será preciso libertar Azul e se expor a um grande perigo. Mas ao mesmo tempo você sabe muito bem que uma peça na qual Kadife descobre a cabeça aos olhos de toda a Kars não será um mero triunfo artístico; terá também profundas consequências políticas."

"Se ela está mesmo disposta a descobrir a cabeça, vamos soltar Azul", decidiu Çolak. "Mas temos de dar um jeito para que toda a cidade veja a peça."

Sunay abraçou seu velho companheiro do exército e beijou-o. Depois que o coronel saiu da sala, ele tomou Ka pela mão e levou-o para outro aposento da casa. "Quero contar isso a minha mulher!" Eles entraram numa sala sem nenhuma mobília, ainda fria apesar do aquecedor elétrico ligado a um canto, e lá estava Funda Eser numa pose dramática, lendo o script. Ela viu Sunay e Ka olhando-a através da porta aberta mas continuou a ler com a mesma tranquilidade. Espantado com o pó cosmético que lhe enegrecia as pálpebras, os grossos lábios pintados de batom vermelho, os grandes seios que por pouco não saltavam do decote, Ka não conseguiu entender o que ela estava dizendo.

"É o trágico monólogo da mulher violentada, cheia de rancor, de *A tragédia espanhola*, de Thomas Kyd", disse Sunay com orgulho, "com algumas alterações inspiradas em *A alma boa de Setsuan*, de Brecht, embora a maioria das mudanças seja fruto de minha própria imaginação. Quando Funda disser essa fala esta noite, Kadife ainda não terá criado coragem para descobrir a cabeça, mas vai usar a ponta do manto para enxugar as lágrimas dos olhos."

"Se Kadife Hanım estiver pronta, podemos começar os ensaios imediatamente."

O desejo que transparecia no seu tom de voz não apenas deixava claro para Ka quanto Eser amava o teatro, mas também o fazia lembrar do argumento sempre usado pelos que queriam negar a Sunay a oportunidade de interpretar Atatürk — o de que Funda era lésbica. Parecendo menos o soldado da revolução que o orgulhoso produtor de teatro, Sunay estava explicando à sua mulher que Kadife ainda não resolvera todas as questões referentes à decisão de "aceitar o papel", quando um ordenança veio avisar que Serdar bei acabara de chegar.

Quando se viu frente a frente com o proprietário da *Gazeta da Cidade Fronteiriça,* Ka sentiu um impulso que lhe era desconhecido desde a época em que ainda vivia na Turquia: por um instante se sentiu tentado a dar um soco na cara de Serdar bei. Mas agora que eles davam as boas-vindas àquele homem, oferecendo-lhe uma bela refeição com queijo e *raki*, ficou claro para Ka que esses ímpetos não tinham lugar na mesa de líderes revolucionários que se acomodavam com a tranquila confiança daqueles para os quais já se tornou uma segunda natureza decidir o destino de outras pessoas.

Enquanto comiam e bebiam, discutiam os negócios do mundo com implacável impudência. A pedido de Sunay, Ka repetiu para Funda Eser o que havia dito sobre arte e política. Quando viu o quanto aquelas palavras a instigavam, o jornalista disse que gostaria de escrevê-las para usá-las em um artigo futuro, mas Sunay, com dureza, colocou-o novamente em seu lugar. Primeiro ele tinha de corrigir as mentiras que publicara sobre Ka na edição daquele dia. E logo Serdar bei prometeu editar um novo artigo de primeira página que teria o efeito, assim ele esperava, de fazer os desmemoriados leitores de Kars esquecerem que foram estimulados a pensar mal de Ka.

"E a manchete deve mencionar a peça que vamos apresentar esta noite", disse Funda Eser.

Serdar bei prometeu publicar o artigo que eles queriam; eles podiam ditar cada detalhe, e até indicar as dimensões da manchete. Mas como ele não entendia muito de teatro clássico e moderno, seria melhor se Sunay descrevesse a peça da noite com suas próprias palavras — isto é, se o próprio Sunay escrevesse o artigo, só para garantir que a primeira página do dia seguinte seria cem por cento correta. Ele lembrou a todos que, durante quase toda a sua carreira, escrevera sobre eventos ainda por acontecer: podia-se dizer que aquele era seu forte. Mas eles ainda dispunham de quatro horas. Eles estavam agindo de acordo com um horário especial, regulado pela lei marcial, por isso a edição não seria fechada até as quatro horas daquela tarde.

"Não precisarei de muito tempo para lhe dar detalhes da performance", disse Sunay. Não fazia muito tempo que eles estavam à mesa, e ele já bebera um copo de *raki*, como notou Ka. Quando ele bebeu de um trago o segundo copo, Ka viu o brilho da dor e da paixão em seus olhos.

"Escreva o seguinte, senhor Jornalista!" Sunay gritava, lançando a Serdar bei um olhar feroz, como se fizesse uma ameaça. "A manchete deve ser a seguinte: morte no palco."

Ele parou para pensar. "E então vem outra manchete logo abaixo, em tipo menor: O ILUSTRE ATOR SUNAY ZAIM MORTO A TIROS DURANTE A PERFORMANCE DE ONTEM."

Ele falava com uma intensidade que Ka não pôde deixar de admirar. Ka ouvia sem sorrir e com absoluto respeito, e só falava quando Serdar precisava de ajuda para entender as palavras de Sunay.

De vez em quando Sunay parava para refletir sobre o que acabava de dizer e arejar as ideias com outro *raki*, por isso levou uma hora para terminar o artigo. Em minha visita a Kars, quatro anos depois, consegui a versão final do texto.

## MORTE NO PALCO

*O ILUSTRE ATOR SUNAY ZAIM MORTO A TIROS DURANTE A PERFORMANCE DE ONTEM*

*ONTEM, QUANDO ATUAVA NUMA PEÇA HISTÓRICA NO TEATRO NACIONAL, KADIFE, A JOVEM DO MANTO, CHOCOU O PÚBLICO PRIMEIRO AO DESCOBRIR A CABEÇA NUM MOMENTO DE EXALTAÇÃO ILUMINISTA, DEPOIS AO APONTAR UMA ARMA PARA SUNAY ZAIM, O ATOR QUE FAZIA O PAPEL DE VILÃO, E ATIRAR NELE. SUA ATUAÇÃO, TRANSMITIDA AO VIVO, DEIXOU O POVO DE KARS TRÊMULO, HORRORIZADO.*

Na noite de terça-feira, a companhia de teatro de Sunay Zaim surpreendeu o povo de Kars com uma noitada de peças revolucionárias originais que deram lugar a uma ação revolucionária real diante de seus olhos. Na noite passada, durante sua segunda apresentação, os atores de Sunay Zaim chocaram-nos novamente. Dessa vez o instrumento foi a adaptação de uma peça escrita por Thomas Kyd, um subestimado teatrólogo inglês do século XVI, que não obstante se diz ter influenciado a obra de Shakespeare. Sunay Zaim — que passou os últimos vinte anos fazendo turnês pelas cidadezinhas remotas da Anatólia, ocupando seus palcos vazios e levando cultura para suas casas de chá — levou seu amor ao teatro ao clímax na cena final. Num momento de excitação despertada por essa ousada peça moderna que presta um tributo ao teatro jacobino francês e ao teatro jacobita inglês, Kadife, a resoluta líder das jovens que usam manto, descobriu a cabeça diante de todos e, enquanto o povo de Kars olhava espantado, ela sacou uma arma e descarregou-a em Sunay Zaim, o ilustre ator que representava o vilão e cujo nome, como o de Kyd, ficou esquecido por muito tempo. O drama real fez lembrar os espectadores da performance de dois dias antes, em que as balas que cruzavam o palco se revelaram verdadeiras, e foi então com a terrível consciência de que aquelas também eram balas verdadeiras que o povo de Kars viu Sunay cair. Para o público, a morte do grande ator turco foi mais perturbadora que a própria vida. Embora o povo de Kars não ignorasse que a peça era sobre uma pessoa que se libertava da tradição e da opressão religiosa, não conseguia aceitar que Sunay Zaim estava morrendo de fato, mesmo quando as balas entravam em seu corpo e o sangue esguichava dos ferimentos. Mas não lhes foi difícil entender as últimas palavras do ator, e nunca haverão de esquecer que ele sacrificou a vida pela Arte.

Quando Sunay fez os últimos ajustes, Serdar leu o texto final para os presentes. "Se vocês o aprovaram, vou publicá-lo palavra por palavra na edição de amanhã", disse ele. "Mas em todos esses anos em que venho redigindo notícias antes que elas aconteçam, é a primeira vez que torço para que uma não se concretize! O senhor não vai morrer de verdade, vai?"

"O que estou tentando fazer é levar as verdades da arte ao seu mais extremo limite, para me confundir com o Mito", disse Sunay. "De qualquer forma, quando a neve se fundir amanhã e as estradas reabrirem, minha morte já não terá a mínima importância."

Por um instante o olhar de Sunay cruzou com o de Funda. Vendo quão profundamente os dois se entendiam, Ka sentiu uma pontada de inveja. Será que algum dia ele e İpek aprenderiam a partilhar suas almas daquela maneira ou atingir uma felicidade tão profunda?

"Caro senhor Jornalista, chegou a sua hora de ir embora; nosso trabalho está feito, então, por favor, prepare as máquinas impressoras", disse Sunay. "Dada a importância histórica dessa edição, vou providenciar para que meu ordenança lhe forneça um negativo de minha fotografia." Tão logo Serdar bei saiu, Sunay abandonou o tom zombeteiro que Ka atribuíra ao excesso de *raki*. "Eu aceito as condições de Azul e de Kadife", disse ele. Então voltou-se para Funda, cujas sobrancelhas se ergueram quando ele explicou que Kadife só descobriria a cabeça no palco depois que Azul fosse solto.

"Kadife Hanım é uma mulher muito corajosa. Tenho certeza de que nos entenderemos quando começarmos os ensaios", disse Funda Eser.

"Vocês podem ir ao encontro dela juntos", disse Sunay. "Mas primeiro Kadife deve estar convicta de que Azul foi libertado e de que ninguém o seguiu até o esconderijo. E isso leva tempo."

Então, ignorando o desejo de Funda Eser de começar os ensaios com Kadife imediatamente, Sunay voltou-se para

Ka e passou a discutir a melhor forma de libertar Azul. Pelo que pude sentir examinando suas anotações sobre essa reunião, Ka ainda acreditava nas promessas de Sunay. Em outras palavras, Ka *não* achava que Sunay iria mandar seguir Azul até o esconderijo depois de tê-lo solto, para depois recapturá-lo logo que Kadife descobrisse a cabeça no palco. É provável que esse plano secreto tenha aflorado lentamente, e que na verdade tenha sido concebido pela polícia secreta, que continuava colocando microfones por toda parte e esforçando-se para decifrar as informações fornecidas por seus agentes duplos, na esperança de estar sempre um passo à frente de todo mundo.

Talvez eles estivessem manipulando até o coronel Osman Nuri Çolak em seu próprio proveito. A polícia secreta sabia que estavam em menor número — enquanto Sunay, o coronel mal-humorado e o pequeno grupo de oficiais de mesma mentalidade estivessem à frente do exército, não havia a menor chance de o MİT assumir o controle da revolução — não obstante, eles tinham homens por toda parte, fazendo todo o possível para manter as maluquices "artísticas" de Sunay dentro de certos limites. Antes que o artigo inspirado pelo *raki* fosse para a composição, Serdar bei o lera no walkie-talkie para seus amigos do MİT de Kars, causando grande consternação e não pouca preocupação com o equilíbrio e a saúde mental de seu autor. Quanto ao plano de Sunay de libertar Azul, até o último instante não se sabia ao certo em que medida o MİT estava informado.

Hoje eu diria que esses detalhes não vêm ao caso para o final de nossa história, por isso não vou me demorar em pormenores do plano de libertação de Azul. Basta dizer que Sunay e Ka resolveram deixar a tarefa a cargo de Fazıl e do ordenança de Sunay, natural da cidade de Sivas. Quando obteve da polícia secreta o endereço de Fazıl, Sunay lá mandou um caminhão do exército. Dez minutos depois eles o trouxeram. Agora seu rosto estava transtornado pelo medo, e Ka já não podia confundi-lo com Necip. Logo ficou decidido que ele e o ordenança deveriam dirigir-se à guarnição do exército no centro da cidade; eles saíram imediatamente da oficina pela porta dos fundos, despistando os detetives que os seguiam. Isso foi possível porque, embora os agentes do MİT desconfiassem seriamente de Sunay e quisessem a todo custo evitar que ele fizesse algum mal irreparável, deixaram-se surpreender de tal forma pela marcha precipitada dos acontecimentos que ainda não tinham postado um guarda em cada saída.

Assim, o plano prosseguiu, e a garantia dada por Sunay de que não haveria traição se manteve: Azul foi retirado de sua cela e colocado num caminhão do exército, e o ordenança de Sivas dirigiu o veículo diretamente à ponte de Ferro, sobre o rio Kars; com o caminhão estacionado na margem próxima, Azul seguiu confiantemente as instruções que recebera; foi direto a uma mercearia com vitrines cobertas de cartazes anunciando ofertas de embutidos temperados com alho; ele saiu pelos fundos, onde uma carroça o esperava. Cobrindo-se com a lona e acomodando-se entre os bujões de gás, ele foi levado para uma casa segura. Ka só seria informado disso depois. A única pessoa a saber o destino da carroça era Fazıl.

Essa operação levou uma hora e meia. Lá pelas três e meia, quando as negras silhuetas dos oleandros e das nogueiras se apagavam, desaparecendo como fantasmas, e a escuridão começava a descer sobre as ruas desertas de Kars, Fazıl veio dizer a Kadife que Azul já estava em seu esconderijo. Da porta da cozinha ele olhou para Kadife como se tivesse acabado de chegar do espaço sideral; Kadife, porém, como sempre fizera com Necip, não tomou conhecimento dele: correu escada acima, não cabendo em si de contente. İpek estava saindo do quarto de Ka, onde ficara durante uma hora. Fora uma hora de gozo absoluto, e o coração do meu amigo exultava como nunca ante a perspectiva da felicidade que o esperava — como tentarei mostrar nas primeiras páginas do próximo capítulo.

# 37. O ÚNICO SCRIPT QUE TEMOS ESTA NOITE SÃO OS CABELOS DE KADIFE

## PREPARATIVOS PARA A PEÇA QUE DEVE PÔR FIM A TODAS AS PEÇAS

Como já disse, Ka sempre se furtara à felicidade, temendo o sofrimento que dela poderia advir, portanto já sabemos que suas emoções intensas não eram as que sentia quando estava feliz mas quando dominado pela certeza de que essa felicidade estava prestes a se acabar. Quando se levantou da mesa de *raki* de Sunay e voltou para o Hotel Palácio de Neve acompanhado dos dois guarda-costas do exército, Ka ainda acreditava que tudo corria como previsto, e a perspectiva de ver İpek o enchia de alegria, ainda que o medo rapidamente invadisse sua alma.

Quando meu amigo, tempos depois, fez referência ao poema que escreveu por volta das três da tarde de terça-feira, deixou claro que sua alma vacilava entre esses dois antípodas, por isso acho ser meu dever transmitir o que ele contou. O poema, ao qual Ka deu o título de "Cão", parece ter sido inspirado por outro encontro casual com o cão preto sem dono, dessa vez quando voltava da oficina. Quatro minutos depois, ele estava no quarto escrevendo o poema, e por maior que fosse sua esperança de felicidade àquela ocasião, o medo da perda espalhava-se rapidamente pelo seu corpo como um veneno: o amor e o medo se equivaliam. O poema fala do grande medo que sentia quando, aos seis anos de idade, os cães sem dono latiam para ele no parque Maçka, e de um vizinho cruel que vivia soltando o cachorro para acossar os transeuntes. Já adulto, Ka veio a considerar esse medo de cães uma espécie de punição pelas muitas horas de felicidade que conhecera em criança. Mas não lhe passava despercebido um paradoxo subjacente a tudo aquilo: o céu e o inferno estavam no mesmo lugar. Nas mesmas ruas em que jogava futebol, colhia amoras e colecionava as figurinhas de jogadores de futebol que vinham com as gomas de mascar. Era justamente porque os cães transformavam o ambiente desses folguedos infantis num verdadeiro inferno que ele sentia as alegrias tão intensamente.

Sete ou oito minutos depois de saber da chegada de Ka ao hotel, İpek foi ao seu quarto. Levando-se em conta que ela talvez não tivesse certeza da chegada de Ka, e que ele não lhe enviara nenhum recado, era um atraso muito pequeno; pela primeira vez, eles se encontraram sem que Ka tivesse imaginado motivos sombrios para seu atraso, e tampouco chegara à conclusão de que ela o abandonara. Aquilo aumentou ainda mais a felicidade de Ka. E o que era melhor: o rosto de İpek também irradiava felicidade. Ka lhe contou que seus planos corriam às mil maravilhas, e İpek lhe disse que o mesmo acontecia com ela. Ela perguntou por Azul, e Ka lhe disse que estava prestes a ser libertado. İpek exultou com a notícia, da mesma forma como se alegrara quando ele lhe contou todas as outras coisas. Não lhes bastava a certeza de que tudo estava indo bem para eles; tinham de acreditar também que todo o sofrimento à sua volta tinha sido eliminado, para evitar que lançasse uma sombra sobre sua própria felicidade.

Apesar dos intermináveis abraços e beijos impacientes, eles evitaram voltar para a cama e fazer amor. Ka disse a İpek que, uma vez em Istambul, eles conseguiriam um visto para a Alemanha em um dia; ele tinha um amigo no consulado. Precisavam casar-se imediatamente para se habilitar, mas podiam fazer a cerimônia e a celebração mais tarde, caso o desejassem. Eles discutiram a possibilidade de Kadife e Turgut bei se reunirem a eles em Frankfurt, quando tivessem resolvido sua situação em Kars, e Ka chegou a dizer os nomes de alguns hotéis onde poderiam se hospedar; suas mentes fervilhavam com tantos sonhos que eles se sentiram um pouco envergonhados. İpek mudou o tom de voz para falar dos temores do pai, principalmente o medo de homens-bomba, e contou também que recomendara a ele que evitasse a todo custo sair à rua novamente. Então, depois de combinar que iriam pegar o primeiro ônibus logo que a neve derretesse, passaram um bom tempo à janela, de mãos dadas, olhando as estradas das montanhas cobertas de gelo.

İpek disse que já começara a fazer as malas. Ka recomendou-lhe que não levasse nada, mas İpek tinha muitos tesouros que trazia consigo desde a infância, coisas tão queridas que ela não conseguia imaginar a vida sem elas. Ainda diante da janela, avistaram o cão que inspirara o poema de Ka, entrando e saindo de seu campo de visão. A pedido de Ka, İpek enumerou as coisas que não podia deixar de levar: um relógio de pulso que em criança ganhara da mãe em Istambul, agora ainda mais precioso, visto que Kadife perdera o que ganhara na mesma ocasião; um suéter angorá azul-gelo que seu falecido tio lhe trouxera da Alemanha, uma peça de alta qualidade mas tão justa no corpo que ela nunca pôde usá-la em Kars; uma toalha de mesa de seu enxoval, trabalhada por sua mãe com fios de prata, que Muhtar sujara de marmelada na primeira vez em que ela usou — o que explica por que não houve uma segunda vez; dezessete frascos de perfume e de álcool que ela começara a colecionar sem nenhum propósito especial e que agora achava que traziam sorte; fotografias dela própria quando criança, no colo dos pais (quando ela as mencionou, Ka quis vê-las); o belo vestido de noite de veludo preto que Muhtar comprara para ela em Istambul, com um decote nas costas tão profundo que ele só lhe permitia vesti-lo em casa; o xale bordado de cetim sedoso que ela comprara para cobrir o decote, na esperança de um dia fazer Muhtar mudar de ideia; os sapatos de camurça que nunca foram usados por receio de que a lama de Kars os estragasse; o colar com um jade que ela pôde lhe mostrar porque estava à mão.

Espero que meus leitores não me acusem de fugir ao assunto se lhes disser que, exatamente quatro anos depois, İpek estava sentada bem à minha frente, num jantar oferecido pelo prefeito de Kars, usando ao pescoço, suspenso num cordão de seda preto, o mesmo jade imponente. Bem ao contrário, estamos nos aproximando do cerne da questão: İpek era de uma tal beleza que nem eu nem vocês que acompanham esta história por meu intermédio poderíamos imaginar. Naquele jantar, em que a vi pela primeira vez, devo confessar ter ficado atordoado, deslumbrado e com profundo ciúme. E quando aquela paixão me dominou, os poemas perdidos de meu querido amigo, cujo mistério tentara elucidar, assumiram um caráter totalmente diferente. Foi naquele momento assombroso que devo ter resolvido escrever o livro que você tem em mãos agora, mas na ocasião minha alma não se deu conta dessa decisão. Eu estava totalmente entregue àqueles sentimentos que as mulheres de uma beleza excepcional nunca deixam de inspirar; contemplando aquela perfeição à minha frente, sentia-me esmagado, sentia-me possesso. Agora, quando me lembro das manobras evidentes das outras pessoas de Kars que estavam à mesa — manobras que eu, tolamente, supus terem o objetivo de trocar algumas palavras com aquele romancista que viera à cidade, ou de conseguir assunto para as fofocas do dia seguinte —, fica claro para mim que todo o seu palavreado tinha apenas um objetivo: colocar um véu sobre a beleza de İpek, escondendo-a não apenas de mim, mas deles próprios. Um terrível ciúme me corroía, e eu temia que se transformasse em amor: por um instante, exatamente como meu amigo Ka, também sonhei em conquistar a simpatia de uma mulher tão bonita. Por um instante me permiti esquecer a minha tristeza com o fato de a vida de Ka ter resultado em nada, e terminei por me pegar pensando: só um homem com uma alma profunda como a sua poderia conquistar o coração de uma mulher como esta! Teria eu uma mínima chance de seduzir İpek e levá-la comigo para Istambul? Eu lhe teria proposto casamento imediatamente ou, se ela preferisse, a tornaria minha amante secreta até o dia em que a situação ficasse insustentável, mas de qualquer modo eu queria morrer ao seu lado! Ela tinha uma fronte ampla e imperiosa, olhos úmidos, lábios graciosos tão parecidos com os da atriz de cinema Melinda que eu mal ousava olhar para eles. O que, me perguntava eu, ela pensava de mim? Será que algum dia meu nome fora citado numa conversa entre ela e Ka? Mesmo sem outro golinho de *raki*, minha cabeça girava, meu coração batia descompassado. Então eu vi Kadife sentada um pouco mais adiante e lançando-me olhares furiosos. Tenho de voltar à minha história.

Enquanto estavam diante da janela, Ka pegou o colar de jade, colocou-o no pescoço de İpek e, dando-lhe um terno beijo, recitou tranquilamente as palavras que logo se tornavam uma fórmula encantatória: eles iriam ser felizes na Alemanha. No mesmo instante İpek viu Fazıl entrar no pátio; ela esperou um momento e desceu para o térreo, onde encontrou Kadife sozinha, no vão da porta da cozinha; deve ter sido ali que ela recebeu a notícia da libertação de Azul. As duas jovens subiram para seu quarto. Não tenho ideia do que elas conversaram ou fizeram. Ka ainda estava em seu quarto, o coração tão pleno de seus poemas e de sua nova fé no amor que, pela primeira vez, a parte de sua mente que se mantinha atenta às idas e vindas das irmãs pelo hotel — às vezes de modo acurado, às vezes de forma fantasiosa — relaxou e deixou-as entregues a si mesmas.

Como mais tarde eu haveria de descobrir, foi àquela altura que o serviço meteorológico anunciou os primeiros sinais claros de degelo. O sol brilhara o dia inteiro, e agora os pingentes de gelo que pendiam das árvores e dos beirais começavam a gotejar e depois a cair. E antes de qualquer boletim meteorológico começaram os boatos que corriam a cidade inteira: as estradas se abririam naquela noite, e o golpe chegaria ao fim. As pessoas que se lembravam bem dos acontecimentos daquela noite me disseram que foi logo depois do boletim meteorológico que a televisão de Kars transmitiu o primeiro anúncio da nova peça que a companhia teatral de Sunay Zaim iria apresentar à noite no Teatro Nacional. Foi Hakan Özge, o jovem apresentador de televisão mais popular de Kars, quem garantiu ao povo da cidade que os episódios sangrentos de dois dias antes não deviam atemorizar ninguém nem servir de pretexto para o não comparecimento; as forças de segurança estariam a postos de ambos os lados do palco, e como o teatro estaria aberto ao público em geral, o povo de Kars seria muito bem-vindo e poderia trazer toda a família. O efeito dessas garantias foi atiçar o medo das pessoas e esvaziar as ruas mais cedo do que de costume. Todos estavam certos de mais uma noite de violência e loucura no Teatro Nacional, por isso — à exceção da eterna legião de vagabundos de olhar alucinado, dispostos a assistir a qualquer coisa só para dizer que assistiram (cujas hostes compreendiam jovens desempregados sem objetivo na vida, esquerdistas entediados propensos à violência, velhos de dentadura tão desesperados por um pouco de diversão que pouco lhes importava se dali resultasse alguma morte e leais seguidores de Kemal que tinham visto Sunay na televisão e admiravam seus pontos de vista republicanos) — a maioria dos habitantes de Kars resolveu ficar em casa e assistir à transmissão ao vivo pela televisão. Nesse meio-tempo, Sunay e o coronel Osman Nuri Çolak reuniram-se novamente; temendo que o Teatro Nacional ficasse vazio, eles ordenaram que se enviassem caminhões do exército para recolher os rapazes da escola secundária religiosa; deram ordens também para que todos os estudantes de todos os liceus, todos os professores e funcionários do governo da cidade fossem informados de que estavam obrigados a comparecer ao teatro de terno e gravata.

Depois da reunião, muitos viram Sunay deitado nos fundos da oficina numa pequena esteira empoeirada, rodeado de retalhos de tecido, papéis de embrulho e caixas vazias. Aquilo não era resultado de uma bebedeira. Havia anos Sunay se convencera de que colchões macios lhe deixariam o corpo flácido, por isso adquirira o hábito de tirar uma soneca num colchão duro antes de qualquer atuação que julgasse importante. Antes de se deitar, porém, teve uma briga com a mulher por causa do script, que ainda estava por finalizar, por isso ele a colocou num caminhão do exército e mandou-a ao encontro de Kadife no Hotel Palácio de Neve para começar os ensaios.

Funda Eser entrou saracoteando no Hotel Palácio de Neve como uma mulher para a qual todas as portas estão abertas; ela foi direto ao quarto das irmãs, e posso lhes dizer que o tom caloroso e delicado com que, sem o menor esforço, ela criou uma atmosfera de intimidade feminina deu mais provas de sua grandeza do que a apresentação daquela noite lhe daria a chance de demonstrar. Certamente seus olhos deveriam estar fitos na beleza cristalina de İpek, mas sua mente estava no papel que Kadife iria desempenhar naquela noite.

Parece-me que a alta conta em que tinha aquele papel derivava da importância que o marido lhe atribuía, porque durante os vinte anos que ela passara percorrendo a Anatólia interpretando mulheres maltratadas e violentadas, ela nunca tivera outro objetivo ao interpretar a vítima senão o de excitar os homens da plateia. Casamentos, divórcios, cobrir cabeças ou deixá-las descobertas não passavam de pretextos para apresentá-la na posição de vítima e excitar os homens da plateia, e, embora seja impossível dizer se ela entendia plenamente seus papéis nos dramas que celebravam a ilustração republicana, temos de admitir que os dramaturgos homens que criaram aqueles estereótipos não tinham uma compreensão mais sutil e mais profunda do que a dela, no que tange ao erotismo das personagens femininas e às funções sociais da mulher. E ela usava aqueles papéis em sua vida fora do palco, e num grau de refinamento de que os dramaturgos não tinham a menor noção.

Pouco depois de entrar no quarto das irmãs, Funda já pôde sugerir a Kadife que elas ensaiassem a cena na qual ela descobriria a cabeça, mostrando seus belos cabelos. Kadife se fez de rogada, mas não por muito tempo; quando ela soltou os cabelos fartos, Funda soltou um grito de admiração, comentando quão saudáveis e brilhantes eram e que não conseguia tirar os olhos deles. Fazendo que Kadife se sentasse diante do espelho, ela pegou um pente que imitava marfim e, passando-o devagar nos cabelos da jovem, explicou que o essencial do teatro não estava nas palavras mas nas imagens. "Deixe que seus cabelos falem por si sós, e os homens vão enlouquecer!", disse ela.

Àquela altura a cabeça de Kadife já estava a mil, por isso Funda beijou os cabelos da jovem para acalmá-la. Ela era inteligente o bastante para perceber que aquele beijo despertou o mal adormecido que Kadife trazia dentro de si, e experiente o bastante para fazer que İpek também entrasse no jogo. Tirando uma garrafinha da bolsa, começou a colocar conhaque nas xícaras de chá que Zahide lhes trouxera. Quando Kadife esboçou uma reação contrária, Funda troçou dela dizendo: “Mas hoje à noite você vai descobrir a cabeça!”. Kadife debulhou-se em lágrimas, e Funda lhe deu vários beijinhos nas faces, no pescoço, nas mãos. Então, para distrair as jovens, recitou o que ela chamou de obra-prima desconhecida de Sunay: “A declaração da Aeromoça Inocente”. Isso, porém, longe de diverti-las, afligiu-as ainda mais. Quando Kadife disse que queria estudar o script, Funda declarou: “O único script que temos esta noite são os cabelos de Kadife”, o momento em que todos os homens de Kars contemplassem, aturdidos, sua longa, bela e radiante cabeleira. As mulheres da plateia ficariam tão cheias de amor e de inveja que teriam vontade de tocá-la.

Enquanto dizia essas palavras, Funda enchia e tornava a encher as xícaras com conhaque. Ela disse que quando olhava o rosto de İpek via felicidade, e quando olhava o de Kadife via coragem e impetuosidade. Mas ela não saberia dizer qual das duas era mais bonita.

Funda Eser continuou nesse humor divertido até o momento em que Turgut bei, rosto rubicundo, precipitou-se na sala. “Acabaram de anunciar na televisão que Kadife, a líder das jovens do manto, vai descobrir a cabeça no espetáculo desta noite”, disse ele. “Responda-me por favor: é verdade?”

“Vamos ver televisão”, disse İpek.

“Por favor, permita-me apresentar-me, senhor”, disse Funda Eser. “Sou a parceira de toda a vida do ilustre ator e recém-empossado estadista Sunay Zaim, e meu nome é Funda Eser. Gostaria de parabenizá-lo por ter educado essas duas jovens tão maravilhosas e distintas. Graças à heroica decisão de Kadife, devo informá-lo de que nada tem a temer.”

"Se minha filha fizer isso, os fanáticos religiosos desta cidade nunca a perdoarão!", exclamou Turgut bei.

Todos passaram à sala de jantar, para assistirem à televisão. Funda Eser tomou Turgut bei pela mão e disse-lhe alguma coisa que encerrava a promessa, em nome de seu marido, a autoridade máxima da cidade, de que tudo se daria de acordo com o plano. Ouvindo vozes na sala de jantar, Ka veio juntar-se a eles, quando então Kadife, radiante, informou-o da libertação de Azul. Sem esperar que Ka perguntasse, declarou pretender manter a promessa que lhe fizera de manhã, e que ela e Funda estavam se preparando para ensaiar a peça. Como todos estavam de olhos fixos na televisão e falando ao mesmo tempo, Funda Eser empenhou-se em seduzir Turgut bei, para evitar que ele se opusesse à participação de Kadife na peça.

Ka sempre haveria de rememorar aquele interlúdio de dez minutos como um dos mais felizes de sua vida. Agora ele estava absolutamente livre de quaisquer dúvidas sobre a felicidade que teria até o fim da vida, e se pôs a se imaginar romanticamente como parte daquela alegre família. Ainda não eram quatro horas, mas, como se uma apaziguadora recordação de infância tivesse descido sobre a sala de jantar de pé-direito alto, com paredes revestidas de papel de cores outrora vivas, Ka sorria, o olhar perdido no fundo dos olhos de İpek.

Ao ver Fazıl de pé à porta, Ka apressou-se em empurrá-lo de volta à cozinha e, antes que o rapaz pudesse estragar a alegria geral, tentou arrancar-lhe algumas informações. Mas Fazıl resistiu: ele insistiu em ficar no vão da porta, fingindo olhar a imagem na tela da televisão, mas na verdade lançando um olhar furioso ao grupo animado diante do aparelho. Vendo que Ka estava tentando levar o rapaz para a cozinha, İpek foi até eles.

“Azul quer falar com você mais uma vez”, disse Fazıl, e seu tom de voz não deixava dúvidas de que ele estava feliz em poder estragar a festa. “Ele mudou de ideia sobre uma coisa.”

“Sobre o quê?”

“Ele mesmo vai lhe dizer. A carroça vem pegar você no pátio dentro de dez minutos”, disse ele, saindo da cozinha e dirigindo-se ao pátio.

O coração de Ka disparou. Não era apenas relutância em pôr os pés fora do hotel mais uma vez naquele mesmo dia; ele temia também que sua covardia o traísse.

“Por favor, em nenhuma hipótese, não vá!”, exclamou İpek, dando voz aos pensamentos de Ka. “Afinal de contas, agora eles sabem sobre a carroça. Nada de bom pode sair daí.”

“Não, eu vou”, disse Ka.

Por que, dada a sua relutância, ele decidiu ir? Era um velho hábito. Na escola, toda vez que um professor fazia uma pergunta a que ele não sabia responder, ele sempre levantava a mão. Ele entrava numa loja e, ao encontrar o suéter perfeito, perversamente comprava algo nem de longe tão bonito e pelo mesmo preço, tendo plena consciência de que aquilo não fazia o menor sentido. Devia ser uma espécie de ansiedade que o fazia agir daquela maneira, ou talvez fosse o medo da felicidade. Eles subiram ao seu quarto, tomando cuidado para que Kadife não notasse. Ka desejou intensamente que İpek se mostrasse imaginosa e inventasse alguma coisa que lhe permitisse demorar-se tranquilamente no quarto. Enquanto, porém, eles ficaram olhando pela janela, İpek só conseguia dizer as mesmas frases impotentes: “Não vá, meu amor; não saia de modo algum do hotel hoje; não ponha nossa felicidade em risco”.

Ka a ouvia um tanto ausente, como um cordeiro no altar do sacrifício. Logo a carroça entrou no pátio: ele ficou chocado em ver quão rapidamente sua sorte mudara, e aquilo o encheu de dor. Sem parar para beijar İpek, mas não se esquecendo de abraçá-la e de despedir-se, ele desceu ao térreo; seus dois guarda-costas estavam no saguão lendo os jornais, mas ele conseguiu passar por eles, entrar na cozinha, sair pela porta dos fundos, entrar na odiosa carroça e deitar-se novamente sob a lona.

O leitor se sentirá tentado a superestimar esse momento — afinal de contas estamos nos aproximando rapidamente do ponto em que não será mais possível voltar, e aquela missão haveria de mudar a sua vida para sempre —, por isso me vejo na obrigação de adverti-lo contra a ideia de que a decisão de Ka de aceitar o convite de Azul foi o momento decisivo desta história. Com certeza não sou dessa opinião: Ka ainda não jogara todas as suas cartas. Ele ainda tinha tempo para fazer de sua visita a Azul uma manobra bem-sucedida, e teria outras oportunidades para corrigir os rumos e encontrar a "felicidade" — ou fosse lá o que ele entendesse por esse termo. Mas quando os acontecimentos desta história chegaram à sua conclusão, e todas as suas fichas já estavam perdidas, era para esse momento que Ka haveria de voltar os olhos, com um doloroso pesar e eterna curiosidade de saber como as coisas se teriam encaminhado se İpek tivesse conseguido impedi-lo de sair. Ela devia ter dito alguma coisa para dissuadi-lo de seu propósito de ir ao encontro de Azul, mas mesmo tendo vasculhado o cérebro nos quatro anos seguintes, ele ainda não tinha ideia de que palavras teriam tido força para tanto.

Quando voltamos à imagem de Ka escondido sob a lona, temos razão em considerá-lo um homem que se resignou ao seu destino. Ele lamentava estar ali; estava furioso consigo mesmo e com o mundo. Estava gelado, com medo de cair doente, e sabia que daquele encontro não podia resultar nada de bom. Ele prestava toda a atenção aos sons da rua e às coisas que as pessoas falavam à passagem da carroça, exatamente como na primeira viagem que fizera naquele veículo, mas dessa vez ele não estava nem um pouco interessado em saber para que parte de Kars a carroça o levava.

Quando a carroça parou, o carroceiro o cutucou e Ka saiu de sob a lona; antes que tivesse tempo de ver onde estava, ele viu à sua frente um edifício decadente, como tantos outros em Kars, que pendia para um lado e cuja pintura descascava. No interior, ele subiu uma escada estreita e tortuosa até um patamar dois andares acima. (Num momento mais alegre, ele lembraria ter visto sapatos enfileirados ao lado de uma porta e os olhos brilhantes de uma criança olhando pela abertura.) A porta do apartamento se abriu, e ele se viu cara a cara com Hande.

"Tomei minha decisão", disse Hande com um sorriso. "Recuso-me a deixar de ser a jovem que realmente sou."

"Isso é importante para a sua felicidade."

"O que me faz feliz é estar aqui e fazer o que eu quero", disse Hande. "Já não me assusta sonhar que sou outra pessoa."

"Não é perigoso para você estar aqui?"

"Sim, mas só nos momentos de perigo uma pessoa pode concentrar-se de verdade na vida", disse Hande. "O que eu compreendo agora é que nunca vou conseguir concentrar-me em coisas em que não acredito, coisas como descobrir minha cabeça. Agora estou feliz em partilhar uma causa com Azul. Você poderia escrever poemas aqui?"

Embora só se tivessem passado dois dias desde seu primeiro encontro, as lembranças de Ka da conversa que tiveram à mesa do jantar agora estavam tão distantes que por um momento ele se deixou ficar ali boquiaberto feito alguém desmemoriado. Até que ponto Hande queria chamar atenção para sua intimidade com Azul? A jovem abriu a porta da sala contígua, e Ka deu com Azul diante de uma televisão em preto e branco.

"Eu sabia que você viria", disse Azul. Ele parecia satisfeito.

"Não tenho a menor ideia de por que estou aqui", disse Ka.

"Você está aqui por causa da agitação que há dentro de você", disse Azul. Ele dava a impressão de saber tudo.

Eles se encararam cheios de ódio. Nenhum dos dois ignorava que Azul estava muito satisfeito, ao passo que Ka sentia-se muito triste. Hande saiu da sala e fechou a porta.

"Quero que você diga a Kadife que não se envolva no desastre que eles planejam encenar esta noite", disse Azul.

"Você não podia ter mandado um recado por Fazıl?", disse Ka. Pela expressão de Azul, Ka seria capaz de jurar que o outro não tinha a menor ideia de quem era Fazıl, por isso acrescentou: "Fazıl é o rapaz da escola secundária religiosa que me mandou aqui".

"Ah!", exclamou Azul. "Kadife não o levaria a sério. Você é o único que ela leva a sério. E só quando ouvir isso de você ela vai entender a seriedade de minha decisão. E ela vai entender o porquê depois que vir a forma asquerosa como estão promovendo o evento na televisão."

"Quando saí do hotel, Kadife já estava começando a ensaiar", disse Ka, satisfeito.

"Então você pode lhe dizer que não podia me opor de forma mais terminante a essa performance! Kadife não decidiu por vontade própria descobrir a cabeça, ela o fez para me libertar. Ela foi obrigada a isso por um Estado que toma prisioneiros políticos como reféns, por isso não está obrigada a cumprir a palavra."

"Posso dizer-lhe tudo isso", disse Ka, "mas não posso prever o que ela vai fazer."

"Em outras palavras, se Kadife resolver agir nesse caso à sua maneira, você não é responsável; é isso o que você está tentando me dizer, não é?" Ka não disse nada. "Então deixe-me esclarecer o seguinte: se Kadife subir ao palco esta noite e descobrir a cabeça, você também será responsabilizado. Você está envolvido nesta história em cada uma das etapas."

Pela primeira vez desde sua chegada a Kars, Ka sentiu a paz da retidão: finalmente o vilão estava falando como um vilão, dizendo todas as vilezas próprias dos vilões, e isso clareou a sua mente. "Você tem razão em se considerar um refém!", disse ele esperando acalmar Azul, enquanto imaginava como poderia sair daquele lugar sem enfurecê-lo ainda mais.

"Entregue-lhe esta carta", disse Azul passando-lhe um envelope. "Kadife pode não acreditar num recado não escrito. E um dia, quando você encontrar o seu caminho de volta para Frankfurt, espero que encontre também uma forma de fazer com que Hans Hansen publique o manifesto que fez tantas pessoas se arriscarem para assinar."

"Claro."

Havia alguma coisa na expressão de Azul que traía frustração. Ele se mostrara muito mais descontraído naquela manhã, em sua cela, esperando a execução. Agora que conseguira se salvar, já pensava no futuro com raiva, angustiado em saber que nunca conseguira fazer nada na vida a não ser gerar mais raiva. Ka demorou a perceber que Azul via o que Ka era capaz de ver.

"Não importa onde você viva, aqui ou em sua querida Europa, você sempre os imitará, você estará sempre se rebaixando."

"Se isso me fizer feliz, é a única coisa que me importa."

"Agora vá embora!", gritou Azul. "E fique sabendo de uma coisa: quem busca apenas a felicidade nunca a encontra."

# 38. EU NÃO TROUXE VOCÊ AQUI PARA ASSUSTÁ-LO

## UMA VISITA FORÇADA

Ka ficou satisfeito em afastar-se de Azul, mas ao mesmo tempo se dava conta de que entre eles agora havia um vínculo, ainda que nocivo. Não era um vínculo simples — nele havia muito mais do que medo e ódio —, pois ao fechar a porta atrás de si Ka percebeu que sentiria falta daquele homem. Então apareceu Hande, cheia de boas intenções e de ideias profundas, e embora Ka tentasse descartá-la como uma pessoa ingênua e mesmo simplória, ele logo se viu cedendo terreno a ela na conversa. Olhos bem abertos, Hande lhe pediu que mandasse lembranças a Kadife e lhe dissesse que pouco importava o que ela decidisse sobre a questão de descobrir a cabeça na televisão (ela não disse *no palco*; ela disse *televisão*); o coração de Hande estaria com Kadife, independentemente do que ela fizesse. Depois de dizer isso, Hande explicou a Ka como sair do edifício sem chamar a atenção dos policiais à paisana.

Ka saiu do edifício em pânico; no patamar do primeiro andar sentiu que lhe vinha um poema, então sentou-se no primeiro degrau, diante dos sapatos enfileirados de ambos os lados da entrada e, tirando o caderno do bolso, começou a escrever.

Era o décimo oitavo poema que Ka escrevera desde sua chegada a Kars; o assunto do poema era a relação entre amor e ódio, mas se ele não tivesse explicado a alusão nas notas que escreveria mais tarde, ninguém conseguiria atinar com aquilo. De acordo com suas anotações, quando ele frequentava o colégio Şişli, conheceu um menino cuja família era dona de uma próspera construtora. O menino, que vencera um torneio de equitação balcânico, era muito mimado, mas Ka ficou fascinado com seu ar de independência. Havia um outro — cuja mãe, uma bielorrussa, fora colega de liceu da mãe de Ka — que cresceu sem pai, irmãs ou irmãos e que começou a usar drogas ainda quando estudante. Embora aquele garoto enigmático, de rosto pálido, parecesse não se importar com ninguém, a certa altura ficou evidente que sabia tudo sobre as pessoas à sua volta. Finalmente, à época em que Ka fazia treinamento militar em Tuzla, conheceu um rapaz bonito, de poucas palavras e muito instruído que o aborrecia incansavelmente com pequenos atos de crueldade (como esconder seu quepe, por exemplo). Ka estabelecera um vínculo com cada um deles, que se traduzia num desprezo ostensivo e numa admiração secreta. O título do poema, "Inveja", aludia ao sentimento que aproximava e mantinha juntas essas duas emoções contraditórias e que obrigava Ka a tentar resolver a contradição em sua mente, mas o próprio poema revelava um problema ainda mais profundo: depois de um certo tempo, a alma e a voz dessas pessoas passaram a viver no corpo do próprio Ka.

Ao sair do edifício de apartamentos, Ka ainda não tinha ideia de onde se encontrava, mas depois de passar por uma travessa estreita, viu que chegara à avenida Halitpaşa. Sem saber bem por quê, ele se voltou e lançou um último olhar ao esconderijo de Azul, antes de ir embora.

Enquanto fazia o caminho de volta ao hotel, Ka sentiu falta de seus guarda-costas; sentia-se inseguro sem eles. Ao passar pela prefeitura, um carro sem o distintivo da polícia parou ao seu lado; ao ver que a porta se abrira, Ka parou.

"Ka bei, por favor, não tenha medo, somos do quartel central da polícia. Por favor, entre, que nós o levamos para o hotel."

Enquanto ele tentava avaliar que opção era mais perigosa — voltar para o hotel sem guarda-costas, entrar num carro da polícia ou ser visto entrando num carro da polícia no centro da cidade —, um homem alto e musculoso, num gesto brutal que nada tinha a ver com o delicado convite que lhe tinham feito, puxou Ka para dentro do carro. O galalau parecia-lhe familiar, mas quem seria? Sim, alguém de Istambul, um tio distante, tio Mahmut. Dentro do carro estava muito escuro. Logo que o veículo partiu, ele desferiu dois socos na cabeça de Ka. Ou ele o teria socado quando o empurrava para dentro do carro? Ka estava apavorado. Um dos homens que estavam na frente — não o tio Mahmut

— praguejava o tempo todo. Quando Ka era criança, havia um homem na rua Poetisa Niğar que praguejava daquele jeito toda vez que caía uma bola em seu jardim.

Ka tentou se acalmar convencendo-se de que ainda era criança. E o carro o ajudava a criar essa ilusão (agora ele se lembrava: os carros que a polícia de Kars usava sem o emblema de identificação eram pequenos Renault, e não os pouco discretos Chevrolet 1956 como aquele). O veículo fez um longo e tortuoso trajeto na escuridão, percorrendo ruas pobres de Kars, como para amedrontar um menino desobediente; ele teve a impressão de ter passado muito tempo antes de adentrarem um pátio. "Olhe para a frente", disseram. Eles o pegaram pelo braço e o fizeram subir dois degraus. Ka tinha certeza de que aqueles homens — três, contando com o motorista — não eram islamitas (onde islamitas podiam conseguir um carro como aquele?). E tampouco podiam ser do MİT, porque alguns deles estavam alinhados com Sunay. Uma porta se abriu, uma porta se fechou, e Ka se viu numa outra velha casa armênia com pé-direito muito alto; a janela ao seu lado dava para a avenida Atatürk. Olhando à sua volta ele viu a um canto um aparelho de televisão fazendo barulho e uma mesa cheia de pratos sujos, cascas de laranja e jornais; viu também um gerador de eletricidade que depois ele concluiu ser usado em torturas; junto a este havia alguns walkie-talkies, alguns revólveres, um vaso e um espelho em que ele viu sua própria imagem emoldurada. Ele pensou ter caído nas mãos da divisão da equipe de operações especiais e que estava perdido, mas relaxou quando se viu frente a frente com Z Demirkol: um assassino, claro, mas pelo menos um rosto que lhe era familiar.

Z Demirkol fazia o papel do policial bonzinho. Ele disse a Ka que lamentava o fato de ele ter sido levado daquele jeito. Ka imaginou que o tio Mahmut estava no papel de policial malvado, por isso resolveu dar toda a atenção a Z Demirkol e às perguntas dele.

"O que Sunay está planejando?"

Ka informou-o prontamente de tudo o que sabia, inclusive sobre a *Tragédia espanhola* de Kyd.

"Por que eles libertaram o maluco do Azul?"

Ka explicou que eles o libertaram em troca da promessa de Kadife de descobrir a cabeça numa transmissão ao vivo, pela televisão. Num momento de inspiração, ele usou um esnobe termo de xadrez: talvez se tratasse de um audacioso "sacrifício", digno de admiração. Mas a verdade é que os islamitas políticos iriam considerar aquilo uma manobra com o objetivo de desmoralizá-los.

"Qual a probabilidade de que a jovem cumpra a palavra?"

Ka disse que Kadife concordara em entrar em cena, mas ninguém sabia ao certo se ela iria descobrir a cabeça.

"Onde fica o novo esconderijo de Azul?", perguntou Z Demirkol.

Ka disse que não tinha a menor ideia.

Eles perguntaram por que Ka estava sem guarda-costas quando eles o pegaram. De onde ele estava voltando?

"Eu estava dando um passeio", disse Ka. Quando ele insistiu nessa resposta, Z Demirkol fez exatamente o que Ka previra: saiu da sala, deixando que o tio Mahmut se sentasse diante dele, lançando-lhe um olhar feroz. Tal como o homem do banco dianteiro do carro, ele tinha um grande repertório de imprecações que usava para adornar cada um de seus pensamentos. Pouco importava o que estava dizendo; ele podia estar fazendo uma ameaça, pontificando sobre os interesses do país ou expondo suas concepções políticas nada originais. Como uma criança que só sabe comer depois de encharcar a comida com ketchup, ele derramava seus impropérios a torto e a direito.

"O que você acha que vai ganhar negando-se a nos dizer onde se encontra um terrorista islamita de mãos manchadas de sangue, a soldo do Irã?", perguntou tio Mahmut. "Você sabe o que essa gente vai fazer quando tomar o poder, não sabe? Você sabe o que eles planejam para liberais metidos a europeus de coração mole como você?" Ka se apressou em dizer que sabia, mas tio Mahmut não deixou de descrever vívida e demoradamente o que os mulás iranianos fizeram com os democratas e comunistas, seus antigos aliados; eles enfiaram dinamite no rabo e mandaram-nos para os ares, enfileiraram todas as prostitutas e homossexuais e os fuzilaram, proibiram todos os livros não religiosos. Quando eles punham as mãos em intelectuais afetados como Ka, raspavam-lhes a cabeça imediatamente, e quanto aos seus ridículos livros de poesia... Quando ele começou a desfiar mais um bem ensaiado rosário de epítetos insípidos, àquela altura já parecendo muito entediado, parou para perguntar novamente onde Azul estava escondido e onde Ka estivera naquela noite antes de ser pego. Como Ka deu as mesmíssimas respostas, tio Mahmut, com a mesma expressão de fastio, o algemou. "Veja o que vou fazer com você agora", disse ele, se pondo a espancá-lo sem muito empenho: alguns tapas na cabeça, alguns murros meio ao acaso.

Relendo as anotações feitas por Ka depois do episódio, consegui cinco motivos pelos quais ele não considerou aquela surra insuportável; espero que os leitores não se aborreçam com o fato de enumerá-los a seguir:

1. Ka acreditava que a felicidade era composta de bem e de mal em igual medida, por isso pôde considerar o espancamento como o sofrimento a que fazia jus pelo direito de levar İpek para Frankfurt.
2. Ka pertencia à elite dominante, e isso, achava ele, lhe garantia certo grau de imunidade; com certeza aquela equipe de operações especiais tinha um procedimento-padrão para gente como ele, e outro para a horda miserável de Kars; desse modo, querendo evitar deixar muitas marcas em seu corpo, eles teriam o cuidado de espancá-lo com certa moderação, e certamente não o submeteriam a torturas graves.
3. Ele supôs, com razão, que o espancamento só poderia aumentar o amor de İpek por ele.
4. Durante sua visita ao quartel central da polícia dois dias antes, vendo o rosto ensanguentado de Muhtar ele imaginou, estupidamente, que os golpes infligidos pela polícia aliviariam o pobre homem do sentimento de culpa que sentia diante da miséria de seu país. Inspirado por essa ideia, Ka agora esperava que uma boa surra também aliviasse sua culpa.
5. Fossem quais fossem os sofrimentos do espancamento, eles dificilmente igualariam o orgulho de ser um verdadeiro preso político, resistindo aos seus algozes e recusando-se a informar sobre o esconderijo de um homem.

Esta última satisfação seria muito maior vinte anos antes, mas agora aquilo lhe parecia um pouco datado, e Ka não conseguia deixar de se sentir um tanto embaraçado. O gosto salgado do sangue que lhe escorria do nariz levou-o de volta à infância. Quando fora a última vez que seu nariz sangrara? Quando tio Mahmut e os outros voltaram a atenção para a televisão, largando-o num canto mal iluminado da sala, Ka começou a pensar na janela que bateu contra seu rosto na infância, nas bolas de futebol que lhe atingiram o nariz, e então se lembrou dos golpes no nariz que recebera numa briga, à época em que prestava o serviço militar. Quando Z Demirkol e seus companheiros sintonizaram no capítulo de *Marianna* daquela noite, Ka, afagando o nariz ensanguentado e a cabeça inchada, sentia-se absolutamente contente por estar ali largado num canto feito uma criança. Ocorreu-lhe que eles podiam revistá-lo e encontrar o bilhete de Azul. Uma nova onda de culpa o invadiu enquanto ele assistia, em silêncio, com seus sequestradores, à novela *Marianna*, refletindo que Turgut bei e suas filhas àquela hora estavam no hotel assistindo ao mesmo programa.

Durante um intervalo comercial, Z Demirkol se pôs de pé, pegou o gerador na mesa e perguntou a Ka se ele sabia para que servia aquilo; como Ka ficou calado, ele mesmo respondeu à pergunta e, como um pai brandindo um cinturão ameaçadoramente, esperou em silêncio.

"Você quer que eu lhe diga por que gosto de Marianna?", perguntou ele quando a novela recomeçou. "Porque ela sabe o que quer. Mas intelectuais como você nunca têm a menor ideia, e isso me aborrece. Vocês dizem que querem a democracia e aí fazem aliança com fundamentalistas islâmicos. Vocês dizem que querem direitos humanos, e aí fazem acordos com assassinos terroristas. Vocês dizem que a resposta é a Europa, mas ficam por aí bajulando islamitas que odeiam tudo o que a Europa representa. Vocês falam em feminismo, e aí estimulam essas mulheres a cobrir a cabeça. Vocês não seguem a própria consciência; vocês simplesmente imaginam o que um europeu faria na mesma situação e vão na esteira dele. Mas você nem ao menos consegue agir como um verdadeiro europeu! Sabe o que um europeu faria neste caso? Vamos imaginar que esse seu Hans Hansen publicasse essa declaração idiota e que a Europa a levasse a sério e mandasse uma delegação para Kars; a primeira coisa que a delegação iria fazer era parabenizar o exército por recusar-se a entregar o poder aos islamitas políticos. É evidente, porém, que quando essas bichas voltassem para sua Europa logo começariam a se queixar da falta de democracia em Kars. Quanto às pessoas de sua laia, vocês adoram atacar o exército, ainda que dependam dele para evitar que os islamitas os façam em pedacinhos. Mas você não ignora nada disso. É por isso que não vou torturar você."

Ka viu naquilo uma indicação de que o "policial bonzinho" assumira novamente o posto. Sua esperança era a de que logo seria solto e chegaria a tempo de assistir ao final de *Marianna* com Turgut bei e suas filhas.

"Antes de deixarmos você voltar para os braços de sua amante no hotel, gostaríamos de fazê-lo abandonar algumas ilusões; gostaríamos de lhe dizer umas coisinhas sobre esse terrorista com quem você andou negociando, esse assassino cuja vida você acabou de salvar", disse Z Demirkol. "Mas primeiro ponha isto na cabeça: você nunca esteve aqui. Dentro de uma hora estaremos fora daqui. Nosso novo centro de operações é o último andar da escola secundária religiosa. Vamos esperar por você lá. Então, se você de repente se lembrar de onde Azul está escondido ou aonde você foi em seu 'passeio noturno', sabe onde nos encontrar."

Z Demirkol continuou: "Você já sabe que esse belo herói de olhos azuis está sendo procurado pelo bárbaro assassinato de um apresentador de televisão estúpido que mostrou a língua para o profeta Maomé, e também está por trás do assassinato do diretor do Instituto de Educação. Como todos sabemos, você teve o prazer de testemunhar, em primeiríssima mão, esse brutal assassinato, e sabe também o que veio em seguida; você ouviu tudo da boca de Sunay Zaim, quando ele ainda estava são da cabeça. Mas há outra coisa que os dedicados agentes do MİT conseguiram provar de forma cabal. Talvez ninguém quisesse magoá-lo dando-lhe a informação, mas achamos que seria bom para você tomar conhecimento".

Agora chegamos ao ponto que Ka haveria de evocar muitas e muitas vezes nos quatro anos que lhe restavam de vida, como um operador sentimental que espera em vão um fim diferente toda vez que projeta na tela o mesmo filme triste.

"Essa İpek Hanım com quem você espera voltar para Frankfurt para viver feliz para sempre — já foi amante de Azul", disse Z Demirkol, em tom suave. "Segundo a ficha que tenho aqui, essa história aconteceu há quatro anos. Nessa época, İpek Hanım ainda estava casada com Muhtar bei — que, como você sabe, retirou sua candidatura a prefeito anteontem, de livre e espontânea vontade. Ao que parece, esse velho poeta esquerdista paspalhão — desculpe-me a expressão — acolheu Azul em sua casa como um convidado de honra; naturalmente ele contava que Azul o ajudasse a organizar a juventude islamita da cidade, mas você não acha que é uma vergonha o fato de ninguém ter contado a ele da tórrida relação que esse agitador estava mantendo com sua mulher enquanto o coitado mourejava em sua loja tentando vender fogões elétricos?"

Essa história é inventada. Ele está mentindo, pensou Ka.

"A primeira pessoa a notar o affaire ilícito — sem contar o pessoal do serviço de informação, naturalmente — foi Kadife Hanım. Àquela altura as relações conjugais de İpek

Hanım já estavam com problemas, e então, quando sua irmã mudou-se para a sua casa a fim de frequentar a universidade, ela usou isso como pretexto para mudar-se. Azul continuava a visitar Kars, sempre que podia, para 'organizar a juventude islamita', e naturalmente ele sempre se hospedava em casa de seu grande admirador, Muhtar. Assim, sempre que Kadife ia à universidade, os dois alucinados amantes faziam seus encontros na nova casa. Isso continuou até Turgut bei voltar para Kars, quando ele e as duas filhas passaram a residir no Hotel Palácio de Neve. Foi então que Kadife, a líder das jovens que insistiam em usar o manto, passou a fazer o mesmo jogo que sua irmã mais velha. Nosso Casanova de olho azul conseguiu ter as duas mulheres à sua mão ainda por algum tempo. Temos provas disso."

Num esforço sobre-humano, Ka se esquivou do olhar de Z Demirkol, voltando os olhos agora marejados para as lâmpadas dos postes da avenida Atatürk, tremeluzentes e cobertas de neve — só então se dando conta de que elas eram visíveis do lugar onde se encontrava.

"Só estou lhe contando isso para que você entenda que esse seu coração de manteiga não o leva a lugar nenhum, e que você não tem nenhum motivo para nos sonegar o paradeiro desse monstro assassino", disse Z Demirkol, que, como todos os agentes de operações especiais, quanto mais falava mais se excedia no tom insultuoso. "Eu não trouxe você aqui para assustá-lo. Imagino que quando você sair desta sala ficará tentado a duvidar de que o que acabei de dizer foi de fato perfeitamente documentado pelo pessoal da vigilância que há quarenta anos vem submetendo toda esta cidade a um competente serviço de escuta; talvez eu tenha falado um monte de bobagens. Talvez İpek Hanım, em sua decisão de evitar empanar sua felicidade em Frankfurt, consiga convencê-lo de que tudo isso é mentira. Seu coração é mole demais e talvez não seja forte o bastante para aceitar o que estou lhe dizendo, mas permita-me que lhe tire todas as dúvidas que por acaso ainda tenha quanto à verdade do que lhe digo. Se me permite, vou ler alguns trechos de algumas conversas telefônicas. Enquanto eu estiver lendo, por favor tenha em mente o esforço que se fez nessa prolongada operação de escuta de longa duração e o tempo que as pobres secretárias devem ter levado para datilografar a transcrição.

"'Meu amor, meu querido, os dias que passo sem você é quase como se morresse!' Isso, por exemplo, foi o que İpek Hanım disse num quente dia de verão quatro anos atrás — 16 de agosto, para ser exato — e com certeza referia-se a uma das primeiras vezes em que se separaram. Dois meses depois, quando Azul estava em Kars para falar numa conferência sobre o 'Islã e a vida privada das mulheres', ele lhe telefonou de mercearias e casas de chá de toda a cidade, num total de oito vezes — e não falaram senão do quanto se amavam. Dois meses depois, quando İpek Hanım ainda pensava em fugir com Azul, ela disse 'Todo mundo tem apenas um verdadeiro amor, e você é o amor de minha vida'. Em outra ocasião, por ciúmes de Merzuka, a mulher que ele tinha em Istambul, ela disse a Azul que não faria amor com ele enquanto seu pai estivesse sob o mesmo teto. E aqui está o pior: só nos dois últimos dias, ela ligou para ele três vezes; ela pode ter feito outras ligações hoje. Ainda não temos as transcrições dessas últimas conversas, mas isso não importa; quando se encontrar com ela, você mesmo pode lhe perguntar.

"Sinto muito afligir você", continuou Z Demirkol. "Por favor, pare de chorar. Vou pedir aos meus companheiros que tirem essas algemas para que você possa lavar o rosto. E então, se você quiser, meus companheiros o levarão para o hotel."

# 39. POR UM INSTANTE ELES CHORARAM JUNTOS

## KA E İPEK ENCONTRAM-SE NO HOTEL

Ka recusou a escolta. Depois de limpar o sangue do nariz e da boca, ele jogou água no rosto e, voltando-se para os miseráveis assassinos que o mantinham prisioneiro, deu-lhes um boa-noite tímido, semelhante ao de alguém que, sem ter sido convidado, ficasse para o jantar. Como um bêbado comum, avançou cambaleante pela avenida Atatürk e, sem saber por que, entrou na avenida Halitpaşa. E foi quando passou pela lojinha em que, em suas primeiras andanças pela cidade, ouvira Pepino di Capri cantando "Roberta", que começou a chorar. Foi ali também que, três dias antes, ele tinha topado com o esguio e gentil aldeão que fora seu companheiro de viagem, no percurso de Erzurum a Kars, e que se mostrara tão cortês e compreensivo quando Ka caiu no sono e descansou a cabeça em seu ombro. Parecia que toda a cidade de Kars estava em casa assistindo a *Marianna*. Mais adiante, porém, ele cruzou com o advogado Muzaffer bei e, um pouco depois, ao entrar na avenida Kâsım Karabekir, com o gerente da empresa de ônibus e seu amigo idoso, que ele tinha conhecido em sua visita à sua excelência o sheik Saadettin. Pela forma como eles o olharam, Ka percebeu que ainda trazia lágrimas nos olhos. Durante todo o tempo em que andava para cima e para baixo naquelas ruas, passando por vitrines cobertas de gelo, casas de chá lotadas, lojas de artigos fotográficos que exibiam fotos de Kars em épocas mais douradas, lâmpadas de postes tremeluzentes, os grandes queijos redondos nas mercearias, ele não tinha dúvidas — ainda que não os tivesse visto na esquina da avenida Kâsım Karabekir com a Karadağ — de que suas sombras à paisana o acompanhavam.

Antes de entrar no hotel, ele parou para garantir aos guarda-costas que tudo estava em ordem e fez o possível para subir ao seu quarto sem ser notado. Lá chegando, jogou-se na cama imediatamente e sucumbiu ao desespero. Quando conseguiu se acalmar, pôs-se a esperar, e os dois minutos que se passaram antes que batessem à porta lhe pareceram mais longos que todos os momentos de espera que, em criança, passara na cama ouvindo os sons que vinham das ruas.

Era İpek. Ela ouvira do rapaz da recepção que devia ter acontecido alguma coisa estranha a Ka bei e por isso veio imediatamente. Ao ver o rosto de Ka, ela prendeu a respiração e ficou em silêncio. Os dois ficaram calados por algum tempo.

"Fiquei sabendo de sua relação com Azul", disse finalmente Ka, num sussurro.

"Foi ele mesmo quem contou?"

Ka apagou a luz. "Z Demirkol e seus comparsas me sequestraram", disse, ainda sussurrando. "Há quatro anos que eles escutam suas conversas telefônicas." Deitou-se novamente, chorando em silêncio. "Eu quero morrer", disse ele.

Quando İpek estendeu a mão para afagar os seus cabelos, ele chorou ainda mais. Apesar da dor que estavam sentindo, os dois se descontraíram — como as pessoas fazem quando percebem ter perdido as chances de felicidade. İpek estendeu-se na cama e o abraçou. Por um instante eles choraram juntos, e isso os aproximou.

Enquanto estavam deitados na cama no escuro, İpek contou sua história. Ela disse que tudo fora por culpa de Muhtar; seu marido não apenas convidara Azul para ficar em sua casa, mas também queria que seu herói islamita visse que maravilhosa esposa ele tinha. Àquela época Muhtar a estava tratando muito mal e censurando-a por eles não terem filhos. E como Ka não ignorava, Azul tinha perfeito domínio das palavras e sabia muito bem como virar a cabeça de uma mulher infeliz. Tão logo ela cedeu, viu-se ansiosa por evitar uma tragédia. Sua maior preocupação era esconder tudo de Muhtar; ela ainda se preocupava com ele e não queria magoá-lo. Mas quando aquela história começou a ficar mais séria, sua principal preocupação foi arranjar uma forma de se livrar daquilo.

No começo, o que tornava Azul tão atraente era sua superioridade em relação a Muhtar: Muhtar fazia papel de bobo quando falava de política sem entender nada do assunto, de modo que ela se sentia envergonhada. E mesmo depois que ela e Azul começaram a ter um caso, o pobre Muhtar continuava a elogiá-lo, sempre convidando-o a visitar Kars mais vezes e sempre admoestando İpek por não tratá-lo com mais hospitalidade e tolerância. Mesmo quando ela se mudou para a nova casa para morar com Kadife, Muhtar não desconfiou nem um pouco; se Z Demirkol e seus companheiros não o advertissem, ele nunca haveria de saber.

A esperta Kadife, de sua parte, percebeu tudo ao final do primeiro dia que passou na cidade. Sua única motivação real para juntar-se às jovens que usavam o manto era o desejo de aproximar-se mais de Azul. İpek, que desde criança tivera de conviver com o ciúme de Kadife, não deixou de notar o interesse da irmã por Azul; e seu amor por ele só esfriou quando percebeu que o volúvel Azul correspondia à afeição de Kadife. E İpek viu naquilo uma oportunidade de livrar-se de Azul: se Kadife se envolvesse com ele, İpek ficaria livre; e quando seu pai também se mudou para Kars, ela conseguiu manter à distância o amante infiel.

O relato na verdade reduzia o caso com Azul a um erro já enterrado no passado, e Ka certamente aceitaria a história, não tivesse ela sucumbido a um impulso infantil, deixando escapar o comentário: "A verdade é que Azul não ama Kadife, é a mim que ele ama!".

Não era bem aquilo que Ka queria ouvir, por isso lhe perguntou o que ela pensava agora daquele "homem nojento". Recusando-se a entrar naquele assunto, ela insistiu que aquilo era coisa do passado, e seu único desejo agora era ir para Frankfurt com Ka. Foi então que Ka falou da última informação de Z Demirkol, de que İpek falara com Azul pelo telefone nos últimos dois dias. İpek insistiu que não houve conversa nenhuma e de qualquer modo Azul era esperto demais para fazer uma ligação que poderia dar aos seus perseguidores uma pista de seu paradeiro.

"Nós nunca seremos felizes!", disse Ka.

"Não, nós vamos para Frankfurt e *vamos* ser felizes, sim!", disse İpek abraçando-o. Segundo İpek, Ka acreditou nela por um instante, e então as lágrimas lhe voltaram aos olhos.

Ela apertou-o contra si com muita força, e eles choraram novamente.

Como Ka escreveria mais tarde, foi naquele momento em que os dois estavam abraçados e aos prantos que İpek descobriu o seguinte: viver na indecisão, suspensa entre o fracasso e uma nova vida, propiciava tanto prazer como dor. A facilidade com que podiam se abraçar e chorar fazia que ele a amasse ainda mais, mas mesmo no amargo contentamento daquele abraço lacrimoso uma parte dele já estava calculando seu próximo movimento e se mantinha alerta aos sons que vinham da rua.

Eram quase seis horas. A edição do dia seguinte da *Gazeta da Cidade Fronteiriça* estava pronta para ser distribuída. Os limpa-neves trabalhavam a todo o vapor para desobstruir a estrada para Sarıkamiş. Depois de exercer o seu fascínio e de fazer Kadife entrar no caminhão do exército, Funda Eser estava no Teatro Nacional, ensaiando a peça com Kadife e Sunay.

Passou-se meia hora antes de Ka decidir-se a contar a İpek sobre o bilhete que trazia de Azul para Kadife. Durante todo o tempo em que ficaram abraçados chorando, eles por pouco não fizeram amor, mas o medo, a indecisão e o ciúme fizeram com que ele se contivesse. Em vez disso, Ka perguntou a İpek sobre a última vez que se encontrara com Azul; ele insistia em acusá-la de falar com ele todos os dias. Dominado pela compulsão, acusou-a também de encontrar-se com ele todos os dias e de ainda ser sua amante.

Mais tarde Ka haveria de se lembrar de que a princípio İpek resistia a suas perguntas e acusações, furiosa por ele não acreditar em suas palavras; em seguida, quando percebeu que a dimensão afetiva da situação importava mais do que as palavras, começou a tratá-lo de forma mais afetuosa; uma parte dela chegou a se comprazer na dor que as perguntas e acusações de Ka lhe causavam. Em seus quatro últimos anos de vida, em que se entregara ao remorso e ao desapontamento, Ka reconheceu que aqueles que se entregam a agressões verbais quase sempre desejam a confirmação de que são amados — isso fora uma constante nele, durante toda a sua vida. Mesmo no momento em que, com voz embargada, a acusava de gostar de Azul, de amá-lo mais que a ele, Ka, sua preocupação era não tanto ver o que İpek lhe responderia, mas o quanto de paciência teria para com ele.

"Você está apenas querendo me punir por ter tido uma relação com ele!", disse İpek.

"Você só se interessou por mim porque está tentando esquecê-lo!", disse Ka. Olhando-a bem no rosto, ele viu, horrorizado, que falara a verdade, mas dessa vez não se descontrolou. O acesso de raiva renovara as suas forças. "Do lugar em que está escondido, Azul mandou uma mensagem a Kadife", disse ele. "Ele agora diz que Kadife deve manter-se firme e recusar-se a entrar em cena e descobrir a cabeça. Está inflexível quanto a isso."

"Não vamos dizer isso a Kadife", disse İpek.

"Por que não?"

"Porque com isso continuaremos a gozar da proteção de Sunay. E é melhor para Kadife também. Quero que haja uma boa distância entre Azul e minha irmã."

Ka disse: "Quer dizer então que você deseja separá-los". Pelo olhar de İpek ele percebeu que ela, ferida em seu amor-próprio, parara de tolerar seu acesso de ciúmes. Mas ele não conseguia se conter.

"Eu rompi com Azul há muito tempo."

Ainda sem acreditar no que İpek dizia, Ka dessa vez se conteve e decidiu não dizer o que estava pensando. No instante seguinte, porém, ele se pegou olhando pela janela fixamente e dizendo-lhe exatamente o que estava pensando. Novamente se deixou dominar pela raiva e pelo ciúme, percebendo que aquilo o fazia sofrer ainda mais. Com lágrimas nos olhos, ele esperava a resposta de İpek.

"Eu estava muito apaixonada por ele", disse İpek. "Mas agora tudo já passou, e acho que já superei isso. Quero ir com você para Frankfurt."

"Quanto você o amou?"

"Muito", disse İpek, e mergulhou num obstinado silêncio.

"Quero que você me diga quanto." Embora tivesse perdido a pose, Ka percebia que İpek estava indecisa. Ela queria dizer a verdade, mas também queria abrandar a dor dele compartilhando-a; ela queria dar a Ka a punição merecida, mas ao mesmo tempo entristecia-se em vê-lo sofrer.

"Eu o amei mais do que a qualquer outra pessoa antes", disse İpek finalmente, desviando o olhar.

"Talvez porque o único homem que você tivera até então tinha sido seu marido, Muhtar."

Ele lamentou ter dito essas palavras ainda no momento em que o fazia, não apenas porque elas eram ofensivas, mas também porque ele sabia que İpek iria dar uma resposta ainda mais ofensiva.

"É verdade", disse ela. "Como a maioria das jovens turcas, não tive a oportunidade de conhecer muitos homens. Você com certeza conheceu muitas mulheres independentes na Europa. Não vou indagar sobre elas, mas certamente elas lhe ensinaram que os novos amantes fazem esquecer os antigos."

"Eu sou turco", disse Ka.

"Na maioria das vezes, ser turco é uma desculpa ou um pretexto para praticar o mal."

"É por isso que vou voltar para Frankfurt", disse Ka em tom de desatenção.

"Eu vou com você, e lá seremos felizes."

"Você quer ir para Frankfurt para esquecê-lo."

"Se formos para Frankfurt, tenho certeza de que logo amarei você. Não sou como você. Preciso de mais de dois dias para me apaixonar por alguém. Se você tiver paciência, se você não me magoar com seu ciúme turco, eu o amarei profundamente."

"Mas neste momento você não me ama", disse Ka. "Você ainda está apaixonada por Azul. O que esse homem tem de tão especial?"

"Alegra-me que tenha perguntado, e acho que você quer mesmo saber, mas temo pela forma como vai reagir à minha resposta."

"Não precisa ter medo", disse Ka sem muita convicção. "Eu a amo de todo o coração."

"Primeiro, quero lhe dizer que eu só poderia viver com um homem capaz de ouvir o que vou dizer e, ainda assim, tivesse forças para me amar." İpek fez uma pausa, desviou os olhos de Ka e fitou-os na rua coberta de neve. "Azul é muito compassivo, muito atencioso e generoso." A voz dela era calorosa, cheia de amor. "Ele não quer que ninguém sofra. Certa vez ele chorou uma noite inteira, só porque dois cachorrinhos perderam a mãe. Acredite-me, ele não é como todo mundo."

"Ele não é um assassino?", perguntou Ka, desesperado.

"Mesmo alguém que soubesse apenas um décimo do que

sei dele poderia lhe garantir o quanto essa suposição é estúpida. Ele não é capaz de matar ninguém. Ele é uma criança. Como uma criança, ele gosta de brincar, de devanear e imitar as pessoas; ele gosta de contar histórias do *Shehnam* e do *Mesnevi*. Por trás da máscara, ele é uma pessoa muito interessante. É resoluto e decidido; na verdade, ele é tão forte e tão divertido... Oh, desculpe, querido, não chore, por favor. Você já chorou demais."

Ka parou de chorar por um momento, tempo bastante para dizer a İpek que achava que não poderiam ir juntos para Frankfurt. Seguiu-se um longo e lúgubre silêncio, interrompido apenas pelos soluços de Ka. Ele se deitou na cama, de costas para a janela, e se encolheu como uma criança. Depois de algum tempo, İpek deitou-se ao seu lado, abraçando-o pelas costas.

Ele queria dizer que o deixasse em paz. Em vez disso, sussurrou: "Abrace-me mais forte".

Suas lágrimas umedeceram o travesseiro: gostava de senti-las nas faces, gostava dos braços de İpek cingindo seu corpo. Ele adormeceu.

Quando eles acordaram eram sete horas. Naquele instante sentiram que a felicidade ainda estava ao seu alcance, mas, como não conseguiam se olhar no rosto, ambos buscavam um pretexto para se afastar.

Ka começou a falar, mas İpek disse: "Esqueça isso, querido, esqueça isso".

Por um instante ele não entendeu o que ela queria dizer com aquilo. Estava tudo perdido, ou ela sabia que lhes seria possível esquecer tudo?

Ele pensou que İpek ia sair. Ele sabia muito bem que se

voltasse sozinho para Frankfurt não encontraria conforto nem em sua melancólica rotina diária.

"Não vá ainda. Vamos ficar aqui mais um pouco."

Depois de um silêncio estranho e incômodo, eles se abraçaram mais uma vez.

"Oh, meu Deus!", exclamou Ka. "Meu Deus, que será de nós?"

"Tudo vai se ajeitar", disse İpek. "Por favor, acredite em mim. Confie em mim. Vamos, deixe-me mostrar-lhe as coisas que vou levar para Frankfurt."

Só em sair do quarto, Ka se sentiu aliviado. Ele tomou a mão de İpek enquanto desciam as escadas. Ao chegarem ao escritório de Turgut bei, ele a soltou, mas mesmo assim notou que as pessoas do saguão os viam como um casal, e aquilo lhe agradou. Em seu quarto, İpek abriu uma gaveta e dela tirou o suéter azul-gelo que nunca pudera usar em Kars; depois de estendê-lo e tirar as bolinhas de naftalina, pôs-se diante do espelho, segurando-o na altura do peito.

"Vista-o", disse Ka.

İpek tirou o grosso pulôver de lã e colocou o suéter. Ficava muito justo, e enquanto ela o ajeitava sobre a blusa, mais uma vez Ka ficou encantado com sua beleza.

"Você vai me amar pelo resto da vida?", perguntou Ka.

"Sim."

"Agora ponha o vestido que Muhtar só lhe permitia usar em casa."

İpek abriu o guarda-roupa, pegou o vestido de veludo preto do cabide, desdobrou-o com todo o cuidado e preparou-se para colocá-lo.

"Gosto quando você me olha desse jeito", disse ela, quando seus olhares se encontraram no espelho.

Ele contemplou suas belas costas, a área delicada logo

abaixo da linha dos cabelos e, mais embaixo, a sombra da espinha dorsal e as covinhas formadas nos ombros quando ela pegou os cabelos para posar para ele. Ele se sentia dominado pelo prazer e também pelo ciúme. Sentia-se feliz... e muito infeliz.

"Oh, o que há com o vestido?", disse Turgut bei entrando no quarto. "Diga-me, onde vai ser o baile?" Mas em seu rosto não havia alegria. Ka interpretou aquilo como ciúmes de pai, o que o fez sentir-se bem.

"Desde que Kadife saiu para ir ao teatro, os anúncios da televisão se tornaram muito mais agressivos", disse Turgut bei. "Se ela aparecer nessa peça, vai estar cometendo um grande erro."

"Querido pai, você pode me explicar por que Kadife não deveria descobrir a cabeça?"

Eles foram para a sala e se puseram diante da televisão, que estivera ligada durante todo o tempo. Logo apareceu um anúncio proclamando que, com o espetáculo que seria transmitido ao vivo naquela noite, chegaria ao fim a tragédia que impusera uma paralisia social e espiritual a toda a nação, e que o povo de Kars finalmente ficaria livre dos preconceitos religiosos que por muito tempo o excluíram da vida moderna, impedindo que as mulheres gozassem dos mesmos direitos que os homens. Mais uma vez, a Vida e a Arte se uniriam numa fascinante narrativa histórica de beleza inigualável. Mas dessa vez o povo de Kars não tinha motivos para temer por sua segurança, porque a central de polícia e o comando revolucionário tomaram todas as providências para evitar qualquer problema. A entrada era franca. Então Kasım bei, o subchefe de segurança, apareceu na tela; percebeu-se imediatamente que sua participação fora gravada com antecedência. Seus cabelos, tão desgrenhados na noite da revolução, agora estavam penteados, a camisa passada a ferro, e a gravata no devido lugar. Depois de garantir ao povo de Kars que não tivesse receio de ir assistir àquele grande acontecimento artístico, ele anunciou que muitos estudantes da escola secundária religiosa se dirigiram à central de polícia, prometeram assistir ao espetáculo discretamente e aplaudir com entusiasmo nos momentos certos, como se costuma fazer na Europa e em outras partes do mundo civilizado. Além disso, advertiu ele, dessa vez não seria tolerado nenhum tipo de violência; não se admitiriam gritos, assobios nem comentários grosseiros, pois a população de Kars, que vinha de uma civilização milenar, sabia muito bem como se comportar no teatro — e com isso ele desapareceu da telinha.

O apresentador voltou à tela para falar do programa da noite, explicando que o ator principal, Sunay Zaim, havia anos esperava a oportunidade de fazer essa peça. Seguiu-se uma montagem com cartazes amassados das peças jacobinas nas quais, muitos anos antes, Sunay interpretara Napoleão, Robespierre e Lênin; várias fotografias em preto e branco do elenco (como Funda Eser era magra naquela época!); e uma infinidade de lembranças de teatro que Ka imaginou tratar-se apenas do tipo de traste que um casal de atores itinerantes carrega consigo numa mala (velhos ingressos e programas, recortes de jornal da época em que Sunay pretendia interpretar Atatürk, cenas trágicas apresentadas em diversas casas de chá da Anatólia). Por mais aborrecida que fosse a montagem promocional, era tranquilizador ver Sunay na tela de vez em quando, e numa das fotos, que parecia bastante recente, ele tinha um ar tão resoluto que lhe dava o aspecto de um perfeito ditador, fosse da África, do Oriente Médio ou do bloco soviético. Depois de ter visto durante o dia inteiro aquelas cenas, o povo de

Kars começava a acreditar que Sunay de fato trouxera a paz à sua cidade; agora ele era um deles, um cidadão de bem, e em seu íntimo as pessoas estavam começando a alimentar esperanças quanto ao futuro. Oitenta anos antes, quando os exércitos otomano e russo abandonaram a cidade, deixando que os turcos e os armênios se massacrassem, os turcos de certa forma idearam uma nova bandeira para anunciar o nascimento de uma nação: vendo o mesmo estandarte naquele momento, agora manchado e roído pelas traças, mas exposto desafiadoramente na tela, Turgut bei concluiu que alguma coisa terrível estava prestes a acontecer.

"Esse homem é louco. Caminha para o desastre e quer nos arrastar com ele. Kadife não devia subir ao palco de jeito nenhum."

"Tem razão, ela não devia", disse İpek. "Mas se dissermos a ela que você é quem quer impedir — bem, você sabe como Kadife é, pai. Ela vai insistir em descobrir a cabeça só para mostrar decisão."

"Que devemos fazer, então?"

"Por que não deixar que Ka vá imediatamente ao teatro tentar dissuadi-la?", disse İpek, voltando-se para olhar para ele esperançosa, sobrancelhas arqueadas.

Ka, que por muito tempo estivera observando não a televisão, mas a própria İpek, não conseguia atinar com o que levara àquela abrupta mudança de disposição em relação aos planos, e sua perplexidade o deixou muito nervoso.

"Se ela quer descobrir a cabeça, é melhor que descubra em casa, depois que tudo isso acabar", disse Turgut bei voltando-se para Ka. "É claro que Sunay preparou outra violência inominável para o espetáculo de hoje à noite. Sinto-me um perfeito idiota por ter caído na conversa de Funda Eser e deixado minha filha sair com esses lunáticos."

"Ka pode dissuadi-la, pai."

"Sim", disse Turgut bei a Ka. "Neste momento você é a única pessoa que pode tentar convencê-la, e Sunay confia em você. O que aconteceu com seu nariz, meu filho?"

"Eu caí no gelo", disse Ka sentindo-se culpado.

"Você machucou a cabeça também?"

"Ka passou o dia inteiro andando pela cidade", disse İpek.

"Chame Kadife de lado, quando Sunay não estiver vendo", disse Turgut bei. "Não deixe que ela pense que a ideia foi nossa, e cuide para que ela não diga nada que faça Sunay pensar que foi sua. Ela não deve nem conversar com ele sobre isso. O melhor é dar uma desculpa bem plausível, como 'Estou me sentindo mal', e talvez acrescentar 'Vou descobrir a cabeça amanhã, em minha casa'. Sim, ela deve prometer fazer isso. E, por favor, diga a Kadife o quanto a amamos. Minha filhinha!" Os olhos de Turgut bei se encheram de lágrimas.

"Pai, posso falar um instante a sós com Ka?", disse İpek. Ela levou Ka à mesa de jantar e o fez sentar. Zahide pusera a mesa, mas ainda não servira a comida.

"Diga a Kadife que Azul está num dilema. Diga-lhe que ele está muito perturbado, senão não a deixaria fazer uma coisa dessas."

"Primeiro me diga por que mudou de ideia", disse Ka.

"Ah, querido, não há por que ter ciúmes, por favor, acredite em mim. É que percebi que meu pai tem razão, só isso. Agora o mais importante é salvar Kadife dessa catástrofe."

"Não", disse Ka, escolhendo as palavras com todo o cuidado. "Alguma coisa a fez mudar de ideia."

"Não é verdade. Se Kadife quiser descobrir a cabeça, pode fazer isso depois, em casa."

"Se Kadife não descobrir a cabeça esta noite", disse

Ka cautelosamente, "ela nunca o fará diante do pai. Você sabe disso tanto quanto eu. O que você está escondendo de mim?"

"Querido, não há nada disso. Amo você muito. Se você me quiser, vou para Frankfurt com você. E depois de algum tempo que estivermos lá e você vir o quanto me sinto ligada a você e o quanto o amo, você esquecerá esses poucos dias e me amará e confiará em mim."

Ela colocou a mão quente e úmida na mão dele. No espelho acima do aparador ele viu a bela imagem de İpek; ele estava mudo diante da beleza de suas costas sob as alças do vestido de veludo preto; ele mal podia acreditar em quão perto estava daqueles grandes olhos.

"Tenho quase certeza de que está para acontecer uma coisa terrível."

"Por quê?"

"Porque estou muito feliz. Não sei de que maneira nem de onde vieram, mas desde que cheguei a Kars eu escrevi dezoito poemas. Se vier mais um, eu terei escrito um livro inteiro, ou talvez eu deva dizer que ele se escreveu por si mesmo. Acredito na sua disposição de ir para Frankfurt comigo, e antevejo uma felicidade ainda maior diante de nós. Só que me parece perigoso ser tão feliz. Por isso sei que alguma coisa terrível está para acontecer."

"Que tipo de coisa?"

"Por exemplo: eu saio para ir falar com Kadife, e você sai para encontrar-se com Azul."

"Oh, isso é ridículo", disse İpek. "Eu nem ao menos sei onde ele está."

"Fui espancado desse jeito porque não quis dizer onde ele está."

"E é melhor você não dizer a ninguém mesmo! Estou

falando sério!", exclamou İpek franzindo o cenho. "Logo você vai ver que não tem nada a temer."

"O que está acontecendo? Pensei que você ia sair para falar com Kadife", disse Turgut bei. "A peça começa dentro de uma hora e quinze minutos. Acabaram de anunciar na televisão que as estradas já vão reabrir."

"Eu não quero ir. Não quero sair do hotel", sussurrou Ka timidamente.

"Por favor, entenda que não poderemos sair desta cidade deixando Kadife em dificuldade", disse İpek. "Se o fizermos, nós também não seremos felizes. O mínimo que você tem de fazer é ir procurá-la: assim nos sentiremos melhor."

"Uma hora e meia atrás, quando Fazıl me trouxe o recado de Azul", disse Ka, "você não queria que eu saísse do hotel."

"Certo. Diga-me então que garantia quer de que não sairei do hotel enquanto você estiver no teatro — mas depressa. Estamos nos atrasando", disse İpek.

Ka sorriu. "Venha ao meu quarto. Vou prender você lá, e enquanto estiver no quarto, a chave fica comigo."

"Ótimo", disse İpek animadamente. Ela se levantou. "Paizinho, vou ficar uma meia hora em meu quarto. Não se preocupe porque Ka vai direto ao teatro conversar com Kadife. Por favor, não se levante. Temos uma coisa a tratar lá em cima primeiro, e estamos com pressa."

"Sou-lhe muito grato", disse Turgut bei a Ka, embora ainda se mostrasse apreensivo.

İpek tomou Ka pela mão, conduziu-o pelo saguão e subiu as escadas com ele.

"Cavit nos viu", disse Ka. "O que você acha que ele pensou?"

"Quem se importa?", disse İpek alegremente. O quarto dele ainda guardava um ligeiro perfume de sua noite de amor. "Vou esperar por você aqui. Tenha cuidado. Não vá discutir com Sunay."

"Quando eu pedir a Kadife que não participe da peça, devo dizer que é porque você e seu pai não querem ou porque Azul não aprova?"

"Porque Azul não quer que ela o faça."

"Por quê?", perguntou Ka.

"Porque Kadife está apaixonada por Azul. É por isso. Você está indo ao teatro para proteger minha irmã do perigo. Você precisa esquecer que tem ciúmes de Azul."

"Como se eu pudesse."

"Quando estivermos na Alemanha, vamos ser felizes", disse İpek, enlaçando o pescoço de Ka. "Fale-me do cinema ao qual você vai me levar."

"Há um cinema no Museu do Filme que mostra filmes de arte americanos não dublados nas noites de sábado", disse Ka. "É lá que iremos. No caminho, vamos parar num dos restaurantes perto da estação para comer um *döner* e picles. Quando chegarmos em casa vamos relaxar em frente da televisão. Depois a gente faz amor. Podemos viver da minha subvenção enquanto exilado político e das leituras desse meu novo livro de poesia — e nenhum dos dois terá mais nada a fazer a não ser isto: fazer amor."

İpek perguntou qual era o título do livro, e ele lhe disse.

"É lindo", disse ela. "Agora vá, querido. Se você não for, papai vai ficar tão preocupado que é capaz de ir em seu lugar."

"Agora já não tenho medo", disse ele. O que era mentira. "Mas aconteça o que acontecer, se alguma coisa der errado, estarei esperando por você no primeiro trem que partir da cidade."

"Isso se eu conseguir sair deste quarto", disse İpek com um sorriso.

"Você pode ficar nesta janela e ficar me olhando até eu dobrar a esquina?"

"Claro."

"Temo não tornar a vê-la nunca mais", disse Ka.

Ele fechou a porta, trancou-a e guardou a chave no bolso do casaco. Ele quis ter certeza de que iria se voltar e lançar um último e demorado olhar a İpek na janela, por isso ao chegar à rua adiantou vários passos em relação aos seus guarda-costas. Quando ele se voltou, lá estava ela, qual uma estátua, à janela do quarto 203 do Hotel Palácio de Neve, ainda com o vestido de veludo negro de noite, os doces ombros agora arrepiados por causa do frio. Banhada na luz cor de laranja da mesinha de cabeceira, ela era sua imagem de felicidade, uma imagem que Ka manteria junto a si nos quatro últimos anos que lhe restaram de vida.

Ele nunca mais a viu.

# 40. DEVE SER DURO SER AGENTE DUPLO

## CAPÍTULO QUE FICOU PELA METADE

As ruas que Ka tomou para ir ao Teatro Nacional estavam praticamente desertas — aqui e ali um restaurante aberto, mas todos os outros comerciantes da cidade tinham fechado as suas portas. As poucas pessoas nas ruas eram as que saíam das casas de chá, esgotadas pela longa jornada em que tomaram chá e fumaram cigarros, mas mesmo de saída não desgrudavam os olhos da televisão. Ao aproximar-se do Teatro Nacional, Ka viu três veículos do exército, todos de faróis acesos, e numa rua transversal, sob os oleandros, a silhueta negra de um tanque de guerra. O degelo começara naquela noite, e os pingentes de gelo dos beirais estavam gotejando nas calçadas. Andando sob os cabos da transmissão ao vivo que se estendiam pela avenida Atatürk, ele entrou no teatro e, tirando a chave do bolso, apertou-a com força na palma da mão.

O teatro estava vazio exceto pelos soldados e policiais enfileirados nos corredores da plateia, ouvindo os ecos do ensaio dos atores. Ka sentou-se numa das cadeiras para apreciar a voz grave e melodiosa de Sunay e sua dicção perfeita, as falas vacilantes e frouxas de Kadife, a vigorosa direção de Funda Eser ("Diga isso com emoção, querida Kadife!") enquanto corria de um lado para o outro no palco, deslocando os objetos de cena, uma árvore e uma penteadeira.

Quando Funda Eser estava ensaiando a cena com Kadife, Sunay viu a brasa do cigarro de Ka e foi sentar-se junto dele. "Estes são os momentos mais felizes de minha vida", disse ele. Ele cheirava a *raki*, mas não parecia nem um pouco embriagado. "Por mais que ensaiemos, tudo depende de como nos sentimos quando entramos em cena. Mas já dá para perceber que Kadife tem talento para o improviso."

"Eu trouxe para ela um talismã e um recado do pai", disse Ka. "Eu poderia ter uma conversa com ela em particular?"

"Nós sabemos que você andou despistando os guarda-costas. Ouvi dizer que a neve está derretendo e que os trens logo voltarão à atividade. Mas antes que tudo isso aconteça, estamos resolvidos a apresentar nossa peça", disse Sunay. "Azul se escondeu direitinho dessa vez?", acrescentou ele com um sorriso.

"Eu não sei."

Sunay levantou-se, chamou Kadife e recomeçou o ensaio.

Os refletores se acenderam e, observando aqueles três no palco, Ka se deu conta da grande afinidade que havia entre eles. Olhando Kadife, de manto ainda na cabeça, assustou-se com a rapidez com que ela se adaptava ao universo peculiar do palco. E visto que ela iria descobrir a cabeça, pensou Ka, era uma pena que ainda usasse uma daquelas horríveis capas de chuva que as mulheres de cabeça coberta costumavam usar. Ele se sentiria bem mais próximo de Kadife se, como sua irmã, estivesse usando uma saia, deixando à mostra suas longas pernas. Mas quando ela desceu do palco para sentar-se ao seu lado, houve um momento em que ele entendeu por que Azul deixara İpek e se apaixonara por Kadife.

"Kadife, eu me encontrei com Azul. Eles o soltaram e agora ele está escondido. Mas ele não quer que você descubra a cabeça no palco esta noite. Ele lhe mandou um bilhete."

Antes que Sunay pudesse ver, ele passou o bilhete por baixo do braço, como quem passa cola para um colega, mas Kadife não se preocupou nem um pouco em disfarçar. Ela leu o bilhete abertamente e sorriu, por isso Ka levou algum tempo para ver as lágrimas em seus olhos cheios de fúria.

"Seu pai acha a mesma coisa, Kadife. Você tem razão em querer descobrir a cabeça, mas seria uma loucura fazê-lo aqui no teatro esta noite, diante de todos esse raivosos estudantes da escola religiosa. Você não precisa ficar. Você pode dizer a eles que está se sentindo mal."

"Não preciso de desculpas. Sunay já me disse que estou livre para ir embora se quiser."

Ka logo sentiu que não estava tratando com uma menininha transtornada porque, na última hora, não conseguira permissão para participar da peça da escola. A raiva e a dor que ele lia em seu semblante eram por demais profundas.

"Quer dizer que você pretende ficar aqui, Kadife?"

"Sim. Vou ficar aqui e participar da peça."

"Você sabe o quanto isso vai perturbar seu pai?"

"Dê-me o talismã que ele me mandou."

"Eu só falei de um talismã para que eles me deixassem falar com você a sós."

"Deve ser duro ser agente duplo."

Ka notou que Kadife estava arrasada, e com um pouco de dor percebeu que os pensamentos dela estavam bem longe. Teve vontade de abraçá-la, mas não o fez.

"İpek me contou do caso que teve com Azul", disse Ka.

Kadife pegou um maço de cigarros e, devagar, levou um aos lábios e o acendeu.

"Eu entreguei o maço de cigarros e o isqueiro que você mandou para ele", disse Ka, meio embaraçado. Por alguns instantes, os dois ficaram calados. "Você vai fazer isso porque está apaixonada por Azul? Diga-me uma coisa, Kadife. O que ele tem que a faz amá-lo tanto?"

Quando Ka viu que estava cavando um buraco para si próprio, calou-se.

Funda Eser falou do palco que chegara a hora da próxima cena de Kadife.

Ela lançou a Ka um olhar cheio de lágrimas e se levantou. No último instante, eles se abraçaram. Ainda sentindo sua presença, sentindo-lhe o perfume, Ka se demorou um pouco assistindo ao ensaio, mas seus pensamentos estavam longe. Ele não entendia uma coisa: já não podia confiar nos próprios instintos. Ele sentia falta de alguma coisa. O ciúme e o remorso anulavam até o seu esforço para pensar logicamente. Mal conseguia identificar a causa daquela dor e não tinha a menor ideia de por que era tão destrutiva, tão violenta.

Pensando nos anos que esperava passar com İpek em Frankfurt — supondo que conseguisse levá-la consigo —, ele já antevia a dor avassaladora e destrutiva que iria minar sua felicidade. E enquanto cismava nisso ele acendeu um cigarro, a mente recusando-se teimosamente a organizar as ideias. Ele foi ao banheiro onde encontrara Necip dois dias antes e entrou no mesmo compartimento. Abrindo a janela que ficava no alto, contemplou a noite negra e se demorou ali, fumando, cheio de desespero.

Ao primeiro sinal de que um novo poema estava a caminho, ele mal pôde acreditar. Prendendo a respiração, sacou o caderno para anotá-lo depressa. Achou que o poema lhe tinha sido enviado para o consolar, para lhe dar esperança. Mas, uma vez escrito, ele ainda sentia a dor esmagadora perpassando-lhe o corpo, e saiu do Teatro Nacional angustiado.

Quando chegou à calçada coberta de neve, achou que o ar frio lhe faria bem. Seus dois guarda-costas do exército ainda o acompanhavam, e sua mente estava em completa confusão. A esta altura, para tornar minha história mais interessante e mais fácil de entender, deixo este capítulo pelo meio e começo outro. Isso não significa que Ka nada fez que merecesse ser narrado: é que primeiro preciso situar "O lugar onde o mundo acaba", o poema que Ka anotou com tanta facilidade e que seria o último do livro a que ele daria o título de *Neve*.

# 41. TODO MUNDO TEM O SEU FLOCO DE NEVE

## O CADERNO VERDE PERDIDO

"O lugar onde o mundo acaba", o décimo nono poema que Ka escreveu em Kars, foi também o último. Como já sabemos, ele anotou dezoito poemas no caderno verde que levava aonde quer que fosse; ele os escreveu exatamente como os "ouvira", ainda que aqui e ali ficassem faltando algumas palavras. O único poema que Ka não anotou foi o que ele leu no palco na noite da revolução. Ka fez referência a isso em duas cartas escritas em Frankfurt, que ele nunca enviou a İpek. Nas duas cartas Ka o chamou de "O lugar onde Deus não existe", e como não conseguiu tirá-lo de sua mente, ele disse que só daria por encerrada a nova série de poemas quando o encontrasse. Ele agradeceria muito se İpek consultasse os arquivos da Televisão Fronteiriça de Kars para ver se o encontrava. Quando li a carta pela primeira vez em meu quarto de hotel em Frankfurt, senti certa inquietação nas entrelinhas. Era quase como se tivesse receio de que İpek imaginasse ser a história do poema um pretexto dele para escrever-lhe cartas de amor.

No capítulo 29 eu contei que, ao voltar ao quarto de hotel em Frankfurt em certa noite, sentindo-me leve e agradavelmente embriagado e ainda com as fitas de Melinda na mão, dei com o diagrama de Ka de um floco de neve num caderno pego ao acaso. Embora certamente eu não possa saber a exata intenção dele, posso dizer que passei alguns dias lendo todos os cadernos de anotações, e achei que estava começando a perceber a intenção de Ka ao dar a cada um dos dezenove poemas uma posição no floco de neve.

Depois de partir de Kars, ao que parece Ka leu muitos livros sobre neve, e uma de suas descobertas foi a seguinte: quando um floco de neve de seis pontas cristaliza, ele leva entre oito e dez minutos caindo do céu, perde sua forma original e desaparece. Quando, numa outra pesquisa, ele descobriu que a forma de cada floco de neve é determinada pela temperatura, pela direção e força do vento, pela altitude da nuvem e um sem-número de outras forças misteriosas, concluiu que as pessoas têm muito em comum com os flocos de neve. Foi um floco de neve que inspirou "Eu, Ka", o poema que ele escreveu na biblioteca pública de Kars. Mais tarde, quando organizou os dezenove títulos para sua nova compilação, *Neve,* ele situou "Eu, Ka" no centro do mesmo floco de neve.

Aplicando a mesma lógica a "Paraíso", "Xadrez" e "A caixa de chocolate", ele pôde ver que cada um desses poemas tinha, também, sua posição natural e única no floco de neve imaginário. Logo ele teve certeza de que cada poema em sua nova compilação — e na verdade, tudo o que fizera o homem que ele era — podia ser indicado no mesmo conjunto de eixos cristalinos. Tratava-se, em suma, de um floco de neve que dava um quadro do curso espiritual de todas as pessoas do mundo. Os três eixos nos quais ele dispusera seus poemas — Memória, Imaginação e Razão — inspiravam-se, segundo Ka, nas classificações da árvore do conhecimento de Bacon, mas ele escreveu extensamente sobre seus próprios esforços no sentido de elucidar o significado dos dezenove pontos do floco de neve de seis pontas.

Os três cadernos de Ka com anotações sobre os poemas escritos em Kars constituem, em grande medida, tentativas de descobrir o sentido dessa geometria, mas a esta altura já deve ter ficado claro que ele estava tentando também descobrir o sentido de sua própria vida, e devemos procurar ver esses objetivos dessa mesma perspectiva. Por exemplo, ler suas reflexões sobre onde devia situar o poema "Ser morto a tiros" é espantar-se com a precedência que ele dá ao medo que inspirou o poema. Ele explica por que um poema inspirado pelo medo se situa próximo ao eixo chamado Imaginação, no alto do eixo denominado Memória, e próximo o bastante do poema "O lugar onde o mundo acaba" para sofrer sua influência. Permeando todos esses comentários, sua convicção de que todo o seu material poético foi moldado por misteriosas forças externas. E quando anotava esses pensamentos em seus cadernos, Ka estava convencido de que todo mundo tem o seu floco de neve; as existências individuais podem parecer idênticas vistas à distância, mas para entender a própria singularidade, sempre misteriosa, basta traçar um mapa dos mistérios do próprio floco de neve.

A exegese de seus poemas e de seu floco de neve era muito vasta (Por que "A caixa de chocolate" se situa no eixo da Imaginação? Como o poema "Toda a humanidade e as estrelas" configurara o floco de neve de Ka?), mas não nos debruçaremos sobre essas notas mais do que nosso romance o requer. Quando jovem poeta, Ka tinha muitas críticas aos poetas mais velhos que se levavam a sério demais, principalmente os poetas que passavam os últimos anos de vida convencidos de que todas as bobagens por eles escritas um dia animariam o debate literário sério e que esculpiam as próprias estátuas, esquecendo-se de que ninguém queria olhar para elas.

Se levamos em conta os muitos anos que passou criticando poetas de versos obscuros, reféns dos mitos do modernismo, só podemos imaginar uma ou duas desculpas para o extenso autocomentário de Ka. Uma leitura cuidadosa revela que Ka não se considerava o verdadeiro autor de nenhum dos poemas que lhe vieram à mente em Kars. Considerava-se antes um médium, o copista, de um modo bem exemplificado por precursores de suas *bêtes noires* modernistas. Mas, como ele escreveu em vários lugares, tendo escrito os poemas, agora estava resolvido a abandonar a passividade, e pretendia fazer isso procurando entendê-los e revelar sua secreta simetria. Mas havia também um objetivo mais imediato: se não entendesse o significado dos poemas de Kars, não teria esperança de preencher suas lacunas, completar os versos inacabados, nem recuperar o poema perdido — "O lugar onde Deus não existe" —, e não poderia, portanto, completar o livro. Porque depois que voltou para Frankfurt, não lhe veio à mente nenhum poema.

É evidente, por suas anotações e cartas, que no final do quarto ano de sua volta a Frankfurt, Ka conseguira descobrir a lógica secreta de seus poemas e dar ao livro sua forma final. Foi por isso que, quando voltei ao meu quarto de hotel em Frankfurt com os papéis e anotações e outros pertences recolhidos em seu apartamento, passei toda a noite tomando *raki* e vasculhando aqueles despojos: eu repetia para mim mesmo que os poemas deviam estar entre suas coisas. Fiquei acordado a noite inteira, examinando suas anotações e vasculhando seus velhos pijamas, suas fitas de Melinda, suas gravatas, seus livros, seus isqueiros (me dei conta de que um deles era o que Kadife lhe pedira que desse a Azul), até finalmente cair no sono, mergulhando num mar de pesadelos e anelos, sonhos e visões. (Ka me apareceu num sonho terrível e me disse: "Você está velho".)

Acordei ao meio-dia e passei o resto do dia perambulando pelas ruas úmidas e cobertas de neve de Frankfurt, e embora eu agora não tivesse Tarkut Ölçun ao meu lado, fiz o possível para reunir o máximo de informações sobre Ka. As duas mulheres com as quais ele mantivera relações durante os oito anos anteriores a sua visita a Kars ficaram contentes em falar comigo. Eu lhes disse que estava escrevendo a biografia de meu amigo. Sua primeira amante, Nalan, nem ao menos sabia que ele era poeta, por isso não foi de surpreender que nada soubesse de seu novo livro. Ela agora estava casada e, junto com o marido, administrava duas lojas de *döner* e uma agência de viagens. Depois de me dizer grosseiramente que Ka era um homem briguento e mal-humorado, que se ofendia por qualquer coisa, ela derramou algumas lágrimas. (O que mais a atormentava era ter sacrificado a juventude pelos próprios ideais.)

A segunda amante, Hildegard, ainda era solteira, e logo

imaginei que ela nada devia saber do conteúdo de seus últimos poemas e tampouco que ele escrevera uma série intitulada *Neve*. Com um ar entre brincalhão e sedutor que atenuava meu sentimento de culpa por ter apresentado Ka como um poeta mais célebre do que de fato era na Turquia, ela me disse que Ka era uma criança cumpridora de seus deveres, inteligente e solitária, cuja vida era dominada por um desejo insaciável de carinho materno — ele sabia que nunca haveria de encontrar, mas mesmo que o encontrasse, trataria de evitá-lo. Por isso, embora inspirasse muito amor, era impossível viver com ele. Ka nunca falara de mim a ela. (Não tenho ideia de por que lhe fiz essa pergunta, e tampouco, aliás, por que a menciono aqui novamente.) Depois de uma conversa que durou uma hora e quinze minutos, Hildegard mostrou-me uma coisa que não notara: faltava-lhe a ponta do indicador de sua bela e delicada mão direita. Ela logo acrescentou, com um sorriso, que certa vez Ka, num momento de raiva, zombou dela por causa desse defeito.

Ka terminara de escrever seu livro à mão e, como costumava fazer, não o mandou datilografar ou copiar; em vez disso, como fizera com os livros anteriores, saiu com o manuscrito em mãos para fazer uma rodada de leituras nas cidades de Kassel, Braunschweig, Hannover, Osnabrück, Bremen e Hamburgo. A convite das várias prefeituras, e com a ajuda de Tarkut Ölçün, iniciei minha própria rodada de saraus literários nessas mesmas cidades. Como Ka, que sempre foi grande admirador da eficiência germânica e de seus trens imaculados, viajei de cidade em cidade desfrutando dos mesmos confortos protestantes que Ka descrevera em um de seus poemas; como ele certamente o fez, sentei-me junto à janela e me pus a contemplar tranquilamente as planícies cobertas de relva, as aldeias com as graciosas igrejinhas aninhadas ao pé das colinas e as pequenas estações cheias de crianças com suas lustrosas mochilas e capas de chuva. Os dois turcos enviados pela associação para me receber ouviram impassíveis, cigarro pendente da boca, quando expliquei meu desejo de fazer exatamente o que Ka fizera em seu próprio tour sete semanas antes; e então, assim como Ka, em cada cidade hospedei-me num hotelzinho barato e fui com meus anfitriões a um restaurante turco onde, enquanto comíamos *börek* de espinafre e *döner*, discutíamos política e lamentávamos que os turcos tivessem tão pouco interesse pela cultura; depois da refeição, eu saía a perambular pela cidade deserta e fria fingindo ser o próprio Ka a vagar pelas mesmas ruas tentando esquecer as dolorosas lembranças de İpek. À noite, diante de um pequeno grupo de quinze ou vinte pessoas que tinham interesse em política, literatura e coisas turcas, eu lia sem muito entusiasmo uma ou duas páginas de meu último romance e então, passando a falar de poesia, dizia-lhes que eu era amigo íntimo do grande poeta Ka, que recentemente fora morto a tiros numa rua de Frankfurt. Por acaso alguém se lembrava de seus últimos poemas, "que ele lera ali havia pouco tempo?".

A maioria dos que frequentavam os saraus não tinha comparecido à leitura de Ka, e os que compareceram o fizeram por motivos políticos ou simplesmente por acaso, a julgar pelo pouco que souberam me dizer sobre seus poemas, se comparado às muitas observações que fizeram a respeito do casaco carvão que ele não tirou em nenhum momento, a palidez de seu rosto, o cabelo despenteado e os gestos nervosos. Mas mesmo aqueles que não se interessavam pela vida e pela poesia de Ka logo se mostraram interessados em sua morte. Ouvi muitas teorias conspiratórias: ele fora assassinado por islamitas, pelo serviço secreto turco, pelos armênios, skinheads alemães, curdos e nacionalistas turcos. Mas ficou claro também que em cada uma de suas leituras sempre houvera uma ou outra alma sensível que dera toda a atenção a Ka. Os que se interessavam muito por literatura confirmaram que ele de fato acabara de escrever uma nova série de poemas e que lera vários deles — "Ruas de sonho", "Cão", "Caixa de chocolate" e "Amor" —, mas não conseguiram lembrar nada de aproveitável sobre as composições em separado, exceto que eram bastante herméticas. Em muitas de suas leituras, Ka informou ter escrito os poemas em Kars, às vezes sugerindo que se tratava de elegias, principalmente para os nostálgicos das cidades e aldeias que tinham deixado para trás. Ao final de uma de minhas leituras de poemas, uma mulher de cabelos pretos, na casa dos trinta anos, que se apresentou dizendo ser viúva, mãe de um filho, disse-me que tinha se aproximado de Ka da mesma forma, depois de sua leitura, e que os dois conversaram sobre um poema chamado "O lugar onde Deus não existe"; ela achava que ele tinha lido apenas quatro versos do longo poema, porque não queria ofender ninguém. Por mais que tentasse, não consegui fazer que aquela amante de poesia se lembrasse de nenhuma palavra do poema, apenas que descrevia uma "paisagem terrível". Mas tendo sentado na primeira fila durante a leitura de Ka em Hamburgo, ela pelo menos confirmou que ele lera os poemas num caderno verde.

Naquela noite peguei o mesmo trem que Ka tomara de Hamburgo para Frankfurt. Quando cheguei à estação, fiz o mesmo caminho — avancei pela Kaiserstrasse, parando aqui e ali para dar uma olhada num sex shop. (Embora eu estivesse na Alemanha fazia apenas uma semana, já havia um novo vídeo de Melinda.) Quando cheguei ao lugar em que meu amigo tinha sido morto, parei, e dessa vez admiti o que inconscientemente já tinha aceitado: que o assassino fugira com o caderno verde. Agora só me restava uma única esperança depois daquela inútil semana de buscas pela Alemanha e das muitas horas que passara examinando as anotações de Ka: talvez eu conseguisse recuperar um poema nos arquivos de vídeo da emissora de televisão de Kars.

De volta a Istambul, me peguei sintonizando os últimos noticiários da noite da televisão estatal e ouvindo os boletins meteorológicos relativos a Kars, para saber como estaria o clima quando lá chegasse. Como Ka, cheguei a Kars à noite, depois de uma viagem de ônibus de um dia e meio. De mala na mão, timidamente reservei um quarto no Hotel Palácio de Neve (onde não vi nenhum sinal do pai nem de suas duas misteriosas filhas). Saí então para explorar a cidade, percorrendo as mesmas calçadas cobertas de neve que Ka disse ter percorrido quatro anos antes, e embora eu não possa dizer que o ritmo de meus passos era igual ao dele, avancei o bastante para descobrir que o estabelecimento que ele conhecera como Café Campos Verdejantes agora era uma cervejaria de quinta categoria. De qualquer modo, não quero que meus leitores imaginem que eu estava tentando me tornar sua sombra póstuma. Como o próprio Ka tantas vezes me dissera, eu simplesmente não entendia o suficiente de poesia, tampouco da grande tristeza de onde ela nasce, de forma que sempre houvera uma muralha a nos separar, uma muralha que agora me separava não apenas da cidade melancólica descrita em suas anotações, mas também do lugar empobrecido que eu estava vendo com meus próprios olhos. Houve, naturalmente, uma pessoa que apesar disso observou uma semelhança entre nós; é essa pessoa que agora nos mantém juntos. Mas por enquanto não vamos falar disso.

Sempre que me lembro da surpresa que senti quando vi İpek pela primeira vez no jantar que o prefeito ofereceu em minha honra, só tenho vontade de atribuir minha perturbação ao excesso de *raki*, de poder dizer que a bebida me fez perder a cabeça, fazendo-me crer que eu tinha uma chance, e que não era outro o motivo para a inveja que comecei a sentir de meu falecido amigo. Mais tarde, no Hotel Palácio de Neve, enquanto eu estava à janela contemplando uma nevada muito menos poética — uma neve úmida que derretia em contato com o calçamento enlameado da cidade — que a descrita por Ka, não pude deixar de me perguntar por que razão, tendo lido as anotações de meu amigo tão atenta e tão longamente, eu não conseguira entender a dimensão da beleza de İpek. Sem saber por quê, saquei um caderno — exatamente como Ka, vocês podiam dizer, e, de fato, me peguei usando essa expressão cada vez mais — e anotei os pensamentos que se poderiam considerar o germe do livro que vocês estão lendo. Lembro-me de tentar contar a história de Ka, de seu amor por İpek, como ele próprio teria contado. Num canto nebuloso de minha mente, aflorou a lembrança de uma verdade alcançada à custa de uma experiência amarga: envolver-se com os problemas de compor um livro é uma boa maneira de evitar ficar pensando no amor.

Ao contrário do que popularmente se acredita, um homem pode se furtar ao amor, se assim o desejar. Mas para isso ele deve se livrar não apenas da mulher que o seduziu, mas também da terceira pessoa da história, o fantasma que pôs a tentação em seu caminho. Eu, porém, já tinha marcado um encontro com İpek para a tarde seguinte na Confeitaria Vida Nova, com o objetivo de conversar sobre Ka.

Ou talvez o meu desejo de conversar sobre Ka me permitisse ter acesso a ela. Nós éramos os únicos clientes na confeitaria. Na mesma televisão preto e branco, dois amantes abraçavam-se na ponte Bósforo. İpek confessou logo de início que lhe era muito difícil falar sobre Ka. Ela só conseguia falar sobre sua dor e sua desilusão com alguém que a ouvisse pacientemente, portanto era um alívio saber que eu era um amigo íntimo que valorizava a poesia de Ka a ponto de se dar ao trabalho de viajar até Kars. E se conseguisse me convencer de que não fora injusta com ele, ela se sentiria aliviada de sua aflição pelo menos por algum tempo. Mas me advertiu também que sofreria muito se eu não acreditasse em sua história ou não a entendesse. Ela estava com a mesma saia comprida marrom com que servira o café da manhã de Ka na "manhã da revolução"; e na cintura o mesmo cinto fora de moda (ambos reconhecíveis para alguém que tivesse lido as anotações de Ka). Havia lampejos de ódio em seus olhos, mas sua expressão era de grande tristeza, e me fez lembrar Melinda.

Ela falou durante muito tempo, e eu bebi cada uma de suas palavras.

# 42. VOU ARRUMAR AS MALAS

## DO PONTO DE VISTA DE İPEK

Quando, a caminho do Teatro Nacional, seguido de seus dois guarda-costas, Ka parou para lançar um último olhar a İpek, ela ainda estava esperançosa, ainda convicta de que aprenderia a amá-lo ternamente. Saber que podia aprender a amar um homem sempre significou muito mais para ela do que o amar sem esforço, mais ainda do que se apaixonar, e era por isso que agora se sentia no limiar de uma nova vida, uma felicidade que devia ser muito duradoura.

Assim, durante os primeiros vinte minutos que se seguiram à partida de Ka, ela não se sentia especialmente perturbada por se achar trancada num quarto por um amante ciumento. Seus pensamentos se voltavam para a mala: se ela conseguisse concentrar-se agora nas coisas que queria manter junto de si durante toda a sua vida, ser-lhe-ia mais fácil, pensava ela, separar-se do pai e da irmã. E se ela conseguisse resolver o que deveria levar durante aquele breve cativeiro, eles teriam uma chance maior de deixar Kars sãos e salvos na primeira oportunidade.

Depois de passada meia hora sem o menor sinal de Ka, İpek acendeu um cigarro. Àquela altura ela já se perguntava se não fora tola em acreditar que tudo correria de acordo com o planejado. O fato de estar presa no quarto só aumentava sua ansiedade, e ela ficava cada vez mais furiosa consigo mesma e com Ka. Vendo Cavit atravessar às pressas o pátio, sentiu-se tentada a abrir a janela e chamá-lo, mas antes que se resolvesse a fazer isso o rapaz já sumira de sua vista. Ela ainda estava cheia de dúvidas, mas ainda esperava que Ka voltasse a qualquer momento.

Quarenta e cinco minutos depois da saída de Ka, İpek conseguiu forçar a janela coberta de gelo. Ela chamou um jovem que estava passando na rua — um jovem desorientado da escola religiosa que dera um jeito de não ser carregado para o Teatro Nacional — e pediu-lhe que fosse à recepção do hotel dizer que ela estava trancada no quarto 203. O rapaz estava muito desconfiado, mas entrou no hotel. Momentos depois, o telefone do quarto tocou.

"Que diabos você está fazendo no quarto de Ka?", disse Turgut bei. "Se estava presa no quarto, por que não pegou o telefone?"

Um minuto depois, seu pai abriu a porta com uma chave

mestra. İpek disse a Turgut bei que queria acompanhar Ka ao Teatro Nacional, mas ele a trancara no quarto para protegê-la do perigo, e como os telefones de Kars não estavam funcionando, ela achou que também os do hotel não estavam.

"Acontece que os telefones estão funcionando, e não só os daqui mas os de toda a cidade", disse Turgut bei.

"Já faz muito tempo que Ka saiu, e estou começando a ficar preocupada", disse İpek. "Vamos ao teatro ver o que aconteceu."

Apesar da pressa, Turgut bei levou um bom tempo preparando-se para sair. Primeiro não conseguia achar as luvas, depois disse ter certeza de que Sunay ficaria ofendido se não fosse de gravata. Ele insistiu em não andar depressa, em parte porque não tinha energia para isso, em parte porque tinha muitos conselhos a dar a İpek e queria que ela os ouvisse com atenção.

"Faça o que fizer, não discuta com Sunay", disse İpek. "Não se esqueça de que ele é um herói jacobino que acaba de ser investido de poderes especiais."

Vendo os curiosos agitando-se próximo à entrada do Teatro Nacional, estudantes da escola secundária religiosa que tinham sido levados em ônibus, vendedores ambulantes, soldados e policiais que havia muito ansiavam por aquele tipo de ajuntamento, Turgut bei lembrou-se de seu próprio alvoroço, quando jovem, ao participar de reuniões políticas. Ele segurou o braço de İpek com mais força, entre alegre e temeroso, buscando uma oportunidade, a de uma discussão, por exemplo, para participar da agitação à sua volta. Quando ele viu que não conhecia a maioria dos presentes, empurrou para o lado um dos jovens que estavam na entrada, mas logo se sentiu envergonhado.

O auditório ainda não estava cheio, mas já havia uma

atmosfera familiar no vasto teatro. Aquilo fez İpek se lembrar daquele tipo de sonho no qual você encontra todos os seus conhecidos reunidos numa multidão à sua frente. Mas não havia nem sinal de Ka nem de Kadife, e isso a preocupou. Um sargento os puxou para o corredor.

"Sou o pai da atriz principal, Kadife Yıldiz", reclamou Turgut bei. "Preciso vê-la imediatamente."

Turgut bei parecia um pouco um pai que viera na última hora impedir que a filha interpretasse o papel principal em alguma peça escolar censurável, e o sargento, assustado, reagiu como um professor que deixa o trabalho de lado para ajudar o pai — cuja preocupação ele sabia ser plenamente justificada. Eles esperaram um pouco numa sala cheia de fotos de Atatürk e Sunay, e então Kadife apareceu sozinha à porta. Vendo-a, İpek percebeu imediatamente que, independentemente do que dissessem à irmã, ela participaria da peça naquela noite.

İpek perguntou por Ka, e Kadife disse que eles tinham conversado um pouco, mas ele já voltara para o hotel. İpek se perguntou por que não cruzaram com ele no caminho, mas logo esqueceu o assunto: Turgut bei, às lágrimas, implorava à filha que não participasse da peça.

"A esta altura, depois de toda a divulgação que se fez da peça, seria mais perigoso não participar, querido pai", disse Kadife.

"Quando você descobrir a cabeça, Kadife, você tem ideia do quanto enfurecerá os rapazes da escola religiosa, para não falar em todos os demais?"

"Francamente, pai, depois de todos esses anos você não acha irônico me pedir que cubra a cabeça?"

"Não vejo nenhuma graça nisso, minha pequena Kadife", disse Turgut bei. "Diga-lhes que está se sentindo mal."

"Não me sinto mal."

Turgut bei choramingou. İpek percebeu que o pai fingia aquele choro como sempre fazia quando queria explorar o lado sentimental de um problema. Havia na angústia do velho algo tão fácil e superficial que muitas vezes fazia İpek desconfiar que no fundo ele chorava pelo motivo oposto ao que anunciava. Houve um tempo em que ela e a irmã consideravam aquilo cativante, mas agora, diante de um problema que era urgente resolver, elas acharam aquele comportamento de uma banalidade embaraçosa.

"A que horas Ka saiu daqui?", sussurrou İpek.

"Ele já devia ter chegado no hotel há algum tempo", disse Kadife, no mesmo tom de preocupação.

O olhar das duas irmãs traía o seu pavor.

Quando me encontrei com İpek na Confeitaria Vida Nova quatro anos depois, ela me disse que naquele momento elas estavam preocupadas não com Ka, mas com Azul, e enquanto se comunicavam tacitamente com o olhar, não prestavam a menor atenção no pai. Àquela altura não pude deixar de ver naquela franqueza uma prova de que se sentia próxima de mim, e imaginei que não seria capaz de interpretar o final desta história de outro ponto de vista que não o dela.

Por um instante, as duas irmãs ficaram caladas.

"Ele lhe disse que Azul não queria que você subisse ao palco, não disse?", falou İpek.

Kadife lançou-lhe um olhar advertindo-a de que o pai podia ouvi-la. As duas olharam para o pai e notaram que, apesar das lágrimas, ele estava muito atento.

"Pai, você não se importa que a gente tenha uma palavrinha a sós?"

"Quando vocês duas se põem a pensar juntas, têm muito mais discernimento do que eu", disse Turgut bei. Ele saiu da sala, deixando a porta aberta.

"Você pensou bem sobre o que está fazendo, Kadife?", disse İpek.

"Pensei, sim."

"Não tenho dúvidas quanto a isso", disse İpek. "Mas você se dá conta de que talvez nunca mais o veja?"

"Talvez não", disse Kadife em tom cauteloso. "Mas estou furiosa com ele."

A história de Kadife com Azul fora cheia de altos e baixos, discussões seguidas de propostas de paz que levaram a acessos de ciúmes, e İpek rememorava a longa história secreta do casal com um pouco de desespero. Fazia quantos anos mesmo? Ela não tinha bem certeza, principalmente porque ela não queria computar o tempo em que Azul mantinha relações com elas duas. Ela pensou em Ka com ternura. Graças a ele, ela conseguira esquecer Azul.

"Ka tem muito ciúme de Azul", disse Kadife. "E está loucamente apaixonado por você."

"Achei difícil acreditar que ele se apaixonasse tão intensamente em tão pouco tempo", disse İpek, "mas agora eu acredito."

"Vá para a Alemanha com ele."

"Assim que chegar em casa vou arrumar as malas", disse İpek. "Você acha mesmo que Ka e eu poderemos ser felizes na Alemanha?"

"Sim, acredito", disse Kadife. "Mas pare de contar a ele sobre seu passado. Ele já sabe demais, e pode imaginar muito mais."

İpek odiava quando sua irmã mais nova falava com ela em tom tão condescendente, como uma mulher muito vivida. Por isso respondeu: "Você fala como se não fosse voltar para casa depois que a peça acabar".

"Claro que vou voltar para casa", disse Kadife, "mas pensei que você ia embora imediatamente."

"Você tem ideia de aonde Ka pode ter ido?"

Quando seus olhares se cruzaram, İpek sentiu que as duas temiam a mesma coisa.

"Deixe-me ir", disse Kadife. "Já é hora de fazer a maquiagem."

"Uma coisa que me alegra mais do que ver você descobrir a cabeça é nunca mais pôr os olhos nessa sua capa roxa", disse İpek.

A capa descia até o chão, e naquele momento Kadife fez uma pirueta desafiadora que fez a sua barra erguer-se no ar. Quando elas viram que Turgut bei, que as olhava da porta, finalmente sorria, as irmãs lançaram-se nos braços uma da outra e beijaram-se.

Turgut bei deve ter se conformado com o fato de Kadife participar da peça, porque dessa vez não chorou nem deu conselhos. Ele já tinha feito seu papel. Abraçou a filha caçula, beijou-lhe as faces e começou a abrir caminho no auditório superlotado, acompanhado por İpek.

Ao passarem pela agitação da entrada e também a caminho do hotel, İpek manteve os olhos atentos, à procura de Ka. Não tendo visto nem sinal dele, começou a procurar alguém que pudesse saber de seu paradeiro, mas nas ruas não havia ninguém que pudesse ajudá-la. Como ela haveria de me dizer muito depois: "Assim como Ka conseguia inventar razões para o pessimismo, passei os quarenta e cinco minutos seguintes inventando razões idiotas para o otimismo".

Ao chegar em casa, Turgut bei foi direto à televisão. Enquanto ele assistia, fascinado, aos intermináveis anúncios sobre a transmissão ao vivo, İpek arrumava as malas. Toda vez que começava a se perguntar onde estaria Ka, tentava concentrar-se na felicidade que os esperava na Alemanha e em escolher as roupas que levaria consigo. Em seguida começou a arrumar outra mala com as coisas que já tinha excluído, na suposição de que havia "coisas de muito melhor qualidade na Alemanha", e enquanto revolvia meias e peças íntimas, perguntando-se se, para sua decepção, não encontraria nada do mesmo tipo no lugar para onde ia, algo lhe disse que olhasse pela janela. Ele viu então o caminhão do exército que levara Ka pela cidade adentrando o pátio.

Ela desceu ao térreo e viu que seu pai estava na porta. Um funcionário bem barbeado, de nariz adunco, que ela nunca vira antes, disse: "Turgut Yıldiz", e enfiou um envelope selado em suas mãos.

Com o rosto pálido e mãos trêmulas Turgut bei abriu o envelope e encontrou uma chave. Vendo que a carta que estava dentro era endereçada a sua filha, passou-a a İpek.

A título de autodefesa, mas também para garantir que tudo o que se escrevesse sobre Ka devia registrar todos os dados disponíveis, İpek resolveu me mostrar a carta, no encontro que tivemos quatro anos depois.

Quinta-feira, às 8 da noite

Turgut bei:
Peço-lhe que com essa chave abra meu quarto para que İpek possa sair e que entregue esta carta a ela. Assim será melhor para todos. Com as minhas desculpas.

Respeitosamente,
Ka

Minha querida, não consegui dissuadir Kadife. Os soldados me trouxeram para o quartel-general, para garantir minha segurança. A estrada para Erzurum já reabriu, e eles querem que eu tome o primeiro trem, que parte às nove e meia. Você deve arrumar sua mala e também a minha, e vir imediatamente. O caminhão do exército vai pegá-la às nove e quinze. Não saia às ruas de modo algum. Venha para mim! Eu a amo muito. Vamos ser muito felizes.

O homem de nariz adunco disse que voltaria depois das nove e foi embora.

"Você vai?", perguntou Turgut bei.

"Ainda estou preocupada com o que possa ter acontecido com ele", disse İpek.

"Os soldados o estão protegendo, não há o que temer. Você vai nos deixar e partir?"

"Acho que posso ser feliz com ele", disse İpek. "Até Kadife disse isso."

Em sua mão estava o documento que lhe garantia a felicidade futura, e agora, quando o tornava a ler, começou a chorar, sem saber ao certo por quê.

"Talvez porque eu temesse deixar meu pai e minha irmã", me diria ela quatro anos depois. Na ocasião, eu achava que meu grande interesse em cada detalhe dos sentimentos de İpek se devia a minha necessidade de ouvir sua história. Então ela disse: "E talvez eu estivesse preocupada com as outras coisas que me passavam pela cabeça".

Quando İpek conseguiu parar de chorar, foi ao seu quarto com o pai para terminar de arrumar as malas, depois ao quarto de Ka para colocar todos os pertences dele em sua grande mala cor de cereja. Pai e filha agora estavam muito esperançosos. Dedos cruzados, diziam um ao outro que logo Kadife terminaria seu curso, e então iria, junto com Turgut bei, visitar İpek em Frankfurt.

Arrumadas as malas, desceram ao térreo e se sentaram juntos diante da televisão para ver Kadife.

"Espero que a peça seja curta para que você saiba que essa história está liquidada antes de pegar o trem!", disse Turgut bei.

Eles pararam de falar e aconchegaram-se um ao outro como costumavam fazer quando assistiam à novela, mas İpek não conseguia concentrar-se no que estava vendo. Anos depois, tudo o que ela conseguia lembrar dos primeiros vinte e cinco minutos era a visão de Kadife entrando no palco com a cabeça coberta, trajando um vestido vermelho-brilhante longo, e sua fala: "Tudo o que quiser, querido pai". Percebendo o quanto eu estava curioso para saber o que ela pensava naquele momento, ela acrescentou: "Claro que meus pensamentos estavam em outro lugar". Perguntei muitas vezes onde eles poderiam estar, mas ela só se permitiu dizer que eles estavam na viagem que iria fazer com Ka.

Mais tarde sua mente foi avassalada por medos que ela nunca poderia reconhecer para si mesma, e muito menos enunciá-los para mim. Com as janelas de sua mente escancaradas, todas as coisas, exceto o aparelho de televisão, pareciam muito distantes. Ela se sentia como um viajante que, de volta de uma longa viagem, descobre que enquanto estava fora sua casa sofrera mudanças misteriosas: todas as peças estavam menores que as de sua lembrança, e todos os móveis muito mais deteriorados. Olhando à sua volta, tudo — as almofadas, a mesa, e mesmo as dobras das cortinas — a surpreendia. Ante a oportunidade de ir para um lugar completamente estranho, agora ela conseguia ver seu próprio lar pelos olhos de um estrangeiro. Era assim que se sentia, disse-me ela. E, ao seu ver, o cuidadoso relato que me fez na Confeitaria Vida Nova constituía uma prova irrefutável de que ainda pretendia partir para Frankfurt com Ka naquela noite.

Quando a campainha tocou, İpek correu para a entrada do hotel. O caminhão do exército que deveria levá-la à estação chegara adiantado. Procurando controlar o medo, disse ao funcionário que se encontrava à porta que num instante estaria pronta. Ela correu para junto do pai, sentou-se ao seu lado e o abraçou com todas as suas forças.

"O caminhão já chegou?", perguntou Turgut bei. "Se suas malas estão prontas, ainda temos algum tempo."

İpek passou os minutos seguintes olhando vagamente para Sunay na tela. Sem conseguir parar quieta, correu para seu quarto e, depois de embalar as sandálias, o pequeno estojo de costura e o espelho que ficara junto à janela, sentou-se à beira da cama e se pôs a chorar.

Pelo que se lembra, quando ela desceu ao térreo já não tinha dúvidas quanto a sua decisão de partir da cidade com Ka. Livre das hesitações que lhe envenenavam a mente, estava novamente em paz, decidida a passar os últimos minutos em casa, assistindo à televisão com o pai.

Quando Cavit, o moço da recepção, lhe disse que havia uma pessoa à porta, İpek não se preocupou nem um pouco. Turgut bei lhe pediu que pegasse uma Coca-Cola na geladeira, e ela a trouxe com dois copos, para dividir a bebida com ele.

İpek disse que nunca iria esquecer o rosto de Fazıl, quando ela o viu esperando na porta da cozinha. Era claro por sua expressão que acontecera alguma coisa terrível, e foi então que İpek percebeu que Fazıl era um membro de sua família, alguém que lhe era muito próximo.

"Eles mataram Azul e Hande!", disse Fazıl. Ofegante, ele bebeu de um só gole metade da água que Zahide lhe trouxera num copo. "Só Azul poderia dissuadi-la."

Fazıl se pôs a chorar e İpek ficou olhando para ele, sem ação. Numa voz entorpecida que parecia vir do mais fundo de si, ele contou que Azul se escondera com Hande e que um grupo de soldados dera uma batida no local e os matou. Ele tinha certeza de que alguém os entregara: caso contrário, não teriam mandado tantos soldados. E não havia possibilidade de ele, Fazıl, ter sido seguido: quando chegou lá, tudo já estava acabado, e ele presenciou, junto com muitas crianças das casas vizinhas, o holofote da polícia iluminando o corpo de Azul.

"Posso ficar aqui?", perguntou Fazıl. "Não quero ir a nenhum outro lugar."

İpek trouxe outro copo para que ele também tomasse o refrigerante. Em seu desespero, não conseguia achar o abridor. Ela ficou procurando nas gavetas erradas e em armários em que ele não poderia estar. De repente ela se lembrou da blusa florida que estava usando no dia em que conheceu Azul e se lembrou de que a colocara na mala. Ela fez Fazıl entrar e sentar na cadeira próxima à cozinha em que Ka, depois de embriagar-se na noite de quarta-feira, se sentou para escrever seu poema. Então, como um doente que sacudiu toda a dor que lhe varava o corpo, ela relaxou. Deixando o rapaz vendo Kadife na tela e bebericando sua Coca-Cola, foi para o outro extremo da sala e serviu um segundo copo ao pai.

Ela subiu para o seu quarto e lá ficou no escuro por um momento. Parou no quarto de Ka para pegar a mala cor de cereja, foi para a rua, andou no frio em direção ao oficial ao lado do caminhão do exército e disse-lhe que resolvera ficar na cidade.

"Ainda dá para pegar o trem", disse o oficial querendo ajudar.

"Mudei de ideia. Eu não vou, mas muito obrigada. Por favor, entregue esta mala a Ka bei."

Ela voltou para o hotel, e quando se sentou ao lado do pai, eles ouviram o motor do caminhão acelerar.

"Eu os dispensei", disse İpek ao pai. "Eu não vou."

Turgut bei a abraçou. Por um instante, ficaram olhando a peça na televisão, mas sem ver nada. Quando o primeiro ato chegava ao fim, İpek disse: "Vamos ver Kadife! Tenho uma coisa a lhe dizer".

# 43. O PRINCIPAL MOTIVO DO SUICÍDIO DAS MULHERES É O DESEJO DE SALVAR O AMOR-PRÓPRIO

## O ÚLTIMO ATO

O dia já ia bem avançado quando Sunay resolveu mudar o título da peça inspirada em *A tragédia espanhola*, de Thomas Kyd, mas cujo final mostrava muitas outras influências. Na verdade, foi somente na última meia hora da inexorável campanha promocional que os anúncios da televisão começaram a falar de *A tragédia em Kars*. A mudança veio tarde demais para os que já estavam no teatro. Muitos tinham sido trazidos em ônibus militares; outros tinham visto o anúncio da peça e vieram para mostrar sua fé num exército forte; muitos não se importavam com a possibilidade de um desfecho catastrófico, contanto que tivessem a oportunidade de testemunhá-lo com seus próprios olhos (já corriam boatos de que a "transmissão ao vivo" na verdade era uma fita enviada da América); estavam presentes também os funcionários públicos municipais, que receberam ordens de comparecer (dessa vez eles resolveram deixar suas famílias em casa). Poucos dos presentes estavam informados do novo título, mas mesmo estes pouco atinavam do conteúdo e, como o resto da cidade, tinham muita dificuldade em acompanhar a peça.

Quatro anos depois de sua primeira e última apresentação, encontrei o videoteipe de *A tragédia em Kars* nos arquivos da Televisão Fronteiriça de Kars. A primeira parte é praticamente impossível de ser resumida. Entendi que se tratava de uma disputa sangrenta numa cidade "atrasada, empobrecida e ignorante", mas quando seus habitantes começaram a se matar, eu não entendi o motivo daquilo tudo, e tampouco os assassinos e suas vítimas deram nenhuma pista que ajudasse a esclarecer a razão daquela carnificina. Apenas Sunay esbravejava contra o atraso daquelas disputas sangrentas e das pessoas que se deixavam arrastar por elas; ele discutia o assunto com sua esposa e com uma jovem que parecia entendê-lo melhor (esta última era Kadife). Embora o personagem de Sunay fosse um rico e esclarecido membro da elite dominante, gostava de dançar e pilheriar com os aldeões mais pobres e envolvê-los em discussões eruditas sobre o sentido da vida, além de brindá-los com cenas de Shakespeare, Victor Hugo e Brecht, nem que fosse para apresentar a prometida "peça dentro da peça". Ele declarava também uma série de curtos solilóquios sobre temas como o trânsito na cidade, maneiras à mesa, as peculiaridades que os turcos e os muçulmanos nunca haverão de abandonar, as glórias da Revolução Francesa, as virtudes da culinária, dos preservativos e do *raki*, a dança do ventre das prostitutas ricas. Nem essas discussões nem as subsequentes explanações sobre marcas de xampu e de cosméticos adulterados contribuíam um mínimo que fosse para esclarecer as cenas sangrentas em que se inseriam, e à medida que se sucediam as explosões de violência, ia ficando mais difícil imaginar que elas tinham um mínimo de lógica.

Mas a desvairada série de improvisos merecia certa atenção, quanto mais não fosse pela apaixonada performance de Sunay. Quando sentia que a ação começava a se arrastar, que a plateia estava perdendo o interesse, Sunay sempre encontrava uma forma de pô-la novamente sob seu fascínio; ele se tomava de grande exaltação e, assumindo uma bela pose teatral dos mais ilustres papéis de sua carreira, investia contra os que tinham reduzido o povo àquela situação deplorável; com trágica naturalidade, ele se punha a andar pelo palco falando de lembranças da juventude e citava Montaigne a propósito da amizade, enquanto cismava sobre a solidão absoluta de Atatürk. Seu rosto estava coberto de suor. Durante minha estada em Kars pude conhecer Nuriye Hanım, a professora que amava literatura e história e que se deixou arrebatar pela performance de Sunay na noite da revolução; ela me disse que todos os que estavam na primeira fila sentiam o cheiro do *raki*. Apesar disso, ela insistiu que Sunay não estava embriagado; ela preferia o termo *entusiasmado*. Mas outros que estavam na mesma fila confirmaram esse chamado arrebatamento. Era um grupo muito heterogêneo: muitos eram funcionários de meia-idade que tinham arriscado a vida para chegar tão perto daquele homem quanto o decoro o permitia. Havia viúvas e outros que talvez pudessem ser classificados como jovens kemalistas — e eles já tinham visto centenas de imagens dele na televisão. Havia também uns poucos sedentos de aventura, por assim dizer, ou pelo menos interessados no poder. Mas todos eles falaram do brilho nos olhos de Sunay, que se irradiava em todas as direções. Era perigoso, disseram eles, olhar naqueles olhos por mais de alguns segundos.

Um dia eu haveria de ouvir o testemunho de um dos rapazes da escola secundária religiosa que tinham sido colocados à força num veículo militar e levados para o Teatro Nacional. Seu nome era Mesut (era um dos que se opunham a que se enterrassem ateus e crentes no mesmo cemitério). Ele confirmou que Sunay os manteve fascinados. Talvez tenha me confessado isso porque, depois de quatro anos com um pequeno grupo islamita de Erzurum, ele perdera a fé na luta armada e voltara para Kars para trabalhar numa casa de chá. Ele me disse ser muito difícil para os outros rapazes da escola religiosa falar abertamente sobre o poder absoluto de Sunay, coisa que eles próprios desejavam. Talvez eles se sentissem aliviados pelas muitas restrições que Sunay impusera aos seus movimentos, que tornaram impossível correr riscos estúpidos como incitar uma sublevação. "Toda vez que o exército entra em cena, a maioria das pessoas se sente secrctamente agradecida", disse-me o rapaz, e então confessou que seus colegas ficaram muito impressionados com a coragem de Sunay. Lá estava ele, o homem mais poderoso da cidade, sem medo de andar a passos largos no palco e desnudar sua alma para as multidões.

Assistindo ao videoteipe do espetáculo daquela noite nos arquivos da Televisão Fronteiriça de Kars, fiquei espantado com o silêncio que se fazia no salão. Era como se as multidões tivessem deixado para trás as lutas que as caracterizavam — as brigas entre pais e filhos, as escaramuças entre acusadores e acusados — para mergulhar num terror coletivo. E eu próprio não estava imune ao poder daquela agonizante ficção que todo cidadão de um país despótico e agressivamente nacionalista entende muito bem: a mágica sensação de unidade conjurada pela palavra *nós*. Na visão de Sunay, era como se não existisse um único estranho no salão: todos estavam inextricavelmente unidos pela mesma história sem esperança.

Mas Kadife ameaçava quebrar esse transe, o que talvez explique a resistência do povo de Kars em aceitar sua presença no palco. O operador de câmera que captava as imagens no palco parecia ter consciência dessa ambivalência: nas cenas mais animadas, ele focalizava Sunay, excluindo totalmente Kadife; assim, os telespectadores só podiam vê-la como mera coadjuvante, como uma criada de peça de bulevar. Ainda assim, todos tinham ouvido os anúncios que a televisão transmitira a partir do meio-dia, e agora estavam curiosos para ver se ela ia descobrir a cabeça. E houve a costumeira avalanche de boatos contraditórios — segundo uns, Kadife apenas cumpria ordens do exército; segundo outros, ela não entraria em cena de modo algum —, mas depois de meio dia de um verdadeiro bombardeio publicitário, mesmo aqueles que tinham apenas vagas notícias do caso do manto agora sabiam tudo sobre Kadife. Foi por isso que, num primeiro momento, sua entrada em cena com o manto, cujo destino ainda estava incerto, e sua presença mais que discreta, apesar do vestido longo vermelho, decepcionaram tanto.

Vinte minutos depois de começada a peça, um breve diálogo entre Kadife e Sunay deu uma primeira pista sobre o que estava por vir. Eles estavam sozinhos no palco, e Sunay perguntou-lhe se ela se decidira, acrescentando achar "imperdoável uma pessoa se suicidar só por raiva dos outros".

Kadife deu a seguinte resposta: "Numa cidade em que os homens se matam feito animais para torná-la um lugar mais feliz, quem tem o direito de impedir que eu me suicide?". Então, vendo Funda Eser andando a passos largos em sua direção, ela tratou de sair depressa — deixando no ar a dúvida se aquilo fazia parte da peça ou era uma fuga improvisada de afogadilho.

Depois de ter conversado com todas as pessoas que se dispuseram a isso, tentei reconstruir, minuto por minuto, a evolução dos acontecimentos, sincronizando o espetáculo com a ação fora do palco; e foi assim que cheguei à conclusão de que a última vez que Azul viu Kadife foi no momento em que ela dizia essa fala. Porque segundo os vizinhos que testemunharam a batida no esconderijo de Azul, e também os vários agentes da polícia que ainda trabalhavam em Kars à época da minha visita, Azul e Hande estavam assistindo à televisão quando a campainha tocou. Segundo o relatório oficial, Azul lançou um olhar aos soldados e aos oficiais da polícia aglomerados lá fora e correu a buscar sua arma; ele não hesitou em abrir fogo; segundo vários vizinhos, porém, e segundo os jovens islamitas, que fariam dele uma lenda quase da noite para o dia, ele teria tentado salvar Hande gritando "Não atirem!"; a equipe de operações especiais de Z Demirkol já tinha cercado o local, e em menos de um minuto não apenas Azul e Hande mas também toda a casa estavam crivados de balas. O barulho foi terrível, mas só umas poucas crianças curiosas da vizinhança prestaram alguma atenção. Não só porque os habitantes de Kars já estavam acostumados àquelas batidas noturnas: eles simplesmente não queriam desviar a atenção da transmissão do programa ao vivo, diretamente do Teatro Nacional. Todas as ruas da cidade estavam desertas, todas as janelas fechadas, e afora uma única casa de chá com uma televisão, não havia nenhum estabelecimento comercial aberto.

Sunay tinha plena consciência de que todos os olhos da cidade estavam voltados para ele, o que o fazia se sentir não apenas seguro mas extraordinariamente poderoso. Sabendo que sua própria presença no palco dependia da permissão de Sunay, Kadife buscava sua aprovação mais que o faria em outras circunstâncias. Ela tinha de aproveitar ao máximo as oportunidades que Sunay lhe oferecera, se quisesse ter alguma chance de concretizar seus próprios planos. (Ao contrário de İpek, ela se recusou a dar sua própria versão dos acontecimentos, por isso não posso saber o que mais ela estava pensando.) Nos quarenta minutos seguintes, quando o público começou a entender que Kadife se via diante de duas importantes decisões — uma em relação a descobrir a cabeça, outra em relação a suicidar-se —, sua admiração por ela crescia mais e mais. E à medida que sua estatura crescia, a peça transformava-se num drama mais sério que o pretendido pelo ímpeto meio didático meio burlesco de Sunay e de Funda. Embora não pudessem esquecer totalmente Kadife, a jovem do manto, muitos que ficaram angustiados com sua história durante anos me disseram que sua nova persona conquistara o coração do povo de Kars. Aí pelo meio da peça, o público mergulhava em profundo silêncio toda vez que ela entrava em cena; toda vez que ela falava, as pessoas que assistiam ao programa em casa, rodeadas de crianças barulhentas, perguntavam impacientes umas às outras: "O que foi que ela disse? O que foi que ela disse?".

Foi com o Teatro Nacional mergulhado naquele momento de silêncio que se pôde ouvir o apito do primeiro trem a partir de Kars em quatro dias. Ka estava numa cabine em que o exército o colocara à força. Ao ver que o caminhão do exército voltara sem İpek, apenas com sua mala, meu querido amigo implorou aos guardas, desesperado, que o deixassem vê-la ou pelo menos falar com ela; como eles recusaram, Ka os persuadiu a mandar o caminhão do exército de volta ao hotel; pela segunda vez o veículo voltou vazio, e ele implorou aos oficiais que segurassem o trem por mais cinco minutos. Quando o apito tocou, ainda não havia sinal de İpek, e mesmo quando o trem começou a se movimentar os olhos marejados de Ka ainda varriam a multidão da plataforma; dirigindo-os à entrada da estação, que dava para a estátua de Kâzim Karabekır, ele continuou tentando conjurar uma mulher alta, de mala na mão, andando em sua direção.

Quando o trem ganhou velocidade, tocou o apito novamente. İpek e Turgut bei tinham saído do Hotel Palácio de Neve e estavam a caminho do Teatro Nacional quando o ouviram.

"É o trem que já está indo embora", disse Turgut bei.

"Sim", disse İpek. "E a qualquer momento as estradas serão reabertas. O prefeito e o chefe do estado-maior logo estarão de volta à cidade." Eles comentaram que aquele ridículo golpe militar se encerraria, e tudo voltaria ao normal, mas İpek confessaria mais tarde que não tinha interesse nesse tipo de assunto; ela queria falar para que seu pai não concluísse que ela estava pensando em Ka. Mas será que seus pensamentos estavam mesmo em Ka? Ela não estaria pensando na morte de Azul? Mesmo quatro anos depois, ela não estava bem certa quanto a isso e, achando minhas perguntas e minha desconfiança desagradáveis, tentou fugir delas. Mas ela disse que muito mais forte que qualquer pesar por perder a chance de ser feliz era sua raiva de Ka. Depois daquela noite, ela o sabia, não havia a menor esperança de voltar a amá-lo. Quando ela ouviu o trem de Ka partindo da estação, a única coisa que sentiu foi aflição, e talvez aquilo tenha vindo com um pouco de surpresa. De qualquer modo, tudo o que queria naquele momento era partilhar sua dor com Kadife.

"É tão triste pensar que todo mundo deixou a cidade", disse Turgut bei.

"É uma cidade-fantasma", disse İpek, só para não ficar calada.

Um comboio de três jipes do exército dobrou a esquina e passou na frente deles. Turgut bei viu naquilo uma prova de que as estradas tinham sido reabertas. Eles ficaram olhando os veículos mergulharem na noite até seus faróis desaparecerem. Pelo que fiquei sabendo em minhas últimas investigações — embora naquela ocasião Turgut e İpek não o soubessem —, o jipe do meio levava os corpos de Azul e de Hande.

Um pouco antes os faróis do último jipe incidiram sobre a redação da *Gazeta da Cidade Fronteiriça* tempo o bastante para que Turgut visse que a edição do dia seguinte já estava afixada à janela. Ele parou para ler as manchetes MORTE NO PALCO; O ILUSTRE ATOR SUNAY ZAIM MORTO A TIROS DURANTE O ESPETÁCULO DE ONTEM.

Eles leram duas vezes e apressaram o passo em direção ao Teatro Nacional. Os mesmos carros de polícia estavam parados à porta, e bem mais adiante o mesmo tanque aguardava na sombra.

Quando eles foram revistados na entrada, Turgut bei anunciou que era o pai da atriz principal. O segundo ato já começara, mas eles encontraram dois lugares vazios na última fileira e se sentaram.

O ato também tinha uma série de gags batidas que Sunay vinha repetindo havia anos, inclusive uma paródia de dança do ventre, apresentada por Funda Eser. Mas a atmosfera ficara mais pesada, e o silêncio mais profundo, pelo efeito cumulativo da presença de Kadife no palco e das longas cenas de Sunay sozinho no palco.

"Você não se importa se eu insistir em saber por que você quer se matar?", disse Sunay.

"Essa não é uma pergunta a que se possa responder", disse Kadife.

"Que quer dizer com isso?"

"Se uma pessoa soubesse exatamente por que quer se suicidar e pudesse expor suas razões abertamente, não precisaria se matar", disse Kadife.

"Não, não é assim! De modo algum", disse Sunay. "Algumas pessoas se matam por amor; outras se matam porque já não suportam os maus-tratos que sofrem do marido ou porque a pobreza as penetra, como uma faca, até os ossos."

"Você tem uma maneira muito simplista de ver a vida", disse Kadife. "Uma mulher que quer se matar por amor sabe que se esperar um pouco seu amor acaba. Tampouco a pobreza é um motivo real para o suicídio. E uma mulher não tem de se matar para fugir ao marido. Ela só precisa roubar um pouco do dinheiro dele e deixá-lo."

"Muito bem, então. E qual é o motivo real?"

"O principal motivo do suicídio das mulheres é o desejo de salvar o amor-próprio. Pelo menos para a maioria das mulheres que se matam."

"Você quer dizer que elas foram humilhadas pelo amor?"

"Você não entende nada!", disse Kadife. "Uma mulher não se mata porque perdeu o amor-próprio, ela se mata para *mostrar* seu amor-próprio."

"Foi por isso que suas amigas se suicidaram?"

"Não posso falar por elas. Cada um tem as suas razões. Mas toda vez que penso em me matar, não posso deixar de imaginar que elas estavam pensando da mesma forma que eu. O momento do suicídio é aquele em que se sente melhor como é solitário ser mulher e o que significa realmente ser uma mulher."

"Você usa esses argumentos para incitar suas amigas ao suicídio?"

"A decisão foi só delas. A opção pelo suicídio foi delas."

"Mas todos sabem que aqui em Kars não existe essa história de livre opção; as pessoas só querem se livrar do próximo espancamento, refugiar-se na comunidade mais próxima. Confesse, Kadife, você se encontrou às escondidas com essas mulheres e as incitou ao suicídio."

"Mas como isso seria possível?", disse Kadife. "A única coisa que elas conseguiram com o suicídio foi uma solidão ainda maior. Muitas foram repudiadas pelas próprias famílias, que em alguns casos lhes recusaram até as cerimônias fúnebres."

"Você quer dizer então que pretende se matar só para provar que elas não estão sozinhas, só para mostrar que vocês todas estão juntas nessa história? De repente você ficou muda, Kadife. Mas se você se matar antes de explicar seus motivos, não corre o risco de que sua mensagem seja mal interpretada?"

"Não vou me matar para mandar nenhuma mensagem", disse Kadife.

"Mas tem muita gente observando você, e todos estão curiosos. O mínimo que você pode dizer é a primeira coisa que lhe vier à mente."

"As mulheres se matam porque esperam ganhar alguma coisa", disse Kadife. "Os homens se matam por terem perdido a esperança de ganhar alguma coisa."

"Isso é verdade", disse Sunay tirando sua pistola Kırıkkale do bolso. Todos no salão viram seu brilho. "Quando tiver certeza de que estou derrotado, você pode me fazer o favor de usar isto para atirar em mim?"

"Não quero ir parar na cadeia."

"Por que se preocupar com isso, se está pretendendo se matar também?", disse Sunay. "Afinal de contas, se você se suicidar vai para o inferno, portanto não faz sentido preocupar-se com a punição que venha a receber por qualquer outro crime — neste mundo ou no outro."

"Mas é exatamente por isso que as mulheres se suicidam", disse Kadife. "Para se furtarem a todas as formas de punição."

"Quando eu chegar ao momento de minha derrota, só quero que minha morte venha das mãos desta mulher!", exclamou Sunay, agora estendendo os braços teatralmente e encarando o público. Ele fez uma pausa para conseguir um efeito dramático, em seguida se pôs a contar uma história das aventuras amorosas de Atatürk, abreviando o relato quando sentia o interesse do público diminuir.

Terminado o segundo ato, Turgut bei e İpek correram aos bastidores para encontrar Kadife. Seu camarim — outrora usado por acrobatas de São Petersburgo e de Moscou, armênios que encenavam Molière e por bailarinos e músicos que faziam turnês pela Rússia — estava gelado.

"Pensei que você já estava viajando", disse Kadife a İpek.

"Estou tão orgulhosa de você, querida. Você estava ótima!", disse Turgut bei abraçando a filha. "Mas se ele lhe tivesse dado a pistola e dissesse 'Atire em mim', receio que não pudesse me impedir de saltar e interromper a peça gritando: 'Kadife, faça o que fizer, não atire!'"

"Por que você faria isso?"

"Porque a pistola podia estar carregada!", disse Turgut bei. Ele lhe falou do relato que lera na edição do dia seguinte da *Gazeta da Cidade Fronteiriça*. "Eu sei que Serdar bei espera fazer que as coisas aconteçam escrevendo sobre elas com antecedência, mas no mais das vezes suas histórias terminam por se revelarem equivocadas. De qualquer modo, eu não me importaria que essa história se concretizasse", disse ele. "Mas eu sei que Serdar nem sequer sonharia em anunciar um assassinato como esse, a menos que Sunay não desse ordens para isso — essa história é de muito mau agouro. Pode ser apenas um pouco mais de autopromoção, mas quem sabe? Ele pode estar planejando que você o mate no palco. Minha filhinha, por favor, não puxe o gatilho a menos que tenha certeza de que a pistola não está carregada! E não descubra a cabeça só porque esse homem quer que você o faça. İpek não vai embora. Vamos continuar vivendo nesta cidade por mais um tempo, então, por favor, não enfureça os islamitas sem nenhum motivo."

"Por que İpek resolveu ficar?"

"Porque ela ama mais ao pai, a você e à família", disse Turgut bei tomando a mão de Kadife.

"Querido pai, você nos deixa conversar a sós novamente?", disse İpek, e no mesmo instante viu o rosto da irmã empalidecer de susto. Turgut bei foi para o outro extremo da sala empoeirada, de pé-direito alto, indo ao encontro de Sunay e Funda Eser, e İpek abraçou a irmã com força e a fez sentar em seu colo. Vendo que aquele gesto aumentava ainda mais o medo da irmã, İpek tomou-a pela mão e a levou a um canto separado do resto da sala por uma cortina.

Nesse exato momento, Funda Eser apareceu com uma bandeja com copos e uma garrafa de conhaque.

"Você esteve ótima, Kadife", disse ela. "Vocês dois ficaram totalmente à vontade."

Como a ansiedade de Kadife aumentava a cada segundo, İpek fitou-a nos olhos de modo a dizer, de forma inequívoca, ter péssimas notícias. Então ela falou: "Hande e Azul foram mortos durante uma batida".

Kadife se encolheu. "Eles estavam na mesma casa? Quem lhe contou?", perguntou ela. Mas vendo o ar severo da outra, calou-se.

"Foi Fazıl, o rapaz da escola secundária religiosa, quem nos contou, e eu acredito porque ele viu com os próprios olhos." Ela fez uma pausa para dar tempo a Kadife de assimilar os fatos. Kadife ficou mais pálida, mas İpek foi em frente. "Ka sabia onde ele estava escondido, e depois de ter vindo aqui conversar com você, não voltou mais para o hotel. Acho que Ka os entregou para a equipe de operações especiais. Foi por isso que não fui para a Alemanha com ele."

"Como você pode ter certeza?", disse Kadife. "Talvez não tenha sido ele. Talvez tenha sido outra pessoa."

"É possível. Também pensei nessa hipótese. Mas estou tão convicta de que foi Ka que isso quase não importa: sei que nunca vou conseguir convencer o meu eu racional de que não foi ele. Por isso não fui para a Alemanha, porque nunca poderia amá-lo."

Kadife estava exausta, tentando assimilar as notícias. E só ao ver Kadife fraquejar, İpek teve certeza de que a irmã começava a aceitar a verdade da morte de Azul.

Kadife cobriu o rosto com as mãos e começou a chorar. İpek abraçou a irmã e elas choraram juntas, embora İpek soubesse que choravam por motivos diferentes. Elas tinham chorado assim antes, uma ou duas vezes durante o vergonhoso período em que não conseguiam abrir mão de Azul e disputavam acirradamente o afeto dele. Agora İpek sentia que a terrível disputa estava encerrada de uma vez por todas. Ela não partiria de Kars. Sentiu-se envelhecer de repente. Resignar-se e envelhecer em paz, e ter a sabedoria de nada querer do mundo — eis o que desejava agora.

Ela observava que a dor de sua irmã era mais profunda e mais destrutiva que a sua própria. Por um instante ela se sentiu feliz por não estar no lugar de Kadife — seria aquilo a doçura da vingança? —, mas logo se sentiu culpada. Ao fundo se ouvia a mesma miscelânea de gravações que a administração do Teatro Nacional costumava tocar nos intervalos dos espetáculos para estimular as vendas de refrigerante e de grão-de-bico torrado. Naquele momento tocavam uma canção que fez İpek lembrar-se de quando elas eram bem jovens em Istambul: Baby, come closer, closer to me. Naquela época ambas queriam aprender a falar inglês bem. Nenhuma das duas conseguiu. İpek teve a impressão de que, ao ouvir aquela música, o choro de Kadife redobrou. Espiando através das cortinas, ela viu seu pai e Sunay em animada conversa do outro lado da sala, enquanto Funda enchia seus copos de conhaque.

"Kadife Hanım, eu sou o coronel Osman Nuri Çolak." Um militar de meia-idade tinha aberto a cortina. Com um gesto certamente aprendido num filme, ele fez uma mesura tão exagerada que por pouco não raspou a cabeça no soalho. "Com o devido respeito, senhorita, que posso fazer para aliviar sua dor? Se quiser entrar em cena, tenho boas notícias para você: as estradas já reabriram e a qualquer momento as forças armadas vão entrar na cidade."

Mais tarde, diante da corte marcial, Osman Nuri Çolak repetiria essas palavras, apresentando-as como uma prova de que estava fazendo o possível para salvar a cidade dos ridículos oficiais que deram o golpe.

"Muito obrigada pela atenção, mas estou ótima", disse Kadife.

İpek teve a impressão de que as maneiras afetadas de Funda já tinham contagiado Kadife. Ao mesmo tempo, tinha de admirar a determinação com que a irmã procurava se recompor. Kadife obrigou-se a se manter de pé: ela tomou um copo de água e começou a andar silenciosamente de um lado para o outro nos amplos bastidores, como um fantasma de peça de teatro.

İpek estava querendo ir embora antes que seu pai pudesse falar com Kadife, mas Turgut bei correu-lhes ao encontro no momento em que começava o terceiro ato. "Não tenha medo", disse Sunay acenando com a cabeça para os amigos. "Essas pessoas são modernas."

O terceiro ato começou com Funda Eser cantando uma canção sobre uma mulher que fora violentada, um número atraente para compensar o público pelo drama que lhe parecera intelectual demais ou obscuro. Era o procedimento normal de Funda: num momento ela estava chorando e praguejando contra os homens da plateia, no momento seguinte ela os cumulava de todos os cumprimentos que lhe vinham à cabeça. Depois de duas canções e uma pequena paródia de um comercial que só as crianças acharam engraçada (ela tentou insinuar que Aygaz enchia os botijões não com gás propano, mas com peidos), o palco escureceu, e — numa agourenta repetição do *finale* de dois dias antes — dois soldados armados entraram no palco. Sob o olhar da plateia tensa e silenciosa, eles levantaram uma forca no meio do palco. Sunay manquejou confiante pelo palco com Kadife, e se pôs exatamente sob o laço.

"Nunca esperei que as coisas acontecessem tão depressa", disse ele.

"Isto é uma forma de reconhecer que fracassou naquilo a que se propôs ou simplesmente você está velho e cansado agora e buscando uma retirada em grande estilo?", disse Kadife.

İpek viu que Kadife fazia das tripas coração para desempenhar o seu papel.

"Você é muito inteligente, Kadife", disse Sunay.

"Isso o assusta?", perguntou Kadife numa voz tensa e furiosa.

"Sim", respondeu Sunay num tom lânguido e lascivo.

"Não é minha inteligência que o assusta. Você tem medo de mim porque eu sou eu mesma", disse Kadife. "Porque aqui em nossa cidade os homens não temem a inteligência das mulheres, eles temem sua independência."

"Pelo contrário", disse Sunay. "Eu armei essa revolução justamente para que vocês, mulheres, possam ser independentes como as mulheres da Europa. É por isso que lhe peço que tire o manto."

"Vou descobrir minha cabeça agora", disse Kadife, "e então, para provar que não o faço obrigada por você nem pelo desejo de ser uma europeia, vou me enforcar."

"Você percebe, Kadife, que se você agir como um indivíduo e se suicidar, os europeus vão aplaudi-la? Não pense que já não virou algumas cabeças com sua animada performance na chamada reunião secreta no Hotel Ásia. Correm até boatos de que você organizou as jovens suicidas, da mesma forma como organizou as jovens que insistiam em usar o manto."

"Só uma suicida foi motivada pelo problema do manto: Teslime."

"E agora você quer ser a segunda."

“Não, porque antes de me matar vou descobrir a cabeça.”

“Você pensou bem no que vai fazer?”

“Sim”, disse Kadife. “Pensei.”

“Então você devia ter pensado também no seguinte: os suicidas vão para o inferno. E como de todo modo eu vou para o inferno, você pode me matar primeiro com a consciência tranquila.”

“Não”, disse Kadife. “Porque eu não acredito que vou para o inferno depois de me matar. Vou matar você para livrar este país de um verme, um inimigo de nossa nação, de nossa religião e de nossas mulheres!”

“Você é uma mulher corajosa, Kadife, e fala com muita franqueza. Mas nossa religião proíbe o suicídio.”

“Sim, é verdade que a quarta sura do glorioso Corão afirma que não devemos nos matar. Mas afinal de contas isso não impede que Deus, em sua infinita grandeza, possa perdoar as jovens suicidas, livrando-as das penas do inferno.”

“Em outras palavras, você encontrou uma forma de torcer as palavras do Corão para adequá-las aos seus objetivos.”

“Na verdade, é exatamente o contrário”, disse Kadife. “Acontece que algumas jovens de Kars se mataram porque foram proibidas de cobrir a cabeça, como desejavam. E tão certo como o mundo é uma criação de Deus, Ele não ignora o sofrimento delas. E enquanto eu sentir o amor de Deus em meu coração, não há lugar para mim em Kars, por isso vou fazer o mesmo que elas e dar fim à minha vida.”

“Você vai enfurecer todos os líderes religiosos que tiveram de enfrentar a neve e o gelo para chegar a Kars, na esperança de poder livrar as infelizes mulheres desta cidade de seus desejos suicidas — você sabe muito bem disso, Kadife, não sabe? E por falar nisso, o Corão...”

“Não estou disposta a discutir minha religião com ateus

e tampouco, aliás, com gente que afirma acreditar em Deus porque tem medo."

"Claro que você tem razão. Escute, não tenho intenção de me imiscuir em sua vida espiritual; é que eu achei que o medo do inferno poderia impedi-la de me matar de consciência tranquila."

"Não precisa se preocupar. Vou matar você com a consciência tranquila."

"Que maravilha", disse Sunay, parecendo um pouco magoado com o entusiasmo da resposta. "Agora deixe-me dizer a coisa mais importante que aprendi em meus vinte e cinco anos de teatro profissional: quando um diálogo vai tão longe quanto este, o público não consegue acompanhá-lo sem se aborrecer. Então, com a sua permissão, vamos parar nossa conversa por aqui e passar das palavras aos atos."

"Ótimo."

Sunay sacou a pistola Kırıkkale que brandira no último ato e mostrou-a a Kadife e ao público. "Agora você vai descobrir a cabeça. Então eu lhe entrego a pistola e você atira em mim. E como esta vai ser a primeira vez que uma coisa dessas acontece numa transmissão televisiva ao vivo, deixe-me aproveitar esta última oportunidade para explicar ao público como interpretar..."

"Vamos logo com isso", disse Kadife. "Não aguento mais ouvir homens explicando por que as jovens se suicidam."

"Tem razão", disse Sunay, brincando com a pistola. "Mas eu queria dizer ainda uma ou duas coisas. Só para que nossos espectadores de Kars não fiquem assustados sem motivo — afinal de contas, alguns podem ter acreditado nos boatos divulgados pelos jornais —, por favor olhe para o carregador da arma." Ele retirou o carregador, mostrou-o a Kadife e, para impressionar, também ao público e encaixou-o novamente. "Você viu que ele estava vazio", perguntou ele com a segurança de um ilusionista.

"Sim."

"Vamos ter absoluta certeza disso!", disse Sunay. Ele tirou o carregador novamente e, como um mágico prestes a serrar uma mulher no meio, mostrou-o ao público e o recolocou. "Agora, finalmente, deixe-me dizer uma coisa em minha defesa. Há pouco você prometeu que iria me matar com a consciência tranquila. Com certeza você me detesta por ter executado esse golpe e por abrir fogo contra a plateia, só porque as pessoas não estavam vivendo como ocidentais. Mas quero que você saiba que tudo o que fiz foi pela pátria."

"Ótimo", disse Kadife. "Agora vou descobrir a cabeça. E, por favor, quero que todo mundo olhe."

Seu rosto era a imagem da dor. Num gesto brusco, ela levantou a mão e arrancou o manto da cabeça.

Não se ouvia um som no salão. Por um instante Sunay fitou Kadife estupefato, como se ela tivesse feito algo absolutamente inesperado. Ambos se voltaram para a plateia, boquiabertos, como estudantes que tivessem esquecido as suas falas.

Toda a cidade de Kars estava de olhos nos longos e belos cabelos castanhos de Kadife, que o cameraman finalmente criou coragem para focalizar. Quando finalmente ousou mostrar seu rosto em primeiro plano, ficou evidente que Kadife estava profundamente embaraçada, como uma mulher cujo vestido se soltou num lugar público cheio de gente. Cada um de seus movimentos traía uma dor terrível.

"Por favor, me passe a arma!", disse ela, impaciente.

"Aqui está", disse Sunay segurando-a pelo cano, e sorriu quando Kadife a empunhou. "É aqui que você aperta o gatilho."

Toda a Kars esperava a continuação do diálogo. E talvez o próprio Sunay também, porque ele disse: "Seu cabelo é tão bonito, Kadife. Até eu com certeza a guardaria zelosamente, para evitar que outros homens vissem...".

Ela puxou o gatilho.

Um tiro soou no salão. Toda a Kars, abismada, viu Sunay tremer violentamente — como se tivesse sido alvejado — e cair no chão.

"Quanta estupidez há nisto tudo!", disse Sunay. "Eles nada entendem de arte moderna, eles nunca serão modernos!"

O público esperava que Sunay se pusesse a fazer um longo monólogo de agonizante; em vez disso, Kadife avançou em sua direção e atirou uma, duas, quatro vezes em rápida sucessão. A cada disparo, o corpo de Sunay tremia e erguia-se num movimento brusco, caindo em seguida no chão, parecendo cada vez mais pesado.

Muita gente ainda pensou que Sunay estava apenas interpretando. Eles esperavam que ele se sentasse a qualquer momento e fizesse uma longa arenga sobre a morte, mas o aspecto extraordinariamente real de seu rosto ensanguentado lhes tirou toda a esperança. Nuriye Hanım, cuja admiração por efeitos teatrais era ainda maior que sua reverência pelo próprio script, se pôs de pé. Ela estava prestes a aplaudir Sunay quando viu seu rosto ensanguentado e se deixou cair na cadeira cheia de pavor.

"Acho que o matei!", disse Kadife voltando-se para o público.

"Fez muito bem!", gritou um estudante da escola secundária religiosa do fundo do salão.

As forças de segurança estavam tão preocupadas com o que acabavam de presenciar no palco que não conseguiram identificar o estudante agitador que quebrara o silêncio. E quando Nuriye Hanım, que tinha passado os dois últimos dias assistindo ao impressionante Sunay na televisão e que resolvera, antes do anúncio de que a entrada seria franca, sentar-se na primeira fila custasse o que custasse, contanto que tivesse a chance de vê-lo de perto — quando Nuriye Hanım prorrompeu em lágrimas, todos os que estavam no teatro, e todos os demais em Kars, foram forçados a aceitar a realidade do que tinham acabado de ver.

Dois soldados, correndo em direção um ao outro com passos de palhaço, fecharam as cortinas.

# 44. HOJE EM DIA NINGUÉM MAIS AQUI GOSTA DE KA

## QUATRO ANOS DEPOIS, EM KARS

Logo que a cortina se fechou, Z Demirkol e seus companheiros prenderam Kadife "para sua própria segurança", levando-a para a avenida Pequeno Kâzımbey. Depois de passar pela entrada do palco, eles a colocaram num jipe do exército e foram direto à guarnição central, onde a deixaram no velho abrigo antinuclear em que Azul fora mantido em seu último dia na terra. Algumas horas depois, todas as estradas de Kars estavam reabertas. Muitas unidades militares entraram na cidade para eliminar o "pequeno golpe" e não encontraram nenhuma resistência. O prefeito, o chefe do estado-maior e muitos outros oficiais foram demitidos por negligência no cumprimento do dever. O pequeno grupo que executara o golpe foi preso, com muitos soldados e agentes do MİT que alegaram ter feito aquilo pelo bem do povo e do Estado. Turgut bei e İpek só puderam visitar Kadife três dias depois.

Turgut bei não tinha dúvidas de que Sunay morrera em cena, e esperava que nada acontecesse a Kadife; ele só queria encontrar uma forma de levar sua filha para casa, mas quando a meia-noite chegou e se foi, ele desistiu e foi andando para casa, pelas ruas desertas, de braço com a filha mais velha. İpek foi direto para seu quarto. Enquanto desfazia a mala, recolocando tudo nas gavetas, seu pai chorava, sentado à beira da cama.

A maioria dos habitantes de Kars que testemunharam os acontecimentos no palco só se certificou da morte de Sunay, depois dos estertores teatrais, ao ler a *Gazeta da Cidade Fronteiriça* na manhã seguinte. Depois que as cortinas se fecharam, o público do Teatro Nacional saiu em silêncio, e a emissora de televisão não fez mais nenhuma referência aos acontecimentos dos últimos três dias. Mas como Kars estava bastante acostumada à tutela militar e à visão da polícia e das equipes de operações especiais caçando "terroristas" nas ruas, logo aqueles dias deixaram de parecer excepcionais. E quando o estado-maior geral ordenou que se fizesse uma investigação completa na manhã seguinte, determinando também que a inspetoria ligada ao primeiro-ministro entrasse em ação, todos em Kars entenderam a sabedoria de considerar o golpe de Estado como um evento mais teatral do que político. Sua curiosidade concentrava-se em torno de questões como a seguinte: Se Sunay mostrou à plateia que o carregador estava vazio, como pôde Kadife matá-lo a tiros com a mesma arma?

Como já falei várias vezes do coronel que veio de Ancara em missão de inspeção depois que as coisas se normalizaram, meus leitores já devem saber o quanto eu devo a esse homem e ao minucioso relatório sobre os bastidores desse golpe. Sua análise da cena dos disparos confirma que se tratou menos de um caso de prestidigitação do que de verdadeira mágica. Visto que Kadife se recusou a falar com o pai, com a irmã e até com seu advogado — quanto mais com o promotor — sobre o que aconteceu naquela noite, o coronel foi obrigado a fazer o mesmo trabalho de detetive que eu faria quatro anos depois. Depois de conversar com o maior número de pessoas possível (se bem que seria mais exato dizer que ele tomou seus depoimentos), ele finalmente se convenceu de ter se inteirado de todos os boatos e teorias a respeito do caso.

Naturalmente, corriam muitas versões de que Kadife matou Sunay Zaim de propósito, com pleno conhecimento de causa e sem sua real permissão. Para refutar essas afirmações, o coronel mostrou que não havia a menor possibilidade de a jovem ter trocado a arma ou substituído o carregador com tanta rapidez. E então, apesar da expressão de espanto que se viu no rosto de Sunay a cada disparo, o fato é que as investigações feitas pelas forças armadas, o exame dos objetos de uso pessoal de Kadife quando ela foi presa, e mesmo a gravação de sua performance no vídeo, confirmam que em cena havia apenas uma arma e um único carregador. Outra teoria bastante popular na cidade é a de que Sunay Zaim foi morto por outro atirador, que fez os disparos de outro ângulo, mas esta foi logo descartada quando chegaram de Ancara os resultados do exame balístico, confirmando que todas as balas encontradas no corpo do ator provinham da pistola Kırıkkale que estava na mão de Kadife.

As últimas palavras de Kadife ("Acho que o matei!") transformaram-na numa espécie de mito urbano. O coronel viu nelas uma prova de que não se tratou de homicídio premeditado. Talvez por consideração ao promotor que iria abrir o processo, o relatório do coronel fez uma digressão para discutir extensamente sobre a premeditação, crime com dolo e outros conceitos jurídicos e filosóficos afins. Não obstante, ele concluiu afirmando que o verdadeiro idealizador — aquele que ajudou Kadife a decorar suas falas e lhe ensinou as várias manobras que ela haveria de executar à perfeição — foi ninguém menos que o próprio morto. Ao mostrar por duas vezes ao público que o carregador estava vazio, Sunay Zaim enganara Kadife e toda a cidade de Kars. E neste ponto talvez eu deva citar as palavras do próprio coronel, que se reformou antes do prazo normal, pouco depois da publicação de seu relatório. Quando o visitei em sua casa em Ancara e apontei para as fileiras de livros de Agatha Christie em sua estante, ele me disse que o que mais apreciava neles eram os títulos. Quando passamos a falar da arma do ator, ele disse simplesmente: "O carregador estava cheio!". E fazer o público acreditar que um carregador cheio está vazio não é algo que exija habilidades excepcionais a um homem de teatro. Na verdade, depois de três dias de violência implacável exercida sobre eles por Sunay e suas hostes em nome do republicanismo e da ocidentalização (o total de mortes, incluindo a de Sunay, foi de vinte e nove), o povo de Kars ficou tão aterrorizado que seria capaz de olhar um copo vazio e ver um copo cheio.

Se adotamos essa linha de raciocínio, fica claro que Kadife não foi a única cúmplice de Sunay; este, afinal de contas, chegou até a anunciar sua morte com antecedência, e se o povo de Kars estava tão ansioso por vê-lo matar-se no palco, se estava disposto a apreciar o drama, dizendo a si mesmo tratar-se apenas de uma peça de teatro — ele também foi cúmplice. Um outro boato, de que Kadife matara Sunay para vingar a morte de Azul, foi refutado sob a alegação de que qualquer pessoa que receba uma arma de que se diz estar completamente descarregada não pode ser acusada de usá-la com a intenção de matar. Entre os admiradores islamitas de Kadife e seus acusadores secularistas havia alguns que ainda sustentavam que a grande esperteza de Kadife foi a forma como matou Sunay, recusando-se em seguida a matar-se, mas o coronel encarregado da investigação, cuja paciência com essa gente imaginosa tinha limites, afirmou que aquilo era confundir arte com realidade.

O promotor militar de Kars deu grande importância ao meticuloso relatório do coronel, da mesma forma que os juízes, e estes consideraram que Kadife não matara por motivos políticos; eles a julgaram responsável por homicídio culposo e sentenciaram-na a três anos e um mês de prisão. Ela haveria de ser libertada ao cabo de vinte meses na cadeia. Enquadrado nos artigos 313 e 463 do código penal turco, o coronel Osman Nuri Çolak foi acusado de organizar um grupo de vigilância que se envolveu em assassinatos atribuídos a desconhecidos, recebeu por isso uma pena muito longa, mas seis meses depois o governo deu uma anistia geral e ele foi solto. Embora o coronel tivesse sido advertido de que sua libertação se dava sob a condição de não comentar o golpe com ninguém, isso não o impedia de ir à noite ao clube dos oficiais rever seus velhos amigos do exército, e depois de muito beber afirmar que, independentemente do que tivesse se passado, ele pelo menos tivera coragem de viver o sonho de todo soldado que admira Atatürk; de uma forma não muito áspera, ele acusava os amigos de se curvarem diante dos fanáticos religiosos por falta de coragem.

Muitos outros soldados que tiveram participação no golpe tentaram apresentar a si mesmos como patriotas bem-intencionados e elos impotentes na cadeia de comando, mas o tribunal militar foi inflexível. Também eles foram acusados de conspiração, assassinato e uso da propriedade do Estado sem autorização, ficando detidos até a anistia geral a que nos referimos. Um deles, um jovem mas magnânimo oficial que se converteu ao islã depois de solto, publicou sua história (*Também fui um jacobino*) no jornal islamita *Aliança*, mas suas memórias foram censuradas por insultarem o exército. Àquela altura todos já sabiam que o goleiro Vural começara a trabalhar para a agência do MİT local à época em que a revolução começou. O tribunal considerou que os outros atores da trupe de Sunay eram simples artistas.

Funda Eser ficou possessa na noite em que o marido morreu, levantando acusações contra quem quer que lhe cruzasse o caminho, ameaçando denunciar todos eles. Quando se constatou que sofrera um colapso nervoso, ela foi internada na ala psiquiátrica do hospital militar de Ancara, onde ficou sob observação durante quatro meses. Anos depois de ter tido alta, ela haveria de se tornar famosa em todo o país como dubladora da bruxa de um célebre desenho animado da televisão. Ela me disse ainda estar magoada com os caluniadores que impediram seu marido (cuja morte ela agora atribuía a um "acidente de trabalho") de conseguir o papel de Atatürk. Seu único consolo era o de ver que muitas das novas estátuas do grande homem o representavam em notáveis poses criadas por seu marido. Visto que o relatório do coronel implicava Ka no golpe, o tribunal militar intimou-o a depor. Como deixou de comparecer a duas audiências, acusaram-no de obstrução da justiça e emitiram um mandado de prisão contra ele.

Todos os sábados Turgut bei e İpek visitavam Kadife, que cumpria pena em Kars. Durante a primavera e o verão, quando o tempo estava bom, o generoso diretor lhes permitia estender uma toalha de mesa branca sob a amoreira que havia no espaçoso pátio da prisão, e eles passavam a tarde comendo os pimentões recheados de Zahide com azeite, oferecendo bolinhos de carne com arroz aos outros detentos, quebrando e descascando ovos cozidos e ouvindo prelúdios de Chopin no toca-fitas Philips que Turgut bei conseguira consertar. Para evitar que a filha visse em sua sentença um motivo de vergonha, Turgut bei insistia em tratar a prisão como um colégio interno, um lugar onde todas as pessoas de boa família têm de ficar durante algum tempo. Vez por outra ele convidava amigos para acompanhá-los, como o jornalista Serdar bei.

Certo dia, Fazıl acompanhou-os em sua visita, e Kadife disse que gostaria de vê-lo novamente. Dois meses depois que ela foi solta, Fazıl, que era quatro anos mais novo que ela, tornou-se seu marido. Nos primeiros seis meses, eles viveram num quarto do Hotel Palácio de Neve, onde Fazıl passou a trabalhar como recepcionista, mas à época em que visitei Kars eles tinham se mudado para um apartamento deles. Toda manhã, às seis horas, Kadife levava seu filho Ömercan, de seis meses de idade, ao Hotel Palácio de Neve. Zahide e İpek davam comida ao bebê, depois Turgut bei brincava com o neto enquanto Kadife se ocupava das coisas do hotel. Àquela altura Fazıl concluíra que era melhor não ficar tão dependente do sogro, por isso ele tinha dois outros empregos. O primeiro era no Estúdio Fotográfico Palácio da Luz, o segundo na Televisão Fronteiriça de Kars: ele me disse com um sorriso que o nome de sua função era assistente de produção, mas que na verdade não passava de um moço de recados.

Como já contei, no dia em que cheguei, o prefeito ofereceu um jantar em minha homenagem. Conheci Fazıl ao meio-dia do dia seguinte em sua nova casa, na avenida Hulusi Aytekin. Quando eu estava contemplando os enormes flocos de neve que batiam de leve nas muralhas do castelo e mergulhavam nas águas escuras do rio, Fazıl me perguntou inocentemente por que eu viera a Kars. Achando que ele podia fazer algum comentário sobre o fato de İpek ter virado minha cabeça no jantar do prefeito, entrei em pânico e comecei a dar um relato longo e um pouco exagerado do meu interesse pelos poemas que Ka escrevera quando estava em Kars e sobre meu projeto de escrever um livro sobre eles.

"Se os poemas desapareceram, como você pode escrever um livro sobre eles?", perguntou Fazıl, num tom franco e amigável.

"Disso eu sei tão pouco quanto você", disse eu. "Mas deve haver um poema nos arquivos da emissora de televisão."

"Podemos encontrá-lo esta noite. Mas você passou a manhã inteira percorrendo todas as ruas de Kars. Talvez esteja pensando em escrever um romance sobre nós também."

"Eu só estava visitando os lugares que Ka mencionou em seus poemas", eu disse, um tanto incomodado.

"Mas pela expressão de seu rosto vejo que você quer dizer aos seus leitores que somos muito pobres e muito diferentes deles. Não quero que me ponha num romance como esse."

"Por que não?"

"Porque você nem ao menos me conhece, é por isso! Mesmo que venha a me conhecer e me descreva tal como sou, seus leitores ocidentais ficariam com tanta pena de mim que não seriam capazes de ver a minha vida. Por exemplo, se você contasse que estou escrevendo um romance de ficção científica islâmico, eles iam rir. Não quero ser descrito como alguém de quem se ri de pena e de solidariedade complacente."

"Tudo bem."

"Eu sei que o desconcertei", disse Fazıl. "Por favor, não se ofenda, eu sei que você é uma pessoa boa. Mas seu amigo também era uma pessoa boa. Talvez ele até quisesse gostar de nós, mas no final ele cometeu a pior de todas as maldades."

Não me foi fácil ouvir Fazıl atribuir a Ka a traição cometida contra Azul, e não pude deixar de pensar que só a morte de Azul tornou possível seu casamento com Kadife. Mas consegui conter a minha língua.

"Como pode ter certeza de que essa afirmação é verdadeira?", perguntei finalmente.

"Todo mundo em Kars sabe disso." Ele falou numa voz doce, quase afetuosa, tendo o cuidado de não censurar nem a mim nem a Ka.

Em seus olhos eu vi Necip. Eu lhe disse que estava contente de poder ver o romance de ficção científica que ele queria me mostrar, mas Fazıl disse que queria estar ao meu lado quando eu fosse ler. Então sentamos à mesa onde ele e Kadife faziam a primeira refeição do dia na frente da televisão e lemos as primeiras cinquenta páginas do romance de ficção científica que Necip concebera quatro anos antes, e que agora Fazıl estava escrevendo em nome do amigo.

"O que você acha, é bom?", perguntou Fazıl, mas apenas uma vez, acrescentando à guisa de desculpa: "Se você está se cansando, pode parar".

"Não, é bom", respondi, continuando a ler com interesse.

Mais tarde, quando caminhávamos pela avenida Kâzım Karabekir, eu lhe disse com toda a sinceridade o quanto gostara do romance.

"Talvez você diga isso só para me animar", disse Fazıl alegremente, "mas mesmo assim me fez um grande favor, e eu gostaria de retribuir. Por isso, se você resolver escrever sobre Ka, pode falar de mim. Mas só se me deixar falar diretamente aos seus leitores."

"O que você deseja dizer a eles?"

"Não sei. Se eu conseguir pensar no que dizer enquanto você ainda estiver em Kars, eu lhe digo."

Despedimo-nos, depois de combinar nos encontrarmos na emissora de televisão de manhã cedo. Fiquei olhando Fazıl correr pela rua em direção ao Estúdio Fotográfico Palácio da Luz. Quanto de Necip eu vejo nele? Será que ele ainda sente Necip dentro dele, da forma como contou a Ka? Até que ponto um homem ouve a voz de outro homem dentro de si?

Naquela manhã, enquanto eu andava nas ruas de Kars, falando com as mesmas pessoas com quem Ka falou, demorando-me nas mesmas casas de chá, houve muitos momentos em que quase me senti como se fosse Ka. No início de minhas andanças, quando estava na Casa de Chá Irmãos Felizes, onde Ka escrevera "Toda a humanidade e as estrelas", também devaneei sobre meu lugar no universo, exatamente como meu querido amigo fizera. De volta ao Hotel Palácio de Neve, quando fui pegar a chave do quarto, Cavit, o recepcionista, me disse que eu andava apressado, "igualzinho a Ka". Quando eu andava numa rua secundária, um merceeiro saiu à porta e me perguntou: "Você é o escritor de Istambul?". Ele me convidou a entrar e me pediu que escrevesse que todas as informações que os jornais publicaram quatro anos antes sobre a morte de sua filha Teslime eram falsas.

Ele falava comigo da mesma forma que devia ter falado com Ka e me ofereceu uma Coca-Cola, da mesma forma como oferecera a ele. Até que ponto aquilo era uma coincidência, até que ponto era pura imaginação minha? A certa altura, dando-me conta de que estava na rua Baytarhane, parei e levantei os olhos para as janelas do sheik Saadettin e então, para entender como Ka se sentira quando o visitou, subi um a um os degraus que Muhtar descreveu em seu poema.

Encontrei os poemas de Muhtar entre os papéis de Ka em Frankfurt, e concluí que Ka não os enviara a Fahir. Mas uns cinco minutos depois de ser apresentado a Muhtar, ele disse que Ka se comportara como um "verdadeiro gentleman", contou que Ka ficara tão impressionado com os seus poemas que se prontificara a enviá-los a um conceituado editor de Istambul, com uma carta que punha seus poemas nas alturas. Muhtar estava feliz com os rumos que sua vida tinha tomado. Embora o Partido da Prosperidade tivesse sido extinto, ele estava certo de que, quando houvesse novas eleições, seria o candidato do novo partido islamita, e se mostrava confiante de que chegaria o dia em que seria prefeito. Graças aos modos calorosos e simpáticos de Muhtar, pudemos visitar o quartel central da polícia (embora não nos tenham permitido ver o porão) e o hospital público onde Ka beijara a cabeça sem vida de Necip. Quando Muhtar me levou para ver o que restava do Teatro Nacional e as salas que ele transformara num depósito de eletrodomésticos, admitiu ser corresponsável pela destruição daquele edifício de duzentos anos. E então, à guisa de consolo, acrescentou: "Pelo menos era um edifício armênio, e não turco". Ele me mostrou todos os lugares de que Ka se lembrava quando sentia desejo de voltar. Não parei de pensar em Ka enquanto andávamos na neve e passávamos pelo mercado de frutas.

Quando andávamos na avenida Kâzım Karabekir, Muhtar apontou cada uma das lojas de ferragens. Então ele me levou à galeria Halıl Paşa, e se despediu, depois de me ter apresentado o seu adversário político, o advogado Muzaffer bei. O ex-prefeito rememorou longamente os dias gloriosos da cidade nos primeiros anos da República, da mesma forma como o fizera com Ka, e enquanto eu avançava pelos sombrios corredores da galeria, um rico comerciante de laticínios que estava à porta da Associação dos Amigos dos Animais gritou: "Orhan bei!". Ele me convidou para entrar e deu uma demonstração de sua notável memória contando a visita de Ka à associação, mais ou menos na hora em que o diretor do Instituto de Educação fora assassinado, e que ele se recolhera a um canto e ficara a cismar.

Não era fácil para mim ouvir seu relato do momento em que Ka se deu conta de estar apaixonado por İpek, pouco antes do encontro que eu marcara com ela na Confeitaria Vida Nova. Acho que foi para acalmar os nervos, para controlar o medo, que entrei no Café Campos Verdejantes e tomei um *raki*. Mas no momento em que me sentei diante de İpek na Confeitaria Vida Nova, percebi que minha precaução me tornara ainda mais vulnerável. Como eu tomara o *raki* de estômago vazio, em vez de me acalmar, minha cabeça começou a rodar. Os olhos dela eram muito grandes, e o tipo de rosto comprido de que tanto gosto. Enquanto me esforçava para decifrar o mistério de sua beleza — embora eu não tivesse parado de pensar nisso desde que a conhecera na noite anterior, sentia necessidade de sondar suas profundezas —, aumentei ainda mais minha confusão e meu desespero refletindo que conhecia em detalhes o tempo que passara com Ka e o amor que sentiram um pelo outro. Era como se estivesse descobrindo em mim mais uma fraqueza. Era como se aquilo me servisse de lembrete de que Ka vivera sua vida naturalmente, da forma como ela lhe vinha, como verdadeiro poeta que era, ao passo que eu era um ser mais apagado, um romancista de alma simples que, como um funcionário público, sentava para trabalhar à mesma hora todos os dias. Foi por isso, talvez, que passei a dar a İpek um relato tão vivo e compassivo da rotina diária de Ka em Frankfurt, contando que ele se levantava toda manhã no mesmo horário, percorria as mesmas ruas a caminho da mesma biblioteca e sentava-se para trabalhar à mesma mesa de leitura.

"Eu estava mesmo resolvida a ir para Frankfurt com ele", disse İpek, mencionando vários fatos que comprovavam isso, inclusive a mala que já estava pronta. "Mas agora já não consigo lembrar por que achei Ka tão encantador. Dito isso, gostaria de ajudá-lo para que possa escrever o seu livro, em respeito pela amizade que lhe dedicava."

"Você já ajudou muitíssimo. Ka escreveu de forma brilhante sobre o tempo que passou aqui, e isso graças a você", disse eu, tentando provocá-la. "Ele encheu vários cadernos com um relato minucioso de cada minuto de sua visita de três dias. A única lacuna são as poucas horas antes de sua partida."

Com surpreendente franqueza, ela começou a contar o que acontecera nesse intervalo de tempo, ao que parece sem nada esconder, embora deva ter sido muito difícil revelar sua intimidade. Não pude deixar de admirar sua honestidade quando ela me deu seu próprio relato, minuto a minuto, das últimas horas de Ka na cidade: o que ela vira com seus próprios olhos e o que ela imaginara do que não vira.

"Você não tinha nenhuma prova cabal, mas resolveu não ir para Frankfurt?", disse eu, tentando novamente provocá-la.

"Às vezes a gente sente uma coisa no coração e tem certeza de que é verdade."

"Você é a primeira pessoa a falar em coração", disse eu, e, como que para consolá-la por isso, contei-lhe o que tinha concluído das cartas que Ka escrevera para ela em Frankfurt e nunca enviara. Eu disse a ela que Ka não conseguiu esquecê-la. Ele ficou muito perturbado, e durante todo o ano que se seguiu à sua volta para a Alemanha só conseguia dormir à base de soníferos. Ele bebia até ficar atordoado. Quando vagava pelas ruas de Frankfurt, não se passavam quinze minutos sem que confundisse alguma mulher vista à distância com İpek. Até o fim da sua vida passava várias horas por dia lembrando-se dos momentos felizes que viveram juntos — o mesmo filme passando e tornando a passar em câmera lenta em sua cabeça — e alegrava-se muito toda vez que conseguia ficar ao menos quinze minutos sem pensar nela. Ele nunca mais tivera relações com nenhuma mulher, e depois de tê-la perdido ficou com a sensação de não ser uma pessoa real, mas um fantasma. Quando vi a expressão de dor em seu rosto, como se exclamasse mudamente "Por favor, basta!", quando suas sobrancelhas se arquearam como se diante de um enigma, percebi horrorizado que eu não estava defendendo a causa de meu amigo, mas a minha própria.

"Seu amigo pode ter me amado muito", disse ela. "Mas não o bastante para voltar a Kars para me ver."

"Havia uma ordem de prisão contra ele."

"Isso não deveria impedi-lo de vir. Ele poderia comparecer ao tribunal, como ordenado, e o caso seria encerrado. Por favor, não me entenda mal — ele fez bem em não vir —, mas o fato é que Azul conseguiu entrar clandestinamente em Kars muitas vezes, para vir me visitar, ainda que havia muito tempo houvesse ordens de matá-lo."

Doía-me o coração ver que quando ela falava em Azul seus olhos castanhos se iluminavam e seu semblante toldava-se com uma melancolia que só podia ser absolutamente verdadeira.

"Mas o maior medo de seu amigo não era o da justiça", disse ela, como para me consolar. "Ele sabia muito bem qual fora seu verdadeiro crime, e foi por causa dele que não fui à estação."

"Você não apresentou a mínima prova de que ele de fato foi o culpado", disse eu.

"Para isso, só preciso olhar no seu rosto. Você carrega a culpa por ele." Satisfeita com sua resposta inteligente, ela recolocou o isqueiro e os cigarros na bolsa para indicar que a conversa terminara. A resposta fora mesmo inteligente: ela me obrigou a me olhar no espelho e ver o que ela via, isto é, que eu estava com ciúmes não de Ka, mas de Azul. E uma vez reconhecida essa verdade, eu sabia ter sido derrotado. Mais tarde eu iria chegar à conclusão de que a interpretara mal: ela só queria me aconselhar a não me deixar vencer pelo sentimento de culpa. Ela se levantou e vestiu o casaco. Como era alta e distinta!

Senti-me perturbado. "Vamos nos encontrar novamente esta noite, não é?", disse eu. Eu não precisava ter dito isso.

"Claro. Meu pai conta com a sua presença", disse ela, e se afastou com seu passo gracioso.

Fiz um esforço para lamentar o fato de que ela considerava Ka culpado, mas sabia que estava enganando a mim mesmo. Na verdade, quando eu estava ali sentado evocando meu "querido amigo falecido", o que eu queria mesmo era falar dele com uma voz cheia de melancolia e então, pouco a pouco, expor suas fraquezas, suas obsessões, seu "crime", e finalmente apagar sua nobre lembrança enquanto eu subia a bordo do mesmo navio que ela, para fazermos nossa primeira viagem juntos. Os sonhos que eu acalentara durante minha primeira noite em Kars — levar İpek comigo para Istambul — agora pareciam muito distantes: diante da vergonhosa verdade, tudo o que eu queria agora era provar a inocência de meu amigo. Podemos supor então que, no que dizia respeito aos dois mortos, fora Azul que me despertara ciúmes, e não Ka?

Percorrer as ruas cheias de neve de Kars depois do anoitecer só serviu para piorar meu estado de ânimo. A Televisão Fronteiriça de Kars mudara-se para um novo prédio na avenida Karadağ, em frente ao posto de gasolina. Era um edifício de concreto de quatro andares que fora anunciado, em sua inauguração, como um claro sinal de que Kars estava se destacando no cenário mundial. Não obstante, dois anos depois seus corredores estavam tão enlameados, escuros e sujos como todos os outros da cidade.

Fazıl estava esperando por mim no estúdio, que ficava no terceiro andar. Depois de me apresentar aos oito funcionários que trabalhavam com ele na emissora, sorriu afavelmente e disse: "Meus colegas querem saber se você não gostaria de dizer algumas palavras no programa da noite". Meu primeiro pensamento foi o de que aquilo poderia me ajudar em minha pesquisa. Durante minha entrevista de cinco minutos, o jovem apresentador dos programas, Hakan Özge, disse inesperadamente (embora, talvez, por sugestão de Fazıl): "Ouvi dizer que você está escrevendo um romance ambientado em Kars!". A pergunta me perturbou, mas consegui responder sem me comprometer. Não se fez menção a Ka.

Entramos então na sala do diretor para examinar as estantes cheias de videocassetes. Como todas tinham a indicação de data, como é de praxe, logo localizamos as fitas das duas primeiras transmissões ao vivo do Teatro Nacional. Nós as levamos a uma salinha abafada e nos sentamos, com dois copos de chá, diante do velho aparelho de televisão. A primeira coisa que vi foi a performance de Kadife em *A tragédia de Kars*. Devo confessar que fiquei impressionado com as "vinhetas críticas" de Sunay Zaim e Funda Eser, para não falar das paródias de vários comerciais de televisão bastante populares à época. Na cena em que Kadife descobriu a cabeça mostrando a bela cabeleira, antes de matar Sunay, eu parei a fita, voltei e repeti, tentando ver o que acontecera exatamente. A morte de Sunay parecia mesmo uma cena de teatro. Achei que só as pessoas da primeira fila teriam alguma chance de ver se o carregador estava cheio ou vazio.

Quando coloquei a fita de *Minha pátria ou meu manto*, logo percebi que os vários elementos da peça — as imitações, as confissões do goleiro Vural, as danças do ventre de Funda Eser — não passavam de pequenos shows paralelos que a trupe inseria em todas as peças que fazia. A barulheira, a gritaria e os slogans que se ouviam no salão, para não falar das más condições da fita, tornavam impossível entender o que se dizia. Mas eu repassei a fita várias vezes, tentando ouvir Ka recitando o poema a que ele mais tarde daria o título de "O lugar onde Deus não existe". Quase por um milagre, consegui anotar a maior parte dele. Quando Fazıl me perguntou o que teria feito Necip levantar-se de um salto enquanto Ka recitava o poema, passei-lhe a folha de papel em que eu anotara às pressas tudo o que eu conseguira ouvir dele.

Quando chegamos à parte em que os soldados abriram fogo contra a plateia, assistimos à cena duas vezes.

"Agora você já andou por toda a Kars", disse Fazıl. "Mas há outro lugar que eu gostaria de lhe mostrar." Um tanto embaraçado, mas também com certo ar de mistério, ele me disse que o lugar que ele tinha em mente era a escola secundária religiosa. A escola mesmo estava fechada, mas como certamente eu poria Necip no livro também, era importante ver o alojamento onde ele passara os últimos anos de sua vida.

Quando avançávamos na neve pela avenida Conquistador Ahmet Muhtar, vi um cão cor de carvão com uma mancha branca no meio da testa, e ao me dar conta de que bem poderia ser o cão sobre o qual Ka escrevera um poema, entrei numa mercearia para comprar pão e um ovo cozido: o animal ficou abanando alegremente a cauda espiralada, enquanto eu descascava o ovo para ele.

Quando Fazıl viu que o cão estava nos seguindo, disse: "Esse é o cachorro da estação. Eu não lhe contei tudo lá, talvez por temer que você não quisesse vir. O velho alojamento agora está vazio. Depois do golpe, ele foi fechado. Desde então ninguém mais mora lá, e foi por isso que eu trouxe esta lanterna da estação". Dito isso, apontou a lanterna para os olhos ansiosos do cão negro, que continuava a abanar a cauda. O alojamento, uma velha mansão armênia, já sediara o consulado russo, onde o cônsul morava sozinho com seu cão. A porta que dava para o jardim estava trancada. Fazıl me tomou pela mão e me ajudou a pular o muro baixo. "Era assim que a gente fugia de noite", disse ele. Ele apontou para uma grande janela lá no alto. Passando pela janela sem vidraça com a facilidade de quem já estava habituado a fazer isso, ele se voltou para iluminar o meu caminho com a lanterna. "Não tenha medo", disse ele. "Aqui só tem pássaros, mais nada." Lá dentro estava escuro feito breu. Muitas janelas estavam fechadas com tábuas, e as vidraças das outras estavam tão sujas e cobertas de gelo que a luz não as atravessava, mas Fazıl achou sem dificuldade o caminho que levava às escadas. Ele avançou sem hesitação, mas voltando-se o tempo todo como um lanterninha de cinema para me mostrar o caminho. Tudo cheirava a poeira e a mofo. Passamos por portas que tinham sido arrombadas a pontapés na noite da invasão e por paredes crivadas de balas; acima de nossa cabeça, pombos voavam assustados dos ninhos que tinham construído nos ângulos dos tubos de água quente e nos cantos do teto alto.

No último andar, andamos por entre beliches vazios e enferrujados. "Esta era a minha cama, e esta a de Necip", disse Fazıl. "Havia noites em que, para não acordar ninguém com os nossos sussurros, dormíamos na mesma cama, contemplávamos as estrelas e conversávamos."

Pelas frestas de uma das janelas altas, víamos flocos de neve movendo-se devagar no halo da lâmpada do poste de iluminação. Deixei-me ficar ali olhando com toda a atenção, imbuído da mais profunda reverência.

"Necip costumava olhá-las da cama", disse Fazıl. Ele apontou para a estreita abertura entre dois edifícios: à esquerda — logo depois do jardim — via-se a parede sem janelas do Banco Rural; à direita, outra parede sem janelas, os fundos de um alto edifício de apartamentos; o espaço de dois metros entre elas, estreito demais, é antes um corredor que uma rua. Uma lâmpada fluorescente no primeiro andar projetava uma luz violácea no chão enlameado lá embaixo. Para evitar que as pessoas confundissem o corredor com uma rua, colocara-se no meio da parede um cartaz em que se lia ENTRADA PROIBIDA. No fim do corredor, que segundo Fazıl inspirara a visão de Necip do "fim do mundo", havia uma árvore escura e sem folhas, e no exato instante em que a observávamos, ela ficou vermelha como se estivesse em chamas.

"Faz sete anos que a luz vermelha do letreiro do Estúdio Fotográfico Palácio de Luz tem esse defeito", sussurrou Fazıl. "Ela fica acendendo e apagando, e toda vez que a víamos piscando da cama de Necip, aquele oleandro parecia estar em chamas. Muitas vezes Necip sonhava com essa visão a noite inteira. Ele chamava a visão de 'aquele mundo', e ao alvorecer das noites insones às vezes dizia 'Fiquei vendo aquele mundo a noite inteira!'. Ele conversou com Ka sobre aquilo, e seu amigo o pôs num poema. Percebi isso ao assistir à gravação do programa, e foi por isso que eu o trouxe aqui. Mas seu amigo desonrou Necip ao intitular o poema 'O lugar onde Deus não existe'."

"Foi seu amigo quem descreveu essa paisagem para Ka chamando-a de 'o lugar onde Deus não existe'", disse eu. "Tenho certeza", acrescentei.

"Não acredito que Necip tenha morrido ateu", disse Fazıl em tom cauteloso. "Exceto pelo fato, é claro, de que tinha dúvidas quanto a si próprio."

"Você não ouve mais Necip dentro de você?", perguntei. "Essa história toda não o faz ter medo de ir se tornando ateu tão gradualmente que nem se dê conta disso, como o homem da história?"

Fazıl não gostou de ver que eu sabia das dúvidas que ele expusera a Ka quatro anos antes. "Agora sou um homem casado, tenho um filho", disse ele. "Agora não tenho mais interesse por esse assunto." Pode ser que estivesse me tratando como alguém que viera do Ocidente para aliciá-lo para o ateísmo, porque de repente ele assumiu uma atitude mais conciliadora. "Vamos deixar esse assunto para depois", disse ele em tom amigável. "Estão nos esperando para jantar em casa de meu sogro, e não seria certo deixá-los esperar, não é?"

Mas antes de descermos as escadas ele me levou ao grande salão onde outrora funcionara a principal seção do consulado russo. Apontando para a mesa, as cadeiras e as garrafas de *raki* quebradas a um canto, ele disse: "Quando as estradas se abriram, Z Demirkol e sua equipe de operações especiais ficaram aqui por alguns dias para poderem matar mais islamitas e nacionalistas curdos".

Até aquela altura, eu conseguira deixar aquela parte da história fora de minha mente, mas agora ela voltava para mim como por vingança. Eu não queria, de modo algum, pensar sobre as últimas horas de Ka na cidade.

O cão cor de carvão ficara esperando por nós no portão do jardim e nos acompanhou até o hotel.

"Você parece estar muito perturbado", disse Fazıl. "Qual é o problema?"

"Antes de irmos jantar, você pode dar um pulinho em meu quarto? Eu queria lhe dar uma coisa."

Quando peguei minha chave com Cavit, olhei pela porta aberta do escritório de Turgut bei e vi a sala iluminada mais adiante, a comida disposta à mesa, ouvi os convidados conversando e senti a presença de İpek. Eu trazia na mala as fotocópias que Ka fizera das cartas de amor escritas por Necip para Kadife quatro anos antes, e quando chegamos ao quarto eu as entreguei a Fazıl. Só muito depois me ocorreu que eu queria que ele fosse atormentado pelo fantasma de seu amigo tanto quanto eu o era pelo de Ka.

Fazıl sentou-se à beira da cama para ler as cartas, e eu tornei à mala para pegar um dos cadernos de Ka. Abrindo-o no floco de neve que eu vira pela primeira vez em Frankfurt, vi uma coisa que uma parte de mim podia ter reconhecido havia muito tempo. Ka situara "O lugar onde Deus não existe" bem no alto do eixo da Memória. Isso me fez pensar que ele estivera no alojamento deserto que Z Demirkol e seus amigos usaram como base de operações no finalzinho do golpe, olhara pela janela de Necip e então descobrira, pouco antes de partir de Kars, a verdadeira origem da paisagem de Necip. Todos os outros poemas no eixo da Memória reportavam-se a sua infância ou a suas lembranças de Kars. Então, também eu me convenci da verdade da história em que toda a Kars acreditava: depois de fracassar na tentativa de convencer Kadife a desistir da peça, e enquanto İpek estava presa no quarto dele, Ka procurara Z Demirkol, que o esperava em sua nova base de operações para ouvir de Ka onde podia encontrar Azul.

Tenho certeza de que, naquele momento, minha expressão de espanto nada ficava a dever à de Fazıl. Lá de baixo vinham os ecos das conversas dos convidados, os ruídos da rua, os suspiros da triste cidade de Kars. Perdidos em nossas respectivas lembranças, Fazıl e eu nos deixávamos vencer pela presença irresistível de nossos predecessores, mais complexos, mais apaixonados e mais autênticos.

Olhando pela janela a neve cair, eu disse a Fazıl que já estava na hora de descermos. Fazıl desceu primeiro, saindo com a expressão culpada de quem acabara de cometer um crime. Deitei-me na cama e imaginei os pensamentos de Ka enquanto andava do Teatro Nacional em direção ao alojamento. Imaginei o esforço sobre-humano que tivera de fazer para olhar Z Demirkol nos olhos. E como ele certamente não soubera dar a exata localização das ruas, deve ter sido obrigado a entrar no carro dos que queriam caçar Azul, para mostrar-lhes o caminho. Que terrível tristeza senti ao imaginar meu amigo apontando o edifício à distância. Ou teria sido algo ainda pior? Será que o escritor burocrata comprazia-se secretamente com a queda do poeta sublime? O pensamento me trouxe um tal sentimento de culpa que me esforcei para pensar em outra coisa.

Quando desci ao térreo para juntar-me a Turgut bei e aos seus convidados, novamente me senti avassalado pela beleza de İpek. Recai bei, o refinado amante de livros que dirigia a companhia de eletricidade, fez o possível para melhorar meu estado de ânimo, da mesma forma que Serdar bei e Turgut bei. Mas não nos detenhamos nessa longa noite, no decorrer da qual todos me trataram com a máxima solicitude e eu me excedi na bebida. Toda vez que eu olhava para İpek do outro lado da mesa, sentia alguma coisa partir-se dentro de mim. Eu me vi dando entrevista na televisão. Ver os gestos nervosos que eu fazia com a mão era um tormento. Peguei o pequeno gravador que carregava comigo por toda a cidade para gravar as opiniões de meus anfitriões e de seus convidados sobre a história da cidade, a situação do jornalismo e a noite da revolução, mas fiz tudo isso com o ânimo abatido de quem já não acredita no trabalho que está fazendo. Enquanto tomava a sopa de lentilhas de Zahide, comecei a me imaginar como personagem de um romance da década de 40. Concluí que a prisão fizera bem a Kadife. Agora ela estava mais amadurecida, mais segura de si. Ninguém mencionou Ka — nem mesmo sua morte —, e isso me doeu. A certa altura İpek e Kadife foram ao quarto contíguo, onde o pequeno Ömercan estava dormindo. Senti vontade de acompanhá-las, mas àquela altura o vosso autor já "tinha bebido demais, como é próprio dos artistas". E na verdade eu estava tão bêbado que não conseguia ficar de pé.

Mas ainda guardo uma lembrança bastante nítida daquela noite. Já bem tarde, eu disse a İpek que queria ver o quarto de Ka, o de número 203. Todos à mesa se calaram e se voltaram para nos olhar.

"Está bem", disse İpek. "Vamos."

Ela pegou a chave na recepção e eu a segui escada acima. O quarto. A janela, as cortinas, a neve. O cheiro de sono, o aroma de sabonete, o leve cheiro de poeira. O frio. Enquanto İpek olhava, ainda desejosa de me conceder o benefício da dúvida, mas não totalmente confiante, sentei-me à beira da cama onde meu amigo passara os melhores momentos de sua vida fazendo amor com aquela mulher. E se eu morresse ali, se eu declarasse meu amor por İpek, se eu ficasse ali olhando pela janela? Estavam todos embaixo esperando por nós, sim, todos esperavam por nós à mesa. Murmurei umas bobagens que fizeram İpek sorrir. Lembro-me de que ela me brindou com um sorriso muito doce quando eu lhe disse as palavras vergonhosas que ensaiara previamente:

"Nadadámaisfelicidadedoque o amor... nemoslivrosqueagenteescrevenemascidadesqueagentevê... Sinto-memuitosozinho... seeulhedissesse quequeroficaraquinestacidadejuntodevocêatéofimdeminhavidavocêacreditaria?"

"Orhan bei", disse İpek, "fiz o possível para amar Muhtar, mas não adiantou. Eu amei Azul de todo o coração, mas de nada adiantou. Eu achei que podia aprender a amar Ka, mas isso também não deu em nada. Eu sonhava com um bebê que nunca veio. Acho que nunca mais vou amar ninguém, simplesmente não tenho coração para isso. A única coisa que desejo agora é cuidar do meu sobrinho Ömercan. Mas de qualquer forma eu lhe agradeço, ainda que não possa levar sua proposta a sério."

Pela primeira vez, em minha presença, ela não dissera

"seu amigo"; ela disse Ka e eu lhe agradeci efusivamente por isso. Será que poderíamos nos encontrar no dia seguinte, ao meio-dia, na Confeitaria Vida Nova, só para falar um pouco mais de Ka?

Ela sentia muito, mas estava bastante ocupada. Mas querendo agir como uma perfeita anfitriã, prometeu ir na noite seguinte à estação, com o resto da família, para se despedir de mim.

Eu agradeci e confessei que não teria forças para voltar à mesa do jantar (eu temia também começar a chorar), por isso me joguei na cama e apaguei.

Na manhã seguinte consegui deixar o hotel sem que ninguém visse e passei o dia vagando pela cidade, primeiro com Muhtar, depois com Serdar bei e Fazıl. Como eu esperava, o fato de aparecer no noticiário da noite da televisão predispôs a gente de Kars a conversar comigo, por isso consegui reunir muitas informações essenciais que esclareceram o final de minha história. Muhtar me apresentou ao proprietário do periódico *Lança*, o primeiro jornal militante islamita de Kars (tiragem de setenta e cinco exemplares); conheci também um farmacêutico aposentado que era o gerente editorial do jornal, embora ele tenha se atrasado muito para o encontro. Os dois homens disseram-me que as medidas antidemocráticas tomadas contra o jornal provocaram um recuo no movimento islâmico de Kars, e mesmo o anseio popular por uma escola secundária religiosa permanecia insatisfeito. Só depois que eles terminaram de falar me lembrei de que Fazıl e Necip um dia tramaram matar aquele farmacêutico idoso por ter beijado Necip duas vezes de modo estranho.

O proprietário do Hotel Ásia agora escrevia para o *Lança*, e quando passamos a discutir os fatos recentes, ele se lembrou do quanto ficara aliviado pelo fato de que o homem que matara o diretor do Instituto de Educação quatro anos antes não era de Kars, um detalhe que eu esquecera, sem saber por quê. Descobriu-se que o assassino, disse ele, tinha uma casa de chá em Tokat; mais tarde ficou provado que ele cometera outro assassinato mais ou menos à mesma época, usando a mesma arma. Quando os exames balísticos chegaram de Ancara, o homem de Tokat foi acusado do crime e confessou que fora a Kars a convite de Azul. Segundo um relatório médico apresentado ao tribunal, ele sofrera um colapso nervoso, por isso o juiz o encaminhou ao Hospital Psiquiátrico de Bakirköy. Libertado três anos depois, abriu a Casa de Chá Alegre Tokat em Istambul, onde resolveu se estabelecer, e agora escreve para o jornal *Aliança*, onde tem uma coluna sobre os direitos civis das jovens que usam manto.

A causa das jovens de manto de Kars perdera muito de sua força quatro anos antes, quando Kadife descobriu a cabeça, e embora agora parecesse ressurgir, tantas jovens tinham sido expulsas e tantas outras transferidas para universidades em outras cidades que o movimento de Kars estava longe de ter o dinamismo do de Istambul. A família de Hande recusou-se a me receber.

O bombeiro com forte voz de barítono que fora levado para a emissora de televisão na manhã seguinte à revolução para cantar canções populares turcas ganhara tantos fãs que agora tinha um programa semanal na Televisão Fronteiriça de Kars, *Canções das regiões fronteiriças da Turquia*. O programa era gravado às terças-feiras e levado ao ar na noite de sexta. O zelador do Hospital Geral de Kars, amante de música, amigo íntimo e um dos mais devotados seguidores de sua excelência o sheik Saadettin, acompanhava-o num *saz* rítmico.

Serdar bei me apresentou também a Quatro-Olhos, o rapaz que subira ao palco na noite da revolução. Proibido pelo pai de subir ao palco novamente, ainda que numa peça escolar, agora estava adulto e ainda trabalhava na distribuição do jornal. Ele me informou sobre os socialistas de Kars que dependiam dos jornais de Istambul para se inteirarem das notícias: eles continuavam grandes admiradores dos islamitas e dos nacionalistas turcos dispostos a dar a vida em sua luta contra o Estado, e vez por outra publicavam manifestos que ninguém se dava ao trabalho de ler. Naquela época suas atividades não iam muito além de se gabarem dos atos heroicos do passado e dos sacrifícios que fizeram na juventude.

Ao que parecia, todas as pessoas que conheci em minhas andanças pelas ruas de Kars esperavam um herói, um grande homem disposto a fazer grandes sacrifícios que as libertassem da pobreza, do desemprego, da desordem e das matanças. Talvez por eu ser um romancista de certa fama, toda a cidade, ao que parecia, esperava que eu fosse esse grande homem que eles esperavam. Infelizmente, eu os iria desapontar com meus maus modos de Istambul, meu desligamento e falta de organização, meu egoísmo, minha obsessão por meu projeto e minha pressa. E, o que é pior, eles não esconderam seu desapontamento.

O alfaiate Maruf, por exemplo, depois de me contar a história de sua vida na Casa de Chá União, afirmou que eu deveria ter aceitado o seu convite para ir à sua casa conhecer seu sobrinho e beber com eles; deveria também me demorar mais dois dias em Kars, para assistir à conferência organizada pelos jovens seguidores de Atatürk, na noite de quinta-feira; devia ter fumado todos os cigarros e bebido todos os copos de chá que me ofereceram em sinal de amizade (eu cheguei perto disso).

O pai de Fazıl tinha um amigo do exército, natural de Varto, que me contou que nos últimos quatro anos quase todos os militantes curdos tinham sido mortos ou encarcerados; ninguém mais se juntava aos guerrilheiros. Quanto aos jovens curdos que participaram da reunião no hotel Ásia, tinham todos abandonado a cidade, embora na luta de galo da noite de domingo eu tenha visto o neto de Zahide, apaixonado por apostas. Ele me cumprimentou efusivamente e tomamos um pouco de *raki* disfarçadamente, em xícaras de chá.

Como estava ficando tarde, comecei a andar de volta ao hotel, avançando penosamente pela neve como um viandante que estivesse sozinho no mundo, sem um amigo, a alma cheia de tristeza. Eu ainda tinha bastante tempo antes da partida, mas queria ir embora sem ser visto, por isso fui direto ao meu quarto para fazer as malas.

Quando eu estava saindo pela porta da cozinha, dei com Saffet, o detetive. Agora estava aposentado, mas ainda vinha tomar a sopa de Zahide toda noite. Ele me reconheceu imediatamente da entrevista à televisão e disse que tinha algumas coisas a me contar. Na Casa de Chá União, ele me disse que, embora oficialmente aposentado, às vezes fazia trabalhos avulsos para o Estado. Afinal de contas, não existia aposentadoria para detetives em Kars. Ele me procurara porque os serviços de inteligência da cidade estavam ansiosos por saber o que eu fora desencavar ali (teria alguma coisa a ver com "o problema armênio", as associações religiosas, os partidos políticos?). Sorrindo amavelmente, acrescentou que se lhe dissesse qual era meu verdadeiro objetivo, eu o ajudaria a ganhar um dinheirinho extra.

Escolhendo as palavras com todo o cuidado, falei-lhe sobre Ka. Lembrei-o de que seguira os passos de meu amigo por toda a cidade durante sua visita, quatro anos atrás. Que recordações ele tinha de meu amigo?, perguntei.

"Ele era um homem que se preocupava com as pessoas, e gostava de cachorros também — um homem bom", disse ele. "Mas sua mente ainda estava na Alemanha, e era muito introvertido. Hoje em dia ninguém mais aqui gosta de Ka."

Ficamos em silêncio por um bom tempo. Ainda apreensivo, mas supondo que ele soubesse alguma coisa, finalmente lhe perguntei por Azul, e descobri que um ano antes, da mesma maneira como eu estava ali perguntando sobre Ka, vários jovens islamitas tinham vindo de Istambul para perguntar sobre Azul, aquele inimigo do Estado. Eles foram embora sem descobrir seu túmulo, provavelmente porque o corpo tinha sido jogado no mar de um avião, para evitar que seu túmulo se tornasse um lugar de peregrinação.

Quando Fazıl juntou-se a nós na mesa, ele disse ter ouvido histórias como essa. Disse também ter ouvido falar que os mesmos jovens islamitas, em sua peregrinação, faziam o mesmo caminho que Azul fizera em suas andanças. Eles fugiram para a Alemanha, onde fundaram um grupo de islamitas radicais que crescia rapidamente em Berlim. Segundo os ex-colegas de Fazıl da escola secundária religiosa, eles escreveram um manifesto — publicado na primeira página de *Peregrinação*, um jornal sediado na Alemanha — no qual juravam se vingar dos responsáveis pela morte de Azul. Concluímos que a esse grupo se devia a morte de Ka. Talvez o único manuscrito de seu livro estivesse agora em Berlim, nas mãos dos Peregrinos de Azul — ou pelo menos foi isso que imaginei por um instante enquanto contemplava a neve lá fora.

Àquela altura outro policial veio sentar-se a nossa mesa para me dizer que todas aquelas histórias não passavam de boatos. "Eu não tenho olhos cinza!", disse ele. Eu não tinha ideia do que significava ter olhos cinza. Ele amara a finada Teslime de todo o coração, e se ela não tivesse se matado, eles teriam se casado. Foi então que me lembrei de ter lido nos cadernos de Ka que, quatro anos antes, Saffet confiscara a carteira de estudante de Fazıl na biblioteca pública. Ocorreu-me que, havia muito tempo, tanto Saffet como Fazıl tinham esquecido aquela história.

Quando Fazıl e eu saímos novamente para as ruas cobertas de neve, os dois policiais nos acompanharam — não sei se por amizade ou por curiosidade profissional —, e enquanto andávamos eles nos falaram livremente de suas vidas, do vazio da vida em geral, da dor do amor e do envelhecimento. Nenhum dos dois estava de chapéu, e quando os flocos de neve lhes caíam nos cabelos brancos, não se derretiam. Perguntei-lhes se hoje em dia a cidade estava ainda mais pobre e mais deserta que quatro anos antes. Fazıl disse que nos últimos anos todo mundo passava mais tempo vendo televisão e que, em vez de passarem os dias nas casas de chá, os desempregados agora preferiam ficar em casa assistindo a filmes do mundo inteiro, que chegavam aos seus televisores via satélite. Todos na cidade tinham economizado para comprar aqueles pratos brancos mais ou menos do tamanho de tampas de panelas de pressão que agora se viam em todas as janelas. Segundo ele, aquela era a única novidade na cidade.

Paramos na Confeitaria Vida Nova, onde ambos comemos um dos deliciosos rocamboles com recheio de nozes que custaram a vida ao diretor do Instituto de Educação: aquilo seria nossa refeição da noite. Quando os policiais viram que estávamos andando em direção à estação, despediram-se de nós, e enquanto Fazıl e eu passávamos diante de lojas fechadas, casas de chá vazias, mansões armênias abandonadas e vitrines profusamente iluminadas, eu de vez em quando dava uma olhada nos galhos cobertos de neve das castanheiras e choupos, que se elevavam sobre as ruas iluminadas de forma irregular pelas fantasmagóricas luzes de neon. Como os policiais não nos seguiam mais, tomamos as ruas secundárias. A neve, que havia pouco dava sinais de que ia parar, começou a cair mais intensamente. Talvez pelo fato de as ruas se encontrarem vazias, talvez pela minha tristeza por estar prestes a deixar Kars, comecei a me sentir culpado, como se estivesse abandonando Fazıl a uma vida solitária naquela cidade deserta. Eu observei que os pingentes de gelo dos galhos nus de dois oleandros se tinham entretecido formando uma cortina de tule; vi um pardal esvoaçar sobre um ninho de gelo, esgueirar-se por entre enormes flocos de neve e passar voando acima de nossa cabeça. O branco lençol de neve que acabara de cair fizera descer sobre as ruas um silêncio tão profundo que, afora o ruído de nossos passos, a única coisa que podíamos ouvir era nossa própria respiração. Quanto mais andávamos, mais difícil e ruidosa ficava nossa respiração, enquanto as casas e as lojas continuavam silenciosas como num sonho.

Parei por um momento no meio de uma rua para acompanhar a queda silenciosa de um floco de neve até o chão. No mesmo instante, Fazıl apontou para um cartaz que havia acima da entrada da Casa de Chá Divina Luz. Em letras desbotadas, pois estavam lá havia quatro anos, lemos a inscrição:

OS SERES HUMANOS SÃO OBRAS-PRIMAS DE DEUS

E

O SUICÍDIO É UMA BLASFÊMIA

"Essa casa de chá é muito frequentada por policiais, por isso ninguém ousou tocar no cartaz", disse Fazıl.

"Você se sente como uma obra-prima de Deus?", perguntei.

"Não. Só Necip era uma obra-prima de Deus. Desde que Deus lhe tirou a vida, abandonei todas as minhas preocupações com o ateísmo e meu desejo de amar mais a Deus. Que Deus me perdoe."

Os flocos de neve, que agora caíam muito lentamente, pareciam suspensos no céu, e só voltamos a falar quando chegamos à estação de trem. O belo edifício de pedra, uma estrutura dos primeiros tempos da República que mencionei em *O livro negro*, desaparecera, tendo sido substituído por uma monstruosidade de concreto. Muhtar e o cão cor de carvão esperavam por nós.

Dez minutos antes do horário de partida do trem, Serdar bei chegou com alguns números atrasados da *Gazeta da Cidade Fronteiriça* que falavam de Ka. Ao me entregar os jornais, pediu-me que, quando escrevesse meu livro, evitasse dizer coisas ruins sobre a cidade, sobre seus problemas e seu povo. Ao ver Serdar bei me trazendo um presente, um Muhtar bei nervoso, quase culpado, me entregou um saco de supermercado. Dentro havia uma água-de-colônia, uma pequena peça do famoso queijo redondo de Kars e um exemplar autografado de seu primeiro livro de poesias, impresso em Erzurum por sua conta.

Comprei a passagem e um sanduíche para o cãozinho que meu amigo mencionara em seu poema. Aproximando-se de mim, o cão abanou a cauda alegremente. Eu ainda estava dando comida a ele quando vi Turgut bei e Kadife chegando apressados à estação. Tinham acabado de saber por Zahide que eu tinha saído. Fizemos alguns comentários jocosos sobre o vendedor de passagens, sobre a viagem e a neve. Turgut bei, um tanto envergonhado, tirou do bolso uma nova edição de *Primeiro amor*, o romance de Turgueniev que ele traduzira do francês quando estava na prisão. Ömercan estava no colo de Kadife, e eu afaguei-lhe a cabeça. A cabeça de sua mãe estava envolta num de seus elegantes mantos de Istambul, e a neve que nele se tinha acumulado caía pelas bordas. Temendo ficar olhando demais os belos olhos da mulher de Fazıl, voltei-me para ele e perguntei-lhe se agora ele sabia o que queria dizer aos meus leitores, caso algum dia eu escrevesse um romance ambientado em Kars.

"Nada", disse ele em tom decidido.

Ao ver meu desapontamento, ele voltou atrás. "Pensei numa coisa, mas talvez você não goste", disse ele. "Se você escrever um livro ambientado em Kars e me colocar nele, gostaria que dissesse a seus leitores que não acreditem em nada do que disser sobre mim, em nada do que disser sobre qualquer um de nós. Ninguém poderia nos entender de tão longe."

"Mas ninguém acredita dessa forma naquilo que lê num romance", disse eu.

"Ah, sim, eles acreditam", exclamou ele. "Nem que seja para verem a si mesmos como sábios, superiores e humanistas, eles precisam imaginar que somos doces e engraçados, e convencer-se de que simpatizam com nosso jeito de ser e até nos amam. Mas se você colocar exatamente como eu disse, isso dará aos seus leitores uma pequena margem para dúvidas."

Eu lhe prometi colocar o que ele disse em meu romance.

Vendo que eu olhava a entrada da estação, Kadife aproximou-se de mim. "Ouvi dizer que você tem uma filhinha muito bonita chamada Rüya", disse ela. "Minha irmã não vem, mas me pediu que mandasse recomendações a você e à sua filha. E eu lhe trouxe esta lembrança de minha breve carreira teatral." Ela me deu uma fotografia sua com Sunay Zaim no palco do Teatro Nacional.

O chefe da estação fez soar o apito. Acho que eu era o único passageiro do trem. Eu os abracei um a um. No último momento, Fazıl me passou um saco plástico com as cópias que mandara fazer dos vídeos e uma caneta esferográfica que pertencera a Necip.

Agora o trem já estava em movimento, e tive certa dificuldade de subir no vagão com as mãos tão cheias de presentes. Estavam todos de pé na plataforma acenando, e eu me debrucei na janela para responder aos acenos. Só no último minuto vi o cão cor de carvão, a língua cor-de-rosa pendendo da boca. Ele me acompanhou alegremente, correndo até o fim da plataforma, e todos desapareceram na densa neve que caía.

Sentei-me e, por entre a neve, olhei as luzes alaranjadas das casas mais afastadas dos bairros periféricos, as salas miseráveis cheias de gente assistindo à televisão, e os últimos telhados cobertos de neve, até que finalmente as graciosas e trementes fitas de fumaça que se erguiam das chaminés arruinadas já não passavam de borrões aos meus olhos rasos d'água.

ABRIL DE 1999-DEZEMBRO DE 2001

## A ORDEM EM QUE KA ESCREVEU OS POEMAS

# GLOSSÁRIO

ATATÜRK (MUSTAFÁ KEMAL): fundador da Turquia moderna, foi eleito seu primeiro presidente, em 1923.

CEMALETTIN: líder religioso turco na Alemanha.

DÖNER: comida turca preparada com carne de vaca e de carneiro.

EDWARD G. ROBINSON: ator americano, nascido na Romênia.

FATIHA: primeiro capítulo do Corão.

FIRDUSI: poeta épico persa.

GAZZALI (1050-1111): pensador muçulmano.

GUARDIÃES DA NAÇÃO: organização fundada na Alemanha que defende ideais nacionalistas e religiosos.

HAMAM: banho turco.

IBN ARABI (1165-1240): filósofo árabe.

KEBAB: prato oriental de carne (carneiro ou vaca) marinada, geralmente servida em forma de espetinhos em cubos, cozidos com legumes como cebola, tomate e pimentão.

MİT: serviço de inteligência da Turquia.

PKK: Partido dos Trabalhadores do Curdistão.

RAKI: bebida alcoólica destilada de trigo, uvas, ameixas etc.

SALEP: bebida quente à base de pó de orquídea e polvilhada com canela, vendida nas ruas, principalmente no inverno.

SHARBAT: popular suco indiano, feito de frutas ou pétalas de flores.

SULEIMANCI: comunidade religiosa muito influente na Europa, conhecida por sua extrema discrição e ação educadora.

TEŞVIKIYE: bairro de Istambul.

TURAN: cidade do Iraque.

# SOBRE O AUTOR E O TRADUTOR

ORHAN PAMUK nasceu em 1952, em Istambul. Filho de uma próspera família de negociantes, gradualmente abandonou os costumes otomanos e islâmicos para adotar a cultura secular europeia. Seus primeiros romances, *Cevdet bey ve oğulları* [Cevdet bei e seus filhos] e *Sessiz ev* [A casa do silêncio], publicados em 1982 e 1983, abordam as relações familiares de distintas gerações em momentos conturbados da história da Turquia nos séculos XIX e XX. A consagração internacional viria em 1991, com a publicação em inglês de seu terceiro livro, *O castelo branco*, ambientado na Istambul do século XVII e em torno das reflexões de um intelectual otomano e seu escravo veneziano. A tradução no Ocidente de romances como *O livro negro*, *Meu nome é vermelho*, *Neve* e *Istambul* ratificou Pamuk como o principal escritor de língua turca na atualidade. Traduzido para mais de quarenta idiomas, foi um dos primeiros intelectuais turcos a falar abertamente sobre o massacre de armênios promovido por seu país durante a Primeira Guerra Mundial. O tema é considerado ofensivo pelo Estado e lhe rendeu um processo de contornos kafkianos, reconstituído no livro de ensaios *Outras cores*. Em 2006, foi apontado pela revista *Time* como uma das cem pessoas mais influentes do mundo e recebeu o prêmio Nobel de literatura.

LUCIANO MACHADO nasceu em Aracaju, Sergipe, em 1950. Licenciado em português e francês pela UnB, autodidata em inglês, alemão, italiano e espanhol, iniciou-se profissionalmente traduzindo textos do jornal *Le Monde* para o extinto *Movimento*. Assinou resenhas, artigos e traduções nas revistas *Leia* e *Escrita* e na *Folha de S.Paulo*. É tradutor literário desde 1988, tendo em seu currículo autores como Gay Talese, Dennis Lehane, Paul Virilio, Patricia Cornwell, Angela Carter, Alphonse Daudet, Mordecai Richler, Joseph Heller e Frank Conroy. Suas traduções de obras para crianças lhe renderam dois prêmios Monteiro Lobato da Fundação Nacional do Livro Infantil e Juvenil. Sua tradução de *Neve* foi feita com base na tradução inglesa de Maureen Freely.

25 ANOS
DA COMPANHIA DAS LETRAS /
COLEÇÃO PRÊMIO NOBEL

1934 / LUIGI PIRANDELLO
40 NOVELAS

1975 / EUGENIO MONTALE
OSSOS DE SÉPIA

1976 / SAUL BELLOW
HENDERSON, O REI DA CHUVA

1978 / ISAAC BASHEVIS SINGER
A MORTE DE MATUSALÉM

1988 / NAGUIB MAHFOUZ
NOITES DAS MIL E UMA NOITES

1993 / TONI MORRISON
AMADA

1994 / KENZABURO OE
JOVENS DE UM NOVO TEMPO,
DESPERTAI!

1998 / JOSÉ SARAMAGO
O ANO DA MORTE DE RICARDO REIS

2001 / V. S. NAIPAUL
UMA CURVA NO RIO

2003 / J.M. COETZEE
DESONRA

2006 / ORHAN PAMUK
NEVE

2007 / DORIS LESSING
AMOR, DE NOVO

Copyright © 2002 by İletişim Yayıncılık A.Ş.

A presente tradução foi feita com base na tradução inglesa, *Snow*, de Maureen Freely.

Grafia atualizada segundo o Acordo Ortográfico da Língua Portuguesa de 1990, que entrou em vigor no Brasil em 2009.

TÍTULO ORIGINAL
Kar

PROJETO GRÁFICO
warrakloureiro

FOTO DO AUTOR
© Alex Majoli/ Magnum Photos/ LatinStock
Junho de 2007

PREPARAÇÃO
Beti Kaphan

REVISÃO
Vivian Miwa Matsushita
Renato Potenza Rodrigues

ATUALIZAÇÃO ORTOGRÁFICA
Verba Editorial

Dados Internacionais de Catalogação na Publicação (CIP)
(Câmara Brasileira do Livro, SP, Brasil)

Pamuk, Orhan
Neve / Orhan Pamuk ; tradução de Luciano Machado. — São Paulo : Companhia das Letras, 2011.
Título original: Kar.
ISBN 978-85-359-1903-5
1. Ficção turca I. Título.
11-06786 CDD-894.35

Índice para catálogo sistemático:
1. Ficção: Literatura turca 894.35

[2011]
Todos os direitos desta edição reservados à
EDITORA SCHWARCZ LTDA.
Rua Bandeira Paulista, 702, cj. 32
04532-002 — São Paulo — SP
Telefone: (11) 3707-3500
Fax: (11) 3707-3501
www.companhiadasletras.com.br
www.blogdacompanhia.com.br

1ª EDIÇÃO [2006] 11 REIMPRESSÕES

EDIÇÃO COMEMORATIVA DOS 25 ANOS
DA COMPANHIA DAS LETRAS COMPOSTA
EM WALBAUM E AKZIDENZ GROTESK
POR WARRAKLOUREIRO E IMPRESSA
EM OFSETE PELA GEOGRÁFICA SOBRE
PAPEL PÓLEN SOFT DA SUZANO PAPEL
E CELULOSE, COM TIRAGEM LIMITADA
DE 3000 EXEMPLARES, PARA A EDITORA
SCHWARCZ EM AGOSTO DE 2011